KATE
MORTON

RITORNO A CASA

Traduzione di Roberta Zuppet

HarperCollins

ISBN 979-12-5985-366-0

Titolo originale dell'edizione in lingua inglese:
Homecoming
Mantle
A division of Pan Macmillan

Traduzione di Roberta Zuppet

Prima edizione HarperCollins
agosto 2024

FSC
www.fsc.org
MISTO
Carta da fonti gestite
in maniera responsabile
FSC® C005461

Questo libro è prodotto con carta FSC certificata e da fonti controllate con un sistema
di controllo di parte terza indipendente per garantire una gestione forestale responsabile.

Per la mia famiglia

PROLOGO

Adelaide Hills, Australia Meridionale, Capodanno 1959

E naturalmente ci sarebbe stato un pranzo per festeggiare l'anno nuovo. Una cosa modesta, solo per la famiglia, ma Thomas avrebbe preteso un'organizzazione con i fiocchi. Impensabile fare altrimenti: i Turner tenevano molto alle tradizioni e, con Nora e Richard in visita da Sydney, un evento in pompa magna sarebbe stato inevitabile.

Quell'anno Isabel aveva deciso di allestire il tutto in una zona diversa del giardino. Di solito si sedevano sotto il noce del prato orientale, ma quel giorno era stata attratta dalla distesa d'erba all'ombra del cedro di Mr Wentworth. L'aveva attraversata qualche ora prima mentre coglieva i fiori per la tavola ed era rimasta colpita dalla bella vista verso ovest, in direzione delle montagne. *Sì*, si era detta. *È perfetto*. L'arrivo di quel pensiero, la risolutezza con cui l'aveva formulato erano stati inebrianti.

Disse a se stessa che faceva tutto parte dei suoi propositi per l'anno successivo – affrontare il 1959 con occhi e aspettative nuovi – ma c'era una vocina interiore che si domandava se non stesse tormentando un pochino suo marito con quell'improvvisa violazione del protocollo. Da quando avevano scoperto la fotografia color seppia di Mr Wentworth e dei suoi altrettanto barbuti amici vittoriani, accomodati sul prato orientale su eleganti poltrone di legno reclinabili, Thomas era stato irremovibile nella sua convinzione che quel punto fosse il non plus ultra per intrattenere gli ospiti.

Isabel non avrebbe saputo dire quando, esattamente, avesse iniziato a provare un piacere colpevole nel far comparire quel piccolo solco verticale tra le sopracciglia del marito.

Quando una folata di vento minacciò di strapparle dalle mani il filo di bandierine, si aggrappò al piolo più alto della scala di legno. L'aveva portata personalmente quella mattina dal capanno, contenta di fare un po' di esercizio. La prima volta che salì fino in cima, le venne in mente un ricordo d'infanzia: una gita con sua madre e suo padre a Hampstead Heath, dove si era arrampicata su una sequoia gigante e aveva guardato a sud, verso Londra. «Riesco a vedere la cattedrale di St Paul!» aveva urlato ai genitori quando aveva scorto la cupola dai contorni familiari attraverso lo smog.

«Non mollare la presa» le aveva raccomandato suo padre.

Udendo quelle parole, Isabel aveva sentito un impulso perverso a fare proprio quello. Il desiderio le aveva tolto il respiro.

Con un frullo di piume rosa e grigie, uno stormo di cacatua spiccò il volo dalla sommità del più folto albero di banksia, e Isabel si paralizzò. C'era qualcuno. Aveva sempre avuto un forte istinto per il pericolo. «Devi avere la coscienza sporca» le ripeteva sempre Thomas a Londra, quando si conoscevano da poco ed erano ancora rapiti l'uno dall'altra. «Sciocchezze» rispondeva lei, «sono solo insolitamente percettiva.» Rimase immobile in cima alla scala, rizzando le orecchie.

«Ecco, guarda!» sussurrò qualcuno. «Sbrigati a ucciderlo con il bastone.»

«Non posso!»

«Sì che puoi, anzi devi. Hai giurato.»

Ma erano solo i ragazzi, Matilda e John! Un sollievo, concluse Isabel. Tuttavia rimase in silenzio per non rivelare la sua presenza.

«Spezzagli il collo e falla finita.» Era Evie, la più piccola, nove anni.

«Non posso.»

«Oh, John» disse Matilda, che di anni ne aveva quattordici ma ne dimostrava ventiquattro. «Dallo a me. Smettila di fare il guastafeste.»

Isabel riconobbe il gioco. Era da anni che di tanto in tanto giocavano alla caccia al serpente. L'ispirazione era venuta da un libro, un'antologia di poesie del bush che Nora aveva spedito, Isabel aveva letto ad alta voce e i ragazzi avevano amato con passione. Come molte delle storie in circolazione laggiù, conteneva un monito. Sembrava che ci fosse molto da temere in quel luogo: serpenti e tramonti, temporali e siccità, gravidanze e febbri, incendi boschivi e inondazioni, nonché tori impazziti, corvi, aquile e forestieri, «lavoratori itineranti con la faccia da mascalzoni» che spuntavano dal bush con l'intenzione di uccidere.

A volte Isabel trovava eccessivo il numero di minacce mortali, ma i bambini erano dei veri, piccoli australiani e si dilettavano con quei racconti, godendosi il gioco; era una delle poche attività che riuscivano a coinvolgerli tutti, nonostante le età e le inclinazioni diverse.

«Preso!»

«Bravo.»

Uno scroscio di risate esultanti.

«Ora muoviamoci.»

Le piaceva sentirli allegri e turbolenti; tuttavia trattenne il respiro e aspettò che il gioco li portasse via. Di tanto in tanto, anche se non avrebbe mai osato ammetterlo ad alta voce, si sorprendeva a immaginare come sarebbe stato se avesse potuto farli scomparire tutti. Solo per un po', naturalmente; in caso contrario, le sarebbero mancati da morire. Diciamo un'ora, o forse un giorno, una settimana al massimo. Quel tanto che bastava per avere un poco di tempo per riflettere. Non ce n'era mai abbastanza, di certo non per seguire un pensiero fino alla sua conclusione logica.

Se solo osava dire una cosa del genere, Thomas la guardava come se fosse pazza. Aveva idee molto rigide sulla maternità. E sul ruolo delle mogli, che, a quanto pareva, in Australia venivano spesso lasciate sole ad affrontare serpenti, incendi e cani selvatici. Thomas aveva quel luccichio distante negli occhi quando si esprimeva sull'argomento, la passione del sentimentalista romantico per il folclore del suo paese. Gli piaceva immaginarla come una moglie di frontiera, disposta a sopportare le avversità e a tenere acceso il focolare domestico mentre lui se la spassava in giro per il mondo.

Un tempo, quell'idea l'aveva divertita. Era parsa più gradevole quando Isabel pensava che Thomas stesse scherzando. Ma lui aveva ragione quando le ricordava che aveva approvato il suo piano ambizioso, anzi aveva colto al volo l'opportunità di imbarcarsi in qualcosa di diverso. La guerra era stata lunga e feroce e, quando era finita, Londra era diventata insulsa e così meschina da essere spregevole. Isabel era stanca. Thomas aveva ragione anche quando sottolineava che la vita nella loro grande casa non assomigliava affatto a un'esistenza di frontiera. Insomma, c'erano il telefono, le luci elettriche e serrature su ogni porta.

Il che non impediva all'edificio di essere talvolta solitario, oltre che molto buio dopo che i ragazzi erano andati a letto. Persino la lettura, che per Isabel era stata a lungo una fonte di conforto, aveva cominciato ad acuire il senso di isolamento.

Senza perdere la presa sulla scala, allungò il collo per vedere se la curva del festone fosse abbastanza alta per accogliere il tavolo sottostante. Appendere il filo in quel modo era un'impresa più ardua di quanto avesse immaginato. Henrik lo faceva sempre sembrare facile. Il giorno precedente avrebbe potuto, anzi dovuto, chiedergli di occuparsene prima che finisse di lavorare. Non erano previste piogge; le bandierine sarebbero benissimo potute restare fuori durante la notte. Ma non ce l'aveva fatta. Le cose tra loro erano cambiate di recente, da quando l'aveva incontrato nell'ufficio quel pomeriggio in cui si era dovuto fermare fino a tardi mentre Thomas era a Sydney. Ora si sentiva in imbarazzo – a disagio e vulnerabile – quando lo pregava di fare qualche lavoretto in casa.

Doveva cavarsela da sola, punto e basta. In realtà, però, il vento era una minaccia. Isabel aveva optato per il prato occidentale prima che le raffiche iniziassero a soffiare, dimenticando che quello era il lato meno riparato del giardino. Ma aveva una vena di testardaggine; l'aveva sempre avuta. Una volta, un amico saggio le aveva detto che, avanzando con l'età, le persone non cambiano, bensì si limitano a diventare più vecchie e più tristi. Per la prima cosa, aveva pensato lei, non poteva fare molto, ma era determinata a non permettere la seconda. Fortunatamente era molto ottimista per natura.

Solo che le giornate di vento portavano con sé una certa agitazione. Negli ultimi tempi, almeno. Era sicura di non aver sempre sentito quella turbolenza nelle viscere. In passato, in un'altra vita, era stata famosa per i suoi nervi d'acciaio. Ora, invece, era soggetta a improvvise ondate di apprensione ingiustificata. Aveva la sensazione di essere sola sulla superficie della vita, che sembrava fragile come vetro. Respirare la aiutava. Si domandò se avesse bisogno di una tintura o di una tisana. Qualcosa che calmasse i pensieri almeno di notte. Aveva anche considerato l'idea di rivolgersi a un medico, ma non il marito di Maud McKendry sulla strada principale. Per l'amor del cielo!

In un modo o nell'altro, avrebbe sistemato le cose. Questo era l'altro proposito che aveva fatto per l'anno nuovo, anche se l'aveva tenuto per sé. Si sarebbe concessa altri dodici mesi per ritrovare l'equilibrio. Le persone contavano su di lei, ed era arrivato il momento.

Stava per compiere trentotto anni. Praticamente quaranta! Un'età superiore a quella mai raggiunta da suo padre e sua madre. Forse era per questo che ultimamente era assillata dai ricordi dell'infanzia. Era come se fossero passati così tanti anni da potersi guardare indietro e vedere chiaramente ogni cosa attraverso il vasto oceano del tempo. A malapena ricordava di averlo attraversato, quell'oceano.

Era ridicolo sentirsi sola. Viveva in quella casa da quattordici anni. Era circondata da più parenti di quanti ne avesse mai avuti. Santo cielo, non sarebbe riuscita a sfuggire ai ragazzi nemmeno se ci avesse provato. Eppure c'erano momenti in cui provava terrore per la propria desolazione, per la sensazione tormentosa di aver perso qualcosa a cui non sapeva dare un nome e che dunque non poteva sperare di ritrovare.

Lungo la curva del vialetto, qualcosa si mosse. Isabel aguzzò la vista. Sì, stava arrivando qualcuno, non era la sua immaginazione. Un forestiero? Un *bushranger* a cavallo, uscito direttamente da una poesia di Banjo Paterson?

Era il postino, si rese conto quando mise a fuoco il pacco avvolto in carta marrone. A Capodanno! Uno dei vantaggi di vivere in una cittadina rurale, dove tutti conoscevano gli affari degli altri, erano le consegne al di fuori degli orari abituali, ma quello era davvero un evento eccezionale. Una fiammata di entusiasmo divampò dentro di lei e le sue dita cercarono maldestramente di legare il festone in modo da poter scendere e intercettare il pacco. Sperava fosse la merce ordinata qualche settimana prima. La sua liberazione! Non aveva previsto che arrivasse così presto.

Ma c'era da impazzire. La corda era aggrovigliata e il vento la attorcigliava intorno alle bandierine. Isabel si dimenava e imprecava sottovoce, mentre lanciava un'occhiata sopra la spalla per osservare l'avanzare del postino.

Non voleva che effettuasse la consegna in casa.

Quando l'uomo raggiunse la curva più vicina del vialetto, intuì che avrebbe dovuto mollare il filo per scendere dalla scala in tempo. Vacillò per un attimo, poi esclamò: «Salve!» e agitò la mano. «Sono qui.»

Lui alzò lo sguardo, stupito, e quando un'altra folata la costrinse ad aggrapparsi al piolo, Isabel capì di essersi sbagliata. Pur portando un pacco, infatti, lo sconosciuto sul vialetto non era affatto il postino.

Vigilia di Natale, 1959

In seguito, quando glielo chiesero, come sarebbe accaduto molte volte nel corso della sua lunga vita, Percy Summers disse sinceramente di aver pensato che stessero dormendo. Faceva abbastanza caldo per ritenerlo probabile. Per tutto dicembre, la calura era avanzata da ovest, attraversando il centro del deserto prima di dirigersi verso sud; là si era accumulata, incombendo inosservata sopra di loro e rifiutando di spostarsi. Ogni sera ascoltavano il bollettino meteorologico alla radio, sperando di sentire che la situazione sarebbe cambiata, ma il sollievo non arrivava mai. Nei lunghi pomeriggi si sporgevano l'uno sopra la recinzione dell'altro, strizzando gli occhi nella luce dorata mentre il sole scintillante si dissolveva all'orizzonte oltre il confine della città, scuotendo la testa e lamentandosi del caldo, del maledetto caldo, chiedendosi a vicenda, senza aspettarsi una risposta, quando sarebbe finalmente terminato.

Nel frattempo, alti ed esili sulle sommità arrotondate delle colline che circondavano la valle attraversata dal fiume, gli eucalipti si ergevano silenziosi, con la corteccia striata che mandava bagliori metallici. Erano antichi, ed erano lì da molto prima delle case di pietra, legno e ferro, prima delle strade, delle auto e degli steccati, prima dei filari di viti e meli e del bestiame nei paddock. Gli eucalipti erano comparsi per primi, resistendo al caldo torrido e, viceversa, al freddo umido dell'inverno. Quello era un luogo antico, una terra di estremi colossali.

L'estate del 1959, però, fu rovente anche per gli standard abituali. I termometri segnavano temperature record, e la gente di Tambilla se ne accorse eccome. Meg, la moglie di Percy, aveva iniziato ad alzarsi ogni giorno all'alba per portare la consegna di latte dentro il negozio prima che potesse andare a male. Jimmy Riley diceva che nemmeno le sue zie e i suoi zii rammentavano un periodo così secco e, nella mente di tutti, soprattutto con i ricordi del 1955 ancora così vividi, c'era il rischio degli incendi.

La *domenica nera*, avevano cominciato a chiamarla i giornali. I peggiori incendi mai visti dalla nascita della colonia. Quattro anni prima, il 2 gennaio era sorto con un senso di disastro imminente. Durante la notte si era scatenata una tempesta di polvere proveniente dalle aride pianure del Nord, con raffiche di vento cocente a cento chilometri orari. Gli alberi si erano piegati e le foglie erano volate lungo i burroni; le lamiere ondulate erano state strappate dai tetti delle fattorie. I cavi elettrici si erano staccati, accendendo molteplici fiamme che si erano diffuse ovunque, crescendo e infine unendosi a formare un grande e vorace muro di fuoco.

Ora dopo ora, i residenti avevano lottato con tutte le loro forze servendosi di pale, sacchi bagnati e qualsiasi altra cosa fossero riusciti a trovare, finché, miracolosamente, in serata la pioggia aveva iniziato a cadere e il vento aveva cambiato direzione, ma non prima che una quarantina di immobili andasse distrutta e che due povere anime perdessero la vita. Da allora, gli abitanti chiedevano un vero servizio di pronto intervento, ma le autorità cittadine erano state troppo lente ad agire; quell'anno, di fronte all'inquietante analogia delle condizioni meteorologiche, la sezione locale aveva preso in mano la situazione.

Jimmy Riley, che lavorava come battitore per alcuni agricoltori delle Hills, parlava da una vita di disboscamento. Per millenni, diceva, i suoi antenati avevano fatto ricorso a roghi lenti e regolari, riducendo la quantità di vegetazione infiammabile quando il tempo era ancora fresco, affinché non ne rimanesse abbastanza per far divampare un incendio quando la terra era secca, i venti da nord-ovest ululavano e bastava la minima scintilla per scatenare l'inferno. Percy riteneva che uomini come Jimmy Riley, che conoscevano quel paese come le loro tasche, non venissero ascoltati come avrebbero dovuto.

La chiamata più recente era arrivata da Angus McNamara,

che viveva giù vicino a Meadows, la settimana precedente. Gli anni miti e umidi seguiti al '55 avevano condotto a un'intensa crescita della vegetazione, e la foresta di Kuitpo era rigogliosa. Un fulmine vagante, un fiammifero lasciato cadere, e ogni cosa sarebbe andata in fumo. Avevano lavorato tutta la settimana, finendo di disboscare in tempo per Natale. Meglio così. Nel fine settimana erano previsti temporali, ma c'era la possibilità che la pioggia non sfiorasse neppure quella zona e che invece si aprisse una nuova fase siccitosa. Meg non aveva fatto i salti di gioia quando Percy le aveva detto che si sarebbe allontanato nel periodo più impegnativo dell'anno, ma sapeva che era necessario e che suo marito non era il tipo da tirarsi indietro. I loro figli erano stati arruolati come sostituti al negozio e, seppure a malincuore, Meg aveva ammesso che avere qualche responsabilità concreta non sarebbe stato così deleterio per loro. Percy aveva lasciato loro il furgone Ford ed era andato a Meadows in sella a Blaze.

A dire il vero, preferiva andare a cavallo. Durante la guerra aveva odiato lasciar fermo il furgone, ma la benzina era introvabile – la poca disponibile era stata requisita dall'esercito e da altri servizi essenziali – e, quando erano riusciti a riempire di nuovo il serbatoio, aveva ormai perso l'abitudine di guidare. Avevano tenuto il veicolo per le consegne più grosse ma, ogni volta che poteva, Percy sellava Blaze e partiva al galoppo. Ormai era una vecchia cavalla, non la temibile giovane puledra che era arrivata da loro nel '41, ma amava ancora correre.

La proprietà di McNamara era un grande allevamento al di qua di Meadows, che quasi tutti chiamavano semplicemente *la Tenuta*. La casa era grande e piatta, con un'ampia veranda che girava tutt'intorno e una profonda pensilina di ferro che teneva a bada il caldo. Percy avrebbe potuto dormire nel capanno, ma aveva deciso di sistemarsi sotto le stelle. Non aveva molte occasioni di campeggiare in quel periodo, tra il lavoro al negozio e due figli adolescenti. Ormai avevano sedici e quattordici anni, erano entrambi più alti di lui e portavano stivali grandi quanto i suoi, e naturalmente preferivano passare il tempo con gli amici che con il loro vecchio. Percy non ce l'aveva con i ragazzi che rivendicavano la propria indipendenza, ma sentiva la loro mancanza. Alcuni dei suoi ricordi più belli risalivano a quando si sedeva con loro intorno al fuoco da campo, narrando storie e facendoli ridere, contando le stelle nel buio della notte e insegnando loro trucchi utili come trovare acqua fresca e procurarsi il cibo.

Per Natale avrebbe regalato a ciascuno dei due una canna da pesca. Meg l'aveva accusato di essere uno spendaccione quando aveva portato i regali dalla città, ma l'aveva detto sorridendo. Sapeva che suo marito stava cercando qualcosa per attutire il terribile colpo della morte, avvenuta la primavera precedente, del loro vecchio cane Buddy. Percy si era giustificato ricordandole che Marcus, in particolare, stava diventando un ottimo pescatore; si sarebbe persino potuto dedicare alla pesca a tempo pieno. Kurt, il maggiore, sarebbe andato all'università una volta finita la scuola. Sarebbe stato il primo della famiglia e, sebbene Percy cercasse di non entusiasmarsi troppo davanti alle sue brillanti pagelle, soprattutto in presenza di Marcus, era orgogliosissimo, e lo stesso valeva per Meg. Nonostante la recente distrazione di Matilda Turner, Kurt era riuscito a mantenere alta la media dei voti. Percy avrebbe voluto che sua madre fosse ancora viva per leggere i giudizi degli insegnanti.

Il calore crepitava nel sottobosco e i ramoscelli secchi schioccavano al passaggio degli zoccoli di Blaze. Avevano lasciato la Tenuta di prima mattina e viaggiato tutto il giorno. Percy guidava la vecchia cavalla lungo la pista, a passo lento e costante, restando, quando possibile, nell'ombra discontinua. Più avanti c'era il confine di Hahndorf; ancora poco, e sarebbero stati a casa.

Con la camicia appiccicata alla schiena e il monotono ronzio di insetti invisibili nelle orecchie, Percy fu assalito dalla sonnolenza. L'aria secca dell'estate gli riportò alla mente i ricordi di quando era ragazzo. Di quando se ne stava sdraiato nella cameretta sul retro della casa che divideva con sua madre e suo padre, allenando le orecchie a riconoscere i rumori esterni e chiudendo gli occhi per immaginare meglio il suo futuro oltre la finestra.

Aveva trascorso la maggior parte del suo dodicesimo anno di vita in quel letto. Non era stato facile, per un ragazzo abituato a vagare libero. Udiva gli amici che si chiamavano a vicenda sulla strada, ridendo e scherzando mentre tiravano calci al pallone, e avrebbe tanto voluto unirsi a loro, sentire il sangue che gli pompava nelle gambe, il cuore che batteva contro la cassa toracica. Si era sentito rimpicciolire, svanire nel nulla.

Ma sua madre veniva da una solida famiglia anglicana e non era il tipo da stare a guardare mentre suo figlio si crogiolava nell'autocommiserazione. «Non importa se il tuo corpo è bloccato» aveva detto con quel suo tono deciso, senza tanti giri di parole. «Ci sono altri modi per viaggiare.»

Aveva iniziato con un libro per bambini che parlava di un koala con un bastone da passeggio, di un marinaio e di un pinguino, e di un budino che si riformava miracolosamente ogni volta che qualcuno lo mangiava. L'esperienza fu una rivelazione: nessuno aveva mai letto delle storie a Percy, nemmeno quando era piccolo. A scuola aveva visto dei libri sulla cattedra della maestra, ma – forse sotto l'influenza del padre – li aveva considerati oggetti di punizione e di fatica. Non si era reso conto che all'interno delle copertine c'erano mondi interi, pieni di persone e luoghi, di avventure e umorismo, che aspettavano solo che lui vi prendesse parte.

Dopo aver ascoltato le storie di quel libro così tante volte da conoscerle a memoria, osò chiedere a sua madre se ce ne fossero altre. Lei era rimasta in silenzio, e all'inizio Percy aveva pensato di aver superato un limite invisibile, temendo che i racconti sarebbero evaporati e che lui sarebbe rimasto di nuovo solo, con l'unica compagnia del suo corpo malridotto. Ma poi sua madre aveva mormorato: «Chissà?» ed era sparita in fondo alla rimessa nell'angolo posteriore del giardino, il luogo dove suo padre non andava mai.

Era strano pensare che, se non fosse stato colpito dalla poliomielite, forse non avrebbe mai conosciuto Jane Austen. «La mia preferita» aveva sussurrato sua madre, come se stesse confessando un segreto. «Da prima che conoscessi tuo padre.» Non aveva tempo di leggergli i suoi libri, aveva detto: «L'intera città morirà di fame se non sarò lì a vendere latte e uova!», ma gli aveva messo il volume tra le mani, facendo un cenno muto e silenzioso. Percy aveva capito. Ora erano complici.

Gli era occorso un po' di tempo per abituarsi al linguaggio, e alcune parole erano nuove per lui, ma non aveva altro posto dove andare e, una volta entrato, non era più riuscito a tornare indietro. *Orgoglio e pregiudizio*, *Ragione e sentimento*, *Emma*; in un primo momento sembravano descrivere un mondo totalmente diverso dal suo, ma più leggeva, più si ritrovava a riconoscere i suoi concittadini nei personaggi, la presunzione e le ambizioni, i malintesi e le occasioni mancate, i segreti e i risentimenti nascosti. Aveva riso con loro, pianto sommessamente nel cuscino quando soffrivano, e li aveva incoraggiati quando, finalmente, vedevano la luce. Aveva imparato ad amarli, se ne era reso conto; in qualche modo si era affezionato a loro – frutto dell'immaginazione di un'autrice lontana – con la stessa intensità che provava per i suoi genitori e i suoi migliori amici.

Quando aveva esaurito la piccola scorta di libri che sua madre teneva in una cassa segreta nella rimessa, l'aveva convinta a prenderne in prestito di nuovi, tre alla volta, dalla biblioteca itinerante. Leggeva con la schiena appoggiata alla porta, pronto a nascondere il romanzo proibito sotto le lenzuola non appena udiva i passi del padre nel corridoio. Ogni sera, dopo il lavoro, il papà saliva al piano di sopra per fargli visita, un omone dall'aria impotente e frustrata, che gli chiedeva se si sentisse meglio e pregava in silenzio che le sue gambe inutili guarissero.

Forse tutte quelle preghiere avevano funzionato, perché Percy era stato uno dei fortunati. Non era più molto bravo con il pallone ed era troppo lento sul campo da cricket ma, con l'aiuto di un paio di stecche, aveva lentamente riacquistato l'uso delle gambe e, negli anni successivi, un osservatore avrebbe avuto non poche difficoltà a immaginare che il ragazzo che si offriva volontario per fare l'arbitro fosse fisicamente meno capace dei suoi coetanei.

Percy non aveva rinunciato a leggere, ma non l'aveva neppure sbandierato ai quattro venti. Narrativa, saggistica e, a mano a mano che cresceva e che il mutare dei sentimenti lo rendeva estraneo a se stesso, anche poesia. Aveva divorato Emily Dickinson, si era meravigliato di Wordsworth e aveva trovato un amico in Keats. Com'era possibile, si era domandato, che T.S. Eliot, un uomo nato in America e affermatosi a Londra – la città della storia, dell'inglese, sconosciuta a Percy, misteriosa e grigia – riuscisse a guardargli nel cuore e a vedere chiaramente le sue considerazioni sul tempo, sulla memoria e su cosa significasse essere un individuo nel mondo?

Quei pensieri li aveva tenuti per sé. Non che il suo segreto fosse inconfessabile, ma sapeva già che gli altri ragazzi di Tambilla non condividevano il suo interesse. Persino Meg l'aveva guardato con perplessità quando, durante il corteggiamento, aveva osato chiederle quale fosse il suo libro preferito. «Be', la Bibbia, naturalmente» aveva detto dopo una breve esitazione. All'epoca, Percy aveva attribuito quella risposta alla devozione, il che era inaspettato e un po' sorprendente, date alcune delle altre cose che si erano detti. In seguito, però, quando erano sposati da un anno o due, aveva tirato fuori di nuovo l'argomento e Meg aveva fatto un'espressione confusa prima di sciogliersi in una risata. «Pensavo che volessi assicurarti della mia virtù. Non volevo deluderti.»

Blaze era fradicia di sudore, così Percy si fermò all'abbeveratoio sulla strada principale di Hahndorf per permetterle di bere e riposare. Smontò e legò le redini a un palo.

Erano le tre passate, e la via era ombreggiata, grazie alle

centinaia di giganteschi olmi, platani e castagni che correvano lungo ciascun lato, piantati più di mezzo secolo prima. Alcuni negozi erano ancora aperti e Percy fu attratto dalla bottega di un falegname, nella cui vetrina era esposto, su un paio di scaffali, un assortimento di oggetti fatti a mano: ciotole e utensili, alcune incisioni decorative.

Entrò. «Che bello scricciolo» disse alla ragazza dietro il bancone. Il suono della sua voce fu una sorpresa; era la prima volta che rivolgeva la parola a qualcuno in tutto il giorno. «Posso dargli un'occhiata?»

Lei tirò giù la miniatura e gliela consegnò.

Percy si stupì mentre la girava da una parte e dall'altra. La tenne controluce, ammirando il fragile collo dell'uccellino, il movimento vivace delle piume della coda. La verosimiglianza era straordinaria, la lavorazione raffinata.

«È un regalo?» chiese la ragazza.

Annuendo, lui posò l'intaglio sul bancone. «Mia moglie li colleziona.»

La commessa si offrì di incartare il dono. Aveva un pezzetto di carta natalizia e un sottile nastro d'argento nel retrobottega, dove stava preparando i propri regali. Tanto valeva finirli subito entrambi, osservò. «Domani non serviranno più, no?»

Dopo aver pagato, Percy si infilò in tasca il minuscolo pacchetto e le augurò un buon Natale.

«Anche a lei, Mr Summers. E porti i miei saluti a Mrs Summers.» Lui doveva aver fatto un'espressione stupita, perché la giovane rise. «Siamo entrambe nella Country Women's Association. Mrs Summers adorerà quel piccolo scricciolo. Una volta mi ha detto che ha una predilezione speciale per gli uccelli, che li ama fin da quando era bambina.»

Percy non riusciva a ricordare la prima volta che aveva posato gli occhi su Meg. In realtà, era sempre stata nei paraggi. Per molto tempo era stata solo una dei più giovani del gruppo che si riuniva nei paddock polverosi o sul bordo del fiume dopo la pioggia, alla ricerca di quello che veniva spacciato per divertimento. Era una cosina sudicia, ma lui non l'aveva giudicata per questo; erano tutti ragazzini di campagna che non facevano grande uso di acqua e sapone, se non per andare in chiesa la domenica, e anche in quel caso solo sotto la minaccia di uno scapaccione da parte delle madri.

Ma l'aveva incontrata un giorno mentre era vicino alla miniera di rame abbandonata, non lontano da dove passavano i treni da Balhannah a Mount Pleasant. Percy ci andava quando voleva sfuggire ai tentativi benintenzionati del padre di *irrobustirlo*. Lei era seduta sul davanzale del vecchio frantoio per pietre, con il viso rigato di lacrime, moccio e sporcizia. In quel momento si era chiesto come diavolo avesse fatto ad arrivare lassù, una ragazzina minuscola come quella. Solo in seguito, quando aveva imparato a conoscerla, si era reso conto che quel viso angelico nascondeva uno spirito di sopravvivenza duro come una roccia.

Percy le aveva domandato cosa non andasse, e all'inizio Meg si era rifiutata di rispondere. Lui non aveva insistito, continuando semplicemente a badare agli affari suoi, leggendo per un po' all'ombra della grande ciminiera circolare prima di sgranchirsi le gambe, per poi curiosare tra l'erba alta, alla ricerca di sassi piatti da lanciare verso l'altro lato della diga. Aveva percepito il suo sguardo su di sé, ma non aveva riprovato ad attaccare discorso. Quello che stava facendo, però, doveva esserle sembrato divertente perché, senza dire una parola, Meg si era materializzata al suo fianco e aveva cominciato a cercare pietre a sua volta.

Avevano proseguito in un silenzio complice, rotto solo dai fischi con cui Percy si complimentava per i suoi lanci. All'ora di pranzo aveva diviso il suo panino con lei. Avevano mangiato senza parlare, a eccezione dei commenti che lui faceva quando individuava un uccello interessante.

«Un martin pescatore sacro.» Aveva indicato il petto gonfio e robusto sul ramo più basso di una quercia.

«No. È un kookaburra.»

Lui aveva scrollato il capo. «Stessa famiglia, ma vedi che ha le piume turchesi? Osservalo. Scatterà quando una lucertola o un insetto attirerà la sua attenzione, e vedrai come scintillano alla luce del sole.»

«Quello cos'è allora?»

«Un bargigliuto rosso.»

«E quello laggiù?»

Percy scorse l'uccello bianco e nero dal becco giallo brillante. «Una manorina chiassosa. Non si capisce? Non smette di lanciare il suo richiamo.»

«E quello?» Meg aveva puntato il dito verso un uccellino dal petto azzurro intenso e dalla coda lunga e diritta che si protendeva verso il cielo.

«È uno scricciolo azzurro, uno scricciolo azzurro superbo, per essere precisi.»

«È il mio preferito.»

«È sicuramente un maschio.»

«Come fai a saperlo?»

«I maschi sono più belli. Le femmine sono marroni, con una minuscola macchiolina verde sulla coda.»

«Come quella laggiù?»

Percy aveva stretto le palpebre. «Sì, esatto.»

«Sai molte cose.»

«Qualcuna.»

Quando era arrivato il momento di andarsene, Percy le aveva chiesto se volesse rientrare con lui. Poteva darle un passaggio fino in città, aveva detto. Si stava facendo buio e l'aria odorava di pioggia. Meg aveva esitato un attimo prima di dire che non intendeva tornare. Era scappata di casa, ecco perché era là.

In quell'istante, Percy si era reso conto di quanto fosse piccola; aveva un'espressione di sfida e le braccia strette intorno al busto, ma era evidente che una parte di lei sperava che la costringesse a seguirlo. D'un tratto la sua vulnerabilità l'aveva riempito di profonda tristezza. E anche di rabbia. Era risaputo che suo padre diventava violento quando si infuriava. Se l'era passata male durante la guerra, era stato l'unico commento della madre di Percy. «Ma mostrami un uomo che se la sia passata bene.»

Percy capiva cosa intendeva: quella generazione di uomini aveva imparato che l'unico modo per dimenticare quanto avevano visto e fatto, i compagni persi a causa del fango e dei fucili, era bere fino a intorpidirsi e sfogare i propri incubi sui loro cari. Lui era più fortunato di molti altri. Suo padre era severo, ma non violento. Per arrivare a quel punto, avrebbe dovuto essere presente, ma era troppo distante.

Avevano cominciato a cadere le prime grosse gocce di pioggia. «Va bene» aveva detto Percy. «Ma questa notte farà freddo qui fuori.»

«Ho una coperta.»

«Ragazza sveglia. E immagino che ti sia attrezzata per la cena.»

«Ho portato del pane.»

Lui aveva rimesso il libro nello zaino. «Si direbbe che tu abbia pensato a tutto.» Aveva controllato la sella di Prince, il cavallo di suo padre, strattonando le staffe. «Solo che alla radio hanno detto che questa notte ci sarà un temporale. E il pane non è un granché in una notte fredda e umida.»

Una nube di incertezza le aveva scurito il viso.

«Sai» aveva continuato Percy, «mia madre aveva uno stufato sul fuoco quando sono uscito questa mattina. Lo lascia cuocere tutto il giorno, come faceva mia nonna, e ne prepara sempre troppo.»

«Che tipo di stufato?»

«Di agnello.»

Meg aveva spostato il peso del corpo da un piede all'altro. I capelli erano ormai bagnati, con le trecce che parevano due corde flosce sulle sue spalle.

«Non ti va di venire a mangiarne una o due scodelle? Posso riportarti qui dopo.»

Non si era limitata a due scodelle. Ne aveva divorate tre, mentre la madre di Percy la osservava con silenzioso compiacimento. Susan Summers prendeva sul serio i doveri della carità cristiana, e l'arrivo di una povera bambina in una gelida e piovosa notte d'inverno era un'opportunità gradita. Aveva insistito per farle fare un bagno e, dopo aver servito lo stufato e lavato i piatti, l'aveva sistemata sul divano letto vicino al fuoco scoppiettante, dove Meg si era addormentata immediatamente.

«Povera piccola.» Susan l'aveva guardata da sopra gli occhiali a mezzaluna. «E pensare che voleva passare la notte là fuori da sola.»

«Hai intenzione di dire ai suoi genitori dove si trova?»

«Non posso fare altrimenti.» Susan aveva sospirato in modo deciso ma preoccupato. «Ma prima di lasciarla andare, faremo in modo che sappia che qui è sempre la benvenuta.»

Da allora Percy si era ripromesso di tenere d'occhio Meg e non aveva dovuto cercare troppo lontano per trovarla. Lei aveva iniziato a trascorrere i pomeriggi in negozio, parlando con Susan e, di lì a poco, a lavorare dietro il bancone nei fine settimana.

«La figlia che non ho mai avuto» diceva sua madre, sorridendo affettuosamente a Meg mentre contava i guadagni e stilava una lista delle merci da ordinare. «Gentile, capace e per nulla sgradevole alla vista.» In seguito, la bambina era diventata donna: «Un giorno sarà un'ottima moglie». In tono più eloquente, ma non sgarbato, con lo sguardo che saettava verso la gamba rigida di Percy: «Un uomo con scarse opzioni sarebbe fortunato a sposare una ragazza come quella».

Ormai si erano lasciati Hahndorf alle spalle, addentrandosi nel familiare territorio delle colline ondulate che si estendevano verso le Mount Lofty Ranges. Filari di viti frondose si crogiolavano al sole del tardo pomeriggio e l'aria calda portava con sé il lieve profumo di lavanda dell'azienda floricola di Kretschmer.

Blaze allungò il passo mentre si avvicinavano all'Onkaparinga Valley Road. I meleti cedettero il posto agli uliveti e, quando attraversarono il ponte di Balhannah, la cavalla iniziò ad agitare la criniera, tirando dolcemente verso l'acqua. Percy strinse la presa sulle redini, premendole il palmo contro il collo. «Ti capisco, vecchia mia.»

Una volta tornato, Meg avrebbe avuto molto da fare. La vigilia di Natale c'erano sempre ordini dell'ultimo minuto, e non si poteva mancare alla funzione del reverendo Lawson alle 18.30. Ma erano passate dieci ore da quando avevano lasciato la Tenuta, con solo un paio di brevi soste. Per quanto fosse ansioso di arrivare, non gli sembrava giusto negare una nuotata a Blaze.

Proseguì verso ovest sotto il sole del pomeriggio, ma alla periferia di Tambilla diresse Blaze via dalla strada, lungo un ripido canalone erboso. Il torrente era stretto in quel punto, un affluente del fiume Onkaparinga che nasceva sulle colline pedemontane delle Mount Lofty Ranges e si snodava attraverso la conca. Blaze incontrò volentieri l'acqua, facendosi largo tra le canne mentre avanzava seguendo la corrente. Raggiunse il luogo in cui la recinzione di legno e fil di ferro si era staccata dal palo, e Percy esitò brevemente prima di incitarla a proseguire. Ormai era sulla proprietà dei Turner, ma la casa era ancora lontana.

Era proprio da quella direzione che si era avvicinato all'edificio la prima volta che l'aveva visto. Strano: era da tempo che non ripensava a quel giorno. Aveva tredici anni e stava tornando al negozio dopo aver fatto una consegna. Forse la poliomielite gli aveva tolto velocità sul campo da cricket, ma in sella a Prince non era diverso da chiunque altro. Suo padre aveva approvato con tutto il cuore – qualsiasi cosa era meglio che trovare suo figlio in casa con un libro in mano – e si era spinto addirittura a offrirgli un lavoro nelle ore libere dalla scuola.

A cavallo, Percy poteva coprire tutta Hahndorf, fino a Nairne, e poi tornare indietro verso Balhannah e Verdun. La

Piccadilly Valley complicava un po' le cose, ma suo padre non era il tipo da rifiutare un ordine, così Percy aveva imparato a cavalcare più velocemente. Avrebbe dovuto prendere la via più breve, ma preferiva sempre andare per i campi. Quello era il suo posto, quelle colline erano la sua casa, e le amava.

In Willner Road non c'erano edifici e, dunque, nemmeno consegne da portare a termine, ma faceva di tutto per percorrerla perché gli piaceva il profumo delle acacie australiane, e la strada era fiancheggiata da grandi cespugli verde-argento che ogni agosto si riempivano di pompon gialli. La stagione era inoltrata, ma in quel giorno particolare di quell'anno particolare ce n'erano ancora in abbondanza. Percy aveva tirato un respiro profondo, assaporando la sensazione del sole sulla camicia e la piacevole fragranza degli eucalipti, della terra e dei fiori, e si era sporto in avanti per sdraiarsi sulla larga schiena di Prince, lasciando che il ritmo della cavalcata lo cullasse come un bambino tra le braccia della madre. Aveva viaggiato così per qualche tempo, finché un richiamo dall'alto aveva attirato la sua attenzione.

Aveva strizzato le palpebre contro il cielo limpido e luminoso, dove una coppia di aquile cuneate volteggiava pigramente sulle calde correnti termiche. Le aveva seguite con lo sguardo prima di incoraggiare Prince a salire sul ciglio della strada, attraversare la fessura della recinzione e proseguire nella direzione dei rapaci. La sommità della collina che stavano sorvolando era coperta da una fitta vegetazione. Percy aveva cominciato a chiedersi se sarebbe riuscito a individuare il nido. Aveva sentito dire che erano state avvistate delle aquile vicino a Cudlee Creek, ma non sapeva che si stabilissero così a sud.

Mentre Prince procedeva coraggiosamente in salita tra gli esili eucalipti svettanti, Percy aveva scrutato i rami più alti. Cercava una piattaforma fatta di bastoni e coperta di foglie. Lanciando un'occhiata tra il graticcio di rami e il cielo – deciso a non perdere di vista le aquile – non si rese subito conto di aver attraversato una linea invisibile, sconfinando in un altro tipo di terreno. Era stato il suono alterato a catturare per primo la sua attenzione, come se fosse stato abbassato un coperchio a cupola e la sua volta si fosse avvicinata all'improvviso.

C'era stato un netto cambiamento anche nella vegetazione, aveva notato. Tra gli eucalipti e la folta erba ingiallita si infiltravano ora altre specie di piante, cosicché i tronchi argentati si mescolavano a cedri, grosse querce e olmi dalla corteccia ruvida. Rovi intricati coprivano il terreno e rampicanti frondosi strisciavano verso l'alto, allungandosi tra gli alberi e impedendo di trovare uno spiraglio abbastanza grande attraverso il quale scorgere il cielo.

La temperatura era scesa di diversi gradi in quel mondo ombreggiato. Sopra la sua testa, gli uccelli chiacchieravano tra loro: occhialini dorsogrigio e lorichetti, rondini, mangiamiele e scriccioli. Quel luogo brulicava di vita, ma Percy aveva dovuto ammettere che c'erano poche possibilità di individuare il nido delle aquile.

Stava tirando le redini di Prince per farlo tornare verso la città, quando una luce aveva catturato la sua attenzione. Il sole aveva illuminato qualcosa oltre gli alberi, facendolo brillare come una torcia attraverso una fessura. Incuriosito, aveva spinto l'animale a proseguire lungo il fitto pendio boscoso. Si era sentito come il personaggio di un libro. Aveva pensato a Mary Lennox quando scopre il giardino segreto.

I cespugli di more erano diventati troppo folti per procedere a cavallo, così smontò, lasciando Prince all'ombra di un'imponente quercia. Aveva raccolto un ramo robusto e iniziato a farsi strada tra i rampicanti aggrovigliati. Non era più un ragazzo con le gambe che non sempre obbedivano ai suoi ordini; era Sir Gawain alla ricerca del Cavaliere Verde, Lord Byron che andava a combattere un duello, Beowulf che guidava un esercito contro Grendel. Così intento a vibrare fendenti con la sua finta spada, non si rese subito conto di essere uscito dalla foresta e di trovarsi su quella che pareva la fine di un vialetto di ghiaia.

Sopra di lui si stagliava non tanto una casa quanto un castello. Due piani enormi, con gigantesche finestre rettangolari lungo ciascuna facciata e un'elaborata balaustra di pietra con colonnine corinzie che correva intorno ai quattro lati del tetto piatto. Pensando immediatamente a Pemberley, si era aspettato di vedere Mr Darcy uscire dalla grande porta a due battenti, con il frustino infilato sotto il braccio, mentre scendeva di corsa i gradini di pietra che si allargavano in un'elegante curva fino a raggiungere lo spiazzo circolare dove si trovava lui.

In quel momento aveva capito cos'era quell'edificio. La casa di Mr Wentworth. Era una ridicola assurdità, dicevano quasi tutti, un colosso di pietra come quello, là nel bel mezzo del nulla. Solo l'amore o la follia, affermavano, o forse una buona dose di entrambi, avrebbe potuto indurre un uomo a immaginare, e addirittura a erigere, una costruzione del genere. Sulle Hills non mancavano certo le imponenti dimore di pietra; fin dall'inizio della colonizzazione dell'Australia Meridionale, la piccola nobiltà facoltosa si era accaparrata terreni su cui innalzare residenze di campagna dove trascorrere l'estate in un clima più mite. Ma Percy non aveva mai visto nulla di simile.

Mr Wentworth aveva fatto preparare i progetti a Londra, chiamando poi gli artigiani dall'Inghilterra. Il costo era stato astronomico: quaranta volte il prezzo della migliore alternativa esistente nell'Australia Meridionale. Immagina di spendere tutti quei soldi, sussurravano le persone incredule, per poi ritrovarti da solo, sperduto in un'enorme mostruosità.

Percy era d'accordo sul fatto che la casa fosse enorme – l'avrebbe visto anche un cieco – ma non la considerava una mostruosità. Al contrario. Gli ricordava l'illustrazione del frontespizio del suo libro preferito.

Dopo quel giorno era tornato ogni volta che aveva potuto. Non aveva detto ai suoi amici della casa. Non subito, almeno. Uno strano senso di possesso lo assaliva sempre, quando ci pensava. L'edificio aveva scelto di mostrarsi a lui. Ma rimanere l'unico custode di un segreto così tremendo era diventato ben presto un fardello; Percy si era stancato di essere solo e l'irresistibile valore della notizia aveva avuto la meglio su di lui. Si era pentito della rivelazione non appena l'aveva fatta. I suoi amici si erano voluti precipitare subito lassù per vedere la casa ed esplorarla. Quando avevano sfondato la finestra per entrare, lui aveva provato una fitta al cuore.

Una o due volte aveva seguito i compagni all'interno. La maggior parte dei mobili che Wentworth aveva ordinato e fatto spedire dall'Inghilterra era ancora là, coperta da teli. Un grande ritratto del vecchio era appeso alla parete sopra le scale. Percy aveva percepito su di sé gli occhi del dipinto – accusatori, traditi – e si era vergognato. In seguito, quando aveva scoperto la storia di Edward Wentworth, aveva capito il perché. La casa era stata costruita per amore, ma la giovane donna che l'aveva ispirata era morta di insolazione durante la traversata verso l'Australia. Mr Wentworth, che la stava aspettando sul molo di Adelaide quando era arrivata la notizia, non si era mai ripreso e aveva sprangato le porte per restare solo con il suo dolore. La casa era diventata il tempio del suo cuore spezzato.

Alla fine gli amici di Percy si erano stancati di quel posto ed erano passati a nuove avventure. Anche lui aveva avuto altre cose per la testa: aveva sposato Meg, avevano rilevato il negozio e poi era scoppiata la guerra. Quindi aveva saputo che l'edificio era stato acquistato da un tizio di Sydney. Si chiamava Turner e, una volta finito il conflitto, in città si era sparsa la voce che vi si sarebbe trasferito in primavera con la moglie inglese.

Era successo quattordici anni prima. Da allora c'erano stati radicali cambiamenti. Il terreno era stato dissodato e i resti del giardino di Wentworth erano stati ritrovati nella natura selvaggia e riportati all'antico splendore. Erano stati assunti artigiani, locali e non, e spesi molti soldi (o almeno così si vociferava) per rimettere in sesto la casa.

Percy effettuava spesso delle consegne lassù e, mentre percorreva le dolci curve del vialetto ripristinato, non mancava mai di stupirsi della trasformazione. Certe volte, quando si fermava nel punto più occidentale della salita per permettere a Blaze di riprendere fiato, guardava oltre i giardini all'italiana, verso la casa, e ammirava la distesa verdeggiante del prato e i muretti di pietra, i meli selvatici e le camelie e, per una frazione di secondo, se lasciava che gli occhi si appannassero, intravedeva invece, come attraverso un velo, l'incolto accesso originario, com'era stato per molto tempo prima che arrivassero i Turner...

Quel giorno, però, non si sarebbe avvicinato alla casa. Blaze non era interessata a salire su Wentworth Hill e il tempo stringeva. Allentò le redini e si lasciò guidare dalla cavalla. L'animale conosceva la strada. Si stava dirigendo a nord verso un luogo che amava, dove gli argini fiancheggiati da salici si allargavano e il letto del fiume diventava abbastanza profondo da formare una pozza d'acqua, perfetta per nuotare.

La prima cosa insolita che Percy vide fu la vivace bandiera appesa a un ramo del salice più grande.

Fermò Blaze e si schermò gli occhi dal sole, mettendo a fuoco la scena. Diverse persone erano sdraiate sotto l'albero, si rese conto, su coperte, e con cesti posati là accanto. Stavano facendo un picnic. Sull'albero, insieme alla bandiera, qualcuno aveva intrecciato ai rami un festone natalizio di carta.

Rimase leggermente sorpreso. In piena estate, a quell'ora del pomeriggio incipiente, la maggior parte delle persone assennate era in casa, facendo del suo meglio per sfuggire alla calura; non si era aspettato di incontrare qualcuno là fuori. Accarezzò il collo caldo di Blaze, riflettendo. Stava violando una proprietà privata e, pur sapendo che ai Turner non sarebbe dispiaciuto – la signora l'aveva invitato ad attraversare i paddock ogni volta che faceva le consegne – non voleva dare l'impressione di superare il limite, approfittando della sua gentilezza. Come ogni uomo in città, anche lui aveva provato un certo nervosismo in presenza di Mrs Turner subito dopo il suo arrivo. Accadeva raramente che persone nuove si trasferissero a Tambilla, e ancora meno nella casa di Mr Wentworth, e lei era raffinata, dignitosa, molto inglese.

Si sarebbe dovuto girare e andarsene. Ma se la donna si fosse svegliata e l'avesse visto sgattaiolare via? Be', non sarebbe stato peggio? Più compromettente, in qualche modo?

In seguito – e glielo avrebbero chiesto molte volte nei giorni, nelle settimane e negli anni a venire, oltre che nelle ore successive, durante gli interrogatori alla centrale di polizia – avrebbe spiegato come il sesto senso gli avesse suggerito che le cose non erano esattamente come sembravano. In privato, si sarebbe domandato se fosse vero, se la scena gli fosse davvero parsa inquietante o se la ricordasse così soltanto a causa di quanto era accaduto dopo.

L'unica cosa di cui era certo era che, davanti a quella scelta, aveva dato una leggera spinta a Blaze e si era avviato verso i Turner riuniti sotto il salice.

I bambini addormentati, ricordava di aver pensato, assomigliavano alle incisioni della preziosa Bibbia di famiglia di sua madre, portata dai nonni quando erano emigrati da Liverpool. Erano bambini bellissimi, persino il maschio, John. Ricci biondi, come quelli che doveva avere il padre da bambino, e occhi di un sorprendente azzurro mare, tutti tranne la primogenita, Matilda, i cui capelli scuri e i cui occhi verdi la rendevano il ritratto della madre. Percy la conosceva un po'. Era una compagna di classe di Kurt fin da quando erano piccoli, e ultimamente avevano un debole l'uno per l'altra. Era sdraiata all'ombra vicino al tronco dell'albero, con il cappello di paglia posato sul terreno là accanto. Il vento caldo le arricciava l'orlo della gonna. Era scalza.

Gli altri due bambini, sulla coperta con la madre, indossavano calzoncini e avevano dei teli intorno ai fianchi, come per asciugarsi. John era steso sulla schiena, mentre Evie era rannicchiata su un fianco, con il braccio destro allungato. Percy ripensò alle numerose occasioni in cui aveva portato i suoi figli a fare il bagno nei ruscelli e nei laghi delle Hills, ma anche sulla spiaggia, a Port Willunga, a Goolwa e negli altri luoghi in cui suo padre l'aveva condotto da ragazzo, a pescare e a cacciare molluschi. Riusciva quasi a sentire l'inebriante sonnolenza che si impadroniva di lui dopo aver nuotato, mentre la pelle si asciugava sotto il sole.

Un'antiquata culla di vimini pendeva dal ramo più diritto del salice. Era stata Meg a dirgli che Mrs Turner aveva finalmente partorito. Erano appena tornati dalla chiesa uno o due mesi prima e lei si era fermata davanti allo specchio dell'ingresso per togliersi il cappello e sistemarsi l'acconciatura.

«Hai sentito che Mrs Turner ha avuto una bambina?» aveva urlato al marito, che era già in cucina a riempire il bollitore. «Una cosina minuscola con un visetto serio.»

«Davvero?» aveva risposto lui.

«Ne ha quattro adesso, meglio lei che io» aveva riso Meg. «Mai farsi mettere in minoranza. È questo il mio motto.»

Da allora, Percy aveva visto più volte Mrs Turner in città. Un paio di settimane prima, la donna camminava con la neonata in braccio e lui le aveva urtate uscendo dal negozio. Era arrossito per l'imbarazzo, ma lei aveva sorriso come se non fosse affatto infastidita.

Percy stava trasportando un grosso sacco di farina da consegnare, perciò non aveva potuto sollevare il cappello per salutarla e si era limitato a un cenno del capo. «Mrs Turner, come sta?»

«Bene, grazie. Stiamo entrambe benissimo.»

Percy aveva seguito il suo sguardo fino al visetto avvolto nella coperta. Due occhi blu inchiostro l'avevano fissato, con le sopracciglia pallide aggrottate in quell'espressione di finta saggezza che tutti i neonati condividono e che poi perdono al primo sorriso.

«Com'è piccola» aveva commentato Percy.

«È vero quello che dicono. Si tende a dimenticare.»

Meg li aveva raggiunti sul vialetto e si era messa a vezzeggiare la bambina, profondendosi in scuse con Mrs Turner. «Di solito ha buona memoria, il mio Percy, ma quando commette un errore, si assicura sempre di rimediare. Spero che la pasta di pesce sia stata di suo gradimento.»

«Era deliziosa, Mrs Summers, e fin troppo abbondante. Stavo venendo ad accertarmi che l'avesse messa sul mio conto. Volevo telefonare, ma ultimamente sono un po' distratta.»

«Non mi stupisce.» Meg aveva sfiorato con un dito la guancia della neonata. La sua disinvoltura era così in contrasto con il disagio di Percy che, al confronto, lui si era sentito ancora più goffo. «Questi fagottini hanno la brutta abitudine di assorbire tutta l'attenzione, vero? È incantevole, davvero molto graziosa.»

Una femminuccia. Percy non si era accorto che Meg l'aveva capito. Aveva studiato rapidamente il suo volto, alla ricerca di segni di dolore, di invidia o di qualsiasi altra cosa degna di nota. Ma sua moglie si era limitata a sorridere alla bambina addormentata.

Ora vedere Mrs Turner stesa sulla coperta gli fece bruciare le guance, come se si fosse avvicinato volutamente di soppiatto. La scena sotto il salice trasmetteva una certa intimità, una certa vulnerabilità. Ecco una famiglia riunita che dormiva, con le tracce del pranzo ancora disposte a casaccio sulla coperta: piatti e tazze, croste di pane e briciole di torta.

Fu allora che l'immobilità della scena lo colpì. Era quasi innaturale.

Si tolse il cappello. In seguito si sarebbe chiesto cosa, esattamente, l'avesse spinto a farlo. Era consapevole del suono del proprio respiro: dentro e fuori, dentro e fuori.

Qualcosa si muoveva sul polso della bambina più piccola, notò. Si avvicinò cautamente. E fu allora che vide la fila di formiche strisciare sul suo corpo, lungo il braccio e verso gli avanzi del picnic.

Tutto il resto era statico, silenzioso. I lineamenti non si contraevano nel sonno. Nessuno sbadigliava o cambiava posizione quando la brezza gli sfiorava la pelle. Nessuno alzava o abbassava il petto.

Si inginocchiò accanto alla testa di Mrs Turner. Dopo essersi inumidito l'indice, glielo tenne vicino al naso, sperando che si raffreddasse quando lei avesse espirato. Si accorse che il dito gli tremava. Guardò in lontananza, come se questo potesse aiutarlo in qualche modo, come se concentrando i sensi potesse costringerla a respirare.

Niente. Non c'era niente.

Indietreggiò. Inciampò nel cestino, trasalendo quando udì l'acciottolio delle posate e delle stoviglie. Eppure nessuno si mosse. Nemmeno un muscolo.

Con mani tremanti, si rimise il cappello. Cercò di impedire che i pensieri corressero, ruzzolassero, entrassero in collisione. Consapevolezza, shock, paura... Si sforzò di scacciarli tutti per decidere il da farsi.

Blaze era là vicino e, senza un attimo di esitazione, Percy afferrò le redini e montò in sella, spronando la cavalla per andare a cercare aiuto.

PARTE PRIMA

CAPITOLO UNO

Londra, 7 dicembre 2018

Ogni volta che Jess si sentiva arrabbiata, triste o anche solo inspiegabilmente inquieta, andava al Charles Dickens Museum in Doughty Street. C'era qualcosa di profondamente confortante nel sedersi a bere una tazza di tè inglese dopo aver vagato per le sale. Di tanto in tanto usava l'audioguida, anche se l'aveva ascoltata così tante volte da conoscere le informazioni a memoria, perché le piaceva la voce del narratore.

Aveva scoperto il museo durante i suoi primi mesi a Londra. All'epoca aveva ventun anni, viveva nell'attico della zia della madre di una compagna di corso e lavorava part-time in un pub fatiscente vicino alla stazione di King's Cross. Un giorno, essendo arrivata troppo presto per il turno, aveva deciso di esplorare i dintorni. Era la cosa che le piaceva di più, passeggiare e guardare, perdersi nello stupore di essere là, in quel luogo di vie acciottolate, boccali di birra e case ricavate da antiche scuderie, di poeti, pittori e drammaturghi, del grande ed eterno Tamigi con le sue acque pigre.

Spinta dalla sete di esplorazione e scoperta, si era concessa la libertà di svoltare casualmente nell'una o nell'altra direzione quando arrivava in fondo a una strada, ed era stato così che si era ritrovata a camminare lungo Doughty Street, superando una fila di linde case di mattoni, quando aveva notato un cartellone sul marciapiede davanti al numero 48, che segnalava la presenza del Charles Dickens Museum. Migliaia di ore trascorse da bambina nel giardino della nonna a Sydney, con un libro in mano, le erano tornate in mente in un istante, e si era affrettata a salire gli scalini di cemento e a spingere la lucida porta nera. Il tempo si era dissolto; la novità di essere in Inghilterra, di scoprire che i nomi e i luoghi in cui si era imbattuta nei romanzi erano *reali*, era ancora fresca, e Jess era rimasta assolutamente sconcertata al pensiero che Dickens in persona avesse, un tempo, percorso quei corridoi, mangiato a quel tavolo, conservato il vino nella cantina al piano di sotto.

Quel giorno aveva fatto tardi al lavoro e si era beccata un richiamo, seguito di lì a poco da un secondo e infine dal licenziamento. Per un colpo di fortuna, la disoccupazione aveva generato un'opportunità, e il successivo annuncio di lavoro a cui aveva risposto era stato quello di una piccola agenzia di viaggi di Victoria che le aveva chiesto di scrivere, tra le altre cose, i testi per la newsletter. Così, in un caso di rara e perfetta sincronicità, Jess aveva sempre pensato di dover ringraziare Dickens per averla avviata alla professione di giornalista.

La sua sala preferita al museo cambiava spesso, a seconda dell'umore e delle circostanze. Ultimamente passava molto tempo nello studio. Amava stare nell'angolo, dove il bordo della scrivania incontrava la finestra, e osservare il dipinto incompiuto di Robert William Buss, che ritraeva Dickens addormentato su una vecchia sedia di legno, mentre i personaggi a cui aveva dato vita riempivano l'aria circostante. Si divertiva a riconoscerli, legandoli ciascuno ai ricordi che portava con sé dalla prima volta che li aveva incontrati. Era incredibile che le creazioni di uno scrittore inglese del XIX secolo si fossero intrecciate con le esperienze di vita di una bambina cresciuta nella lontana Sydney.

Quel giorno, tuttavia, mentre Jess studiava il dipinto, si era resa conto che c'era qualcosa di quasi minaccioso nel modo in cui i personaggi sembravano perseguitare il loro autore, attorniandolo, intrappolandolo, rifiutandosi di dargli pace persino nel sonno. Conosceva quello stato d'animo. Era esattamente ciò che provava da quando aveva avuto l'Idea. Anzi, in misura maggiore o minore, si sentiva così da tutta la vita: una volta che un progetto prendeva forma nella sua testa, ci pensava ossessivamente, lo esaminava da ogni angolazione, non si fermava finché non aveva risolto, identificato ed eliminato il problema. Sapeva da fonte affidabile che quella caratteristica faceva ammattire gli altri, e si era sentita accusare a più riprese di essere indisciplinata, distratta e troppo curiosa. Nessuno avrebbe mai potuto negare, però, che quella peculiarità le era tornata utile nel lavoro.

Quell'idea particolare le era venuta una settimana prima. Aveva preso la metropolitana per tornare a casa dalla biblioteca e, quando era scesa a Hampstead, aveva notato una vecchietta che trascinava a fatica due pesanti sacchetti del supermercato. Si era offerta di aiutarla e aveva finito per accompagnarla fino a casa, in uno degli edifici georgiani di mattoni scuri in Well Walk, tra il pub e i Gainsborough Gardens. Era stato lungo la strada e in seguito, mentre bevevano una tazza di tè, che aveva scoperto la storia della sua nuova amica, e in particolare il fatto che un tempo la casa era appartenuta a John Keats. Inoltre, subito dopo essersi sposata, la donna aveva trovato, nascosta in una fessura tra gli scalini, una lettera che il poeta aveva scritto a Fanny Brawne.

Quel dettaglio meraviglioso aveva spinto Jess a pensare a tutte le altre case che oltrepassava ogni giorno. La storia onnipresente, gli strati tangibili del tempo ovunque si decidesse di guardare erano un aspetto di Londra che trovava ancora profondamente stimolante, anche dopo quasi vent'anni. Non sarebbe stato bello, si era domandata, scegliere una strada a caso e intervistare i residenti di ogni edificio, intrecciando la loro situazione attuale con quanto fosse riuscita a scoprire sugli occupanti precedenti e persino con il passato delle case? Sarebbe stata una celebrazione dell'ubiquità delle storie e di tutti quei parallelismi invisibili che si fondono a formare la struttura dell'esistenza umana. Quanti luoghi interessanti dovevano esserci – alcuni piccoli e intimi, altri più appariscenti – nascosti nelle polverose scale della città.

Lungo il breve tratto da Well Walk alla sua casetta all'ombra della New End School, aveva delineato mentalmente un'intera serie di articoli. Aveva aperto la porta, si era tolta le scarpe ed era salita direttamente nello studio. Mentre scendeva l'oscurità e la luce azzurrina del monitor si allargava sul pavimento, il numero di schede di ricerca aperte sullo schermo si era moltiplicato. Quando si era alzata, aveva ormai preparato una bozza dettagliata, una presentazione a effetto e una lista di editori che forse sarebbero stati interessati a pubblicare i pezzi.

Dopo l'euforia iniziale, però, era arrivata l'attesa straziante, a cui non si era ancora abituata dopo tanti anni di lavoro a tempo pieno. L'ultimo editore che aveva contattato si era fatto vivo il giorno prima per dire che l'idea era promettente, ma che avrebbe dovuto *sottoporla ai suoi superiori* e che si sarebbe *rifatto sentire* prima del fine settimana. Quel giorno era venerdì, perciò Jess era in fibrillazione. Non c'era alcuna possibilità che riuscisse a concentrarsi su qualcos'altro, così era andata a piedi da Hampstead, passando per Primrose Hill e attraversando Regent's Park, per arrivare al museo in tempo per l'apertura. Non aveva impiegato molto per ritrovarsi nella sala da tè, dove stava finendo una tazza di Darjeeling e una fetta di plumcake alla banana. Era consapevole di aver commesso il peccato capitale del freelance: investire emotivamente in un progetto prima di avere il via libera di un giornale disposto ad acquistare e a stampare l'articolo finito; non poteva permettersi di scrivere per gratificazione personale.

I bilanci delle redazioni venivano tagliati, i piccoli giornali indipendenti chiudevano, le notizie venivano vendute per la pubblicazione contemporanea su più testate anziché raccolte localmente. Schiere di giornalisti avevano ricevuto il benservito e cercavano di sbarcare il lunario come liberi professionisti. «Sarà bello avere orari flessibili» avevano provato a convincersi l'un l'altro all'inizio, con nervoso ottimismo; ma c'erano troppi reporter e troppo poche pubblicazioni. I lettori, si diceva, ne avevano fin sopra i capelli delle lungaggini di certi articoli, dunque il numero di parole e le tariffe a parola venivano ridotti di pari passo. Era diventato quasi impossibile guadagnarsi da vivere. Alcuni dei suoi amici avevano ripreso a studiare, altri si stavano *prendendo una pausa*, mentre altri ancora vendevano immobili o addirittura facevano *mining* di bitcoin.

«Che cosa ne dici di una sceneggiatura?» le aveva chiesto la sua amica Rachel, provando a rendersi utile. «Ho letto che tutti stanno facendo qualcosa. Netflix, Amazon, non riesci a navigare online senza sentire quanto siano affamati di contenuti. Chi è il giornalista che ha scritto quel film... *Il falò* qualcosa?»

«Tom Wolfe? *Il falò delle vanità*?»

«Sì! Esatto! Scrivi qualcosa di simile.»

«Non ha scritto la sceneggiatura, ha scritto il libro.»

«Allora scrivi un libro. Sei una scrittrice, no?»

Rachel aveva buone intenzioni e quasi sicuramente non si meritava l'occhiataccia che Jess le aveva lanciato. In realtà, Jess conosceva diversi ex giornalisti che stavano scrivendo libri, ma solo uno aveva firmato un contratto editoriale, e meno parlava di lui e della sua nuova vita, e meglio era. Non aveva precisato che *Il falò delle vanità* (il romanzo simbolo degli anni Ottanta!) era stato prima pubblicato a puntate. Ventisette uscite (ventisette!) sulla rivista *Rolling Stone*.

Nell'angolo in fondo alla sala da tè del museo, si versò l'ultima tazza di Darjeeling. Stava mettendo giù la teiera quando un volantino posato sul tavolo, con un piccolo disegno di Dickens, attirò la sua attenzione. *Lui* no che non si sarebbe lasciato abbattere da una recessione globale. La sua produttività era stata leggendaria: quindici romanzi, cinque novelle, dieci figli, numerosi racconti, poesie e opere teatrali, tour internazionali e una quantità non trascurabile di attività filantropiche che avevano cambiato la società. D'altronde, aveva anche potuto contare su una moglie pronta a compensare le sue assenze e, a quanto pareva, anche sulla disponibilità di una cognata.

Jess attorcigliò il tovagliolo e lo premette sotto il coltello. Il fatto era che le mancava immergersi in un progetto di approfondimento, tuffarsi a capofitto nelle ricerche e smarrirsi in un'idea. Le mancava cercare risposte e condividere storie. Sapeva che la cosa suonava terribilmente arrogante, ma nei suoi momenti migliori si era convinta di svolgere un lavoro vitale: sbattere la verità in faccia ai potenti, chiedere conto delle loro azioni a governi e leader facendo luce in nome di chi non poteva farlo. Sicuramente, in quell'epoca di fake news e teorie complottiste, il giornalismo investigativo era più importante che mai. Jess non pretendeva certo di cambiare il mondo; desiderava solo fare qualcosa che avesse un significato.

«Pagare il mutuo ha un significato» aveva detto Rachel.

E che mutuo. Rachel aveva ragione. Era una bella pretesa aspettarsi che il lavoro la gratificasse oltre a permetterle di guadagnare quanto bastava per pagare le bollette. Lavorare per l'appagamento spirituale era un lusso che la maggior parte delle persone sul pianeta non poteva concedersi. Nonostante ciò era difficile pensare che il mondo avesse bisogno dell'ennesimo soffietto sulla *fast fashion* o sulle tendenze in materia di caffetterie. Certe volte Jess aveva la sensazione di inquinare la terra riempiendola di rifiuti proprio come se producesse cannucce di plastica.

Riprese il telefono e guardò il display corrugando la fronte. Ancora niente.

C'era la possibilità che il redattore le inviasse un'e-mail, ma aveva detto che avrebbe chiamato.

Controllò la posta elettronica.

Controllò il volume della suoneria.

Posò il cellulare e alzò lo sguardo quando una famiglia fece il suo rumoroso ingresso nella sala da tè. L'effetto immediato fu di brusio e movimento, e ci volle un istante per valutare la situazione: un neonato che piangeva in un marsupio sul petto dell'uomo, un bambino di cinque anni o giù di lì, fradicio di pioggia e appeso al braccio della donna, e infine un bimbetto coraggioso con un chiaro elenco di richieste e tutta l'intenzione di renderle note. Si guardarono intorno alla ricerca di un tavolo libero, con gli zaini dai colori vivaci che urtavano sedie e pareti mentre si addentravano in quello spazio accogliente.

Jess incrociò lo sguardo della madre e riconobbe un essere umano allo stremo delle forze. «Me ne stavo andando.» Indicò la tazza vuota.

Decise di non tornare al museo. Invece sarebbe andata in biblioteca; forse avrebbe anche fatto un po' di ricerca per il pezzo su Well Walk. Non avrebbe iniziato a scriverlo, si sarebbe solo assicurata di essere pronta qualora fosse arrivata la chiamata.

Stava ancora frugando nella borsetta mentre spingeva la porta e usciva in strada. Quando le prime gocce di pioggia le colpirono la testa, le venne in mente l'immagine dell'ombrello appoggiato al bancone della cucina di casa sua. Lanciò un'occhiata al cielo grigio e basso, che incombeva minaccioso; si sarebbe infradiciata prima di arrivare alla metropolitana. Stava per rientrare, quando vide il taxi che girava l'angolo da Guildford Street. Un taxi era un lusso che non poteva permettersi di quei tempi, dato che doveva risparmiare ogni centesimo per il mutuo ma, quando un tuono rimbombò in lontananza, allungò il braccio per fermarlo. Avrebbe dovuto limitarsi a un solo bicchiere di vino se avesse incontrato Rachel per un drink venerdì sera. Poteva incolpare soltanto se stessa per essersi lasciata convincere a comprare casa in una zona di Londra dove un calice grande di rosé poteva costare venti sterline.

Il telefono squillò nel preciso momento in cui stava salendo sul sedile posteriore del taxi. Lo incastrò tra il mento e l'orecchio. «Pronto, può attendere un minuto?» Scivolò sul sedile schizzato di pioggia e posò la borsetta. «Alla British Library, per favore» disse al tassista. Chiuse la portiera con un tonfo e, mentre l'uomo svoltava e si dirigeva verso ovest, riportò l'attenzione sulla chiamata. «Mi scusi. Ci sono» disse.

«Jess? Parlo con Jessica Turner-Bridges?»

Lei si irrigidì, cercando di frenare la speranza. «Sì.»

Avrebbe sempre ricordato l'odore del riscaldamento e le efficienti passate dei tergicristalli. Lo shock per il contenuto della telefonata fu aggravato dal fatto che si aspettava una conversazione molto diversa. Infatti il chiamante non era il redattore dell'inserto della rivista, bensì una voce proveniente da un tempo e da un luogo lontani, da una vita diversa, che le dava la peggiore notizia possibile, una notizia che aveva temuto di ricevere da quando aveva lasciato Sydney per Londra.

CAPITOLO DUE

«Ma com'è caduta?» Rachel era accomodata al solito posto, nel separé imbottito e mal illuminato in fondo al tapas bar, al piano seminterrato, nell'angolo tra Heath Street e Church Row. «Non ha un badante?»

«Era il suo pomeriggio libero» spiegò Jess. «Avrebbe dovuto essere in biblioteca a scrivere lettere, è lì che Patrick l'ha lasciata. Non so cosa le sia saltato in mente. Aveva pranzato. La sua camera è proprio dall'altro lato del corridoio. Non sarebbe dovuta andare da nessun'altra parte.»

Sicuramente non vicino alle scale dell'ultimo piano. Quella era la cosa che Jess aveva difficoltà a comprendere. In tutto il tempo in cui aveva vissuto con la nonna nella villa affacciata sul porto, non ricordava che Nora si fosse mai avvicinata alla soffitta. Neanche Jess sarebbe dovuta salire. Era uno dei pochi posti in cui la nonna le aveva proibito di giocare quando era bambina, perché la scala era molto ripida e pericolosa. Naturalmente gli avvertimenti erano serviti soltanto a stuzzicare la sua curiosità - Jess si era intrufolata molte volte nella stanza con i soffitti spioventi - ma Nora non aveva mai varcato la soglia né mostrato interesse a salire i gradini da sola. Con una casa delle dimensioni di Darling House, non ne aveva bisogno. Tutto ciò che era di valore, e anche qualcosa in più, trovava posto in un armadio, in una scrivania o in un cassetto nelle stanze principali al piano inferiore.

Jess guardò il bicchiere di vino che stava sorseggiando da quando lei e Rachel si erano incontrate. Era il giorno sbagliato per decidere di trattenersi, ma alla fine non aveva avuto molta scelta. Era rimasta così scioccata dalla telefonata, e così determinata a scoprire tutto il possibile dalla governante di sua nonna – grazie a Dio Mrs Robinson aveva dimenticato il sacchetto della spesa ed era tornata a Darling House per recuperarlo – che aveva chiesto al tassista di portarla fino a casa, a Hampstead. A causa dei lavori stradali a New End erano dovuti passare per West Heath Road, e la corsa era costata quasi venticinque sterline. «Non riesco a capire perché sia salita lassù. Non è nemmeno una scala vera e propria. È ripida e semibuia.»

«Quanti anni ha adesso?» chiese Rachel con delicatezza.

«Quasi novanta. E so cosa stai pensando, ma è sveglia come un grillo.»

Rachel annuì educatamente, ma Jess intuì che non capiva. Nora non era una vecchietta che barcollava qua e là, dimenticando dove stesse andando e salendo per sbaglio le scale della soffitta quando voleva soltanto attraversare il corridoio per andare a letto. Sua nonna era formidabile e dotata di un'intelligenza acutissima; l'età non l'aveva minimamente fiaccata. Aveva fondato il Nora Turner-Bridges Group dopo il divorzio, in un periodo in cui le donne, soprattutto quelle sole, potevano fare soltanto le segretarie, le commesse e poco altro; quasi sessant'anni dopo telefonava ancora in ufficio ogni mattina per ricevere aggiornamenti.

Il fatto che Rachel non conoscesse Nora aprì un abisso tra loro, e Jess sentì un improvviso dolore al petto, un senso di panico e di solitudine. Avrebbe voluto spiegare che la nonna era saggia, coraggiosa e ferocemente leale, che l'aveva accolta e amata come una figlia, senza mai mostrarsi infastidita all'idea di sobbarcarsi un'altra bambina e facendola sempre sentire un dono desiderato e prezioso. Una seconda possibilità, diceva Nora, nelle uniche occasioni in cui Jess le aveva visto quello sguardo triste e distante negli occhi. Erano state l'una la seconda possibilità dell'altra.

Un tronfio uomo barbuto a un tavolo vicino scoppiò in una risata tonante. Jess gli lanciò un'occhiata, e la solitudine sparì con la stessa rapidità con cui era arrivata. «Nora non è come le altre persone. È una tipa molto particolare» disse semplicemente.

«Assomiglia a qualcuno che conosco.»

Jess se l'era sentito ripetere spesso da ragazzina, non da ultimo dalla stessa Nora, che era solita definirla una *vera Turner*, soprattutto quando eccelleva a scuola, otteneva un posto nella squadra di nuoto o sconfiggeva gli avversari nelle gare di eloquenza. All'epoca aveva apprezzato moltissimo quel paragone. Ora, però, considerando la parabola discendente della sua vita, si sentiva in imbarazzo. «No» replicò in tono fermo. «Nora è unica nel suo genere.»

Rachel posò la mano sulla sua. «Dimmi cos'ha detto l'ospedale.»

«Non conosco i dettagli. Quando ho chiuso la telefonata con Mrs Robinson e ho chiamato l'ospedale, il medico se n'era andato e le infermiere avevano appena cambiato turno. Speravo che potessero dirmi di più, ma l'infermiera con cui ho parlato non aveva informazioni a parte quelle scritte sulla cartella: è caduta, ha sbattuto la testa e si è rotta il polso, era stabile ma dormiva. Hanno promesso di richiamarmi domattina.»

«Tra poco, dunque, dato il fuso orario.»

«Alle otto di questa sera.» Jess controllò l'orologio. Mancava ancora un'ora. «A quel punto, il medico sarà di nuovo in reparto. Una volta che avrò parlato con lui, saprò se devo tornare oppure no.»

Rachel si stupì. «In Australia? Quando?»

«Domani sera. Ho già prenotato il volo; ho tempo fino a domattina per confermare.» Non precisò che aveva i soldi per pagare solo l'andata.

«Ti perderai la premiazione.»

«Lo so.»

«Ma abbiamo già comprato il vestito della vendetta!»

«Ahimè, forse dovremo aspettare un'altra occasione. Se Nora ha bisogno di me... chi altro c'è?»

«Tua madre?»

«Per favore.» Jess alzò gli occhi al cielo.

«Sei sicura di non voler tornare in Australia proprio per perderti la premiazione?»

«Certo che no.»

Rachel bevve un sorso di vino, con lo sguardo che si posava volutamente sulla spalla sinistra dell'amica.

«*No*. Posso assicurarti che sono assolutamente tranquilla da quel punto di vista.»

«Allora se il medico dice che tua nonna sta bene, perché non rimandi la partenza? Fa' entrambe le cose. Va' alla premiazione, indossa quel vestito favoloso, mostra allo Scapolone quanto sei in forma, e fa' colpo su tutti i redattori che incontri. Poi puoi imbarcarti vittoriosa su quel volo martedì mattina presto. E tornare a casa per Natale.»

«Forse» disse Jess, più per rabbonire l'amica, non perché ci stesse pensando davvero. La verità era che, quando aveva considerato l'ipotesi di non andare alla premiazione, era stata colta da un profondo sollievo. Non si stava struggendo per Matt e non avrebbe avuto nessun problema se l'avesse incrociato. L'aveva visto un paio di volte da quando si erano lasciati, e anche Maxine, in un'occasione; avevano affrontato tutti la situazione con estrema maturità. Ma c'era un limite a ogni cosa. «Ci penserò su.»

«Bene.» Rachel scivolò fuori dal separé. «Ora finisci il vino, per l'amor del cielo, così possiamo ordinarne un altro calice quando torno.»

Jess la seguì con lo sguardo mentre si dirigeva verso la toilette, quindi si soffermò su un gruppo di persone con una decina d'anni in meno di lei. I loro visi brillavano della gioia che deriva dall'essere in una sala molto affollata, con gli amici, il cibo e i drink, un venerdì sera, nella più grande città del mondo, con abbastanza soldi in tasca e nient'altro che il weekend davanti a sé.

Mentre li osservava, un giovane attraente a capotavola disse qualcosa che fece ridere gli altri, e la ragazza al suo fianco sorrise con un'espressione possessiva, segnalando, senza lasciare ombra di dubbio, di essere la sua compagna. A Jess tornò in mente il fantasma delle cene passate. Lei e Matt erano stati quel tipo di coppia, una volta. Ricordava una divertentissima scenetta che recitavano, di solito quando qualcuno della loro cerchia era rimasto vittima delle insidie della genitorialità. Jess diceva qualcosa su quanto fosse impegnativo il suo lavoro e Matt concordava, aggiungendo, con quel suo sorriso sornione, che inoltre lui non era il tipo da metter su famiglia. Risultato: un'esplosione di risate.

Ma ride bene chi ride ultimo, e gli ultimi non erano stati loro. Anzi, lei. Per il momento non aveva né un lavoro né un fidanzato né un figlio, mentre Matt aveva una nuova giovane moglie, un'incantevole figlia di cinque mesi e un'improvvisa e inedita tendenza a pontificare sulle meraviglie della paternità. Aveva anche una rubrica sul *Daily Mail*, grazie al travolgente successo di un articolo che aveva scritto dopo la nascita della bambina. La rubrica si intitolava *Papà a Londra*, con la parola *papà* scritta sopra il vocabolo *Scapolone* barrato, a indicare che l'ex scapolo impenitente si era ravveduto. Jess aveva sentito dire che stava addirittura per pubblicare un libro.

Bevve un sorso di vino più lungo di quanto avrebbe voluto e si diede della scema per non averlo assaporato. L'uomo barbuto al tavolo accanto scoppiò di nuovo a ridere e, mentre il suono echeggiava sotto il basso soffitto a cupola, Jess ebbe l'improvvisa voglia di prenderlo a schiaffi.

Rachel la salvò da quell'impulso, facendosi strada tra i tavoli. «A proposito di redattori» disse risedendosi, «hai saputo qualcosa riguardo agli articoli su Well Walk?»

Jess non credeva di aver esitato a lungo, ma evidentemente si sbagliava, perché l'altra aggiunse: «Ha detto di no? Per la miseria, cosa gli è preso? Ti ha spiegato il perché?».

«Non vuole una serie. Cerca pezzi più *immediati*, meno *storici*.» Il redattore aveva telefonato poco dopo Mrs Robinson, mentre Jess cercava di racimolare i soldi per la corsa più la mancia.

«Non parlo lo scrittorese. Che cosa significa *immediato*?»

«Personale. Dal mio punto di vista.»

«Be', allora scrivi la storia della *tua* casa. È molto antica, almeno un centinaio d'anni.»

«Forse. Anche se ho avuto l'impressione che questo fosse uno degli aspetti che non gli piacevano. Ha detto che la gente non legge la rivista per ascoltare una lezione di storia. Vuole vedere i propri sentimenti ed esperienze riflessi nella vita dell'autore. Il testo dev'essere *essenziale*.»

«Oddio... Ordiniamo da bere.»

«No, sono a posto.» Ultimamente sembrava che ogni conversazione tra lei e Rachel fosse incentrata sulle delusioni o sui fallimenti della sua vita. Non sapeva quando si fosse trasformata in una persona così bisognosa di rassicurazioni. Aveva la sensazione di non riconoscersi più.

«Di cosa stai parlando? Offro io.»

Jess fece un sorriso grato. «Devo proprio andare. Voglio chiamare l'ospedale e parlare con il medico prima che inizi il giro.»

Rachel annuì. «Farei bene a rientrare anch'io. Le responsabilità e tutto il resto. Per quanto implori la tata di trasferirsi da noi, si ostina a voler tornare ogni sera alla pace e alla tranquillità della sua casa.»

Pagarono il conto e poi si misero sciarpe e cappotti in fondo alle scale, infilandosi cappelli e guanti di lana mentre uscivano sulla strada gelida. Le previsioni accennavano a una possibile nevicata, ma fino a quel momento c'era stato solo un po' di nevischio ghiacciato, visibile sotto forma di puntini nella luce dei lampioni. Si abbracciarono e Rachel la guardò con espressione seria. «Chiamami non appena hai notizie di Nora. E se torni a Oz, fammi sapere se c'è qualcosa che posso fare mentre sei via. Innaffiare le piante, controllare la casa, suonare il tuo pianoforte.» Sorrise e le diede un bacio sulla guancia, poi si incamminò lungo Church Row in direzione di St John's.

Jess osservò per un minuto l'amica che attraversava la strada e girava l'angolo verso Holly Walk, affrettandosi verso l'accogliente cottage a metà della collina, pieno di rumori e giocattoli, oltre a un marito banchiere allegramente stanco di nome Ben.

Camminò tra il traffico lento di Heath Street e tagliò per Perrin's Lane. Le luci di Natale erano accese, file di piccole lampadine dorate che zigzagavano lungo l'angusto vicolo acciottolato. Aveva sempre l'impressione che in quel periodo dell'anno la città mostrasse quanto valeva. Quella sera, però, la bellezza delle case sbilenche e dei mattoni coperti d'edera, delle lanterne sui cottage dei ricchi, dei segnali di calda vita domestica che emanava bagliori gialli da dietro le tende era opprimente. La schiacciava da tutti i lati e, se prima si era sentita parte di quell'atmosfera, ora aveva la sensazione di esserne esclusa, un'osservatrice intenta a sbirciarvi dentro.

Il cellulare le vibrò in tasca mentre superava Waterstones. Lo tirò fuori e sfilò dal guanto l'indice intirizzito per passarlo sul display.

Era un messaggio di Rachel: *So cosa dovresti scrivere!*, esclamava, seguito da tre puntini che lasciavano presagire altro.

Qualcosa in cui tutti possano immedesimarsi!

Altri puntini, che questa volta pulsarono abbastanza a lungo da tenere Jess in sospeso mentre attraversava sulle strisce e girava l'angolo in cima a Flask Walk.

Il messaggio arrivò mentre passava davanti alla vetrina illuminata del Judy Green's Garden Store: *Se torni in Australia, scrivi di quello. Scrivi di come ci si sente a tornare a casa dopo essere stati via così a lungo.*

CAPITOLO TRE

Aeroporto di Heathrow, 8 dicembre 2018

Il volo Qantas per l'Australia sarebbe decollato a notte fonda e Jess lasciò Hampstead con qualche ora di anticipo, in parte perché doveva prendere il treno e non si sapeva mai cosa potesse succedere, ma in parte anche perché, dopo aver fatto le valigie e sistemato la casa in vista della sua assenza, aveva iniziato a sentirsi come un'ospite che si era trattenuta troppo a lungo e che ora veniva tollerata da un padrone di casa educato. Il viaggio in treno era stato tranquillo, ed era arrivata con largo anticipo, accomodandosi nel Pret a Manger vicino al punto di controllo per mangiare un boccone prima di affrontare la lunga e complessa procedura di imbarco. Preferiva restare su quel lato, dove i viaggiatori e le loro famiglie erano ancora insieme. Le piaceva fare congetture sulle loro relazioni e sullo scopo del viaggio, sulle destinazioni e sulla durata della loro assenza.

Stava osservando le tre persone sedute al tavolo accanto al suo e continuò a guardarle mentre si dirigevano verso il punto di controllo. La giovane donna con lo zaino in spalla era chiaramente quella che stava partendo, e camminava più rapidamente della coppia anziana, con una certa impazienza e un passo energico. Si fermò a pochi metri dalla porta e abbracciò gli altri due; scambiarono ancora qualche parola, fecero riferimento allo zaino e proruppero in una risata. Un'altra serie di abbracci, e la ragazza proseguì da sola. Fece velocemente ciao ai (presunti) genitori, sfoderò un sorriso smagliante e non si voltò più indietro.

Un tempo, vent'anni prima, Jess era stata quella ragazza. Conosceva l'emozione che si provava dall'altra parte del gate: il primo assaggio di vera libertà, l'eccitante sensazione di essere finalmente padroni del proprio destino.

Era stata la nonna ad accompagnarla all'aeroporto di Sydney, per quello che allora credevano entrambe sarebbe stato un anno sabbatico. Jess aveva un portafoglio da viaggio nuovo di zecca - un regalo di Nora - con dentro la carta d'imbarco, alcuni traveller's cheque, il nome della zia della madre della compagna di scuola che aveva accettato di ospitarla nella sua mansarda a Holborn, e un itinerario di volo stampato, con la data del ritorno dodici mesi dopo. Lei e Nora avevano aspettato insieme vicino alla caffetteria accanto al gate delle partenze internazionali, Jess troppo nervosa ed emozionata per bere più di qualche sorso di cappuccino, e Nora che parlava abbastanza per entrambe, chiacchierando allegramente di varie persone che conoscevano. Si era zittita solo quando il tabellone delle partenze si era aggiornato per annunciare il volo per Londra via Singapore.

Jess aveva controllato i documenti per l'ultima volta. «È meglio che mi muova.»

«Non sarebbe l'inizio ideale per la tua grande avventura se dovessi perdere il volo» aveva concordato Nora.

Erano andate insieme al gate e si erano abbracciate, e in quel momento Jess era stata colta dall'impulso improvviso di dire alla nonna che era stato un terribile errore, che naturalmente non voleva andare a Londra, dove non conosceva nessuno; invece voleva tornare a Darling House, sedersi insieme a lei sul divano al piano di sotto con il cofanetto di *Orgoglio e pregiu-*

dizio della BBC e accettare l'offerta dell'amico di Nora come apprendista al *Sydney Morning Herald*.

Forse la nonna aveva intuito dalla stretta dell'abbraccio che l'entusiasmo di Jess era in bilico, suscettibile di trasformarsi da un momento all'altro in trepidazione, perché le aveva preso le mani e le aveva tenute saldamente tra le sue. «Una volta, una persona che conoscevo molto tempo fa mi ha detto che la paura è la porta dell'opportunità. E posso assicurarti, tesoro, che ogni cosa bella che mi è successa da allora è arrivata quando ho agito *nonostante* le mie paure.» L'aveva stretta forte. «Ricorda» aveva mormorato «che, qualunque cosa accada, io sarò qui e tu potrai sempre tornare a casa.»

Dal suo punto di osservazione nel fast food di Heathrow, mentre un nuovo gruppo colonizzava il tavolo accanto, Jess annotò quel ricordo nel bloc-notes. Era contenta che le fosse tornato in mente. Menzionare il consiglio che Nora le aveva dato vent'anni prima avrebbe conferito all'articolo una bella struttura circolare. Nonostante le difficoltà in cui era incappata e l'angoscia che aveva provato per la sua idea riguardante Well Walk, la presentazione di *Ritorno a Sydney*, inviata dopo la telefonata all'ospedale della sera prima, era stata approvata con grande tempestività, tanto che il redattore aveva richiesto la consegna per la fine della settimana successiva. Non avendo ancora trovato i soldi per il biglietto del ritorno, Jess aveva accettato senza pensarci.

A dire il vero, non sarebbe stato difficile. Molto diverso dagli approfonditi reportage investigativi su cui aveva costruito la sua carriera, quello era un semplice articolo di viaggio su un luogo e una persona che conosceva bene. Aveva buttato giù una bozza mentre andava all'aeroporto, evidenziando con asterischi alcuni punti in cui sarebbe stato utile inserire sfumature e dettagli aggiornati. Prese qualche breve appunto su un'esperienza fin troppo familiare, vissuta durante i precedenti voli verso l'Australia: il disorientamento dei viaggi a lungo raggio; la sensazione di perdere un giorno del calendario; le vertigini e le gambe tremanti all'arrivo, e l'irresistibile tentazione del sonno quando meno te la aspetti.

Chiuse la penna e guardò il tabellone delle partenze. Avevano assegnato un gate al suo volo e mancava poco più di un'ora al decollo. Infilò il bloc-notes nel bagaglio a mano, controllò di avere con sé il portatile, il telefono, il portafoglio e gli AirPods e si incamminò verso il punto di controllo. Notò che l'uomo e la donna di prima erano ancora là, insieme eppure soli, e guardavano la porta vuota come se si aspettassero che la figlia ricomparisse da un momento all'altro. Forse avevano intenzione di rimanere finché il volo non fosse partito; forse non sapevano bene cosa fare dopo. Era possibile, ipotizzò Jess, che dopo essere stati responsabili così a lungo di un altro essere umano, sbarazzarsi di quel fardello non significasse tanto essere liberi quanto ritrovarsi abbandonati alla deriva.

Mentre si toglieva le scarpe e le riponeva in due vaschette insieme al computer, si domandò cosa avesse fatto Nora dopo che lei aveva superato il gate a Sydney. Doveva essere stato strano per sua nonna tornare a Darling House. Jess aveva vissuto con lei per dieci anni, ed era una casa molto grande in cui vivere da soli. Ogni volta che varcava la soglia del suo appartamento a Hampstead, restava ancora colpita da quanto l'ambiente fosse inanimato da quando Matt se n'era andato, da quanto fosse silenzioso. A volte si sorprendeva a camminare in punta di piedi per rispetto, altre a fare rumore a bella posta. Quando era rientrata la sera prima, dopo il drink con Rachel, l'aria si era depositata intorno a lei, lenta e silenziosa, spingendola ad accendere rapidamente le luci e la tv per riportare una parvenza di vita.

Lei e Matt avevano preso in affitto la casa quando si erano trasferiti nell'area nord di Londra, ed erano stati felicissimi. L'appartamento era in una zona tranquilla vicino a un piccolo parco, in una strada così corta e appartata che era facile passarci davanti senza accorgersi della sua esistenza. Quando la proprietaria aveva deciso di vendere, però, le visite degli agenti immobiliari si erano rivelate esasperanti. All'inizio avevano scherzato sull'idea di comprare la casa loro stessi, anche solo per mettere fine a quella tortura. Ma più ne parlavano e meno sembrava uno scherzo, finché Matt aveva deciso di vendere le azioni che suo padre gli aveva lasciato e di usare il ricavato come acconto, dopodiché si erano ritrovati a compilare una lunga richiesta di mutuo. «Non puoi sbagliare se compri un immobile a Londra» si erano detti nervosamente, aggrottando le sopracciglia davanti alla cifra da capogiro indicata sui moduli.

Jess si era fatta carico delle rate quando Matt se n'era andato, e avevano raggiunto un complicato accordo che le dava l'opzione di rilevare la sua quota di lì a due anni, se ne fosse stata in grado. Da allora aveva perso lo stipendio, rimediato un licenziamento per esubero di personale, e tirava avanti perlopiù con i risparmi. Si era sempre reputata fortunata a vivere dove viveva; ora si sentiva un'imbrogliona, una truffatrice, intenta a condurre fiaccamente una bella vita che un tempo le era sembrata forte e solida, ma che si era rivelata sottile come carta velina.

«Pensi che la tua famiglia ti aiuterebbe?» aveva chiesto Rachel una sera, mentre Jess si angosciava al pensiero di non poter restare.

Per *famiglia* intendeva Nora, naturalmente, ma Jess aveva scosso la testa con tanta veemenza che Rachel non aveva insistito. La verità era che Nora sarebbe stata quasi sicuramente disposta ad aiutarla; anzi, ne sarebbe stata persino felice. Amava le case – si era fatta un nome restaurandole – ed era stata al settimo cielo quando Jess aveva annunciato che lei e Matt stavano per buttarsi, pretendendo fotografie, descrizioni e ogni sorta di dettagli. Ma chiedere aiuto avrebbe significato ammettere le due cose che Jess era decisa a nasconderle: che aveva perso sia il lavoro sia il compagno in una successione straordinariamente rapida. Così si era ripromessa di pagare da sola le rate del mutuo.

Non amava avere segreti con Nora, ma si vergognava della sua situazione attuale e non voleva che la nonna smettesse di stimarla. Inoltre si trattava di una cosa temporanea. Da un giorno all'altro ci sarebbe stata una svolta. Intanto faceva il possibile per ridurre le spese. Il viaggio in Australia non era preventivato, ma non aveva avuto altra scelta. Quando aveva chiamato l'ospedale per la seconda volta e chiesto un aggiornamento al medico, quest'ultimo l'aveva informata che Nora si era svegliata in stato confusionale. «Non è insolito dopo un trauma» aveva spiegato. «La risonanza magnetica e la TAC mostrano una tumefazione.»

«Chiamo da Londra» aveva detto Jess. «Ho prenotato un volo, ma non so se prenderlo subito o aspettare che Nora venga dimessa.»

Il dottore si era espresso senza mezzi termini. «Sua nonna ha ottantanove anni. Se sta pensando di tornare per vederla, non rimanderei.»

Sebbene potesse sembrare ovvio a chiunque altro, Jess era rimasta sbalordita. Aveva sempre saputo che esisteva la possibilità di ricevere una telefonata nel cuore della notte, con la voce di uno sconosciuto che le dava la cattiva notizia. Era una realtà della vita da espatriata. Per qualche ragione, tuttavia, aveva immaginato che il messaggio riguardasse sua madre. Era molto più facile immaginare Polly indebolita da un incidente o da una malattia che rassegnarsi all'idea che Nora fosse fragile quanto il resto dell'umanità.

Ma il sottinteso del medico era stato chiaro e, alla fine della telefonata, Jess era andata direttamente sul sito della Qantas per confermare il suo posto sul volo della sera successiva.

Dopo essersi rimessa le scarpe e aver recuperato il portatile e altri oggetti dal metal detector, entrò nella sala partenze del terminal 3. Nel periodo migliore, quel luogo non aveva nulla di attraente o di confortante; a dicembre, era un manicomio. Normalmente, Jess ignorava le date delle vacanze scolastiche, ed era sempre una sorpresa uscire dalla porta e trovare dei bambini nei suoi spazi abituali. Ma in un sabato così vicino al Natale, ovviamente, i piccoli erano ovunque, trascinando valigie in miniatura sul percorso di adulti inconsapevoli oppure sfoggiando cappelli di Babbo Natale con le lucine o occhiali da sole di varie forme. In un caso, persino un salvagente gonfiabile con il naso della renna Rudolph.

Alla fine Jess si mise in fila per il controllo dei passaporti, quindi si diresse verso la sala d'attesa dalle pareti di vetro. Preferiva aspettare là. A differenza della sala partenze, che era una terra di nessuno travestita da centro commerciale di quartiere – negozi e ristoranti per impedire alle persone di rendersi conto che erano ufficialmente in un non-luogo, in bilico tra zone doganali, ai margini dell'esistenza terrestre – il gate d'imbarco non fingeva di essere qualcosa di diverso da quello che era: una sala d'attesa per esseri umani che da là andavano in una sola direzione.

Trovò un posto libero affacciato sulla pista di decollo. Dall'altra parte del vetro, nella buia serata londinese, distinse il grande aereo bianco che quella notte li avrebbe portati a Sydney. Era scesa la nebbia e l'equipaggio di terra usava torce arancioni per fare segnali mentre svolgeva le attività di routine.

Quattro anni prima – giorno più, giorno meno – Jess aveva portato con sé Matt per trascorrere il Natale con Nora. La nonna aveva adorato Matt, e lui aveva perso la testa per lei. E anche per Darling House. «Sembra di essere sugli argini del Mississippi» aveva detto un giorno. Erano seduti fuori, al tavolo di ferro battuto, all'ombra di un'enorme jacaranda, sorseggiando Mint Julep e guardando l'alta casa rivestita di tavole in legno oltre il giardino.

«Siamo praticamente in una regione subtropicale» gli aveva ricordato Nora. «Mio nonno ha costruito Darling House cinque anni dopo essere arrivato dalla Scozia. Ormai sapeva che il clima avrebbe richiesto qualcosa di diverso da ciò a cui era abituato da ragazzo.»

«È una vecchia signora maestosa» aveva commentato Matt, riferendosi alla villa. «Agghindata con uno scialle in pizzo di ferro, affacciata sul suo porto.»

Nora aveva sorriso. «Esatto. È la ragione per cui andiamo così d'accordo. Siamo fatte della stessa pasta.»

Viveva a Darling House da un'eternità e faceva parte dell'edificio tanto quanto la coppia di leoni che sorvegliava il cancello o i camini di mattoni che si stagliavano contro lo scintillante cielo azzurro. Era quasi impossibile immaginarla altrove. A Jess bastava chiudere gli occhi per rievocare l'immagine vivida della nonna sui larghi gradini di cemento che conducevano alla porta d'ingresso, con le braccia alzate in segno di benvenuto.

Moltissime persone avevano cercato di farsi vendere la casa nel corso degli anni: celebrità, imprenditori edili e personaggi dell'alta società. Le avevano offerto una piccola fortuna, ma Nora si era mostrata irremovibile. «Morirò tra queste mura» aveva detto una volta dopo l'altra. «Che cosa mi importa dei soldi? Per me sono molto più importanti i ricordi racchiusi tra queste pareti.»

Non che fossero tutti ricordi positivi. La sua infanzia era stata tutt'altro che idilliaca, Jess lo sapeva bene; i suoi genitori erano stati lontani per gran parte del tempo e lei era stata lasciata con una serie di tate e governanti, alcune delle quali, a quanto pareva, intenzionate a renderle la vita un inferno. Ma Nora aveva la fortuna di possedere una fervida immaginazione e la dote della finzione, e aveva creato un mondo tutto per sé in giardino e nei luoghi nascosti della villa. Jess pensava che la nonna sarebbe stata un'eccellente scrittrice, se non avesse riversato l'amore per le storie nel recupero e nel restauro di immobili.

Nora aveva spiegato a Matt la sua passione per gli edifici con gli stessi termini che Jess l'aveva sentita usare quando l'avevano intervistata per *Women in Business* alla radio locale qualche anno prima: «Le persone che sono vissute nelle vecchie case arrivano a capire che gli edifici hanno un carattere. Che hanno ricordi e segreti da raccontare. Bisogna solo imparare ad ascoltare e poi a comprendere, come con qualsiasi lingua. La lingua delle case è la mia madrelingua. Questa villa me l'ha insegnata quando ero molto piccola».

A volte Jess si chiedeva se l'edificio significasse così tanto per Nora perché, al contrario dei suoi genitori, era solido e affidabile. Nessuno conosceva quella situazione meglio di lei.

«Be', credo sia la casa più bella che abbia mai visto» aveva detto Matt, e siccome amare Darling House era la chiave per entrare nel cuore di Nora, lei gli aveva dato la sua piena approvazione. In privato, però, aveva confessato a Jess di essere confusa sul motivo per cui due persone affermate e abbastanza benestanti avessero deciso di non avere figli. «Il mondo è sovrappopolato» aveva risposto Jess tra il serio e il faceto.

Nora aveva lasciato perdere l'argomento, ma solo temporaneamente. Ogni anno che passava, a mano a mano che Jess si avvicinava ai quaranta, era apparsa sempre più perplessa. «Dipende da Matthew? È contrario? Perché per gli uomini è diverso, sai. Possono permettersi di aspettare. Se solo tu dovessi rimanere incinta, cambierebbe idea in un lampo. E se non lo facesse? Be', avrai il tuo bambino e ti assicuro una cosa: una volta che l'avrai messo al mondo, non ti importerà più di niente.»

Stavano parlando al telefono, perciò Nora non aveva visto la nipote alzare gli occhi al cielo. Jess, però, non l'aveva contraddetta; sapeva che sarebbe stato inutile. Nora era una persona dalle certezze granitiche, e su quell'argomento era irremovibile. Aveva avuto solo una figlia, Polly, e più di una volta aveva detto a Jess che il fatto di non aver avuto altri bambini era il più grande rimpianto della sua vita. «Ho sempre immaginato di diventare la matriarca di una famiglia numerosa» aveva affermato, «con cugini, consuoceri e bambini ovunque. Ma non era destino. Solo tua madre, e ringrazio Dio per avermela data, perché poi sei nata tu.»

Jess trovava incredibilmente triste che una persona con così tanto da dare avesse così pochi familiari affettuosi. Molte volte si era chiesta come sua madre avesse potuto essere talmente egoista da abbandonare Nora, e anche lei, se era per questo, quando aveva dieci anni. Ma aveva imparato a non fare quelle considerazioni ad alta voce. Nora non era il tipo da piangersi addosso e si era rifiutata di lasciare che la nipote sprofondasse nell'autocommiserazione. «Non possiamo permetterci di essere vittime della nostra infanzia» aveva detto. «Non si può dare la colpa di ogni cosa ai genitori o ai figli. La maggior parte delle persone fa del suo meglio e certe volte, purtroppo, non è sufficiente.»

Se Polly avesse fatto del suo meglio oppure no era opinabile. Aveva scaricato Jess quando era andata a nord, nel Queensland, per iniziare una nuova vita. «Non è che non ti volesse bene» aveva insistito Nora, leale fino all'inverosimile e sempre pronta a difendere la figlia degenere. «Semplicemente non ce l'ha fatta. Non era pronta a diventare madre. Era giovanissima ed è rimasta subito incinta. È diverso quando si deve aspettare, desiderare e sognare.»

«Ottenuta senza sforzo, lasciata senza rimpianto» aveva ribattuto Jess.

«Dai, Jess cara, il cinismo è molto volgare, e non è così che è andata. Non poteva essere la madre di cui avevi bisogno, ed è stato generoso da parte sua, se ci pensi, rendersene conto. Inoltre le cose sono andate per il meglio, non trovi? Ce la siamo cavata bene insieme, io e te.»

Certo, più che bene.

L'aereo aveva iniziato l'imbarco e, al gate, Jess mostrò il biglietto all'hostess sorridente. «Bentornata, Mrs Turner-Bridges» disse la donna, il cui accento creò un legame immediato. «Viaggia con noi fino a Sydney questa sera?»

«Sì.»

«Buon volo.»

Percorrendo il manicotto d'imbarco, Jess fu colta da un'improvvisa ondata di vertigini. L'aria fredda dell'esterno si era insinuata tra le fessure metalliche e lei ebbe l'impressione di essere in uno spazio liminale: tra il terminal e l'aereo, tra paesi, persino tra capitoli della sua vita. La sensazione le ricordò quando, da bambina, viveva ancora con la madre e andavano al parco in cima alla penisola. C'era un'altalena che Jess adorava. Le piaceva stare in piedi al centro, spostando il peso avanti e indietro con incrementi minuscoli fino a raggiungere un equilibrio perfetto.

Uscendo dal tunnel, lanciò un'occhiata al grande cartellone pubblicitario dell'HSBC, con la sua enorme fotografia di Piccadilly Circus. Pensò alla sua casa a Hampstead, al tapas bar, a Rachel, agli edifici lungo Well Walk, al Judy Green's, a Waterstones e all'Heath. Era il suo quartiere, la sua vita, tutto estremamente reale fino a poche ore prima, eppure in qualche modo ormai sfocato, poco più che un'illusione, un incantevole sogno che si dissolveva dietro di lei mentre saliva sull'aereo.

Dove ogni cosa era luminosa e frenetica, e profumava di viaggio, ed esisteva al di fuori delle normali regole del tempo, e Jess ritrovò la concentrazione, perché alla fine di quel volo, a ventiquattr'ore e a diversi oceani e continenti di distanza, Nora la stava aspettando. L'attrazione verso casa era qualcosa di fisico e Jess era impaziente di rimettere i piedi su un terreno solido, dall'altra parte del mondo.

CAPITOLO QUATTRO

Adelaide Hills, 24 dicembre 1959

«Ce lo ripeta, Mr Summers, che cosa ci faceva vicino alla pozza?»

Percy aveva già risposto a tutte le domande, ma capiva che avevano un lavoro da svolgere, così trattenne un sospiro e raccontò di nuovo l'accaduto. Era alla centrale di polizia in West Road ormai da ore. Nel corso del tempo, da quando aveva fatto la triste scoperta, lo shock aveva ceduto il posto al torpore, e ora si accorse di poter riferire i dettagli con un certo grado di distacco: il motivo per cui era là, cosa aveva trovato, le terribili ore che erano seguite mentre un funzionario prima e un altro poi arrivavano sulla scena raccapricciante.

Però era distratto e stanco morto. La levataccia, il lungo viaggio dalla Tenuta, il caldo; i suoi pensieri svolazzavano e sgusciavano via come insetti al crepuscolo. Quando arrivò a spiegare come avesse deciso di andare verso il luogo del picnic anziché girarsi e tornare in città, si udì un tuono sommesso. Ecco, dunque, il temporale preannunciato.

«Quindi si è avvicinato ai Turner per fare cosa... per salutarli?»

«Esatto.»

«Conosceva le persone decedute, Mr Summers?»

Un lampo illuminò il mondo fuori dalla finestra e Percy trasalì.

«Conosceva personalmente Mrs Turner e i suoi figli?» ripeté il poliziotto.

«Io e mia moglie... Meg...» iniziò Percy, poi si interruppe. Probabilmente Meg si stava domandando dove fosse finito. Le aveva telefonato dalla Tenuta di McNamara la sera prima, anche se ora sembrava che fosse passata un'eternità, e le aveva detto che sarebbe partito subito. *Non fare tardi*, gli aveva raccomandato. *E che non ti venga in mente di fermarti sulla strada di casa, altrimenti te la vedrai con me.* Percy aveva colto abbastanza chiaramente il significato delle sue parole. Aveva intuito che stava organizzando qualcosa; uno dei ragazzi aveva accennato a una torta di compleanno. «Mia moglie...»

«Il fatto è che, sergente» disse l'agente Hugo Doyle, appoggiato alla parete accanto alla finestra aperta, «qui a Tambilla ci conosciamo tutti.»

Dall'altra parte della scrivania, il poliziotto che aveva fatto la domanda – sergente Peter Duke, aveva detto di chiamarsi quando era arrivato alla pozza sulla proprietà di Wentworth – si abbandonò contro lo schienale della sedia di legno. Non era la sua sedia, si badi bene; quella non era la sua centrale. Il sergente Duke era arrivato da Adelaide quel pomeriggio. Evidentemente qualche pezzo grosso aveva deciso che la situazione richiedeva un aiuto da fuori città.

Percy si chiese cosa ne pensasse il sergente Kelly, il legittimo proprietario della scrivania. Anche Kelly era nuovo a Tambilla, essendo arrivato solo di recente dalla centrale di Mount Barker. Aveva un grande vuoto da riempire. Fino a poco tempo prima, infatti, quello era stato il territorio di Ernie Staffsmith, che aveva dominato la città per decenni, fin da quando Percy era ragazzo. Era stato un grande uomo, in termini sia di statura sia di reputazione. Giusto ma duro, con un petto delle dimensioni di un masso e rughe profonde quanto le grinze di una vecchia sella. Da bambini avevano vissuto tutti nel timore della sua ombra incombente.

Percy fu investito da un'improvvisa ondata di nostalgia per quell'uomo. Chi se ne fregava delle legnate che aveva ricevuto, degli avvertimenti severi e dei rapporti fatti ai suoi genitori. D'un tratto la perdita di un'istituzione dell'infanzia gli parve una metafora della precarietà di ogni cosa: i pomeriggi di sole, la felicità, la vita umana. Era tutto così fugace.

«Quindi, Mr Summers, mi sta dicendo che lei conosceva personalmente Mrs Turner?»

Ernie Staffsmith non avrebbe di certo accettato di buon grado di essere spodestato da un collega della città.

«Io e mia moglie gestiamo la drogheria» disse Percy. «Consegniamo cibo e prodotti di prima necessità lungo la collina da quando i Turner vivono in Willner Road.»

«E quanto tempo sarebbe?»

«Quattordici anni o giù di lì. Sono arrivati dopo la guerra.»

«Sua moglie era amica di Mrs Turner?»

«Meg è amica di tutti.»

Il sergente Duke prese nota, poi tracciò lentamente una linea retta sulla pagina. Si era arrotolato le maniche della camicia fino ai gomiti, una concessione al caldo e all'umidità portata dal temporale, scoprendo una cicatrice pallida e irregolare che gli correva lungo l'avambraccio sinistro. «Così ha visto la famiglia, il picnic sotto l'albero, e si è avvicinato per un saluto.»

Percy annuì. «Mi sembrava scortese non farlo, soprattutto perché avevo portato Blaze nella loro proprietà per fare una nuotata.»

«Era una cosa insolita?»

Percy aveva già spiegato tutto. Aveva già detto che di tanto in tanto conduceva Blaze lungo il torrente quando tornava da una consegna a sud. Era un uomo paziente, ma cominciava a sentirsi frustrato. Quando avevano lasciato casa Wentworth, aveva sentito il sergente Kelly che parlava di radunare alcuni uomini del posto. Avrebbe voluto essere là fuori con loro, aiutandoli con le ricerche prima che il tempo si guastasse. Non dove si trovava, in quella soffocante stanzetta degli interrogatori.

«Mr Summers?»

«No. Non era insolito. Ma raramente vedevo qualcun altro mentre ero lì.»

«Prima ha detto di aver capito fin dall'inizio che qualcosa non andava.» Il sergente Duke si sporse in avanti. «Un *sesto senso*, per usare le sue parole.»

Anche in quel momento, Percy rabbrividì ricordando il breve tratto che aveva percorso lungo la collina verso il gruppo. «Ho avuto una strana sensazione. Mi era già capitato una o due volte in passato. Nel bush. Era tutto immobile. Senza vita, ha presente?»

L'altro mantenne un'espressione neutra. «C'era qualcosa in particolare che le è parso fuori posto? Qualcosa di specifico?»

«Non che io ricordi.»

«Qualcosa indicava che il picnic fosse stato interrotto?»

«In che senso?»

«C'erano segni della presenza di qualcun altro?»

Percy ripensò alla scena, frugandosi nella memoria. «Credo di no.»

«Ha notato delle impronte?»

A casa Wentworth, alcuni uomini avevano parlato di cani, ricordò Percy. In quel momento, le loro parole erano scivolate via e si erano dissipate. L'eventuale attinenza con l'orribile evento vicino alla pozza gli era sembrata incomprensibile. Ora, però, gli tornarono in mente i recenti furti in città, le galline prelevate direttamente dai pollai, e una notte, dai McKenzie, persino un agnello. Pensò anche alle squadre di ricerca. L'implicazione del motivo esatto per cui il sergente glielo stava domandando diventò chiara di colpo, e Percy ebbe un attacco di nausea. «Non me lo ricordo. Non ho notato niente, mi dispiace.»

«Non importa, Mr Summers. Se in seguito rammenterà qualcosa, potrà sempre tornare da noi. Mi descriva i suoi movimenti una volta raggiunta la famiglia. Ha detto di essere andato subito verso Mrs Turner e di essersi accertato che non respirava.»

La mano sinistra di Percy sfiorò le dita della destra. Strano come l'assenza di qualcosa potesse lasciare un segno. «Sì.»

«Ha controllato i bambini?»

«No.»

«E la cesta della neonata? Una culla di vimini, appesa all'albero?»

«No.»

«No, cosa, Mr Summers?»

«Non mi sono avvicinato all'albero.»

Percy avrebbe maledetto quell'errore per il resto della vita. Si trovava ai margini della scena quando avevano fatto la scoperta. Stava osservando il fotografo della polizia, un giovane smilzo con gli occhiali dalla montatura scura e un completo marrone chiaro, mandato da Adelaide per immortalare il picnic: una panoramica dell'ambientazione, un primo piano delle briciole sui piatti. Un polso, una caviglia, una scarpa sfilata. Percy stava aspettando di svegliarsi e di scoprire che era tutto un sogno quando da sotto il salice erano arrivate le urla concitate: «È vuota! La neonata è scomparsa!».

«Ha notato la culla, però, Mr Summers?»

«Ho visto una cesta appesa, ma non ho pensato... Non mi è venuto in mente di guardare dentro.» Percy aveva la gola secca. «Quando ho capito cos'era successo, sono riuscito a pensare solo di chiedere aiuto.»

«Così è andato direttamente dagli Hughes?»

Ancora una volta, ne avevano già parlato. «Sapevo che Alastair... Mr Hughes... ha un'auto e un telefono e che probabilmente lui ed Esther erano a casa.»

«Mi pare abbia detto che Alastair Hughes fa l'avvocato?»

«Esatto.»

«Dunque ha percorso Willner Road fino al numero...» il sergente Duke controllò gli appunti «106 e ha trovato Mr e Mrs Hughes in casa.»

Percy aveva bussato spasmodicamente alla porta. Quando Esther aveva aperto, sbirciandolo attraverso gli occhiali da gatta, aveva intuito subito che era accaduto qualcosa di terribilmente grave. Gli aveva fatto cenno di entrare e aveva chiamato il marito. Alastair era sbucato da una stanza lungo il corridoio, ancora con una penna in mano. Indossava degli strani calzini, ricordava Percy.

«Può ripetermi cos'ha detto agli Hughes?» chiese il sergente Duke.

«Quello che avevo visto.»

«Le parole che ha usato, se non le dispiace, Mr Summers. Può dirmi le parole esatte che ha pronunciato?»

Percy chiuse gli occhi, concentrandosi. «Ho detto che Mrs Turner e i suoi figli erano vicino alla pozza. Che c'era stato un incidente di qualche tipo. Che Mrs Turner non respirava.»

«Un incidente.» Il sergente Duke picchiettò con la penna sul mento. «Curioso.» Si appoggiò allo schienale della sedia, spostando lo sguardo verso l'elaborato cornicione di gesso che univa le pareti al soffitto. Dopo diversi minuti parve ricordarsi di essere nel bel mezzo di un interrogatorio e, lanciando un'occhiata al quadrante dell'orologio da polso, riprese: «Continui, Mr Summers. Era a casa degli Hughes».

«E poi Alastair... Mr Hughes... ha telefonato immediatamente alla centrale di polizia per chiedere aiuto.»

«E siete tornati entrambi sul posto?»

«Abbiamo usato l'automobile di Alastair e siamo arrivati in tempo per incontrare i sergenti Kelly e Doyle.»

Hugo Doyle assentì solennemente mentre il sergente tornava indietro di alcune pagine sul bloc-notes a spirale. «Abbia pazienza» disse.

Alle sue spalle, fuori dalla finestra, il mondo era quasi buio. La luce gialla della lampadina sopra la scrivania si rifletteva su uno dei quattro vetri macchiettati. Nella fessura in fondo alla lastra parzialmente sollevata, la linea di cresta delle Mount Lofty Ranges appariva a intervalli quando i fulmini si accendevano nel cielo blu scuro.

Quella catena montuosa era sempre stata un punto di riferimento costante nella vita di Percy, che sarebbe riuscito a disegnare il profilo della sua scarpata anche nel sonno. I kaurna delle pianure credevano che una volta un grande gigante ancestrale fosse stato ucciso e che il suo corpo fosse crollato a formare la cresta, mentre le orecchie erano diventate le cime gemelle del Mount Lofty e del Mount Bonython. Jimmy Riley glielo aveva raccontato molto tempo prima, mentre erano accampati vicino a Cleland. Il suo viso, illuminato dal fuoco tremolante, aveva assunto un'espressione insieme triste e orgogliosa.

Jimmy sarebbe stato con la squadra di ricerca. Era il miglior battitore al di qua di Alice Springs. Anche il giovane Eric Jerosch aveva ottime capacità. Aveva solo qualche anno in più di Kurt ed era ancora un agente in prova, ma si era offerto volontario come capogruppo per la squadra della Piccadilly Valley e conosceva le colline quasi quanto Percy da ragazzo.

Fuori, il vento si era alzato e Percy udì il rumore dei rami sottili che sfregavano contro il tetto di ferro. Una folata calda portò con sé il profumo della pioggia fresca che colpiva la terra riarsa. Da qualche parte, non troppo lontano, stava già piovendo. Percy si stava spazientendo. Avrebbe impiegato meglio il suo tempo se avesse partecipato alle ricerche della neonata, anziché stare seduto in quella stanza soffocante.

Uno stormo di cacatua spiccò il volo, stridendo mentre attraversava il cielo buio per trovare riparo e, come se quello fosse un segnale, il sergente Duke chiuse il bloc-notes. «Per stasera basta così, Mr Summers. Sono sicuro che non vede l'ora di tornare a casa. Sono certo che mia moglie si starà chiedendo che fine ho fatto.»

Percy si alzò. Aveva i muscoli contratti per il viaggio, il caldo, la tensione della giornata e l'angoscia della scoperta che aveva fatto. Incespicò mentre raccoglieva la bisaccia posata ai piedi della scrivania.

«E Mr Summers, lasci un biglietto con il tipo e il numero dei suoi stivali all'ingresso, se non le dispiace» aggiunse il sergente Duke con un ultimo cenno.

«Ti accompagno all'uscita.» Hugo Doyle posò una manona sulla schiena di Percy mentre lasciavano la stanza degli interrogatori e percorrevano lo stretto corridoio.

Restarono in silenzio finché non raggiunsero la reception, dove Doyle disse a bassa voce: «Mi dispiace, Perce. Questa volta hanno mandato i pezzi grossi da Adelaide».

Percy annuì, comprensivo. «Qualsiasi cosa, pur di dare una mano.»

«Una scena terribile. Tutti stesi lì in quel modo. L'ultima cosa che un uomo si aspetta di trovare.»

Lucy Finkleton era seduta dietro la scrivania. Sopra di lei, un pezzo di spago appeso tra due chiodi reggeva un allegro assortimento di bigliettini di Natale. La donna si alzò rigida e fece un sorriso che voleva essere rassicurante, ma che non ottenne l'effetto desiderato. «Ciao, Perce.»

«Luce.» Da bambini erano stati compagni di scuola. Percy ricordava ancora come lei avesse annunciato alla classe di avere un dente traballante e come poi fosse scoppiata a piangere perché l'aveva ingoiato con il pranzo.

«Lucy» disse Doyle, «ti dispiace prendere nota degli stivali di Percy?» Si voltò verso di lui mentre la donna cercava un bloc-notes. «Così possiamo controllare che non sia arrivato nessuno dopo che te ne sei andato.»

Percy diede a Lucy i dettagli e lei li trascrisse con una calligrafia accurata prima di uscire da dietro la scrivania per tracciare la sagoma delle suole. Quando chinò la testa sul foglio, Percy notò alcune ciocche grigie tra i suoi capelli castani.

«Salutami Meg, okay?» disse Lucy quando ebbe finito. «Le ho telefonato per avvisarla che avresti fatto tardi, e Alastair Hughes ha chiamato per dirci che ha sistemato Blaze nella sua stalla. Non c'è fretta di andare a prenderla. Quando sei comodo.» Dopo una breve pausa aggiunse rapidamente, a voce così bassa da essere quasi un sussurro: «Che cosa malvagia, Perce. Che cosa *malvagia*, accaduta proprio qui, nella nostra città».

Percy stava per darle ragione quando sentì il suo nome – «Mr Summers?» – e, girandosi, vide il sergente Duke in fondo al corridoio.

Per la prima volta notò quanto fosse alto. Gli orli dei pantaloni chiari erano sporchi di terriccio e le scarpe da città erano coperte di polvere. «Un'ultima cosa prima di andare. Ha detto che suo figlio aveva una relazione con la primogenita dei Turner?» Controllò il bloc-notes, poi guardò Percy da sopra gli occhiali. «Matilda Turner?»

«Erano amici. Andavano a scuola insieme. Sa come sono i ragazzi.»

Il sergente Duke non lasciò trasparire se lo sapesse oppure no. Prese nota. «Come si chiama suo figlio?»

L'attenzione di Percy fu catturata dalla collezione di disegni natalizi fatti dai bambini della scuola e appesi alla parete. Era stata Maud McKendry a inaugurare quella tradizione anni prima, per mostrare un po' di spirito di solidarietà e raccogliere fondi per i meno fortunati. Percy ricordò che i suoi figli avevano partecipato all'iniziativa quando erano piccoli, seduti al tavolo della cucina con le matite colorate e un sacco di idee buffe. Sembrava ieri, sembrava un secolo prima.

«Mr Summers?» La pioggerella tamburellava sul tetto.

«Kurt» disse Percy. I bordi appuntiti del nome gli rimasero conficcati in gola. Lungo solo quattro lettere, eppure carico di tutto l'amore, la speranza e i sogni possibili. Pronunciarlo là dentro pareva una bestemmia. Percy avrebbe voluto allungare la mano e prenderlo tra le dita, tenerlo per sé, lontano dallo sguardo di quel poliziotto venuto dalla città.

«Grazie, Mr Summers» disse il sergente Peter Duke, con un'espressione bonaria, di difficile interpretazione, sul viso dai lineamenti squadrati. «Per ora è tutto.»

CAPITOLO CINQUE

La pioggia cadeva nel chiarore dei lampioni mentre Percy percorreva la strada principale di Tambilla. Aveva i pantaloni bagnati e grosse gocce gli tempestavano la tesa del cappello. Quando era uscito dalla centrale di polizia, era rimasto per un istante al buio, con il viso rivolto verso il cielo, e Doyle doveva essersene accorto, perché era uscito sui gradini coperti. «Vuoi un passaggio, Perce?» aveva urlato soverchiando il rumore degli scrosci. «Non è un problema. La macchina è sul retro.»

Percy l'aveva ringraziato, ma aveva rifiutato l'offerta. Preferiva andare a piedi. Casa sua non era troppo lontana e, prima di raggiungerla, aveva bisogno di tempo per mettere un po' di distanza tra sé e quanto aveva visto quel pomeriggio.

La via era deserta. C'erano una luce accesa nella cucina della sala da tè di Betty Diamond e un paio di avventori nel bar del Tambilla Hotel, sul lato opposto. Neanche lontanamente il numero consueto. Con molta probabilità metà della popolazione era ancora fuori per le ricerche. Tambilla era quel tipo di cittadina. Le persone amavano aiutarsi a vicenda, a prescindere dalle differenze. Percy aveva notato il reverendo Lawson insieme agli altri in Willner Road quando era arrivato alla centrale con Doyle e il sergente. Le voci correvano rapide. Non era un luogo facile per tenere dei segreti.

Le candele di Natale tremolavano in alcune finestre. Stava diventando una specie di tradizione delle Hills, inaugurata qualche anno prima a Lobethal. La maggior parte dei negozi e anche alcune case accendevano le fiammelle per celebrare le feste. Alla gente piaceva quel genere di cose. Alcuni, gli avevano detto, portavano con sé la cena quando andavano a dare un'occhiata; un cestino pieno sul sedile posteriore dell'auto, con tanto di coperte, in modo da poter fare un picnic. Quell'anno Kurt aveva parlato di invitare Matilda Turner ad accompagnarlo. Il giorno prima che Percy partisse per la Tenuta, suo figlio gli aveva chiesto se potesse prendere in prestito il furgone. Si era sforzato di sembrare noncurante ma, dalla piega della sua bocca, Percy riusciva sempre a intuire quando era emozionato. Lui e Matilda Turner erano amici da quando erano alti un soldo di cacio, e facevano parte dello stesso gruppo di ragazzi che schiamazzava mentre andava a scuola e che nei fine settimana si riuniva vicino alla pozza o alla vecchia miniera. Negli ultimi mesi, tuttavia, Percy aveva percepito che le cose tra Kurt e Matilda si erano fatte più serie. Difficile dire fino a che punto, esattamente; l'aria che avevano quando erano insieme, come se fossero circondati da una barriera invisibile, così concentrati l'uno sull'altra da non poter evitare di escludere tutti gli altri. Poi aveva visto la collana sulla scrivania di Kurt, posata in una scatolina tra i libri di scuola e gli appunti accurati. «Quella sì che è carina» aveva commentato Percy e, se la destinataria non gli era stata chiara fin dal primo momento, il rossore sulle guance di suo figlio era stato più che eloquente.

Era successo la settimana prima. Quel giorno aveva rivisto la collana intorno alla gola di Matilda Turner, con il fine medaglione nell'incavo della scollatura. Per una frazione di secondo aveva pensato: *Be', che dire, il ragazzo ce l'ha fatta!* prima che lo shock e le altre preoccupazioni prendessero il posto dell'esultanza.

Cristo! Appoggiò la mano al tronco della grande quercia che stava superando. Ciò che aveva visto, l'orrore di quanto era accaduto vicino alla pozza. Tirò fuori una sigaretta dal taschino della camicia. Aveva smesso di fumare qualche anno prima, ma Esther Hughes gliene aveva offerta una quando aveva bussato alla loro porta; l'aveva accettata così avidamente che la donna gliene aveva regalate altre.

Al riparo dell'albero, accese un fiammifero e diede una profonda boccata. Dove voleva andare a parare il sergente Duke, si chiese, con le ultime domande? Percy aveva insistito per avere spiegazioni da Doyle quando erano usciti dalla centrale. «Che cosa significa?» Aveva indicato l'edificio. «Che cosa c'entra questa storia con Kurt?»

«Kurt?» Doyle aveva aggrottato le sopracciglia, palesemente confuso. «Niente di cui preoccuparsi, Perce. I pezzi grossi della città sono fatti così, ci tengono a mettere i puntini sulle i.»

Ma qualcosa nel modo in cui Duke si era fermato nel corridoio a scrivere il nome di Kurt sul bloc-notes aveva fatto gelare il sangue di Percy nelle vene. Continuava a rimuginare sulla pausa durante l'interrogatorio, quando il sergente aveva soppesato la parola *incidente* in relazione alla scena a casa Wentworth. «Curioso» aveva commentato, come se quel pensiero non l'avesse mai sfiorato.

Ma se non era stato un terribile incidente, allora cosa? E perché? E come poteva avere a che fare con Kurt?

Un gatto nero si materializzò di punto in bianco nel bagliore del lampione più vicino, prima di scomparire con uno scatto fulmineo verso l'altro lato della via. Percy schiacciò il mozzicone contro il tronco e riprese a camminare. Non poteva avere nulla a che vedere con Kurt. Assolutamente no. Come aveva detto Doyle, il poliziotto arrivato dalla città si stava solo orizzontando.

Una cosa era certa: suo figlio sarebbe rimasto sconvolto dalla notizia. Kurt era un tipo riservato, sincero e riflessivo. Marcus era la testa calda della famiglia, incline a reazioni rapide e incontrollate, a prescindere che fosse felice o contrariato.

Kurt, invece, si teneva tutto dentro; l'aveva sempre fatto, anche da bambino. Ormai doveva essere al corrente dell'accaduto, si rese conto Percy. Nelle piccole città le notizie viaggiavano alla velocità della luce, soprattutto quelle cattive. Sentì una fitta di dolore straziante, un ricordo vivido della fragilità di quando, neonato prematuro di sei settimane, lo aveva stretto al petto.

Appena oltre il lampione, intravide il negozio e l'insegna sopra la pensilina:

Summers & Sons
Grocers

La *s* alla fine di *Sons* era più lucida delle altre lettere, una differenza meno visibile di giorno, ma che ora la luce metteva in evidenza, con la vernice bianca che brillava dove il resto era diventato opaco. Era stata Meg a suggerire la modifica di recente. «Ormai i ragazzi stanno diventando grandi, Perce» aveva detto. «Aiutano di più, fanno la loro parte. Tra non molto finiranno la scuola. Tanto vale renderlo ufficiale.»

Percy non era esattamente favorevole - aveva altre idee su ciò che i suoi figli avrebbero potuto fare in seguito - ma nemmeno contrario e, siccome Meg era sempre stata la più dinamica della coppia - più veloce ad agire, più veloce ad arrabbiarsi, più veloce in ogni cosa - non era passato molto tempo prima che ricevessero la visita del vecchio Ted Holmes, il pittore di insegne. «Sembra ieri che mi sono arrampicato su questa pensilina» aveva detto con una risata arrochita dal tabacco. «Ma le mie articolazioni diranno che è passato molto più tempo, temo.»

In effetti, erano trascorsi più di venticinque anni dall'ultima modifica. Percy lo ricordava bene. Aveva circa diciassette anni e stava tornando da una consegna vicino a Nairne, quando aveva trovato i suoi genitori sul marciapiede con Mr Holmes, nel punto esatto in cui era lui ora. Suo padre l'aveva chiamato, studiandolo con insolito interesse, quasi come se stesse facendo una valutazione, prima di informarlo che in sua assenza c'erano stati *alcuni cambiamenti* e di indicare il pannello a mezzaluna che campeggiava sopra la pensilina. Alzando lo sguardo, Percy aveva visto che il nome storico del negozio – *Summers Grocer* – era diventato *Summers & Son Grocers.*

«È la nostra azienda di famiglia» aveva continuato suo padre. «È giusto che tu compaia sull'insegna accanto a me.»

Harry Summers era un uomo che aveva passato la vita ad ammazzarsi di lavoro per reprimere i suoi sentimenti, perciò scorgere un'emozione sul suo volto era sorprendente. Percy aveva impiegato un istante per riconoscere l'espressione di orgoglio. Quella consapevolezza l'aveva colto alla sprovvista, e all'inizio non era riuscito a trovare le parole giuste.

Suo padre aveva riempito il vuoto. «Che cosa c'è? Non ti piace?»

«No, è fantastico, papà.» Percy era riuscito ad abbozzare un sorriso. «È magnifico.»

Harry, aveva intuito, considerava la modifica un grande onore per il figlio. Ma la correzione era più di un gesto simbolico. Aveva fatto venire alla luce qualcosa che prima era stato torbido e sommerso: i genitori si aspettavano che Percy prendesse in mano il negozio quando fosse diventato troppo impegnativo per loro. Doveva percorrere la strada che avevano preparato per lui, sostituendosi a loro senza creare problemi. La sua vita era stata tracciata, con confini ben delineati.

Sul marciapiede, con sua madre che sorrideva soddisfatta, aveva provato un senso di panico, seguito da un vuoto allo stomaco. Però non aveva trovato il coraggio né le parole per dire ai suoi genitori che non era sicuro di voler rimanere a Tambilla a gestire il negozio, che c'erano cose che voleva imparare e luoghi che voleva vedere. Suo padre non avrebbe mai capito.

In quel momento aveva pensato che non fosse necessario dire nulla. Non che avesse un itinerario ben definito o un'idea chiara di cosa volesse fare nella vita. Aveva un bloc-notes che teneva in tasca, dove raccoglieva riflessioni e informazioni sulle piramidi di Giza e sui canali di Venezia, sulle sequoie giganti del Nordamerica e sulle sorgenti termali vicino a Reykjavik. C'era anche una lista dei luoghi dei suoi romanzi preferiti. I villaggi inglesi, la Bath di Jane Austen, le vie di Londra e Parigi. Ma tutto ciò era ancora un sogno. Non poteva permettersi di andare da nessuna parte; aveva bisogno di un lavoro. Perché far arrabbiare i suoi genitori prima del tempo? Avrebbe aspettato e trovato il modo di dirglielo con delicatezza.

Non aveva preventivato che, quando avesse avuto abbastanza soldi sul conto corrente, ci sarebbe stata anche Meg a cui pensare. Facevano coppia fissa da qualche anno quando suo padre aveva cominciato a chiedere, mentre fumava la pipa, quando Percy avrebbe *fatto di lei una donna onesta*. All'inizio lui aveva svicolato. Non che non volesse sposare Meg, ma prima aveva molte altre cose da fare. Aveva sempre dato per scontato che valesse lo stesso anche per lei.

Una sera, mentre rientravano dopo essere stati al cinema a vedere *Il mastino dei Baskerville*, le aveva parlato dei soldi che aveva risparmiato e aveva accennato alla possibilità di spenderli per due biglietti per l'Inghilterra. Aveva letto sui giornali delle tensioni in Europa, ma era sicuro che Adolf Hitler sarebbe rinsavito: nessuno voleva un'altra guerra, sicuramente neanche lui.

Meg l'aveva guardato come se fosse pazzo, poi aveva riso. «Per mezzo secondo ho pensato che dicessi sul serio.» Gli aveva stretto la mano, sorridendo soddisfatta mentre si appoggiava allo schienale del sedile del passeggero. «Ma quella dei soldi è una notizia meravigliosa» aveva aggiunto con espressione sognante. «Dopo le nozze potremo costruirci una casetta tutta per noi.»

Aveva aspettato qualche altra settimana prima di dargli a sua volta una notizia, dalla quale era stato facile dedurre perché si era rifiutata di prendere in considerazione un'avventura dall'altra parte del mondo. Si erano sposati di lì a poco, quando Percy aveva ventidue anni e Meg diciotto, poco prima che il pancione cominciasse a crescere. Si erano trasferiti nella rimessa in fondo all'isolato, dietro il negozio e la casa dei Summers.

Percy aveva sognato di vedere la Torre Eiffel e di percorrere i sentieri lungo le coste della Cornovaglia, ma ora, si era reso conto, era arrivato il momento di diventare un uomo e di mettere da parte le cose infantili. Era stato baciato dalla fortuna. Le gambe deboli e traballanti avrebbero potuto essergli d'intralcio, e invece eccolo là, sposato con una donna come Meg, con la promessa di un reddito stabile e di una bella casa in una graziosa cittadina dove tutti conoscevano il suo nome. E stava anche per diventare padre.

Se sentiva venir meno la forza di volontà e si ritrovava a guardare fuori dalla finestra, smarrito in sogni di altri posti, ripensava alle parole che sua madre aveva pronunciato in una calda giornata accanto al letto in cui giaceva convalescente, quando era solo un ragazzo: «Ci sono altri modi per viaggiare».

Aveva ragione. Percy aveva i libri, e non c'erano limiti ai luoghi che poteva visitare nella sua mente.

Attraversò la strada verso il negozio. Varcò il cancello all'ingresso del vialetto che correva lungo l'edificio di pietra. Regnava un silenzio innaturale. Negli ultimi quindici anni non era mai riuscito a percorrere quel tratto senza che Buddy gli corresse incontro per fargli le feste. Provò un'ondata di dolore per la perdita di quel vecchio amico fedele.

La casa in cui vivevano - quella che un tempo aveva occupato con i suoi genitori - era dietro il negozio, al centro dello stretto appezzamento rettangolare. Dentro brillava una luce, dorata e non troppo intensa. Percy esitò, volendo godersi un po' di tranquillità prima di varcare la soglia, di entrare nel luogo in cui lui e Meg avevano cresciuto i loro figli, in cui avevano incerottato ginocchia sbucciate, festeggiato compleanni ed elargito lodi e rimproveri.

Si avvicinò alla finestra. Non c'era nessuno nella stanza, ma l'albero di Natale si innalzava nell'angolo, con le preziose decorazioni di Meg appese alle estremità dei rami. I ragazzi avevano costruito moltissimi ornamenti a scuola nel corso degli anni e lei li aveva conservati tutti, incartandoli accuratamente a uno a uno nel giorno dell'Epifania, come se li avesse pagati una fortuna in uno dei costosi negozi di Adelaide.

Percy premette la mano contro il muro di pietra grezza. La scena dall'altra parte del vetro era calda e familiare. Provò un senso di profonda solitudine. Era come se il mondo che aveva conosciuto e tutta la sicurezza che aveva immaginato si fossero disintegrati e dispersi. Si sentiva sporco. Per la giornata, per gli anni della sua vita che l'avevano portato a quel punto, per le cose che aveva visto quel pomeriggio, per le persone stese su quella coperta da picnic. L'immobilità, quel momento terribile. Signore, non l'avrebbe dimenticato fino all'ultimo dei suoi giorni.

Ma non si poteva tornare indietro. Sarebbe entrato in casa, si sarebbe tolto gli stivali e li avrebbe allineati contro la parete come faceva sempre. Sarebbe andato a prendere i regali che aveva nascosto prima di partire per la Tenuta e li avrebbe messi sotto l'albero perché i suoi cari li aprissero il mattino dopo. Avrebbe trovato Kurt e fatto il possibile per confortarlo, poi si sarebbe lavato, si sarebbe infilato sotto le coperte e avrebbe aspettato che il sole sorgesse nel giorno più sacro di tutti.

Abbassò la maniglia e, mentre entrava, si portò la mano alla tasca dove aveva riposto l'uccellino di legno che aveva comprato a Hahndorf, prima che il mondo si inclinasse sul suo asse.

Ma la tasca era vuota.

Da qualche parte, in qualche modo, nell'arco di quel pomeriggio, insieme a molte altre cose aveva perso anche il piccolo intaglio.

PARTE SECONDA

CAPITOLO SEI

Sydney, 10 dicembre 2018

Jess guardò il taxi allontanarsi, quindi lanciò un'altra occhiata fuori. Era sempre uno shock, dopo la cappa densa e nebbiosa di Londra, vedere quanto fosse luminoso e azzurro il cielo di Sydney, e quanto fosse lontano. Un aereo stava arrivando dall'altra parte dell'oceano, notò, un puntino bianco che si avvicinava sempre di più.

Anche lei era stata lassù fino a tre ore prima. Il volo si era rivelato interminabile. A causa dei pensieri troppo rumorosi, Jess non era riuscita a dormire subito dopo aver lasciato Londra, ma aveva sfruttato il tempo lavorando alla bozza dell'articolo. Aveva guardato un paio di film e si era trascinata nella mecca illuminata e senza tempo dell'aeroporto di Singapore-Changi, per poi addormentarsi nella seconda tratta, da qualche parte sopra l'Indonesia, svegliandosi soltanto quando un'assistente di volo si era sporta sopra di lei per alzare la tendina del finestrino.

Era stato sorprendente, dopo il buio artificiale dell'abitacolo, vedere il sole nascente come oro liquido all'orizzonte. In basso, schegge argentee punteggiavano la superficie dell'oceano increspato e, mentre Jess socchiudeva le palpebre per osservare la distesa blu scuro attraverso il vetro, aveva provato un'improvvisa nostalgia. Il Pacifico: l'oceano della sua infanzia. Mentre guardava, i raggi di luce avevano raggiunto la costa lontana, visibile prima sotto forma di foschia, poi di scarabocchio, finché, a mano a mano che l'aereo si avvicinava, si era dissolta nel familiare paesaggio dei sobborghi costieri. Strade, parchi e edifici, tra cui il luogo in cui Jess si trovava ora: Darling House, immersa nel giardino lussureggiante sul promontorio scosceso di Vaucluse.

Digitò il codice di sicurezza sulla tastiera, sperando che fosse rimasto invariato, e tirò un sospiro di sollievo quando il cancello si aprì. Si tirò dietro la valigia, seguendo il vialetto fiancheggiato da agapanti attraverso il palmeto, e ricordò la prima volta in assoluto che aveva trascinato un piccolo bagaglio in quella macchia di alberi. Quel giorno sua madre aveva camminato al suo fianco. Jess aveva creduto di essere là per una visita, invece era stato l'inizio di una nuova vita.

Quando superò l'ultima curva, la casa comparve dall'altra parte dello spiazzo circolare coperto di ghiaia, imponente come sempre. Era un'ironia – e forse persino una premonizione – che quel giorno di tanto tempo prima fosse rimasta particolarmente colpita dalla maestosità dell'edificio. Agli occhi di una bambina di dieci anni pareva uscito da un libro di fiabe, con le assi di legno scintillanti e l'elaborato groviglio dei glicini. I rami più lunghi degli alberi più alti si protendevano a formare un arco intorno alla casa, la distesa di prato verde digradava su tutti i lati e lo stagno rotondo era appena visibile sul versante occidentale, con le ninfee lucide e la graziosa statua di pietra. L'effetto era quello di un luogo isolato dal resto del vasto mondo.

E al centro di tutto, come sempre, Nora.

Come ogni volta, lo sguardo di Jess andò direttamente ai larghi gradini di cemento che conducevano alla grande veranda, ma quel giorno la nonna non era là ad accoglierla.

Mrs Robinson aveva detto di aver lasciato una chiave di

riserva sotto lo zerbino, ma Jess non ne aveva bisogno. Aveva ancora quella che portava con sé quando andava al liceo e poi all'università; l'aveva conservata nel portachiavi anche dopo essersi trasferita a Londra, benché fosse un ingombrante esemplare vittoriano con una serie di anelli a un'estremità e grossi denti di ottone all'altra. Nora era stata contenta di scoprirlo. «Brava» aveva detto. «Tienila sempre con te. Non si dovrebbe mai bussare per entrare in casa propria.»

Da ragazzina, Jess aveva ricevuto un numero spropositato di quei piccoli cliché. La nonna era salda nelle sue convinzioni. C'era un ritratto della giovane Nora appeso sopra il divano al piano di sotto, nel salotto attiguo alla cucina, e di tanto in tanto Jess lo guardava mentre faceva i compiti sul bancone, domandandosi se la ragazza dagli occhi enormi, con i folti capelli lanosi e una spruzzata di pallide lentiggini sul naso, avesse avuto le idee chiare quanto la sua versione anziana.

Dopo essersi trasferita a Darling House, Jess aveva cercato di uguagliare la sicurezza di Nora. Pur avendo solo dieci anni, aveva capito subito che era una delle differenze più nette tra sua madre e sua nonna. Mentre Polly aveva sempre un'espressione preoccupata e vagliava ogni proposta, anche la più insignificante, da tutti i punti di vista, per poi arrovellarsi senza sosta nel timore di aver fatto la scelta sbagliata, Nora aveva una risposta per tutto e riusciva a scacciare ogni dubbio. «Ho ragione al novantanove per cento, il novantanove per cento delle volte.» Una volta presa una decisione, era imperturbabile. «È inutile guardarsi indietro» diceva. «Fa' una scelta e poi confida che sia quella giusta.»

Era un consiglio che Jess cercava di seguire. Ultimamente, però, si era ritrovata a vedere sempre più sfumature di grigio. E mentre, come giornalista, aveva il dovere di avere una mente aperta, di adottare un approccio cauto e di riferire quanto vedeva e sentiva, anziché ciò che aveva pensato e percepito all'inizio, la tendenza a mettersi in discussione si era insinuata anche nella sua vita personale. Aveva preso l'abitudine di ponderare le decisioni così accuratamente da non far mai pendere l'ago della bilancia, e spesso rimaneva sveglia a rimuginare sulle scelte già fatte. Era preoccupante: la capacità di autocritica era una cosa, ma la paralisi da analisi tipica del pensiero ossessivo era un altro paio di maniche.

Da qualche parte del giardino arrivò il canto di una gazza, accompagnato dal ricordo di mille giornate della sua infanzia. Lanciando un'occhiata verso destra, Jess individuò l'uccello bianco e nero appollaiato in cima alla statua al centro dello stagno. Anche in Inghilterra c'erano le gazze – le aveva viste spesso all'Heath – ma, pur avendo lo stesso nome, erano diverse dalle cugine australiane: più piccole, più aggraziate, più carine e prive di quel canto così sublime da essere inquietante. L'uccello la stava guardando. Jess inclinò la testa, osservandolo a sua volta. D'un tratto l'esemplare aprì le ali e volò via.

Jess attraversò lo spiazzo circolare in direzione del prato. L'erba era ancora umida di rugiada, anche se il sole si stava alzando rapidamente, e ombre fresche si allungavano verso il porto. Raggiunse il bordo dello stagno e seguì il suo margine curvo finché non si ritrovò davanti all'elegante signora di pietra, inginocchiata come sempre, con le braccia conserte sopra la testa e il viso chino a guardare i pesci rossi e le ninfee.

Era lo stesso luogo da cui era stata attirata il giorno in cui sua madre l'aveva lasciata con Nora. Era agosto, inverno inoltrato, ma faceva ancora abbastanza caldo perché la mandassero in giardino a giocare. Non era molto in vena di giochi, così si era seduta sul bordo dello stagno a guardare i pesci che nuotavano attraverso il suo riflesso, spezzando ramoscelli e facendo galleggiare i frammenti sulla superficie, tenendo le mani occupate mentre i pensieri spaziavano su eventi e conversazioni recenti. Sapeva che Polly stava meditando di trasferirsi, che aveva una nuova casa e un nuovo lavoro nel Nord, ma in qualche modo si era convinta che avrebbero lasciato Sydney insieme. Sulla scia dell'amore infantile per le cospirazioni, si era persino illusa che lei e Polly stessero progettando una fuga segreta.

A mano a mano che il giorno si avvicinava, però, sua madre le aveva spiegato che aveva bisogno di un po' più di tempo per organizzare le cose; lei sarebbe stata contenta di vivere con la nonna in quella splendida casa enorme, vero? Era bellissima e vicina alla scuola, così Jess avrebbe visto le sue amiche ogni giorno e non avrebbe perso nemmeno una lezione. Lei aveva acconsentito cautamente e Polly le aveva promesso che sarebbe stato solo per un po'. Quando si erano salutate, però, Jess aveva percepito che stava accadendo qualcosa di incomprensibile. Era una sensazione familiare e inquietante, quella degli adulti che tenevano dei segreti mentre fingevano che andasse tutto bene.

Quel pomeriggio, Nora era uscita a cercare Jess. L'aria era fredda, perciò si era avvolta uno scialle di lana intorno alle spalle. Non aveva parlato subito, limitandosi a sedersi accanto alla nipote sul bordo di pietra dello stagno. «Tua madre ti ha mai detto che sei nata in questa casa?» aveva detto alla fine.

Jess aveva scosso la testa.

«È vero. Avete vissuto entrambe qui con me per i primi tre anni della tua vita.» C'era stata una pausa e poi, in tono un po' perplesso: «Davvero non hai mai visto nessuna fotografia o sentito nessuna storia di quel periodo?».

Era bastato uno sguardo all'espressione della nonna perché Jess capisse che ci era rimasta male, anche se si sforzava di non darlo a vedere.

«Già allora amavi questa fontana» aveva iniziato Nora. «Ti portavo qui nelle giornate più calde e tu ci sguazzavi dentro e facevi penzolare le gambette oltre il bordo, ridendo quando i pesci rossi venivano a mordicchiarti le dita dei piedi. Non te lo ricordi, immagino, ma hai dato un nome a questa incantevole signora.»

Jess aveva alzato lo sguardo verso la statua. «Grace» aveva detto all'improvviso, con la parola che veniva dal nulla.

Nora aveva sorriso. «Esatto. Grace. Non so dove l'hai preso. Ispirazione divina, ho sempre pensato, perché ovviamente è il suo nome. Quale altro potrebbe essere?»

Jess aveva guardato la statua, cogliendone i lineamenti come se fosse la prima volta. Il muschio le era cresciuto sulle spire di capelli, sul viso e sul busto nudo ma, a prescindere dall'esposizione agli elementi, la posa e l'espressione avevano un che di trascendente.

«Sai» aveva ripreso Nora, «mia madre e mio padre partivano spesso quando ero piccola. Odiavo stare da sola, finché non ho capito che questa era più di una casa.»

Jess le aveva gettato uno sguardo obliquo.

«Capirai cosa intendo. È una casa che premia i curiosi. Hai già esplorato l'angolo sotto la scala est? Mi piaceva giocare lì. Oserei dire che è rimasto vuoto per tutti questi anni, in attesa che una bambina lo rivendicasse come suo.»

«La mamma ha detto che tornerà a prendermi» aveva obiettato Jess.

«Be', finché non avremo sue notizie, avrai libero accesso alla villa. A parte la soffitta, naturalmente: le scale sono ripide e piuttosto pericolose.»

La nonna era stata molto gentile con lei, e questo aveva avuto l'effetto, come spesso accade con la gentilezza, di far sentire Jess terribilmente triste e sola. Aveva annuito, perché non si fidava a parlare, e poi i suoi pensieri erano saltati fuori dalla rete in cui cercava di tenerli e si era resa conto di non riuscire a ricordare di essere mai stata senza Polly, nemmeno per una notte, e il labbro inferiore aveva cominciato a tremarle. Quindi: «Mi manca la mia mamma». Le parole nude e terribili erano uscite in un unico respiro, ed era scoppiata in lacrime.

«Lo so.» Nora le aveva messo lo scialle intorno alle spalle. «Sai cosa faccio io quando mi sento triste? Mi ricordo che Grace è qui fuori, nel vento e sotto la pioggia, senza mai lamentarsi, e mi sento subito meglio. Le cose brutte succedono anche alle persone migliori e non possiamo lasciarci sopraffare. La vita non va sempre come l'abbiamo pianificata, ma alla fine le cose si risolvono.»

Jess si diresse verso la casa, con il sole caldo sulle spalle. Era comprensibile, rifletté, che i ricordi di quel periodo la aspettassero laggiù. A Londra ci pensava raramente. Là sembrava tutto irrilevante. Un paio di volte nel corso degli anni, quando l'argomento era emerso durante una conversazione, Rachel aveva scosso la testa e detto qualcosa del tipo: «Ma come ha potuto abbandonarti? È tua madre». Jess si era limitata a scrollare le spalle. Nel tempo ce l'aveva messa tutta per non provare astio nei confronti di Polly. Non era stata un genitore *terribile*, dopotutto. Non era stata crudele o violenta, almeno non abitualmente, e andandosene aveva fatto a Jess il dono di Nora.

Polly, infatti, non era tornata a prendere la figlia. Viveva ancora a Brisbane, nel sobborgo di Paddington, non lontano dalla città, dove case di legno sgangherate si reggevano su pali attraverso una serie increspata di valli sormontate da terrazze. Jess aveva impiegato un po' di tempo per capire che la loro separazione e la sua sistemazione a casa della nonna sarebbero state permanenti. Non erano mai state annunciate davvero. *Un po' più di tempo* si era trasformato in *fino alla fine dell'anno scolastico* e, quando erano arrivate le vacanze di settembre e Nora aveva messo Jess su un aereo per il Queensland come minore non accompagnata, Polly non le aveva chiesto di restare o di trasferirsi. Al contrario, aveva continuato a definire la permanenza di Jess una vacanza, dicendo che non vedeva l'ora di quella *visita* e che stava facendo il conto alla rovescia. Questo aveva turbato Jess, che già allora prestava molta attenzione alle parole utilizzate dalle persone, ma non aveva voluto rovinare il tempo trascorso con sua madre facendo domande imbarazzanti.

Lei e Polly erano andate per una settimana sulla Gold Coast, a pochi passi da Main Beach. La mamma aveva comprato un appartamentino a pochi isolati dall'acqua e aveva trovato una piccola tavola da surf in un negozio di roba usata. Ogni giorno giocavano insieme tra le onde, correvano sulla sabbia e mangiavano patatine bollenti con salsa di pomodoro mentre il sole tramontava e l'aria fresca della sera accarezzava loro le spalle bruciate.

L'ultimo giorno, mentre erano sedute sui lati opposti di un tavolo di legno scheggiato sul bordo erboso vicino alla spiaggia, Jess aveva osservato sua madre, i cui capelli erano raccolti in uno chignon sulla nuca e la cui figura era illuminata da dietro, cosicché le sottili ciocche intorno al viso mandavano bagliori dorati mentre svolazzavano nella brezza marina. La pelle le si increspava intorno agli occhi mentre fissava il mare e, in quell'istante, Jess aveva provato qualcosa di quasi religioso. «Voglio restare qui» aveva dichiarato con il cuore traboccante di felicità.

All'inizio Polly non aveva risposto. La sua attenzione era ancora rivolta all'orizzonte e, per un attimo, Jess aveva pensato che non avesse sentito. L'unica reazione era stata una leggera contrazione della mascella. Alla fine aveva detto: «È meglio che tu rimanga con la nonna».

«Ma io voglio restare qui. Con te.»

«Hai visto quanto è minuscola la mia casa a Brisbane. Una delle due dovrebbe dormire su un letto estraibile.»

«Ci dormo io.»

Polly aveva curvato le labbra, ma il sorriso non le era arrivato agli occhi, perciò Jess aveva capito che sua madre non era della sua stessa idea. Aveva intuito, prima ancora che la mamma parlasse, che la risposta non sarebbe stata affermativa.

«Ci divertiremo insieme quando verrai a trovarmi.» Finalmente Polly l'aveva guardata negli occhi.

Jess aveva voglia di piangere, ma si era trattenuta. Aveva raccolto i sentimenti tristi, arrabbiati e brucianti e li aveva compressi tutti insieme in un piccolo nodo rovente dentro il petto. Quando sua madre l'aveva accompagnata all'aeroporto e l'aveva salutata con un caloroso abbraccio, dicendo che le voleva bene e che avrebbe pensato a lei ogni giorno, e promettendo che si sarebbero riviste presto, Jess aveva ricambiato la stretta e chiuso forte gli occhi, ma non aveva risposto, perché era troppo concentrata su quel nodo, troppo impegnata a riempirlo di altri sentimenti, a stringerlo il più possibile.

Jess salì i pochi gradini che conducevano al pianerottolo. C'era un vaso di gres con un assortimento di ombrelli e, notò, un bastone da passeggio. Quello di Nora, ipotizzò, con un leggero stupore; la nonna non gliene aveva mai parlato. Era stato il pomo della discordia tra loro l'ultima volta che Jess era stata a Darling House e Nora aveva continuato a ripetere di non averne bisogno. Forse Patrick, il badante, era riuscito a convincerla che non c'era niente da vergognarsi a rendere un po' più agevole le passeggiate quotidiane in giardino.

Jess recuperò le chiavi di riserva da sotto lo zerbino e le mise in tasca, frugando nella borsetta in cerca del suo mazzo. Certe volte si domandava come sarebbe cambiata la sua vita se Polly non l'avesse lasciata con Nora, ma solo astrattamente e con la netta sensazione che le cose fossero andate per il verso giusto. Non aveva memoria del periodo precedente. Di tanto in tanto restava scioccata dalla scarsità di dettagli che ricordava dei suoi primi dieci anni di vita. Tramite la nonna aveva raccolto abbastanza informazioni per sapere che quel periodo era stato segnato dall'incertezza, dai cambiamenti e dalla mancanza di denaro, anche se non rammentava di essersi sentita insicura.

«I bambini dimenticano, grazie al cielo» aveva detto Nora quando la nipote glielo aveva confessato. «Ci sono stati alcuni momenti in cui mi sono preoccupata davvero.» Cogliendo qualcosa nel suo tono, Jess aveva insistito per saperne di più; anche allora aveva un fiuto da giornalista per i segreti. Ma la nonna aveva nicchiato. Erano passati alcuni anni prima che finalmente le raccontasse dell'incidente di cui era stata testimone poco dopo la sua nascita. Nel frattempo aveva fatto in modo che Jess capisse di non essere uguale a sua madre. Mentre Polly era stata una bambina nervosa e un'adolescente ansiosa, incline alla disorganizzazione e all'indecisione, «tu sei l'esatto contrario» aveva precisato. «Sei molto più simile al mio ramo della famiglia.» In un'occasione, quando Nora si era lasciata sfuggire per sbaglio che Polly aveva avuto una specie di esaurimento nervoso verso la fine del liceo, aveva aggiunto: «Non ha mai saputo gestire lo stress. Stava bene se ogni cosa era accuratamente organizzata in sua funzione, ma la vita non può essere sempre così controllata. Sai com'è la Peyton School. Ci si aspetta che le ragazze sfruttino le opportunità disponibili. Polly non ce la faceva. Per qualche tempo sono stata molto in pensiero. Grazie a Dio conoscevo un bravo medico specializzato in disturbi d'ansia. Cerco di non chiedermi mai cosa sarebbe potuto accadere se non fosse stato per il dottor Westerby».

Jess aveva conosciuto il dottor Westerby a una delle numerose feste della nonna. Nora raccoglieva sempre fondi per questo o quell'altro ente di beneficenza, prestando il proprio nome e la meravigliosa cornice di Darling House per *provare a fare la differenza*. Attribuiva molto valore alla solidarietà e alla comunità e aveva il dono di far sentire tutti importanti. Era quello il potere della sua personalità. Era ciò che aveva permesso a una giovane donna divorziata con una bambina piccola non solo di sopravvivere agli anni Sessanta, ma anche di costruire un impero. Perché, sebbene fosse nata in una famiglia benestante, i suoi genitori erano morti con i conti correnti vuoti e diverse ipoteche su Darling House.

«Ormai avevo perso moltissime cose» diceva ogni volta che raccontava quella storia. «I miei familiari erano morti, e io ero sola. Ma non avrei mai permesso alla banca di prendersi la casa. Mi ero creata una nuova famiglia, per quanto minuscola, e avevo deciso che avrei fatto tutto il necessario per proteggere mia figlia e assicurarle un futuro.»

Le sue opinioni incrollabili non erano mai tanto incrollabili come quando descriveva cosa significasse essere un bravo genitore: i sacrifici indispensabili, la capacità di anteporre le esigenze dei figli alle proprie. Per quanto ne sapeva Jess, era l'unico argomento che riusciva a far piangere la nonna. Nora si rifiutava di leggere libri che parlassero di abusi sui minori e cambiava canale se il notiziario sfiorava anche solo l'argomento. «Alcune persone non sono fatte per essere genitori, questo lo accetto» aveva osservato più di una volta. «Quello che non riuscirò mai a perdonare o a capire è come qualcuno possa arrivare a fare del male ai propri figli.»

Mentre girava la chiave nella serratura, Jess si rese conto che quello era l'unico comportamento umano per cui la nonna non aveva una spiegazione pronta. Nora si era sforzata di comprendere, soprattutto quando si trattava di sua figlia, e senza dubbio dell'incidente, ma la migliore giustificazione che era in grado di dare era: «Colpa dello stress». Ogni volta che lo diceva, alzava le mani con un gesto impotente. «Lo stress può far perdere il controllo anche alla madre più amorevole.»

CAPITOLO SETTE

Darling House pareva sapere di essere disabitata. Era l'opposto di una casa infestata; senza Nora era un edificio senza spirito. Il sole che filtrava attraverso la lunetta di vetro colorato sopra la porta atterrava sulle lastre di pietra scura del corridoio, e le travi erano coperte di apatica polvere.

Anche se la villa era vuota, Jess non poté fare a meno di lanciare un timido richiamo - «C'è nessuno?» - in direzione dell'elegante scalone curvo. Non ricevendo risposta, lasciò i bagagli accanto alla porta e attraversò l'ingresso. Ora che era finalmente arrivata, fu travolta da un'ondata di intensa stanchezza. I fiori sulla carta da parati di Florence Broadhurst sembravano fluttuare.

L'antica collezione di piatti bianchi e blu di Nora copriva gran parte della parete della cucina, e il calendario dell'Art Gallery of New South Wales di quell'anno era appeso al gancio accanto alla dispensa, aperto sulla pagina di dicembre. C'era una composizione di fiori freschi nel vaso di maiolica sulla credenza, sepsi rossi ed eucalipto argentato raccolti in giardino, e Jess immaginò Nora con il cappello di paglia a tesa larga e le forbici in mano, che portava dentro il bottino annuale. Amava *vestire* la casa e osservava tutte le ricorrenze dell'anno («Che cosa ci resta se non onoriamo le nostre tradizioni?»), ma faceva uno sforzo in più a dicembre perché il compleanno di Polly cadeva a Natale. La prova che le abitudini di vent'anni prima fossero ancora in vigore era rassicurante. Ma, per un secondo, anche deprimente: un segno, per Jess, che le cose erano andate avanti senza di lei.

Al centro del tavolo di pino c'era un messaggio di benvenuto di Mrs Robinson, con un angolo infilato sotto la fruttiera. Evidentemente la governante si era ricordata anche della consueta colazione di bentornato, dato che aveva lasciato le provviste sul bancone.

Jess si lavò le mani, poi riempì il bollitore. Mise due fette di pane nel tostapane, ma non lo accese subito. Tè e pane tostato erano la regola dopo un volo a lungo raggio. Era uno dei grandi misteri dell'universo come una persona potesse mangiare senza sosta durante un viaggio di ventiquattr'ore per poi arrivare a destinazione affamata. La scienza, inoltre, non aveva ancora spiegato le straordinarie proprietà umanizzanti della marmellata di fragole e del burro sul pane caldo.

Mentre Jess aspettava che l'acqua bollisse, spostò l'attenzione sul salotto attiguo. Il ritratto della giovane Nora la guardava dal centro della parete, circondato da un assortimento di fotografie incorniciate. Polly da bambina, con un grembiulino plissettato e un'espressione seria, come se stesse contando i secondi che mancavano alla chiusura dell'otturatore e alla libertà di uscire dall'inquadratura, e alcune immagini di Jess, tra cui una, notò, che aveva inviato via e-mail da Londra un paio d'anni prima, con lei e Matt che infilavano la testa nei fori del cartello di benvenuto al Fenton House Apple Weekend.

C'erano anche diverse foto della Famiglia: incontri di tennis edoardiani con donne dai vestiti lunghi e uomini con la paglietta; pranzi in giardino e partite di cricket; bambini con cerchi di legno e locomotive giocattolo. Jess aveva impiegato alcuni anni per capire che l'uso del termine *Famiglia* da parte della nonna denotava una scissione nel tempo. La Famiglia era vissuta Prima, i racconti che la riguardavano erano storici, anche quelli in cui compariva Nora. Erano storie viste attraverso il prisma della perdita; la nonna era l'ultimo membro sopravvissuto di quel clan numeroso e solido. Cercava sempre di colmare la lacuna con aneddoti, decisa a promuovere un senso di continuità per Jess, le cui esperienze familiari erano limitate a lei e Polly. «Mi ricordi la mia nonna scozzese» diceva in tono fermo. «Era curiosa verso il mondo e testarda quando necessario. Avrebbe voluto fare la scrittrice. I suoi diari erano piuttosto scandalosi.» E poi: «Ti ho mai parlato della pro-prozia Beatrice? Aveva l'argento vivo addosso, come te, ma ne combinava di tutti i colori. Era solita gettare le croste di pane sotto la sedia di suo cugino Jamie. Il povero bambino piangeva e piangeva quando la madre lo rimproverava, ma non faceva mai la spia. Gli mettevano una cuffietta e lo trascinavano qua e là per il giardino su un calesse. Come vorrei che li avessi conosciuti».

Una delle foto di famiglia preferite di Jess era quella di Nora da giovane, seduta su una panchina di ferro battuto nel giardino di Darling House, insieme a un uomo con un cappello trilby sulle ventitré, portato con spigliata disinvoltura, i due che ridevano guardandosi a vicenda. L'immagine non era appesa alla parete insieme alle altre, bensì custodita in una pittoresca cornice di bronzo nella camera di Nora. Quando Jess l'aveva vista per la prima volta, aveva pensato che lo sconosciuto fosse «Mr Bridges», l'uomo con cui Nora era stata sposata per un breve periodo e che non menzionava quasi mai, se non mettendolo tra virgolette. Solo in seguito, dopo aver scoperto che la nonna aveva avuto un fratello maggiore, aveva capito che l'uomo sorridente sotto il cappello non era affatto Mr Bridges, bensì Thomas Turner, subito dopo il suo ritorno in Australia dalla Seconda guerra mondiale.

Il bollitore cominciò a fischiare e Jess versò l'acqua bollente sulla bustina di tè, osservandola mentre iniziava a scurirsi. Accese il tostapane. A Darling House non c'erano fotografie di Mr Bridges. All'inizio aveva ipotizzato che il matrimonio fosse stato così terribilmente infelice da spingere Nora a bandire qualsiasi immagine dell'ex marito ma, quando finalmente aveva trovato il coraggio di chiederglielo, la nonna era scoppiata a ridere. «Oh, tesoro, come sei tragica! La verità è molto meno emozionante. Ci siamo sposati giovani e il matrimonio non è durato. A volte succede. A essere sincera, mi ricordo a malapena di lui. Perché mai dovrei appendere la sua foto alla parete?»

«Perché è il padre di Polly» aveva azzardato Jess. (*E mio nonno*, aveva pensato.)

Ma Nora era rimasta indifferente, reagendo con un'alzata di spalle. Sì e no, voleva dire quel gesto. «Essere genitori non significa soltanto trasmettere un po' di DNA.»

Era tipico di lei rivendicare la figlia come esclusivamente sua. Jess si era domandata cosa ne pensasse Polly della cancellazione di Mr Bridges dal proprio passato, ma poi aveva ricordato che non sapere quasi niente dei padri era una tradizione di famiglia. Polly le aveva raccontato ben poco anche del suo. Aveva detto certe cose quando Jess era bambina – che era un uomo gentile, intelligente e generoso – ma, quando era diventata abbastanza grande per capire che quelle rassicurazioni erano soltanto favole, il suo rapporto con la madre non era più così stretto da favorire lo scambio di confidenze e confessioni.

Così Jess si era rivolta, come sempre, a Nora, che aveva chiesto cosa le avesse detto Polly e poi aveva dichiarato semplicemente: «Sono sicura che tua madre ha ragione. Doveva essere gentile, intelligente e generoso, perché guardati. Anche se, naturalmente» non aveva potuto fare a meno di aggiungere, «è altrettanto probabile che tu abbia ereditato queste caratteristiche dal mio ramo della famiglia».

Decisa a non lasciarsi scoraggiare, Jess aveva insistito – «Ma la mamma deve pur sapere qualcosa di più» – e alla fine Nora aveva sospirato e le aveva fatto cenno di sedersi accanto a lei. «Mi dispiace, ma non lo conoscevo. Tua madre non aveva ancora finito la scuola ed era ingenua per la sua età, molto poco smaliziata. Ti ho detto, credo, che soffriva di scarsa autostima. Per circa un anno, durante il liceo, non ha quasi mangiato.

Stavamo iniziando a fare progressi – era riuscita a diplomarsi insieme ai suoi compagni e aveva persino ottenuto un posto all'università – ma era vulnerabile. Questo ragazzo, questo giovanotto, le ha mostrato un po' di attenzione e lei l'ha scambiata per qualcosa di completamente diverso.»

Il pane tostato saltò fuori e, dopo aver spalmato uno spesso strato di burro su entrambe le fette, Jess aggiunse un'abbondante dose di marmellata di fragole. Portò il piatto e il tè sul divano del salotto, incrociando gli sguardi della Famiglia mentre si sedeva. La sua attenzione vagante si posò sul ritratto incorniciato di Polly in prima media, dove sua madre portava la stessa casacca e la stessa giacca verde scuro che Nora aveva indossato prima di lei e Jess dopo. Ecco la giovane donna seria e vulnerabile, poco più di una bambina, che aveva scambiato il desiderio per amore e si era ritrovata incinta a diciotto anni.

Jess aveva riflettuto per qualche istante dopo che Nora le aveva dato quelle informazioni, pensando a Polly e al giovanotto che le aveva mostrato *un po' di attenzione*. Chi era quell'uomo, si era domandata, e come si era sentito quando aveva scoperto che sarebbe diventato padre? Forse la nonna aveva intuito quali sarebbero stati i suoi quesiti successivi, o forse aveva soltanto adottato lo stesso approccio con Polly in passato, perché aveva proseguito spontaneamente: «Non è che non ti volesse. Non sapeva nemmeno che tu esistessi. Era venuto dall'estero e, quando tua madre si è resa conto di essere incinta, era già ripartito».

Rachel riteneva che Jess dovesse registrarsi su ancestry.com – «Ho letto di una donna che ha scoperto che, in realtà, suo padre non era suo padre e di avere quindici cugini sconosciuti, uno dei quali lavorava nell'ufficio al piano di sotto!» – e lei ci aveva fatto un pensierino. Ma poi aveva esitato all'idea di inviare un campione di DNA a un misterioso indirizzo negli Stati Uniti. Aveva scritto una serie di articoli investigativi sulla privacy online e non condivideva più nemmeno l'impronta del pollice con il cellulare. Quando ne aveva parlato con Nora, la nonna aveva approvato: «Un'idea *spaventosa*! E a che scopo? Tu sei tu, una Turner fin nel midollo».

Jess bevve un lungo sorso di tè. Era consapevole di essere sola in casa. Sentiva i ticchettii del tetto metallico che si dilatava sotto il sole. Cercò di calcolare che ora fosse a Londra. L'una, forse? Del lunedì mattina? Si accorse con imbarazzo di indossare ancora gli stessi jeans e la stessa maglietta di sabato. Le girava la testa e aveva bisogno di raggomitolarsi sul divano solo per un minuto. Il sole si era allungato sul pavimento fino a raggiungere l'ultimo cuscino, e lei immaginò il calore sui propri piedi...

Ma sapeva per esperienza quanto sarebbe stato pericoloso. Si alzò, riportò il piatto e la tazza in cucina e recuperò la valigia nell'ingresso. Iniziò a salire le scale. Doveva farsi la doccia per lavarsi di dosso la sporcizia del viaggio, e poi andare al St Vincent's per l'orario di visita pomeridiano. Prima, però, doveva riprendere confidenza con la casa. Una volta che avesse iniziato a muoversi, era sicura che le stanze non sarebbero più sembrate immerse in un'immobilità mortale.

Piccoli ricordi piacevoli, disseminati ovunque. La balaustra di quercia liscia della scala era familiare al tatto, con una lucentezza satinata che rivelava una recente ceratura. Sul portacatino in cima, una brocca antica conteneva un'altra composizione di sepsi ed eucalipto. Era la preferita di Nora, nonostante il beccuccio scheggiato. «Ho sempre trovato noiosa la perfezione» diceva la nonna.

Si fermò sulla soglia della biblioteca, la prima stanza del pianerottolo. A parte la camera di Nora, quello era il luogo della casa che Jess associava più strettamente alla nonna. Per quanto tempo restasse lontana, e in qualunque stagione tornasse, quel locale aveva sempre lo stesso profumo: lucido per mobili, fiori di filadelfo e, nonostante gli sforzi di Mrs Robinson, polvere a profusione. Le pareti settentrionale e meridionale erano nascoste dietro scaffali alti dal pavimento al soffitto e la poltrona di Nora era angolata verso la finestra, con accanto una grande felce in un vaso di ottone in equilibrio sul supporto di legno. Il divano Chesterfield di cuoio era sbiadito, ma Mrs Robinson lo manteneva in buone condizioni. La governante era una costante di Darling House quasi quanto Nora; era là da sempre, da quando Jess aveva memoria, essendo stata assunta da giovane, prima ancora che nascesse Polly. La stanza recava le tracce del suo passaggio: i cuscini erano stati sprimacciati e raddrizzati, le tende raccolte in pieghe accurate.

Al centro troneggiava uno dei beni più preziosi di Nora. I suoi genitori avevano venduto tutti i cimeli di famiglia quando si erano trovati in difficoltà finanziarie e, non appena la nonna aveva cominciato a guadagnare grazie alla sua attività, si era impegnata a rintracciare e a ricomprare tutti gli oggetti possibili. «La storia è importante» aveva detto la mattina in cui i traslocatori avevano rimesso l'ingombrante scrivania di mogano nel bovindo. «Il mio bisnonno ha caricato questa scrivania sulla nave a Edimburgo quando è salpato per la colonia del Nuovo Galles del Sud. Non aveva idea se alla fine della traversata avrebbe trovato fortuna o rovina. Immagina l'ottimismo che deve aver richiesto trasportare un mobile come questo attraverso i mari. Scriveva le lettere indirizzate a casa su quel sottomano e teneva i documenti in quei cassetti.»

Quel mattino, notò Jess, il ripiano era ingombro di fogli. Un simile disordine era alquanto insolito per Nora, che aveva l'abitudine di rimettere ogni cosa al suo posto alla fine della giornata. Patrick l'aveva lasciata seduta alla scrivania il pomeriggio in cui era caduta, dunque la nonna se n'era andata frettolosamente oppure con l'intenzione di tornare. Forse entrambe le cose. Ma perché mai era andata da là alle scale della soffitta?

Nonostante il divieto di Nora, Jess aveva trascorso metà dell'adolescenza in soffitta e, per quanto si spremesse le meningi, non riusciva a capire cosa la nonna avesse voluto recuperare con tanta urgenza: un assortimento di giocattoli malandati, ma di grande valore affettivo, scatole di plastica piene di stoffe, coperte e tende, alcuni vecchi libri scolastici di Jess e Polly, e un baule malconcio che era appartenuto a Thomas e che ormai era stato svuotato da qualsiasi effetto personale. Jess era a Darling House il giorno in cui era arrivato da Londra. «Non è straordinario» aveva osservato Nora «che l'intera vita di un essere umano si possa ridurre a un contenitore di queste dimensioni?»

All'epoca Jess non aveva molte considerazioni da fare sulla vita e sulla morte e sul malinconico destino dei manufatti fisici. Aveva fatto un cenno di assenso, consapevole che era necessario, ma i suoi pensieri si erano concentrati sull'etichetta appiccicata all'esterno. Londra. Conosceva già bene la città grazie ai suoi libri preferiti, ma ecco un oggetto che era stato laggiù di recente.

«Sei mai andata a trovare Thomas a Londra?» aveva chiesto, ansiosa di saperne di più sulla città e sul misterioso e lontano fratello della nonna.

Ma Nora aveva scrollato il capo. «Mi sarebbe piaciuto. Lui era il mio migliore amico quando ero piccola. Aveva una moglie e una bella casa, mi hanno detto. Ma ho una paura morbosa di volare; non sarei mai riuscita ad andare così lontano.»

L'idea che una persona anziana fosse spaventata da qualcosa – soprattutto Nora, che per il resto era fuori dall'ordinario – aveva sorpreso Jess. «Non sei mai stata su un aereo?»

«Solo un paio di voli in Australia, molto tempo fa. Mi sono bastati e avanzati. Una volta ho fatto un viaggio orribile per tornare a Sydney quando tua madre era una neonata. C'è stata una forte turbolenza, Polly piangeva, anzi urlava, e io ero convinta che ci saremmo schiantati. Ho guardato il suo splendido visino e fatto un patto con Dio: se fossi riuscita a tornare a casa, non sarei mai più partita. E ho mantenuto la promessa.»

Jess era rimasta colpita dalla serietà con cui Nora aveva parlato, dalla religiosità inaspettata e dall'alta posta in gioco. Anche se non aveva trovato le parole per esprimere cosa provava, era rimasta sbalordita dal paradosso perfetto della situazione: solo restando separata dall'amato fratello, la persona a cui teneva di più al mondo, Nora era riuscita a proteggere la figlia tanto desiderata.

La nonna aveva tenuto fede al patto che aveva stretto con Dio. Non aveva più visto Thomas in tutti gli anni trascorsi tra quel giorno in aereo e la mattina in cui il baule era arrivato da Londra dopo la sua morte. A un certo punto, gli effetti personali erano stati rimossi e buttati via perché, quando Jess vi si era imbattuta in soffitta, il baule era soltanto un contenitore per indumenti che non servivano o non piacevano più ai loro proprietari, ma che erano troppo belli per essere eliminati. Anche ora, l'odore forte e pungente della naftalina le riportò alla mente sensazioni calde, il ricordo di innumerevoli ore illecite trascorse sotto il tetto spiovente, a provare vestiti eleganti e scarpe con il tacco...

Jess era certa che Nora non si fosse avventurata sulle scale della soffitta per giocare a travestirsi, ma forse la risposta al quesito su cosa l'avesse spinta fin lassù si trovava tra i documenti e gli appunti sulla scrivania. Controllò meglio. In fondo erano impilate numerose buste strappate, e sul sottomano erano sparsi inviti, curricula e lettere aperte. Nora era una mentore rinomata, che teneva spesso discorsi in scuole femminili o a eventi dedicati alle donne, e poco più di dieci anni prima aveva avviato un programma di borse di studio che offriva sostegno alle imprese gestite da ragazze, non di rado madri, con idee ambiziose. Negli ultimi anni il programma era decollato e ora lei era sommersa di richieste.

«La nostra Nora non è mai stata il tipo da far finta di niente davanti a un derelitto» aveva detto Mrs Robinson quando Jess aveva chiesto con tatto se quel lavoro non stesse diventando troppo impegnativo. «Sai quanto le piaccia essere circondata dai giovani. Le manchi moltissimo; la tua partenza ha lasciato un enorme vuoto nella sua vita. Il lato positivo è che la tua decisione di restare a Londra ha aiutato molte altre donne.»

In fondo alla scrivania, Jess riconobbe le inconfondibili pagine azzurro pallido della Smythson di Nora. «Il mio piccolo regalo a me stessa» aveva detto la nonna riferendosi all'agenda rilegata in cuoio che ordinava ogni anno in Bond Street, a Londra. «Se una donna non si prende sul serio, difficilmente riuscirà a convincere qualcun altro a fare lo stesso.» Jess spostò i fogli che nascondevano la visualizzazione settimanale e studiò la calligrafia di Nora. Non le saltò all'occhio nulla. L'annotazione del venerdì, come quelle di tutti gli altri giorni, conteneva una lista di persone che la nonna aveva intenzione di contattare, con una casella da spuntare accanto a ciascun nome per indicare se la chiamata fosse stata fatta.

Nora amava usare il telefono. «Con tutto il rispetto per la parola scritta, se la gente lo usasse più spesso, ci risparmieremmo un sacco di tempo e di malintesi.» Anche quando Jess era a Londra, si era rifiutata di tenersi in contatto via e-mail, preferendo una lunga conversazione telefonica ogni domenica per avere aggiornamenti sulla settimana appena trascorsa.

Nell'elenco delle chiamate del venerdì precedente figuravano un avvocato di Rose Bay, le iniziali *M.S.* – che probabilmente indicavano un evento benefico a cui Nora voleva partecipare – e un certo professor H. Goddard. Non era stata spuntata nessuna voce, ed era impossibile stabilire a prima vista se fossero importanti oppure no. Non c'era nient'altro sulla pagina del venerdì, se non un appunto per ricordarsi di pagare il tacchino di Natale e un promemoria secondo cui Patrick avrebbe smontato in anticipo.

Jess conosceva un po' il badante perché aveva insistito per assumerlo l'ultima volta che era tornata in Australia. Nora, neanche a dirlo, si era indignata davanti a quella proposta. «Non voglio una donna prepotente che mi guardi in cagnesco e mi dica cosa non posso fare» aveva detto, al che Jess aveva risposto: «Cerca di vedere una badante meno come un'infermiera e più come un'assistente personale». Dopodiché Nora aveva accettato di incontrare alcuni candidati. «Anche se non ti prometto niente» l'aveva avvertita.

Si era rassegnata definitivamente all'idea solo per merito di Patrick. Con il suo metro e ottantacinque, i lunghi capelli biondi e il sorriso smagliante, l'uomo aveva smentito qualunque preconcetto Nora (e Jess, se è per questo) potesse avere. «È un tesoro» diceva ancora la nonna ogni settimana quando facevano la loro chiacchierata al telefono. «Ha un'enorme voglia di vivere, molte storie divertenti, mi fa ridere e mi sta insegnando un sacco di cose sulle piante d'appartamento. Ha il pollice verdissimo.»

A poco a poco, Patrick aveva riempito le stanze di Darling House con cesti di potos e vasi di ficus a foglia di violino incredibilmente sani. Jess era rimasta scioccata quando aveva saputo che Nora gli aveva permesso di coltivare il filodendro sulla carta da parati della sala da pranzo, ma l'altra si era limitata a ridere e a dire che era divertente.

Jess tirò fuori il cellulare dalla tasca e fece scorrere la rubrica fino al numero di Patrick, che rispose al terzo squillo.

«Jess! Come sta Nora?»

«Non l'ho ancora vista. Sono arrivata solo questa mattina. Ma tra poco vado in ospedale.»

«Mi dispiace tanto. Mia sorella era in città per la prova del vestito da sposa e avevo promesso di accompagnarla, così ho preso il pomeriggio libero. Ora mi sento in colpa.»

«Non è colpa tua. Nessuno pretende che lavori sette giorni su sette.»

«*Io* pretendo di meglio da me stesso. Uno dei miei talenti speciali è prestare attenzione, ascoltare come stanno i pazienti. Nora era un po' giù di corda ultimamente. Dovevo immaginare che sarebbe potuta succedere una cosa del genere.»

Jess corrugò la fronte. «In che senso, giù di corda?» Era la prima volta che lo sentiva.

Patrick rifletté. «I discorsi sul passato. So che non è insolito per gli anziani – alcuni di quelli che assisto vivono di ricordi – ma non è nello stile di Nora. È sempre sembrata molto più giovane di quanto sia in realtà. Arrivo, mi guarda con quei suoi occhi limpidi e luminosi e inizia a parlare delle notizie del giorno: la Brexit, Trump, i cambiamenti climatici, eccetera.»

Jess sorrise.

«Ultimamente, però, pareva distratta. Come se la sua mente fosse concentrata su altre cose.»

«Quali cose?»

«Questioni più personali. Mi ha parlato un po' di quando era ragazza, di suo fratello e di quanto fossero legati, di quanto sia stata dura quando lui è andato in guerra e i suoi genitori erano in viaggio e lei era qui da sola, di quanto fosse emozionata quando lui è tornato. Proprio questa settimana sono andato a prenderla in giardino e aveva un'espressione preoccupata, quasi sulla difensiva, e quando mi ha visto ha detto: "Non gli permetterò di prendere la mia bambina".»

«Quale bambina? Polly?»

«Non lo so, e forse ho capito male perché, quando le ho chiesto di ripetere, mi ha guardato come se fossi stato *io* a dire qualcosa di strano, poi ha sorriso e ha detto che avremmo fatto meglio a rientrare.»

«Questo sì che è davvero bizzarro. Ha detto qualcos'altro di analogo?»

«Solo un sacco di chiacchiere sui vecchi tempi. Insomma, non è che prima non avesse mai menzionato il passato, ma di solito non si dilunga troppo.»

«No.»

«A volte faceva anche un po' la misteriosa. In un paio di occasioni stava leggendo sulla poltrona in biblioteca, quella nel bovindo...»

Jess lanciò un'occhiata in quella direzione, immaginando Nora.

«... e, quando mi sono avvicinato per portarle una tazza di tè, si è affrettata a tirarsi il libro contro il petto, come se non volesse che lo vedessi. L'altro giorno l'ho fatto cadere per sbaglio dal tavolo mentre portavo via la tazza, ed era solo un vecchio romanzo poliziesco.»

«Perché non avrebbe dovuto volere che lo vedessi?»

«Non ne ho idea. È questo che rende la cosa così strana.»

«E per quanto riguarda le scale della soffitta, sai perché è salita lassù?»

«Mi dispiace. Magari me l'avesse detto. Se aveva bisogno di qualcosa, sarei andato volentieri a prenderglielo.»

Jess chiuse la telefonata, promettendo di aggiornare Patrick non appena avesse visto Nora. Mentre usciva dalla biblioteca, rifletté sulle sue parole. Il badante aveva ragione. Nora doveva sapere che sarebbe stato ben contento di portarle dalla soffitta qualunque cosa le servisse, eppure non glielo aveva chiesto.

Sembrava tutto strano ma, quando Jess raggiunse la sua camera, decise che stava creando misteri dove c'erano soltanto informazioni lacunose. Dopotutto non aveva bisogno di fare congetture sul comportamento della nonna: appena possibile, le avrebbe semplicemente domandato cosa diavolo le fosse saltato in mente.

In questo momento c'erano altre priorità. Fedele alla parola data, Mrs Robinson aveva rifatto il letto e le lenzuola inamidate, con le loro pieghe impeccabili, bastarono per mandare Jess in visibilio. Prese la trousse dalla valigia e andò a farsi la doccia. L'acqua calda sulla pelle, il profumo del sapone al mirto australiano, lo shampoo sui capelli e, finalmente, un po' di lucidità mentale.

CAPITOLO OTTO

Era l'una e mezzo quando Jess arrivò all'ospedale di Darlinghurst. Impaziente di vedere Nora, camminava spedita e, nell'intravedere il proprio riflesso nel vetro scuro di una finestra, fu colta alla sprovvista. Nonostante la doccia calda e i vestiti puliti, aveva un'aria stanca che probabilmente nemmeno una notte di sonno sarebbe riuscita a toglierle. Trasalendo, si rese conto di assomigliare a Polly quando era preoccupata per qualcosa.

«Sono qui per vedere Nora Turner-Bridges» disse all'addetta all'accettazione, che digitò qualcosa nel computer e poi la indirizzò lungo un corridoio. «Chieda di nuovo al banco della terapia intensiva. Le daranno il numero della camera.»

La terapia intensiva fu una sorpresa; Jess aveva pensato che Nora fosse in un reparto ordinario.

Quando pronunciò il nome della nonna, l'infermiera la guardò con un sorriso cordiale ma distante. «È una parente?»

«Sono sua nipote, Jessica Turner-Bridges.»

«Sua nonna è nella camera 19, a metà del corridoio sulla sinistra. Non faccia caso al monitor cardiaco. Alcuni lo trovano un po' sconfortante, ma serve solo a tenerla sotto controllo.»

«Non mi aspettavo che fosse in terapia intensiva.»

«È stata trasferita questa mattina. I parenti più prossimi dovrebbero essere stati avvisati.»

«Sono io la parente più prossima.»

«È strano. Mi faccia controllare.» La donna picchiettò sulla tastiera, stringendo le palpebre. «Jessica, ha detto?»

«Sì.»

«Qui c'è un numero, ma... no, non sembra corretto.»

«È un cellulare del Regno Unito» spiegò Jess.

«Ah, ecco il problema. Il nostro sistema non è abilitato alle chiamate internazionali. C'è un numero nazionale che posso aggiungere alla scheda?»

Jess le diede il numero di Darling House e si ripromise di verificare che la segreteria telefonica fosse ancora collegata e funzionante. «Perché è stata trasferita? È successo qualcosa?»

«Chiederò al dottor Martin di venire a parlare con lei quando avrà finito il giro. Non dovrebbe metterci molto. Fa il possibile per vedere i familiari durante l'orario di visita.»

«Nora sta bene?»

«Ora è stabile. E se dovesse succedere qualcosa, si trova nel miglior posto possibile.» L'infermiera fece un sorriso di scuse accennando ai fiori tra le braccia di Jess. «Temo che dovrà lasciarli qui. Non sono ammessi in terapia intensiva.»

Jess le consegnò il mazzo di sepsi rossi che aveva raccolto in giardino e si avviò lungo il corridoio, controllando i numeri delle camere. Scorgendo piccole scene di solitudine attraverso le porte aperte, pensò – una riflessione superflua e imperdonabilmente ovvia – a quanto odiasse gli ospedali. Il pensiero contrario si affacciò subito alla sua mente: quanto fosse meraviglioso che esistessero persone, persone incredibili, che sceglievano di lavorare tra i malati e di prendersi cura di loro. Provò un'ondata di gratitudine che le fece inaspettatamente salire le lacrime agli occhi. Diede la colpa al jet lag, che faceva sempre affiorare le emozioni. E al ritorno a casa. E alla malattia di Nora.

Quando stava per raggiungere la camera 19, fece una sosta per ricomporsi. Voleva apparire lucida. Nora odiava la compassione e sarebbe rimasta inorridita vedendo la preoccupazione scritta a chiare lettere sul viso della nipote. Quando Jess girò l'angolo ed entrò nella stanza, tuttavia, i pensieri di un istante prima le sembrarono banali.

La persona nel letto era completamente immobile sotto un lenzuolo bianco, con gli occhi chiusi. Pareva minuscola in confronto a un'enorme macchina – il monitor cardiaco a cui aveva accennato l'infermiera, si rese conto Jess – i cui rumori elettronici distruggevano qualsiasi senso di tranquillità.

La prima reazione di Jess fu l'imbarazzo all'idea di essere entrata nella camera sbagliata. Quella donna anziana e fragile, con la pelle così sottile da essere trasparente, non poteva essere Nora. La nonna era piena di vita; quando entrava in una stanza, la gente si girava per vedere cosa fosse successo. Quella persona, quell'imbrogliona, non occupava alcuno spazio; il suo corpo era così piccolo, il suo viso assopito così invecchiato. Jess avrebbe voluto avvolgere Nora in una coperta e portarla a casa, a Darling House, dove avrebbe dormito, sarebbe guarita, si sarebbe svegliata e sarebbe tornata a essere se stessa.

La sua camera, con la carta da parati Pimpernel e il letto di ferro battuto sotto la finestra, era un tempio di tessuti, dipinti e fantasie accuratamente selezionati. Sebbene fosse una delle stanze più piccole di Darling House, Nora si ostinava a preferirla ad ambienti più grandi, persino alla camera padronale dall'altra parte del corridoio, con la sua vista sul porto. «Quella è sempre stata la stanza dei miei genitori» aveva detto una volta, con un fremito di disgusto. «Sto benissimo qui, grazie mille.» Mrs Robinson aveva raccontato a Jess che Nora si era trasferita in quella camera dopo la nascita di Polly – «Sai, era attigua alla piccola nursery» – e non si era mai decisa a tornare nella sua vecchia stanza, più spaziosa.

Jess avvicinò la sedia di vinile al letto. Mentre si accomodava, badò a non urtare il monitor cardiaco, lanciando un'occhiata al grafico in movimento sullo schermo e traendo speranza dal fatto che la linea pareva mostrare uno schema di ghirigori ripetitivi a distanze uniformi. I *bip* erano ritmici e regolari, e anche quello le sembrò un buon segno. Allungò il braccio e strinse la mano della nonna. Era più fredda di quanto si aspettasse, con le nocche dure e lisce sotto la pelle di carta velina.

«Mrs Turner-Bridges?»

Alzando lo sguardo, Jess vide sulla soglia un uomo curato, con i capelli castani corti e gli occhiali dalla montatura sottile, che teneva un fascicolo sotto il braccio.

«Sono il dottor Martin. Mi occupo di sua nonna mentre è in terapia intensiva.»

Jess avvertì una scarica di tensione repressa. «Perché è qui? Che cos'è successo?»

«Questa mattina ha avuto un episodio di fibrillazione atriale. Battito cardiaco accelerato. Di per sé non è necessariamente preoccupante, e possiamo ricorrere alla terapia farmacologica per normalizzare il ritmo ma, considerando l'età della paziente e gli esiti della TAC e della risonanza magnetica, occorre un attento monitoraggio.»

Il tono misurato del medico insospettì Jess. «Che cosa mi dice degli esami? Che cosa hanno evidenziato?»

«Un mio collega ha parlato con lei al telefono un paio di giorni fa, credo. C'era una tumefazione. Non è insolito dopo l'impatto di una caduta.»

«L'altro dottore ha detto che era in stato confusionale. È questa la ragione?»

«In parte sì, sicuramente. Ma le abbiamo somministrato della morfina per il dolore, e ha quasi novant'anni. Non c'è da sorprendersi che abbia perso la lucidità.»

«È troppo presto per chiedere quando la dimetterete?»

Il dottor Martin sorrise pazientemente. «Dobbiamo essere cauti, Mrs Turner-Bridges...»

«Nora vorrà tornare a casa il prima possibile.»

«Lo capisco, e sono certo che la maggior parte delle persone la pensa nello stesso modo. Ma è prematuro parlare di dimissioni.» La voce del dottor Martin si addolcì. «Mi risulta che lei sia la parente più prossima, giusto? Anche se stiamo facendo tutto il possibile per aiutarla, e sua nonna ha chiaramente una costituzione robusta, sarebbe opportuno consultare l'eventuale testamento biologico.»

Jess si sentì stordita mentre cercava di assimilare le informazioni.

Il medico consultò il fascicolo e poi, spingendosi gli occhiali verso la sommità del naso, le ricordò che poteva rivolgersi alle infermiere se lei o sua nonna avessero avuto bisogno di qualcosa.

Le sue parole e la loro connotazione cupa rimasero sospese nell'aria dopo che se ne fu andato, e Jess rimase immobile, tenendo la mano di Nora e aspettando di vedere se sarebbe riuscita a metabolizzarle.

... sarebbe opportuno consultare l'eventuale testamento biologico...

Non svanirono. Rimasero dov'erano, una brutta nuvola scura sul soffitto. Era l'opinione di un solo uomo, si disse Jess, il parere di un medico che forse era abituato a leggere i referti e senza dubbio a esprimersi con cautela quando si trattava di pazienti anziani, ma non conosceva Nora.

Si appoggiò allo schienale della sedia, chiudendo gli occhi. Sentiva il pulsare regolare del monitor, il ticchettio efficiente dell'orologio sopra la porta. Persino il suo respiro si adeguò ai ritmi della stanza. Aveva le palpebre pesanti. I suoi pensieri scivolarono in un imbuto, giù, giù, giù, cadendo velocemente attraverso spazi neri, pieghe del tempo e tempeste elettriche di ricordi, finché si ritrovò su una spiaggia...

Aveva tre anni, indossava un costume da bagno nuovo e si era inginocchiata per scavare una buca. Era consapevole del sole sulle spalle e sulla schiena, delle linee bianche di sale che si asciugavano sulle braccia, della sabbia umida che si sbriciolava sotto le dita. Le onde si infrangevano in lontananza, appena oltre la calma laguna interna che si era formata dentro un banco di sabbia vicino alla riva. Era molto occupata, concentrata sul castello che stava costruendo, e tutto il resto era una macchia sfocata di trambusto estivo e vacanziero.

Il tempo si dilatò e si piegò intorno a lei finché, all'improvviso, qualcosa attirò la sua attenzione. Qualcuno rise forte, una sirena cominciò a urlare, un uccello volò via lanciando un richiamo stridulo. Alzando lo sguardo, Jess rimase scioccata vedendo che la marea si era abbassata. Il lembo di sabbia che aveva raggiunto quando era solo un isolotto al centro della pozza calda era rimasto scoperto e si era allungato su tutti i lati a mano a mano che l'acqua si ritirava.

Si alzò, con le dita sporche di sabbia, e guardò indietro verso la riva, ma era così lontana da essere quasi invisibile.

Era tutta sola.

Il vago turbine caldo di rumori e movimenti era scomparso. Ogni cosa appariva nitida e Jess si accorse che il terreno si muoveva intorno a lei. Solo che non era il terreno a pulsare, bensì centinaia di granchi che spuntavano contemporaneamente da piccole buche nella sabbia, con i corpi tondeggianti che strisciavano, le zampe che picchiettavano sulla superficie dura della sabbia bagnata, dirigendosi tutti insieme verso di lei.

Il graffio crudo del terrore puro si diffuse sulla sua pelle, e lei si riempì i polmoni per gridare...

Si svegliò di soprassalto.

La stanza era luminosa, l'aria calda e immobile, il soffitto una bassa griglia di pannelli bianchi.

Le occorsero tre lunghi secondi per ricordare dove si trovasse e cosa ci facesse là.

Sydney.

Ospedale.

Nora.

Si raddrizzò sulla sedia. Le girava la testa e le faceva male la schiena. Le lancette dell'orologio segnavano quasi le quattro.

Il sogno le era familiare; lo faceva di tanto in tanto quasi da quando aveva memoria. Più che un sogno, era un ricordo. Solo che nella vita reale, quando i granchi si erano avvicinati, Nora era intervenuta e l'aveva sollevata, avvolgendola nel conforto di un abbraccio che era parso enorme.

Jess sbatté le palpebre per snebbiarsi la vista.

Nora era sveglia. Aveva un'espressione perplessa, quasi timorosa, e scrutava il viso di Jess come se si sforzasse di ricordare chi fosse.

Lei si sporse. «Ciao, Nora.» Le prese la mano.

«Tu.» Poco più di un sussurro, ma carico di sollievo.

La gratitudine della nonna fece sentire Jess insieme meravigliosa e imbarazzata. «Tieni» prese il bicchiere di plastica sul comodino, «bevi un po' d'acqua.»

Nora aveva gli occhi pallidi e annebbiati, la pelle intorno alle palpebre arrossata. Continuò a studiare il volto della nipote mentre beveva un piccolo sorso con la cannuccia. La sua voce, quando riprese a parlare, era appena udibile. «Mi sei mancata.»

«Anche tu ma, per favore, adesso non sforzarti. Possiamo aggiornarci più avanti, quando ti sarai rimessa.»

«Ti stavo aspettando.»

«Sono venuta il più velocemente possibile. L'Inghilterra è molto lontana.»

Sulle guance della nonna c'erano lacrime che sembravano spuntate dal nulla. Erano lacrime vecchie, pensò Jess, anche se non avrebbe saputo spiegare esattamente cosa significasse. «Sei venuta dall'Inghilterra.»

«Ma ora sono qui. Sono a Sydney e non vado da nessun'altra parte. Alloggio a casa, a Darling House, ed è tutto perfetto, come piace a te.»

«Mi sono presa cura di lei.»

«Lo so. Le composizioni natalizie sono meravigliose e il giardino è rigoglioso. Ogni cosa aspetta che tu guarisca e torni a casa.»

Nora chiuse gli occhi. Jess le asciugò delicatamente con il pollice le guance umide e luccicanti. Il respiro della nonna si fece più profondo, ma di tanto in tanto i muscoli del viso si contraevano, come se un pensiero imprevisto le avesse attraversato la mente, turbandola.

Forse il medico riteneva che la paziente non fosse pronta per lasciare l'ospedale, ma Jess era sicura del contrario. Nora aveva bisogno di tornare nella sua camera con la carta da parati Pimpernel e il letto sotto la finestra. Amava dire che la vista da quella stanza era tutta la religione di cui aveva bisogno. «Non riesco a descriverti la soddisfazione che si prova quando si coltiva e si ama un giardino» dichiarava. «Essere in grado di lasciare anche solo un piccolo lembo di questa terra più bello e più ricco di quando si è arrivati.»

In origine, la scarpata nordoccidentale di Darling House era una serie formale e piuttosto austera di aiuole di rose ma, quando Nora aveva ereditato la proprietà dopo la morte dei suoi genitori, ce l'aveva messa tutta per trasformarla in qualcosa di nuovo. Aveva immaginato un tipo di giardino molto diverso – più selvaggio, più rigoglioso e intricato, con specie autoctone e aliene – e l'aveva coltivato e curato per decenni con il massimo dell'amore e delle attenzioni. Il risultato era un luogo di assoluta gioia e meraviglia. Alcuni anni prima, *Gardening Australia* gli aveva persino dedicato un servizio.

Jess aveva visto quella vecchia puntata diverse volte, perché Nora l'aveva registrata quando era stata trasmessa in tv e la tirava ancora fuori periodicamente per guardarla. Amava riascoltarsi mentre lei e il conduttore attraversavano il pergolato di clematidi e gelsomini ed entravano nel rifugio per le api autoctone, dove l'uomo faceva commenti sinceramente stupiti sul progetto e sull'ambiziosa portata dell'impresa. Nora apprezzava meno il finale della puntata, quando lei e il conduttore erano seduti nella rotonda coperta di glicini e lui mostrava una serie di foto in bianco e nero del *prima*, scovate chissà dove.

«Adesso spegni» diceva sempre quando il video arrivava a quel punto. «Sembro proprio un'idiota.»

Ma Jess la contraddiceva. «Non è vero! Adoro questa parte. Sei assolutamente perentoria.»

La nonna scuoteva la testa e, talvolta, si copriva gli occhi con la mano, ma lasciava che il nastro continuasse a girare mentre la telecamera zoomava sulla rotonda e il conduttore diceva con un ampio sorriso: «Ho una piccola sorpresa». Quindi sventolava le foto e Nora, che odiava le sorprese, sembrava rabbrividire.

«Non sono mai stata un'amante delle rose» diceva, riprendendosi. «Il profumo, i fiori, le spine fastidiose. È l'unica regola che mi sono imposta quando ho deciso di riprogettare il giardino: non doveva esserci neanche una rosa.»

«Ma sono i fiori dell'amore.»

«Così si dice.» Poi Nora rivolgeva un sorriso civettuolo al giovane conduttore. «Ma sicuramente non mi è mai mancato niente da questo punto di vista.»

Il monitor iniziò a fare *bip* e Jess alzò lo sguardo di scatto. Le linee frastagliate si muovevano più rapidamente e una nuova spia lampeggiava sullo schermo.

Notò che Nora aveva le labbra tremanti e il respiro visibilmente affannato.

I *bip* diventarono più veloci e più rumorosi.

Jess trovò il pulsante di chiamata in fondo al letto e lo premette con decisione.

La nonna aprì gli occhi e allungò la mano, graffiandole il polso con le unghie. Stava provando a dire qualcosa.

«Sono qui» disse Jess. Sono qui, Nora.

«Le pagine.»

Jess non era sicura di aver capito bene. «Quali pagine?» Alzò rapidamente lo sguardo verso il monitor, che aveva cominciato a emettere un allarme intermittente. Sentì il panico salire nel petto. «Ti prego, Nora, va tutto bene. Va tutto bene.»

Un'infermiera arrivò di corsa e Jess lasciò la mano della nonna. Fece qualche passo indietro, avvicinandosi alla finestra, cercando di non intralciare. «Sta bene?»

La donna non rispose. Lesse la macchina, controllò la flebo, contò le pulsazioni.

«Per favore» rantolò Nora. «Jessy, aiutami.»

«La aiuteremo» disse l'infermiera. «Non si preoccupi.»

«Vuole portarmela via.»

«Nessuno farà niente del genere» disse l'altra in tono deciso. «Può starne certa.»

Jess, a disagio, osservò la nonna che chiudeva gli occhi. L'infermiera lavorava rapidamente e l'espressione di Nora cambiò. La nonna stava andando alla deriva verso un altro luogo: se di pace o di oblio, era difficile da dire.

«Fatto» disse infine l'infermiera mentre i *bip* cominciavano a rallentare. «Così va meglio.»

Jess riprese la mano di Nora. La strinse più forte del dovuto, l'unico modo che aveva per esprimere tutta la sua preoccupazione e il suo amore.

«Ora dorme» concluse l'infermiera. «L'orario di visita è finito, e potrà riposare come si deve.»

L'ultima cosa che Jess voleva fare era lasciare sola Nora, ma capì l'antifona. «Sogni d'oro» disse dolcemente. «Non andrò lontano. Riposati, rimettiti in sesto e poi passeremo il Natale insieme a casa.»

«Halcyon.» La parola sulle labbra di Nora non era altro che un borbottio proveniente dai margini della coscienza. «Natale insieme... Halcyon.»

CAPITOLO NOVE

Il pomeriggio era caldo e limpido, e Jess sentì la necessità di muoversi dopo essere stata in ospedale. Chiese al tassista di lasciarla all'incrocio in cima al promontorio per poter camminare lungo le scogliere verso Darling House. L'aria fresca e salmastra era il balsamo di cui aveva bisogno. Era scossa. Forse il dottor Martin avrebbe saputo elencare diverse ragioni perfettamente valide per spiegare la confusione di Nora, ma lei aveva l'inquietante sensazione che ci fosse dell'altro.

Jessy, aiutami. Di solito Nora non usava quel diminutivo e, pur essendosi commossa, Jess l'aveva trovato sconcertante.

Attraversò il parco giochi e fece una breve deviazione davanti al complesso residenziale dove aveva vissuto con sua madre prima che partisse per il Queensland. La vista dell'edificio art déco in quella luminosa giornata di sole, quasi trent'anni dopo, la immalinconì. Le piaceva stare in equilibrio sulla recinzione all'ingresso, ricordò. La mamma raccoglieva mazzetti di lavanda in giardino e li metteva nei barattoli della marmellata sul davanzale.

Voltandosi, si diresse verso Darling House.

Patrick aveva detto che Nora era parsa giù di corda *prima* della caduta e Jess era certa che quell'inquietudine fosse la ragione per cui la nonna aveva provato a salire in soffitta. Si rifiutava di credere che Nora fosse in uno stato di generale declino mentale. Le aveva parlato al telefono ogni settimana, senza notare nulla di strano. Era molto più probabile che la nonna fosse turbata per un motivo specifico. Se fosse riuscita a scoprire quale, forse avrebbe potuto aiutarla.

Il biglietto di Mrs Robinson diceva che sarebbe passata a Darling House quel pomeriggio. Jess avrebbe verificato se la governante fosse in grado di far luce sullo stato d'animo di Nora. Inoltre Patrick sosteneva di aver sentito la nonna dire: «Non gli permetterò di prendere la mia bambina», e poco prima Nora aveva ripetuto: «Vuole portarmela via». A riprova della centralità di Nora nella vita di tutti loro, Jess non aveva mai pensato di chiedersi quali fossero gli accordi per la custodia raggiunti quando Polly era una neonata. Aveva semplicemente dato per scontato che la nonna avesse ottenuto la custodia esclusiva. Ora, però, si domandava se ci fosse dell'altro; forse tra la nonna e Mr Bridges c'era stato più astio di quanto Nora avesse lasciato intendere.

E c'era anche qualcos'altro. Un campanello suonò nei recessi della sua memoria. Halcyon. Si lasciò sfuggire dalle labbra quella parola sommessa e in qualche modo ebbe la sensazione di essere tornata bambina; percepì il calore sulle braccia nude e vide lo sfavillante bagliore azzurro del porto, il viso angosciato della nonna... Ma quel ricordo sfuggente guizzò via come un esile pesce luccicante in una piscina oceanica.

Arrivò a Darling House e digitò il codice del cancello, quindi si avviò lungo il vialetto ombreggiato. Vide la casa davanti a sé, ma non attraversò lo spiazzo circolare per raggiungere la porta d'ingresso. I vent'anni passati a Londra l'avevano guarita dalla noncuranza australiana nei confronti del bel tempo. Era un pomeriggio troppo bello per stare al chiuso.

Seguì lo stretto sentiero verso le felci e le canne di vetro che crescevano in una macchia sotto le palme. Quella era la parte più antica del giardino, il suo posto preferito per leggere quando era bambina. Era sempre fresco, anche nelle giornate più calde. Jess aveva evitato il vicino capanno estivo, preferendo rintanarsi negli spazi bui tra le foglie, dove poteva sentire il profumo del terreno fertile e...

Halcyon. Sorrise. Ora ricordava esattamente dove e quando aveva sentito quella parola per la prima volta...

Era una festa speciale chiamata veglia, il che sembrava strano perché l'ospite d'onore era tutt'altro che sveglio. Prima di uscire quella mattina, Jess aveva chiesto alla mamma spiegazioni su quella discrepanza, ma Polly si era limitata a scrollare il capo, a fare un sorriso un po' ansioso e a dire che non era sicura. Jess aveva sospirato e sua madre, che non aveva mai sopportato di deludere qualcuno, aveva promesso di informarsi; poi aveva giunto le mani come faceva sempre quando era preoccupata, osservando che non era il genere di domande da fare alla nonna, certamente non quel giorno. Jess aveva fatto un altro sospiro (a se stessa, questa volta) e aveva detto: «Certo che no». Conosceva le regole.

Fu il suo primo funerale. Guardò con tanto d'occhi la bara lucida che scompariva e le tendine che si chiudevano. Le ricordava uno spettacolo di magia che aveva visto a The Rocks durante le precedenti vacanze di Natale: le parole serie del pastore, i versi ipnotici, il coinvolgimento della congregazione prima del portentoso sbuffo di fumo. Come allora, si sforzò di non sbattere le palpebre mentre la bara scivolava via sulle guide. Non riusciva a liberarsi della sensazione che stesse per accadere qualcosa di importante. Era appollaiata sul bordo della panca per non perdersi il momento magico ma, ahimè, non ci fu nulla di interessante. Solo le tendine che si chiudevano di colpo, seguite da un inno e dalla distrazione del profumo della nonna che le solleticava il naso mentre cantavano.

Nora, notò, non stava piangendo, anche se stringeva un fazzoletto di lino nel pugno chiuso. Aveva tutta l'aria di una persona assorta nei propri pensieri. Era la maschera perfetta per i sentimenti che provava, pensò Jess soddisfatta; o almeno era così che l'avrebbe descritta se quello fosse stato un racconto e la nonna un personaggio. Era il ritratto di una dignitosa signora anziana dai modi meticolosi, che partecipava al funerale del suo unico fratello.

Nella bara, infatti, c'era proprio lui: il misterioso fratello maggiore di Nora, di cui Jess aveva scoperto l'esistenza solo di recente. Le piaceva l'uomo nella fotografia in bianco e nero posata sul feretro durante la funzione. Non assomigliava alla nonna, non esattamente, ma aveva comunque un che di familiare. Jess non aveva mai conosciuto il nonno e non aveva un padre, perciò nutriva spesso la curiosità di sapere come sarebbe stato avere un affabile signore anziano nella sua vita.

Certe volte fingeva che il tipo che dava le notizie finanziarie in tv fosse suo padre. Sembrava assennato e competente, con una voce allegra e uno scintillio bonario negli occhi. Jess aveva assegnato il ruolo di nonno a Charles Dickens. Aveva collezionato tutti i suoi romanzi – tranne *Martin Chuzzlewit*, di cui non aveva ancora trovato una copia – e aveva deciso, dopo aver finito *David Copperfield*, che sarebbero andati molto d'accordo. Dickens amava fare passeggiate, come lei; era incuriosito dalle persone, idem; e aveva un senso della giustizia molto sviluppato. Questo, Jess ne era certa, valeva anche per lei: l'aveva sentito dire da sua madre l'ultima volta che il preside l'aveva convocata a scuola. Era stato lo stesso pomeriggio in cui aveva imparato che le accuse di *impertinenza* (Mrs Taylor) e *perspicacia* (Polly) erano negli occhi di chi guardava.

Quel che era interessante era che i sentimenti benevoli e positivi di Jess verso l'uomo della foto non erano condivisi da tutti. Prima dell'inizio del funerale, quando le persone stavano ancora arrivando, una donna dall'espressione untuosa aveva sussurrato all'amica: «Il ritorno del fratello prodigo», al che l'altra aveva risposto: «Non c'è traccia della rosa inglese», spingendo la prima ad aggiungere: «Lui sì che sapeva coglierle». Jess si era chiesta cosa volesse dire e perché l'affermazione avesse meritato un tono così arcigno e saccente.

Qualcuno aveva portato la fotografia dall'impresa di pompe funebri alla veglia, e ora l'immagine troneggiava al centro del cassettone di mogano in fondo al lungo ingresso di Darling House, al posto d'onore tra altre foto in bianco e nero della Famiglia. Jess si soffermò per un po' a studiarla, con il naso che quasi toccava l'orlo del mobile, mentre gli altri andavano e venivano alle sue spalle, spandendo nell'aria frammenti di conversazioni sommesse. Il gran sorriso e il cappello elegante dell'uomo, i pantaloni e il cappotto lungo fino alle ginocchia, i suoi passi lunghi sulla strada di una città sconosciuta. Sullo sfondo c'erano edifici fatiscenti e la grande cupola bianca di una cattedrale. L'immagine era stata rifilata per adattarla alla cornice e, su un lato, si intravedevano le tracce della presenza di un'altra persona: il bordo di una manica più scura, l'orlo di un cappotto o di una gonna.

Per puro caso, Jess e sua madre erano a Darling House nel pomeriggio in cui Nora aveva ricevuto la telefonata che la informava della morte di Thomas. La notizia inaspettata le aveva fatto cadere il cucchiaino.

Jess aveva sentito mille interrogativi ribollire dentro di sé. «Dove?» aveva chiesto. «Dove viveva?»

«In un luogo chiamato Londra» aveva risposto la nonna. «Vicino a un antico fiume chiamato Tamigi.»

«Perché così lontano?»

«Aveva la *wanderlust* nel sangue.»

Jess aveva ripetuto mentalmente il termine sconosciuto. Qualunque cosa significasse, trasmetteva una sensazione molto piacevole.

«Amava viaggiare e non si fermava mai da nessuna parte» aveva spiegato Nora. «Non per molto, in ogni caso. Quando era giovane, nostra madre si disperava: "Il mio unico figlio maschio" diceva. "Che ne sarà della nostra discendenza?"»

«Tuo fratello non voleva una famiglia?»

Polly, seduta sul divano accanto alla tenda, si era schiarita la voce e Jess non aveva avuto bisogno di guardarla per capire che si trattava di un avvertimento. Quando andavano a Darling House, sua madre le raccomandava di non essere invadente e di parlare solo se interpellata. Jess era confusa, perché la nonna rispondeva volentieri e non sembrava affatto infastidita dalle sue domande. Di tanto in tanto Jess aveva l'impressione che le regole fossero più utili a Polly che a Nora.

«Non voleva una famiglia?» aveva ripetuto, sleale.

Nora era seduta sulla poltrona nel bovindo, rivolta verso il porto, e la luce riflessa dall'acqua era così intensa da costringerla a socchiudere gli occhi azzurri. «Raramente il punto è ciò che si vuole.»

«Jessica» era intervenuta Polly in tono sorprendentemente severo, «perché non esci a giocare in giardino prima che inizi a piovere?»

Jess aveva aggrottato le sopracciglia e si era data della scema, perché aveva capito che la mamma la stava cacciando via e che la colpa era sua. Aveva fatto troppe domande, troppo velocemente. Aveva obbedito, ma ci aveva messo più del necessario a lasciare la stanza, ed era stato così che aveva sentito la nonna dire: «È mia nipote, Polly. Meritiamo di conoscerci».

Jess si era fermata oltre la porta e aveva trattenuto il respiro, chiedendosi cosa avrebbe risposto sua madre. Ma Polly si era limitata a domandare, senza la minima esitazione: «E per quanto riguarda il funerale?».

La nonna, demoralizzata, era tornata all'argomento principale. «Si terrà qui, naturalmente, a Sydney. È un Turner, e questa è casa sua.»

Ora il sole entrava dalla lunetta sopra la porta d'ingresso, i profumi e le voci si mescolavano, e il corridoio era soffocante. Molte persone avevano partecipato alla veglia. Un'altra sorpresa per Jess: come poteva un uomo che aveva trascorso la vita dall'altra parte del mondo avere così tanti amici in Australia? «Sono gli amici di tua nonna» aveva detto Polly quando glielo aveva chiesto.

«È molto conosciuta» aveva osservato Jess.

«Altroché.»

Jess si domandò dove fosse ora sua madre. Bloccata in una conversazione da qualche parte, ipotizzò, oppure nascosta in cucina con Mrs Robinson e le due giovani cameriere che erano state prese per servire panini e torte. Chiuse gli occhi e rimase in ascolto. Polly aveva un suono ben preciso, emanato dalla collana che indossava sempre: una lunga catena d'argento da cui pendevano due ciondoli, uno sottile, a forma di jacaranda, l'altro un gatto anch'esso d'argento. Il primo era un regalo e il secondo veniva da un negozio di roba usata; un tempo, secondo Polly, era stato in cima a un sonaglio per bambini, un micio con dentro una pallina che produceva un delicato tintinnio a ogni suo passo. Jess amava quel suono. Le trasmetteva sicurezza, calore e felicità.

Ma ora non riusciva a captarlo. Riaprì gli occhi, colta dall'impulso improvviso di allontanarsi da tutta quella gente. Le formalità della giornata erano terminate e la veglia, nonostante le promesse del suo nome improbabile, non si era rivelata altro che l'ennesimo fastidioso pretesto degli adulti per socializzare. Il vestito di velluto le era piaciuto molto quando la nonna glielo aveva regalato, ma ora l'elastico delle maniche a sbuffo cominciava a grattare e la cucitura del corpetto la faceva sudare e sentire a disagio.

In altre circostanze, forse avrebbe voluto esplorare ulteriormente Darling House mentre sua madre era distratta. La casa, che si ergeva sulla penisola di Vaucluse, era alta tre piani, con una torretta su un lato. Era stata costruita a metà dell'Ottocento, quando il trisnonno di Jess era arrivato nella colonia del Nuovo Galles del Sud, ed era descritta in diversi libri patinati di architettura che la nonna teneva aperti sui tavoli della biblioteca. L'interno era totalmente imprevedibile: porte inaspettate conducevano a scale nascoste, che si snodavano intorno a camini in mattoni e permettevano di raggiungere una parte dell'edificio molto diversa da quella da cui si era partiti.

Jess non avrebbe dovuto amare la villa. «Non trovi che sia piena di spifferi?» chiedeva sua madre se lei, dopo una visita, si azzardava a dire che le sale erano sontuose e i soffitti alti. «Non preferisci il nostro appartamentino accogliente?» insisteva Polly. E siccome il bel viso che le era familiare le sembrava triste, Jess si affrettava sempre a confermare.

Quel giorno Darling House, per quanto grande, era troppo affollata, così la bambina uscì in giardino, un luogo con cui aveva molta più dimestichezza, dato che la madre la mandava là fuori *a giocare* quasi ogni volta che andavano a trovare la nonna. Il giardino principale era stato progettato e piantato da Nora ma, dall'altra parte della proprietà, se si seguiva il sentiero che conduceva oltre l'asta portabandiera e la fontana, c'era un luogo molto più antico, invaso da felci e canne di vetro che formavano una massa primordiale intorno a un muffoso capanno estivo. Jess si aprì un varco tra la vegetazione fino a trovare un punto sotto i viticci curvi di una gigantesca felce arborea. Invisibile dalla casa e circondata da una cortina di foglie, aprì la cerniera del vestito di velluto e lo sfilò, posandolo a terra. Si slacciò le scarpe di vernice nuove e si tolse le calze. Seduta a gambe incrociate in canottiera e mutandine bianche, Jess respirò liberamente per la prima volta dopo ore.

Rimpiangeva di non aver portato un libro. Di solito non andava mai in giro senza. Aveva letto l'intera collezione per bambini della biblioteca e, a dieci anni, di recente aveva ottenuto un permesso speciale per prendere in prestito i volumi sugli scaffali delle scuole superiori, anche se molti di quei testi non erano così interessanti. Sembravano concentrarsi su amicizie, reggiseni e fidanzati, tutte cose che considerava estremamente noiose. Negli ultimi tempi, i suoi libri preferiti erano quelli che sceglieva da sola quando la mamma la portava nei negozi di roba usata nei fine settimana. In un garage particolarmente sudicio, in una zona di Sydney che non aveva mai sentito nominare, aveva trovato *David Copperfield*; si era seduta a gambe incrociate sul pavimento e, quando era arrivato il momento di andarsene, non era riuscita a togliersi la storia dalla mente. Da allora era sempre riuscita a scovare almeno un altro tesoro da aggiungere alla sua scorta, a differenza di Polly che, nonostante l'amore per la ricerca, non trovava mai quel che cercava.

Ora, però, senza un libro in cui tuffarsi, si dedicò all'esplorazione dell'ambiente circostante. Seguì una fila di formiche che avanzava attraverso il sottobosco, notò una foglia arricciata che nascondeva il nido bianco di un bruco, costruì un tepee di rametti coperti di muschio. Stava osservando le spire sorprendentemente avvitate di una fronda di felce arborea, tenendola tra le dita, stuzzicando i piccoli peli neri, quando si rese conto di non essere più sola.

Udì delle voci: la nonna, capì, stava parlando con un uomo. I loro passi su una superficie dura segnalarono che erano entrati nel capanno. Cercò di origliare per decidere se la conversazione potesse essere interessante.

«Immagino che venderà i paddock» disse l'uomo.

«Non posso certo occuparmene da sola. Il sognatore era Thomas...»

«E Halcyon?»

Seguì un suono terribile, un gemito gutturale che provocò a Jess un'immediata stretta allo stomaco. Era così sorpresa e incuriosita che si arrischiò a sbirciare da sopra le felci. Da là non riusciva a vedere l'interno del capanno e così, silenziosa come un'ombra, si avvicinò.

La nonna era seduta sulla panca, ma qualcosa nella mollezza della sua postura, nella curva delle sue spalle, indusse Jess a pensare che vi fosse crollata sopra. Cercava di nascondere il viso con la mano, ma aveva la bocca aperta in un lamento muto. Vedere un adulto così angosciato era scioccante. A Jess venne in mente una parola: *affranta*.

Nora rimase così per quella che parve un'eternità, con l'uomo che fingeva goffamente di non vedere la sua sofferenza. Alla fine la nonna parlò. Jess si accorse che si sforzava di apparire calma e padrona di sé, ma la sua voce tesa pareva un filo sul punto di spezzarsi. «La prego, Mr Friedman» disse, sollevando la mano aggraziata contro la possibilità di subire altro dolore. «Non sopporto di sentire questo nome. Certo, va venduta subito. Avrebbe dovuto farlo lui stesso anni fa. Ora per me non è altro che un'orribile, orribile zavorra.»

CAPITOLO DIECI

La morte del fratello di Nora, nel 1988, aveva rappresentato una linea di demarcazione nella vita di Jess. Prima, aveva vissuto con la madre in un appartamentino al pianterreno, con un angusto patio piastrellato e senza giardino sul retro; successivamente, si era stabilita con la nonna a Darling House. Non c'era un nesso logico chiaro tra i due eventi, era solo una questione di casualità e di tempismo, se non fosse che la prima e più salda dipendenza umana è quella dalla narrazione. Le persone cercano sempre di identificare causa ed effetto per poi arrivare al significato, e così era stato anche per Jess: nella sua mente, la morte di Thomas Turner era inscindibile da quel mutamento di circostanze.

All'epoca, però, il giorno della sua veglia funebre si era contraddistinto per un motivo più piccolo e specifico. Jess, che aveva dieci anni, adorava le parole. Le collezionava. Nei suoi libri preferiti, il vero potere si celava sempre nelle parole, fossero esse gli incantesimi e le maledizioni delle fiabe che aveva divorato da piccola, oppure gli atti, i testamenti e le scappatoie legali che aveva scoperto in Dickens. Il giorno della veglia funebre le aveva regalato molti nuovi tesori. Anzitutto c'era stata la *veglia* in sé e per sé, con l'agghiacciante premessa che una festa per i morti potesse avere un nome così smaccatamente dinamico. Poi c'era stato *prodigo*, un termine che Jess aveva sentito solo durante le lezioni di religione a scuola, ma che ora era stato applicato, curiosamente, a un misterioso uomo della sua famiglia. E cosa dire di *Halcyon*, una parola calda, color miele, che le giungeva all'orecchio come una formula magica, ma il cui calore si spegneva quasi subito all'ombra cupa dell'espressione *zavorra*.

Sotto la felce arborea, dopo aver origliato la conversazione, Jess aveva riflettuto su quanto aveva sentito. Era un bel problema. *Zavorra* era una parola con cui credeva di avere dimestichezza, per gentile concessione di Jules Verne, ma perché sua nonna avrebbe dovuto essere in possesso di un sacchetto di sabbia sganciabile per alleggerire il peso di un velivolo e guadagnare quota? E soprattutto, perché aveva definito la zavorra *orribile* e insistito sulla necessità di venderla *subito*? Aveva concluso che poteva significare una cosa sola. Un omonimo! Chiaramente *zavorra* aveva un altro significato. Le parole, aveva osservato, sapevano essere insidiose quanto le persone: sembravano dire una cosa, mentre sotto la superficie si nascondeva un altro significato segreto.

Non appena la via era stata libera, Jess si era rinfilata il vestito ed era corsa a piedi nudi verso la casa. Si era fatta largo tra i gruppi di adulti nel corridoio in penombra e precipitata al piano di sopra, nella biblioteca buia, dov'era stata avvolta dall'aria fresca e immobile. Pareti di libri fiancheggiavano ogni lato della stanza, ma lei sapeva dove guardare. Aveva intravisto il vecchio *Oxford English Dictionary* rivestito di cuoio blu durante le precedenti visite con la madre. Aveva preso il volume *N-Z* e individuato la voce *Zavorra*, passando oltre il significato familiare e letterale fino ad arrivare a 2. *Fig. fardello pesante; cosa o persona di poco o nessun valore.*

Era insieme profondamente soddisfatta e ancora più incuriosita. Il comportamento della nonna nel capanno era stato sicuramente quello di una persona che portava un pesante fardello, ma che tipo di fardello era un *halcyon*? Aveva riposto il volume *N-Z* e tirato fuori *A-M*, sfogliando le pagine fino alla voce che cercava. Secondo l'OED, *halcyon – alcionio –* poteva essere sia un sostantivo sia un aggettivo: il primo designava un tipo di uccello, il secondo era sinonimo di *calmo* e *tranquillo*. Nessuno dei due, però, sembrava denotare qualcosa di particolarmente gravoso. Anzi, l'aggettivo pareva avere un significato diametralmente opposto.

Lei e Polly erano tornate a casa insieme dopo la veglia. Il loro appartamento non era lontano da Darling House, ma erano andate a piedi perché non avevano la macchina. Quello era un continuo pomo della discordia tra sua madre e la nonna. Nora avrebbe voluto comprare loro *una bella piccola utilitaria* e diceva che era irragionevole rinunciare alle comodità indispensabili, ma Polly affermava di preferire i mezzi pubblici. La verità, Jess lo sapeva, era che guidare la rendeva nervosa. C'erano molte cose che avevano quell'effetto sulla mamma.

Avevano camminato lungo la battigia, anche se richiedeva più tempo rispetto alle strade. Jess amava passeggiare con la madre. Polly era timida con gli altri adulti, ma non quando erano solo loro due. Conosceva bene la natura e, benché non fosse il tipo da dare volontariamente informazioni o da istruire la figlia, era sempre incline a notare e condividere piccoli istanti di bellezza. Il bordo arricciato di una foglia grigioverde di eucalipto, un delicato nido caduto dal ramo, il fuoco d'artificio di un albero fiamma in fiore contro il cielo azzurro intenso. Non c'era gita in spiaggia durante la quale non raccogliessero alghe, conchiglie ed eleganti pezzi di legno trasportati dal mare, per poi portarli a casa ed esporli sui davanzali o trasformarli, grazie all'abilità di Polly, in suggestive giostrine e, in un'occasione, persino in un acchiappasogni simile a una ragnatela. Polly aveva inchiodato la delicata creazione al soffitto, proprio sopra il letto della figlia. «Non dirlo alla padrona di casa» le aveva raccomandato. «Non credo che approverebbe.» Poi avevano sorriso, perché l'appartamento era di Nora e non di una *padrona di casa*. I momenti come quelli erano i preferiti di Jess.

Sua madre non faceva molte battute. Aveva un viso che riusciva sempre ad apparire vagamente triste, anche quando la proprietaria non lo era.

Durante quella passeggiata, però, Polly era parsa più taciturna del solito. Pensava al funerale, aveva ipotizzato Jess mentre lasciavano la pista, si toglievano le scarpe e scendevano sulla sabbia bianca di Queens Beach. La mamma non aveva mai conosciuto lo zio inglese, ma era il tipo di persona che percepiva l'infelicità degli altri come se fosse sua. Una volta Jess le aveva raccontato di una bambina che, a scuola, veniva bullizzata da alcuni ragazzi. La insultavano, correndo a occupare il castello se provava ad arrampicarcisi sopra, urlandosi l'un l'altro con foga che se non si fossero mossi rapidamente si sarebbero *beccati* qualcosa. Polly era stata sull'orlo delle lacrime e, da allora, aveva preso l'abitudine di fare due chiacchiere con la bambina davanti al cancello della scuola se le capitava di incrociarla.

Ora la mamma era andata fino alla riva, ma non era a caccia di conchiglie, bastoni o pelli pallide e sbiadite di creature marine. Era rimasta ferma, guardando l'acqua, con le braccia lungo i fianchi e un dito tra i lacci dei sandali buoni. Jess l'aveva raggiunta, con la sensazione che stessero pensando la stessa cosa. Sarebbe stato triste lasciare l'oceano per trasferirsi a Brisbane, ma sua madre diceva che là ci sarebbero stati un fiume, moltissimo sole e, in estate, violenti temporali che finivano con la stessa rapidità con cui arrivavano, lasciando l'aria fresca e pulita. Polly aveva un nuovo lavoro. L'aveva detto alla figlia una sera a cena, con gli angoli della bocca malinconica che tremolavano per mostrare quanto quell'idea la rendesse felice. Avrebbero vissuto in un posto chiamato Paddington, in una casa tutta loro, con un rivestimento esterno di legno e un tetto di lucida lamiera ondulata anziché di tegole.

A Jess era piaciuta quella parola – *ondulata* – e, quando glielo aveva detto, sua madre aveva sorriso e aveva trovato una foto in una rivista per mostrarle di cosa si trattasse. La realtà era stata molto soddisfacente, la parola calzava a pennello alle onde della lamiera. Jess avrebbe dovuto frequentare una nuova scuola, l'aveva avvertita Polly, che non sarebbe stata lussuosa come quella di Sydney, e avrebbe dovuto farsi dei nuovi amici, ma la bambina aveva risposto che per lei andava bene. La verità era che non aveva molti amici da lasciarsi alle spalle, anche se non l'avrebbe mai confessato alla mamma: per lei sarebbe stata solo un'ulteriore preoccupazione.

«Hai detto a Nora di Brisbane?» aveva chiesto ora Jess.

«Non ancora. Non oggi.»

«Quando?»

«Presto. Quando non sarà più così triste per suo fratello.»

Jess aveva riflettuto. Aveva senso, ma non aveva potuto fare a meno di notare che sua madre sembrava avere sempre una scusa per rimandare quella conversazione. Normalmente avrebbe insistito, ma quel giorno aveva altro a cui pensare.

Ora si tenevano per mano, l'aria odorava di sale e di acqua salmastra, e una barca a vela era in equilibrio sul limite dell'orizzonte, e Jess aveva deciso che non avrebbe avuto occasione migliore. «Che cos'è Halcyon?»

Polly le aveva stretto più forte le dita. «Io non...» aveva cominciato, ma la frase le morì in gola. «Dove hai sentito questa parola?»

«Nora l'ha usata oggi. L'ho cercata nel dizionario, ma non sembrava una bella cosa quando l'ha pronunciata.»

Jess si era chiesta se la sua risposta sincera avrebbe suscitato altre domande su come avesse potuto ascoltare una conversazione privata della nonna, così era stata una piacevole sorpresa quando la mamma disse semplicemente: «È una casa».

Polly aveva girato sui tacchi e stava tornando verso l'erba.

Una casa. Jess aveva ripetuto mentalmente la risposta mentre correva dietro alla madre. Era difficile capire come una casa potesse essere una zavorra, soprattutto per la nonna, che collezionava edifici con la stessa passione con cui lei collezionava parole. «Dov'è? Dov'è Halcyon?»

«Nel bel mezzo del nulla. Lontano da qui.»

Poi Jess aveva capito. *Halcyon* era il nome della casa di Thomas. Un fardello, aveva ipotizzato, perché era molto distante. Dall'altra parte del mare, in Inghilterra. «Ecco perché Nora vuole venderla.»

Polly le aveva lanciato un'occhiata, corrugando leggermente la fronte. «Come sarebbe a dire?»

«Vuole venderla *subito*.»

«Come fai a saperlo?»

Jess aveva esitato. Rivelando altri dettagli avrebbe rischiato un rimprovero per aver origliato. Ma Polly era sembrata davvero preoccupata, addirittura più del solito, così aggiunse: «L'ho sentita oggi. Stava parlando con un uomo. Ha detto che Halcyon è una zavorra e che va venduta *subito*. Era la casa di suo fratello?».

Sua madre aveva annuito.

«Forse la rattrista pensare alla casa di suo fratello, tutta sola nel bel mezzo del nulla?»

«Sono sicura che è così» aveva detto Polly, quindi avevano raggiunto la tortuosa scala di cemento che conduceva alla strada, e Jess aveva iniziato a correre verso la sommità come facevano sempre, voltandosi per esortare la mamma a sbrigarsi perché era insolitamente lenta.

«Ciao, straniera!»

Jess guardò verso il fondo del vialetto di Darling House, dove c'era qualcuno ad aspettarla. Impiegò un attimo per tornare al presente e scacciare il fantasma di un pomeriggio di trent'anni prima. Mrs Robinson si schermava gli occhi dal tramonto con una mano e agitava l'altra.

Jess ricambiò il saluto: «Buonasera!».

«Porto doni» urlò la governante, indicando il cesto sul terreno mentre Jess iniziava a risalire la collina erbosa. «Un po' di corrispondenza per tua nonna e delle lasagne per te.»

Jess la raggiunse. «È un angelo.»

La abbracciò, stupendosi della profondità dell'affetto che provava per lei. «Vuole entrare per una tazza di tè?»

«Molto volentieri.»

Jess aprì la porta d'ingresso e andarono in cucina, dove mise subito in funzione il bollitore.

Mrs Robinson si sedette su uno sgabello. «Sei stata a trovare tua nonna?»

«Oggi pomeriggio.»

«Avrai notato che è un po' peggiorata.»

«Vorrei che mi avesse avvertita.» Jess non avrebbe voluto usare un tono così accusatorio. Era una reazione allo shock per lo stato di Nora. Era stata colta totalmente alla sprovvista. «Immagino che le abbia fatto promettere di non farlo.»

«Be', sai com'è fatta. Non ammetterebbe mai di avere dei problemi.»

«Ha perso peso.»

«E altezza» concordò Mrs Robinson.

«Dovremo farle mettere su qualche chilo quando torna a casa.»

L'altra inarcò un sopracciglio. «L'ospedale ha detto qualcosa al riguardo?»

«Sono stati un po' vaghi. Immagino che debbano esserlo; non sanno con chi hanno a che fare.»

Il bollitore fischiò. Jess versò l'acqua bollente sulle bustine di tè e le ruotò mentre erano in infusione. Chiese della famiglia di Mrs Robinson e sorrise delle stravaganze dei suoi quattro nipoti impertinenti e dell'unica nipotina adorata. «A volte penso che sia la più scalmanata di tutti» disse Mrs Robinson. «Non che abbia qualcosa in contrario. Anzi, più potere per lei.»

«Il futuro è donna.» Jess servì il tè. «Non si dice così?»

«Parli proprio come tua nonna.»

Jess si sedette sul lato del bancone, di fronte alla governante. Tirò giù dalla mensola la scatola di biscotti, rimuovendo il coperchio e porgendole il contenitore aperto. Mrs Robinson prese un frollino e lei la imitò, posandolo sul ripiano accanto alla tazza. «Posso chiederle una cosa?»

«Certo. Ma non ti assicuro di conoscere la risposta.»

«Era qui quando Nora e suo marito si sono separati?»

La governante annuì. Con una certa esitazione, forse. «Ho iniziato a lavorare per tua nonna un paio di anni prima. Avevo solo sedici anni quando ho cominciato.»

«Non lo sapevo.»

«Non eri tenuta a saperlo. Ero già parte integrante dell'arredamento quando sei arrivata!»

«Un mobile bellissimo.»

Mrs Robinson rise. «Io e tua nonna ci siamo conosciute per caso. Ero arrivata da poco a Sydney, dopo essermi lasciata alle spalle un passato infelice. Stavo prendendo una brutta strada e Nora mi ha lanciato un'ancora di salvezza. All'inizio mi ha affidato qualche lavoretto saltuario, pagandomi abbastanza perché potessi permettermi vitto e alloggio, ma la cosa migliore che ha fatto è stata riporre la sua fiducia in me. Era la prima volta che qualcuno mi dava delle vere responsabilità.» Si rilassò, abbandonandosi ai ricordi.

«Mi domandavo quali accordi abbiano preso per la custodia di Polly quando hanno divorziato.»

Mrs Robinson le lanciò un'occhiata, con una confusione momentanea che si dissolse rapidamente quando rammentò la domanda che aveva dato il via al racconto. «Temo di non conoscere i dettagli. Come ho detto, non lavoravo qui da molto tempo. Tua nonna non aveva l'abitudine di confidarsi con me all'epoca. Perché me lo chiedi?»

«Nora ha qualcosa che le frulla in testa, credo. Patrick mi ha riferito che di recente ha detto cose strane, che temeva che qualcuno le portasse via la bambina, e ho ipotizzato che stia rivivendo una preoccupazione del passato.»

Mrs Robinson sorrise comprensiva. «Tua nonna non sembra molto in sé ultimamente. È un po' confusa. Ma qualunque cosa abbia detto a Patrick, è molto probabile che non significhi niente.»

«Ma potrebbe essere importante» obiettò Jess. «Se così fosse, e se riuscissimo a capire di cosa si tratta, potremmo darle un po' di conforto.»

«Mi dispiace, Jessica, ma non mi viene in mente nulla. E devo dire che, anche se tua nonna stesse ricordando un evento passato, potrebbe essere una delle sue tante piccole paure. È stata una madre molto protettiva nei confronti di una bambina molto desiderata. Oserei dire che ci sono state molte occasioni, quando Polly era piccola, in cui Nora ha temuto di perderla in qualche modo. È l'incubo di ogni genitore.»

Ma Jess non era disposta a lasciar perdere così facilmente. «Mi sembra strano che lei e suo marito abbiano preso strade diverse e che lui non si sia più fatto vivo. Devono essersi lasciati in cattivi rapporti.»

«All'epoca ho avuto l'impressione che entrambi fossero pronti a darci un taglio.»

«Forse lui voleva portare Polly con sé?»

«No.» Mrs Robinson scosse la testa. «Non credo proprio.»

«Come fa a essere così sicura?»

«La situazione tra loro era tesa da diversi anni, da prima che tua nonna rimanesse incinta. La maggior parte degli uomini non capisce quanto possa essere difficile per una donna, in particolare per qualcuno come Nora, quando queste cose non accadono facilmente. Aveva abortito varie volte e il marito riteneva che fosse meglio arrendersi, che avrebbero potuto vivere felici anche senza figli. Ma non era la vita che tua nonna aveva sognato. Diceva sempre di volere una squadra di cricket tutta sua. Si è rivolta a tutti i medici, i guru e i guaritori da questa parte delle Blue Mountains, e alla fine la perseveranza ha dato i suoi frutti. Ero qui quando ha ricevuto la bella notizia; non ho mai visto una donna raggiante come lei quel giorno, e per tutti i successivi. Soffriva di terribili nausee mattutine, poverina, ma era così grata che non si lamentava mai.»

Jess sorrise. La descrizione corrispondeva esattamente a quella di Nora. Tosta, determinata e sempre ottimista. Non accettava mai un no come risposta, considerandolo una forma di fallimento. Di tanto in tanto Jess si chiedeva quali fossero stati i suoi *veri* sentimenti riguardo alla fine del matrimonio. Ogni volta che l'argomento saltava fuori, la nonna si limitava a scrollare allegramente le spalle e a definire il divorzio una decisione pragmatica, necessaria per correggere un piccolo errore di gioventù. «*C'est la vie*» diceva.

Per Jess, tuttavia, era sufficiente pensare alla rottura con Matt per sapere che la separazione da qualcuno con cui si era condivisa una parte della propria vita suscitava inevitabilmente sentimenti di perdita. E Mr Bridges era il padre della bambina di Nora. Senza dubbio anche questo aveva un peso. «Posso capire le tensioni quando stavano cercando di concepire, ma se il marito era contento di avere dei figli, perché separarsi proprio quando finalmente ci erano riusciti?»

«Secondo me voleva che la loro vita tornasse come prima della nascita di tua madre» rispose Mrs Robinson. «Riteneva di essere stato paziente e ora rivoleva indietro sua moglie. Ma la maternità cambia alcune persone. Quando è arrivata Polly, il mondo ha cominciato a essere diverso per tua nonna. È comprensibile, se si tiene conto di cosa aveva passato per averla. Stravedeva per lei, la teneva quasi sempre in braccio e lui ha iniziato a essere geloso.»

«Della bambina?»

La governante fece sì con la testa. «È triste, vero, pensare che un uomo adulto sia geloso di una neonata? La situazione è diventata insostenibile. In un certo senso, Nora aveva il cuore spezzato. Naturalmente, trattandosi di tua nonna, ha fatto di necessità virtù. Se non poteva avere una famiglia numerosa, si sarebbe circondata di persone che avevano bisogno del suo aiuto, dedicandosi a essere la migliore madre possibile per Polly. E lo è stata. Non ho mai visto un genitore così sollecito. Non c'è bisogno che ti dica quanto sia premurosa.»

Jess ricambiò il sorriso affettuoso della governante. Conosceva bene la dedizione di Nora. Dopo il suo trasferimento a Darling House, la nonna non si era mai persa un dibattito studentesco, uno spettacolo teatrale o una partita di pallacanestro. Alla fine, Jess aveva dovuto insistere perché si prendesse del tempo per sé. «Fai fare brutta figura agli altri genitori» aveva scherzato, ma Nora si era offesa e la conversazione era diventata imbarazzante. Alla fine, però, erano arrivate a un compromesso.

Ora, al bancone della cucina, Jess fece un lungo sbadiglio. «Oh» disse, senza riuscire a soffocarlo. «Mi scusi.»

Mrs Robinson rise. «Figurati. Devi essere esausta. Che ore sono per te?»

«Dio solo lo sa.»

«È meglio che ti lasci riposare un po'. Ti riscaldo una porzione di lasagne prima di andare?»

Jess la ringraziò ancora per averle portate, ma disse che ci avrebbe pensato da sola. La accompagnò all'uscita. Erano le sette ma c'era ancora luce, la serata sonnacchiosa di una calda giornata estiva, con il cielo che si ammorbidiva nelle pieghe rosa, viola e oro del crepuscolo, e le propaggini più basse del giardino che cominciava a diventare buio e freddo. I colori e gli odori, la qualità della luce erano viscerali. Jess riusciva a sentirli nel ritmo del suo battito, nel profondo dei polmoni, nelle cellule della pelle. Li conosceva come non si può fare a meno di conoscere la cadenza della propria madrelingua.

Un ibis attraversò il cielo, seguito da altri tre in formazione, e Jess fu strappata dalla sua trance. Sbadigliò di nuovo e si voltò per rientrare in vista della cena. Se avesse tenuto duro fino alle otto, forse avrebbe dormito tutta la notte e superato il jet lag.

Il cellulare le squillò mentre chiudeva la porta.

«Patrick!» Aveva dimenticato di chiamarlo. «Scusami.»

«Come sta?»

«Sta riposando e farò in modo che torni la vecchia Nora il prima possibile.»

«Sei riuscita a parlare con lei?»

«Un po'. Non una conversazione vera e propria.»

«Torni in ospedale domani?»

«Ogni giorno, finché non mi permettono di riportarla a casa.»

«Bene. Ottimo.» Patrick fece una pausa e qualcosa nella qualità del suo silenzio indusse Jess a pensare che avesse altro da dire.

«C'è qualcos'altro?»

«Forse. Mi hai chiesto se sapessi perché Nora fosse così distratta ultimamente.»

Le pulsazioni di Jess accelerarono. «Sì?»

«Oggi pomeriggio stavo ritirando la posta e mi sono ricordato che, una settimana fa o giù di lì, Nora ha ricevuto una lettera ed è parsa turbata.»

«Che cosa diceva?»

«Non l'ho letta.»

«No, no, certo che no.»

«E anche se l'avessi letta, non ho l'abitudine di tradire la fiducia dei miei pazienti.»

«Non ho il minimo dubbio.»

«È solo che ero molto preoccupato per lei.»

«Capisco. Che cos'hai visto?»

«L'ho notato perché la busta aveva un'aria ufficiale. Apro e smisto sempre la posta di Nora, perciò so cosa riceve di solito. Quella lettera veniva da uno studio legale.»

Jess cercò di non sospirare troppo forte. Era gentile da parte di Patrick voler dare una mano, ma Nora aveva molti interessi economici e riceveva montagne di corrispondenza. La lettera di un avvocato non era niente di strano. «Ti ricordi il nome dello studio?»

«No. Ma per quanto ne so, tutti gli affari di Nora si concentrano nel Nuovo Galles del Sud, no?»

«Sì, credo di sì.»

«Questo avvocato scriveva dall'Australia Meridionale.»

CAPITOLO UNDICI

Adelaide Hills, 25 dicembre 1959

Finalmente Meg e i ragazzi si erano addormentati e Percy era solo. Era a metà dell'ultima sigaretta di Esther Hughes e il suo orologio da polso segnava le due e dieci. Il peggio della tempesta era passato per il momento, ma la pioggia continuava a cadere. In rari istanti, la luna a tre quarti compariva tra le nuvole plumbee, illuminando le cime delle querce centenarie che fiancheggiavano la strada principale. Percy non riusciva mai a guardare quegli alberi senza pensare a sua madre. Lei gli aveva parlato spesso della loro piantumazione, soprattutto quando in città succedeva qualcosa che, a suo parere, sapeva di miopia, o peggio ancora, di egoismo. «Mia nonna era una bambina quando hanno piantato quelle querce. Nessuno degli adulti presenti quel giorno ha vissuto abbastanza a lungo per vederle crescere in tutta la loro altezza. Allora le persone erano più sagge e meno egoiste. Sapevano di essere parte di una linea, non il suo inizio, il centro e la fine.»

Percy intravedeva solo le sommità frondose. Quel punto, sull'angusta veranda che fiancheggiava il retro della piccola costruzione di legno e fango nell'angolo posteriore dell'appezzamento, era stato il suo rifugio segreto quando era ragazzo e aveva bisogno di un luogo dove nascondersi dai suoi genitori. In quel periodo, la rimessa, come l'avevano soprannominata, era un magazzino generico, che ospitava serpenti, ragni e uno strano assortimento di oggetti considerati troppo belli per essere buttati via. Negli anni successivi era stata adibita ad alloggio. Lui e Meg l'avevano sistemata subito dopo essersi sposati.

Era una buona soluzione, abbastanza lontana dalla casa padronale e dal negozio, con un orto nel mezzo, e ben presto si erano creati una routine. Meg andava d'accordo con i suoceri, persino con Harry. Era stata una delle poche persone a riuscirci e, stranamente, questo aveva contribuito ad avvicinare padre e figlio. Ci erano voluti anni perché Percy capisse che Meg e Harry erano simili per certi versi. Entrambi erano sopravvissuti alle avversità dell'infanzia e le cicatrici nascoste, che li avevano accompagnati fino all'età adulta, li avevano resi diffidenti verso le novità e inclini a tenersi stretti le cose che avevano.

Percy sussultò. Aveva sentito un rumore nelle vicinanze. I lamenti di un piccolo animale in cerca di riparo e calore avevano soverchiato lo scrosciare della pioggia e il gorgoglio dell'acqua nei pluviali. Tese le orecchie, ma il suono non si ripeté. Aveva i nervi a fior di pelle. Non c'era da stupirsi, dopo la serata che aveva avuto. Si appoggiò al palo della rimessa, contento di avere qualcosa di stabile dietro di sé. Ricordò di aver verniciato i pali e le ringhiere là fuori, lui e Meg insieme, dedicando ogni ora libera a preparare la loro casetta. All'epoca erano giovani ed entusiasti, con tutto il futuro davanti. Le cose parevano così solide allora.

Avevano deciso di restare solo finché non si fossero potuti permettere qualcosa di meglio, ma la vita aveva la cattiva abitudine di mandare a monte i piani di chi era abbastanza sciocco per farli. Avevano perso la bambina. Una femminuccia, perfetta sotto tutti i punti di vista, tranne per il fatto di non riuscire a respirare. Poi era scoppiata la guerra, Harry era morto ed era sembrato logico rimanere nelle vicinanze per aiutare Susan. A dire il vero, lei e Meg si sostenevano a vicenda. Quando erano arrivati i ragazzi e la famiglia aveva cominciato a essere troppo numerosa per il piccolo alloggio in fondo all'appezzamento, si erano spostati nella casa padronale e Susan Summers, felice di trasferirsi in un posto più accogliente, si era stabilita nella rimessa.

Dopo la sua morte, la costruzione era rimasta disabitata. Di recente, però, Kurt aveva dato a intendere di volere quello spazio tutto per sé. Non ne era ancora venuto fuori niente, ma Percy non era contrario all'idea. Qualsiasi cosa purché suo figlio fosse soddisfatto, purché le cose andassero bene dal punto di vista economico in modo da permettergli di frequentare l'università quando fosse arrivato il momento.

Alcuni mesi prima, lui e Kurt erano andati insieme a Adelaide per visitare il campus. Una bella giornata di primavera, e Percy aveva parcheggiato a North Terrace, vicino all'Art Gallery of South Australia. L'imponente edificio di pietra là accanto sembrava uscito da un romanzo vittoriano, e lui si era sentito come Jude l'Oscuro, che viveva ai margini della vita accademica con le sue letture e i suoi pensieri personali. Scendendo dall'auto, aveva fatto cadere le chiavi nel canale di scolo. Si era vergognato della sua goffaggine, ma Kurt non si era minimamente scomposto. «Dai, papà» aveva detto, strizzandogli l'occhio. «Andiamo a vedere se è alla mia altezza.»

Percy era rimasto sbalordito dal modo in cui suo figlio era entrato in quel luogo come se non avesse alcuna preoccupazione al mondo, come se fosse già un habitué di quelle sacre sale. Qualche anno prima, un ragazzo di Adelaide aveva vinto una borsa di studio per studiare a Oxford. L'insegnante di Kurt alla Tambilla and District High School aveva detto che anche lui aveva il potenziale per arrivare fino in fondo. L'essenziale sarebbe stato spronarlo a concentrarsi. Il buon carattere era il suo pregio più grande, ma anche il suo peggior difetto. Pacato e attento, incline a vedere il meglio nelle persone e nelle situazioni, Kurt tendeva ad aspettarsi le stesse cose in cambio. Era come se, dopo aver lottato per sopravvivere al parto prematuro, si sentisse sicuro del suo posto sulla Terra. Accudirlo era stato un gioco da ragazzi anche quando era piccolo.

Come il giorno e la notte, da quel punto di vista, i loro figli. Dopo la nascita di Marcus, lui e Meg avevano scherzato sul fatto che quando ci si illudeva di averci preso la mano, arrivava un altro bambino a sbaragliare qualsiasi certezza. Marcus aveva iniziato a dormire tutta la notte solo quando aveva due anni, e c'erano stati momenti in cui nulla sembrava placarlo. Solo quando aveva imparato a parlare avevano capito che era un piccolo essere umano con grandi emozioni. «È passionale» si erano detti. Aveva anche delle idee precise sulla correttezza. «Un po' drastico di tanto in tanto» avevano osservato con un sorriso stanco, «ma ha buone intenzioni.» Poi, con un barlume di speranza: «Alla fine si calmerà». E così era stato. Marcus era diventato un bravissimo ragazzo, leale fino all'inverosimile, e anche gentile, sempre pronto a prendere le difese degli altri, ad aiutare i derelitti e a combattere per le cause perse. Lunatico, ultimamente, ma era normale quando si avevano quattordici anni.

Percy guardò oltre il giardino buio, verso il retro della casa padronale e le finestre delle camere dei suoi figli al piano superiore. Se uno dei due avesse sbirciato attraverso il vetro, forse avrebbe notato la piccola punta arancione di una sigaretta nell'angolo in fondo. Ma Percy era sicuro che non l'avrebbero fatto. Dormivano, ed era certo di essere solo. Da quando aveva memoria, aveva un istinto quasi animale per quelle cose. Sensi affinati durante il lungo periodo in cui, da ragazzo, la poliomielite l'aveva inchiodato a un letto.

Se lui e Meg erano d'accordo su una cosa, era la feroce determinazione a proteggere i loro figli. La squadra di ricerca era rimasta fuori per molto tempo dopo che aveva iniziato a piovere forte. Kurt e Marcus erano rientrati insieme, fradici e infangati, verso le dieci. Non avevano detto un granché, mostrandosi più taciturni che mai. Ma Percy aveva intuito che Jimmy doveva aver detto loro che le eventuali tracce lasciate dai cani – o dagli esseri umani – erano ormai sparite, lavate via dalla pioggia. Si parlava di riprendere le ricerche il mattino dopo, ma nessuno nutriva molte speranze.

Marcus si era tolto gli stivali ed era andato direttamente in camera sua, ignorando Percy quando aveva provato a confortarlo. La porta al piano di sopra si era chiusa rumorosamente alle sua spalle e, di lì a qualche istante, le melodie di Buddy Holly avevano iniziato a filtrare dalle assi del pavimento. Meg, che si era precipitata a vedere se fossero arrivati sani e salvi, con gli asciugamani sottobraccio per evitare che prendessero un brutto raffreddore, si era dileguata di nuovo, lasciando Percy solo con Kurt.

Era molto intuitiva. Aveva indovinato le intenzioni del marito, anche se lui aveva deciso di non parlarle dell'interesse del sergente Duke per il loro primogenito. Era parsa angosciata quando Percy era tornato dalla centrale. Come il resto della città, aveva già saputo cos'era successo. Lui aveva capito quanto fosse sconvolta quando aveva visto lo sherry che si era versata. Meg era astemia, essendo stata vittima delle sfuriate di quell'ubriacone del suo vecchio, e anche se non l'aveva nemmeno assaggiato, la semplice presenza del bicchierino di liquore di un bordeaux intenso dimostrava quanto fosse turbata per gli eventi di quel pomeriggio. Aveva ascoltato attentamente il marito mentre la aggiornava sull'interrogatorio, inarcando leggermente le sopracciglia quando lui aveva menzionato il sergente arrivato da Adelaide. Poi aveva fatto un profondo respiro e gli aveva raccontato com'era andato il suo, di pomeriggio.

A quel punto, i ragazzi erano ancora fuori per le ricerche, e i Summers avevano parlato della bambina dei Turner, chiedendosi cosa fosse accaduto e cosa stesse succedendo là fuori in quella notte buia e piovosa.

«La troveranno, Perce?» aveva domandato Meg con la voce affievolita dalla preoccupazione. «Riusciranno a ricostruire gli eventi?»

Percy non sapeva cosa rispondere. Avrebbe voluto rassicurarla, dirle ciò che aveva bisogno di sentire: che la neonata sarebbe stata bene, che sarebbe andato tutto per il meglio. Ma aveva deciso di attenersi a quanto sapeva per certo. «Non esiste battitore più bravo di Jimmy. Anche il giovane Eric Jerosch non è da meno. Ma questo tempaccio complica le cose. Piove forte e non dà segno di voler smettere.»

«Forse qualcuno ha visto qualcosa?»

«Forse. Anche se sarebbe logico pensare che ormai si sarebbe fatto avanti.»

Meg aveva riflettuto sulle sue parole. «Sono così preoccupata, Perce» aveva detto alla fine. «Sono terrorizzata. Che cosa ne sarà di quella piccolina?»

Percy finì la sigaretta e schiacciò il mozzicone. Aveva fatto bene a tenere per sé la preoccupazione per Kurt. Meg aveva già abbastanza pensieri per la testa; non c'era bisogno di gravarla di altri fardelli. Il ragazzo non aveva fatto nulla di male. L'interesse del poliziotto non avrebbe avuto conseguenze. Era semplicemente scrupoloso, com'era giusto che fosse davanti a un simile crimine.

Percy rimpiangeva solo di non essere riuscito a ottenere più informazioni da Kurt. Prima di addormentarsi, Meg gli aveva detto che temeva che il figlio avrebbe preso particolarmente male l'accaduto perché di recente aveva litigato con Matilda. Uno o due giorni prima era tornato a casa molto abbattuto, aveva spiegato. Ma quando Percy aveva provato a parlargli, Kurt l'aveva guardato con l'espressione stanca di qualcuno con il doppio dei suoi anni e aveva detto di non essere ancora pronto. I suoi figli erano stati fortunati, si rese conto Percy. Erano cresciuti dopo la guerra; fino a quel momento avevano vissuto in un periodo di prosperità pacifica in un paese sonnacchioso, incagliato tra gli oceani all'altro capo del mondo. La scomparsa di Susan, la loro nonna, li aveva sconvolti, ma ai loro occhi era vecchissima, e quello era l'ordine naturale delle cose. Il loro primo assaggio di qualcosa di simile al lutto era stata la morte di Buddy un paio di mesi prima, dopo un fine settimana in campeggio.

Ma se la morte del cane era stata un trauma, quanto era successo ai Turner era molto diverso. Anzitutto c'era lo shock della situazione, l'enormità della cosa, l'orrore di un'intera famiglia falciata in quel modo, ma poi c'era la perdita di ogni singolo essere umano. Il futuro, le speranze e i sogni: ciascuno di loro era una tragedia incalcolabile. Soprattutto la morte dei figli era difficile da digerire. Era un sacrilegio. Per un ragazzo – un uomo – che si credeva innamorato... be', era devastante.

Percy avrebbe voluto consolare il figlio, dirgli che capiva benissimo, ma sapeva che le parole sarebbero suonate vuote. «È morta, papà» avrebbe detto Kurt. «La amavo e ora non c'è più. Come si può capire?» Che cosa mai avrebbe potuto rispondere Percy?

Il petto gli faceva male come se due enormi mani gli si fossero chiuse intorno alla cassa toracica e avessero iniziato a stringere. D'un tratto si accorse di doversi allontanare da quel pezzo di terra, da quella casa che l'aveva contenuto per tutta la vita. In molte occasioni gli era parso di essere in trappola. Quella sera, invece, si sentiva vulnerabile. Le sue membra erano tutte percorse da nervi che avevano bisogno di distendersi. Bramava muoversi, camminare, essere altrove per un po'.

Lasciò la veranda della rimessa e attraversò il cortile, entrando in casa dalla porta di servizio. Strisciò lungo il corridoio fino a raggiungere la stanzetta all'ingresso. Una lampada con un paralume a frange emanava una luce gialla sul tavolo accanto all'albero di Natale. Si infilò l'impermeabile e prese una torcia dalla mensola vicino alla porta, puntandola verso il pavimento per assicurarsi che funzionasse. Il raggio illuminò una fila di stivali allineati contro la parete. Quando non era riuscito a far parlare i ragazzi, dopo che Marcus aveva sbattuto la porta di casa come una furia e Kurt si era ritirato in camera sua, si era messo a pulire gli stivali infangati. Aveva sentito il bisogno di tenersi occupato, di trovare uno scopo. Era stato l'unico modo che gli era venuto in mente per prendersi cura di loro in quel momento. Un piccolo atto d'amore, al posto del conforto che non era stato in grado di dare.

Certo che la batteria avrebbe tenuto, spense la torcia, la mise nella profonda tasca dell'impermeabile e, facendo attenzione a non fare rumore, sgattaiolò fuori, chiudendosi silenziosamente la porta alle spalle.

CAPITOLO DODICI

Percy camminava ormai da un'ora quando entrò nel boschetto ai margini della proprietà di Merlin Stamp. Non aveva programmato di uscire dalla città passando da dietro, ma aveva preferito stare al buio, lontano dai lampioni e dalle altre persone. Si stava comportando come un uomo con qualcosa da nascondere, pensò.

Gli alberi erano fitti in quella parte più alta e più umida delle Hills, un misto di spettrali eucalipti dalla corteccia liscia e bianca oppure divisa in lunghe strisce fibrose, e cespugli argentati di banksia che crescevano folti ai loro piedi. Percy non ebbe bisogno di accendere la torcia. Conosceva la strada.

La pioggia gocciolava dal baldacchino di foglie, colpendo prima i rami più bassi e poi il terreno. Piccoli animali notturni, nutrie e bandicoot, sgusciavano invisibili nel sottobosco. Quello era un luogo naturale, incontaminato dall'uomo, una delle poche zone veramente selvagge rimaste. Percy conosceva un po' Stamp e i suoi guai, ma non lo incontrava di persona da decenni. Sapeva che la gente spettegolava. Negli anni aveva sentito i suoi figli e i loro amici spaventarsi a vicenda con storie di cadaveri sepolti in cantina e di bambini scomparsi. Ma i ragazzi sapevano essere macabri, e Percy non aveva mai avuto problemi con Merlin Stamp né con i suoi cani.

I suoi pensieri erano concentrati su Isabel Turner mentre avanzava tra gli alberi al confine con il terreno di Stamp. Li aveva visti là una volta, lei e il marito, cinque o sei anni prima. Percy stava esplorando la zona per valutare il rischio in vista della stagione degli incendi, quando era stato distratto da quello che, l'avrebbe giurato anche ora, aveva tutta l'aria di essere un ornitorinco. Il mammifero oviparo dal becco d'anatra era considerato estinto in quella regione da quasi un secolo, ma lui era sicuro di averne visto uno scivolare dalla riva verso l'acqua. Si era affrettato a tirare fuori il bloc-notes dalla tasca e stava registrando la posizione, quando gli schiocchi di alcuni ramoscelli spezzati sull'altro lato della gola avevano attirato la sua attenzione.

Aveva intuito subito che stavano litigando, anche se non era riuscito a distinguere le parole. Mrs Turner, che camminava davanti al marito, si era fermata di colpo, con il corpo rigido e lo sguardo rivolto verso le cime degli alberi. Nonostante la distanza, Percy aveva capito dalla sua postura che era arrabbiata. Era rimasta là, con le parole del marito che le scivolavano addosso, finché si era voltata e gli aveva risposto, agitando le mani come una coppia di uccelli.

Percy era rimasto folgorato. Di solito non fissava le persone, ma la situazione gli era totalmente sconosciuta. Lui e Meg non discutevano in quel modo. Anzi non discutevano affatto. Ricordava vagamente che, un tempo, avevano opinioni diverse sulle cose; nel corso degli anni, però, le divergenze si erano perlopiù attenuate e appianate.

«Che cos'è quello?»

Percy aveva sobbalzato udendo la voce accanto a sé. Una bambina di circa cinque anni si era materializzata al suo fianco, come se fosse sbucata da una fessura tra le grandi rocce macchiettate di grigio che incombevano al di qua della gola. Stava indicando lo schizzo.

«Una mappa» aveva spiegato Percy, con il cuore che batteva ancora forte per lo stupore. «L'ho disegnata io.»

«Perché?»
«Voglio ricordarmi questo posto.»
«Perché?»
Si era reso conto che la bambina era Evie Turner. Aveva sentito Meg parlare della figlia minore dei Turner: «È una tipetta strana, quella. Intelligente, ma piena di domande!». Le aveva parlato dell'ornitorinco.
«L'ornitorinco è un monotremo» aveva detto Evie.
«Esatto. Come l'echidna.»
Il visetto della bambina era un perfetto esempio di determinazione. «Anch'io amo disegnare» aveva detto alla fine. Aveva preso l'album dalla borsa a tracolla e l'aveva aperto su una pagina che presentava diversi promettenti schizzi della natura. «Noto le cose. Da grande farò la scienziata.»
«Benissimo. Ce ne servono di più.»
In quell'istante, Percy aveva notato che Evie aveva abbassato lo sguardo, concentrandosi su qualcosa. Stava studiando un cespuglio coperto di vivaci fiori gialli a pompon.
«Acacia» aveva detto lui.
«Acacia australiana» l'aveva corretto la piccola.
«Hai ragione.»
«Sai che le piantine di acacia australiana possono vivere fino a cinquant'anni?»
«Davvero?»
«È tanto.»
«Già.»
«Quanti anni hai?»
«Meno di cinquanta.» In realtà, Percy ne aveva trentasei.
«I semi di acacia germogliano grazie agli incendi boschivi.» Evie aveva accennato con vago disprezzo ai suoi genitori, ancora impegnati in un'accesa discussione. «*Lei* ha paura degli incendi. Perché è inglese. Ma io no. Sono australiana e le acacie australiane sono i miei fiori preferiti, e non andrò a vivere in Inghilterra, qualunque cosa *lei* pensi.»
Così dicendo, prima che Percy avesse la possibilità di dir-

le che le acacie australiane erano anche i suoi fiori preferiti, la bambina era corsa sulle gambe abbronzate in direzione degli adulti, scavalcando i ceppi caduti con l'agilità di chi aveva più dimestichezza con quel luogo solitario di quanta avrebbe dovuto averne.

Percy scacciò il ricordo, che, nonostante i suoi sforzi, fu sostituito dall'immagine della stessa bambina, immobile e silenziosa su una coperta da picnic quel pomeriggio, con una fila di formiche che le strisciavano sul polso esile. Assalito da un'ondata di nausea, appoggiò il palmo al tronco liscio e umido di un eucalipto e vomitò l'anima.

L'odore fertile della pioggia e della terra si mescolava ad altri profumi ricchi e misteriosi della boscaglia. Asciugandosi il mento, Percy proseguì, ansioso di allontanarsi da quel luogo, dai ricordi della bambina e della coppia che litigava, nonché dall'assillante senso di inquietudine che accompagnava il pensiero di Merlin Stamp. Finalmente raggiunse il limitare del bosco e sbucò nel punto in cui l'Onkaparinga Valley Road disegnava la sua curva più stretta. Sull'altro lato c'era l'inizio di Willner Road. Si fermò, riflettendo per un attimo, quindi attraversò.

Non seguì la strada, scegliendo invece di scivolare sotto la recinzione e di entrare nel terreno dei Turner. Il percorso era più lungo, ma più nascosto. Ora sapeva perché stava camminando. Sapeva cosa stava facendo, cosa stava cercando. Stava tornando sui suoi passi con la speranza di trovare lo scricciolo di legno. Dopo tutte le perdite di quel giorno, il bisogno di riaverlo era irrefrenabile. Era un regalo, scelto con amore, e doveva essere là fuori, da qualche parte nell'oscurità. Immaginò di sentire il rapido fremito delle piccole ali, il palpito del cuore minuscolo. Molto probabilmente l'aveva perso quando si era inginocchiato e poi era indietreggiato incespicando, nel luogo in cui i suoi pensieri avevano cominciato a moltiplicarsi, a entrare in collisione e ad andare in frantumi.

Il terreno era bagnato e l'erba alta, ma lui si muoveva rapidamente. Il vento era calato, la tempesta si era placata. Costeggiò il bordo delle colline pedemontane, tenendosi sui sentieri battuti che tagliavano i pendii ondulati. Alla sua destra, il terreno saliva ripido, allungandosi fino all'altopiano in cima. Il vecchio Mr Wentworth veniva da una famiglia di marinai; non c'era da stupirsi che avesse scelto di costruire la casa nel punto più alto.

Fermandosi, si voltò verso la città. C'era ben poco da vedere: qua e là il debole bagliore di una luce solitaria. Sperava che Meg stesse ancora dormendo. Era esausta, perché aveva passato la maggior parte della serata ad agitarsi e a preoccuparsi. Non voleva che si svegliasse e si chiedesse dove fosse finito. Non voleva che si accorgesse della sua mancanza. Voleva soltanto trovare lo scricciolo intagliato e portarlo a casa.

Meg avrebbe voluto avere sei figli. Aveva adorato i loro figli da piccoli e aveva dimostrato di avere uno spiccato senso materno, anche durante le difficoltà con Marcus. Stava sveglia di notte quando erano malati, li allattava quando faticavano a dormire. Aveva un talento, era un'autentica incantatrice di neonati. Percy, confuso e intimorito, aveva spesso guardato con fastidio il visetto arrabbiato della creaturina urlante tra le sue braccia, che si rifiutava di calmarsi per quanto lui la cullasse o la accarezzasse, per poi porgerla a Meg e notare che gli strilli si placavano all'istante.

Una volta che Marcus si era tranquillizzato, sua moglie aveva annunciato di essere pronta per un altro bambino. Percy non aveva l'abitudine di negarle le cose che desiderava, anche se in cuor suo era preoccupato. Sua moglie voleva una femminuccia, lo sapeva, anche se non l'avrebbe mai confessato ad alta voce. «Sono felice di qualunque cosa Dio vorrà concedermi» ripeteva sempre, «purché la creatura sia sana.» Percy, tuttavia, aveva notato il modo in cui osservava le bambine in chiesa, sorridendo affettuosamente mentre ammirava i loro capelli e le loro buone maniere, lanciando un'occhiata obliqua a Kurt e Marcus e posando una mano attenta sul ginocchio di quello che le sedeva più vicino, per rammentargli dove si trovava ed esortarlo a non attaccare briga con il fratello.

Percy aveva notato anche che continuava ad arricchire il baule del corredo. Il contenitore di legno intagliato a mano, con il suo profumo di antiche foreste europee, era l'unica cosa che Meg aveva portato via dalla baracca sul fiume in cui era cresciuta. Quello, e il vecchio ricettario di famiglia. Entrambi erano arrivati dalla Germania con gli antenati luterani di sua madre, che si erano imbarcati su una nave insieme ad altri malati, squattrinati e affamati disposti a tentare la sorte e a scommettere su una vita migliore in un paese sconosciuto dall'altra parte del mondo.

Dentro il baule, Meg aveva accumulato un mucchio di oggetti preziosi. I migliori indumenti dei ragazzi, una volta diventati troppo piccoli; una bambola di biscuit dal viso delicatamente dipinto; un servizio da tè in miniatura di Blue Willow; una spazzola per capelli e uno specchietto *guilloché*. Il suo bene più prezioso, però, che tirava fuori per ispezionarlo quando pensava che Percy non stesse guardando, era una collezione di morbidi gomitoli di cashmere rosa, pagati un occhio della testa quando avevano fatto un viaggio a Sydney qualche mese dopo aver perso la bambina. «Ho un presentimento, Perce» aveva detto Meg in tono serio, mentre stringeva il sacchetto della merceria. «Uno di questi giorni saremo contenti di averli comprati; vedrai.»

Ahimè, non avevano avuto altri figli dopo Marcus, né maschi né femmine. Percy si sentiva in colpa. Anche se sapeva che erano sciocche superstizioni, aveva la sensazione che il destino, Dio o chiunque fosse a decidere quelle cose, sapesse che in cuor suo era contrario. A volte si domandava persino se il primo aborto fosse dipeso da lui, dalla sua smania di vivere una vita diversa. Meg era rimasta imperturbabile. Con il passare del tempo aveva insistito sempre meno sull'argomento, finché Marcus non aveva compiuto dieci anni e la questione era stata accantonata definitivamente. Era allora che aveva iniziato a dire: «Mai farsi mettere in minoranza!» con la massima allegria e frequenza possibili. «I bambini sono un dono di Dio, ma due sono il mio limite.»

Stranamente, era stato proprio in quel periodo, quando Marcus si era rabbonito e Meg rassegnata, che Percy aveva cominciato a sentire la mancanza di un altro figlio. A mano a mano che i ragazzi crescevano, si era reso conto che di lì a poco sarebbero andati per la loro strada e che la vita familiare come la conosceva lui – le battute di pesca, le risate e le canzonature a cena, la fila di stivali in cui inciampava sempre accanto alla porta – sarebbe finita.

Un fulmine imbiancò il cielo e un lungo ululato basso, simile al richiamo di un dingo, echeggiò tra le colline. Era come se le due cose avessero cospirato per riscuoterlo dalle sue riflessioni, ricordandogli che era là per un motivo, con un tempo limitato a disposizione prima che riprendesse a diluviare.

Ricominciò a camminare, con la torcia che illuminava la strada. Arrivò un secondo ululato, crudo e disperato, accompagnato da un tuono che rimbombò intorno alle alture. Percy allungò il passo quando un altro lampo rischiarò una grande sagoma scura più avanti: l'albero cavo, un punto di riferimento conosciuto da tutti i bambini. L'antico eucalipto aveva un tronco così largo da poterne attraversare il centro, uno spiazzo abbastanza ampio per permettere a un gruppo di otto persone – nove o dieci, se si stringevano – di ripararsi dalla pioggia. Una volta un poeta itinerante del bush gli aveva dedicato un componimento che, regalando un motivo di vanto a Tambilla, era finito sul *Sydney Morning Herald*. Meg conservava una copia ingiallita della poesia, ritagliata dal giornale, sulla parete dietro la cassa, perché i versi menzionavano le *robuste spalle della brava negoziante di Tambilla*, una descrizione che la riempiva di orgoglio benché si riferisse a un'altra negoziante, vissuta un secolo prima.

Meg era esattamente il tipo di persona che il poeta aveva descritto. Dopo il mancato arrivo dei sei figli che avrebbe desiderato, era diventata la madre di tutta la città, occupata ogni sera a sferruzzare un paio di scarpine per un bebè appena nato o un maglioncino per un bimbetto attaccabrighe che secondo lei ne aveva bisogno. Un paio di inverni prima, una domenica in chiesa, Percy si era dato un'occhiata intorno e aveva contato non meno di nove bambini che indossavano le creazioni di Meg.

Non c'erano solo i piccoli. Le persone andavano continuamente in negozio a confidarle i loro problemi. Lei le ascoltava con quella sua espressione gentile e concentrata, senza mai parlare sopra all'interlocutore, e poi chiamava Percy, o uno dei ragazzi, perché la sostituissero al bancone. «Vado sul retro a prendere un caffè con la mia amica» diceva, prima di sparire con la compaesana che le aveva chiesto aiuto quel giorno.

Persino Isabel Turner si era seduta al traballante tavolino nel retrobottega, sorseggiando il tè con Meg. Doveva essere più o meno il periodo in cui Percy l'aveva vista nel bosco vicino alla proprietà di Merlin Stamp. Meg non aveva detto di cosa avessero parlato, limitandosi a osservare vagamente che Isabel aveva *nostalgia di casa, poverina*. Sua moglie non tradiva mai le confidenze; era una custode di segreti, eccome, la brava negoziante di Tambilla. Ma Percy aveva notato che Mrs Turner si tamponava gli occhi con un fazzoletto e annuiva mentre Meg le parlava sommessamente.

Quando raggiunse il luogo del picnic, i suoi occhi si erano ormai abituati al buio, permettendogli di distinguere la sagoma del salice vicino alla pozza. Non poté fare a meno di voltarsi per guardare lungo la collina, verso il punto in cui lui e Blaze avevano camminato quel pomeriggio, quando aveva intravisto per caso i Turner.

Anche senza la torcia, si rese conto che l'area era in disordine. Accese la debole luce e ispezionò la zona. Dello scricciolo, neanche l'ombra. La tempesta era stata violenta, il tipo di pioggia che, a quanto aveva sentito, si abbatteva sulle regioni tropicali nel Nord del paese. Dove prima c'era un andirivieni di poliziotti e fotografi, ora c'era una colata di fango, senza nemmeno un'impronta visibile. Le stoviglie erano state rimosse, i corpi portati via. L'obitorio, Percy lo sapeva, era a Adelaide, nel centro della città, e il pensiero dei Turner laggiù, cadaveri freddi che aspettavano al buio, lo fece vomitare di nuovo. Era un incubo.

Il raggio della torcia sfiorò la base del salice, e notò che anche la culla era sparita. Qualcuno l'aveva tirata giù. Riportata in casa, ipotizzò. Sotto l'albero, la terra era smossa, ma meno bagnata che altrove. Se solo avesse guardato nella culla quel pomeriggio. Se l'avesse fatto, forse avrebbe visto la bambina ancora addormentata e l'avrebbe portata con sé a casa degli Hughes, tenendola al sicuro finché non fosse stato possibile avvisare la polizia e affidarla alle cure di qualcuno. Odiava pensare alle ricerche inconcludenti, alla squadra che era rimasta fuori a lungo sotto la pioggia, a una neonata senza madre.

Thea Turner era l'ultima nata di Tambilla. Meg le aveva lavorato a maglia un paio di scarpine gialle, come faceva per tutti i bebè, ma aveva mostrato una particolare predilezione per la bambina di Isabel Turner. Qualche settimana dopo la nascita di Thea, aveva persino tirato fuori i gomitoli rosa. «Che cosa c'è? Mi piace avere un progetto» aveva detto notando lo stupore di Percy. «Meglio un vestitino per quella tenerissima neonata che un nido per i topi.» La giovane Becky Baker, che Mrs Turner aveva assunto come bambinaia, non riusciva a passare davanti al negozio con l'enorme passeggino senza che Meg trovasse una scusa per fermarla. «Che tesoro» diceva dopo essere rientrata. «Un visino dolcissimo, e quella boccuccia di rosa! È una vera bambola.»

Percy aveva maledetto Becky Baker perché passava così spesso davanti alla loro porta. Sapeva di essere assolutamente ingiusto. A quanto aveva sentito, la ragazza era una gran lavoratrice e un'anima gentile; stava solo facendo il suo lavoro. Tuttavia avrebbe voluto che tenesse la neonata lontana da Meg. Conosceva sua moglie da abbastanza tempo per cogliere la nota nascosta di desiderio che si celava dietro i suoi commenti. Un pomeriggio, qualche settimana prima, Meg era arrivata a dire: «Se Kurt e Matilda avessero una bambina, assomiglierebbe un po' a Thea, non credi?».

Marcus, che in quell'istante stava impilando la farina sugli scaffali in un angolo del negozio, aveva gettato un sacco a terra con sdegno, facendo schizzare la polvere bianca nell'aria. Un comportamento tipico dei quattordicenni, si era detto Percy, niente di cui preoccuparsi; aveva rimproverato il ragazzo in separata sede. In cuor suo, però, aveva provato una punta di compassione. L'ultima cosa che voleva era che Kurt si mettesse sotto a fare figli. Avrebbe avuto tutto il tempo in seguito, dopo aver studiato, imparato e viaggiato, sfruttando al massimo le proprie capacità e tutto ciò che il mondo aveva da offrire a un giovane dal cervello fino e dalle gambe obbedienti.

Percy provò una fitta di terrore quando gli tornò in mente l'immagine del sergente Duke che annotava il nome di Kurt. Non c'era nulla da temere, si disse. Suo figlio non aveva avuto alcun ruolo in quanto era successo ai Turner. Doveva soltanto tenerlo al sicuro mentre la polizia faceva il suo lavoro, il suo vero lavoro, cioè scoprire come una famiglia avesse finito per morire la vigilia di Natale mentre faceva un picnic vicino al torrente.

Aveva ricominciato a piovere. I fulmini squarciavano il cielo oltre la cresta della montagna. I richiami dei dingo assomigliavano a urla. Quel luogo sembrava infestato, cambiato.

Percy si inginocchiò per toccare la terra dov'erano distesi i corpi. Scoppiò a piangere quando, lontano dalla famiglia e dalle altre preoccupazioni, sentì tutto il peso di quanto aveva scoperto quel pomeriggio.

Rimase così per un po', finché percepì qualcosa che catturò la sua attenzione.

Un rumore? Un istinto? Non era sicuro. Sapeva solo di essere stato pervaso da un nuovo vago senso di terrore.

Spense la torcia. Rimase in attesa.

Si alzò lentamente.

Non riusciva a scrollarsi di dosso la sensazione di non essere solo.

Un movimento tra le ombre?

Restò in ascolto, immobile. Ci fu un fruscio. Gli si rizzarono i peli sulla nuca. Era certo che lo stessero osservando. Qualcosa – o qualcuno? – era là con lui.

PARTE TERZA

CAPITOLO TREDICI

Sydney, 11 dicembre 2018

Nel suo letto singolo, nella camera della sua infanzia, Jess cadde in un sonno intermittente. Aveva lasciato la finestra aperta e gli odori, i suoni, la carezza delle lenzuola di Nora contro la pelle cospiravano per creare una macchina del tempo. I suoi sogni erano popolati da persone del passato, versioni dimenticate di se stessa. Era una scolaretta, una bambina in visita a Darling House con la madre, un'adolescente in spiaggia... e poi, con un'ondata di panico, si svegliò di nuovo, chiedendosi dove, quando e chi mai fosse.

Era buio pesto. L'orologio segnava le tre del mattino.

Rimase assolutamente immobile, aspettando, sperando, cercando di riaddormentarsi. Ancora un'ora o due, e avrebbe potuto alzarsi e iniziare la giornata.

Ma il sonno era sfuggente. Sdraiata nell'oscurità, si sentiva divisa, dissolubile, fuori posto. Immaginò il suo letto a Londra e le parve una finzione. Ma nemmeno Darling House era un luogo giusto o reale. *Voglio tornare a casa.* Scacciò immediatamente quel pensiero fulmineo. Era una considerazione infantile, ma anche priva di significato. Non voleva *andare* da nessuna parte; piuttosto, voleva *sentirsi* a casa, radicata da qualche parte. Colpa del jet lag, si disse. Lo scombussolamento, la separazione tra mente e corpo, la lotta di ciascuno dei due per recuperare l'altro e riprendere insieme i ritmi circadiani.

In ogni caso, ormai era completamente sveglia. Accese l'abat-jour e il caldo cerchio di luce gialla dissipò le ombre negli angoli. Il mondo ricominciò ad avere senso. Tirò fuori il portatile e aspettò che si avviasse e si connettesse al Wi-Fi. Sullo schermo comparve un elenco di e-mail in arrivo. Jess controllò i nomi dei mittenti nell'eventualità che ci fosse qualcosa di urgente, ma vide soltanto sconti e offerte di abbonamenti.

Pensò di scrivere a Rachel, ma poi cambiò idea ed entrò in Word. Il lavoro era sempre stato il suo porto sicuro, e lo sarebbe stato anche ora. Aprì l'articolo sul suo ritorno a casa e rilesse la bozza che aveva buttato giù in aereo. Quando arrivò alla fine, fece un lungo e lento respiro. Era pessima. Insulsa e inconsistente. Peggio ancora, e stranamente, era come se l'avesse scritta qualcun altro. Non parlava della sua realtà né dell'autenticità dell'esperienza umana più generale. Era un testo pubblicitario con un pizzico di umorismo banale.

Nulla di tutto questo, sospettava, avrebbe costituito un ostacolo alla pubblicazione. Ma leggendolo là, nella stessa camera in cui aveva compilato la domanda di ammissione all'università più di vent'anni prima, si sentì vulnerabile. Conosceva bene i vincoli e le preoccupazioni della vita adulta – bollette da pagare, compromessi da accettare – ma c'erano momenti che evidenziavano quanto si fosse allontanata dall'idealismo della giovinezza, e non mancavano mai di farla vergognare.

Ridusse il documento a icona e aprì il motore di ricerca sulla pagina della BBC. Per quanto quel ciclo ininterrotto di notizie avesse distorto il giornalismo, la politica e forse persino la democrazia, era una manna dal cielo per chi soffriva di insonnia. Iniziò dai titoli prima di arrivare, abbastanza inevitabilmente, all'articolo di Matt – dedicato al galateo delle lezioni di musica per bambini – e poi seguire un link che conduceva a un altro pezzo, attraverso la selva degli eventi di attualità: Meghan

Markle che consegnava un premio a uno stilista, la NASA che scopriva tracce d'acqua su un asteroide vicino e Theresa May che affrontava una sfida per la leadership sulla Brexit. La fotografia del numero 10 di Downing Street e del suo gigantesco albero di Natale, il familiare scintillio delle strade bagnate di Londra, le procurò una fitta di nostalgia. Lanciò un'occhiata alla finestra aperta, sperando che il sole sorgesse presto.

Era troppo facile, al buio, scorgere le cose che preferiva non vedere: la profondità della compassione di Rachel quando aveva saputo della caduta di Nora; i consigli del dottor Martin in ospedale; l'ipotesi inconcepibile che la nonna potesse non riprendersi.

Chiuse gli occhi respingendo un'eventualità che non voleva prendere in considerazione. L'aria era afosa, e fiutò il profumo delle gardenie e un pizzico di salmastro. Odori notturni, così familiari dopo aver dormito per anni in quella stanza, e prima ancora nella minuscola camera nell'appartamentino lungo la penisola.

La sera del funerale di Thomas Turner, Polly aveva annunciato: «Ho scoperto perché si chiama veglia». Erano nella stanza di Jess. Era la loro solita routine: la figlia sdraiata nell'angusto lettino singolo sotto la finestra, con l'acchiappasogni che pendeva dal soffitto; la madre accomodata là accanto, sulla sedia che aveva comprato di seconda mano e che avevano verniciato insieme sul balcone con la gommalacca («Resina dell'insetto indiano *Kerria lacca*» aveva detto Polly, mescolando la ricca miscela sciropposa. «Non è straordinario?»).

Erano successe così tante cose da quando erano uscite quella mattina che Jess aveva dimenticato le proprie perplessità su quella parola e la promessa della mamma di scoprirne l'origine.

«È un'antica tradizione anglosassone» aveva cominciato Polly, «la fusione di due idee, una risalente al periodo paleocristiano, l'altra a molto tempo prima. I primi cristiani avevano l'usanza di *svegliare* una nuova chiesa cantando, banchettando e pregando al suo interno.»

Jess, delusa: «Ma non c'entra niente con i cadaveri».

«Non ho ancora finito.»

Jess aveva mimato il gesto di chiudersi le labbra con una zip.

«L'altra tradizione che ho menzionato è molto più antica. Molto prima che i cristiani arrivassero in Gran Bretagna, si teneva una veglia notturna sui cadaveri. I loro cari piangevano, cantavano e raccontavano storie della vita dei defunti. *Vegliare i morti*, si chiamava.»

Jess aveva sgranato gli occhi senza volerlo, mentre i suoi pensieri volavano al dottor Frankenstein e al suo mostro, al fantasma di Cathy che infestava Wuthering Heights in *Cime tempestose*. «Vuoi dire che li riportavano in vita?»

«Be', no.»

«Ma hai detto...»

«Non ho detto *svegliare*, ma *vegliare*, che significa *proteggere* o *vigilare*.»

«Ma proteggere da cosa?»

«Alcuni credevano che l'anima appena deceduta rischiasse di essere rubata dagli spiriti maligni.»

Il furto di anime per mano degli spiriti maligni le era parso emozionante quasi quanto la possibilità di riportare in vita i morti. Il che probabilmente spiegava perché l'idea le si era impressa nella mente, mentre Halcyon, una vecchia e noiosa casa in Inghilterra dove l'anziano fratello della nonna aveva vissuto per qualche tempo, era scivolata in una fessura della memoria.

Non aveva mai pensato di fare altre domande su Halcyon o di fare ricerche sull'argomento. Ora, tuttavia, avendo tempo da perdere e bisogno di distrarsi, digitò la parola nel motore di ricerca. Tra i risultati figuravano un link alla sua definizione, una residenza per anziani in California e una linea biologica di prodotti di bellezza. Jess scosse la testa davanti a quella lista inutile e cancellò la casella di ricerca. Poi ritentò aggiungendo *Thomas Turner*.

I primi link erano annunci pubblicitari di hotel e di wotif.com ma, più giù, un articolo nell'archivio della rivista *Esquire* stuzzicò il suo interesse. Risaliva al gennaio del 1960 e il sommario menzionava una casa di nome Halcyon e un tizio che l'aveva adorata.

Un uomo fortunato

LA CASA SULLA COLLINA, al centro dei ripidi campi in fondo a Willner Road, apparteneva a Mr Thomas Turner, agricoltore né per nascita né per inclinazione. Era un tipo la cui caratteristica in vita non era l'acquisizione e l'applicazione dell'esperienza, bensì un entusiasmo sfrenato per qualunque cosa su cui decidesse di concentrare l'attenzione. «Sarebbe stato in grado di vendere la neve agli eschimesi» è l'opinione ponderata di un vecchietto seduto sulla panchina del Tambilla Centenary Garden. «Non ho mai conosciuto un uomo come lui, capace di raccontare una storia così bene che avresti potuto giurare che fosse accaduta a te» riferisce un altro.

Dal punto di vista commerciale, Turner era uno speculatore o, se si vuole usare un termine più indulgente, un imprenditore. In un altro paese, in un'altra epoca, avrebbe potuto fare fortuna viaggiando di città in città vendendo pozioni magiche... o credenze religiose. Tuttavia Mr Turner nacque a Sydney, in Australia, nel 1919, da genitori resi distanti e incontentabili dalla ricchezza e dalla classe sociale. Fu allevato da una serie di tate in compagnia di una sorella di dieci anni più piccola, la cui adorazione fece di lui un individuo sfrontato e affascinante. Come la maggior parte dei bambini a cui i genitori negano l'affetto nei primi anni di vita, imparò a riconoscere e a sfruttare al meglio le limitate e mutevoli attenzioni che riceveva, a blandire e lusingare le bambinaie esauste e ad assicurarsi l'appoggio della sorellina devota.

Non c'è da sorprendersi, pertanto, che sia

diventato un giovane sicuro di sé, affamato di avventure e ansioso di lasciare il segno. Con quale perfetto tempismo, dunque, proprio mentre entrava nell'età adulta, gli ingranaggi lontani di vecchi imperi cominciarono a girare e il mondo si ritrovò sull'orlo di un precipizio. Scoppiò la guerra, e le frustrazioni inizialmente subite da Turner – quando sembrava improbabile che le Australian Imperial Forces sarebbero state mandate oltreoceano – furono spazzate via ben presto dall'introduzione dell'Empire Air Training Scheme. Tra i primi ad arruolarsi, Turner fu inviato in Inghilterra perché volasse con la RAF.

E non importa che le sue dirompenti idee sull'agricoltura e le sue scarpe lucide suscitassero una certa perplessità tra la brava gente di Tambilla; non si poteva affermare che non fosse un vero eroe di guerra. «Aveva la Victoria Cross» conferma Mrs Betty Diamond, proprietaria della Diamond's Tearoom. «La sfoggiava sul taschino ogni ANZAC Day.» Donna snella, con la pelle raggrinzita dal sole e gli occhi acuti, generalmente Mrs Diamond era più propensa ad ascoltare che a parlare ma, avendo perso il giovane marito durante la Grande Guerra, il conflitto militare era un argomento che la appassionava.

«Abbattuto sopra la Francia, ma è riuscito a tornare in Inghilterra per volare altri quattro anni fino alla resa della Germania. Mi hanno detto che ha salvato un ufficiale inglese. Non che qualcuno l'abbia mai sentito vantarsene. Era un tipo umile, non andava a caccia di elogi. La sua, però, non era nemmeno falsa modestia. "Sono un uomo fortunato, Mrs Diamond" mi ha detto. "Un uomo molto fortunato."»

Mr Boris Braun, insegnante della scuola locale e appassionato di storia nel tempo libero, è stato lieto di fornire ulteriori dettagli. Invitò Mr Turner a tenere un discorso ai suoi alunni di prima media e si illumina ancora come un bambino estasiato quando qualcuno gli chiede di descrivere la visita.

«È precipitato vicino alla Manica, ma è riuscito a

venir fuori dal rottame e a mettersi in contatto con i membri della Resistenza. Con il loro aiuto, ha viaggiato verso sud, arrivando quasi fino alla Zona libera prima che i tedeschi lo catturassero e lo imprigionassero a Saint-Hippolyte. Non immaginavano però che fosse australiano, come ha dichiarato lui stesso, e le lascio immaginare quanto i bambini siano andati in visibilio quando l'hanno scoperto! L'Australia era una nazione popolata da uomini che sapevano come evadere di prigione, ha detto alla classe e, nello spirito dei suoi antenati, lui era riuscito a fuggire, con un ufficiale britannico al seguito, attraverso i Pirenei e in Spagna. Sono arrivati in Inghilterra a bordo dell'HMS Sheffield e hanno vinto la guerra!»

Una fotografia che alcuni giornali locali hanno scelto di pubblicare quando hanno riportato la notizia dei decessi mostra Mr Turner, alcune settimane dopo la giornata della vittoria in Europa, intento a camminare lungo una strada danneggiata della città con la giovane moglie incinta, in un completo chiaro su misura e un cappello di feltro abbassato su un occhio. E non era forse tipico di Thomas Turner, dicevano le persone da dietro i boccali di birra al bar del Tambilla Hotel, con un'inequivocabile scintilla di ammirazione negli occhi, trovarsi in qualche modo sia un completo ben confezionato, sia una famiglia, nella Londra devastata dalle bombe? «E tutto questo mentre aspettava che lo rimandassero a casa.»

L'uomo nella fotografia è bello sotto tutti gli aspetti, ma il fascino di Mr Turner non si riduceva alla mascella affilata e al sorriso strafottente. Era il tipo di persona che non badava alle critiche, un uomo che la gente desiderava conoscere, di cui si affrettava a difendere l'onore e il cui carisma innato era tanto inspiegabile quanto irresistibile.

«Sono un uomo fortunato» ripeteva senza sosta, con l'allegra disinvoltura di un cittadino onesto che dichiara il proprio nome per un verbale. «Non so spiegarlo, quasi certamente non me lo merito, ma è la sacrosanta verità.» E così scoprì ciò che tutte le persone veramente affascinanti sanno: gli altri avrebbero accettato le sue fisime. Volevano accettarle.

La decisione di acquistare casa Wentworth alla periferia di Tambilla, un edificio che non aveva mai visto, in una città in cui non era mai stato, è un classico esempio. Posò per la prima volta gli occhi sulla proprietà, o almeno così si racconta, dopo l'abbattimento del suo Spitfire nel luglio del 1941. Durante il viaggio verso sud dormì qua e là nelle fattorie dei dissidenti, e fu nel sottotetto di uno di quei fienili, sul retro di un foglio di giornale che usava per arrotolare il tabacco, che la sua immaginazione fu catturata dalla foto in bianco e nero e dalla minuziosa descrizione di una proprietà in vendita nell'Australia Meridionale. Un'ondata di nostalgia gli ricordò quel paese lontano di terra rossa, alberi verde oliva e scintillanti cieli azzurri, e un'idea prese forma in un recesso della sua mente. La coltivò e, nel tempo, la trasformò in un sogno che lo riscaldava di notte. Quando, all'improvviso, diventò ricco («per puro caso», come avrebbe detto ogni volta che avesse raccontato la storia) – ci torneremo più avanti – sapeva già esattamente cosa fare del denaro.

Nei piccoli centri, tutti i cambiamenti e gli avvenimenti sono degni di nota, ma l'acquisto di casa Wentworth da parte di Mr Turner suscitò commenti particolarmente appassionati a Tambilla e dintorni. Non accadeva spesso che un forestiero comprasse un immobile in città, non perché non fosse un posto piacevole in cui vivere, ma per la ragione pratica che le opportunità di lavoro erano scarse. E soprattutto, non c'erano quasi più alloggi disponibili. Le stesse famiglie possedevano le stesse case da quando se ne aveva memoria, tramandandole di genitore in figlio, di generazione in generazione. Gli abbinamenti tra case e famiglie erano talmente consolidati che nessuno si preoccupava degli indirizzi. Si davano indicazioni per la residenza dei Landry o la casa delle signorine

Edwards al mulino e, a volte, semplicemente per la proprietà del vecchio Stamp, oltre la ferrovia.

Casa Wentworth, sebbene libera e disponibile, era vuota da così tanto tempo che la gente si era dimenticata della sua esistenza. Lontano dagli occhi, lontano dal cuore, come si suol dire. Il giardino, che ospitava piante europee d'importazione, era arrivato ad avviluppare l'edificio, e la proprietà invasa dalla vegetazione aveva acquisito un che di mitologico. Alcuni piccoli appezzamenti periferici erano stati venduti, ma le leggi urbanistiche locali impedivano un'ulteriore frammentazione della proprietà, e non molti erano disposti a pagare il prezzo richiesto (o potevano permetterselo).

La vendita ebbe luogo nel febbraio del 1942, nella stessa settimana in cui i giapponesi sganciarono le bombe su Darwin, e a riprova dell'importanza della transazione per gli abitanti della città, il bombardamento nel Nord fu solo il secondo avvenimento più chiacchierato a Tambilla in quei giorni. La notizia della vendita si diffuse a macchia d'olio sulle Hills. Chi era l'acquirente?, volevano sapere i residenti. Nell'Australia Meridionale c'erano pochissime persone che potevano far fronte a una spesa di quell'entità. La conferma che il nuovo proprietario era straniero diede il via a una serie di concitate speculazioni.

Quando finalmente i coniugi Turner arrivarono nell'autunno del 1945, dopo essere partiti da Londra ed essere passati per Sydney, e affissero al cancello un cartello con la scritta Halcyon, il tamtam locale si infiammò. Mrs Marian Green, la centralinista, riferisce che, fino alla tragedia dei Turner, la riapertura di casa Wentworth scatenò il più grande delirio telefonico che avesse mai visto.

«Avere quella casa vuota lassù, be', era come un cattivo presagio» avrebbe detto alla polizia quando la interrogarono dopo la sciagura. «Le case sono fatte per viverci, e una coppia giovane e simpatica come quella, con la piccola Matilda appena nata... eravamo tutti molto contenti di accoglierli nella comunità.»

A detta di tutti, i Turner ricevettero un'accoglienza calorosa, almeno dalla maggior parte delle persone. Il loro vicino, il vecchio McKenzie, fece finta di covare rancore per la vendita, borbottando quanto fosse indegno che l'ultimo arrivato soffiasse l'occasione a un residente, ma era solo il suo modo di fare. Come la polizia si sentì ripetere più di una volta, «Hamish McKenzie è un vecchio cane permaloso. Abbaia ma non morde».

Thomas Turner si era innamorato della romantica idea di coltivare viti e produrre vino quando si era nascosto nella proprietà di un viticoltore nella campagna francese lungo il tragitto verso la Zona libera e, una volta a casa, si era dedicato anima e corpo a questa attività. Forse le sue conoscenze erano scarse, ma il suo entusiasmo non aveva eguali. Non sempre accettava i consigli che chiedeva, e sicuramente era sulla bocca degli altri frutticoltori per le sue decisioni poco ortodosse – «Aveva letto un libro quando era all'estero» dichiara Mr Walter Hansen della cooperativa, «scritto da un certo Steiner, che blaterava di biodinamica» – ma superò i primi intoppi e iniziò a fare progressi concreti.

La comunità rimase alquanto costernata quando all'improvviso divelse tutte le viti e si dedicò all'allevamento del bestiame. Che si trattasse di agricoltura o tessitura, di produzione di salsicce o formaggio, di fabbricazione della birra o lavori da maniscalco, a Tambilla c'era un certo modo di fare le cose. La proprietaria della drogheria locale, Mrs Meg Summers, conserva ancora il ricettario che accompagnò gli antenati di sua madre a bordo della Zebra quando salpò sotto la guida del capitano Hahn, e si diceva, con assoluta solennità, che nessuno a Tambilla sapesse preparare il Roggenbrot come lei.

Mr Hansen si gratta la testa mentre riflette sul brusco ripensamento di Thomas Turner. «La vinificazione può essere un lavoro complicato» dice alla fine. «Più un'arte che una scienza. E le sue idee erano a dir poco strane. Ma stava rivoluzionando l'attività. Alla fine avrebbe raggiunto l'obiettivo. No, non riuscivo a concepire che cambiasse approccio in quel modo. Pensavo che avesse le idee chiare.»

Mr Hansen non si sbaglia. Thomas Turner voleva assolutamente realizzare l'ambizione di produrre vino, finché non smise di volerlo. Come molti uomini del suo tipo, fu colpito dalla maledizione del sognatore: non appena un progetto grandioso si avvicinava al suo compimento, un'altra luce brillante iniziava a tremolare all'orizzonte. Nel 1959 l'interesse di Turner per la vita da agricoltore stava scemando.

Nelle settimane precedenti il Natale di quell'anno si trovava dall'altra parte del mondo, intento a inseguire un nuovo sogno. Mentre il sole estivo sorgeva sopra gli eucalipti sulla cresta più alta dei suoi campi in Willner Road, l'oscurità invernale del giorno prima scendeva su Londra, e Mr Turner, dopo essersi goduto un lungo bagno caldo nella vasca scintillante dell'hotel, lucidò i gemelli d'argento, spianò il completo tre pezzi e, dopo aver dato un'ultima occhiata soddisfatta al proprio riflesso nello specchio Dorchester, scese trotterellando al piano di sotto e attraversò la hall, passando dalla grande porta di vetro affacciata su Park Lane, per uscire a cena con una coppia di investitori di cui sperava di ottenere l'appoggio per un nuovo progetto dalle infinite possibilità.

E fu una fortuna, come convennero tutti gli abitanti della cittadina quando si riunirono al Tambilla Hotel e nella Diamond's Tearoom nei giorni e nelle settimane seguenti, perché non solo si risparmiò l'orrore della scoperta, ma si salvò anche dalle fiammate di congetture e sospetti che divamparono in seguito. Tutti sapevano che la prima persona su cui la polizia si focalizzava quando una donna e i suoi figli venivano trovati morti era il marito e il padre. Fu così che, anche

> mentre la sua famiglia giaceva nell'obitorio di West Terrace, la valutazione dei suoi concittadini, quando si parlava di Thomas Turner, era quanto fosse stato fortunato quel pover'uomo, quanto fosse fortunato a non essere a casa.
>
> Daniel Miller, gennaio 1960

Jess lasciò andare il respiro che aveva trattenuto. Che cosa aveva appena letto? Tornò rapidamente all'inizio e ricontrollò il testo. Il nome dell'uomo, il nome della casa, entrambi corretti. Thomas Turner era nato a Sydney e aveva un'adorante sorella minore. Nora aveva accennato al fatto che fosse un eroe di guerra. Ma il resto era sbagliato: stranamente, specificamente, complicatamente sbagliato. Thomas aveva vissuto a Londra, aveva una casa e una moglie laggiù, ma non aveva mai avuto figli, tantomeno in un obitorio.

Forse era un articolo di fantasia, le somiglianze biografiche una sorta di strana coincidenza, oppure una psichedelica mescolanza anni Sessanta di realtà e finzione.

Aggiunse alla ricerca la parola *Tambilla* e poi, per sicurezza, *omicidio* e studiò le nuove risposte. Diede una scorsa ai titoli, preparandosi all'impatto di parole come *famigerato*, *segreto* e *tragedia*.

Avendo l'imbarazzo della scelta, cliccò sulla prima voce: un breve post sul blog *Australian Historical Crime Chronicles*.

La tragedia della famiglia Turner

> La vigilia di Natale del 1959, una delle giornate più calde dell'estate, la famiglia Turner dell'Australia Meridionale lasciò Halcyon, la sua imponente casa georgiana, e portò il necessario per un picnic attraverso i paddock e giù fino al torrente che tagliava la proprietà. Isabel Turner e i suoi quattro figli – la più piccola dei quali, Thea, ancora in fasce – erano molto conosciuti nel paesino di Tambilla, sulle Adelaide

Hills, e non era insolito vederli all'aperto mentre si godevano lo splendido ambiente naturale dei dintorni. In quella giornata estiva si erano sistemati all'ombra di un vecchio salice che cresceva sul bordo dell'argine dove il torrente si allargava formando una pozza d'acqua. I corpi di Mrs Turner e dei suoi tre figli maggiori furono trovati nel pomeriggio da un passante che diede l'allarme. La piccola Thea era scomparsa dalla culla.

Il sergente Peter Duke, un detective di spicco arrivato da Adelaide, che in precedenza aveva lavorato al famigerato mistero dell'uomo di Somerton, fu chiamato a supporto degli agenti del posto e fu avviata un'indagine approfondita. Benché i residenti temessero che ci fosse un assassino a piede libero, la polizia stabilì che il colpevole andava ricercato in seno alla famiglia. Nel luglio del 1960, sette mesi dopo la tragedia, si tenne un'inchiesta giudiziaria durante la quale furono ascoltati numerosi testimoni. Mr T.R. Sterling, il coroner dell'Australia Meridionale, dichiarò che le vittime erano morte per avvelenamento, anche se non era stato possibile determinare il tipo e la provenienza della sostanza tossica. Il caso fu considerato un omicidio-suicidio e, dopo aver esaminato le prove, Mr Sterling si disse certo che il veleno fosse stato somministrato dalla stessa Mrs Turner.

I resti della neonata furono rinvenuti nel 1979, a solo un chilometro e mezzo dal punto in cui erano stati trovati i corpi della madre e dei fratelli. Sul luogo del picnic erano state rilevate impronte di animali, e il coroner ascoltò testimonianze secondo cui un branco di cani selvatici era stato attivo nella zona durante la primavera e l'estate del 1959.

Le prove peritali erano contrastanti, ma Mr Sterling confermò che i dingo, imbattendosi in una neonata indifesa, avrebbero potuto rimuovere il corpicino dalla scena del crimine, ed era probabile che l'avessero fatto. Il caso si sarebbe imposto all'attenzione degli australiani dopo la morte della piccola Azaria Chamberlain mentre era in campeggio con la famiglia a Uluru nel 1980.

Avida di ulteriori informazioni, Jess cliccò sul link successivo, e poi su quello dopo ancora, leggendo le pagine con foga sempre maggiore. A parte piccole differenze, i dettagli erano gli stessi. Una certa Isabel Turner aveva ucciso i suoi figli e si era suicidata. Il marito, che in quel periodo era in viaggio nel Regno Unito per affari, non era mai tornato in Australia. Si chiamava Thomas Turner e la sua residenza sulle Hills, conosciuta localmente e storicamente come *casa Wentworth*, era stata ribattezzata *Halcyon* dai nuovi occupanti. Era morto a Londra nel 1988 e il suo corpo era stato rimpatriato per essere sepolto nella tomba di famiglia a Sydney.

Era il fratello di Nora. Il nome, la casa, il soggiorno a Londra e l'anno della morte: coincideva tutto. Halcyon si trovava nell'Australia Meridionale, non in Inghilterra, e c'erano stati un'altra moglie, alcune figlie e anche un figlio prima che Thomas si trasferisse a Londra e iniziasse una nuova vita laggiù.

Jess cliccò su Google Immagini. In rete c'era un'unica fotografia, pubblicata presumibilmente all'epoca della tragedia. Si domandò chi l'avesse consegnata e cosa avrebbe pensato quella persona se avesse saputo che sessant'anni dopo sarebbe stata ancora in circolazione nel cyberspazio, regalando alla famiglia un'inquietante vita virtuale dopo la morte. Era stata scattata nel 1955, quattro anni prima della tragedia e qualche tempo prima della nascita dell'ultimogenita, perciò raffigurava soltanto tre bambini. L'immagine era in bianco e nero e la risoluzione non era un granché, ma era abbastanza nitida da permettere di distinguere i volti. I Turner erano in vacanza a Sydney. Se lo sfondo dell'Harbour Bridge non fosse stato sufficiente, la didascalia forniva un'ulteriore conferma.

Thomas e Isabel Turner erano l'uno accanto all'altra, il braccio di lui intorno alla schiena della moglie, quello di lei appoggiato a sua volta sulle spalle della figlia maggiore, Matilda, che calzava décolleté nere con calzini bianchi lunghi fino alle caviglie e stringeva una piccola borsetta. Due bambini più piccoli erano in piedi davanti ai genitori: il maschio sfoggiava un berretto con la visiera, mentre la femmina aveva dei nastri legati alle estremità di due lunghe trecce. John Turner aveva le mani infilate con disinvoltura nelle tasche dei pantaloni e sfoderava un gran sorriso sdentato, mentre Evelyn, pur essendo elegante quanto i fratelli, non aveva ancora imparato a posare davanti alla macchina fotografica. Teneva le mani giunte, giocherellando con le dita, e aveva nascosto la spalla destra dietro quella di John. Sembrava che fosse stata sorpresa sull'orlo di un pensiero, perché aggrottava distrattamente le sopracciglia verso qualcosa al di là dell'obiettivo.

Jess riuscì a vedere sprazzi di Nora nei loro visi. Non c'era dubbio che quelli fossero i suoi nipoti. Matilda, John ed Evelyn. Faceva riflettere vedere quella famiglia in un momento di felicità, con i membri ignari di cosa avesse in serbo per loro il futuro.

Spostò l'attenzione dai bambini alla madre. Durante l'indagine e dopo la sentenza del coroner, Isabel era diventata una sorta di *cause célèbre*, l'ultima di una lunga lista di bellissime assassine, il personaggio più raccapricciante che si potesse immaginare. Come Evelyn, Mrs Turner aveva guardato di lato nel momento in cui era stata scattata la fotografia, ma Jess colse ugualmente i tratti attraenti del suo profilo, l'inclinazione del mento e lo sguardo intelligente.

Fuori, da qualche parte nell'alba, un kookaburra lanciò il suo richiamo gracchiante verso il cielo e Jess provò un brivido improvviso. Mai, nemmeno nelle sue fantasie più sfrenate, aveva sospettato che la sua famiglia nascondesse uno scandalo di quel tipo. Nora non aveva mai detto nulla che potesse far pensare a quella possibilità, nemmeno una parola. Anzi, ora Jess capì che la nonna aveva fatto di tutto per insabbiare la terribile tragedia.

Ma quei fatti dovevano aver avuto un impatto significativo sulla sua vita, anche se erano accaduti lontano da Darling House. Nora aveva adorato suo fratello. Era stata legata anche a sua moglie Isabel? Jess era impaziente di saperlo e sentì anche altre domande affiorare dentro di sé. L'istinto investigativo che aveva affinato negli ultimi vent'anni lavorando come giornalista si mise in allerta. Doveva scoprire di più su Isabel Turner, la donna della foto, e precisamente cosa avesse preceduto quel pomeriggio in riva al torrente.

Il pensiero successivo, che si era affacciato alla sua mente in varie forme per gran parte della vita, fu che Nora avrebbe avuto le risposte.

Doveva parlare con la nonna.

CAPITOLO QUATTORDICI

Nora, però, stava ancora dormendo quando Jess arrivò in ospedale. Si rivolse all'infermiera per avere un'idea di quando si sarebbe svegliata, ma l'altra si limitò a informarla che sua nonna aveva passato una notte tranquilla. Jess notò la sua reticenza. «È un miglioramento, no?» chiese.

«Sempre meglio dell'alternativa» disse la donna.

Nonostante la risposta criptica, Jess constatò di persona che Nora stava meglio. Era ancora incredibilmente piccola e pallida, con il lenzuolo bianco ben rimboccato, ma la sua espressione era più serena e il monitor scandiva un battito regolare.

Avvicinò la sedia al letto ed estrasse il bloc-notes dalla borsa. «Niente spiriti maligni quando ci sono io a fare la guardia» mormorò.

Mentre sedeva in silenzio, continuò a rimuginare sul comportamento misterioso della nonna. Nora non era mai stata il tipo da rifuggire dal dolore del passato. Era stata pronta a toccare argomenti come il fallimento del suo matrimonio, la solitudine che aveva sofferto da bambina, una serie di insuccessi professionali. Sapeva che la storia era cumulativa, che il passato non era qualcosa da cui scappare, ma una parte fondamentale di ciò che si era.

Cosa ancora più sconcertante, dopo il funerale di Thomas,

Nora le aveva parlato di lui spesso e diffusamente. Aveva esordito dicendo: «Mi riconosco in te, Jessica» e poi: «Ma soprattutto, vedo mio fratello». Quello, Jess l'aveva intuito già allora, era l'elogio più lusinghiero. «Era determinato, risoluto, non se ne stava con le mani in mano e non si lasciava sfuggire le opportunità. Era anche coraggioso. Ha salvato la vita di un uomo in guerra. È così che ha fatto fortuna all'inizio.»

«Salvando un uomo?»

«Un uomo importante.»

«Come?»

«È una lunga storia. Un giorno te la racconterò.» Quindi Nora si scrollava di dosso la tristezza che inevitabilmente le offuscava il viso e si sforzava di usare un tono allegro: «Ti ho mai raccontato di quando io e lui abbiamo trovato un tunnel per i detenuti in fondo al giardino?».

Tuttavia non era mai neppure arrivata vicino a rivelare qualcosa di quella storia particolare. In realtà, ora Jess si rendeva conto che la nonna aveva parlato raramente di Thomas Turner da adulto. Quell'omissione non le era parsa strana all'epoca. Fratello e sorella erano stati affiatati da ragazzini, ma da grandi le loro strade si erano divise. Lui si era trasferito all'estero prima che internet e la consuetudine dei viaggi aerei facilitassero i collegamenti, e Jess sapeva che Nora aveva paura di volare.

«Ci scrivevamo» aveva spiegato la nonna, «ma non è come vedersi di persona.»

«Doveva venire a trovarti.»

«Gli sarebbe piaciuto.»

«Allora perché non l'ha fatto?»

Nora aveva riflettuto attentamente. «È una cosa difficile da spiegare a un giovane. Certe volte tornare a casa non è così semplice come si pensa.»

Ora Jess capiva, finalmente. Era stato il dolore a tenerlo lontano. L'Australia, il suo paese natale, doveva essere zeppa di ricordi traumatici.

Ma il dolore bastava per indurre Nora a tacere così a lungo?

«Perché non me l'hai detto?» sussurrò Jess, picchiettando con la punta della penna sulla pagina del bloc-notes a righe. «Perché non mi hai detto di Halcyon?»

E perché la nonna aveva iniziato a pensare a quel posto proprio ora?

Come se sapesse di essere osservata, Nora accennò un mezzo sorriso. Jess allungò il braccio per prenderle la piccola mano esile. Il passato si riaffacciava spesso alla mente degli anziani, come aveva detto Patrick, e forse era solo quella la causa. Ma... Jess ripensò alla rivelazione del badante, secondo cui Nora era parsa turbata dalla recente lettera di un avvocato dell'Australia Meridionale... La casa di Thomas Turner sorgeva sulle Adelaide Hills.

Accarezzò con delicatezza la mano della nonna, poi la posò cautamente sul lenzuolo. Aprendo il bloc-notes, aggiunse alla lista delle cose da fare un promemoria per cercare la lettera dell'avvocato, poi si alzò e andò alla macchinetta in fondo al corridoio per prendere un tè. La bevanda aveva una sfumatura grigiastra, ma era calda e sarebbe andata bene com'era. La portò in camera e digitò *Tragedia della famiglia Turner* nella barra di ricerca del telefono, scorrendo i risultati fino a raggiungere le voci che non aveva ancora letto. Contenevano quasi tutte le stesse informazioni, ma di tanto in tanto c'era un nuovo dettaglio.

Dopo un paio d'ore, con il browser pieno di schede aperte e la vista appannata, si appoggiò allo schienale della sedia e chiuse gli occhi. Alcuni post pubblicati sui blog riportavano citazioni tratte da articoli di quel periodo e il nome di un giornalista ricorreva spesso. Le suonava familiare, e per un momento si chiese il perché. Poi le venne in mente: il pezzo su Thomas Turner che l'aveva spinta a entrare nella tana del coniglio.

Digitò il nome del giornalista nella barra di ricerca e aprì la pagina di Wikipedia. Daniel Miller era un reporter americano nato nel 1930; il suo ritratto in bianco e nero, una fotografia non in posa in completo e cappello, le rammentò in qualche modo l'atmosfera della serie televisiva *Mad Men*. Aveva scritto, tra gli altri, per *The Atlantic, Esquire* e *The New Yorker* ed era stato uno dei primi a sposare i principi del Nuovo giornalismo, praticato da autori del calibro di Truman Capote e Joan Didion: uno stile di scrittura più intimo, dove le tecniche narrative si applicavano alla saggistica con l'obiettivo di avvicinare emotivamente i lettori alla storia.

Daniel Miller si era stabilito nell'Australia Meridionale per tutta la durata delle indagini e dell'inchiesta giudiziaria sulla morte dei Turner, scrivendo una serie di articoli che erano stati raccolti in un libro. A quei tempi, *Come se dormissero* era stato lodato per il suo approccio fresco ed era diventato un best seller del *New York Times* nel 1961. Un'edizione aggiornata era stata pubblicata nel 1980 dopo il ritrovamento dei resti di Thea Turner, ma negli anni successivi Miller era scomparso dalla circolazione.

Jess digitò il titolo e il nome dell'autore. Il volume non era più in stampa, e non riuscì a trovare alcun riferimento a un'eventuale edizione australiana. Tuttavia erano disponibili alcune copie su vari siti online di libri usati. Jess esaminò alcune opzioni su AbeBooks prima di selezionarne una che sembrava in buone condizioni.

Tirò fuori la carta di credito dalla borsetta, ma si bloccò quando vide che i tempi di consegna in Australia erano stimati in ventuno-trentasei giorni. Dubitava che sarebbe stata ancora a Sydney di lì a un mese. Con un supplemento di sette dollari, la spedizione prioritaria sarebbe arrivata in cinque-otto giorni. Selezionò quell'opzione e stava completando la transazione quando l'infermiera entrò per controllare il monitor e comunicarle che l'orario di visita stava per terminare.

Una donna molto giovane alla postazione delle infermiere intercettò Jess mentre si dirigeva verso l'ascensore. «Mi scusi, è la nipote di Mrs Turner-Bridges, vero?»

Lei annuì.

«Prima abbiamo ricevuto una telefonata. Qualcuno voleva notizie di sua nonna. Non le ho fornite, perché non siamo autorizzati a farlo. Niente informazioni personali se non ai parenti più stretti.»

Nora conosceva molte persone nella comunità locale, ma i suoi amici avrebbero contattato Mrs Robinson o l'ufficio. «Questa persona ha detto come si chiamava?»

L'infermiera cercò il messaggio tra i fogli che invadevano la scrivania. «Ha detto di chiamarsi Polly Turner, di aver appena saputo di sua madre e di voler sapere come sta...»

La giovane si interruppe. Jess comprese il suo imbarazzo. Naturalmente era difficile capire una situazione in cui la figlia del paziente non era considerata il parente più prossimo. Si rese anche conto di non aver chiamato Polly per aggiornarla su Nora. Peggio ancora, non le era passato nemmeno per l'anticamera del cervello. Non aveva l'abitudine di contattare la madre per darle notizie sulla famiglia. «Grazie» disse, con quello che voleva essere un sorriso rassicurante. «Se richiama, mettetela pure al corrente. Nel frattempo le telefonerò per dirle come stanno le cose.»

«Le serve il numero?» chiese l'infermiera con una punta di esitazione, porgendole il foglio.

«No, no, certo che no. Ce l'ho già.»

Poi prese l'ascensore fino al pianterreno, sforzandosi di ricordare l'ultima volta che aveva parlato con la madre.

Alla fine non parlò con Polly neppure quel pomeriggio. Le telefonò dal sedile posteriore del taxi, ma fu dirottata sulla segreteria telefonica, così lasciò un breve messaggio in cui spiegava che era appena arrivata a Sydney, che le condizioni di Nora stavano migliorando e che speravano di riaverla presto a casa. Disse che alloggiava a Darling House e lasciò il numero di telefono prima di riagganciare. Se ne pentì subito, perché naturalmente Polly aveva il numero; aveva vissuto a Darling House più a lungo di lei. Solo che negli anni successivi si era allontanata così tanto dal mondo di Nora che era probabile che l'avesse dimenticato.

Arrivata a casa, Jess trattenne il respiro mentre il tassista prelevava il costo della corsa dalla sua carta di debito. La carta era associata a un conto corrente che non toccava da anni – anzi, che non aveva mai toccato – tolta quella mattina da una busta sigillata nel cassetto della toeletta in camera sua. Nora aveva aperto il *conto compleanno* quando Jess aveva compiuto dieci anni, facendo un versamento annuale in modo che la nipote potesse attingervi *in futuro* se ne avesse avuto bisogno. Non aveva mai spiegato cosa intendesse per *bisogno* ma, avendo dovuto a suo tempo ricostruire la propria vita, Nora era stata irremovibile sul fatto che Jess dovesse avere qualcosa da parte per i tempi difficili. «Forse non ti impedirà di precipitare, ma sarà un bel paracadute.» Per Jess era stato a lungo un motivo di orgoglio non aver mai dovuto usare quei soldi. Ringraziò il tassista quando le restituì la carta con la ricevuta.

Entrata in casa, si preparò una fetta di pane tostato con l'avocado e si sedette al bancone della cucina, con il bloc-notes e il portatile aperti. Rilesse l'articolo per la rivista di viaggi, spostando il cursore da una riga all'altra, da un paragrafo all'altro, alla ricerca di un punto in cui intervenire per aggiungere chiarezza e forse anche (osava sperarlo?) un pizzico di brio, ma ogni frase che inseriva non faceva altro che peggiorare le cose.

Non riusciva a concentrarsi. Il ritorno a casa interferiva con il compito di scrivere dell'argomento. Le cose erano più complicate del previsto.

Stava ancora riflettendo sull'atteggiamento misterioso di Nora, interrogandosi sulla sua relazione con Isabel Turner. Il progetto di chiederle informazioni sull'altra donna era andato a monte, ma era impaziente di saperne di più. Dovevano essere più o meno coetanee; Nora adorava Thomas... Il suo affetto si era esteso alla cognata?

Tamburellò con le dita sul ripiano e poi, sulla spinta di un'idea, prese il telefono.

Mrs Robinson rispose al secondo squillo. «Pronto?» Doveva avere il numero di Darling House memorizzato nella rubrica del cellulare, perché continuò: «Sei tu, Jess? Va tutto bene?».

«Sì, sì, benissimo. Sono appena stata a trovare Nora; tiene duro.» Jess fece un respiro profondo e optò per un approccio diretto. Spiegò brevemente cosa aveva scoperto e il motivo della telefonata. «Mi chiedo se i ricordi siano una delle cause del suo turbamento. Ma ci sono moltissime cose che non so. Speravo che lei potesse parlarmi del rapporto tra la nonna e Isabel.»

Il silenzio assoluto all'altro capo della linea la indusse a domandarsi se fosse caduta la connessione. «Pronto?»

«Non sono a casa, sto facendo la spesa. Non posso parlarne ora, non al telefono.»

«Possiamo discuterne più tardi, allora? Non necessariamente al telefono, possiamo vederci da qualche parte. Torno all'ospedale tra le tre e le cinque, perciò dopo sono libera.» Vedendo che la governante taceva, Jess aggiunse: «Glielo chiedo solo perché penso che potrebbe aiutare Nora».

L'altra fece un profondo sospiro e nominò il parco lungo la penisola. «Alle sei vado a fare la mia passeggiata pomeridiana. Possiamo incontrarci lì alle sei e mezzo.»

Dopo aver sparecchiato, Jess si preparò a un viaggio nel tempo. Attraverso il portale Trove della State Library of South Australia riuscì ad accedere e a consultare i giornali dell'epoca, iniziando dalle prime notizie della mattina di Natale del 1959.

Lesse gli articoli per poi inviarli alla stampante, apprezzando, come sempre, la capacità della parola scritta di trasportare le persone in altri luoghi e in altre epoche. La composizione tipografica antiquata, la formalità dello stile e le voci delle persone citate fecero collassare il tempo su se stesso al punto che Jess poteva vedere, udire e fiutare le scene descritte. Riuscì a immaginare i lettori di quel periodo che aprivano i giornali a colazione o sul tram mentre tornavano dal lavoro, aggiustandosi gli occhiali con la montatura di corno e versandosi uno *scotch on the rocks* mentre si accingevano a leggere le ultime notizie. Sentì una fitta di nostalgia per un tempo in cui la stampa aveva occupato una posizione inattaccabile come tramite tra l'attualità e una cittadinanza ben informata.

Negli anni erano stati scritti molti servizi sulla famiglia Turner, ma Jess doveva sbrigarsi. Con riluttanza, cominciò a stampare senza prima leggere. Erano stati pubblicati quasi tutti nei sette mesi tra il dicembre del 1959 e il luglio del 1960, quando si era tenuta l'inchiesta giudiziaria avviata dal coroner, ma la storia era tornata regolarmente alla ribalta, con una raffica di articoli per il primo, il quinto e il decimo anniversario della tragedia, per poi ottenere un'enorme copertura mediatica al ventesimo, che era coinciso con il ritrovamento dei resti della piccola Thea. In seguito, la tragedia Turner sembrava essere caduta nell'oblio, menzionata solo di tanto in tanto negli elenchi di altri casi finiti in prima pagina: il mistero dell'uomo di Somerton, la ragazza dal pigiama giallo, la scomparsa dei fratellini Beaumont.

Impiegò quasi due ore per arrivare all'ultimo articolo e fu soddisfatta quando, dopo aver prelevato le pagine dalla stampante, scoprì che ne aveva accumulato un bel mucchio. In seguito avrebbe letto attentamente ogni cosa e stilato una cronologia del caso. La prospettiva la entusiasmava. Era da molto tempo che non lavorava a un vero incarico investigativo e ne sentiva la mancanza. La possibilità di scoprire la causa del recente turbamento di Nora conferiva all'impresa un significato ancora più importante.

Controllò rapidamente lo studio per vedere se la lettera dell'avvocato fosse ancora là. Nora riceveva molta corrispondenza e Anita, la sua commercialista, passava una volta al mese per pagare le bollette e smistare la posta. Ma la donna era molto ordinata, e Jess non ci mise molto a concludere che la missiva non era stata archiviata insieme alle altre pratiche.

La biblioteca era un luogo personale, e dunque la collocazione più probabile. Salì al piano di sopra per dare un'occhiata.

Non trovò nulla di interessante sulla scrivania o nei cassetti. Guardò tra le pile di libri sul tavolino e tra le buste trasparenti del raccoglitore sulla credenza all'ingresso. Niente. Forse, pensò, Nora aveva portato la lettera in camera sua.

Provò una fitta di nostalgia entrando nel rifugio verde mela della stanza con la carta da parati lussuosa. Si aspettava quasi di vedere Nora seduta nel letto, con una tazza di tè in mano, mentre leggeva le notizie del giorno: «Senti questa, Jessica, non crederai mai a quello che hanno fatto quei pagliacci di Canberra questa volta». Ispezionò il comò di cedro in stile coloniale e i cassetti del piccolo scrittoio, ma invano. Anche il ripiano era vuoto, a parte la foto incorniciata di Thomas Turner che aveva visto per la prima volta al suo funerale. L'uomo camminava a grandi passi nella City di Londra (ora Jess la riconosceva), con la cupola della cattedrale di St Paul che si stagliava alle sue spalle sopra le macerie del Blitz. Si domandò se il frammento di un altro cappotto e di un'altra mano sulla sinistra indicassero la presenza di Isabel e se la foto fosse stata tagliata prima o dopo gli eventi del 1959.

Si girò lentamente per osservare il resto della stanza. Stava esaurendo i posti dove cercare. Posò lo sguardo sulla porta dello spogliatoio, ricavato da una piccola anticamera attigua quando Polly aveva smesso di aver bisogno della nursery. Senza molte speranze di successo, vi sbirciò dentro frettolosamente. Si sentì un po' a disagio a curiosare tra le cose della nonna, ma si disse che il fine giustificava i mezzi. Controllò le tasche dei cappotti e diede un'occhiata nelle scatole da scarpe, tutte dotate di etichette autoadesive. Nessuna traccia della lettera.

A corto di idee, si sedette sul bordo del letto e gettò uno sguardo attraverso la finestra di vetro colorato. L'attaccamento di Nora a quella camera era facile da capire. La vista sul giardino era splendida. Jess si sporse per sbloccare il battente e fu investita da un'ondata di aria calda e dal ronzio soporifero delle api tra i rampicanti in fiore. Fu colta da un attacco di vertigini. Era consapevole di essere sveglia dalle tre del mattino.

Aveva ancora un'ora circa prima di tornare in ospedale. Si tolse le scarpe e si sdraiò sul copriletto. Avrebbe chiuso gli occhi, solo per un minuto. Ebbe la sensazione di dissolversi. Il profumo delle lenzuola era così familiare da far male. Si girò su un fianco, arrotolando il cuscino di piume prima di infilarselo sotto la testa...

Nella federa c'era qualcosa di duro e spigoloso. Lo tirò fuori. Non era la lettera che stava cercando, bensì un libro. Un volumetto dalla copertina rigida, usurata, con gli angoli smussati e la sovraccoperta sbrindellata, gialla con una striscia rosa pallido che riportava il titolo e il nome dell'autore.

Fece un respiro lungo e lento. *Come se dormissero*. Il libro di Daniel Miller.

Si mise a sedere. Una breve introduzione raccontava la storia di Tambilla, compresa una descrizione della casa costruita da Mr Wentworth. Jess saltò la sua storia d'amore, per quanto tragica. E anche il primo capitolo della prima parte, che aveva già letto nell'articolo di Miller.

Quando arrivò al secondo capitolo, però, un brivido le percorse la schiena, perché là, finalmente, compariva Isabel Turner.

COME SE DORMISSERO

DANIEL MILLER

2

In quello che sarebbe stato il suo ultimo giorno su questa Terra, Mrs Isabel Turner si svegliò presto. Preferiva dormire con le tende della camera aperte e non le tirava quando il marito era via. Le piaceva il modo in cui la prima luce si diffondeva sul pavimento, conferendo alla stanza un'atmosfera velata e irreale, mentre fuori, tra i cespugli di camelie, gli uccelli si segnalavano a vicenda il fatto indiscutibile che il mattino era arrivato ancora una volta.

Come tante madri prima di lei, Mrs Turner aveva imparato ad apprezzare quei momenti ovattati prima che il resto della famiglia si destasse. Da quando era nata la bambina, li apprezzava ancora di più. La mattina del 24 dicembre 1959, si aggirava furtiva lungo il balcone del piano di sopra, passando davanti alla portafinestra della camera di ciascun bambino, immaginandoli addormentati dall'altra parte, bambole che aspettavano di prendere vita nella loro casa, prima di scendere silenziosamente di sotto, facendo attenzione a evitare le assi scricchiolanti del pavimento.

In cucina, dopo essersi chiusa la porta alle spalle, poté iniziare la routine mattutina. Era sua abitudine riempire il bollitore la sera prima, perché le tubature erano rumorose quando faceva freddo e passavano direttamente attraverso le pareti della camera di John, il suo unico figlio maschio. Ora accese il fornello a gas e mise l'acqua a bollire. La teiera Wedgwood era già pronta al centro del bancone di legno, insieme alla sua tazza preferita, che aveva portato con sé dall'Inghilterra. Là accanto era posato un piccolo cucchiaio d'argento, un dono di nozze della famiglia di suo marito.

In seguito, alcuni abitanti della cittadina avrebbero osservato che Mrs Turner era *sempre molto metodica*, e una delle anziane signorine Edwards, che risiedevano ancora nel mulino gestito dal loro padre fintantoché il virus del lievito non l'aveva costretto a chiudere i battenti nel 1938, dichiarò: «Era molto esigente nei confronti dei bambini. Ogni volta che andavo da loro per una lezione di pianoforte, si assicurava che fossero pronti con gli spartiti in mano e le scarpe pulite ai piedi». Quest'ultimo commento fu pronunciato in tono di approvazione, e non si può fare a meno di dedurre che una preparazione così scrupolosa non era molto comune tra i pianisti in erba di Tambilla. «Era inglese, naturalmente» aggiunse, a titolo di spiegazione, Miss Enid Edwards (la più anziana delle due «di almeno mezzo minuto»). «Una vera lady inglese.»

Mrs Turner *era* inglese, ma non era una *Lady* e si sarebbe meravigliata di sentirsi definire tale. Suo padre era uno studioso di storia naturale, sua madre un'artista le cui tavole litografiche raffiguranti esemplari di flora e fauna erano comparse in diverse opere pubblicate. I tre avevano condotto una vita ricca e variegata, viaggiando insieme nelle regioni più remote del Regno Unito, osservando la progressiva estinzione dei passeri, contando le lontre e seguendo la migrazione delle api selvatiche. Questa infanzia bucolica, tuttavia, non era destinata a durare. Rimasta orfana a sette anni, Isabel risiedette per i dieci successivi alla Woodford Dormitory School nel Sussex.

Forse è quest'ultimo fatto a spiegare meglio il suo attaccamento al protocollo, un'osservanza che, insieme all'accento britannico, veicolava un'impressione di maniere più raffinate. Se dieci anni in collegio non erano stati sufficienti, quattro anni di servizio segreto attivo in tempo di guerra avevano consolidato l'idea che le procedure collaudate, fossero esse familiari o individuali, grandi o piccole, esistessero per una ragione e, inoltre, che una riflessione e una pianificazione adeguate fossero indispensabili per la buona riuscita di qualsiasi compito, per arduo che fosse.

Era una donna abitudinaria, pertanto, ed era suo costume bere la prima tazza della giornata, preferibilmente prima di aver rivolto la parola a chicchessia, seduta al tavolo di vimini sulla veranda rivolta a nord. Non era il punto panoramico più bello del giardino di Mr Wentworth, ma era il luogo in cui il vialetto incontrava la casa e dunque, a giudizio di Mrs Turner, un posto di osservazione adatto per fare il punto della situazione. Portava sempre con sé il suo diario. Certi giorni scriveva fiumi di inchiostro; altre mattine si limitava a starsene seduta là, ascoltando il vento che soffiava tra le chiome degli alberi e i lorichetti arcobaleno che urlavano lanciandosi in picchiata sui rami più alti del callistemone.

Grazie al suo fiuto per queste cose, Barnaby, l'amato retriever artritico della famiglia, compariva poco dopo, camminando pazientemente lungo la veranda per prendere posto sul cemento ai suoi piedi. Era stato regalato ai bambini quando era cucciolo – l'ennesima *sorpresa* che Mrs Turner aveva ricevuto dal marito (la cui propensione a prendere decisioni unilaterali era fonte di qualche attrito tra loro) – ma Matilda e John erano piccoli all'epoca, ed era stata lei a doversi occupare del cane. Un dovere in più, anche se non le dispiaceva. La compagnia di Barnaby si era rivelata gradevole, soprattutto quando le assenze di Mr Turner erano aumentate tanto in frequenza quanto in durata. Ora era a Londra, o almeno così le aveva dato a credere. A dire il vero, Mrs Turner aveva smesso di ascoltarlo quando si entusiasmava per un nuovo capriccio.

Così, la mattina del 24 dicembre 1959, nulla indicava che

la giornata sarebbe stata diversa dalle precedenti, né lasciava presagire i terribili accadimenti di quel pomeriggio. Niente segnalava che la vita di tutte le anime ancora addormentate nella casa, di tutti gli uomini, le donne e i bambini giù al villaggio, dei loro compatrioti nelle città e nei paesi disseminati lungo le coste di questa nazione insulare sarebbe cambiata drasticamente entro la fine della giornata. Pochi, infatti, avrebbero dimenticato dove si trovavano quando appresero quanto era accaduto nel parco della grande casa gotica nell'Australia Meridionale quella vigilia di Natale. La notizia avrebbe infiammato le conversazioni intorno ai tavoli di tutte le cucine del paese e il nome *Tambilla* sarebbe diventato, per qualche tempo, sinonimo di tragedia, abbreviazione dell'inconcepibile binomio di bambini e morte in un caldo pomeriggio festivo.

Quando Mrs Turner, avvolta nella vestaglia di raso perlato, si infilò gli stivali infangati e si accomodò con il tè e il diario sulla sedia di vimini sul lato settentrionale della casa, però, tutto questo doveva ancora arrivare. I suoi figli dormivano ancora all'interno, i regali di Natale, incartati ed etichettati, erano disposti sotto l'albero. La vista dalla veranda, mentre Mrs Turner apriva il diario su una pagina nuova e annotava la data con la sua calligrafia precisa, era la stessa di sempre: davanti, sul lato opposto del vialetto, le foglie dell'enorme quercia erano così fitte che a malapena si riusciva a intravedere la casetta sull'albero tra le fronde centrali. Una vecchia altalena pendeva da un ramo del prugno poco lontano, e più in là, dietro il graticcio, il moderno stendibiancheria rotante che Thomas aveva ordinato da una fabbrica giù a Edwardstown mostrava la sua sagoma spigolosa.

Nei giorni e nelle settimane seguenti si sarebbe attribuita molta importanza a quanto Mrs Turner aveva scritto nel diario quella mattina, e a quanto non aveva scritto. Negli ultimi mesi aveva riempito più pagine del consueto, e quelle annotazioni si sarebbero rivelate un'utile voce dall'oltretomba. Era stata introdotta a quella pratica da bambina. I suoi genitori, grazie al loro lavoro, erano stati osservatori e compilatori, riempiendo numerosi libri rilegati in cuoio di testi e illustrazioni. La loro influenza era stata duratura, consolidata quando la giovane Isabel Turner si era ritrovata nel nuovo mondo del collegio. Allora si era aggrappata alla consuetudine di confidare i pensieri alla carta, e l'abitudine non l'aveva mai abbandonata.

Per tutto il 1959, Mrs Turner era stata alle prese con un problema angosciante e le sue annotazioni erano state spesso lunghe e tormentate. La mattina della vigilia di Natale, tuttavia, aveva ormai preso una decisione e l'incertezza del tono e del contenuto fu sostituita dalla serenità. Non menzionò il precedente dilemma né, almeno esplicitamente, gli eventuali progetti per quel pomeriggio. Al contrario scrisse solo poche righe frettolose, una descrizione delle condizioni meteorologiche della giornata:

Di nuovo nebbia nella valle, ma il sole sorge sulla collina. La foschia si diraderà presto e la giornata sarà torrida. La minaccia del fuoco è in agguato, come sempre in questa stagione. I campi stinti dal sole crepitano e luccicano, ma per questa notte è prevista una tempesta. È difficile immaginare che arriverà un cambiamento, ma l'uomo alla radio dice di sì, e chi sono io per contraddirlo? Non mi preoccupa. So bene quanto chiunque altro che il cambiamento, come la soluzione, arriva sovente all'improvviso.

In seguito, la polizia avrebbe avanzato l'ipotesi che l'annotazione contenesse un messaggio in codice. «La parte sulla nebbia che si dirada, sulle soluzioni che arrivano all'improvviso...» avrebbe riflettuto l'agente Hugo Doyle, alla centrale di Tambilla, mordicchiando una matita. «Che si riferisca ai suoi progetti?»

Il sergente Liam Kelly, che aveva ispezionato più volte i dintorni, continuò a mostrarsi scettico. «A volte, quando una persona dice che c'è nebbia nella valle, intende semplicemente che c'è nebbia nella valle. Com'era il tempo la mattina della vigilia di Natale, agente Doyle?»

«Faceva caldo, signore.»
«Prima. Era sereno?»
«No, signore.»
«No?»
«C'era nebbia, signore.»
«C'era nebbia nella valle.»

C'era davvero nebbia nelle valli che circondano Tambilla quando il sole spuntò il 24 dicembre 1959. Sulle Adelaide Hills è possibile svegliarsi in qualsiasi stagione in un mondo avvolto dalla bruma. In inverno, quando la temperatura scende sotto zero quasi tutte le notti e le giornate sono umide e pungenti, ma anche in estate, quando, nonostante il caldo afoso del primo pomeriggio, le serate si fanno fresche e frizzanti e, mentre l'oscurità si infittisce, non si può fare a meno di percepire le pianure desertiche a nord.

Mrs Turner aveva cercato spesso di spiegare la sua convinzione che qui, nel suo paese d'adozione, la nebbia fosse diversa rispetto a quella della madrepatria. Non mancava mai di rabbrividire quando, dopo essersi svegliata, lanciava un'occhiata attraverso la finestra della camera e trovava il mondo naturale ammantato di bianco. Definire l'effetto *minaccioso* era troppo melodrammatico per i suoi gusti, ma la scena aveva un che di innegabilmente teso, se non addirittura misterioso. Colpa degli eucalipti spettrali, aveva deciso, i cui lisci rami argentati assomigliavano a corpi femminili nudi nella foschia.

In Inghilterra c'erano luoghi inquietanti – le scogliere e le grotte infestate di Tintagel, le rovine del castello di Ludlow, il Vallo di Adriano e Stonehenge – ma la loro misteriosità derivava dal ruolo che avevano svolto nella storia umana, dalle vestigia sgretolate di uomini del passato. In Australia, la stranezza veniva dalla terra stessa. Il suo mistero e significato esistevano al di fuori del linguaggio, o almeno al di fuori di quello di Mrs Turner. Raccontavano la storia in modi molto più antichi e solo a quanti sapevano ascoltarla.

Una volta i suoi figli erano tornati a casa narrando un racconto, appreso da dove i bambini imparavano le cose che sapevano, su un *bunyip*. «Che cosa?» aveva chiesto Mrs Turner. «Un *bunyip*» avevano risposto, studiandola con tanto d'occhi come se fossero increduli davanti alla sua ignoranza. Per lei era una prospettiva alquanto inquietante quella di crescere i bambini in una terra diversa da quella in cui era stata bambina. I loro punti di riferimento erano diversi dai suoi, e talvolta i suoi figli le sembravano degli estranei. In quelle occasioni erano i bambini di suo marito: creature aliene che aveva messo al mondo, ma che non sarebbe mai riuscita a conoscere davvero.

Il *bunyip* era, secondo il racconto, un'entità mutevole, nebulosa, amorfa, dotata di piume, squame e orecchie fuori misura. «Una cosa orrenda e mostruosa.»

«Come un cane che nuota.»

«O una foca.»

«Ma con un collo lunghissimo.»

«E le pinne.»

«Ma anche un muso.»

«Che si nasconde nella palude...»

«... e *agguanta* i bambini se si avvicinano troppo.»

La storia le aveva fatto venire i brividi, ma più per la consapevolezza che per la paura. Per quanto mitica potesse essere la creatura, nella descrizione dei suoi figli era insita una verità riconoscibile di quel luogo: la sensazione fastidiosa ma certa che il pericolo, l'ignoto, fosse sempre in agguato negli spazi bui *là fuori*. Quello era un continente dove bellezza e terrore erano inscindibilmente legati. Dove si moriva di sete se si sbagliava strada. Dove un'unica scintilla poteva bruciare un'intera città. Dove i bambini che si avventuravano oltre la recinzione sul retro sparivano nel nulla.

3

Quando il mattino si rischiarò e la nebbia cominciò a dissolversi, Mrs Turner posò il diario sul tavolo di vimini. Grattò la testa color oro di Barnaby, che si mise sull'attenti. Portando con sé la tazza, prese il secchio degli scarti di cucina dal punto in cui la giovane Becky Baker l'aveva lasciato il giorno prima, vicino alla porta orientale. Due file di platani si estendevano lungo la salita, superando una curva per arrivare ai capanni agricoli vicino alla cisterna scavata nel terreno. A metà strada, accanto a una piccola aiuola soleggiata, c'era il pollaio. Hen Hilton, l'aveva battezzato Mr Turner, che l'anno precedente aveva soggiornato nel nuovo Hilton a Berlino Ovest.

Barnaby la precedeva con andatura ciondolante, tornando indietro di tanto in tanto per riunirsi alla padrona, che camminava più lentamente del solito, fermandosi più volte per ispezionare il giardino. Non aveva mai fatto giardinaggio in Inghilterra e, a Halcyon, si era dedicata a quell'attività con uno zelo che l'aveva sorpresa. I lucenti agapanti fiancheggiavano il vialetto di ghiaia, i loro ombrelli viola esplodevano in un'allegria esultante e, dall'altra parte della recinzione, oltre la serra con il vetro rotto (merito dell'ossessione di John per il campione di cricket australiano Donald Bradman), i campi di erba dorata brillavano nella luce del mattino. Vederli vuoti continuava a essere uno shock. Aveva amato l'ottimismo e la tenacia delle vigne, ma suo marito, irremovibile una volta presa la decisione, aveva insistito per cambiare.

Talvolta si chiedeva cosa pensasse Mr Drumming del nuovo orientamento. Dopotutto era lui, in quanto capo fattore, ad aver investito le sue energie nelle vigne per dieci anni. Tuttavia, nonostante la frustrazione nei confronti del marito, Mrs Turner non glielo avrebbe mai chiesto apertamente, e Mr Drumming non era il tipo da esprimere opinioni non richieste.

Benvoluto da tutti, era noto nel villaggio per la sua riservatezza. Non era necessario condividere i propri affari, naturalmente; in una cittadina delle dimensioni di Tambilla era molto probabile che tutti li conoscessero già. Il riserbo di Henrik Drumming, però, andava oltre la norma. La sua indole taciturna racchiudeva una componente di rassegnazione. Nei lineamenti seri e nelle spalle curve portava con sé una storia di dolore personale.

Mrs Turner aveva appreso la storia di sua moglie attraverso lo stesso sistema di osmosi comunitaria grazie al quale aveva scoperto che Miss Marian Green del centralino era stata mandata via per un mese nell'estate in cui aveva compiuto diciassette anni, per poi tornare con la foto della sua nuova *nipotina* in un medaglione al collo. Più che di un semplice spettegolare, si trattava di un vitale flusso segreto di informazioni che rafforzava la comunità, permettendo ai suoi membri di sapere quando e a chi offrire comprensione e assistenza. Così Mrs Turner aveva imparato a individuare le date in cui ogni anno Mr Drumming chiedeva di iniziare tardi e a prevedere il suo umore cupo e teso quando arrivava al lavoro.

Era accaduto solo una volta che lei violasse il tacito accordo di non menzionare la questione. Si era imbattuta casualmente in lui nell'ufficio del direttore sul retro della casa, una scena pietosa, Mr Drumming con la schiena rivolta verso di lei, le spalle magre visibili attraverso il sottile cotone della camicia, tremante mentre piangeva. Mrs Turner non era riuscita a chiudere la porta senza attirare l'attenzione; lui aveva farfugliato qualche parola di spiegazione e lei si era affrettata a dire, agitando la mano: «Per favore, Mr Drumming. Mia madre soffriva di una malattia analoga a quella di sua moglie. Ha tutta la mia comprensione».

Mrs Turner seguì lo stretto sentiero di mattoni a spina di pesce che correva dietro la siepe di tasso e finiva in corrispondenza del cancello. Il pollaio era quasi oscurato dalle folte foglie verdi di una vite americana, intrecciate a tratti con una rosa spinosa rosso intenso. Avvertendo la sua presenza, Dickens, il gallo, fece un verso incoraggiante. Era un acquisto abbastanza recente e la sua natura fiera ed esigente era stata causa di un certo scompiglio nel pollaio. Aveva cominciato a imporre le sue attenzioni alla più piccola delle galline araucane quando questa meno si aspettava di riceverle.

Mrs Turner nutriva un grande affetto per le sue galline e una profonda antipatia per le *avances* aggressive del gallo, ma non poteva negare che Dickens tenesse al sicuro il suo harem. Negli ultimi mesi, alcuni cani randagi si erano aggirati nei dintorni e una notte terribile, prima dell'arrivo del gallo, erano riusciti ad aprirsi un varco nella recinzione metallica e a mangiare due galline. Una era stata portata via e non era mai più stata ritrovata, mentre l'altra, la preferita di Evie, era stata lasciata in condizioni raccapriccianti. Mrs Turner e i bambini l'avevano seppellita in giardino, tenendo una breve cerimonia prima di piantare una delicata floribunda bianca e rosa sopra il cadavere del piccolo animale. Per l'occasione, Evie, stoica nel dolore, aveva letto una sua poesia sulla *Gallinella*, poi Becky Baker aveva servito tè e tartine con cetrioli e, data la solennità della situazione, la famosa pasta di pesce di Meg Summers, quest'ultima prelevata grazie a un permesso speciale dalla riserva personale di Mrs Turner.

Ora Mrs Turner posò la tazza sull'angolo dell'aiuola, dove si incontravano le traversine di legno della ferrovia. Aprì il cancelletto del pollaio e sparpagliò nel cortile gli avanzi del giorno prima. Le galline, uscite dalle loro casette, chiocciarono e si diressero verso il banchetto, becchettando con determinazione mentre Dickens camminava lungo il perimetro pavoneggiandosi e arruffando le piume. Quella mattina erano tutte presenti, dalla prima all'ultima, grazie al cielo.

Chiudendosi il cancelletto alle spalle, Mrs Turner raccolse la tazza e si avviò lungo il sentiero. Ormai la nebbia si era alzata e la giornata si stava riscaldando. La luce del sole brillava arancione attraverso l'intreccio di esili eucalipti che fiancheggiavano il crinale a est, e nell'orto, proprio di fronte al vialetto, i fiori d'aglio viola pallido ondeggiavano in cima agli steli. Il dolce profumo del basilico la raggiunse con la brezza e, d'istinto, Mrs Turner attraversò il sentiero per ispezionare le aiuole. Le quattro fioriere quadrate erano incastonate come finestre e divise da brevi vialetti di mattoni, ciascuna traboccante di fragole, pomodori e spinaci ben curati, oltre che di abbondanti erbe aromatiche. Una fila di alberi di alloro fiancheggiava il muro posteriore del giardino, con un arco di legno dai cui lati pendevano fiori di glicine bianco.

Una meridiana segnava il centro del giardino, nel punto in cui i vialetti si incrociavano, e nell'angolo in fondo una panchina di legno all'ombra di un melo selvatico ospitava una bizzarra scultura fatta di vasi di terracotta assemblati a formare la sagoma di un uomo.

«È stata Mrs Turner a volerlo» avrebbe detto Mr Drumming alla polizia nei giorni successivi. Era rimasto profondamente colpito dalla sua morte e, sebbene fosse un uomo riservato per natura e non parlasse mai a sproposito, era determinato a onorarne la memoria. «Ho dovuto trovare il modo di infilare i vasi sulle aste di metallo per creare gli arti e poi saldare ogni cosa, ma l'idea è stata sua. Mrs Turner pensava che avrebbe divertito i bambini. Pensava sempre a loro. Erano molto amati, quei bambini. Ve lo assicuro, erano molto amati.»

Mentre Mrs Turner faceva quella che sarebbe stata la sua ultima passeggiata nell'orto, Smarty, il soriano rossiccio, si materializzò per sedersi accanto all'uomo di vasi, una posizione che gli offriva una vista dall'alto del laghetto per i pesci. C'era uno specchio d'acqua più grande e formale sul lato occidentale della casa, una vasca rettangolare con un baldacchino ricoperto di foglie in cima e piastrelle di marmo intorno al bordo, pesci rossi ben pasciuti che scintillavano sotto alle ninfee sfavillanti, ma quello stagno era molto più allegro: piccolo e poco profondo, con i petali caduti che galleggiavano sulla superficie. La concentrazione del gatto era assoluta mentre osservava i guizzi color oro rosato nell'acqua, con la zampa pronta a scattare.

Ma Mrs Turner non fece caso a Smarty. Dal punto in cui si trovava, nell'angolo più alto dell'orto, riusciva a vedere attraverso una fessura nella siepe di tasso fino al muro orientale della casa. Il sole nascente aveva inondato l'intonaco bianco, conferendogli una lucentezza temporanea che lei aveva talvolta paragonato al bordo glassato di una torta nuziale. Quella che i suoi suoceri le avevano ordinato per il ricevimento nei giardini di Darling House a Sydney era stata altrettanto imponente e lucida. Nelle settimane precedenti non erano mancate accese discussioni sul numero di piani che il dolce avrebbe dovuto avere, e qualcuno aveva sostenuto che tre strati erano la tradizione. La madre dello sposo, però, aveva optato per quattro: «Se va bene per la regina d'Inghilterra» aveva detto, «allora va bene anche per me». Siccome Isabel non aveva nessuna voglia di litigare per una torta, la suocera aveva prevalso.

In alcuni momenti del suo matrimonio, Isabel Turner aveva pensato che gli abitanti degli antipodi fossero più attenti alla tradizione e al suo rispetto di tutti i cosiddetti aristocratici che aveva conosciuto in Inghilterra. Aveva scritto ai vecchi compagni di scuola dicendo che credeva di trasferirsi in un paese dove sarebbe stata libera dal peso del passato; dopo la guerra era ansiosa di conoscere qualcosa di nuovo e di diverso. Al suo arrivo l'aveva sorpresa sentir parlare così spesso di come si facevano le cose «in patria», soprattutto da parte di persone che non avevano mai lasciato l'Australia. Il romanticismo che circondava le case signorili l'aveva colpita nella stessa misura. Suo marito era molto più interessato di lei alla storia della loro casa.

Vivere in un edificio costruito per corteggiare un'altra donna era una cosa non proprio piacevole. Di tanto in tanto Mrs Turner pensava alla sfortunata Miss Stevenson. Una giovane promessa sposa che non era mai arrivata in Australia, né tantomeno in quella villa, e la cui lugubre presenza sembrava animare ogni angolo. Mrs Turner si era chiesta se il motivo per cui non si era mai sentita completamente a casa fosse perché la casa non era mai stata davvero sua. Come avrebbe potuto, quando ogni pietra e cornicione erano stati posati pensando a un'altra donna?

I Turner avevano chiamato la casa *Halcyon* nel tentativo di *renderla propria*. Il nome era stato un'idea di Mr Turner, che ci teneva molto. Anzi aveva già effettuato l'ordine alla Galloway Bros Signwriters di Double Bay quando l'aveva proposta alla moglie. Lei aveva acconsentito senza discutere; come nel caso dei piani della torta nuziale, le importava poco del nome della casa e tanto, in quel periodo, di suo marito. Il suggerimento le era sembrato romantico, molto in linea con la natura di Thomas; era quella natura, dopotutto, ad averla attratta in partenza, brillando come una gemma rara e preziosa nel sudiciume di Londra durante la guerra.

Le aveva annunciato il suo progetto ambizioso durante la loro prima cena insieme, la stessa sera in cui si erano conosciuti per caso nell'ottobre del 1944 al centro del Blackfriars Bridge. Lei stava passeggiando, lui le aveva chiesto indicazioni e, qualche ora dopo, Isabel si era ritrovata seduta di fronte a lui al tavolo di un locale clandestino come credeva che non ne esistessero più. Thomas era australiano, in congedo e ansioso che la guerra finisse per tornare a casa. Lei gli aveva domandato quali progetti avesse una volta rientrato.

Senza minimamente darsi delle arie, lui le aveva raccontato della fortuna che gli era capitata nei primi anni del conflitto. Imprigionato in Francia, si era ritrovato nella stessa cella di un ufficiale inglese ferito; quando aveva deciso di evadere, aveva portato con sé l'altro uomo. «Sarebbe stato scortese non farlo» aveva spiegato con modestia. Aveva scoperto che quel «vecchio amico» era il «duca tal dei tali» solo quando era tornato in Inghilterra, in convalescenza all'ospedale della RAF a Ely. Un giorno, una donna dai capelli grigi, «avvolta in pellicce e fili di perle», era comparsa al suo capezzale e aveva chiesto:

«È lui?» parlando a qualcuno da sopra la sua spalla. «A quanto pareva ero io» disse Thomas. «È emerso che il vecchio amico era il suo figlio maggiore, nonché l'erede del proprio padre. Quante probabilità ci sono che accada una cosa simile?»

Thomas Turner era stato ricompensato con una piccola fortuna e in qualche modo, secondo lui, era perfettamente logico che usasse quella nuova ricchezza per comprare una villa e piantare un vigneto alla periferia di una città dell'Australia Meridionale che non aveva ancora visitato.

E così Halcyon fu. Ma un nome è solo un nome, non basta desiderare una cosa per ottenerla, e la cittadina di Tambilla ospitava molte persone dalla memoria prodigiosa. Così, dopo il loro arrivo, Mrs Turner non tardò ad apprendere la triste storia di Miss Arabella Stevenson. Ovunque Isabel andasse in quei primi mesi, in chiesa o a una riunione della Country Women's Association locale, c'era sempre qualcuno che era ansioso di raccontare la tragica storia della casa in cui si era trasferita. Ai residenti piaceva cogliere quella che consideravano un'affinità tra le due donne. Entrambe inglesi, ciascuna aveva lasciato la propria patria con l'intenzione di vivere nella grande casa alla periferia della città. Per quanto Mrs Turner negasse di sentire un simile legame con la sconosciuta che era morta in mare prima ancora che lei nascesse, la comunità aveva deciso.

Quattordici anni dopo, all'indomani di *quella vigilia di Natale*, l'idea sempre attuale che i destini delle due donne fossero intrecciati avrebbe acquistato nuova linfa.

«Non sto dicendo che ci fosse un nesso tra i due eventi» disse Mrs Edith Pigott, la direttrice dell'ufficio postale di Tambilla, a Mrs Betty Diamond (che, in quanto proprietaria della sala da tè, era la destinataria di quasi tutte le congetture della città), «ma come sa, e l'ho già detto a suo tempo, hanno sfidato la sorte esponendo quella nuova insegna luccicante sul cancello. Altro che Halcyon! Non è stata un luogo alcionio per Mr Wentworth, e nemmeno per loro, a quanto pare.»

Altri stabilirono un legame ancora più diretto tra la casa e il destino di coloro che avevano vissuto tra le sue mura.

«Ho cercato di metterla in guardia» dichiarò Mrs Marjorie Fisher, rimasta vedova di recente e ancora più devota del solito per via del dolore. «Subito dopo il trasferimento, le ho spiegato che alcune case portano sfortuna. Dipende tutto dalla terra. Sangue versato, vecchie maledizioni. Cose del passato.»

In effetti, Mrs Turner aveva ricevuto notizie e consigli di questo genere e li aveva accettati con la consueta equanimità. Le cose tristi succedevano, le persone morivano. Nessuno che avesse perso entrambi i genitori in rapida successione per poi diplomarsi in collegio e avventurarsi da solo nel mondo alla vigilia di una guerra avrebbe potuto pensarla diversamente.

«Ma non prova mai una sensazione strana quando è sola lassù in quella grande casa?» si era sentita domandare più di una volta.

«Niente affatto» rispondeva sempre.

«Non è nemmeno un tantino nervosa?»

«Temo soltanto di lasciare una porta aperta e di trovare un serpente marrone ad aspettarmi in bagno.»

Mrs Turner aveva poco tempo per le superstizioni. Era figlia di suo padre, una scienziata, governata dai principi gemelli della logica e della ragione. Alla Woodford Dormitory School aveva vinto il premio per la Chimica e ottenuto un posto al Somerville College. Sarebbe arrivata fino a Oxford, se non fosse scoppiata la guerra.

Detto questo, c'era stata una questione relativa alla casa in cui aveva permesso alle emozioni di prevalere sulla ragione. Quando erano arrivati, gran parte dei mobili originali erano ancora al loro posto, riparati dai teli, e altri ancora erano stati riposti nella rimessa in cima al vialetto. Libri e oggetti personali riempivano gli scaffali; opere d'arte erano appese alle pareti. Sopra l'ampia scala centrale, da un grande ritratto con la cornice dorata che dominava la balconata al secondo piano, Mr Wentworth osservava l'ingresso con espressione torva.

Mrs Turner aveva nutrito immediatamente una forte antipatia per il quadro. Colpa degli occhi, aveva deciso: occhi pieni di rabbia che ti seguivano attraverso la stanza, furiosi per la presenza di estranei che vivevano nella casa e di bambini che ridevano, correvano lungo le scale e scorrazzavano sulla balconata. Se ne sarebbe sbarazzata volentieri, aveva persino accennato alla possibilità di bruciare «quella roba orribile», ma Mr Turner, che nutriva un profondo rispetto per le vestigia storiche, era rimasto sbigottito. «Il padre di questa casa! Quel pover'uomo non ha sofferto abbastanza?»

Con la pazienza di una sposina, Mrs Turner aveva accettato di conservare il ritratto. «Purché non debba guardarlo» aveva aggiunto secondo Mr Drumming, che era stato incaricato di spostarlo.

Per un certo periodo avevano girato il vecchio Mr Wentworth verso la parete, finché non gli avevano trovato un posto in una stanza sul lato meridionale dell'ingresso. Avevano già preso l'abitudine di chiamarla *salotto di Mr Wentworth* per via della nutrita collezione di trofei di caccia e spoglie coloniali rubacchiate che riempivano gli scaffali. La collocazione aveva soddisfatto Mrs Turner, che non aveva la minima intenzione di varcarne la soglia.

«Odiava quella stanza, la trovava fredda e soffocante» avrebbe raccontato Mrs Esme Pike, storica governante di Halcyon, nella settimana successiva alla tragedia. «E non aveva torto. Là dentro si rabbrividiva anche nelle più calde giornate estive. Non le piaceva neppure la carta da parati. La definiva *deprimente* e diceva che le ricordava una stanza in cui era stata molto tempo prima, dopo la morte di sua madre, quando aspettava di sapere cosa ne sarebbe stato di lei.»

Mrs Turner aveva sette anni quando sua madre morì, una cosa sconvolgente per un bambino in qualsiasi momento, ma particolarmente traumatica a sole cinque settimane dalla morte del padre di lei, caduto dalle Clo Mor Cliffs mentre contava le pulcinelle di mare. Dopo l'incidente, madre e figlia avevano trovato rifugio a Inverness, dov'erano state accolte da uno dei colleghi scienziati del padre, la cui moglie, animata da una stoica e incrollabile fede protestante, aveva prontamente dotato la piccola Isabel di un *abbigliamento appropriato* e l'aveva mandata a scuola con i suoi figli. È dalla gelida aula di Inverness, con la lavagna lunga quanto un'intera parete e le file di banchi di legno, che la bambina era stata prelevata inaspettatamente da una sconosciuta con l'espressione seria e condotta nell'austera biblioteca, dove aveva ricevuto la terribile notizia della morte della madre.

Miss Bathsheba Stern, direttrice del collegio del Sussex in cui era stata mandata la piccola Isabel, non riteneva opportuno discutere nel dettaglio la situazione personale delle studentesse, nemmeno vent'anni dopo che l'ex allieva si era diplomata e di fronte a un'indagine di polizia sulla sua morte prematura. Tuttavia si spinse ad ammettere che la *bambina in questione* era stata *sfortunata* a subire due perdite così terribili in rapida successione. Le relazioni inviate da Miss Stern al tutore della bambina – un lontano prozio materno, che viveva in una fattoria di pietra nella regione francese della Borgogna – descrivono *una bambina con buone capacità di recupero, che non si lascia scoraggiare dal duro lavoro, irremovibile una volta che ha preso una decisione. Dotata nelle scienze.* Una lettera, che fa riferimento a una precedente corrispondenza ormai scomparsa, contiene l'unico accenno disponibile alla possibilità che la giovane Isabel abbia faticato a adattarsi alla nuova situazione. *Sarà lieto di sapere che c'è stato un miglioramento nelle sue abitudini di sonno. Non si strugge più con lo stesso zelo, e prevedo che con il tempo supererà le difficoltà.*

Apparentemente, Mrs Turner *aveva* superato le difficoltà dell'infanzia. Dati il suo matrimonio duraturo con un uomo affascinante, la sua nidiata di bambini vivaci e bellissimi, la sua grande casa e lo splendido giardino, pochissimi abitanti di Tambilla avevano immaginato che potesse essere mai stata altro che profondamente felice. Infatti, la domanda più frequente tra i clienti dei negozi sulla strada principale e della sala da tè di Betty Diamond nelle prime settimane del 1960, quando i sospetti cominciarono a vorticare e a proiettarsi in nuove direzioni, era: «Ma aveva tutto, no?».

«Nella situazione di una persona, però, c'è sempre qualcosa in più di ciò che sembra, non è così?» avrebbe osservato Mrs Pike durante l'interrogatorio alla centrale di polizia di Tambilla. «E sono le pozze d'acqua più tranquille a nascondere le rocce più acuminate. Mrs Turner era una persona discreta. In questo eravamo simili, credo. Ciascuna di noi rispettava la riservatezza dell'altra. Lei non parlava molto di sé, del suo passato. È stato questo, suppongo, a rendere la situazione così singolare quando ha parlato del salotto di Mr Wentworth e di come le ricordasse la sua infanzia dopo la morte della madre. Anzi...»

«Mrs Pike?»

La povera donna aveva assunto un'espressione angosciata e iniziato a torcersi le mani in grembo. Alzò lo sguardo verso il giovane poliziotto. «È solo che, be', ultimamente si abbandonava spesso ai ricordi. In quel momento mi è sembrato un po' strano, ma non ho *fatto* nulla. Ora, tuttavia, considerando quanto è successo, non posso fare a meno di pensare che avrei dovuto prevederlo.»

4

Un uccello invisibile, passando dalla cima di un albero a quella di un altro, trascinò la sua ombra attraverso il giardino, facendo trasalire Mrs Turner. La tazza che teneva in equilibrio sul piattino le scivolò di mano e cadde sui mattoni, frantumandosi in cento piccoli frammenti. Anni dopo, gli abitanti della casa avrebbero trovato ancora qualche scheggia di pregiata porcellana francese nelle fessure del lastricato.

Mrs Turner si inginocchiò per raccogliere i pezzi più grandi. Non era sempre stata una persona nervosa, tutt'altro. Aveva ricevuto un premio al valore alla fine della guerra; aveva fatto cose audaci e pericolose. Non solo aveva imparato a percepire il rischio e ad agire ugualmente, ma si era anche divertita.

«Issy è sempre stata risoluta» spiegò Miss Gemma Hancock, una compagna di scuola con cui Mrs Turner aveva perso gradualmente i contatti dopo essersi trasferita in Australia. «Il tipo di persona che aveva bisogno di sentirsi vitale, come se stesse lavorando per uno scopo superiore. Alcuni di noi erano infastiditi dall'idea di dover mettere in pausa la propria vita durante il conflitto, ma lei no. Era furiosa quando ha scoperto di essere incinta e ha dovuto limitare gli sforzi prima che finisse.»

Smarty, il gatto, miagolò sdegnosamente e uscì di scena con grazia mentre Mrs Turner era seduta all'estremità della panchina. Si rigirò i frammenti sulle ginocchia. La tazza era uno dei pochi suoi oggetti che l'avevano accompagnata dal passato. Limoges, con violette dipinte a mano su ogni lato e dorature decorative lungo il bordo e il manico. In uno dei rari momenti di confidenza che avevano colpito profondamente Mrs Pike, Mrs Turner aveva raccontato alla governante di ricordare che sua madre usava quella tazza la sera, dopo cena, mentre terminava gli schizzi della giornata. La sua famiglia si era spostata spesso all'epoca, scegliendo la propria dimora secondo le esigenze lavorative del padre, ma la tazza li aveva accompagnati ovunque, avvolta con cura nella carta velina alla fine di ogni incarico e trasferita nella residenza successiva.

Secondo Mrs Pike, Isabel l'aveva ricevuta alcuni anni dopo la morte dei genitori. La loro eredità immediata era stata una borsa di studio che consentiva il pagamento delle rette scolastiche, con conti amministrati dal prozio materno in Francia. Nel giorno del diploma, che coincideva con il suo diciottesimo compleanno, Isabel aveva ereditato un conto corrente con un saldo non trascurabile, oltre a un baule di cuoio contenente vari oggetti che, secondo il biglietto allegato, erano appartenuti a sua madre.

Issy era stata una diciottenne seria, che le compagne di scuola ricordavano come *determinata*, *capace* e *molto intelligente*. Una volta finiti gli studi, aveva salutato gli insegnanti e l'indomita Miss Stern ed era partita alla volta di Londra per l'estate. Là aveva affittato un monolocale economico ma allegro a Bloomsbury, convincendo la padrona di casa – una vedova pignola con ricci color malva e una conigliera in giardino – di essere un'inquilina affidabile pagando due mesi in anticipo. L'alloggio non era un granché, ma era sufficiente. Il collegio l'aveva abituata alle ristrettezze, ed era grata per la vista dei giardini a scacchiera che si godeva dalla piccola finestra sul retro della casa a schiera.

Il baule, spedito via mare dalla Francia, era arrivato durante la sua seconda settimana nella nuova casa. Gli uomini della compagnia di navigazione l'avevano depositato, come da istruzioni, al centro del monolocale, e per tre giorni Isabel l'aveva lasciato là, senza aprirlo, osservandolo da tutte le angolazioni, percorrendo, ogni volta che vi passava accanto, il cerchio più ampio consentito dallo spazio angusto. Il nome da nubile di sua madre, *Mlle Amélie F. Pinot*, era stampinato con inchiostro dorato sbiadito su un lato del coperchio di cuoio marrone.

Come quella giovane donna avventurosa che aveva seguito il suo cuore dalla Francia all'Inghilterra, Isabel Turner era arrivata a un bivio nel viaggio della vita. Aveva sostenuto gli esami di ammissione a Oxford, ma una parte di lei desiderava viaggiare. «Parlava di andare a nord fino alle Orcadi» ricordava la sua amica, Miss Hancock. «Voleva vedere cose che non aveva mai visto prima, e credo che ci sia riuscita andando in Australia. Non si può andare più lontano di così.»

Il quarto giorno, Isabel aveva aperto il baule e iniziato a togliere gli oggetti dagli scomparti e dai cassetti, posandoli a uno a uno sul pavimento tutto intorno, finché la stanza fu zeppa di cimeli e ninnoli, legati tra loro solo dal fatto di essere appartenuti a sua madre. Il nome da sposata di quest'ultima, Amélie Fleur Hart, compariva qua e là, ricamato su alcuni fazzoletti di lino e scritto con inchiostro blu scuro sul davanti di un fascio di buste con francobolli francesi. Un biglietto conservato tra le lettere – lo schizzo infantile di un alcionio – le aveva provocato una fitta di nostalgia. Isabel ricordava vividamente l'attenta osservazione che aveva fatto dell'uccello, la corsa per tracciarne il profilo a matita, per studiare il colore di ogni piuma. *Per Maman*, aveva scritto in cima, *con amore per il tuo trentacinquesimo compleanno, Issy.*

Anche se il baule non conteneva la risposta al grande quesito della sua vita, se non altro Isabel aveva recuperato la tazza. L'aveva sciacquata nel piccolo lavello del cucinino, aveva messo su il bollitore e aveva scelto il Darjeeling, il preferito di sua madre, anziché l'English breakfast. La guerra, scoppiata poche settimane dopo, le aveva risparmiato scelte di vita più gravide di conseguenze. Si era arruolata volontaria a Whitehall e si era vista assegnare l'incarico di battere a macchina, consegnare e archiviare memorandum. La Strana guerra, la battaglia d'Inghilterra, l'evacuazione di Dunkerque e poi la campagna di Francia: ogni fase aveva ceduto il passo all'altra, generando una grande quantità di scartoffie e di precise istruzioni.

A metà di luglio del 1940, in una notte tiepida e limpida, era stata trascinata da una collega sua amica a una serata di gala e si era ritrovata intrappolata in una conversazione con un gruppo di uomini anziani dal viso arrossato, che pontificavano rumorosamente sul tema della capitolazione.

«E così i nostri amici francesi sono spacciati» aveva detto uno di loro fumando il sigaro.

«Ho sentito dire che hanno praticamente impacchettato Parigi» aveva ringhiato un altro. «I tedeschi sono entrati mentre i parigini compravano il pane.»

«Lo dice persino Pétain: "La Francia è sconfitta e deve abbandonare la guerra. È un peccato aver sacrificato, nel frattempo, tanti dei nostri uomini migliori".»

«Per non parlare delle armi» aveva aggiunto un tipo magro, dal pallore lugubre.

Isabel aveva mal di testa e le scarpe dell'amica che le stringevano le dita dei piedi. Quando parlò, la sua voce era più tagliente di quanto avrebbe voluto. «Pétain è uno stupido ruffiano. Non parla a nome dei francesi più di quanto facciate voi. Il popolo è stato tradito, ma non è schiavo e non capitolerà.»

La sua dichiarazione era stata accolta dal silenzio. Poi: «Non capitolerà?». Il primo uomo era arrossito ancora di più. Si era infilato il pollice nella cintura dei pantaloni, spegnendo il sigaro. «Mia cara, è un po' troppo tardi per questo.»

«La bandiera nazista sventola sulla Torre Eiffel» aveva aggiunto il secondo. «L'unica cosa da fare ora è lasciarli stare e concentrare tutta la nostra forza sulla difesa dei nostri maledetti confini.»

Il fumo aveva reso l'aria nebulosa, ma i pensieri di Isabel erano chiari. «La Francia contrattaccherà e vincerà. Quando lo farà, non sarà grazie ad *amici* come voi.»

I presenti non si erano aspettati, né avevano apprezzato, un simile modo di pensare, almeno non da una persona come lei. A poco a poco le avevano voltato le spalle, serrando i ranghi prima di allontanarsi in cerca di una compagnia femminile più affabile.

Isabel si era scolata quanto restava del suo whisky e stava decidendo se prenderne un altro da bere lungo la strada del ritorno, quando si era accorta per la prima volta della donna anziana al suo fianco. La nuova arrivata, molto più bassa di lei, aveva un aspetto assolutamente ordinario. Negli anni successivi, infatti, Mrs Turner avrebbe ripensato più volte al loro incontro nella soffocante stanza in Bedford Place e, pur ricordando molto bene il cuoio consumato del divano Chesterfield, il ticchettio dell'orologio e il profumo inebriante di un ridacchiante piaggiatore vicino al carrello dei cocktail, non sarebbe riuscita a ricordare i lineamenti della sconosciuta. Rammentava però quanto aveva detto, in tono calmo e a voce bassa: «Diceva sul serio prima, riguardo alla situazione sul continente? Oppure erano solo i discorsi saccenti di una ragazza saccente?».

«Dico sempre sul serio.» Mentre Isabel pronunciava queste parole, si era resa conto che era vero.

«Ha un qualche legame con il continente?»

«Mia madre era francese.»

«Era?»

Uno sbrigativo cenno del capo.

«E suo padre?»

«Inglese.»

«È?»

«Era.»

L'altra aveva tirato fuori un bigliettino rettangolare dalla tasca e glielo aveva allungato. «Chiami questo numero» aveva detto la donna dai tratti straordinariamente ordinari. «Potremmo aver bisogno di lei.»

In casa, una porta sbatté disturbando la quiete del primo mattino. Barnaby si raddrizzò, con le orecchie ritte, mentre uno stormo di scriccioli azzurri si disperdeva dalla cima del melo selvatico. Mrs Turner lanciò un'occhiata attraverso la siepe. Qualcuno si era svegliato.

John. L'entusiasmo l'aveva sempre reso spumeggiante, fin da piccolo. Si era alzato presto per tutta la settimana, emozionato per qualcosa nel modo in cui solo un tredicenne potrebbe esserlo. C'era il Natale, naturalmente, ma Mrs Turner sospettava che ci fosse dell'altro. John si muoveva furtivo e negli ultimi tempi aveva posto una serie di domande precise su pellicole e macchine fotografiche. Aveva anche stretto amicizia con un ragazzo di nome Matthew McKenzie, il nipote dei loro vicini, appena arrivato da Adelaide.

Mrs Turner rimase là, cercando di captare ulteriori segni di vita. Dalla casa dei McKenzie proveniva il ronzio lontano dei macchinari agricoli. La rimessa dei Turner, più in alto, era silenziosa. Normalmente Mr Drumming avrebbe già dovuto essere al lavoro, ma quella vigilia di Natale aveva chiesto un giorno libero. Come avrebbe riferito alla polizia all'inizio della settimana successiva, «quella mattina avevo altri affari da sbrigare, affari di natura privata. Avevo chiesto a Mrs Turner il permesso di attaccare più tardi e lei mi aveva risposto che non era affatto necessario andare al lavoro, che senza dubbio mi avrebbe fatto comodo un po' di tempo libero». Incalzato dagli inquirenti, avrebbe risposto che no, non aveva avuto l'impressione che la signora volesse *scoraggiarlo* dall'andare alla proprietà, bensì che avesse voluto concedergli *un po' di respiro* e che no, non l'aveva trovato strano. Lavorava per i Turner da quando si erano trasferiti a casa Wentworth e *avevano un accordo.* Non lui e Mrs Turner, chiarì, arrossendo leggermente; aveva un accordo *con entrambi.* Si sarebbe pentito di non essere andato al lavoro quel giorno, disse alla polizia con voce provata, «finché avrò vita».

Era abitudine di Mrs Turner percorrere ogni mattina il perimetro dei paddock interni, prima che i bambini si svegliassero. Le piaceva molto passeggiare e, sul frontespizio del diario, aveva annotato due citazioni, la prima delle quali di Rousseau:

C'è qualcosa nel camminare che stimola e dà nuovo vigore alle mie idee. Se sto fermo non riesco quasi a pensare: il mio corpo deve muoversi per mettere in moto la mia mente.

Il secondo era un verso tratto da *In a Carriage, Upon the Banks of the Rhine* di Wordsworth:

Riflettere, avanzare lentamente, sostare a piacimento, contemplare.

Pur non componendo poesie, Mrs Turner aveva pensieri da ordinare, progetti e preparativi da fare. Aveva scritto più volte della *piccola spirale di tensione* nel suo petto, che richiedeva di essere allentata spesso. Le passeggiate erano state a lungo una sua abitudine, ma la maternità, con le sue continue interruzioni, l'aveva messa a dura prova e quel passatempo era diventato un balsamo.

Anche sua madre era stata un'appassionata di camminate. Parlando con Mrs Pike, Mrs Turner aveva ricordato come "si infilasse gli stivali e uscisse da sola ogni giorno, con la pioggia, la grandine o il sole. L'aveva definita la sua passeggiata igienica quotidiana"; il padre di Isabel l'aveva soprannominata invece *la medicina di tua madre*. Solo molto raramente Isabel aveva avuto il permesso di accompagnarla, e ben presto aveva capito che quelle occasioni non erano il momento giusto per le chiacchiere oziose. Sua madre camminava con decisione, attraversando la brughiera, le colline o le sommità delle scogliere (a seconda di dove si trovavano) come se si stesse affrettando verso qualcosa. Oppure, come Isabel aveva concluso in seguito, lontano da qualcosa.

Mrs Turner aveva adottato devotamente quell'abitudine negli ultimi mesi di guerra dopo il D-Day. Rientrata nel monolocale a Bloomsbury nell'autunno del 1944 – risparmiato, miracolosamente, dalle bombe cadute tutt'intorno – aveva faticato ad andare avanti. Erano passati quattro anni, Parigi era stata liberata, lei era tornata al punto di partenza, ma tutto era cambiato. Come avrebbe annotato nel diario, la vista dalla finestra era diversa. Nei giardini sul retro delle case c'erano filari di ortaggi e le montagnole dei rifugi antiaerei. I conigli della sua padrona di casa erano spariti. Le persone erano più magre e più meschine di quando era partita, e una curiosa forma di amnesia culturale attanagliava chiunque. Tutti avevano visto e fatto determinate cose per sopravvivere. Ora tutti avevano dei segreti.

Anche lei era cambiata. Faceva conversazioni stentate con i passanti e dal fruttivendolo, durante le quali ascoltava cose banali sulle tessere annonarie e sulla probabilità di una resa tedesca, mentre una voce dentro la sua testa urlava: *Fuggi!* Di notte, la sua mente correva nel tentativo di riordinare gli eventi del passato e di immaginare un futuro. Anziché restare a letto mentre la lancetta dei minuti si trascinava intorno al quadrante dell'orologio, aveva cominciato a camminare, una via dopo l'altra nell'oscurità, mentre la città ansimante giaceva in rovina tutt'intorno. Sua madre aveva ragione: camminare significava pensare, pensare significava respirare, respirare significava restare vivi.

Se non fosse stato per quell'abitudine, forse Mrs Turner non avrebbe mai conosciuto e sposato suo marito; non avrebbe mai visto la grande casa di Mr Wentworth in fondo a Willner Road, né dato alla luce la sua nidiata di graziosi bambini australiani con la voce squillante e le lentiggini sul naso. Proprio una di quelle sere, nell'ottobre del 1944, si era imbattuta in Thomas Turner sul Blackfriars Bridge. Era una notte nebbiosa, e Isabel aveva già camminato da Bloomsbury attraverso Holborn e intorno a St Paul.

Avrebbe descritto l'incontro a Mrs Maud McKendry, moglie dell'unico medico di Tambilla, in occasione di una vendita di dolci della Country Women's Association per San Valentino.

«Mi ha raccontato che era al centro del ponte quando aveva udito una voce alle sue spalle. Lui le aveva chiesto indicazioni e, di lì a poco, lei si era offerta di accompagnarlo. Ha detto che non riusciva a ricordare perché avesse fatto una simile offerta a uno sconosciuto nel buio. Siamo scoppiate a ridere. Se conoscesse Mr Turner, capirebbe il perché. Non è una persona a cui è facile dire di no.»

Durante l'interrogatorio con gli agenti di Londra, condotto per conto della South Australia Police Force, Mr Turner avrebbe confessato di aver dimenticato per molti anni le circostanze in cui aveva conosciuto la moglie. Aveva trascorso quasi un'ora a rispondere alle domande, per esempio se Mrs Turner avesse dei nemici e se, a suo avviso, ci fosse qualcuno che, per qualsiasi ragione, volesse far del male alla sua famiglia o, così facendo, a lui.

«No» aveva risposto ripetutamente. Non era il tipo da sopportare l'idea che qualcuno volesse fargli del male. Amava il mondo e si aspettava di essere ricambiato.

Verso la fine dell'interrogatorio, l'ispettore Harris, a cui era toccata la sfortuna di lavorare il giorno di Natale, si appoggiò allo schienale della sedia, incrociò le braccia e chiese se ci fosse «qualcosa nel passato di sua moglie che la spinga a sospettare che possa aver commesso personalmente un atto così atroce».

Mr Turner fu talmente sconcertato dalla domanda che all'inizio non riuscì a rispondere. «Apriva e chiudeva la bocca come un pesce rosso» avrebbe scritto Harris quella sera nel rapporto alla polizia dell'Australia Meridionale.

«Sua moglie, Mr Turner» insistette l'ispettore. «Che lei sappia, è mai stata vittima di pensieri depressivi?»

Al che la mente di Mr Turner volò di colpo a Mr Drumming, la cui moglie era ospite in un istituto a Adelaide. Aveva sentito parlare di Mrs Eliza Drumming e dei suoi *episodi* e provava molta compassione per il capo fattore, come sicuramente ne provava anche sua moglie. Henrik Drumming era un brav'uomo e un gran lavoratore. Nel mondo di Mr Turner, le cose brutte che accadevano alle persone buone erano una violazione della legge naturale e della dottrina essenziale dell'equità, a cui lui teneva moltissimo.

Seduto nella fredda sala interrogatori nella centrale di Charing Cross, ebbe l'impulso di negare che sua moglie fosse affetta da un disturbo di quel tipo. Certo, a volte viveva momenti di frustrazione, e la tensione diventava evidente nell'espressione torva e nei sorrisi forzati, che negli ultimi tempi erano diventati più frequenti. Ma pensieri depressivi? Niente affatto! Isabel era felice. Aveva una vita meravigliosa, no? Una bella casa, bambini sani. La neonata. Che cosa avrebbe potuto volere di più una donna?

Poi, però, Mr Turner ricordò l'incontro sul ponte. L'immagine arrivò, come avrebbe detto in seguito, «come una visione, qualcosa di spirituale, quasi come un messaggio». Quella nebbiosa notte del '44, era rimasto troppo rapito dalla sua bellezza sotto i raggi della luna velata per chiedersi cosa ci facesse là. Quindi era stato troppo distratto dall'eccitazione del corteggiamento per domandarglielo. Si erano sposati un mese dopo essersi conosciuti. Ora, sotto lo sguardo indagatore dell'ispettore Harris della Metropolitan Police, rammentò il modo in cui lei era aggrappata alla ringhiera, ferma proprio sul bordo, e si rese conto, con un certo sconcerto, che sì, forse aveva notato i segni dell'inclinazione di sua moglie alla depressione.

Inoltre ricordò un'altra cosa che aveva dimenticato, perché di norma non si soffermava su questioni infelici. «Sua madre» disse, sorprendendo persino se stesso.

«Sua madre?»

«Sua madre soffriva di depressione e alla fine si è sparata.»

Gli ultimi veli di nebbia erano ormai scomparsi dalla valle, e giù a Tambilla le persone si stavano svegliando. Mrs Pigott dell'ufficio postale imprecava già nel retrobottega mentre smistava i pacchi natalizi dell'ultimo minuto, e Mrs Diamond, nella cucina della sala da tè, mescolava l'intingolo per le uova al curry nella capiente ciotola di ceramica che sua nonna aveva portato nell'Australia Meridionale dallo Staffordshire. Prevedeva una grande giornata, con la gente che correva qua e là in cerca delle ultime provviste necessarie per il Natale. Oltre alla solita attività, aveva assicurato al reverendo Lawson della St George's che avrebbe fornito dieci vassoi di panini da condividere dopo la funzione della Vigilia.

A circa quattordici miglia in linea d'aria, anche Mr Percy Summers era già al lavoro. Mentre caricava Blaze, la sua vecchia cavalla, e si preparava a lasciare la fattoria di McNamara, soprannominata dai residenti *la Tenuta*, non immaginava che entro la fine della giornata sarebbe stato inestricabilmente legato alla tragedia sul punto di consumarsi nell'imponente casa di pietra in fondo a Willner Road.

Anche Meg, la moglie di Percy, famosa per il suo Roggenbrot, aveva già iniziato la giornata. In quanto proprietaria di Summers & Sons, l'unico negozio di alimentari di Tambilla, avrebbe avuto la mattinata più movimentata dell'anno. Aveva una serie di ordini pronti e aspettava che quei due ragazzoni dei suoi figli, Kurt e Marcus (che tutti in città definivano *il suo orgoglio e la sua gioia*), finissero di fare colazione per cominciare le consegne. Oltre al suo già pesante carico di lavoro, Mrs Summers doveva infornare una torta. Il quarantunesimo compleanno di suo marito era passato mentre Percy si trovava alla Tenuta, ed era decisa a fargli una sorpresa quella sera, prima che il Natale arrivasse e spazzasse via tutto il resto.

Di tutto questo Mrs Turner, ancora nell'orto con i frammenti di porcellana sul palmo della mano, non sapeva nulla. Un vento caldo soffiò lungo il vialetto di casa Wentworth, spingendo sulla ghiaia una nuvola di foglie secche. Un cancello di metallo cigolò in lontananza. Mrs Turner abbassò lo sguardo sui cocci. Stranamente, la violetta dipinta era ancora intatta. In seguito, Mrs Pike avrebbe raccontato alla polizia di essere rimasta scioccata nel vedere i pezzi sul bancone della cucina quando era arrivata al lavoro quel mattino.

«È stata una delle prime cose che ho notato. Ho sussultato forte quando ho capito cos'era. Sapevo quanto fosse importante quella tazza per lei, e non è solo il senno di poi a farmi dire che ho avuto un bruttissimo presentimento quando l'ho vista.»

Ma mancavano ancora due ore all'arrivo di Mrs Pike. Si sarebbe messa a pedalare lungo Willner Road alle otto, smontando in fondo al vialetto per percorrere la ripida salita. Sarebbe arrivata, come sempre, appena in tempo per aiutare a sparecchiare il gran caos lasciato dalla famiglia Turner sulla tavola della colazione. La prima persona *esterna* ad arrivare a casa Wentworth quel giorno sarebbe stata Becky Baker, che, a diciotto anni, era la maggiore dei cinque figli biondo paglierino di Mr Cliff Baker, il titolare del birrificio.

All'inizio Miss Baker era stata assunta per aiutare Mrs Pike nelle faccende domestiche. A dire il vero, Mrs Turner non era sicura di aver bisogno di una *domestica*, ma aveva acconsentito perché la governante aveva perorato la sua causa. Era previsto che Miss Baker arrivasse tutti i giorni alle dodici per dare una mano a pulire e a preparare la cena ma, dopo la nascita di Thea, si era dimostrata una bambinaia così capace che alla fine del periodo di prova Mrs Turner l'aveva dichiarata indispensabile.

«Non mi sono stupita» avrebbe detto Mrs Pike alla polizia durante il primo interrogatorio. «Becky si prende cura dei suoi fratellini e sorelline da tutta la vita. Per quanto sia lenta, non è priva di buon senso. È anche leale e premurosa. Be', quanto si è affezionata a quella bambina! *Stravedeva* per lei...»

Il pianoforte cominciò a suonare dentro la casa e Mrs Turner trasalì. Di nuovo i nervi. Sicuramente era John. Lei aveva spesso osservato (e a volte deplorato) che il ragazzo aveva preso dal padre sotto quasi tutti gli aspetti. Per quante volte gli ricordasse che c'erano altre persone in casa (tra cui una neonata che aveva tenuto sveglia sua madre per metà della notte) e che le società funzionavano meglio quando i loro membri si tenevano in considerazione a vicenda, John si limitava a porgere delle scuse bonarie e a fare un gran sorriso sincero e a smettere di fare ciò che stava facendo. Fino alla volta successiva.

Non era solo il fatto che suonasse in biblioteca così presto, ma anche il *modo* in cui suonava. A tutto spiano, allegramente, con moltissimo *vigore*! Salendo di un'ottava per suonare ancora una volta lo stesso brioso frammento di *Long, Long Ago*. Come suo padre, aveva gusti che spaziavano dai canti marinareschi alle canzoni popolari russe, fino alle travolgenti marce militari. Le note e lo spirito di quella melodia sbarazzina si diffusero vivacemente nel giardino. Era estenuante tutto questo, l'eterno fardello della responsabilità, i continui rimproveri, le spiegazioni logoranti, ma toccava a lei fermare John, possibilmente prima che svegliasse tutti.

Con un ultimo sguardo malinconico agli eucalipti sul crinale – quel giorno non c'era altra scelta se non saltare la passeggiata – Mrs Turner chiuse la mano intorno alle schegge della tazza e si incamminò verso casa. I cacatua neri erano di nuovo sul noce. Si spostavano in gruppo, scendendo in picchiata a coppie, con i ciuffi neri sollevati, per spogliare l'albero dei frutti, e mentre lei attraversava il prato del roseto, il terreno rugiadoso era già disseminato di resti di gusci taglienti come vetri.

PARTE QUARTA

CAPITOLO QUINDICI

Sydney, 11 dicembre 2018

Quel pomeriggio Jess arrivò in ospedale in ritardo, con la voce di Daniel Miller ancora in testa. La cittadina di Tambilla, i suoi dintorni e i suoi abitanti si rifiutavano di abbandonarla. Il paesaggio descritto da Miller – gli eucalipti dai tronchi argentati, la pozza d'acqua brulicante di insetti nascosta nel bush, i tetti di lamiera ondulata e le abitazioni di pietra color caramello dei coloni – era un'Australia che aveva imparato a riconoscere dai libri e dai film dell'infanzia, eppure rimaneva per lei sconosciuta. Pur avendo viaggiato in lungo e in largo in Europa, non si era mai avventurata più a ovest delle Blue Mountains.

In taxi, mentre il tassista si faceva strada lungo Oxford Street, aveva digitato *Adelaide Hills* nel motore di ricerca del telefono e aveva fatto scorrere le fotografie. Le immagini che si era formata nella mente leggendo il libro di Daniel Miller si erano sovrapposte alle foto di vigneti, colline verdi ammantate di foschia e alberi autunnali dalle foglie di un rosso e di un giallo sorprendenti. L'effetto era stato inquietante. Jess aveva provato un brivido: la strana dissonanza, mentre guardava le immagini, che il mondo di Isabel e Thomas Turner, di Mr Drumming, Mrs Pike, Betty Diamond e Meg Summers fosse qualcosa che aveva vissuto, anziché un luogo di cui aveva letto. Come se, avvicinandosi alle fotografie e chiudendo gli occhi, potesse improvvisamente sentire il fiume Onkaparinga che gorgogliava nel bush.

Non era una sensazione del tutto sconosciuta. Si trattava, sospettava Jess, della prerogativa di tutti i veri lettori. Era la magia dei libri, la curiosa alchimia che permetteva alla mente umana di trasformare l'inchiostro nero sulle pagine bianche in un mondo completamente diverso. Nonostante ciò, il fascino che Tambilla esercitava su di lei andava oltre il normale. Era stata presa da una sensazione di impazienza, di agitazione, un'emozione quasi simile alla fame o all'invidia. Come se avesse bisogno di sapere tutto quello che c'era da sapere, di possedere quel luogo, come se sentisse di avere il *diritto* di possederlo.

Mentre il Bondi Junction, testimonianza del XXI secolo, passava davanti al finestrino, Jess aveva guardato fuori distrattamente: traffico intenso, centri commerciali, palazzi. Si era domandata cosa avrebbe pensato di tutto questo la famiglia Turner della foto del 1955. Aveva salvato l'immagine sul telefono e aveva studiato Isabel Turner mentre si avvicinavano all'ospedale. Non era più un'estranea, bensì una donna accompagnata dalla sua tazza preferita. Il trasferimento in un paese diverso, cosa che lei capiva bene: avere la sensazione di appartenere a un luogo, ma mai del tutto, mentre un altro posto, molto, molto lontano, si ostinava a riproporsi come *casa*.

Ma la nostalgia di casa era sufficiente a spiegare quanto aveva fatto? Jess aveva pensato ad alcuni dei momenti più duri che aveva affrontato; sentirsi soli in una terra lontana poteva essere estremamente triste e all'epoca doveva essere stato ancora più difficile. Però era pronta a scommettere che ci fosse dell'altro. Alcuni degli articoli che aveva letto in rete menzionavano le testimonianze rese durante l'inchiesta e occultate dal coroner. Sembrava verosimile che qualunque cosa l'avesse spinto a ritenere Isabel Turner colpevole dell'omicidio dei suoi figli fosse contenuta in quelle dichiarazioni.

Quando finalmente si fermarono davanti all'ingresso dell'ospedale, Jess pagò la corsa e si affrettò a varcare la porta a vetri. Un'occhiata all'orologio sopra la postazione delle infermiere confermò che aveva perso quarantacinque dei minuti riservati alle visite.

Entrò nella camera di Nora appena in tempo per incrociare un'infermiera che non aveva mai visto prima. Il cartellino del nome diceva *Aimee* e la donna le sorrise gentilmente.

«Come sta?» Jess posò la borsa sulla sedia accanto al letto.

«Un po' agitata, ma le abbiamo dato qualcosa per aiutarla a dormire.»

Jess non doveva essere riuscita a dissimulare la delusione, perché Aimee aggiunse in tono consolatorio: «È davvero la cosa migliore per lei in questa fase».

«Sono soltanto ansiosa di parlare con lei» spiegò Jess, prendendo la mano di Nora. Il viso della nonna era così rilassato che i muscoli erano flosci, e questo le ricordò quanto fosse vivace di solito e quanto desiderasse riavere la vecchia Nora.

«Può parlarle ugualmente, sa» disse l'infermiera mentre aggiornava la cartella. «Spesso le persone sentono il bisogno di mantenere un silenzio riverente, ma ho sempre pensato che ci si debba sentire soli in questo strano ambiente artificiale. Noi ce la mettiamo tutta, ma è molto meglio riempire la camera con le voci delle persone care.»

«Riesce a sentirmi?»

«Sono sicura di sì.»

«Non la disturba?»

L'infermiera rimise la cartella in fondo al letto e fece un sorriso rassicurante. «Come potrebbe disturbarla la sua presenza?»

Dopo che se ne fu andata, scesero un'immobilità e un silenzio straordinari. Jess ripensò alle parole di Aimee. Sembrava egoistico parlare con la nonna addormentata, ma era disposta a fare un tentativo. Dopo un attimo di esitazione disse in tono incerto: «Ciao, Nora, sono io, Jess». Si ricordò subito del romanzo di Judy Blume e della sua ardente protagonista, la teenager Margaret, e non poté fare a meno di ridere. Fu un rumore inaspettato e nervoso, ma la rilassò. «Ciao, Nora» ripeté. «Sono qui. Volevo farti sapere che ho pensato molto a Isabel.»

Nora non mosse un muscolo.

Jess riprovò: «Ho pensato molto a *Issy*». Osservò attentamente la nonna, perché – ora se ne rendeva conto – era proprio quello il nome che Nora aveva pronunciato il giorno precedente; non Jessy, ma Issy – *Issy, aiutami* – poco prima di menzionare Halcyon.

«Ho trovato il tuo libro sulla famiglia Turner» proseguì, «*Come se dormissero*. Lo sto leggendo.»

Ancora nessuna reazione. Quando Jess smise di parlare, il silenzio si estese fino al soffocante angolo riscaldato dal sole vicino alla finestra. Fuori ronzavano i suoni lontani di un cantiere, macchinari e forti esclamazioni maschili.

Fece un altro tentativo: «Ho letto qualcosa su Thomas».

Niente. Avvicinò la sedia e prese posto. Se l'accenno a suo fratello non aveva avuto alcun effetto, pareva improbabile che qualcos'altro potesse riuscirci. Sconfortata, si rassegnò a guardare la nonna dormire.

Che cosa aveva fatto Nora del libro di Daniel Miller, si domandò mentre l'orologio dell'ospedale scandiva cupamente i secondi? Che cosa aveva pensato della descrizione di Thomas Turner, l'amato fratello maggiore la cui assenza era stata un enorme dolore nella sua vita? Ogni storia che la nonna le aveva raccontato lo dipingeva come una figura eroica, e Jess non aveva mai messo in dubbio quell'immagine. Ora, visto attraverso il prisma dell'articolo e del libro di Daniel Miller, Thomas Turner appariva più complesso. Affascinante, ma volubile. Benvoluto, ma imperfetto, capace di essere egoista e sconsiderato, di lasciare che il suo ego prevalesse sulle sue inclinazioni migliori.

Naturalmente il ritratto proposto da Daniel Miller era soltanto l'opinione di un autore. Il giornalista non era depositario della verità più di quanto lo fosse Nora. Era una caratteristica dell'esistenza umana che non ci fossero due persone con la stessa identica visione di una determinata serie di fatti; inoltre ciascuna giurerebbe – e probabilmente crederebbe – di aver detto *la verità*.

«Che cos'è la verità?» le aveva chiesto una volta un amico curioso.

«È quello che è successo.»

«Secondo chi?»

In quel caso, secondo Daniel Miller. Jess apprezzava e ammirava l'attenta ricostruzione del mondo fatta dall'autore, l'osservazione ravvicinata dei soggetti. Che tenesse a loro era fuor di dubbio; al di là della sua meticolosa attenzione ai dettagli, si percepiva un sincero desiderio di permearli di umanità. Anche se forse qualsiasi giornalista avrebbe aspirato a fare la stessa cosa, tuttavia, Miller si era spinto oltre, superando il confine tra osservatore e animatore quando entrava nella loro testa, descriveva i loro pensieri immaginari, li trasformava da soggetti in personaggi.

Senza dubbio era questo a rendere il libro molto più avvincente di quanto avrebbe potuto essere un semplice reportage. Ma *come* ci era riuscito Miller? Come poteva pretendere di sapere cosa pensava Isabel della vita in Australia o dei sempre più frequenti viaggi all'estero del marito? Come faceva a sapere che Isabel si sentiva un'estranea, lontana dai suoi figli, esasperata dalla desolazione del paesaggio?

Il primo capitolo che aveva letto quella mattina descriveva Mrs Turner sulla veranda, intenta a scrivere nel diario: un'abitudine che, scopriva il lettore, osservava ogni giorno. Jess sospettava che quella precisazione fosse il tentativo di Miller di inserire nel testo aspetti della propria ricerca, un modo per evitare che il pubblico si facesse domande fastidiose su come l'autore fosse venuto a conoscenza delle cose che sosteneva di sapere. La scena suggeriva che aveva avuto accesso al diario durante le ricerche, che era in grado di descrivere i pensieri di Isabel perché li aveva letti dalla sua stessa penna.

Jess, però, si ritrovò a chiedersi se l'incontro di Miller con il continente, se la sua reazione emotiva, qualunque fosse stata, avesse influenzato anche la rappresentazione del soggetto. In un certo senso, tutti gli scrittori di saggistica si affidavano a una tavolozza di esperienze personali per animare i personaggi; a che punto si superava il limite e ci si prendeva troppa libertà?

«Come stiamo?» Aimee rientrò dopo un'ora, avvicinandosi al letto per annotare nuovamente i parametri vitali di Nora.

«Sta ancora dormendo» rispose Jess.

«Meglio così. Sembra serena, no?»

Jess pensava di sì.

«Temo che l'orario di visita sia finito.» L'infermiera fece un sorriso di scuse. «Ma mi prenderò cura di lei in sua assenza.»

Jess diede a Nora un bacio delicato sulla fronte e promise che sarebbe tornata presto.

Trovò un taxi che la aspettava fuori dall'ospedale e diede al tassista l'indirizzo del parco giochi dove aveva appuntamento con Mrs Robinson. Mentre l'uomo faceva un'inversione a U e iniziava a zigzagare tra il traffico, Jess guardò fuori dal finestrino senza vedere nulla. Stava ancora pensando a Miller e all'etica del suo progetto, a come aveva affrontato il compito di trasformare in un libro la vita di persone reali, alcune delle quali non potevano più essere intervistate. A come, del resto, fosse capitato che un giornalista americano si trovasse nell'Australia Meridionale per scrivere del crimine in prima persona. Che cosa, nella storia dei Turner, l'aveva prima attirato e poi trattenuto laggiù abbastanza a lungo per fare della loro tragica morte l'argomento di un libro? Tutti i giornalisti sperano in un colpo di fortuna. Che si fosse semplicemente trovato nel posto giusto al momento giusto?

Tirò fuori il telefono e cercò su Google *Daniel Miller* e *Come se dormissero*. Sperava di trovare qualche intervista all'autore, ma c'era ben poco di utile e, stranamente, nulla che riguardasse l'edizione del 1980. Miller sembrava il tipo di reporter che preferiva fare domande anziché rispondere. Era possibile che, leggendo altri suoi articoli, Jess trovasse gli indizi necessari per capire il suo approccio, ma ci sarebbe voluto un po' di tempo per reperirli...

Si illuminò quando le venne una nuova idea. *Come se dormissero* era stato pubblicato da Quill Press. Digitando il nome nel motore di ricerca, ottenne una serie di risultati, nessuno dei quali era un link diretto a un sito. Il marchio sembrava essere stato assorbito nel tempo dalla Crown Publishing, una divisione della Penguin Random House. Se tutti gli altri tentativi fossero stati vani, Jess avrebbe potuto inviare un'e-mail all'indirizzo generale di contatto, ma voleva informazioni rapidamente e temeva che la sua richiesta sparisse nel buco nero della posta indesiderata.

Digitò *sito di Daniel Miller* nella barra di ricerca e trovò i link a Wikipedia, una voce su Britannica.com e un sito che alimentò le sue speranze, ma che si rivelò un'unica pagina, scritta da un fan, contenente poco più di una breve biografia e alcuni messaggi dei lettori. Quello che voleva davvero era rintracciare qualcuno che avesse conosciuto personalmente Daniel Miller. Cancellò la parola *sito* e la sostituì con *proprietà*. I risultati contenevano link ad alcune pagine che citavano un certo Daniel Miller Literary Trust. Ne seguì una fino alla Foundation Directory Online, dove scoprì che dopo la morte del giornalista era stato istituito un fondo di beneficenza che offriva borse di studio a giovani scrittori. C'era un indirizzo di Los Angeles, ma niente di più preciso.

Cercò *Daniel Miller Trust*. Il primo risultato era un articolo di attualità che faceva riferimento alla Columbia University e annunciava la proposta di creare una cattedra di giornalismo. L'amministratore del fondo era Ben Schultz, lo storico avvocato di Daniel Miller. In fondo all'articolo c'era un indirizzo di posta elettronica per le *Richieste dei media*. Jess scrisse un'e-mail, spiegando che era interessata ad avere informazioni sul periodo trascorso dal reporter in Australia. Dopo essersi domandata se fosse meglio evitare di sembrare *troppo* interessata – aveva già avuto a che fare con gli avvocati e sapeva che erano esperti nel distogliere l'attenzione dagli affari dei clienti – decise che non aveva tempo per essere evasiva. Aggiunse una frase che sottolineava il suo legame con la famiglia Turner e salvò la bozza del messaggio mentre raggiungeva il parco giochi per il suo appuntamento con Mrs Robinson.

Un gruppo di adolescenti con biciclette e cellulari era disteso sull'erba vicino alla fontanella, mentre una mamma esasperata, vestita di Lycra, trascinava un bambino troppo esuberante da un potenziale pericolo all'altro. La governante della nonna, notò Jess mentre il taxi si allontanava, era vicino all'altalena.

Le fece un segno di saluto e, in virtù di un tacito accordo, si spostarono entrambe per andare a sedersi al tavolo da picnic sotto un grande eucalipto all'estremità orientale del parco giochi.

«Grazie per essere venuta» disse Jess, mentre un currawong dagli occhi gialli sull'orlo di un bidone poco lontano apriva le ali e volava via.

«Sono venuta perché sono preoccupata per Nora» rispose Mrs Robinson asciutta, stringendosi le braccia intorno al busto. Era palesemente nervosa. «Non sono il tipo da parlare a sproposito. Per me, tua nonna è più di una datrice di lavoro, è un'amica fedele, e non voglio avere la sensazione di spettegolare alle sue spalle.»

«Certo che no.»

«Se non ti ha parlato di queste cose, avrà i suoi motivi.»

Jess sapeva di trovarsi su un terreno instabile. Attinse da tutta l'esperienza che aveva acquisito nel convincere soggetti diffidenti a rilasciare interviste e, tradendo solo una leggera curiosità, domandò: «Perché pensa che non mi abbia parlato dei Turner?».

«Immagino abbia ritenuto che non ci fossero ragioni valide per rattristarti con un evento così terribile del passato della tua famiglia.»

«Voleva proteggermi?»

«Sarebbe proprio nello stile di tua nonna. Come credo di aver già detto, non ho mai conosciuto una madre – o una nonna – così protettiva, così decisa ad assicurarsi che nulla possa ferire i suoi cari.»

Forse questo spiegava perché Nora aveva tenuto nascosto il segreto a Jess quando era bambina, ma ormai era adulta da oltre vent'anni. Non si sentiva toccata personalmente dalle azioni compiute sessant'anni prima da una prozia (acquisita). «Be'» disse con leggerezza, «ormai è troppo tardi. È tutto su internet.»

«Maledetto internet. Ha molte cose di cui rispondere.» Mrs Robinson parlò in tono brusco, ma curvò le labbra in un sorriso impotente.

Jess intuì che la determinazione della governante si stava sgretolando e tornò alla carica con una domanda vaga. «Nora era legata a Isabel Turner?»

Mrs Robinson distolse lo sguardo, osservando il bambino che passava strillando, con le braccia spalancate come le ali di un aereo. Jess aspettò. Quello, lo sapeva bene, era il momento della decisione. Spesso i soggetti più riluttanti erano quelli con più cose da dire, una volta che cominciavano a parlare. Poi: «Erano grandi amiche» disse l'altra, e Jess capì che aveva preso il via.

CAPITOLO SEDICI

«Tua nonna aveva solo sedici anni quando si sono conosciute» esordì Mrs Robinson. «Suo fratello era tornato dalla guerra e aveva detto che avrebbe portato con sé una sorpresa. Nora scherzava dicendo che si era aspettata un vestito di Liberty, non una cognata. Una volta mi ha detto che era pronta a odiare la donna che aveva rubato il cuore di suo fratello, ma poi ha conosciuto Isabel e ha perso il cuore a sua volta. Era distrutta quando l'hanno informata che si sarebbero trasferiti nell'Australia Meridionale, portando via la piccola Matilda. È stato ancora più difficile quando sono iniziati ad arrivare gli altri bambini. Ogni volta che andava a trovarli doveva portare con sé due valigie, una delle quali piena di giocattoli e regali per loro. Adorava quei bambini. "Che piccoli Turner" ripeteva sempre.»

Jess sorrise, riconoscendo il massimo elogio che si potesse ottenere da Nora.

«Erano bravi bambini» continuò Mrs Robinson. «Molto vivaci. Bambini di campagna, sai, ma sempre vestiti di tutto punto.»

«Ho visto una foto.»

L'altra parve stupita, quindi alzò gli occhi al cielo. «Fammi indovinare: internet?»

«Devono averla pubblicata sulla stampa dell'epoca. È stata scattata qui a Sydney.»

«Me lo ricordo. Era su tutti i giornali di quel periodo. Erano venuti in vacanza. Hanno alloggiato a Darling House con tua nonna.»

«Assomigliavano molto a Nora. Soprattutto la ragazzina, Evelyn, era praticamente la sua sosia.»

La governante fece un cenno di assenso. «Questa è una delle cose più tristi di tutta questa infelice vicenda. Tra le terribili perdite c'è stata la fine del sogno di tua nonna di avere una grande e caotica famiglia allargata. Era davvero entusiasta all'idea che tua madre nascesse in un clan già bell'e pronto, con tanto di zii e cugini. Ma in un colpo solo è svanito tutto. Quando è nata tua madre, quei bellissimi bambini erano già morti. Poi Mr Bridges l'ha lasciata e Thomas, la persona che Nora amava di più al mondo, è scomparso dalla sua vita.»

L'accenno all'assenza di suo nonno riaccese in Jess la curiosità sull'accordo per la custodia. «Sa perché il marito di Nora è totalmente sparito dalla vita di Polly? Era una cosa insolita per l'epoca?»

Mrs Robinson sospirò. «Sai com'è fatta Nora. È testarda. Una volta preso un impegno, non demorde facilmente. Quando le cose hanno cominciato ad andare male nel loro matrimonio, era determinata a farlo funzionare. Non solo a farlo funzionare, ma a essere innamorata, ad avere una famiglia felice. Però gli uomini sanno essere creature vanitose. Affettivamente dipendenti. Mr Bridges era geloso del tempo che lei passava con tua madre, ma Nora era devota alla sua bambina. Credo che alla fine sia stato troppo per lui. È stato più facile andarsene e basta. Si è risposato poco dopo la separazione, con una ragazza dell'ufficio. Assunta da Nora, tra parentesi.»

A Jess venne in mente un'immagine di Matt, della sua nuova moglie e del loro bambino. La scacciò. «Poi ha avuto altri figli?»

«Tre o quattro, credo. Con una fretta sconveniente, aggiungerei.»

Una nuova famiglia e un'ex moglie riluttante a condividere la sua preziosa neonata, insomma. Jess ipotizzò che questo spiegasse perché suo nonno non si era preso il disturbo di fare la guerra a Nora per la custodia. Tuttavia non faceva luce sul perché la nonna si fosse preoccupata della questione negli ultimi tempi.

«La fine di un matrimonio è triste, naturalmente» continuò Mrs Robinson, «ma per Nora è stato ancora peggio perdere il fratello. Ha sofferto terribilmente quando non è tornato da Londra. In seguito non ha più parlato di lui. Immagino che si sentisse tradita. Aveva amato moltissimo i suoi figli e Thomas non si era nemmeno preoccupato di tornare a trovarla.»

Marito e fratello scomparsi; cognata e nipoti morti. Non c'era da stupirsi che Nora si fosse aggrappata a Polly. «Le era rimasta solo mia madre.»

«È sicuramente così che la vedeva tua nonna» concordò Mrs Robinson. «Più di una volta ha parlato di loro due come di una coppia indissolubile. Aveva la sensazione che fossero legate, più del normale, dal trauma che le accomunava.»

Jess inarcò le sopracciglia; l'aveva già sentito dire. Uno degli intramontabili adagi di Nora era che un bambino nato da un trauma portava le cicatrici per sempre. L'aveva ripetuto spesso durante le conversazioni su Polly, di solito quando cercava di spiegare il nervosismo della figlia, la sua sconsideratezza, l'incidente accaduto quando Jess era solo una neonata. Ogni volta che la nonna faceva commenti di quel tipo, le sue parole sembravano intrise di una nota di senso di colpa, o almeno di responsabilità personale. Da ragazzina, Jess aveva preso per buona quella spiegazione; crescendo, però, l'aveva trovato un modo troppo melodrammatico per descrivere un'esperienza relativamente comune. Di norma il melodramma non era nello stile di Nora. «Ma Polly non avrebbe ricordato quasi niente del divorzio, no? Era piccolissima all'epoca.»

«Non del divorzio.» Mrs Robinson, stupita, incrociò lo

sguardo di Jess. «Tua nonna si riferiva alla tragedia nell'Australia Meridionale.»

«Perché avrebbe dovuto essere un trauma per Polly? Non era nemmeno nata quando è successo.»

«Appunto. È questo che ha dato inizio al travaglio di Nora in modo inaspettato. Non avrebbe dovuto partorire prima dell'anno nuovo, ma la notizia di cos'era successo accanto a quella pozza d'acqua ha accelerato le cose.»

«Nora ha cominciato ad avere le doglie dopo aver risposto alla telefonata?»

Mrs Robinson corrugò la fronte con espressione confusa, finché all'improvviso non capì. «Oh, mi dispiace, non mi ero resa conto che non lo sapevi. Tua nonna era lì. Quell'anno era andata nell'Australia Meridionale per Natale. Aveva sofferto di nausee mattutine per tutta la gravidanza e voleva stare con la famiglia. Non c'è stata nessuna telefonata. Era nella villa quando i poliziotti l'hanno informata. Era rimasta a casa mentre gli altri erano andati a fare un picnic.»

I pensieri di Jess iniziarono a vorticare. Non riuscì a riordinarli abbastanza rapidamente per decidere cosa chiedere dopo. Sta di fatto che non dovette dire nulla. Per quanto Mrs Robinson fosse stata restia all'incontro, infatti, ora aveva preso gusto a raccontare la storia.

«Credo che una parte di lei si sentisse in colpa» proseguì. «Il fatto che la sua più cara amica – sua sorella, ecco come considerava Isabel – potesse fare una cosa così terribile, che l'avesse pianificata e portata a termine, tutto mentre Nora era lì... Credo che abbia passato molto tempo a rimproverarsi per non aver colto i segnali, a chiedersi cosa avrebbe potuto o dovuto fare. Non avrebbe potuto fare nulla, naturalmente. La maggior parte delle donne soffre di depressione post partum, ma quanto è successo in quella casa è un altro paio di maniche.»

«È di questo che si trattava? Depressione post partum?»

«Cos'altro potrebbe spiegare una madre che fa una cosa simile? Era tutta sola in quella grande casa, in quella grande proprietà, con tre bambini e una neonata, senza una famiglia degna di questo nome al suo fianco. Nella mente umana succedono cose strane.»

Jess chiese, sforzandosi di ricordare quanto aveva letto: «È stata questa la conclusione ufficiale del coroner?».

«Non conosco tutti i dettagli. Ero più preoccupata di dare sostegno a Nora. Ma so che c'erano delle prove: cose scritte da Mrs Turner che facevano pensare alla depressione, alla solitudine, al desiderio di liberarsi di ogni cosa, e così via. Se non erro, c'è stata un'importante soffiata alla polizia; qualcuno – un sacerdote, forse? – ha testimoniato che Mrs Turner gli aveva chiesto se fosse mai giustificato per un genitore abbandonare i figli. A quanto ne so, sua madre si era suicidata, lasciandola sola al mondo. Evidentemente Isabel aveva deciso che era meglio per tutti portare con sé i bambini.»

Era difficile trovare le parole giuste dopo la schiettezza di quella valutazione. Lo sguardo di Jess cadde sul bambino, sempre più ribelle, sempre meno stabile sulle gambe, mentre si allontanava saltellando dalla madre esausta.

«Mi dispiace, so di sembrare scortese» disse Mrs Robinson senza la minima traccia di pentimento nella voce. «Ma come madre, è impossibile accettare che una donna faccia una cosa simile. La maternità ti cambia. Ti regala una gamma di sentimenti completamente nuova.»

Jess sorrise per educazione, astenendosi dal sottolineare che il fatto di non avere figli non significava essere incapaci di aborrire l'infanticidio.

Mrs Robinson rimase beatamente ignara di averla offesa. «Poi, quando Nora si era finalmente buttata tutto alle spalle, il ritrovamento dei resti della neonata vent'anni dopo ha riportato a galla ogni cosa. Thea... un bellissimo nome. La polizia era convinta fin dall'inizio che l'avessero presa i cani, ma per tua nonna è stato ugualmente uno shock averne la conferma.» Guardò gli adolescenti che recuperavano le biciclette e gli zaini, pronti a dirigersi verso casa. «Le ossa sono state trovate in un'aiuola vicino a Halcyon, nel roseto di Mrs Turner. In seguito, Nora non è più riuscita a sopportare le rose. Non poteva saperlo, ma aveva sentito quei cani durante la notte. Era scoppiato un violento temporale, mi ha raccontato, e li aveva sentiti ululare nelle pause tra gli scrosci di pioggia.»

Vicino alle altalene, il bambino esaurì la sua fortuna, inciampò e cadde battendo la fronte contro il supporto d'acciaio. Jess trasalì, ma la madre non si fece prendere dal panico, lo abbracciò e lo calmò riportandolo verso il passeggino, dove lo sistemò per il tragitto verso casa.

«È orribile, vero?» Anche Mrs Robinson aveva osservato la scena. «Pensare alla neonata, sola in giardino per tutti quegli anni. Moltissime persone che la cercavano, ed era sempre stata lì, vicino alla casa. Sono certa che sia stato un tormento per tua nonna.»

Jess sentì un'ombra di malinconia scendere su di sé. Il pensiero che la nonna si fosse tenuta dentro un argomento così intrinseco alla sua vita interiore era davvero sconvolgente. Avrebbe voluto che Nora si fosse fidata di lei. Avrebbe voluto dirle che condivideva il suo dolore e che comprendeva la sua perdita.

Il parco giochi si era svuotato, gli adolescenti erano scomparsi oltre la cresta della collina e la conversazione sembrava essere arrivata alla sua naturale conclusione. Jess si incamminò con Mrs Robinson verso la strada. Quando raggiunsero il margine del parco giochi, la governante disse: «Come vanno le cose a casa? Vuoi che venga a dare una pulita? Di solito passo il venerdì, ma la settimana scorsa non sono riuscita a finire».

Jess rispose che non era necessario. «Ci sono soltanto io. Aspetti che Nora venga dimessa. Così sarà tutto perfetto per il suo ritorno.»

Si abbracciarono, non senza un certo imbarazzo. «Grazie per aver accettato di vedermi» disse Jess. «Lo apprezzo molto.»

«Sono contenta di averlo fatto.» Mrs Robinson esitò, come se volesse scegliere con cura le parole successive. «Era giusto dirtelo. Per certi versi, ho pensato spesso che tutta questa faccenda spiegasse perché tua nonna ti vuole così bene.»

«In che senso?»

«Quando hanno trovato i resti di quella povera bambina, anche tu eri una creaturina di un anno soltanto. Tu e tua madre vivevate ancora a Darling House, e trovavo spesso tua nonna sulla soglia della tua camera, a guardarti per assicurarsi che stessi bene. Credeva, penso certe volte, che tenendoti al sicuro avrebbe potuto in qualche modo rimediare al fatto di non essere riuscita a salvare la neonata.»

Jess sorrise; non disse a Mrs Robinson che una volta Nora le aveva confidato di aver avuto un motivo valido per preoccuparsi della sua incolumità quando era piccola.

«Ti adorava. Per poco non le si è spezzato il cuore quando tu e tua madre vi siete trasferite. Non siete andate lontano, ma Polly non è mai stata un tipo da visite. La povera Nora era così sola che a volte temevo fosse più di quanto potesse sopportare. Nonostante quanto aveva sofferto, credo che quello sia stato il punto più basso della sua vita.»

«Ma alla fine sono tornata.»

La governante aveva gli occhi velati di lacrime, ma ora sorrise. «Sì. E santo cielo, questo sì che l'ha resa felice. Era come una seconda possibilità, ha detto. Testuali parole. Ed era decisa a sfruttarla.»

Quando Jess tornò a Darling House, erano quasi le otto e mezzo. Il crepuscolo stava scendendo sul giardino e gli ultimi raggi di sole tingevano l'orizzonte di un rosa luminoso. Le vele dell'Opera House si stagliavano contro il cielo, e alla mente le riaffiorò il ricordo dei cacatua neri di Isabel Turner, con i ciuffi di piume sollevati mentre facevano scempio del noce di Halcyon.

Jess non era mai stata nel giardino di Isabel Turner nell'Australia Meridionale, eppure riusciva a immaginarlo con la chiarezza di un luogo dell'infanzia, sepolto in profondità nella parte viscerale della memoria: il grazioso vialetto curvo, la fila di eucalipti sul crinale più alto, l'orto con il piccolo stagno e il gatto ingordo...

Mentre entrava nell'atrio di Darling House, stava ancora metabolizzando quanto le aveva detto Mrs Robinson. Il fatto che la nonna si trovasse a Halcyon quando i corpi di Isabel Turner e dei suoi figli erano stati rinvenuti sulla riva del torrente era scioccante, ancora più scioccante del fatto che fosse incinta di Polly.

Jess dubitava che la tragedia dei Turner avesse avuto un impatto diretto su una neonata, ma di certo era stata traumatica per Nora. L'angoscia, come aveva spiegato Mrs Robinson, era stata sufficiente per farla entrare in travaglio... Non c'era da stupirsi che la nonna si fosse sentita così legata alla sua bambina.

Jess riscaldò le lasagne preparate da Mrs Robinson e mangiò in piedi al bancone. Quando ebbe finito, mise il piatto nella lavastoviglie e salì al piano di sopra. Fece una doccia, ma la interruppe quando si ritrovò appoggiata alle piastrelle con gli occhi chiusi, sul punto di addormentarsi mentre l'acqua calda le pioveva addosso.

La stanchezza le acuiva sempre i sensi e le lenzuola lisce e fresche furono una delizia quando si infilò nel letto. La finestra era socchiusa e lei era consapevole di ogni suono esterno: i rami della grande quercia che scricchiolavano, un koel che lanciava il suo richiamo simile a un fischio, la sirena di un'ambulanza che attraversava la città. Aprì il telefono per dare un'ultima occhiata e trovò i siti di attualità pieni di annunci che offrivano suggerimenti per il Natale. Una lista che garantiva *il regalo perfetto per la mamma* servì a ricordarle che si era promessa di riprovare a contattare Polly prima della fine della giornata.

Pensò di chiamare subito, ma decise che era troppo stanca. Giurò solennemente a se stessa che le avrebbe telefonato il mattino successivo e inserì un promemoria nel cellulare per non dimenticarlo.

Non c'erano nuove e-mail da leggere prima di andare a letto. Non c'era da meravigliarsi, a Londra erano le nove passate da poco, ma il messaggio che aveva scritto per il fondo fiduciario Daniel Miller, notò, era ancora nella cartella delle bozze.

Lo rilesse, con il dito in bilico sulla freccia dell'invio. Infine, soddisfatta, lo mandò nel cyberspazio. Il fruscio le provocò una leggera scarica di eccitazione lungo la schiena.

Sbadigliando, mise il telefono in carica e si rannicchiò contro i cuscini. Prese il libro di Daniel Miller e lo aprì al capitolo successivo. Lisciò la pagina, sentì la polvere degli anni sotto le dita, e pregustò l'attesa solo per un istante prima di lasciare che il suo sguardo si posasse sulle parole.

Aveva immaginato che il nuovo capitolo la riportasse alla vigilia di Natale a Tambilla, dove una famiglia si stava svegliando nell'allegro trambusto di una mattinata festiva, ancora ignara degli eventi terrificanti che la attendevano.

Quello che non aveva previsto, e che le procurò un immediato e incandescente senso di *déjà-vu*, era di trovare il nome della nonna all'inizio della prima frase.

COME SE DORMISSERO

DANIEL MILLER

5

Nora Turner-Bridges sapeva, fin dal suo arrivo a Tambilla, che la cognata soffriva di insonnia. Nora aveva l'abitudine di fare una passeggiata all'alba intorno alle aiuole di rose, perciò era a conoscenza del fatto che Isabel passava le ore piccole camminando per la casa o rifugiandosi in giardino. All'inizio pensò che fosse semplicemente occupata. C'era molto da gestire – una neonata e tre bambini più grandi, tutti tra i piedi mentre le vacanze scolastiche estive si protraevano senza fine – ma qualcosa la tormentava. Più di una volta si era imbattuta nella cognata in uno stato di distrazione, con un'espressione distante e infelice sul volto, come se pensasse molto intensamente a qualcosa di spinoso.

Isabel era parsa anche più disattenta del solito. Avevano riso insieme il giorno in cui aveva messo il latte nella credenza e lo zucchero nel frigorifero, ma c'erano stati altri episodi non così innocui. Un pomeriggio si era appisolata con la neonata sulle ginocchia e una tazza di tè in mano. Era stato solo un errore momentaneo – aveva battuto le palpebre, chiedendo scusa con imbarazzo, prima che potesse accadere qualcosa di grave – ma per Nora, seduta sulla sedia di fronte, la scena era stata inquietante.

Un'altra volta, Isabel aveva lasciato la bambina addormentata nella culla sotto il noce mentre rientrava in casa per rispondere al telefono, per poi dimenticarsi completamente di tornare a prenderla. Era stato un semplice colpo di fortuna che Nora notasse i cacatua riuniti sul ramo soprastante e salvasse la piccola prima che potessero scendere in picchiata. «Forse non si sarebbero mossi» avrebbe detto alla polizia, «ma sono uccelli molto grandi e non era da Isabel correre un simile rischio.»

«Ha idea di cosa la turbasse?» avrebbe chiesto il sergente Duke, appoggiandosi allo schienale della sedia nella sala degli interrogatori alla centrale in West Road, con il ventilatore che ronzava sopra lo schedario. «Mrs Turner glielo aveva detto?»

«Non proprio.» Mrs Turner-Bridges aveva concluso che la cognata sentiva la mancanza del marito e che forse nutriva anche una punta di risentimento per il fatto che Thomas fosse partito per un viaggio d'affari così presto dopo la nascita della piccola Thea.

Thomas Turner era un uomo dalla personalità debordante; Nora sapeva per esperienza quanto potesse essere grande e silenzioso il vuoto lasciato dalla sua assenza. Quando era andato in guerra, lei era stata abbandonata nella grande casa di famiglia alla periferia orientale di Sydney. Ancora bambina, aveva pensato che la solitudine l'avrebbe uccisa. Per quanto la vita della cognata sembrasse idilliaca, Nora riusciva benissimo a immaginare quanto Isabel, che dopotutto si era lasciata alle spalle la sua patria, dovesse sentirsi sola quando il marito era lontano.

A quel punto, il poliziotto che stava raccogliendo la dichiarazione di Mrs Turner-Bridges rizzò le orecchie. «Mrs Turner aveva detto di sentirsi sola? Aveva nostalgia di casa? Ha accennato al desiderio di tornare in Inghilterra?»

Mrs Turner-Bridges gli assicurò di no. «Mio fratello diceva spesso che non avrebbe mai potuto vivere in Inghilterra. Era australiano, ecco cos'era. No, Isabel non si illudeva affatto che avrebbero trasferito la famiglia laggiù. E non l'avrebbe nemmeno voluto; amava stare qui. Eravamo la sua famiglia. C'è una differenza tra nostalgia romantica e vita reale.»

Pur non essendo ancora troppo preoccupata, Nora aveva deciso ugualmente che avrebbero dovuto trascorrere un po' di tempo insieme, lontano dai bambini e dalla casa. Una bella giornata all'aperto, si era detta, poteva essere ciò di cui sua cognata aveva bisogno per *tirarsi su*. Nora non era sicura di poter sfidare il caldo estivo guidando lungo la ripida e tortuosa Greenhill Road, con i suoi tornanti e i suoi strapiombi scoscesi a picco sul mare, per raggiungere un ristorante a Adelaide, ma c'era una piccola sala da tè a Tambilla e lei aveva pregato la proprietaria, Mrs Diamond, di riservare loro un tavolo sotto la finestra. Avrebbero superato il Natale, con il suo caos e i suoi rumori, poi avrebbe fatto sedere Isabel e le avrebbe fatto un bel discorsetto.

Nei giorni, nelle settimane e nei mesi successivi, Nora si sarebbe rimproverata per aver rimandato quella conversazione. «Se solo le avessi parlato prima» avrebbe detto un paio di settimane dopo, torcendosi le mani in grembo, mentre sua figlia dormiva tranquilla là accanto nel salotto della casa vuota di suo fratello, «sarei riuscita a fare la differenza? A capire quanto fosse scivolata in basso?»

La mattina della vigilia di Natale, però, mentre il sole rosa spuntava dietro la fila di eucalipti sul crinale orientale, Nora non poteva immaginare che entro la fine della giornata la sua famiglia sarebbe scomparsa. La sua più grande preoccupazione in quel momento era il caldo. L'aria densa lasciava presagire la pioggia e la indusse, finalmente, ad alzarsi e a spostarsi verso la finestra, e fu da là che notò Isabel nell'orto in cima al vialetto.

Guardandola, provò una singolare sensazione di inquietudine. L'altra aveva un'espressione pensosa, e non c'erano verve né determinazione nel suo atteggiamento. Era immobile come una statua, finché all'improvviso trasalì, come se si fosse spaventata, e la tazza che teneva in mano cadde a terra, frantumandosi. Quando si inginocchiò per raccogliere i frammenti, la scena, immersa nella luce del mattino, era così graziosa e precisa, così espressiva nella delicata curva delle spalle della protagonista, che Nora ebbe la stranissima sensazione di assistere a un *tableau vivant*.

Un sibilo sinistro turbò la quiete della casa, provenendo dal pianerottolo fuori dalla porta della sua camera, dove il telefono era posato su un nuovo ed elegante tavolino di laminato. «Smettila, piccolo farabutto!»

Nora si appoggiò le mani sul pancione, come se così potesse proteggere le orecchie della sua bambina dall'animosità dei suoi cugini.

La voce apparteneva alla più grande, Matilda. «Te l'ho già detto mille volte» continuò la ragazza, «lasciami in pace.»

Seguirono una gioiosa risata infantile e un rumore di passi che scendevano le scale. Infine, la porta di una delle stanze al pianterreno si chiuse sbattendo.

Nora accostò la finestra e un soffio di aria calda ne approfittò per intrufolarsi nella casa addormentata. Il pianoforte emanò gli accordi allegri e insistenti di *Long, Long Ago* e lei chiuse brevemente gli occhi prima di riabbassare la finestra. Continuava a dimenticare di non essere sulla costa. Aprire la finestra a Darling House, la sua casa nei sobborghi orientali di Sydney, equivaleva a far entrare qualunque brezza marina passasse da quelle parti. Là, invece, era intrappolata in una torrida regione senza sbocchi sul mare.

Un movimento dall'altra parte del vetro attirò la sua attenzione. Isabel si stava dirigendo verso la casa, con il secchio degli scarti di cucina in una mano e i cocci di porcellana bianca nell'altra.

In seguito, Nora avrebbe ricordato di aver notato quella che le era parsa una rinnovata e piacevole elasticità nell'andatura della cognata. Forse, pensò, gli impegni del periodo natalizio sarebbero stati la medicina di cui Isabel aveva bisogno. Era la vigilia di Natale, dopotutto, e c'era molto da fare.

Ancora più in là nel tempo, avrebbe visto quel momento in modo diverso. Un interruttore era effettivamente stato azionato, ma il nuovo vigore che aveva osservato nel passo di Isabel preannunciava un cambiamento sinistro. Ormai, infatti, la giornata aveva preso la sua terribile piega.

Mentre Mrs Turner tornava verso la casa, Becky Baker percorreva la strada principale di Tambilla. Ogni mattina partiva a piedi dal birrificio e seguiva il fiume fino all'angusto sentiero che, attraverso il bush, conduceva dietro i negozi. Le piaceva passare sotto il baldacchino di querce e olmi che crescevano nel centro della città, prima di allontanarsi di nuovo dalla strada e attraversare i paddock verso Willner Road.

Se era puntuale, e lo era quasi sempre, vedeva Mrs Summers che portava dentro giornali e bottiglie di latte. La trovava una compagnia più gradevole rispetto ad altre signore della cittadina, che la facevano sentire goffa o in imbarazzo. Si scambiavano un saluto allegro, quindi Mrs Summers entrava per prendere una mela da regalarle. A volte Becky la mangiava, ma altre mattine la teneva in tasca finché non raggiungeva i campi in fondo a Willner Road, dove il signor Hughes, l'avvocato di Tambilla, teneva i suoi cavalli.

Quel giorno era più in anticipo del solito. I Turner non la aspettavano prima delle otto, ma non voleva perdere nemmeno un minuto. Mrs Turner aveva insistito perché Becky si prendesse una pausa a Natale. «Hai lavorato tanto per la mia famiglia quest'anno» aveva detto in tono fermo quando la ragazza si era azzardata a dire che avrebbe preferito continuare a svolgere le sue mansioni. «Dovresti passare un po' di tempo con la tua.»

Becky ci era rimasta male. Lavorare per i Turner a Halcyon – si rifiutava di chiamarla *casa Wentworth* da quando i nuovi occupanti le avevano dato un nome così carino – era un sogno diventato realtà. All'inizio era stata assunta per aiutare Mrs Pike con le pulizie ma, quando era nata la bambina e Mrs Turner era parsa esausta, era subentrata lei. Aveva quattro fratelli minori e sapeva bene come accudire i più piccoli, e Thea era una neonata dolcissima, che si accontentava di guardare, con occhi pieni di stupore sul suo visino perfetto, le foglie che si agitavano sugli alberi.

Becky aveva iniziato a temere che forse non avrebbe mai avuto figli. C'era solo un ragazzo che poteva immaginare di sposare e di rendere padre, e lui non l'aveva mai degnata di un'occhiata. Perché avrebbe dovuto? Metà delle giovani di Tambilla aveva una cotta per Kurt Summers. Era il tipo di ragazzo che avrebbe dovuto fare il bagnino sulla spiaggia di Glenelg nei fine settimana. Robusta corporatura tedesca, capelli biondi, ma una natura gentile che traspariva dalla sua espressione. Era anche intelligente, uno dei ragazzi più svegli della classe. Troppo intelligente per lei.

«'Giorno, Becky» urlò Meg Summers dall'altra parte della strada. «Buona vigilia di Natale.»

Becky attraversò in direzione di Summers & Sons Grocers, dove Mrs Summers stava scopando il vialetto.

«Sei in anticipo oggi.» Meg continuò a spazzare. «Anch'io. Ho moltissime cose da finire, dovrò girare come una trottola! Ti va di entrare a scegliere una mela?»

Al bancone, Mrs Summers controllò il registro degli ordini. «Ho una consegna da fare a Halcyon. Non voglio darla direttamente a te, sarebbe troppo pesante. Inoltre non è ancora pronta. Questa settimana il tempo è volato, temo, con Perce giù alla Tenuta a tagliare l'erba. Più tardi mando uno dei ragazzi a portarla. Di' a Mrs Turner che se le viene in mente qualcos'altro, può farci uno squillo e io mi assicurerò che la merce trovi la strada su per la collina.»

Becky annuì. Impaziente di raggiungere Halcyon, si era voltata per andarsene quando Mrs Summers la chiamò.

«Ho una cosina che puoi portare con te ora. Qualcosa che ho fatto con le mie mani.»

Tirò fuori da sotto il bancone una minuscola giacca rosa fatta ai ferri, sollevandola affinché la ragazza potesse vederla.

«Alla bambina starà benissimo!» esclamò Becky.

«Lo credi anche tu? Avevo conservato la lana per qualcosa di speciale. Ora lasciami controllare la consegna mentre sei qui, così puoi comunicare a Mrs Turner l'ora esatta.»

Mrs Summers chiamò Kurt e le guance di Becky Baker arrossirono come una delle pesche mature nelle cassette all'ingresso del negozio.

A fare capolino dalla porta del retro non fu tuttavia Kurt Summers, bensì Marcus, suo fratello minore. «È al telefono.»

«Così presto?» Mrs Summers alzò le sopracciglia. «Suppongo che non ci sia alcun bisogno di chiedere con chi stia parlando.»

Kurt era al telefono con Matilda Turner, Becky ne era certa, e lo disse anche al sergente Kelly durante l'interrogatorio della settimana successiva.

Il poliziotto parve interessato a questo dettaglio. «Qualcuno ti ha detto che era al telefono con lei?»

No, ammise Becky. L'aveva intuito dallo sguardo insieme frustrato e affettuoso che Mrs Summers e Marcus si erano scambiati. Inoltre aveva visto Kurt e Matilda insieme vicino all'albero cavo un pomeriggio mentre tornava a casa, perciò sapeva che erano innamorati. Era orgogliosa di sé quando lo riferì al poliziotto. Aveva fatto due più due e aveva ottenuto quattro. Era una cosa che Mrs Pike diceva quando lei temeva di non riuscire a svolgere un compito abbastanza bene. «Fa' con calma, e vedrai che due più due di solito fa quattro.»

Anche il sergente Kelly era soddisfatto. «Molto bene, Becky. Sei una ragazza intelligente.»

Lei sapeva che non era vero, ma sapeva anche che il poliziotto non voleva farsi beffe di lei. Intuì che quel commento era una delle cose che la gente diceva quando cercava di essere gentile.

Becky non era intelligente. Non era nemmeno stupida, checché ne dicessero gli altri. Solo che doveva riflettere sulle domande più a lungo della maggior parte delle persone. Mrs

Pike sosteneva che pensare di più non era una cosa negativa: significava che, quando trovava la risposta, poteva essere sicura che fosse giusta.

Lo studio era diverso. Becky aveva lasciato la scuola quando aveva dodici anni. Suo padre l'aveva fatta sedere una sera e le aveva detto che c'era un lavoro speciale per lei al birrificio. Le sarebbe piaciuto andare a lavorare con lui? Lei era stata abbastanza contenta di mollare la scuola. Le erano mancati i canti pomeridiani con Miss Brickell al pianoforte e le esecuzioni di *God Save the Queen* durante le assemblee mattutine, ma non le altre canzoni. Ce n'era una che gli altri bambini amavano particolarmente:

Becky Baker, figlia del birraio del paese,
cadde nel pozzo e nessuno la prese,
sbatté la testa e il cervello picchiò,
e da allora mai più ragionò.

Quando era piccola, aveva cantato quei versi con entusiasmo. Era stata Fay, la sua sorellina, a suggerirle di smettere. Le vecchie abitudini, però, non erano facili da abbandonare e di tanto in tanto Becky si sorprendeva ancora a canticchiare quella filastrocca sottovoce, soprattutto quando sapeva di aver commesso uno stupido errore, come l'altra settimana, quando aveva rotto la migliore salsiera di Mrs Turner.

Forse non era intelligente come Fay, ma sapeva che due più due faceva quattro ed era certa che quel mattino Kurt Summers fosse stato al telefono con Matilda Turner. Sapeva anche che Kurt e Matilda avevano litigato, anche se non lo disse al poliziotto, perché l'uomo non pensò di chiederglielo. Becky aveva visto Kurt mentre usciva dal negozio. Aveva lanciato un'occhiata verso il vicolo accanto all'edificio e l'aveva scorto là in piedi, con le mani sulla recinzione e il capo chino. Aveva passato molto tempo a osservarlo e riusciva a leggere i suoi modi di fare meglio di quanto avrebbe mai potuto sperare di leggere un libro. Aveva notato la tensione nelle sue spalle e il modo in cui la sua mascella si era irrigidita, come se avesse i denti serrati, e aveva capito che Kurt Summers aveva appena sentito qualcosa che l'aveva reso molto, molto infelice.

Becky Baker non si sbagliava. Kurt Summers aveva davvero parlato con Matilda Turner la mattina della vigilia di Natale. Questo fatto fu confermato alla polizia dalla centralinista Marian Green durante l'interrogatorio nel tardo pomeriggio di lunedì 28 dicembre. La chiamata era arrivata dalla residenza dei Turner poco dopo le sette del mattino del 24. «Mi ero alzata presto» riferì alla polizia, «perché sapevo quanto sarebbe stata una giornata frenetica.»

Miss Green fu irremovibile nel dire che non sapeva di cosa avessero discusso i due – «Contrariamente a quanto le persone potrebbero pensare, non ho l'abitudine di ascoltare le conversazioni» – ma, quando fu messa sotto pressione, dichiarò che *forse* aveva sentito Matilda Turner dire qualcosa come *Devo vederti* ed *È urgente* e, con molta probabilità, anche *Ci vediamo lì*. Non ci avrebbe giurato, avvertì il giovane agente che prendeva appunti su un piccolo bloc-notes a righe. «Ho solo captato qualche parola mentre sostituivo le cuffie.»

Era più sicura della durata della telefonata, che, informò la polizia, non si era protratta per più di qualche minuto. Era stata così impegnata per tutto il giorno che non aveva più pensato a quella telefonata particolare. «È arrivata una chiamata dopo l'altra, per poi peggiorare la sera, dopo l'accaduto. Può immaginare come i telefoni siano impazziti quando si è diffusa la notizia.»

Kurt Summers fu interrogato martedì 29 dicembre. Siccome era stato appurato che era il ragazzo di Matilda Turner, era già stato inserito nella lista delle persone informate sui fatti; alla fine, però, stupì il sergente Kelly e l'agente Doyle presentandosi alla centrale di sua spontanea volontà, di prima mattina. Suo padre, Percy Summers, lo accompagnò e spiegò ai poliziotti che il giovane era ancora in stato di shock, ma sapeva che era suo dovere offrire tutto l'aiuto possibile.

Kurt annuì quando il sergente Kelly gli chiese della telefonata, confermando che Matilda l'aveva chiamato di buon'ora la mattina della Vigilia.

«Voleva incontrarmi» dichiarò. «Ha detto che voleva parlarmi di persona, ma non sapeva quando sarebbe riuscita a liberarsi. Negli ultimi tempi, sua madre era di cattivo umore, insolitamente severa, e voleva che la famiglia passasse del tempo insieme.» A quel punto, chiuse gli occhi senza volerlo e strinse le labbra per cercare di trattenere l'emozione. Alla fine riuscì a continuare, con la voce arrochita dallo sforzo di non piangere. «La amavo. Volevo sposarla. Non avrei mai voluto che le succedesse qualcosa di male.»

A Halcyon, il telefono era collocato in un angolino sul lato del pianerottolo più lontano dalle scale. Mrs Turner diceva che era come avere una *camera a sussurro* tutta loro, perché una parola pronunciata a volume normale al telefono rimbalzava sulla parete opposta e poteva essere udita facilmente sul pianerottolo.

In quell'occasione fu Mrs Turner-Bridges, ancora chiusa nella camera degli ospiti, a sentire Matilda borbottare (subito dopo che suo fratello aveva sceso le scale): «Devo andare. Ci vediamo dopo» prima di rimettere il ricevitore sulla forcella con una forza che fece tintinnare il campanello.

Ancora una volta, Nora si posò le mani sul pancione, come per proteggere la bambina dai contrasti domestici. Cominciava a pensare che in casa stesse succedendo qualcosa. Come sua madre, Matilda era di umore insolitamente irritabile. All'inizio Nora aveva dato la colpa agli ormoni e alla delicata fase dell'adolescenza, ma ora cominciava a chiedersi se non ci fosse qualcosa di più profondo nell'irritazione della nipote. Matilda aveva mangiato come un uccellino, spostando qua e là il cibo nel piatto mentre guardava il tavolo con espressione torva e sbottando contro chiunque avesse avuto la sfortuna di suscitare la sua ira.

Nora si stava ancora interrogando sullo strano comportamento della quindicenne quando, dalla finestra, vide Becky Baker entrare in giardino. Controllando l'elegante orologio da polso, vide che era troppo presto perché la ragazza iniziasse il turno e provò un fremito di stizza. La giovane era un'aggiunta abbastanza recente al personale della villa e Nora l'aveva osservata da vicino nelle settimane in cui aveva lavorato a Halcyon. Sembrava abbastanza capace (anche se la settimana precedente aveva rotto una salsiera, il regalo dei genitori di Mrs Turner-Bridges per le nozze di Thomas e Isabel), e di certo era molto sicura di sé con la neonata.

Un po' *troppo* sicura, pensò Mrs Turner-Bridges mentre Becky scompariva sotto la grondaia. Isabel le aveva ceduto ogni responsabilità; anzi sembrava perfettamente in grado di continuare a scrivere nel diario, fare giardinaggio o persino fissare il vuoto con espressione contrariata, mentre la bambina piangeva. Se Nora richiamava la sua attenzione sulla neonata, Isabel diceva, quasi distrattamente: «Oh, se ne occuperà Becky».

Non che la giovane trattasse male la piccola – al contrario, pareva dotata di un naturale senso materno – ma Nora, il cui parto era imminente, trovava impensabile che una madre potesse perdere di vista intenzionalmente il proprio figlio. Ma Thea non era la primogenita di Isabel. Era il frutto di una quarta gravidanza regolare e facile, nonché l'ultima di una serie di bambini sani e belli. Non c'era da stupirsi che sua cognata fosse più rilassata di quanto avrebbe potuto esserlo un'altra donna.

Nora mise da parte quelle preoccupazioni fastidiose. Solo in seguito si concesse di osservare che all'epoca era stata troppo leale per ammetterlo. Silenziosamente, con riluttanza: Isabel sembrava non aver legato con la neonata. Non come aveva fatto con gli altri, né come ci si aspetterebbe che una madre si leghi a una bambina bella come Thea.

6

Mrs Turner stava servendo le uova quando Becky Baker entrò nella sala da pranzo di Halcyon. L'orologio a pendolo che Mr Wentworth aveva ordinato dal Dorset, per compiacere la futura giovane moglie che non sarebbe mai arrivata a destinazione, aveva appena suonato le sette e mezzo e il suo monito aleggiava ancora nell'aria dell'ingresso illuminato dal sole. Nella sala della colazione, invece, si respiravano il fumo del pane tostato bruciato e un certo rancore tra fratelli. John e Matilda erano seduti ai lati opposti del grande tavolo quadrato, il primo impegnato a infilarsi in bocca forchettate di uova strapazzate, la seconda a osservarlo con una collaudata smorfia di disgusto.

«Dov'è Evie?» Mrs Turner si fermò quando raggiunse il posto vuoto, tenendo il grande cucchiaio d'argento a mezz'aria. «'Giorno, Nora» disse a Mrs Turner-Bridges, che era appena entrata dalla porta sull'altro lato. «Gradisci delle uova?»

«Oh, cara, non credo di riuscire a mangiare» rispose Nora. Il caldo della giornata aveva cominciato a farsi sentire lungo il tragitto dalla camera alla sala da pranzo. Le doleva la testa e, benché si fosse raccolta i capelli, le sottili ciocche sulla nuca si erano arrotolate come molle. Le guance arrossate erano in contrasto con la carnagione pallida (ma lentigginosa, per suo eterno rammarico).

Nemmeno Matilda era entusiasta alla prospettiva delle uova strapazzate, e punzecchiava i grumi bianchi e gialli con i rebbi della forchetta. John, invece, aspettò che la madre posasse la pentola e iniziò a servirsi una generosa seconda porzione. Mrs Turner non mangiò nulla, limitandosi a sedersi a capotavola davanti al piatto vuoto. Prese la tazza e bevve un sorso di tè prima di corrugare la fronte accorgendosi che il liquido era tiepido.

Fu allora che entrò Becky Baker. La sua timidezza di fronte alla bella e benestante famiglia Turner era tale che la giovane non si annunciò, soffermandosi invece vicino alla parete accanto alla porta, dove nessuno – tranne Nora, come avrebbe poi riferito alla polizia – notò la sua presenza. I Turner non erano persone egocentriche, ma, come famiglia, erano così completi nel loro fitto intreccio di lealtà e risentimenti che non ammettevano facilmente gli estranei. Semplicemente non c'era posto.

«Dove stai andando, John?» chiese Mrs Turner quando il ragazzo saltò su, spingendo la sedia verso il tavolo con spensierata approssimazione.

«Devo dare una cosa a Matthew.»

«Torna puntuale per il pranzo.»

«Se Matthew mi invitasse a pranzare da loro, posso fermarmi?»

«Potrei.»

«Sì, ti prego» intervenne Matilda. «Anzi, fai un favore a tutti noi e resta lì per sempre.»

«Matilda...»

«Mamma?» insistette John.

Al piano di sopra, nella nursery appartata, la neonata cominciò a piangere. Mrs Turner si portò la mano affusolata alla fronte.

«Mamma!»

«No, non oggi.»

«Perché?»

«È la vigilia di Natale.»

«E allora?»

«Facciamo qualcosa tutti insieme.»

«Per esempio?»

A prescindere dal fatto che la breve pausa di Mrs Turner abbia avuto un peso oppure no in quel momento, lo acquisì nelle successive descrizioni degli eventi. «Un picnic» rispose. «Faremo un picnic.»

«Non possiamo farlo un altro giorno?»

«No, ho già pianificato ogni cosa. Andremo tutti insieme.»

«Anche la zia Nora?»

Nora amava i picnic ed era molto gratificata dal fatto che il nipote avesse pensato di coinvolgerla, ma soffriva terribilmente di vertigini e caviglie gonfie e non sapeva se sarebbe stata in grado di affrontare una giornata all'aperto, con tutta quella luce diretta. Si stava domandando quale fosse il modo migliore per rifiutare garbatamente quando Isabel le risparmiò la fatica. «No, zia Nora no» disse con rinnovata fermezza. Come se si fosse resa conto che poteva averla offesa, Isabel rivolse un mezzo sorriso di scuse alla cognata. «Non è in condizioni di andare da nessuna parte con questo caldo.»

Matilda, che sbriciolava tra le dita piccoli pezzi di pane tostato e li lasciava piovere sul bordo bianco del piatto, alzò lo sguardo. «A che ora pensi che finiremo?»

«Perché?» domandò John con l'aria di chi la sa lunga. Una stoccata finale prima di uscire. «Hai altri progetti?»

«Vermiciattolo!» Matilda gli lanciò dietro un frammento di pane, ottenendo per tutta risposta una risata trionfante.

«Oh, Matilda.»

«Ebbene, mamma?»

«Ebbene, cosa?»

«Quanto durerà questo picnic?»

«Santo cielo! Sarà finito quando sarà finito.»

«Devo tornare in tempo per le prove del coro.» Evie, che era comparsa dal nulla, era in piedi dietro la sua sedia. «Kitty e sua madre passano a prendermi.»

Con i suoi lunghi capelli biondi e lisci e gli occhioni azzurri a cui non sfuggiva niente, la piccola assomigliava a uno dei bambini del romanzo *I figli dell'invasione*. In seguito, Mr Simon Ackroyd, il supplente di scienze, avrebbe detto che «raramente aveva incontrato una ragazzina così ansiosa di fare domande intelligenti e così pronta a farti sentire stupido quando cercavi di dare una risposta accettabile».

«Eccoti» disse Mrs Turner. «Temo che tuo fratello non ti abbia lasciato molto da mangiare. Dovrai accontentarti degli avanzi. Ora non riesco a preparare altro, c'è troppo da fare. Devo mettere in ordine le cose.»

«Mettere in ordine le cose?» Il sergente Duke avrebbe interrotto Mrs Turner-Bridges mentre riferiva la conversazione di quella mattina, sporgendosi sopra la scrivania per fissarla con un'espressione incuriosita. «Che cosa intendeva, secondo lei?»

«In quell'istante ho immaginato che alludesse al picnic. Isabel faceva sempre le cose alla perfezione. Ricordo di aver pensato che sembrava piuttosto stressata per un'iniziativa che avrebbe dovuto essere piacevole.»

«E ora?»

«Ora? Be', mi chiedo se non avesse in mente qualcosa di diverso.»

Qualunque fosse l'intenzione di Mrs Turner con quel commento, Evie si limitò a replicare: «Mrs Landry viene a prendermi alle cinque».

Prima che Isabel potesse ribattere, Becky Baker, che era uscita dalla stanza senza dare nell'occhio, tornò con la piccola Thea in braccio.

«Sei in anticipo questa mattina, Becky» osservò Mrs Turner.

Becky stava sorridendo alla neonata, la cui manina a forma di stella si intravedeva sopra l'orlo della coperta, ma distolse l'attenzione dalla piccola e assunse l'atteggiamento di una studentessa che ripete una lezione imparata a memoria: «Mrs Summers dice di farle uno squillo e di avvisarla se le serve qualcos'altro per Natale. Manderà uno dei ragazzi a consegnare la spesa alle undici e mezzo».

Udendo l'accenno ai giovani Summers, Matilda lanciò un'occhiata all'orologio da polso con il quadrante rotondo e poi si tolse una briciola inesistente dal labbro inferiore. Sembrava assorta nei suoi pensieri. «Chiedo scusa» disse, «sono sazia.»

«Ma non hai mangiato neanche un boccone!»

«E Mrs Summers le manda questo.» Becky porse a Mrs Turner un piccolo dono avvolto nella carta velina.

Il viso della padrona di casa si tese con il disagio che accomuna quanti ricevono un regalo senza aver pensato di contraccambiarlo.

«È per la bambina» aggiunse Becky, il che in certa misura migliorò le cose, dato che i regali per i neonati appartenevano a una categoria a sé.

Mrs Turner accennò al fagottino tra le braccia della giovane e il suo atteggiamento sembrò passare dall'incertezza alla decisione. «È pronta per la culla?»

«Sì, signora, prontissima.»

«Allora mettila nella cesta e vieni con me, per favore. C'è qualcosa di cui devo parlarti prima che la giornata mi sfugga di mano.»

Quanto accadde tra Mrs Turner e Becky Baker nel salotto buono dopo la colazione sarebbe diventato una questione di un certo interesse per gli inquirenti nel periodo immediatamente successivo alla tragedia della famiglia Turner, in particolare la provenienza di un piccolo ornamento che fu trovato in possesso di Becky nei giorni seguenti.

L'oggetto in questione era una minuscola scultura giapponese, detta *netsuke*. Mrs Turner ne possedeva una collezione modesta ma preziosa, che era arrivata nel baule dopo la morte di sua madre. Gli antichi gingilli d'avorio erano custoditi in una vetrinetta nel salotto buono, da cui venivano tirati fuori solo una volta alla settimana, il mercoledì mattina, quando Mrs Pike spolverava i ripiani di vetro. La teca non era chiusa a chiave (Evie l'aveva smarrita quando, a due anni, aveva sviluppato un forte interesse per gli oggetti appuntiti e luccicanti), ma non era necessario. Tutti gli occupanti della casa conoscevano le regole quando si trattava di *netsuke*.

La scultura in questione era la preferita di Mrs Turner. Pur non essendo elaborato come gli altri, il coniglio bianco era bellissimo. Gli esseri umani sono attratti dalla simmetria e la piccola figura a quattro zampe era una creazione molto appagante da quel punto di vista. «La signora diceva sempre che si adattava perfettamente al palmo della mano» disse Mrs Pike alla polizia. «Una volta mi ha invitata a prenderlo molto delicatamente e a chiudere le dita intorno alla sua schiena liscia, e che mi venga un colpo se non aveva ragione.»

Evidentemente Becky Baker ricavò una soddisfazione analoga dallo stringere il coniglio, perché è proprio ciò che stava facendo il lunedì dopo Natale, quando il giovane Matthew McKenzie la notò su uno sgabello nell'annesso dietro la sala da tè di Betty Diamond. Matthew, che si era trasferito di recente per vivere con i nonni nella fattoria accanto alla villa dei Turner, menzionò l'episodio durante l'interrogatorio con l'agente Doyle, che nei giorni successivi alla tragedia bussò a tutte le porte in Willner Road.

Da quando Matthew aveva stretto amicizia con John Turner, aveva trascorso molto tempo a Halcyon e aveva intuito subito che la vetrinetta nel salotto buono era uno scrigno di piccoli tesori, com'è avvezzo a fare un certo tipo di tredicenne dagli occhi di lince. Scaltro, dotato di ottima memoria e di un'innata attrazione adolescenziale per gli oggetti in miniatura, aveva preso dimestichezza con il contenuto della teca quasi per osmosi, e dunque aveva capito subito cosa c'era tra le dita di Becky Baker.

«L'ho vista vicino alla sala da tè della zia» avrebbe detto alla polizia. «Non sapeva che la stavo osservando, perché ero dall'altra parte della strada e stavo usando il mio binocolo nuovo. Me l'ha mandato la mamma per Natale. Ora vive a Sydney. Il binocolo viene dalla Germania occidentale, Carl Zeiss. La mamma ha pensato che mi sarebbe stato utile per fare *birdwatching*.» A quel punto ebbe la decenza di fare un'espressione imbarazzata, ma solo per un secondo. «È stato allora che ho notato il coniglio. Ho visto che se lo passava da una mano all'altra e che lo infilava in tasca molto rapidamente quando qualcuno l'ha chiamata dentro.»

«Sei sicuro che fosse il coniglio di Mrs Turner?»

«Sicurissimo.»

Dopo che Mrs Pike ebbe confermato che nella vetrinetta c'era davvero un *netsuke* a forma di coniglio bianco e che il sergente Kelly ebbe appurato l'assenza di quell'oggetto tra le figurine intagliate nel salotto buono di casa Turner, due agenti si presentarono al vecchio birrificio per parlare con Becky Baker. Il padre e la sorella minore, Fay, insistettero per essere presenti, richiesta che fu accettata perché, sebbene Becky avesse più di diciotto anni e dunque fosse maggiorenne, i Baker erano una famiglia all'antica e le regole di cortesia in una piccola comunità erano chiare.

Quando le chiesero del coniglio, Becky arrossì. «Me l'ha r-r-regalato Mrs Turner» balbettò.

Ebbe un attimo di esitazione quando la pregarono di tirare fuori l'oggetto.

«Non preoccuparti, tesoro» disse suo padre con un tono insieme burbero e incoraggiante. «Non vogliono portartelo via. Vogliono solo dargli un'occhiata.»

«Me l'ha regalato Mrs Turner» ripeté Becky con più sicurezza quando tornò. Strofinò il pollice sulla schiena liscia e curva dell'animaletto d'avorio. «Ha detto che era un dono.»

«Un dono? Per Natale, intendi?» domandò il poliziotto più anziano.

«E per tutto il lavoro che ho fatto da quando ho iniziato.»

«Mrs Turner ti faceva spesso dei regali?» L'agente che la stava interrogando era il sergente Liam Kelly, un omone con la pelle arrossata dal sole che era nuovo di Tambilla, essendosi trasferito da Mount Barker, un distretto amministrativo più grande sulle Hills. Il suo rude aspetto da uomo del popolo nascondeva una natura meticolosa e un'inclinazione per gli enigmi, tanto nella professione quanto nel tempo libero. Il peso della sua attenzione rese Becky nervosa. Non era abituata alle persone nuove.

Conosceva l'agente Eric Jerosch, l'assistente di Kelly, fin da quando erano bambini. Lui era di qualche anno più grande e una volta l'aveva riaccompagnata a casa da scuola in bicicletta dopo che si era slogata una caviglia cadendo ed era scoppiata a piangere sul ciglio della strada. Ora, quando Becky gli lanciò un'occhiata, Eric le fece un cenno rassicurante. Lei tornò a concentrarsi sul sergente e scosse la testa.

«Non ti aveva mai fatto un regalo prima?»

«No.»

Kelly prese nota e poi, senza alzare lo sguardo dal bloc-notes: «Ha detto qualcos'altro?».

«In passato mi aveva spiegato che era un tesoro di famiglia. L'aveva ricevuto dopo la morte di sua madre.»

«Un tesoro di famiglia?»

Becky annuì.

«Doveva essere molto importante per lei.»

«Una delle cose più preziose che possedeva.»

Il sergente allungò la mano. «Posso?»

Becky gli posò il coniglio sul palmo largo e calloso, e il poliziotto lo tenne controluce, girandolo e rigirandolo mentre osservava i dettagli. «Be', è di ottima fattura. Mio suocero e suo padre prima di lui erano tornitori, e posso affermare che è un oggetto davvero molto elegante.» Mise il *netsuke* sul tavolo e lo guardò ancora per un po' prima di riportare lo sguardo sulla ragazza.

«Ti piace il tuo lavoro a Halcyon, vero, Becky?»

«Sì, signore.»

«È un lavoro faticoso, però, con molte cose da imparare.»

«Mrs Pike me le insegna. Mi mostra cosa fare quando non sono capace.»

«È una signora simpatica, Mrs Pike. È bello lavorare con una persona così, no?»

«Sì.»

«E Mrs Turner? Era anche lei una signora simpatica?»

Becky rispose con un filo di voce. «Sì, signore.»

«Come hai detto?»

«Sì, signore.»

«Mrs Turner è mai stata severa con te?»

Becky abbassò lo sguardo. Era stato uno shock quando Mrs Turner le aveva urlato addosso. Non aveva rotto di proposito la salsiera. Non si sa come, le era caduta dalle mani. Aveva cercato di afferrarla, ma le era scivolata tra le dita maldestre, atterrando sul pavimento con un tremendo fracasso.

«Becky?»

«Avevo rotto una cosa.»

«Una cosa preziosa?»

«Di solito non rompo le cose.»

«Mrs Turner si è arrabbiata con te?»

«Si è infuriata.»

«Mrs Turner era più irritabile del solito ultimamente?»

Becky gettò uno sguardo a Fay, sempre protettiva nei suoi confronti, come se sul suo viso potesse trovare un modo per mettere fine all'interrogatorio. Si sentiva a disagio a parlare della disavventura della salsiera e dell'umore di Mrs Turner.

«Becky?»

Era stata sopraffatta dall'imbarazzo quando Mrs Turner l'aveva vista far cadere la salsiera; si era sentita un'imbranata e aveva ricordato la canzone che i bambini le cantavano al parco giochi.

«Becky?»

Poi Mrs Turner aveva cominciato a gridarle contro, e Becky si era sentita avvampare ed era corsa fuori dalla casa, fino in fondo al roseto, dove finalmente aveva dato libero sfogo alle lacrime.

«Non lo fa apposta» disse infine, parlando di getto. «Non è facile stare lassù da sola. E negli ultimi tempi si è dovuta occupare di tutte quelle scartoffie aggiuntive. Ecco perché ha bisogno del mio aiuto con la bambina. Sa che la accudisco come se fosse mia.»

Nora Turner-Bridges non fu in grado di chiarire come il *netsuke* fosse entrato in possesso di Becky Baker. «Be', naturalmente non ero nella stanza» avrebbe detto dopo aver saputo dalla polizia la versione della ragazza. «Ma...»

«Ma?»

«Quando Isabel ha chiesto a Becky di seguirla, ho pensato che volesse licenziarla, non ricompensarla.»

«Licenziarla?» incalzò il sergente Kelly. «Perché ha fatto questa ipotesi?»

«Il suo tono era molto serio, anzi determinato, e ho pensato subito alla salsiera. Era un cimelio di famiglia e Isabel ci teneva molto.»

Mrs Pike, tuttavia, sbuffò all'idea che Mrs Turner volesse licenziare Becky. «Sono stata io a raccomandargliela, e lo rifarei. È una brava ragazza. Non è una cima, ma non ha un briciolo di cattiveria in corpo e ha sempre voglia di imparare.»

«Era incline a commettere errori?» chiese il poliziotto.

«Ne commettiamo tutti, sergente Kelly. Mrs Turner era soddisfatta del lavoro di Becky. Non si sarebbe mai sognata di darle il benservito, sicuramente non senza averne discusso prima con me.»

«Becky temeva di essere licenziata, vero, Mrs Pike? Dopo aver rotto la salsiera?»

«Era turbata dopo il rimprovero di Mrs Turner, questo sì, ma ben presto la questione è finita nel dimenticatoio.»

«Becky è fuggita, giusto?»

«Non è andata lontano e non è stata via a lungo. Era spaventata, tutto qui. È stata solo la sciocca reazione eccessiva di una ragazzina.»

«Dunque lei crede che Mrs Turner le abbia regalato il coniglio?»

«Se è quello che dice Becky, allora sì, ci credo. Considerando quanto è successo dopo, mi sembra che Mrs Turner avesse un buon motivo per lasciarle un piccolo ricordo.»

Mrs Turner-Bridges, però, aggrottò le sopracciglia. «Se fosse così, pare strano che l'unica persona a cui Isabel ha pensato di lasciare un ricordo sia una goffa diciottenne del villaggio.»

«Ritiene più probabile che Becky sia stata licenziata e abbia preso il coniglio per fare un dispetto a Mrs Turner?»

«Sono certa che il licenziamento l'avrebbe sconvolta. Era molto legata alla piccola Thea.»

«Troppo legata?»

Mrs Turner-Bridges fece una breve pausa. «A mio parere, sì. Ero preoccupata.» Si interruppe, coprendosi la bocca con la mano. «Non sospetta che la ragazza c'entri qualcosa con l'accaduto, vero? Se era arrabbiata per il licenziamento, è plausibile che abbia cercato di vendicarsi con il furto di un ornamento prezioso. Ma sicuramente, *sicuramente*, non avrebbe fatto nulla di così malvagio da ucciderli.»

«Sono tutte fandonie!» sbottò Mrs Pike. «No. Mai. Non si sarebbe mai sognata di fare una cosa simile, né tantomeno avrebbe saputo come procedere. La sola idea mi fa venire il voltastomaco. Voleva bene a Mrs Turner e il sentimento era reciproco. Anzi, ora che ci penso, ricordo di averle viste insieme quella mattina. Ero appena arrivata, erano le otto, e ho sbirciato dalla porta del salotto buono mentre andavo in cucina. Era una scena incantevole. Incantevole. Mrs Turner aveva la mano sul braccio di Becky, e Becky sorrideva per qualcosa che teneva tra le dita. Qualcosa di bianco, sì, ora ricordo. È stato subito prima che entrassi in cucina e vedessi la tazza preferita di Mrs Turner in frantumi sul bancone. *Questo sì che è un cattivo presagio*, mi sono detta. *Non può venirne fuori nulla di buono.* E avevo ragione, perché guardi cos'è accaduto dopo e quello che è successo da allora.»

7

Di qualunque cosa Mrs Turner e Becky stessero discutendo nel salotto buono, John approfittò della distrazione di sua madre per mettere un po' di distanza tra sé e la casa. Si era irritato quando lei aveva insistito affinché la famiglia trascorresse il pomeriggio insieme e aveva il vago sospetto che, se l'avesse sorpreso ad *aggirarsi* (la sua parola preferita), avrebbe deciso che era *annoiato* (la sua bestia nera) e gli avrebbe assegnato delle *cose da fare*. E benché non gli dispiacesse aiutare – anzi, era naturalmente incline a provare contentezza per il fatto di essere considerato utile – a tredici anni era un ragazzino molto impegnato, con idee diverse su come passare al meglio le ore successive. In effetti aveva fissato un incontro con Matthew McKenzie vicino alla recinzione tra le due proprietà.

L'amicizia tra John e Matthew era nata solo di recente. Si erano conosciuti all'inizio del 1959, durante una riunione degli scout a Woodhouse, vicino a Piccadilly, ed è corretto affermare che non erano andati subito d'amore e d'accordo. Anzi, quando John aveva visto l'altro ragazzo usare una lente d'ingrandimento per arrostire le formiche vicino alla vecchia cisterna dell'acqua dietro il rifugio degli scout, era rimasto abbastanza turbato da farne menzione a Henrik Drumming mentre, un pomeriggio, lo aiutava a tagliare la legna. «John era un ragazzo dal cuore tenero» avrebbe detto Mr Drumming alla polizia durante l'interrogatorio la settimana dopo Natale. «Uno di quei ragazzi che sembrano tutti allegri e spensierati – un gran sorriso sul volto, la disponibilità a provare cose nuove – ma la cui fiducia e lealtà li rendono vulnerabili agli elementi sbagliati.»

«Matthew McKenzie era un *elemento sbagliato*?»

«Era un ragazzo diverso, più duro, più subdolo. Non è colpa sua, a volte la vita va così. Ma se fossi stato il padre del giovane John, l'avrei indirizzato in un'altra direzione.»

Il padre di John, tuttavia, era stato spesso lontano da casa nel 1959 e Matthew viveva nella proprietà accanto e godeva di molta libertà per un tredicenne. Il suo arrivo alla fattoria risaliva a tempi abbastanza recenti, dopo che la madre, Mrs Eileen McKenzie, ex segretaria in uno studio medico a Norwood, si era trasferita a Sydney con il nuovo fidanzato, e il padre, un dentista con un'agenda fitta di pazienti e un approccio di *non intervento* all'educazione dei figli, l'aveva mollato nella fattoria dei propri genitori a Tambilla. Il vecchio McKenzie e sua moglie erano stati severi e inflessibili con i loro ragazzi, ma lo sconcerto e lo smarrimento di dover accudire il nipote in età avanzata li avevano colti impreparati.

Fino a poco tempo prima, se qualcuno avesse chiesto a John di fare una classifica dei suoi amici e alleati, in cima alla lista avrebbe messo sua sorella Matilda, seguita a breve distanza dal suo migliore amico, Marcus Summers. Negli ultimi tempi, però, aveva iniziato a non sopportare più Matilda. Quando la guardava, faticava a riconoscere la sua compagna di giochi e avventure. Una volta era stata pelle e ossa come lui: ginocchia nodose, gambe forti e robuste, gomiti coperti di croste. Erano alti uguali, e non di rado lei aveva indossato i suoi pantaloni quando uscivano insieme. Ma nell'estate precedente era cresciuta di qualche centimetro rispetto a lui. Aveva cambiato acconciatura, perciò, invece di raccogliere i capelli, li lasciava sciolti, e addirittura faceva qualcosa di segreto durante la notte per averli ricci l'indomani. Dalla sua camera aveva anche cominciato a uscire un puzzo disgustoso, di talco, acqua di rose e preoccupanti cose femminili. Odori come quelli andavano benissimo per la mamma - anzi, erano deliziosi - ma nel caso di Matilda erano un tradimento. John odiava quando le cose cambiavano di colpo e la sua reazione a quelle novità era comportarsi con la minore maturità possibile. Quanto a sua sorella, quando si degnava di guardarlo, assumeva uno di due atteggiamenti: come se John fosse invisibile o come se fosse un mucchietto di sterco sul tappeto.

Con Marcus, le cose non andavano molto meglio. Si erano conosciuti il primo giorno di scuola, quando avevano cinque anni, ed erano stati molto legati per i sette successivi, condividendo persino il ruolo di capoclasse in prima media. Ma Mr Braun, l'insegnante delle classi miste di prima e seconda media alla Tambilla Primary School, riferì alla polizia di aver notato una certa tensione tra i ragazzi quell'anno.

«Il giovane Marcus è tornato dalle vacanze estive con un atteggiamento diverso. Non è raro a quell'età. Tutta colpa degli ormoni. Era più scontroso in generale, ma sembrava avercela con John in particolare. Un peccato, perché sono sempre stati grandi amici.»

Nemmeno John sapeva quale fosse la ragione quando parlò della rottura con Mr Drumming.

«Era molto triste» avrebbe precisato il capo fattore nei giorni successivi alla tragedia. «So che non è una cosa importante, l'amicizia tra due ragazzi, dopo quanto è accaduto, ma continuo a pensare a John. Si sentiva solo, credo, con il padre spesso assente. L'ho incontrato un pomeriggio, nel capanno dove tengo le macchine, seduto tutto solo al buio. Ho capito che stava piangendo, ma non sapevo cosa lo angosciasse. Gli ho messo la mano sulla spalla. "È il mio migliore amico" ha detto, e "Che cosa ho fatto per meritarmi il suo odio? Non vuole più nemmeno avvicinarsi a casa mia".»

Nel corso delle indagini, la polizia avrebbe scoperto la causa del malumore di Marcus Summers. È emerso che John Turner non c'entrava nulla, anche se il ragazzo non aveva tutti i torti quando aveva osservato che l'amico stava evitando casa sua. Fu il reverendo Ned Lawson della chiesa anglicana di St George a far luce sulla questione.

«Marcus Summers è venuto da me un pomeriggio e mi ha detto di aver sorpreso una persona cara in una situazione compromettente, vicino all'albero cavo sulla proprietà dei Turner.»

Il sergente Kelly, seppure rispettoso per natura, era il tipo di persona che chiamava le cose con il loro nome da quando aveva imparato a parlare. Dedicò qualche secondo a cercare di decifrare le implicazioni che si celavano dietro la testimonianza del sacerdote prima di decidere che non aveva tempo per la delicatezza. «Può dirmi di chi e di cosa stiamo parlando, reverendo Lawson?»

«Del fatto che suo fratello maggiore stava corteggiando la giovane Matilda Turner.»

«E li ha visti insieme?»

«Da come ha descritto la scena, dev'essere stato piuttosto scioccante. Trovarli in quelle circostanze l'ha disorientato, era l'ultima cosa che si sarebbe aspettato. È un'età difficile per un ragazzo, con tutti quei nuovi sentimenti, e cogliere la coppia, per così dire, in flagranza di reato l'ha fatto arrabbiare.»

«Arrabbiare?»

«Ho constatato spesso, sergente Kelly, che la rabbia è una comoda controfigura quando gli uomini, o i ragazzi, non sono pronti a dare un nome ai loro veri sentimenti.»

Siccome il sergente era nuovo in città e dunque non conosceva i dettagli dei rapporti familiari tra i residenti, il reverendo passò a spiegare che naturalmente Marcus Summers si era sentito tradito dal fratello, oltre che offeso. Facevano ogni cosa insieme da quando aveva memoria; erano un duo, una coppia, una squadra. Ma ora Kurt era entrato nel mondo degli adulti e l'aveva lasciato indietro. E benché la barriera tra loro non avesse nulla a che fare con John Turner, secondo Marcus il suo amico era colpevole per associazione.

«È stata la sorella di John» proseguì Lawson, «insieme alla sua grande casa, al meraviglioso e opulento mondo dei Turner, a sedurre Kurt. Così Marcus ha fatto l'unica cosa che gli è venuta in mente per esercitare una qualche forma di controllo: ha tagliato fuori l'amico dalla sua vita.»

Tutto questo per dire che quando Matthew McKenzie cominciò a farsi vedere sul vialetto dei Turner, John era più disposto di quanto forse sarebbe stato normalmente a non curarsi delle debolezze del nuovo vicino. Di certo non guastava il fatto che Matthew paresse sfoggiare ogni volta un nuovo oggetto scintillante. Se da un lato la partenza di Mrs Eileen McKenzie aveva suscitato un piccolo scandalo negli ambienti medici di Adelaide, dall'altro si era rivelata una manna inaspettata per il figlio, nel senso che Mrs Edith Pigott segnalò un aumento significativo del numero di pacchi che arrivavano all'ufficio postale da Sydney con le scritte FRAGILE e MANEGGIARE CON CURA.

«Sei molto fortunato» aveva detto John con invidia, esaminando il binocolo Carl Zeiss, la chitarra Gibson e, soprattutto, la macchina fotografica Kodak Brownie. «Darei qualsiasi cosa per averne una uguale.»

Il suo nuovo amico aveva riso. «È il senso di colpa» aveva spiegato e, per una frazione di secondo, John si era ritrovato a fantasticare su cosa sua madre avrebbe potuto spedirgli se anche lei fosse scappata a Sydney.

Ma John non voleva che Isabel se ne andasse. Voleva che la sua famiglia rimanesse unita per sempre. Anzi fu proprio questo fatto che finì per legarlo a Matthew McKenzie e lo indusse a incontrare il nuovo amico vicino alla recinzione quella vigilia di Natale. L'ultima volta che suo padre era stato a casa, il ragazzo aveva sentito i suoi genitori litigare. Era bravo a captare cose che non avrebbe dovuto captare e aveva iniziato ad annotarle nel quadernetto rilegato in cuoio che sua madre gli aveva comprato perché vi scrivesse le sue grandi idee e riflessioni.

«Pare che io non riesca a renderti felice» aveva detto suo padre. «Ti ho dato tutto questo. Che cosa puoi volere di più?»

«Lo sai benissimo.»

Le loro voci si erano abbassate così tanto che nemmeno il vecchio trucco del bicchiere contro la porta aveva funzionato, finché Mr Turner si era lasciato sfuggire un'esclamazione: «Sono anche i miei figli».

A tredici anni, le stravaganze dell'età adulta erano ancora un mistero per John. Era rimasto scioccato nell'udire i genitori usare un tono duro ma, quando aveva provato a parlarne con Matilda, lei si era rifiutata di ascoltare. John aveva rimuginato sulla conversazione per giorni, poi era arrivato Matthew con la sua macchina fotografica nuova di zecca, e per un po' aveva dimenticato i suoi problemi. Finché un pomeriggio, mentre i due mangiavano panini al prosciutto all'ombra dell'albero cavo, si era ritrovato a raccontare ogni cosa all'amico.

Matthew ci aveva riflettuto su. «Tuo padre è spesso lontano da casa negli ultimi tempi?»

John aveva ammesso che il lavoro stava costringendo Mr Turner ad andare all'estero più frequentemente del solito.

Scacciando una mosca che gli si era posata sul naso, Matthew finì di masticare il boccone. «Si direbbe che tuo padre abbia intenzione di separarsi. Anche mia madre faceva molti *viaggi di lavoro* improvvisi.»

John era rimasto scioccato dall'idea che suo padre volesse abbandonarli. Non credeva, non riusciva a credere, che fosse possibile, ma aveva iniziato a prestare più attenzione alle azioni di Thomas Turner. Una sera, nello studio, aveva anche colto l'occasione per frugare nella sua valigetta, dove aveva trovato la lettera di *Rose*.

Fu Matthew a informare la polizia, scrollando il capo e dicendo in tono stanco: «La lettera è stata uno shock, poverino. Idolatrava suo padre».

Quando lo interrogarono a Londra, Thomas Turner confessò che sì, aveva conosciuto una certa Rose in Inghilterra e che la donna si era infatuata di lui.

«È stato tutto un po' imbarazzante» disse quando l'agente della polizia metropolitana gli domandò perché non avesse fornito prima quell'informazione. «Non sembrava neanche lontanamente importante. Mia moglie non ne sapeva nulla. Non c'era niente da sapere. Sono tornato in Australia poco dopo che Rose aveva scritto la lettera. Non avevo certo intenzione di conservarla, l'avevo dimenticata.»

John cominciò a pensare seriamente a come convincere suo padre a non andarsene. Fu allora che ricordò il viaggio che avevano fatto per vedere il documentario *The Back of Beyond* quando era in programmazione al cinema in Hindley Street, giù a Adelaide. Thomas Turner era stato entusiasta dell'esperienza. «Vedi come il regista riesce a farci pensare e sentire cose nuove, il tutto mentre racconta una storia? Che abilità.»

Mr Turner aveva sempre lodato il figlio per la sua intraprendenza. «Ha preso da me» era il commento più orgoglioso che John potesse sperare di sentire. Davanti alla macchina fotografica, ricordando *The Back of Beyond* e la reazione di suo padre, capì esattamente cosa fare. Avrebbe raccontato una storia che lo spingesse a pensare e a sentire e che gli facesse capire a cosa avrebbe rinunciato se mai avesse lasciato quel posto. Quella era la nuova e più importante missione del ragazzo.

Doveva soltanto convincere Matthew a prestargli la Zeiss.

Mentre John scrutava il campo del vecchio McKenzie in attesa di scorgere Matthew, a casa Evie Turner stava portando a termine una missione di natura diversa. All'insaputa della madre, anche lei era in piedi da prima dell'alba. Si era svegliata al buio ed era strisciata via senza far rumore lungo il pianerottolo e giù per le scale, fuggendo dalla casa attraverso la pesante porta d'ingresso anziché dalla cucina, in modo da non svegliare Charles Dickens, che altrimenti si sarebbe messo a cantare per reclamare gli avanzi.

Di per sé, non era un fatto insolito. Evie sgattaiolava spesso fuori mentre il resto della famiglia dormiva. A dieci anni godeva di una libertà molto maggiore rispetto ai coetanei, un'indipendenza che non derivava tanto dal consenso dei genitori quanto dalla rassegnazione di Mr e Mrs Turner al fatto che la loro terzogenita era, ed era sempre stata, assolutamente ingovernabile.

«È una vera libertaria» aveva detto Mrs Turner ad altre persone, con un tono più descrittivo che dispiaciuto, quando le avevano chiesto spiegazioni sulla disobbedienza della figlia. «È felice di seguire lo spirito della legge, ma si rifiuta di essere vincolata dalla sua lettera. Mi ricorda mio padre. Era identico.»

A prescindere che Evie avesse udito o meno questo paragone, aveva sviluppato un'affinità con il nonno materno, una figura lontana nello spazio e nel tempo. Era stato un naturalista come lei e, anche se Isabel non parlava spesso della propria infanzia, la bambina aveva scoperto abbastanza dettagli per informare Mr Simon Ackroyd, durante l'ora di scienze, che suo nonno era stato uno scienziato famoso e aveva persino pubblicato il libro *I funghi delle isole britanniche*. Questo fatto, apparentemente irrilevante, avrebbe stuzzicato l'interesse della polizia nelle settimane successive alla tragedia.

Si dà il caso che nel 1959 Evie avesse avviato uno studio tutto suo sulla vita vegetale e animale nei dintorni di Tambilla. Era indecisa se, da grande, fare la scienziata o l'artista, ma in ogni caso aveva scritto, nell'ambito di un progetto autobiografico per la scuola, che intendeva circondarsi di animali e piante, con il minor numero possibile di esseri umani.

«Sì, mi sembrava una ragazzina solitaria» disse Mr Ackroyd agli inquirenti. «Ma non infelice. Pareva soddisfatta, il tipo di persona che preferisce la propria compagnia.»

Uno dei pochi bambini che consideravano Evie Turner un'amica era Kitty Landry, una compagna di quarta elementare nella classe di Miss Metcalfe alla Tambilla Primary School, e il tipo di bambina dal carattere pacato che si stava già preparando al futuro ruolo di paciera della comunità. Il martedì dopo Natale, Kitty, seduta con la madre alla centrale di polizia, disse al sergente Kelly: «Le persone sostenevano che Evie era strana, ma a lei non importava. Diceva che le piacevano le cose strane».

Questo amore professato per la stranezza avrebbe potuto spiegare i particolari interessi di Evie per il mondo della flora e della fauna. Scelte *ovvie* come i koala e i canguri non facevano per lei; i suoi animali preferiti erano i monotremi. E sebbene amasse gli odori e la vista degli eucalipti, dei cespugli di banksia e delle acacie australiane, era la distesa primordiale del pavimento della foresta a entusiasmarla. Rimaneva sconcertata quando i suoi compagni parlavano di magia e finzione e quando, la domenica in chiesa, il reverendo Lawson raccontava storie di acqua che si trasformava in vino e di angeli che apparivano agli uomini. Perché, si chiedeva, le persone si rifugiavano in simili fantasie, quando il mondo naturale offriva infiniti miracoli? Amava entrare nel regno buio e fresco del bush dopo la pioggia, a frugare tra le foglie bagnate per scoprire che una nuova varietà di funghi era spuntata durante la notte, con una serie di forme, colori e dimensioni inimmaginabili che aspettava solo di essere esplorata e catalogata.

Ma nelle prime ore della vigilia di Natale, quando Evie Turner attraversò l'Onkaparinga Valley Road in fondo a Willner Road e si diresse verso i folti boschi che crescevano dall'altra parte, non era in esplorazione. Sapeva esattamente dove stava andando e cosa si aspettava di trovare.

La macchia di bush più fitta e selvaggia rimasta a Tambilla era sul terreno di un certo Merlin Stamp. Quest'ultimo, un tipo magro e allampanato, con i capelli biondo slavato un po' più lunghi del normale, era l'eremita della cittadina. Nessuno sapeva quanti anni avesse e, da quando si aveva memoria, viveva in una roulotte sulla vasta proprietà che un tempo era appartenuta ai suoi genitori.

Le fantasie crescono nei vuoti di informazioni, e la mancanza di dettagli verificati su Stamp era un terreno fertile. Alcuni dicevano che era rimasto danneggiato durante la Grande Guerra. Provavano compassione per quell'uomo, la cui mente straordinaria («Ho sentito dire che faceva lo scienziato in un'università») era stata distrutta dall'orrore infinito del conflitto. Altri giuravano che in realtà era un ex criminale, i cui agganci, risalenti alla fondazione della colonia, l'avevano tenuto fuori dal carcere. «Una volta aveva una famiglia» mormoravano altri ancora, per poi spiegare (in termini piuttosto nebulosi) che era svanita in *circostanze sospette*. C'era un bambino che era annegato, sostenevano alcuni. Ma no, replicavano altri, c'era una moglie ed era caduta... era stata spinta... soffocata nel letto...

Non si sa se queste voci fossero arrivate alle orecchie della giovane Evie ma, in ogni caso, la ragazzina non aveva paura di Merlin Stamp. Passava molto tempo nei boschi e conosceva bene la gola degli ornitorinchi. Conosceva anche, benché la polizia non fosse riuscita ad appurare come, il capanno che Mr Stamp teneva nelle vicinanze. Poco più di una baracca, in realtà; quando, all'indomani della tragedia, gli inquirenti la perquisirono a fondo, trovarono un assortimento di oggetti insoliti: microscopi e tegami, innumerevoli barattoli contenenti campioni di piante e strane parti di animali con etichette scritte a mano su cui spiccavano descrizioni indecifrabili e le iniziali M.S. C'erano ragnatele, curiosi tabelloni appesi alle pareti, scaffali di libri ammuffiti e pile di sacchi di iuta. La polizia non sapeva ancora cosa cercare esattamente, e non trovò nulla.

Una cosa, però, era nota: all'alba del 24 dicembre, Evie Turner recuperò la chiave nascosta della baracca e si introdusse nella stanza semibuia, rovistando tra i barattoli finché non individuò quello che era andata a prendere. In seguito, quando Merlin Stamp arrivò al capanno per iniziare a lavorare, notò che la chiave non era precisamente dove l'aveva lasciata, ma avrebbe impiegato giorni per capire, sotto interrogatorio, perché fosse stata spostata, chi l'avesse usata e cosa avesse preso. Avrebbe dichiarato di non aver mai mostrato a Evie dove la teneva; anzi avrebbe affermato di aver scambiato solo una o due parole con *la bambina,* pur avendola intravista di tanto in tanto nel *suo bosco.*

In ogni caso, mezz'ora dopo essersi chiusa la porta del capanno alle spalle, Evie era di nuovo in casa, impegnata a raccogliere dalle pentole gli avanzi della colazione di John. Nessuno si stupì che fosse già vestita, con la consueta borsa di cuoio a tracolla e gli stivali sporchi ai piedi. Forse diedero per scontato che stesse uscendo? Forse avevano ormai rinunciato a cercare di capire le intenzioni di quella ragazzina così indipendente? Forse, con tutto quello che stava succedendo nelle loro esistenze frenetiche, semplicemente non se ne accorsero?

Sia come sia, nell'ultima mattina della sua vita, dopo che la zia si era ritirata al piano di sopra per riposare, che la sorella aveva buttato giù il tovagliolo e se n'era andata, e che la madre si era spostata in salotto per parlare con Becky, Evie fece colazione da sola. L'unica persona rimasta nella stanza con lei era la neonata, serenamente addormentata nella cesta intrecciata che Mrs Turner amava portare fuori nelle giornate calde e limpide e appendere al ramo di un albero.

Quando Evie fu debitamente sazia, dunque, si scusò solo con le pareti e con la neonata assopita prima di alzarsi da tavola e salire al piano di sopra. Non andò subito in camera sua. Invece, in fondo al pianerottolo, bussò alla porta della sorella maggiore e aspettò il permesso di entrare.

8

Quando Evie bussò, Matilda aspettava da uno straziante quarto d'ora, camminando avanti e indietro per tutta la lunghezza della piccola camera, fermandosi di tanto in tanto per appoggiare le mani sul davanzale della finestra e lanciare un'occhiata torva alle colline. Ogni traccia della tenue luce dell'alba era scomparsa e l'erba alta, seccata da settimane di sole, oscillava tra l'oro e l'argento mentre la brezza mattutina si muoveva tra i suoi fili. Matilda, però, era troppo tesa per notare il paesaggio (o la figura lontana di Matthew McKenzie che si avvicinava a John dalla recinzione). Aveva lasciato il tavolo della colazione non appena l'accenno a Kurt aveva minacciato di far trapelare la sua ansia. L'ultima cosa di cui aveva bisogno era che Isabel notasse quanto fosse nervosa quel mattino.

Aveva smesso da poco di chiamare sua madre *mamma*. A quindici anni, era impaziente di crescere e desiderosa di liberarsi delle ultime vestigia dell'infanzia. Era alta per la sua età e aveva una spiccata tendenza a guardare le persone dritto negli occhi. Non sopportava gli stupidi e, negli ultimi tempi, aveva scoperto che sempre più persone potevano essere definite in quel modo. Persino gli insegnanti, con cui un tempo aveva intrattenuto rapporti piacevoli e cordiali, si stavano ormai rivelando deludenti.

Proprio pochi giorni prima, Mr Collins, l'ordinato e magrissimo professore di matematica, con cui era sempre andata molto d'accordo, aveva fatto una serie di calcoli sbagliati mentre risolveva il problema di algebra alla lavagna. Matilda aveva alzato la mano per farglielo notare e lui, anziché premiare la sua perspicacia, era arrossito come una mela maturata sotto il sole e l'aveva costretta a rimanere dopo la lezione per pulire i cancellini. Quella sera, scrivendo dell'evento nel suo diario, la ragazza aveva annotato: *Non è la prima volta che mi ignora. Da quando si è verificato l'Episodio, fa di tutto per trattarmi come se fossi invisibile.*

L'Episodio, abbastanza importante per occupare un'intera pagina del diario, era l'occasione in cui Mr Collins aveva sorpreso Matilda e Kurt Summers dietro il capanno del giardiniere durante la pausa pranzo (evidentemente qualsiasi imbarazzo era stato dimenticato al momento del funerale, quando Mr Desmond Collins avrebbe ricordato ai presenti che Matilda era «una ragazza estremamente brillante. Molto promettente, tanto nella musica quanto nella matematica»).

Quell'anno, con il padre così spesso assente, Matilda aveva cominciato a considerarsi la seconda adulta della casa, e dunque era stata infastidita, in certa misura, dall'arrivo di Nora e da quella che vedeva come una retrocessione a cittadina di seconda categoria. Quando aveva appreso la notizia dell'imminente venuta della zia, aveva immaginato che avrebbero potuto essere tre donne insieme, che si sarebbero ritirate in salotto la sera, analizzando le notizie del mondo e scambiandosi opinioni sull'arte, sulla musica e su luoghi lontani. Ma non appena Nora era arrivata da Sydney, con il pancione che annunciava la sua presenza molto prima che il resto di lei varcasse la soglia, era diventato chiaro che la fantasia di Matilda non si sarebbe avverata.

Anzitutto, gli argomenti di conversazione non erano affatto quelli che aveva sperato. Ben presto si era stancata di sentir parlare di gravidanze, neonati e orari delle poppate e della nanna. Ascoltando la madre e la zia, aveva deciso che non avrebbe mai avuto figli. *Non riesco a immaginare nulla di più odioso che essere vincolata a una creatura impotente, capace solo di frignare e vomitare*, aveva scritto il 27 novembre. Ancora peggiore della fatica in sé era ciò che i bambini facevano a donne solitamente intelligenti. Sua madre era quasi irriconoscibile. La nascita della piccola Thea l'aveva resa assente e indebolita sul piano sia fisico sia mentale.

La camera, che Matilda occupava da quando era bambina, era sull'angolo anteriore della casa, rivolta verso nord. Era stata arredata senza badare a spese dall'architetto inglese di Mr Wentworth ed era sostanzialmente la tipica nursery vittoriana, di quelle che un tempo comunicavano con la stanza della bambinaia e un'aula scolastica. La carta da parati raffigurava una serie di allegri personaggi di filastrocche vittoriane, che Matilda aveva fatto del suo meglio per coprire con poster dei suoi musicisti preferiti: John Coltrane, Ella Fitzgerald e Louis Armstrong. Un leggio d'acciaio occupava lo spazio vicino alla finestra, con un sassofono appoggiato a un sostegno là accanto.

Prima che Evie bussasse, Matilda diede due ritocchi al proprio aspetto: si mise la graziosa catenina che Kurt Summers le aveva regalato di recente, e cambiò la camicetta, scegliendone una che si abbottonava fino al colletto. Quella sera, il dottor Larry Smythson, il medico legale capo dell'obitorio di West Terrace, che era rimasto fino a tardi per fare un favore al suo collega di lunga data, il sergente Peter Duke, avrebbe notato, togliendo il gioiello dal collo della ragazza, che il fermaglio era leggermente piegato, a indicare che Matilda l'aveva allacciata con un gesto affrettato, forse frustrato. Durante l'interrogatorio, la zia avrebbe detto di aver notato che la nipote si era cambiata quando era tornata al piano di sotto quella mattina, ma di non averci badato, sul momento.

«Le ragazze di quell'età tengono molto al loro aspetto, anzi a quasi ogni cosa, e Matilda era particolarmente volubile da quando ero arrivata.»

«In che senso, volubile?»

«La sera si sedeva con noi, accettava una tazza di tè e poi, mentre lo versavamo, decideva di non volerlo più. Sembrava irresoluta.»

Matilda era stata di malumore nelle settimane precedenti la vigilia di Natale del 1959. Aveva trascorso molto tempo da sola in camera sua, con il diario aperto sulle ginocchia, contando le date a ritroso una volta dopo l'altra, fino al giorno dell'albero cavo. Quello, l'aveva cerchiato con cura. Ormai erano passate sette settimane e lei era ancora in ritardo. Era sempre stata puntuale come un orologio. Si era addirittura vantata di quel fatto, pur sapendo che era solo uno scherzo della natura e della biologia.

Nell'ultimo mese aveva aspettato, sperato, pregato e pianto. Poi, una settimana prima, l'aveva detto a Kurt. Era stata una decisione combattuta. Avrebbe preferito tenerlo per sé e gestire la situazione in privato, ma non aveva la patente né l'accesso a un'auto e doveva andare in città.

Però Kurt si era rifiutato. Era innamorato di lei, aveva detto. Era anche un giovanotto ottimista, le cui speranze non erano ancora offuscate dall'ambivalenza che sarebbe arrivata con il tempo. La vita era sacra, le aveva rammentato. «Possiamo farcela. Insieme, possiamo farcela. Ci sposeremo.»

«Sposarci! Come potremmo permettercelo?»

«Troverò un lavoro.»

«Andrai all'università quando avrai finito la scuola.»

«Non sono obbligato.»

«Ma è il tuo sogno.»

«È il sogno di mio padre. Non ho ancora idea di cosa voglio fare. Farò qualcos'altro. Qualcosa all'aperto. Taglierò i prati.»

«Le signorine Edwards non saranno in grado di pagarti abbastanza per mantenere una moglie e un bambino.»

«Allora gestirò il negozio con mia madre. Possiamo farcela» aveva ripetuto Kurt. «I miei genitori ce l'hanno fatta.» Durante l'incontro successivo le aveva dato la collana, come se in quella sottile catenina d'oro e in quel piccolo granato ci fossero tutto il potenziale, la speranza e la fortuna di cui avrebbero avuto bisogno.

Matilda, tuttavia, era di altro parere. Kurt le aveva raccontato dei suoi genitori, sposati a causa di una gravidanza (che poi non era nemmeno andata a buon fine) e felici come pasque, ma lei non voleva diventare madre. Non voleva sposarsi. Non ora. Forse mai. Aveva grandi sogni per il futuro. Progettava di viaggiare, di vivere a New York e di suonare jazz in locali notturni con insegne al neon.

Così le era venuta una nuova idea. L'unico intoppo era la necessità di arruolare la sorella minore. Essendo una persona responsabile per natura, aveva valutato i pro e i contro del coinvolgimento di Evie, che dopotutto aveva solo dieci anni. Alla fine aveva concluso che era accettabile a due condizioni, scritte nel suo diario come la soluzione di un problema di logica in fondo all'annotazione del 3 dicembre.

1. *Non devo rivelarle la ragione, così non dovrà sopportare alcun fardello morale.*
2. *Devo ripagarla con qualcosa a cui attribuisce più o meno lo stesso valore.*

Quando finalmente udì i colpi sommessi alla porta, aprì nel giro di pochi secondi. Era rossa in viso. «L'hai preso?»

Sua sorella fece un breve cenno di assenso.

«Fa' vedere.»

Evie infilò la mano nella borsa.

«Non qui fuori!» Con una rapida occhiata oltre la spalla di Evie, Matilda la afferrò per il polso e la trascinò dentro, dove la aspettava il microscopio che era riuscita a trafugare dall'aula di scienze come pagamento.

Il silenzio scese ancora una volta sul pianerottolo, mentre il sole, che aveva continuato il suo lento arco attraverso il cielo, raggiungeva finalmente un punto abbastanza alto perché i raggi di luce cominciassero a filtrare attraverso la cupola di vetro del soffitto, illuminando pigre particelle di pulviscolo, sospese e ignare di ciò che la giornata aveva ancora in serbo.

John, nel frattempo, aveva appena scoperto un problema. Farsi prestare la macchina fotografica non era stata un'impresa semplice. Matthew, che non era il tipo da lasciarsi sfuggire un'opportunità, aveva captato l'impazienza dell'amico e colto l'occasione al volo, accettando di prestargli la Brownie a una condizione. Una o due settimane prima, quando avevano fatto un'incursione nella dispensa di Mrs Turner in cerca di Lebkuchen – i biscotti natalizi appena sfornati da Mrs Pike – Matthew aveva intravisto una scorta di bottiglie di vetro marrone nascoste in fondo al ripiano più basso. Aveva capito subito di cosa si trattava e il suo primo pensiero era stato quanto si sarebbe divertito a adescare i cani selvatici che ululavano nelle valli quasi tutte le sere.

John, che nonostante la spensieratezza era un ragazzo onesto e coscienzioso, aveva accettato l'accordo con riluttanza, offrendo due bottiglie (invece delle quattro richieste) in cambio dell'uso della macchina fotografica per una settimana. Ma quando era riuscito a intrufolarsi nella dispensa, sullo scaffale era rimasta una sola bottiglia, con metà del contenuto sparito. Si era dato dello scemo per non essere entrato in azione prima, ma aveva deciso che avrebbe dovuto accontentarsi, portando via la bottiglia e preparandosi a fare lo scambio nel luogo e all'ora stabiliti.

Fu così che mentre Matilda ispezionava il barattolo prelevato da Evie nel capanno di Mr Stamp, e sua sorella esaminava il nuovo microscopio, e Mrs Pike passava in rassegna i frammenti della tazza in cucina, e Becky Baker infilava la mano nella tasca del grembiule per accarezzare la schiena liscia del coniglio d'avorio che fino a poco tempo prima aveva occupato il posto d'onore nella vetrina di Mrs Turner, John consegnò la mezza bottiglia di topicida a Matthew McKenzie.

«Che cos'è questa?» disse il ragazzo. «Me ne avevi promesse due!»

«È tutto quello che è rimasto.»

«Ma ce n'erano molte.»

«Mia madre odia i ratti.» John scrollò mestamente le spalle. «Sia lei sia Mrs Pike. Una delle due deve aver già usato il resto.»

Matthew studiò la bottiglia e poi, con un grugnito di profonda insoddisfazione, la prese e se la mise in tasca. «Ti presterò comunque la macchina fotografica, ma puoi scordarti di tenerla una settimana.» Gli consegnò la Brownie. «La rivoglio il giorno di Santo Stefano.»

John prese l'apparecchio come se valesse il suo peso in oro. Due giorni non erano molti ma, se avesse iniziato quel pomeriggio, quasi sicuramente avrebbe realizzato gli scatti di cui aveva bisogno.

«Ho dimenticato» disse Matthew in un secondo momento, dirigendosi verso la casa dei suoi nonni, «che lo sportellino della pellicola si è inceppato l'ultima volta che l'ho usata. Dovrai prima aggiustarlo.»

«La porterò da Mr Drumming» gli urlò dietro John. «Sa riparare qualsiasi cosa.»

Matthew McKenzie proseguì verso casa, fischiettando e camminando con passo elastico, e John, consapevole di non avere molto tempo a disposizione, si voltò e corse come una lepre lungo la collina, scomparendo oltre la cresta in direzione del capanno dei Turner.

9

Purtroppo per John, anche se era vero che Henrik Drumming possedeva la capacità impareggiabile di riparare quasi qualsiasi cosa, quel giorno il capo fattore non era a casa Turner. Aveva chiesto, e ottenuto, una rara mattinata libera.

In seguito, durante l'interrogatorio, Mr Drumming avrebbe esitato quando gli avrebbero chiesto come avesse trascorso il 24 dicembre. «Ero giù a Parkside» disse alla fine, quando capì che avrebbe dovuto rispondere.

I poliziotti non ebbero bisogno di chiedere cosa fosse Parkside. Si scambiarono un'occhiata, evitando lo sguardo di Henrik, finché fu il sergente Duke, l'ufficiale di grado più elevato e l'unico non residente, a domandare: «Che cosa ci faceva lì, Mr Drumming?».

«Ho portato a mia moglie dei fiori per Natale.»

Mrs Eliza Drumming era entrata e uscita dal Parkside Mental Hospital, il grandioso edificio gotico in Fullarton Road, per gran parte degli ultimi vent'anni, e Henrik Drumming l'aveva trovata al solito posto nella sala ricreativa, accanto alla finestra con la luce migliore e la vista sui giardini. Oltre ai fiori raccolti nel cortile della loro vecchia compagna di scuola Maud McKendry, le aveva portato un regalo di Natale. Il suo bel viso, un tempo capace di emozioni più sfumate di quanto lui avesse mai visto in un altro essere umano, era inespressivo a causa delle forti pillole che i medici le avevano prescritto. Il piccolo set di pittura cadde dalla confezione per atterrarle capovolto sulle ginocchia, ed Eliza lo girò delicatamente.

Un tempo adorava dipingere e Henrik le aveva costruito un atelier in fondo al giardino. Sua moglie aveva sempre avuto bisogno di prendere le distanze dagli altri, anche prima dell'insorgere della malattia che si era impossessata di lei. Pur essendo molto amata e ricambiando l'affetto altrui, era più felice da sola. Henrik aveva preso l'abitudine di osservarla mentre vagava in giardino, esaminando questa foglia e quel petalo. Lo riempiva di gioia vederla là fuori, con il sole che le illuminava i fili dorati tra i capelli. A volte si fermava a fissare i rami più alti degli eucalipti che crescevano lungo la recinzione, con la concentrazione che si acuiva in uno sforzo di comprensione. Una volta lui le aveva domandato cosa stesse facendo. «Ascolto le foglie» aveva risposto Eliza. Henrik non ci aveva dato molto peso in quel momento, ipotizzando che si riferisse al fruscio.

La sua cara moglie era l'unica cosa rotta che non era riuscito a riparare.

«Avrei dovuto cogliere i segnali» avrebbe detto alla polizia dopo la morte dei Turner. «Avrei dovuto rendermene conto.»

«Può parlarci di quei segnali, Mr Drumming? Quando si guarda indietro, che cosa l'ha colpita del comportamento di Mrs Turner nelle settimane precedenti la tragedia?»

«Era distratta. La incontravo ogni settimana per esaminare i registri della fattoria quando Mr Turner non c'era. Era molto intelligente e aveva fiuto per gli affari. Ma negli ultimi tempi ho notato che aveva perso interesse. Pareva indifferente.»

«Perché, secondo lei?»

Henrik scosse la testa. «Non lo so.»

«Ma sapeva che Mrs Turner aveva serie difficoltà a dormire, vero?»

Lui alzò lo sguardo. Non rispose subito.

Il sergente Peter Duke era un uomo che si trovava nella felice situazione di svolgere il lavoro a cui sentiva di essere stato chiamato da Dio. Il suo viso amabile corrispondeva esattamente a quello che si sarebbe potuto immaginare per il ruolo dell'interrogatore ideale: interessato ma impassibile, aperto e obiettivo, disarmante senza ricorrere all'astuzia. Ti faceva venire voglia di aiutarlo a risolvere il suo enigma. «Può dirci come si chiama sua moglie, Mr Drumming?»

«Eliza.»

«Eliza Drumming? Mrs...» Il sergente tornò indietro di diverse pagine finché trovò l'appunto che cercava, quindi alzò di nuovo lo sguardo. «Mrs E.W. Drumming?»

«Esatto.»

Duke fece un cenno a Eric Jerosch, che lanciò un'occhiata di scuse a Henrik, arrossendo fino alla punta delle orecchie. Era il fratello minore di Maud McKendry e da ragazzo aveva passato diverse estati a imparare a sostituire i circuiti di radio e stufette elettriche nel capanno di Henrik. Ora, su ordine del suo superiore, il giovane agente si girò verso l'armadietto alle sue spalle e recuperò dal primo cassetto una bottiglietta ambrata, posandola sul tavolo tra i due uomini.

«Mi dica, Mr Drumming: riconosce questo oggetto?» chiese il sergente.

Henrik annuì. In seguito, avrebbe detto che, sebbene non pensasse da mesi a quella bottiglia o al suo contenuto, aveva avuto uno strano presentimento mentre Eric gli dava le spalle, e non fu tanto stupito quanto disgustato quando vide il vetro ambrato e l'etichetta sbiadita con il nome di sua moglie scritto sopra.

«Ci serve aiuto per capire come un flacone di pillole prescritto a sua moglie sia finito nel cassetto del comodino di Mrs Turner.»

Henrik aveva la gola secca. «Come ha detto lei, aveva difficoltà a dormire.»

«Può ripetere, Mr Drumming?»

«Mrs Turner aveva difficoltà a dormire.»

«Glielo ha detto lei?»

Henrik fece un breve cenno di assenso.

«Lei e Mrs Turner parlavate spesso dell'argomento?»

«No, signore.» Il capo fattore arrossì. Era vero che lui e Mrs Turner si erano visti più spesso durante l'assenza di Mr Turner. Henrik l'aveva aggiornata ogni settimana sulla situazione della fattoria, segnalandole le provviste di cui avrebbero avuto bisogno e illustrandole i suoi piani per i vari campi. Quella sorta di rituale, pur non essendo affatto un evento sociale in senso stretto, aveva l'effetto di indurre gli interessati ad abbassare le difese. «Solo una volta» disse, ricordando come Mrs Turner si fosse scusata quel giorno, pregandolo di ricominciare da capo. *Qualunque cosa faccia*, aveva detto, *di notte non riesco a dormire e di giorno mi sembra di essere una sonnambula.*

Il sergente Duke prese la bottiglietta vuota e lesse l'etichetta. «Barbital. È un sonnifero?»

«Sì, signore.» Henrik notò che il flacone era vuoto e l'implicazione fu come un pugno nello stomaco. «Non sta dicendo che queste pillole c'entrano qualcosa con quanto è successo ai Turner, vero?»

«Non lo sappiamo ancora. I risultati della scientifica arriveranno solo tra un po'.»

Tutto questo, però, doveva ancora succedere. Quella vigilia di Natale, mentre il sole cocente continuava il suo tragitto nel cielo e Henrik Drumming conduceva Eliza fuori dal reparto femminile per andare a sedersi tra i graziosi alberi ornamentali e gli elaborati giardini fioriti di Parkside, a Tambilla Mrs Meg Summers stava preparando l'ordine dei Turner. Aveva anche approfittato di un raro momento di tranquillità tra un cliente e l'altro per infornare il pan di Spagna, e il profumo del dolce cominciava a diffondersi nell'aria, arrivando dalla cucina fino al negozio.

Meg controllò l'ordine un'ultima volta. Era sorpresa che Mrs Turner non l'avesse chiamata all'ultimo minuto per aggiungere qualcosa che aveva dimenticato. A dire il vero, aveva immaginato che la famiglia avrebbe necessitato di molte più provviste per il periodo delle feste, soprattutto dopo l'arrivo della sorella di Mr Turner. D'altra parte, forse era proprio quella la causa. Mrs Turner aveva molte cose a cui pensare, tra la neonata e l'ospite da intrattenere.

Rimase un po' di spazio in cima allo scatolone e Meg introdusse qualche leccornia in più, come faceva per tutti i migliori clienti: marmellata di fragole fatta in casa, un barattolo di pasta di pesce e una pagnotta del suo amatissimo Roggenbrot. Infine, con lo scatolone pieno fino all'inverosimile, chiamò Kurt. Mentre aspettava, provò una punta di impazienza, provocata in parte dagli effetti persistenti del ritmo a cui aveva lavorato tutto il giorno.

Vedendo che Kurt non arrivava, lo chiamò di nuovo. Non era da lui svignarsela prima di finire il lavoro della giornata.

«A quanto pare, stava controllando che il prato delle signorine Edwards fosse in ordine per Natale» avrebbe riferito la settimana successiva, quando la polizia le avrebbe chiesto dove fosse suo figlio quel mattino. «Sono due signore molto eleganti e raffinate. Sono donne d'altri tempi e vogliono che sia tutto perfetto.»

«Quando ha chiamato Kurt perché consegnasse la merce ai Turner, non l'ha trovato perché era al vecchio mulino?» domandò il sergente Duke.

«Sì, signore.»

«Per chiedere alle signorine Edwards se volevano che tagliasse il prato prima di Natale?»

«Non credo che abbia parlato con loro. Sono molto arzille, ma hanno quasi novant'anni. Fanno un lungo sonnellino pomeridiano. No, è andato e ha semplicemente dato un'occhiata. Ha fatto quello che occorreva.»

Mentre il sergente prendeva nota, Mrs Summers esitò e sembrò arrivare alla conclusione che fosse necessaria una precisazione. «Si occupa del prato al vecchio mulino da quando era alto come un soldo di cacio. Sapeva cosa cercare.»

«Sa dirmi per quanto tempo è stato via?»

«Non ci ho fatto caso, ero molto indaffarata. Non per molto, però, ne sono sicura.»

Siccome Kurt non c'era, Mrs Summers chiamò Marcus. Non senza una certa trepidazione. Il ragazzo l'aveva aiutata al bancone per tutta la mattina, ma era un quattordicenne un po' lunatico e da un'ora era in camera sua ad ascoltare i dischi di rock'n'roll. Quando comparve in fondo al negozio, però, Mrs Summers fu piacevolmente sorpresa.

«Ha capito che ero molto agitata» spiegò al sergente Duke. «È un bravo ragazzo, il mio Marcus. Lunatico o non lunatico, non ha mai sopportato di vedermi in difficoltà, che Dio lo benedica. Ho messo lo scatolone nella borsa di tela che usiamo per le consegne in bicicletta e gli ho detto di portarla subito in cima alla collina affinché i prodotti freddi non andassero a male – faceva molto caldo quel giorno – e sicuramente è stato veloce. È tornato prima che sfornassi la torta.»

In effetti, seduto accanto al padre alla centrale di polizia la settimana successiva, il giorno dopo Kurt, Marcus avrebbe confermato, dopo una certa insistenza, che il suo piano era stato entrare e uscire da casa Turner il più rapidamente possibile.

«Tu e John Turner non andavate d'accordo?»

Marcus non rispose subito, ma aveva un'aria così abbattuta che il sergente Duke dovette fare appello a tutta la sua determinazione per mantenere la posizione. Interrogare i ragazzini, soprattutto un adolescente che aveva perso un amico con cui aveva litigato, era una delle peggiori parti del suo lavoro.

«Fa' solo sì o no con la testa.» Pensò a suo figlio, Pete junior, il cui visetto ostinato si corrugava in un istante quando qualcuno lo metteva sotto pressione.

Marcus riuscì ad annuire. Era ai ferri corti con il suo amico John. Aveva accettato di fare la consegna per aiutare la madre, ma in realtà, ammise alzando brevemente lo sguardo verso Duke, aveva sperato di non vedere *nessun* Turner se avesse potuto evitarlo.

10

Purtroppo per Marcus, come spesso accade quando si è determinati a evitare un incontro, la prima persona che vide quando superò l'ultima curva del vialetto e raggiunse la villa fu proprio John. Il suo ex amico era nel campo in cima alla salita, ancora a una certa distanza tra l'erba alta, con un oggetto marrone a forma di scatola che pendeva da una cinghia gettata sopra la spalla e un lungo bastone dritto che oscillava da una parte all'altra come una spada. Le mucche intente a pascolare, con le schiene nere che mandavano bagliori argentei sotto il sole, lo ignorarono. Sembrava accaldato e decisamente infastidito.

Marcus si affrettò ad andare sul retro della casa e procedette lungo la veranda.

Poco più avanti, Evie Turner pedalava su un triciclo rosso che era già decrepito molto prima della sua nascita e che, in ogni caso, era troppo piccolo per lei. Si allontanò lentamente da Marcus, con la lunga treccia che le scendeva sulla schiena e le ruote arrugginite che cigolavano senza sosta. Evie girava pigramente intorno alla veranda da almeno trenta minuti. Essendo la più piccola (fino al recente arrivo di Thea), riceveva spesso l'ordine di aspettare mentre gli altri si organizzavano.

Quando la bambina scomparve dietro l'angolo, Marcus passò sotto il noce e raggiunse la porta di servizio, che si apriva direttamente sulla cucina. Sperava di lasciare la merce sul bancone e poi scappare, come aveva fatto molte altre volte, ma ahimè, sia Mrs Turner sia la zia arrivata da Sydney erano al centro della stanza. Mrs Turner stava preparando il pranzo e il tavolo di pino era coperto di fette di pane imburrato disposte in file, oltre a una torta arcobaleno, rivestita da uno spesso strato di glassa e già tagliata. Quattro thermos erano in attesa di essere riempiti, accanto a una teiera molto grande di acciaio inossidabile, del tipo che suo padre teneva per il campeggio.

«Tempismo perfetto» disse Mrs Turner quando lo vide. Benché stesse cucinando, indossava un vestito come quelli che Marcus aveva visto nelle riviste di moda al negozio. «Stavo proprio decidendo come imbottire questi panini.»

Lo stupore di aver trovato la cucina occupata ritardò la reazione del ragazzo. La presenza di Mrs Turner lo metteva in imbarazzo. Alla fine ritrovò la voce, odiandosi per aver balbettato mentre diceva: «La m-mamma dice che ha aggiunto un po' di cose. P-per Natale».

«Che gentile, e dopo aver già mandato un regalo per la bambina. È davvero di una generosità infinita. Naturalmente anch'io ho qualcosa per lei. È tutta la settimana che ho intenzione di portarglielo, ma non ho quasi avuto un attimo di tregua.

C'è sempre molto da fare in questo periodo dell'anno, non credi? Sono sicura che vale anche per tua madre, tra il negozio e tutto il resto. Immagino che abbia organizzato uno splendido Natale per la vostra famiglia.»

Mrs Turner-Bridges, accomodata su una sedia di vimini nell'angolo più fresco e meno luminoso della cucina, aveva assistito alla conversazione con non poca sorpresa. Non era da Isabel essere così loquace. Aveva fatto un'espressione quasi angosciata mentre commentava la gentilezza dell'altra donna. Nora ascoltò per qualche minuto, domandandosi perché Isabel fosse così nervosa, poi capì. Sua cognata non aveva un dono per Mrs Summers. Era stata colta in fallo e ora stava prendendo tempo. «Carissima» intervenne dolcemente Nora, «sei molto indaffarata qui. Vuoi che vada io a prendere il regalo per Mrs Summers?»

All'inizio l'altra parve confusa, ma si riprese velocemente. «Sì, grazie» rispose, sicura che Nora avrebbe trovato qualcosa di adatto. A Marcus: «Non ti dispiace aspettare, vero?».

Che gli dispiacesse oppure no non contava nulla. Una cliente di sua madre, un'adulta della comunità, gli aveva chiesto di aspettare, e l'educazione ricevuta dai genitori gli impediva di fare altrimenti. Lanciò un'occhiata alla porta aperta prima di fare un rapido e angosciato cenno di assenso.

«Nora, puoi pregare Matilda di raggiungermi?» urlò Isabel dietro la cognata. Sorrise a Marcus, dispiaciuta per aver alzato la voce, e iniziò a tirare fuori la spesa dallo scatolone. «È meglio che metta via questi prodotti freddi» continuò. «Oggi fa molto caldo. Molto, molto caldo. Pasta di pesce, la mia preferita... Come faceva tua madre a saperlo?»

Stava scherzando. Era risaputo che Mrs Turner aveva un debole per quella pasta di pesce. Gran parte di Tambilla la pensava allo stesso modo. Era una delle specialità più richieste del ricettario della bisnonna di Meg Summers. Insieme al Roggenbrot, naturalmente.

La zanzariera dal telaio di legno si aprì e si richiuse e John entrò, con la Brownie ancora in spalla e il viso arrossato dal calore e dalla frustrazione. Dopo aver cercato per ore, attraversando la proprietà da un capo all'altro, aveva cominciato a perdere le speranze di trovare Mr Drumming. L'esasperazione l'aveva messo di cattivo umore e, com'è abitudine dei ragazzi ovunque, andò in cerca di cibo per placare la tensione. «Sto morendo di fame» annunciò. I suoi occhi incontrarono molto brevemente quelli di Marcus, poi entrambi distolsero lo sguardo in un'ostinata dimostrazione di fastidio.

«Tra poco usciamo per il picnic.»

«Mamma, no, non posso.»

«Sciocchezze, ci andiamo tutti.»

«Ma devo fare una cosa, una cosa importante.»

«Credevo avessi detto che stavi morendo di fame.»

«Devo trovare Mr Drumming.»

«Oggi non c'è.»

«Che cosa?» Il panico nella voce di John era tale che, in circostanze normali, una madre normale (e certamente Mrs Turner) si sarebbe insospettita e sarebbe andata a fondo della questione, ma in quel preciso istante Mrs Turner-Bridges ricomparve con Matilda alle calcagna.

«Io non vengo» sbottò Matilda. «Fa troppo caldo per un picnic.»

«Non è vero.»

«Mi sto sciogliendo.»

«Non è vero.»

«Ho la nausea!»

In effetti, aveva una brutta cera e gli occhi iniettati di sangue, come avrebbe confermato in seguito sua zia. «Ho ipotizzato che fosse colpa del caldo» avrebbe detto Mrs Turner-Bridges alla polizia. «Il Signore sa che anch'io mi sentivo indisposta. Ma è emerso che era stata impegnata tutta la mattina.»

Fu Mrs Pike a far luce sulle azioni di Matilda, durante l'interrogatorio a cui fu sottoposta la settimana dopo i decessi. La governante aveva appena finito di riferire agli inquirenti che

Mrs Turner aveva insistito perché lei e Becky Baker lavorassero solo mezza giornata la vigilia di Natale («Pensavo che forse volesse una mano per preparare il pranzo – non aveva ancora iniziato a cucinare la cena, e ora c'era anche un picnic da organizzare – ma è stata irremovibile nel dire che ce l'avrebbe fatta da sola; è stata molto ferma su questo punto»), quando fece una pausa e aggiunse: «Quel giorno, la proprietà era più affollata di Hindley Street. Becky e io abbiamo incrociato Marcus Summers che stava andando a fare una consegna, e quando ci siamo separate in fondo al vialetto – io avevo la bicicletta, e lei preferisce tornare in città a piedi attraverso i paddock – per poco non sono andata a sbattere contro la giovane Matilda. Non so dove fosse stata, ma stava tornando a casa, con il viso arrossato e l'espressione angosciata».

Matthew McKenzie, che stava facendo *birdwatching* nelle vicinanze, fornì ulteriori informazioni sui movimenti della ragazza dopo colazione.

«Li ho visti insieme sul furgone dei Summers» dichiarò alla polizia. «Dove la strada sterrata si diparte da Willner Road. Kurt aveva parcheggiato sul ciglio. Sapevo che era lui. Anche se non l'avessi visto, l'avrei intuito, perché c'era il tosaerba sul pianale. Stavano litigando, lui e Matilda. Lei piangeva e Kurt era arrabbiato.»

«Come fai a sapere che era arrabbiato? Hai sentito cosa dicevano?»

«Dopo che Matilda se n'era andata, lui l'ha seguita con lo sguardo, poi ha dato una manata al tetto del furgone e ha imprecato.»

Isabel, tuttavia, intenta a spalmare la pasta di pesce sul Roggenbrot in cucina, non sapeva nulla di quanto era accaduto. Sapeva solo che la figlia aveva un comportamento recalcitrante e non intendeva sopportarlo.

«È la vigilia di Natale, e faremo un picnic insieme, in famiglia. Decidi cosa vuoi portare e recuperalo. Un libro, carta e penna, un asciugamano. Vale anche per te, John.»

«A cosa mi serve un asciugamano?» chiese il ragazzo.

La cucina era sempre più affollata, con le persone e gli attriti che intorbidivano l'aria. Mrs Turner-Bridges aveva portato con sé un pacchettino incartato, e Marcus desiderava soltanto allungare la mano e afferrarlo per poter finalmente fuggire da quella stanza, da quella famiglia. Ma, ahimè, era posato sull'angolo opposto del tavolo, ignorato da Mrs Turner, il cui coltello si muoveva sempre più rapidamente, spalmando generose dosi di marmellata di fragole sulle fette di pane imburrate rimaste. Incapace di andarsene, Marcus Summers la osservava, infastidito ma affascinato, dalla sua posizione vicino alla porta.

«A cosa mi serve un asciugamano?» ripeté John.

«Pensavo di andare alla pozza» rispose Isabel. «Si può nuotare e c'è un bel salice sotto il quale sedersi. Molta ombra, e un ramo perfetto per la culla. Matilda, ti dispiace andare a prendere la tua sorellina?»

«Isabel, per favore.» Matilda usò la sua migliore voce da adulta. «Non sto per niente bene. Ho bisogno di stendermi.»

«C'è una piccola borsa vicino alla culla» aggiunse sua madre. «Prendi anche quella.»

Scese il silenzio. Pareva che la situazione fosse arrivata a un punto morto e, senza ulteriori proteste, l'atmosfera opprimente si diradò per qualche istante. Ma di una cosa si può sempre essere certi, e cioè che due fratelli, ciascuno afflitto da un problema personale, si rifugino nel familiare conforto del bisticcio, e così fu per John e Matilda in quel momento.

«Che cosa stai guardando?» disse John, con il viso arrossato dal calore.

«Hai pianto?» ribatté Matilda, acida. «Sei rosso come un peperone.»

«Chi lo dice sa di esserlo.»

«Basta così!» Isabel, che era figlia unica, trovava inspiegabili le idiosincrasie del rancore tra fratelli. «Non so cosa vi sia preso oggi. Fa caldo e vedo che avete voglia di litigare, ma ho preparato del tè freddo e ho intenzione di portarne quattro thermos. Ce ne sarà in abbondanza per tutti.»

«Odio il tè freddo.» Evie passò davanti alla zanzariera sul triciclo cigolante.

«Questo ti piacerà. Ho aggiunto dello zucchero in più, solo per te.»

«Ed era vero» avrebbe detto Mrs Turner-Bridges a un conoscente stretto nelle settimane successive. «Riesco a immaginarla ora, chiara come il sole, mentre mescola e mescola, gira e gira. Era una di quelle teiere di acciaio inossidabile che si potrebbero usare per una festa. Molto grande. Non ci ho badato in quel momento. Il sole picchiava forte e non c'era dubbio che avrebbero avuto tutti sete.»

Ormai Mrs Turner aveva finito di preparare i panini. Dopo averli tagliati in quarti triangolari, li mise in alcune scatole insieme alla torta, e stava per versare il tè freddo nei thermos quando notò Marcus Summers ancora nello spicchio d'ombra accanto alla porta, con l'aria di chi cerca di rendersi invisibile.

«Santo cielo!» esclamò. «Me ne ero completamente dimenticata. Il regalo di tua madre!»

Nora le porse il regalo; era molto soddisfatta di essere riuscita a trovare nella valigia un vasetto di crema per il viso, acquistato a Sydney ma non ancora aperto. Un rettangolino di carta velina, e pareva che fosse rimasto sotto l'albero per tutta la settimana, in attesa della destinataria.

Facendo un sorriso riconoscente alla cognata, Isabel passò il regalo a Marcus. «Porta i miei migliori auguri a Mrs Summers, d'accordo?» disse al ragazzo. «E trascorri un bel Natale anche tu, tu e la tua famiglia.»

Marcus accennò un vaghissimo cenno e sgattaiolò fuori, lasciando che la porta si chiudesse alle sue spalle. L'energia accumulata, trattenuta così a lungo, lo spinse a pedalare come un forsennato giù per la collina e fino in città, tanto che sua madre, intenta a sfornare la torta quando lo vide arrivare, non poté fare a meno di notare quanto fosse stato rapido nell'effettuare la consegna.

Isabel, nel frattempo, si rivolse a Nora. «Mi hai salvato la vita. Dico sul serio. Ma quanto sono stata sgarbata, e anche distratta! Negli ultimi tempi ho la mente in subbuglio.»

«Non essere così dura con te stessa, Issy» disse Nora. «Hai una nuova bambina, oltre a tutto il resto.»

Forse l'accenno alla neonata indusse Isabel a concentrarsi sul pancione di Nora. «Ma cosa mi dici del *tuo* pranzo? Eccomi qui, a preparare tutti questi panini, senza pensare minimamente a te.»

«Non preoccuparti per me. Con questa enorme bambina che si mette così comoda, non sono sicura se riuscirò mai a mangiare di nuovo.»

«Ma potrebbe venirti un certo languorino mentre siamo via.»

«Se succede, il frigorifero è ben rifornito.»

Era abbastanza vero. Come può testimoniare chiunque abbia vissuto questa esperienza, una caratteristica, desiderata oppure no, della vita in una piccola città è l'incredibile generosità che ci si può aspettare di ricevere dai vicini nel momento del bisogno. L'arrivo di un bambino (e, come Mrs Turner-Bridges avrebbe scoperto di lì a poco, la morte dei propri cari) tende a tirare fuori il meglio dalle persone. Nelle ultime sei settimane, più o meno un giorno sì e uno no, qualcuno aveva bussato alla porta, di solito nel pomeriggio, e Isabel aveva trovato sulla soglia un vicino con una torta, uno stufato o un vassoio di biscotti per la famiglia. Il frigorifero e la dispensa erano stracolmi.

«Me la caverò» ribadì Nora.

«Ti stiamo abbandonando» disse Isabel, con la determinazione che vacillava all'improvviso. «E dopo che sei venuta fin qui per farci visita.»

«Sono sicura che riuscirò a stare da sola per qualche ora. Ho sentito alla radio che prevedono pioggia per domani, forse già per questa sera. Sarebbe un peccato non uscire a godersi il sole finché si può.»

Isabel sembrava ancora dubbiosa.

«Mi riposerò» la rassicurò Nora. «Non vedo l'ora. Voglio essere in forma per Natale.»

«Be'... sicuramente hai più possibilità di riposare con la mia tribù fuori dai piedi.»

Quasi a comando, i ragazzi ricomparvero. La necessità di recuperare l'occorrente aveva risollevato loro il morale. Avevano trovato libri e asciugamani, e persino una bandiera e alcune decorazioni, e avevano messo ogni cosa nei cestini.

Matilda aveva portato la neonata, come richiesto dalla madre, e la piccola dormiva ancora profondamente nella culla. Era un oggetto incantevole, quella culla. Intrecciata da Mr Bartel nel villaggio secondo gli stessi criteri rigorosi che i suoi antenati avevano adottato nel loro mobilificio a Muschten prima di emigrare nell'Australia Meridionale.

«Allora» Isabel si mise le mani sui fianchi con un gesto deciso che fugò ogni incertezza «direi che è tutto.» Accertandosi per l'ultima volta che Nora stesse bene, chiamò Evie, quindi guidò gli altri fuori dalla porta di servizio e lungo la veranda. Quando raggiunsero l'angolo della casa, si voltò verso la cognata, con il pancione e le guance rosate, una persona che aveva conosciuto quando aveva l'età di Matilda, e dopo un attimo di esitazione la abbracciò. «Sono contenta che tu sia venuta a trovarci. Sono molto felice che abbiamo trascorso questo tempo insieme.»

11

In seguito, Nora si sarebbe chiesta se avesse davvero visto il lampo del dubbio negli occhi della cognata mentre la salutava quella mattina ma, prima ancora che potesse anche solo pensare di rispondere, di dire che anche lei era felice di passare del tempo a Halcyon con la sua famiglia, Isabel aveva radunato i ragazzi e, con Matilda ed Evie che portavano un cestino ciascuna e John la culla, tutti salutarono Nora con la mano e lasciarono il giardino, sotto il sole caldo e fiammeggiante, in direzione della pozza e del grande salice.

Che cosa fecero quando raggiunsero il luogo del picnic? Ci fu forse una discussione su dove stendere esattamente la coperta scozzese? A differenza di Isabel, la cui pelle inglese era rimasta bianca come il latte, i giovani Turner erano scuri come le bacche di quandong che crescevano sui cespugli lungo il torrente. Scelsero forse, tanto per irritare la madre, di mettersi sotto il sole? Accaldato dalla camminata, John decise forse di fare una nuotata prima di mangiare? La nausea di Matilda si era attenuata? Si possono soltanto fare congetture.

Si sa per certo che i thermos erano vuoti, che i panini erano spariti e che della torta erano rimaste solo le briciole. Si erano tolti le scarpe. Avevano fatto il bagno. La culla era stata appesa a un robusto ramo del salice. Secondo i resoconti di coloro che arrivarono per primi sul posto, sebbene il pranzo fosse stato consumato, le scatole delle provviste non erano ancora state messe via. Non c'era alcun segno di malore o di interruzione. Non c'era stata alcuna lotta. A quanto pareva, sembrava che a un certo punto, sopraffatti da un'immensa stanchezza, da un senso di vertigine, o forse solo da uno strano turbamento, si fossero sdraiati tutti insieme, usando gli asciugamani arrotolati a mo' di cuscini, e che si fossero rifugiati in un sonno da cui non si sarebbero più svegliati.

Gli uccelli volavano nel cielo. Le lucertole si riscaldavano sulle rocce poco lontane. I serpenti strisciavano tra l'erba alta e secca del paddock più in là. Tutt'intorno, i rumori dell'estate australiana si intensificarono fino a formare una melodia pomeridiana profondamente soporifera, fatta di grilli che cantavano, foglie che sussurravano, uccelli che cinguettavano tra le cime dei giganteschi eucalipti. Gli uccelli sapevano, anche se la maggior parte degli esseri umani non se n'era ancora accorta, che quel pomeriggio c'era stato un mutamento nell'atmosfera intorno a Tambilla. Le nuvole si stavano addensando in lontananza, il vento era cambiato, stava arrivando una tempesta.

Poco distante dalla coperta, una colonia di formiche continuò a costruire la propria montagnola: diligenti, intraprendenti, sempre indaffarate. A un certo punto si sarebbero rese conto che nelle vicinanze le aspettava una grande abbondanza di briciole e si sarebbero apprestate a recuperarle. Erano, insieme, una parte vitale e distinta della storia umana che si stava svolgendo sulla coperta là accanto, impegnate in una lotta per la sopravvivenza che, agli occhi della natura, non era né più né meno importante di quella di qualsiasi altra creatura in quel pomeriggio infuocato.

Mentre il sole continuava il suo percorso attraverso il cielo ceruleo e l'ombra del salice si spostava sul campo, giù a Tambilla i due ministri della cittadina, uno luterano e l'altro anglicano, si ritirarono nelle sagrestie delle rispettive chiese, situate sui lati diagonali dell'incrocio principale, per ultimare i sermoni della vigilia di Natale.

Poco lontano, Betty Diamond era indaffarata nella cucina della sala da tè, e scacciava le mosche con una mano mentre maneggiava abilmente il coltello con l'altra: margarina e poi un uovo al curry, lungo una fila di fette di pane, seguiti da una foglia di lattuga iceberg per ciascuna, da una seconda fetta di pane, *et voilà*, un vassoio di panini avvolti in tessuto di cotone a quadretti, pronti per il ricevimento alla chiesa di St George di quella sera. La cucina, con la sua unica finestra sulla parete occidentale, era sempre calda di pomeriggio, ma quel giorno era insolitamente afosa. Betty non sapeva se dipendesse solo dal fatto che aveva lavorato rapidamente o se la tempesta di cui i suoi clienti parlavano da tutto il giorno stesse davvero per scoppiare.

Sull'altro lato della strada, Meg Summers chiuse il negozio con la soddisfazione di un libro mastro pieno di ordini evasi e di consegne effettuate. Il pan di Spagna per il compleanno di Percy si era finalmente raffreddato, e lo guarnì accuratamente con uno strato di panna montata e con alcune fragole coltivate da Maud McKendry. Erano le preferite di Percy e, quell'anno, una primavera più soleggiata della media le aveva rese particolarmente dolci.

Al vecchio mulino, le signorine Edwards dormivano ancora della grossa nei loro letti singoli, avendo l'età e l'inclinazione giuste per passare la parte più calda della giornata sonnecchiando. Al loro risveglio, una volta scostate le tendine di pizzo, avrebbero visto che il loro prato era in ordine come non mai, con i bordi tagliati proprio come il padre, un uomo molto esigente, aveva sempre preteso.

Henrik Drumming, che aveva lasciato la moglie nella sala ricreativa, dove l'aveva trovata, aveva risalito Greenhill Road e si era fermato davanti al Tambilla Hotel. Non era un cliente abituale, ma gli era venuta voglia di avere compagnia senza dover fare conversazione, così si sedette al bancone e ordinò un'acqua frizzante. Era sempre difficile tornare in una casa vuota dopo una visita a Eliza (era ancora seduto là a sorseggiare l'acqua quarantacinque minuti dopo, quando una sirena cominciò a urlare alla centrale di polizia in West Road, e un'altra mezz'ora dopo, quando il giovane insegnante Boris Braun fece irruzione nel bar per annunciare che stavano organizzando una squadra di ricerca, gridando qualcosa a proposito di una neonata e di alcuni cani).

Alle quattro, però, mentre Henrik teneva in mano il primo drink e rifletteva su sua moglie, sulla vita che avevano sognato un tempo e su quanto si sentisse solo senza di lei, in fondo alla strada, Maud McKendry, il cui giardino era ormai inondato dal sole, raccolse gli ultimi fiori per la funzione religiosa e li compose in mazzolini con cui ornare le estremità dei banchi. A quattro case di distanza, la giovane Kitty Landry aveva già provato tre vestiti diversi prima di scegliere quello che considerava abbastanza *elegante* per cantare nel coro della chiesa quella sera. Mentre Percy Summers guidava la fedele cavalla Blaze attraverso il varco nella recinzione sul confine della proprietà dei Turner, con l'intenzione di fare una breve sosta per permetterle di rinfrescarsi, Kitty salì su una sedia della cucina per potersi rimirare meglio nello specchio della madre, e si esercitò a cantare il nuovo inno con una spazzola al posto del microfono, ancheggiando come Peggy Lee, che aveva visto cantare *Fever* alla tv della zia a Sydney quando le avevano fatto visita a Pasqua.

Nella villa dei Turner, il cui tetto di ferro schioccava per il caldo, Nora Turner-Bridges si domandò quando sarebbero tornati gli altri. Non era ancora preoccupata, ma si sentiva sola. Non aveva visto l'ora di avere la casa tutta per sé; era esausta quando erano usciti. Ma non aveva chiuso occhio. Fuori dalla finestra della sua camera era risuonato un gracchiare insopportabile e, quando aveva aperto le tende, si era trovata davanti gli occhi vitrei di un enorme cacatua nero sui rami più alti del noce. Non le era piaciuto il modo in cui la fissava, così aveva richiuso le tende, lasciando che la stanza ripiombasse nell'oscurità; i suoi sforzi, però, erano stati vani.

Ormai il calore si stava accumulando negli angoli in penombra. Gli spessi muri di pietra che l'avevano tenuto a bada fino a quel momento avevano raggiunto il limite, ma spalancare le finestre sarebbe stata una follia. Nora decise di prepararsi una bevanda fresca e di sdraiarsi di nuovo, solo per qualche minuto. Senza dubbio avrebbe funzionato. Era la legge di Murphy, no? Non appena si fosse messa comoda e avesse iniziato ad assopirsi, li avrebbe sentiti arrivare lungo il vialetto, chiacchierando e ridendo, traboccanti di storie sull'avventura di quella giornata.

PARTE QUINTA

CAPITOLO DICIASSETTE

Sydney, 12 dicembre 2018

Jess si svegliò alle quattro del mercoledì mattina, pensando a Nora, all'estate e alla scena accanto al torrente. Alle grandi case di pietra, ai paddock di erba pallida e agli eucalipti dagli alti tronchi argentati. Pensò anche al veleno. Il coroner aveva dichiarato la tragedia un omicidio-suicidio ma, come nel famigerato caso dell'uomo di Somerton nel 1948, non era stato in grado di determinare il tipo di veleno usato. Jess aveva la sensazione che ci fossero diversi candidati: i funghi (perché presumibilmente era di questo che si trattava, no?) che Evie aveva procurato a Matilda, il topicida che John e Matthew avevano scoperto nella dispensa (tutto lo zucchero che Isabel aveva messo nel tè freddo?), i tranquillanti che Henrik Drumming aveva dato a Isabel per aiutarla a dormire.

Jess non si intendeva molto di veleni, ma ipotizzò che in natura ne esistessero molti non ancora diagnosticabili nel 1959. Le vennero anche in mente diverse possibilità su come Isabel potesse conoscerli: suo padre era un naturalista e lei aveva trascorso gran parte dell'infanzia a catalogare piante; Miller aveva incluso una citazione di un ex insegnante secondo cui Isabel era bravissima in scienze; e poi c'era il suo lavoro nel periodo bellico. La conversazione con la donna anonima alla festa di Londra, all'epoca dell'occupazione della Francia, indicava che Isabel era stata impegnata nella Resistenza. Forse era là che aveva imparato a conoscere i veleni letali, i loro meccanismi di azione e i metodi migliori per somministrarli senza lasciare tracce.

Jess cercò su Google l'università di Sydney, trovò una professoressa della School of Public Health che sembrava avere una specializzazione di ricerca adeguata, quindi le scrisse un'e-mail in cui spiegava di essere una giornalista che stava lavorando a un servizio per il quale necessitava di sapere quali tipi di veleno irrilevabili potessero essere stati utilizzati per uccidere delle persone nel 1959. Scoprire come fosse stato perpetrato l'omicidio non le avrebbe rivelato nulla sul recente stato d'animo di Nora, ma era curiosa, e questo era un enorme miglioramento rispetto alla preoccupazione e allo scombussolamento con cui era stata alle prese negli ultimi tempi. Seguire una pista la faceva sentire più a suo agio.

Fuori dalla finestra era ancora buio pesto, ma di tanto in tanto un uccello faceva notare la propria presenza e nell'aria c'era quel leggero brusio promettente che precede l'alba. Jess stava per chiudere l'e-mail e andare in cucina a prepararsi una tazza di tè, quando un nuovo messaggio comparve nella casella della posta in arrivo. Non riconobbe il nome del mittente, Nancy Davis, ma l'oggetto, la sua richiesta, stuzzicò il suo interesse.

Gentile Mrs Turner-Bridges,

Ben Schultz mi ha inoltrato la sua richiesta. Daniel Miller era mio zio e io sono l'esecutrice testamentaria. Sarei più che lieta di aiutarla con le indagini. Non esiti a contattarmi a questo indirizzo di posta elettronica o, se preferisce fare una chiacchierata, mi invii un messaggio al numero di cellulare qui sotto per fissare un appuntamento telefonico.

Cordiali saluti,

Nancy

Sotto la firma c'era un piè di pagina con la ragione sociale Davis Genealogy Research and Consulting LLC, seguito dal cellulare di Nancy, dall'e-mail e da un indirizzo nel Vermont. Jess controllò l'orologio mondiale sul telefono e, vedendo che negli Stati Uniti orientali era ancora metà pomeriggio, digitò il numero nell'applicazione di messaggistica.

Buongiorno Nancy. Grazie per avermi contattato! Sarebbe fantastico fare quattro chiacchiere su tuo zio. Per favore, fammi sapere quando possiamo sentirci. Jess Turner-Bridges

Rilesse il messaggio e poi, dopo aver cancellato il proprio cognome (troppo formale) e il punto esclamativo (troppo frivolo), premette *Invio* e sentì la piacevole e familiare stretta allo stomaco tipica dell'attesa.

Il telefono emise un *bip* quasi subito.

Che cosa ne dici di sentirci adesso?

Jess rispose rapidamente:

Perfetto. Dammi cinque minuti e ti chiamo.

Scese di corsa nella cucina buia, mise su il bollitore e lasciò una bustina di tè in infusione mentre cercava di riordinare le idee. Voleva ancora saperne di più su come Daniel Miller fosse arrivato nell'Australia Meridionale, sul perché avesse scritto dei Turner, su come avesse condotto le ricerche. Ma ora, dopo aver letto altri capitoli del suo libro, voleva scoprire anche fino a che punto avesse conosciuto Nora e quante volte si fossero parlati.

Jess portò la tazza fumante in camera sua e si sedette a gambe incrociate sul pavimento. Nel bloc-notes scrisse la data in cima a una nuova pagina, insieme al titolo *Intervista a Nancy Davis*, sottolineando entrambi.

L'altra rispose al terzo squillo. «Jess?»

«Nancy, è un piacere parlare con te. Grazie per aver risposto così velocemente.»

«Piacere mio.» La voce della donna era calda, con un leggero accento del Sud. «Mi ha sorpreso ricevere il tuo messaggio, ma mi ha fatto anche molto piacere. In famiglia siamo orgogliosi del libro di mio zio. L'ho letto per la prima volta quando avevo quattordici anni e ho avuto la sensazione che i personaggi della storia – la tua famiglia – diventassero miei conoscenti. Mi hanno accompagnata per tutta la vita e ora ho più di sessant'anni. La tua e-mail a Ben Schultz diceva che stavi cercando informazioni di contesto. Spero di poterti aiutare, anche se sospetto che tu conosca il libro e i suoi personaggi tanto quanto me.»

«Veramente...» Jess esitò. Era abituata a fare domande, non a rispondere. «Ho iniziato a leggerlo solo questa settimana. Ho appena finito la prima parte.» All'altro capo della linea scese un silenzio carico di stupore, che la spinse a dare una spiegazione. «Mia nonna non mi ha mai parlato di Halcyon e di quanto è successo alla famiglia di suo fratello. Temeva, credo, che sarebbe stato un peso troppo grande da sostenere. È per questo che ti ho contattata: ho tante domande sul libro, ma Nora non è in grado di rispondere al momento. È in ospedale.»

«Mi dispiace molto, spero che stia bene.»

«È caduta, il che, naturalmente, è preoccupante alla sua età, ma sta ricevendo cure eccellenti. Stava rileggendo il volume di tuo zio. È così che l'ho scoperto. Anch'io sono una giornalista e vorrei sapere come Daniel Miller... tuo zio... sia arrivato a scrivere il libro. Non sono riuscita a trovare nulla di utile online.»

«Ci sono pochissime informazioni. Lo zio Dan è sempre stato modesto, rifiutava gli inviti agli eventi promozionali, diceva che il libro parlava da solo, ma io sono felice di aiutarti. Come ho detto, siamo molto orgogliosi di lui. Che cosa volevi sapere?»

«Come si è ritrovato in Australia, tanto per cominciare. Come si è imbattuto in questa storia.»

Nancy fece una pausa. «Sai» disse pensosamente, «in un certo senso, ho sempre creduto che fosse perché mio padre era morto. Non l'ho mai conosciuto – mia madre era incinta di sette mesi quando è successo – ma la sua morte è stata un duro colpo per lo zio Dan. Dovevano andare fuori città insieme quel fine settimana, ma Dan aveva disdetto all'ultimo minuto. Dopo la morte di papà, ha perso la fede e ci è mancato poco che non perdesse anche il lavoro. Faceva il reporter a New York, sfornando un articolo dopo l'altro, ma poi ha cominciato a desiderare che i suoi testi svolgessero anche altre funzioni. Ne aveva bisogno. Il direttore del giornale continuava a trascinarlo in ufficio, spronandolo ad aumentare il ritmo e a smettere di cercare il senso della vita. Lo zio era molto insoddisfatto e ha superato un po' il limite. Bisbocce notturne e cose del genere. I miei nonni erano molto preoccupati per lui; temevano di perdere un secondo figlio.»

«Com'è morto tuo padre?» chiese Jess con delicatezza.

«Suicidio. Secondo la mamma, era un po' depresso, ma non c'era stato nessun segnale di allarme; non ha lasciato biglietti. Lo zio Dan non è riuscito ad accettarlo. Ha cercato risposte, ha provato a risolvere il mistero e, in mancanza di un'opzione migliore, ha incolpato se stesso. Poi una mattina, dopo aver bevuto per tutta la notte, ha ricevuto la chiamata di un suo zio, il fratello di suo padre, dall'Australia. Mike aveva sentito che stava passando un periodo un po' difficile, e aveva pensato che forse gli avrebbe fatto piacere andare laggiù per qualche tempo.»

«Mike viveva a Tambilla?»

«Abbastanza vicino. Lui e la sua compagna Nell, una donna adorabile, avevano una casetta alla periferia di Hahndorf e una roulotte sul retro della proprietà, che usavano per viaggiare. Hanno detto a Dan che poteva utilizzarla per tutto il tempo che voleva.»

«Dunque si è ritrovato nel posto giusto al momento giusto.»

«Più o meno. Una volta avuta l'idea di lasciare New York, si è mosso rapidamente. Si è licenziato, ha subaffittato l'appartamento ed era già pronto per partire quando Clay Felker dell'*Esquire* gli ha dato una mano. Lo conosci?»

Altroché. Clay Felker era un direttore leggendario, vecchio amico di Tom Wolfe e famoso per aver offerto a Gloria Steinem la sua prima grande occasione come scrittrice.

«Dan gli aveva proposto l'idea di una rubrica regolare - servizi dalla Terra dei canguri, reporter *on the road*, cose del genere - e Felker gli ha proposto di scrivere duemilacinquecento parole ogni quindici giorni. Lo zio Dan è partito da Sydney, si è spostato a nord fino al Top End e poi giù fino ad Alice Springs. Scriveva di qualunque cosa lo colpisse durante il viaggio: la rilassata *surf culture* di Bondi Beach, le spettacolari rocce arancioni e rosse di Katherine Gorge al tramonto, episodi fortuiti accaduti lungo la strada. Quel Natale era a Uluru e ha telefonato a suo zio per fargli gli auguri. È stato allora che Mike gli ha raccontato cosa era successo a Tambilla. Fiutando lo scoop, Dan è salito sul primo treno per il Sud.»

Era del tutto logico. Jess immaginò che un evento come la tragedia dei Turner - un'intera famiglia, la vigilia di Natale, una lussuosa tenuta antica - avrebbe acceso anche la sua curiosità professionale.

«Hai mai viaggiato sul *Ghan*?» chiese Nancy.

Jess confessò di no. Quando aggiunse che non aveva mai visto Uluru, né messo piede nel Territorio del Nord, provò un fremito di vergogna.

«È un'esperienza imperdibile» disse Nancy. «Non puoi dire di aver vissuto prima di aver visto uno stormo di luminosi parrocchetti verdi e gialli prendere il volo nell'immenso *outback* rosso. Pura magia.»

«Mi sono domandata» aggiunse Jess, «quando ho letto di Isabel e della sua nostalgia di casa, della sua sensazione che l'Australia fosse un luogo bellissimo, ma del tutto estraneo e disperatamente lontano dal suo paese, se quella non fosse anche la voce di tuo zio. Mi è sembrato che quelle parti suonassero più autentiche del resto.»

«So che è rimasto profondamente colpito dal periodo trascorso laggiù» rifletté Nancy. «Parlava spesso di Uluru. Ad Alice Springs ha conosciuto un certo Tony, la cui famiglia viveva là da sempre, che ha accettato di fargli da guida. Ha portato Dan al monolito e gli ha spiegato che era una sorta di chiesa, un luogo sacro. Dan sosteneva che gli aveva lasciato un segno indelebile. Non solo Uluru, ma anche il legame di Tony con il suo paese. Era stata la prima volta, diceva, in cui si era reso conto del proprio scombussolamento. Scriveva di quanto desiderasse avere la certezza di Tony, la consapevolezza di appartenere esattamente al posto in cui si trovava.»

Qualcosa dentro Jess, un'assenza di cui non si era accorta ma che d'un tratto riuscì a percepire, si riconobbe in quello stato; ripensò alle fitte di indescrivibile malinconia che aveva provato durante gli anni di andirivieni, di notti passate negli aeroporti, di vita tra paesaggi e culture diverse. Aveva considerato se stessa una cittadina globale e i suoi viaggi una destinazione in sé, ma se non fosse stato così? Se fosse stata sincera, l'amore che provava per le scene e i suoni della sua vita a Londra non l'aveva sempre vissuto a una breve ma incolmabile distanza? Come se, nel suo profondo, sapesse di non appartenere davvero a quel luogo.

Si scrollò di dosso quella sensazione. Non aveva tempo per l'autocontemplazione. La rivelazione di Nancy secondo cui Daniel Miller aveva usato alcune esperienze personali per plasmare la sua scrittura le diede uno spunto utile per risolvere l'insidiosa questione della veridicità e dell'autenticità. «Mi chiedo come tuo zio sia arrivato a scrivere il libro, come sia passato da giornalista ad autore di... be', suppongo si possa chiamare *true crime*.»

Nancy rise. «*Romanzo documentale*, lo chiamava. Riteneva che gli strumenti usati dai romanzieri dovessero essere disponibili anche per i giornalisti.»

«Ha romanzato alcuni punti?»

«Non direi. Il suo obiettivo era catturare la verità, raccontare la storia, ma non gli importava molto di essere preciso al cento per cento sul fatto che un uccello avesse volato nel cielo in un determinato momento. Non poteva sapere tutto. Per lui, il fatto che Mrs Turner avesse osservato come suo figlio John diventasse *spumeggiante* quando era emozionato contava più del fatto che lei avesse riflettuto sull'argomento nel preciso istante in cui ne parla il libro, non so se sono stata chiara.»

Jess ci pensò su. La descrizione di Nancy concordava con quanto sapeva del Nuovo giornalismo. Il fatto che il volume di Miller fosse stato pubblicato all'inizio degli anni Sessanta spiegava come un libro sugli abitanti di una cittadina dell'Australia Meridionale avesse scalato la classifica dei best seller del *New York Times*; ci era arrivato sulla scia di una moda letteraria. Jess insistette ancora un po'. «Sembra che si sia preso qualche licenza.»

«Solo di tipo poetico. La sua preoccupazione era essere sincero nei confronti dei Turner e della loro storia, e credo che ci sia riuscito. Ha fatto un'enorme quantità di ricerche – i suoi bloc-notes sono zeppi di appunti – e ogni sua affermazione era comprovata da lettere, interrogatori o annotazioni di diario. Anzi, si è guadagnato una tale fiducia che è stato in grado di dare un importante aiuto alla polizia.»

«Davvero?» Jess accantonò per un attimo lo stuzzicante accenno ai bloc-notes per approfondire quell'argomento. Ricordò l'osservazione di Mrs Robinson secondo cui la polizia aveva ricevuto un'importante soffiata sullo stato d'animo di Isabel. Mrs Robinson credeva che a farla fosse stato un sacerdote, ma forse era arrivata da Daniel Miller. «Tuo zio ha intervistato un sacerdote, per caso?»

«Un reverendo, sì. Il reverendo Lawson della chiesa anglicana della città.»

«E il reverendo Lawson aveva informazioni sull'atteggiamento mentale di Isabel?»

«Come puoi immaginare, nella sua posizione era a conoscenza di ogni sorta di pensieri e sentimenti intimi; teneva scrupolosamente anche un registro.»

«Un registro scritto?»

Nancy fece un piccolo verso di assenso. «Il reverendo si credeva un romanziere, perciò era ansioso di parlare con Dan, uno scrittore in carne e ossa.»

«E tuo zio ha riferito alla polizia quanto gli aveva detto il reverendo?»

«Dan è arrivato a conoscere molto bene il sergente a capo delle indagini. Ha avuto un colpo di fortuna. Il sergente Duke era sposato con un'americana. La sua famiglia era originaria di Atlanta, in Georgia, come i miei nonni. La moglie viveva lontano da casa da quasi vent'anni e, una volta saputo che sulle Hills c'era un nuovo arrivato proveniente dalla sua città natale, be', ha fatto quello che farebbe ogni fiera donna del Sud e l'ha invitato a cena. Hai detto di aver finito la prima parte, vero? La seconda è quella in cui inizia l'inchiesta. Stai per conoscere il reverendo e il sergente Duke.»

Jess ascoltava distrattamente; stava pensando a come distinguere con precisione quanto Daniel Miller aveva saputo dal reverendo, quando le venne in mente che c'era un metodo infallibile per scoprire cosa lo scrittore aveva discusso con i suoi soggetti, compresa, presumibilmente, Nora. «Hai accennato ai bloc-notes di tuo zio. Esistono ancora?»

«Sì. Li ho ereditati dopo la sua morte.» Nancy rise. «Diciamo che mio zio era un giornalista eccellente, ma la sua calligrafia lasciava molto a desiderare. L'anno scorso sono andata in pensione – facevo l'infermiera – e, oltre che alle ricerche genealogiche, ho dedicato del tempo a esaminare i suoi appunti. Sai, ho adorato il libro di mio zio quando l'ho letto per la prima volta – ne ero ossessionata, in realtà – ma non so dirti quanto il mondo di Tambilla e di Halcyon sia diventato più vivido per me dopo aver letto i bloc-notes. Si sono aggiunti moltissimi strati in più.»

«Mi interessa sapere come lavorava. Puoi darmi un'idea del contenuto dei bloc-notes? Si tratta di trascrizioni di interviste? Descrizioni dettagliate? Semplici appunti?»

«Un po' di tutte queste cose, e anche alcune scene intere, quasi come bozze che non sono arrivate al montaggio finale. Sembra che avesse due modi di lavorare: il primo, come probabilmente immagini, era formale, nel senso che Dan fissava un'intervista e portava con sé il bloc-notes, pieno di domande. Ma la cosa in cui era più bravo sono, a mio avviso, le ricerche informali. Era un umanista. Amava le persone e si interessava a loro. Aveva la capacità di dare all'interlocutore l'impressione che lo stesse ascoltando davvero. E soprattutto, che lo capisse. La cosa che preferiva fare quando lavorava era, per usare le sue parole, *trovare la storia*. Arrivava senza un'idea preconcetta di cosa si aspettava, o addirittura sperava, di sentire, e poi attaccava discorso. E per il libro, be', si è trasferito nella vecchia roulotte di suo zio in fondo all'isolato ed è diventato a sua volta una specie di residente. Le persone si fidavano di lui, e lui si affezionava sinceramente a loro. Mr Drumming, la giovane Becky Baker, Meg e Percy Summers. Era stato Percy a trovare i Turner, naturalmente, poverino. Alla fine se n'è andato. Ormai aveva perso la moglie. Una terribile batosta; lui e la cara Meg erano innamorati fin da ragazzini.»

Non per la prima volta, Jess notò che Nancy parlava come se avesse conosciuto personalmente gli abitanti di Tambilla nel 1959. Pareva avere una conoscenza enciclopedica delle persone e del luogo. Quante altre informazioni su Nora e sui Turner dovevano essere contenute nei bloc-notes?

«Quanto a Becky» stava dicendo Nancy, con un tono nostalgico che le addolciva la voce, «mi è sempre dispiaciuto per lei. Non conosco la verità riguardo al *netsuke*, ma non si può fargliene una colpa se si è offesa quando Isabel l'ha rimproverata. E posso solo immaginare cosa debba aver significato per lei perdere i Turner. Idolatrava Isabel e amava la piccola Thea come se fosse sua. Ha pianto senza sosta mentre parlava con mio zio. Singhiozzi forti e terribili. È stato molto difficile ascoltare fino alla fine.»

All'inizio Jess fu colta di sorpresa, poi capì. «Ci sono dei nastri? Le interviste sono state registrate?»

«Non nel 1959 – mancava ancora qualche anno alla diffusione dei registratori portatili – ma lo zio è tornato a Tambilla vent'anni dopo e ha parlato di nuovo con alcuni abitanti della città.»

«Dopo il ritrovamento dei resti di Thea» mormorò Jess.

«Esatto. Non so quale edizione tu abbia, ma dal 1980 il libro contiene un capitolo aggiuntivo. Per Dan era importante che venisse ripubblicato con un'appendice, per concludere la storia della neonata.»

«Dev'essere stata una bella soddisfazione riannodare quel filo.»

«Verrebbe da pensarlo» disse Nancy con aria assorta, «ma mi sembra di ricordare che sia tornato dall'Australia turbato. Ha scritto l'ultimo capitolo, ma non ha più promosso il libro e non ne ha più voluto parlare, nemmeno con la famiglia. Il viaggio gli aveva ricordato l'intera faccenda, suppongo. Gli aveva ricordato che non era stato in grado di trovare risposte per gli altri Turner. Gli investigatori non amano lasciare dei misteri irrisolti.»

Jess era d'accordo.

«Era stato contento di tornare, però. Non li ha mai dimenticati. Erano tutti legati. Devi tenere presente che quando li ha conosciuti stava anche cercando di comprendere una morte inspiegabile nella sua vita. Come loro, era alle prese con il dolore, il rimorso e l'amara e strisciante sensazione che avrebbe potuto impedire la morte di mio padre se avesse agito diversamente. È devastante perdere una persona così vicina, come perdere una parte di sé.»

Jess pensò a Nora. Mrs Robinson sosteneva che aveva amato Isabel come una sorella e che era stata torturata dall'angoscia e dal senso di colpa per non essere riuscita a salvarla. La nonna e Daniel Miller dovevano aver avuto molto in comune, concluse. Questo spiegava forse il tono familiare, quasi tenero, con cui il giornalista aveva scritto di lei? La scena alla fine della prima parte, quella in cui Nora era sola in casa e aspettava il ritorno della sua famiglia, era molto toccante. Pareva spostare di nuovo l'attenzione su Nora come volto umano di una perdita inimmaginabile. Come sopravvissuta.

«Tuo zio ha parlato con mia nonna.»

«Era una delle sue fonti più importanti» concordò Nancy. «Per quanto Isabel fosse un membro benvoluto della comunità, Nora era l'unica persona che conosceva intimamente i Turner e che poteva descrivere fedelmente la personalità di Isabel.»

«Che cos'ha detto?»

«All'inizio si è rifiutata di accettare che la colpevole potesse essere Isabel. Era convinta che avrebbe colto i segnali di un simile malessere e ha implorato Dan di aiutarla a dimostrare l'innocenza della cognata. Con il passare del tempo, però, e con il venir meno di altre possibilità, anche lei è stata costretta a rassegnarsi. Ma si è rifiutata di condannare Isabel. Ha continuato a incoraggiare Dan a vedere la persona nascosta dietro quell'atto spregevole. Era un'amica molto leale e affettuosa.»

Jess ricordò come la nonna prendesse sempre le difese di Polly davanti alle sue lamentele, anche quando le aveva finalmente raccontato dell'incidente accaduto quando era piccola. «Non l'ha fatto apposta... Non sapeva cosa stava facendo... Qualcosa di disperato si è impossessato di lei.» Nancy aveva ragione: Nora era la lealtà fatta persona.

E ora Jess voleva essere corretta nei suoi confronti. «Mi sarebbe davvero molto utile consultare i bloc-notes. Credi che sia possibile?»

«Temo di non poterteli spedire» disse Nancy in tono di scuse. «Ma posso sicuramente scansionare alcune pagine e inviartele via e-mail. Ho un appuntamento con un cliente tra un minuto, ma potrei farlo nel pomeriggio. Che cosa ti interessa in particolare?»

Jess rifletté. I fatti più rilevanti erano presumibilmente finiti nel libro. Non aveva senso rileggere le stesse informazioni solo per placare la sua innata curiosità. A dire il vero, Isabel e la storia di Halcyon, per quanto affascinanti, avevano una rilevanza secondaria. Doveva concentrarsi sulla nonna, scoprire se tra gli appunti di Daniel Miller ci fosse qualcosa che potesse spiegare cosa la turbasse, perché avesse tentato di salire le scale della soffitta o perché d'un tratto avesse cominciato a temere che il padre di Polly comparisse all'improvviso per reclamare la figlia. «Pensi di potermi inviare le interviste di Nora?»

«Certo.»

«E forse...» Attraverso il telefono si udì il trillo di un campanello.

«Cavolo» disse Nancy. «È il cliente. Ascolta, devo andare. Ti mando le pagine scansionate appena possibile. Ma se ti viene in mente qualcos'altro, fammelo sapere.»

Jess trascorse un paio d'ore frustranti lavorando all'articolo per la rivista di viaggi. Non stava andando bene, e più lo guardava, e meno le piaceva quanto aveva scritto. Non riusciva a concentrarsi. I suoi pensieri non erano con lei nella Sydney del XXI secolo, bensì a Halcyon con Nora, che aspettava la sua famiglia nel caldo pomeriggio della vigilia di Natale, mentre Tambilla non sapeva ancora della terribile tragedia che si era consumata sulle rive del torrente nella proprietà dei Turner.

Inoltre continuava a pensare a Nancy, ai suoi accenni al *Ghan* e a Uluru, e non riusciva a scrollarsi di dosso la sensazione di essere un'imbrogliona. Quale diritto aveva di scrivere di quel posto come se fosse casa sua? Era stata via per vent'anni. Non aveva mai visto uno stormo di parrocchetti prendere il volo. Che cosa significava appartenere *a* un luogo anziché semplicemente venire *da* quel luogo?

Voleva che il cellulare segnalasse l'arrivo di un'e-mail, mettendo fine alle sue sofferenze. La conversazione con Nancy le aveva rivelato qualcosa sull'approccio giornalistico di Daniel Miller, ma non le aveva spiegato perché Nora avesse tirato giù il suo libro dallo scaffale proprio ora.

Era anche incuriosita dall'affermazione di Nancy secondo

cui suo zio era stato determinante per risolvere il crimine. Dipendeva forse dal fatto che, come sospettava Jess, avesse riferito alla polizia le confidenze del reverendo?

Quando si sorprese a dare un'altra occhiata alla posta elettronica (ancora niente di nuovo), dovette ammettere che non stava più facendo alcun progresso, buono o cattivo che fosse, con l'articolo. Con un breve sospiro rassegnato, lo mise da parte e prese la copia di *Come se dormissero.* Nancy le aveva assicurato che avrebbe conosciuto il reverendo...

COME SE DORMISSERO

DANIEL MILLER

Parte seconda

12

Erano da poco passate le cinque quando il reverendo Ned Lawson rimise finalmente il cappuccio alla penna. Da una settimana lavorava al sermone per la vigilia di Natale, ore passate in solitudine nella sagrestia della chiesa anglicana di St George.

Ora aveva finito, appena in tempo. L'orologio sopra la porta avanzò di un altro minuto. Di lì a mezz'ora la chiesa sarebbe stata invasa da bambini emozionati vestiti a festa.

Quell'anno aveva deciso di parlare di Giovanni 1:14, soffermandosi sulle virtù della grazia e della verità e sulla lotta che a volte si ingaggiava per incarnarle entrambe; Tambilla era una cittadina pacifica, ma ultimamente c'era stato un elemento di disarmonia che serpeggiava sotto la superficie. Non era certo se si trattasse semplicemente di un segno dei tempi, dell'età moderna che accelerava le cose e metteva gli animi a dura prova, o se fossero all'opera fattori più specifici, ma a giudicare dalle conversazioni che aveva avuto con i membri della congregazione, molti di loro avrebbero gradito un sermone confortante. Era sicuro che sarebbe riuscito a riequilibrare la situazione se avesse trovato le parole giuste.

La capacità di trovarle era qualcosa di cui avrebbe potuto vantarsi, se la superbia non fosse stata un peccato che si sforzava di evitare. Amava il contatto con i fedeli, ma era là, alla scrivania, che si sentiva più vicino al suo scopo. Il Signore gli aveva dato il dono della facondia, dunque era suo dovere farne buon uso. La sua passione per la scrittura era precedente alla vocazione. Non lo sapeva nessuno, ma dietro l'antina della credenza, in una serie ordinata di scatole portadocumenti, c'erano tutti i racconti usciti dalla sua penna, insieme alle lettere che aveva ricevuto in risposta dai direttori di varie riviste e alla bozza dell'ultima opera in fase di stesura, un romanzo nello stile pulp di Raymond Chandler. La sera, di tanto in tanto, tirava fuori il manoscritto, facendo piccoli ritocchi mentre Mrs Lawson si occupava dei bambini e lui era libero di sgattaiolare attraverso il parcheggio fino alla sagrestia silenziosa.

Alle 17.00 del 24 dicembre, però, era concentrato solo sulle ultime modifiche al sermone di quella sera. Aveva appena iniziato a leggere quando bussarono alla porta.

«Avanti» urlò.

Entrò May Landry, con le guance dagli zigomi alti più rosee del solito e le spalle che si alzavano e si abbassavano come se avesse corso per tutta la strada dalla casa in Thiele Street.

«Ciao, May.»

«Reverendo.» La donna cercò di riprendere fiato. «È successa una cosa.»

Lui la guardò da sopra gli occhiali a mezzaluna.

«A casa Wentworth. Qualcosa di brutto. Dovevo andare a prendere la piccola Evie Turner – si era messa d'accordo con Kitty per venire insieme alle prove del coro – ma quando sono arrivata, be', c'erano così tanti veicoli che ho fatto fatica a muovermi con l'auto.»

«Veicoli?»

«Polizia, ambulanze, più di una. È successo qualcosa di *molto* brutto, ne sono certa.»

Il reverendo Lawson era già in piedi. Si tolse la tonaca, si infilò il cappotto e di lì a pochi minuti uscì in retromarcia dal parcheggio della chiesa, dopo aver dato istruzioni a May Landry di accogliere i primi fedeli.

Lungo la via principale, notò, i negozi avevano chiuso; la città era immersa in un silenzio spettrale. Svoltò in Willner Road e ben presto fermò la Morris Minor sul ciglio della strada vicino all'ingresso di casa Wentworth.

Mrs Landry non aveva esagerato. Il reverendo Lawson contò quattro ambulanze, due veicoli della polizia e diverse auto civetta. Sentì un nodo allo stomaco. May aveva ragione: era davvero successo qualcosa di molto brutto.

Notando un poliziotto che camminava con passo deciso lungo il torrente, concluse che di qualunque cosa si trattasse doveva essere in quella direzione. Quando aprì la portiera, sentì l'aria addensarsi, carica di umidità. Il maltempo stava arrivando. Facendosi animo, attraversò la strada, aprì il cancello e si avviò per i campi verso il Nord che si faceva sempre più scuro.

Fu a quel punto, avrebbe detto agli agenti che gli fecero visita in sagrestia il lunedì mattina successivo, che aveva avuto una premonizione riguardo a cosa avrebbe trovato.

«Non i dettagli» si affrettò ad aggiungere. «Non potevo immaginare cosa avrei visto oltre la cresta. Ma mentre mi avvicinavo, mi era tornata in mente una conversazione che risale a non molto tempo fa.»

«Una conversazione con Mrs Turner?»

«La mia chiesa è aperta a tutti. I parrocchiani hanno la certezza che li ascolterò attentamente, con un atteggiamento imparziale, un cuore amorevole, e vengono spesso in cerca di consigli. Mrs Turner è passata a trovarmi qualche settimana fa e, mentre risalivo la collina giovedì scorso, mi era tornata in mente la nostra conversazione, accompagnata da un'orribile sensazione.»

«Che cosa le ha detto Mrs Turner?»

Il reverendo esitò. «Le persone mi parlano in via confidenziale. Normalmente non direi una parola...»

«Concordiamo entrambi, penso, sul fatto che qui le circostanze non siano normali.»

Ricordando quanto aveva visto sotto il salice, Lawson annuì. «Era stanca, con il viso tirato; erano passate alcune settimane dalla nascita della bambina e mi ha detto che non dormiva bene. Per qualche minuto ha parlato in generale, ma ho intuito che qualcosa la opprimeva. Alla fine è venuta al sodo. Voleva sapere cosa significasse se una donna si sentiva spinta a fare qualcosa che avrebbe privato i suoi figli della madre. Se agiva nel modo che riteneva migliore per tutti, era possibile considerarla ancora una brava madre, anche se questo significava lasciarli soli? Le ho chiesto se si riferisse a una breve separazione, al che ha fatto un verso stranissimo. Non proprio una risata, bensì un secco suono gutturale che, in certa misura, mi ha spaventato e fatto rabbrividire.»

«Le ha risposto?»

«"No, non una breve separazione" ha detto. Pensava a qualcosa di più duraturo.»

«Le ha detto cosa stava progettando?»

Il reverendo Lawson scosse la testa e disse che gli rincresceva non poter fornire ulteriori informazioni, al che il poliziotto che lo stava interrogando fece un lungo sospiro.

«È sicuro, reverendo? Non le viene in mente nient'altro che possa essere utile per le indagini?»

Sì, era sicuro.

Solo quando era steso a letto di notte, con la moglie profondamente addormentata al suo fianco, o quando si ritrovava da solo in sagrestia a condividere un momento di tranquillità con Dio, si sorprendeva a rimuginare sul consiglio che aveva dato a Mrs Turner quella mattina.

Sapendo che veniva dall'Inghilterra e che suo marito passava sempre più tempo lontano da casa in quel periodo, aveva ipotizzato che si sentisse sola, che stesse meditando di tornare nel suo paese, magari per un lungo soggiorno. «Una donna dovrebbe stare con i suoi figli, Mrs Turner» aveva detto con il suo tono più rassicurante. «Non dovrebbe lasciarli soli. Ovunque abbia intenzione di andare, e per quanto difficili possano sembrare gli aspetti logistici, farebbe bene a trovare un modo per portarli con sé.»

Quando arrivò sulla raccapricciante scena di quella vigilia di Natale, in chiesa Mrs Landry stava svolgendo il suo incarico con il massimo impegno. Aveva ancora le guance arrossate, ma ormai era riuscita a riprendere fiato e si era posizionata accanto alla porta aperta, dove si apprestava a comunicare ai fedeli che il ministro era stato convocato per una questione urgente e che pertanto la funzione sarebbe iniziata più tardi del previsto.

Stava osservando distrattamente Kitty e qualche altra ragazzina del coro che era stata mandata in chiesa in anticipo per le prove, indecisa se impedire loro di arrampicarsi sul muro di pietra, quando una voce cordiale urlò da lontano: «Ciao, May! Sono arrivati i rinforzi!».

Alzando lo sguardo, vide Maud McKendry che camminava lungo il vialetto lastricato, con le braccia piene di mazzolini di fiori per i banchi.

«Ciao, Maud» rispose May, sollevata, torcendosi le mani infilate nei guanti di pizzo. «Proprio la persona che speravo di vedere.»

«Come sei rossa! Dov'è il reverendo Lawson? Che cosa diavolo è successo?»

«In parte è questo che mi preoccupa. Non lo so esattamente.»

«Dimmi cosa sai. Sbrigati, prima che arrivino tutti gli altri.»

Qualcosa di materno nei modi severi di Maud McKendry predisponeva le persone all'obbedienza, così Mrs Landry cominciò a riferire quanto aveva visto mentre andava in chiesa: le ambulanze, la polizia, l'assenza di Evie Turner. Mrs McKendry mantenne un'espressione impassibile, ascoltando fino alla fine prima di annuire bruscamente. A quel punto girò sui tacchi, con le braccia ancora piene di splendidi mazzolini di rose, e si incamminò con passo calmo ma deciso lungo il vialetto che conduceva verso il retro della chiesa.

Poche persone si sarebbero sentite a proprio agio entrando nello spazio sacro della sagrestia senza essere state invitate, ma Mrs McKendry non esitò. Posò i fiori, sollevò la cornetta del telefono e fece il numero del centralino.

«Marian?» disse quando l'altra rispose alla chiamata. «Sono Maud McKendry. Puoi passarmi la centrale di polizia, cara?»

La centrale di Tambilla è poco più di un paio di stanze all'interno di un modesto edificio di pietra sull'angolo di West Road. Alcuni gradini portano a un piccolo spiazzo con una porta al centro, sopra la quale c'è un'insegna che dice semplicemente POLIZIA. Non è un granché come sede della legalità, ma riflette l'inclinazione della comunità alla temperanza e alla moderazione.

Miss Lucy Finkleton avrebbe dovuto smontare un'ora prima, ma era rimasta al suo posto quando il nuovo sergente Liam Kelly e gli agenti Doyle e Jerosch erano entrati in azione. Le avevano affidato una raffica di compiti da portare a termine – telefonate alla polizia di Adelaide, istruzioni per il servizio di ambulanza – ma da allora era disorientata: camminava avanti e indietro, sbirciava fuori dalle finestre, si agitava in attesa di ulteriori notizie sull'accaduto. Non avrebbe dovuto usare il telefono per evitare di intasare la linea ma, in realtà, il bisogno di dire a qualcuno ciò che sapeva le bruciava dentro come una febbre.

Quando l'apparecchio cominciò a squillare alle sei e dieci, si precipitò dietro la scrivania e rispose al secondo trillo. «Maud» disse quando sentì chi c'era dall'altra parte. Le parole successive le uscirono dalle labbra come galeotti che assaporano la scarcerazione. «C'è stato un incidente. Qui se ne sono andati tutti in fretta e furia. Non avevo idea di cosa stesse accadendo, ma ho chiamato Mrs Hughes.»

«Mrs Hughes?» disse Maud. Esther Hughes era una delle poche abitanti della cittadina ad aver l'onore - o l'ignominia - di non essere nata né cresciuta a Tambilla. Originaria di Sydney, aveva inseguito i suoi sogni e trovato lavoro come governante in un grande allevamento di ovini al di là del fiume Darling, dove aveva conosciuto un giovane e serio avvocato di Adelaide, di cui aveva accettato il corteggiamento casto e sincero prima di sposarsi e trasferirsi a sud. Siccome la discrezione era uno dei suoi tratti caratteriali più spiccati, si interessava di rado agli avvenimenti della città, e sentirla nominare in quel momento fu una sorpresa. «Che cosa diavolo c'entra Mrs Hughes?»

«È stato suo marito a chiamare la polizia. È stato uno dei primi a trovarli.»

«A trovare chi?»

«I Turner. Mrs Turner e i bambini. È quello che sto cercando di dirti. Oh, Maud, è spaventoso. Sono tutti morti, tutti quanti.»

Mrs Landry, che aveva abbandonato il suo posto all'ingresso della chiesa, era sulla soglia della sagrestia e non aveva ancora trovato il coraggio di entrare. Guardò Maud che posava silenziosamente il ricevitore sulla forcella e alla fine, quando non riuscì più a sopportare la tensione, domandò: «Ebbene?».

Maud McKendry fissò la scrivania, cercando di dare un senso a quella notizia scioccante. Non le capitava spesso di essere a corto di parole, ma in quell'occasione ammutolì.

«Maud! Per favore.»

Mrs McKendry si sforzò di ritrovare la calma. Sapeva che era sua responsabilità comunicare quanto aveva scoperto.

Mrs Landry si portò la mano alla bocca mentre ascoltava, e ve la lasciò anche dopo che Mrs McKendry ebbe finito.

Rimasero così, immobili come le statuine di legno del presepe all'ingresso della chiesa. Attraverso la porta di vetro arrivavano le note gioiose di *Adeste fideles*. Il coro stava facendo le prove per la funzione, e la meraviglia straziante di quelle voci innocenti che si levavano in un canto si mescolò all'orrore della notizia.

Forse sembrava che le cose non potessero andare peggio ma, quando l'orologio ebbe scandito un triste minuto, Mrs Landry si ricordò di una cosa. «Santo cielo» sussultò. «Oh, Maud. La cognata di Mrs Turner. L'ho incontrata questa settimana. Rimarrà fino al parto.»

Maud McKendry si lasciò cadere sulla poltrona del reverendo, sentendosi schiacciare dal peso degli eventi di quel pomeriggio. «Poverina. Che notizia le tocca ricevere. E nelle sue condizioni delicate.»

Erano le 18.30 e le prime gocce di pioggia avevano appena iniziato a cadere quando il sergente Kelly e l'agente Jerosch bussarono alla porta dei Turner.

Dentro, Nora si svegliò da un sogno strano e assurdo nell'atmosfera soffocante di una giornata estiva che aveva perso la luce ma non il calore. Nella penombra del crepuscolo, impiegò un momento per ricordare dove si trovava, e soprattutto per capire cosa l'avesse svegliata, ma poi udì un altro colpo e si alzò dal letto.

Mentre percorreva il pianerottolo mal illuminato e scendeva cautamente le scale, si chiese perché Isabel e i bambini non fossero ancora tornati. La casa era sospesa in uno stato di inequivocabile quiete. Le porte socchiuse delle camere avevano un che di cupo, gli oggetti erano lì dove erano stati abbandonati quella mattina, le lampade e le lampadine erano fredde e spente. Attraverso la grande finestra sul pianerottolo, dove la scala si piegava ad angolo retto verso il livello delle camere, vide che il maltempo era arrivato come previsto. Il cielo plumbeo era greve di pioggia e il paesaggio, le colline ondulate e gli eucalipti dai tronchi color argento, già scuriti dall'imbrunire, erano ulteriormente offuscati dall'avvicinarsi della tempesta.

Oltre i vetri della porta d'ingresso, Nora scorse due sagome indistinte sulla veranda. Capì subito che non erano Isabel e i bambini - non c'era il chiasso che si sarebbe aspettata dai nipoti - ma pensò fossero dei vicini che portavano un cesto di verdure del loro orto, una torta fatta in casa o un liquore per Natale. O forse era una consegna dalla città, qualcosa che Isabel aveva ordinato per la cena e dimenticato di menzionare.

In ogni caso, quando raggiunse il tappeto kilim in fondo alle scale, non aveva motivo per sentirsi turbata, a parte il fatto di essere stata strappata dal sonno e di essere incinta con quel caldo. Anzi, la gravidanza era il suo unico pensiero mentre si dirigeva verso la porta d'ingresso. La bambina si era spostata in una posizione scomoda durante la colazione, con un piede incastrato sotto la sua costola e, per quanto Nora ci provasse, non riusciva a farla smuovere da lì.

«Avresti potuto trovare una posizione più comoda, piccola» sussurrò, tastandosi delicatamente la gabbia toracica. «Non sei ancora nata, e mi pieghi già alla tua volontà.»

La bambina sferrò un energico calcio, come se l'avesse sentita, e Nora sorrise tra sé mentre apriva la porta. In seguito avrebbe ricordato che quel breve botta e risposta con la nascitura era stato il suo ultimo momento sereno.

CAPITOLO DICIOTTO

Sydney, 12 dicembre 2018

Jess rimase seduta con il libro aperto sulle ginocchia, affascinata dall'immagine della giovane Nora che conversava con la piccola Polly nei suoi ultimi secondi di innocenza.

La scena finale di Miller faceva capire il profondo trauma subito dalla nonna, l'orribile tragedia che aveva circondato l'arrivo della figlia tanto attesa. Non c'era da stupirsi che ci avesse pensato negli ultimi tempi, probabilmente quegli eventi non l'avevano mai abbandonata. La scena dimostrava anche l'intima conoscenza che Daniel Miller aveva acquisito dei suoi *personaggi*. Jess riconosceva Nora: persino il dialogo in fondo alle scale le pareva familiare, come qualcosa che sua nonna avrebbe benissimo potuto dire.

Degna di nota era anche la gestione del ruolo di Lawson nell'indagine. Il reverendo aveva raccontato alla polizia che Mrs Turner era andata a trovarlo in pessime condizioni: stanca, incapace di dormire, oppressa dalle preoccupazioni e intenzionata a *fare qualcosa* che avrebbe privato i suoi figli della madre. Durante i primi interrogatori, tuttavia, l'uomo era stato reticente; il libro lo dava a intendere.

Tanto per cominciare, come rivelava il volume, il reverendo

aveva consigliato a Isabel che, qualunque cosa stesse progettando, avrebbe dovuto trovare un modo per portare con sé i figli. Jess dubitava che fosse stato sufficiente per spingere la polizia a considerare l'informazione fondamentale; era possibile che nel 1959, quando la raccolta delle prove era relativamente limitata, gli inquirenti fossero più influenzati dalle testimonianze verbali dei contatti stretti, in particolare di un ministro di Dio in un contesto di provincia. Ma quello era un caso di omicidio. C'era da aspettarsi che per giudicare una donna colpevole di omicidio fosse necessaria una quantità significativa di prove.

Doveva esserci dell'altro, qualcosa che Miller aveva omesso nel volume, ma che aveva portato all'attenzione della polizia. Del sergente Duke, per essere precisi, che, secondo Nancy, suo zio conosceva bene. Forse Miller aveva persino convinto il reverendo a deporre. Secondo internet, il coroner aveva insabbiato quella testimonianza vitale; non era difficile immaginare che un simile accordo fosse stato raggiunto perché un ecclesiastico era riluttante a subire l'insinuazione di divulgare le confessioni dei parrocchiani.

Jess ripensò ai bloc-notes. Il campanello di Nancy aveva suonato prima che potesse chiederle di includere le copie delle interviste di Miller al reverendo Lawson. Pensò di richiamarla subito, ma un'occhiata al telefono le fece capire che nel Vermont era passato l'orario di lavoro. Così inviò un breve messaggio.

> Ciao Nancy, mi domandavo se potessi mandarmi anche le interviste al reverendo. Grazie mille. Ti sono molto riconoscente per l'aiuto.

Mentre premeva *Invio*, sul display del cellulare comparve il promemoria per chiamare Polly. Jess sospirò.

Per quella conversazione avrebbe dovuto fare un cambio di marcia, ma si sarebbe limitata all'essenziale: si sarebbe scusata per non aver telefonato prima, avrebbe aggiornato Polly sulle condizioni della nonna e le avrebbe suggerito di andare a Sydney per *rimettersi in pari* quando Nora fosse uscita dall'ospedale.

Mentre rifletteva, il cellulare si era bloccato, e ora era apparsa una nuova notifica sulla schermata iniziale. Un'e-mail di Nancy. Jess la aprì, notando l'allegato in fondo. Il messaggio diceva:

Cara Jess,

come promesso ti invio le pagine scansionate da vari punti dei bloc-notes di Tambilla. Come ho accennato al telefono, mio zio ha dedicato molto tempo a parlare con Nora. A parte il progetto a cui stava lavorando, sono diventati amici. Si sono dati sostegno a vicenda, credo, avendo perso entrambi una persona cara.

La mia ipotesi, in base a come si presentano le ricerche, è che l'abbia incontrata in numerose occasioni, perlopiù senza bloc-notes. A quanto posso dedurre, il suo metodo consisteva, quando tornava a casa, nello scrivere i suoi ricordi della conversazione, le sue osservazioni e impressioni, sotto forma di scene.

Non so se avesse progettato o meditato di inserirle nel libro, o se sia semplicemente diventato un modo utile per sintetizzare le informazioni e costruire la narrazione (anche se solo nella sua mente) ma, sia come sia, spero che le pagine ti siano utili e mi auguro di risentirti presto.

Auguro a tua nonna una pronta guarigione,
Nancy

PS: Ho appena letto il tuo messaggio sul reverendo. Darò un'occhiata, ma mi sembra di ricordare che Dan abbia detto che le loro conversazioni si erano svolte *in via ufficiosa* a causa del segreto del confessionale.

Aprendo l'allegato, Jess trovò trentatré pagine scansionate di carta a righe sottili coperta di minuscoli scarabocchi. Troppo difficili da leggere sul display, stabilì, e inviò il documento alla stampante.

Fuori, la giornata era splendida e Jess provò quel misto di eccitazione e inquietudine di chi è sull'orlo di una possibile scoperta. Decise di sedersi in giardino e, con le pagine infilate sotto il braccio e la penna in tasca, uscì nel sole, facendo crocchiare la ghiaia dello spiazzo circolare.

Il telefono fisso iniziò a squillare quando Jess raggiunse il bordo del giardino tropicale. Pensò di correre dentro per rispondere, ma poi cambiò idea. Probabilmente era un amico di Nora e avrebbe lasciato un messaggio o richiamato più tardi.

Quando, qualche minuto dopo, i trilli ricominciarono, Jess non li sentì: aveva già raggiunto la sedia rivolta verso il porto. L'aria era intrisa della fragranza del falso gelsomino e del canto mattutino delle gazze. Un brivido le attraversò il corpo. Fu una sensazione stranissima: quando era bambina, avrebbe detto che era stata sfiorata da un fantasma. Ora, tuttavia, la identificò come la percezione istintiva che fosse appena successo qualcosa di importante.

O che stesse per succedere. Senza un altro attimo di esitazione, aprì gli appunti di Miller, ignara che nell'amata casa di Nora il telefono stesse squillando ancora una volta.

PARTE SESTA

CAPITOLO DICIANNOVE

Brisbane, Queensland, 12 dicembre 2018

Polly era in cucina quando, quel mercoledì mattina, il telefono squillò. Con il suo cappello di paglia preferito in mano, si stava domandando se sfidare l'afa estiva e andare a piedi in centro per comprare un po' di pesce da friggere per cena, o se avrebbe fatto meglio ad abbandonare quel progetto e ad aspettare la relativa frescura del pomeriggio per saccheggiare l'orto in cerca degli ingredienti per l'insalata.

Il telefono, quando trillò sulla parete, la colse di sorpresa. Per lo spavento, si posò il palmo della mano sul petto, sentendo il respiro che si bloccava in gola. Oppure no? Forse fu solo in seguito, quando ripensò agli eventi della giornata, che si attribuì il dono della preveggenza. Perché la notizia arrivata con la telefonata era stata epocale. Nora era morta. Era successo trenta minuti prima; non c'era stato nulla da fare per salvarla.

Accanto alle grandi finestre affacciate sulla ripida e frondosa valle di Paddington, Polly aveva avuto la vaga consapevolezza di dire delle cose, di ascoltare e rispondere, di ringraziare la persona all'altro capo della linea per quanto aveva fatto. Riattaccò e lasciò che l'aria della stanza si depositasse intorno a lei.

Era orfana di madre. Nora non c'era più.

«Va tutto bene» disse a bassa voce. «Andrà tutto bene.»

Poi la struttura della giornata si disintegrò. Dimenticata la questione della cena, Polly passò un'ora circa a vagare senza meta. Si ritrovò in una stanza dopo l'altra, seduta prima qua e poi là, raddrizzando i cuscini e sistemando le piante, preparandosi una tazza di tè per poi lasciarla sul bancone della cucina.

Era accaduto tutto molto rapidamente; aveva saputo solo il giorno prima che sua madre era in ospedale. Era stata Janey a informarla. Janey Robinson, la pratica e affidabile governante di Nora, con un tono così calmo e concreto che, prima che Polly potesse rendersi conto di quanto fosse insolito sentire la sua voce all'altro capo della linea, le aveva dato due notizie, ciascuna delle quali sufficiente, da sola, per disorientarla: Nora era in ospedale e Jess era tornata da Londra. Quindi aveva detto una cosa che aveva spiazzato ulteriormente Polly: «Jess ha chiesto informazioni sui fatti di Halcyon».

È a questo che Polly stava pensando ora. Era sulla soglia della seconda camera della sua modesta casetta e guardava il letto singolo che aveva preparato il giorno prima, quando aveva saputo che Jess era in Australia. Una cosa sciocca e sentimentale. Jess non andava mai a nord, a Brisbane, quando tornava a casa; restava a Sydney. A dire il vero, Polly si era sentita in imbarazzo l'ultima volta che sua figlia aveva soggiornato da lei. Non perché si vergognasse della casa, che era perfetta per le sue esigenze, ma proprio *perché* lo era così tanto. Attraverso gli occhi di Jess, aveva visto quanto fosse ordinaria la sua vita. Quante poche aspirazioni avesse avuto e quanti pochi obiettivi avesse raggiunto. E, cosa ancora più sconcertante, quanto poco fosse bastato per soddisfarla, alla fine.

Ma: i fatti di Halcyon. Strano che Jess avesse chiesto di nuovo informazioni sull'argomento. Aveva menzionato la casa per la prima volta dopo il funerale e la veglia per Thomas Turner, mentre tornavano a casa insieme lungo la riva del mare. Polly si era fermata sul bagnasciuga, con i pensieri concentrati sul trasloco che stava progettando, lontano da Sydney, da Nora e dai legami del passato, e Jess si era avvicinata e aveva infilato la mano nella sua (si era adattata alla perfezione! Polly rimaneva sempre stupita e gratificata da quell'incastro), e le aveva domandato, mentre una barca all'orizzonte pareva sollevarsi nell'aria: «Che cos'è Halcyon?».

Polly ebbe la sensazione di aver ricevuto un pugno allo stomaco. Era riuscita a dire qualcosa – era una casa nel bel mezzo del nulla, molto, molto lontana – ma Jess era sveglia e aveva unito i puntini molto rapidamente: il dolore di Nora, il suo impetuoso desiderio di vendere la proprietà. «Era la casa di suo fratello?» aveva chiesto, e Polly aveva risposto di sì, ma senza dare spiegazioni. Non c'era stato bisogno di aggiungere altro. Sua figlia si era accontentata di suggerire che il dolore di Nora aveva trasformato la casa di Thomas in qualcosa da cancellare dalla memoria, di cui sbarazzarsi *subito*. La verità, naturalmente, era più complicata.

Nora aveva descritto la tragedia a Polly dieci anni prima di quel giorno sulla battigia con Jess. Le aveva raccontato la storia perché non aveva avuto altra scelta, e aveva concluso con l'ordine perentorio di non parlarne più. Era un'inclemente domenica pomeriggio di gennaio del 1978 e si erano incontrate nella biblioteca di Darling House per prendere il tè. Era un rituale madre-figlia relativamente nuovo, che Nora aveva proposto quando Polly aveva iniziato l'università l'anno prima. Per puro divertimento, era persino stata arruolata Mrs Robinson per servire la merenda, come se fossero due signore eleganti in un raffinato hotel di Londra. Quel pomeriggio in particolare, Polly era ansiosa, ma determinata a non darlo a vedere. Si era cambiata diverse volte e si era pettinata accuratamente; voleva apparire più grande, più sicura di sé.

Era agitata da quando ne aveva memoria, anche da bambina. «Sei sensibile» diceva sua madre ogni volta che Polly urlava di notte o piangeva per paura del buio o si paralizzava il primo giorno di un nuovo anno scolastico. «Non è colpa tua, sei solo stata costruita così.» Polly si sentiva sempre strana quando sua madre diceva cose del genere, come se non fosse nata nel solito modo, bensì fosse stata assemblata in un'officina da un estraneo non molto benevolo. Era la sua immaginazione fuori controllo. Un'altra delle sue fissazioni. «Che fantasie» diceva Nora, schioccando affettuosamente la lingua e accarezzandole la testa.

Quel giorno, però, era determinata a non dare alla madre la possibilità di schioccare la lingua. Aveva un annuncio importante da fare e non voleva che qualcosa la confondesse. Si era domandata se aspettare fin dopo il tè, ma sapeva che se l'avesse tirata troppo per le lunghe, avrebbe perso il poco coraggio che aveva trovato. Così, quando Mrs Robinson era ancora in cucina, aveva detto: «Ho delle novità», e le dita della mano destra avevano sfiorato l'anello sulla sinistra, una sottile fascetta d'oro bianco con sei delicati diamanti incastonati, girandolo avanti e indietro.

Nora era rimasta sbalordita. «Ti sei fidanzata? Ma lo conosci a malapena.»

«So di amarlo.»

«Di amarlo! Oh, Polly...»

«E lui ama me.»

Si erano conosciuti all'università di Sydney un paio di mesi prima. Era novembre e lei stava per finire il primo anno; le jacarande erano cariche di fiori viola. Aveva avuto un problema con l'auto lungo la strada verso il campus ed era arrivata in ritardo alla lezione di introduzione alla letteratura inglese. Si era sentita così in imbarazzo nell'entrare in un'aula magna strapiena, nel vedere la sua amica Diane che le faceva ciao dal mezzo di una fila lontana e nel salire le scale centrali da non essersi resa conto, finché non si era seduta, della presenza di un docente ospite. Stava ancora cercando una penna nella borsa quando l'accento inaspettato aveva attirato la sua attenzione.

Era un dottorando arrivato da Harvard, aveva spiegato lui, e si chiamava Jonathan James. La lezione era stata un'appassionata esposizione della tesi secondo cui si potevano interpretare mille anni di letteratura inglese come un continuo tentativo di comprendere il rapporto perennemente tormentato tra civiltà e natura selvaggia. Li aveva accompagnati in un viaggio dalle paure primordiali del *Beowulf*, attraverso i valori cavallereschi di *Sir Gawain e il Cavaliere Verde*, l'atmosfera eroicomica del *Ricciolo rapito* e dei *Viaggi di Gulliver*, la turbolenza di *Frankenstein* e di *Cime tempestose*, fino ad arrivare alla selvaggia natura interiore - gotica e *fin de siècle* - di Jekyll, Hyde e Dracula. Polly aveva avuto la sensazione che una luce si fosse accesa sotto quanto credeva di sapere del mondo - l'umanità, la letteratura, la natura - e grazie alla sua luminosità aveva intravisto, in luoghi prima oscuri, nuove connessioni e possibilità dentro di sé.

In seguito, aveva armeggiato con i libri e rimesso le penne nell'astuccio con una lentezza così esasperante che Diane si era stancata di aspettare e aveva detto che l'avrebbe raggiunta in mensa. Quando finalmente Polly aveva cominciato a scendere le scale, era una dei pochi rimasti nell'aula. Si era fermata davanti al leggio, con il cuore che le martellava contro le costole, certa che anche lui lo sentisse. «Mi è piaciuto quello che ha detto» era riuscita a dire. Non era un esordio particolarmente brillante, ma si trattava di un territorio inesplorato. Non era il tipo da rivolgere la parola ai giovani docenti americani di bell'aspetto. Aveva notato che l'uomo aveva gli occhi nocciola con pagliuzze verdi.

Polly aveva letto in alcuni libri di persone che avevano la sensazione di vivere in un sogno, ma fino a quel momento non l'aveva mai provata direttamente. In qualche modo, senza sforzo o consapevolezza, avevano iniziato a conversare, uscendo insieme dall'aula, sotto il chiostro che correva per tutta la lunghezza del porticato, nella giornata limpida e calda. Avevano trovato uno spicchio d'ombra sul prato principale, sotto una jacaranda, e non avevano smesso di parlare. Lei non era più la ragazza timida che i compagni di scuola avevano schernito o ignorato; la conversazione era venuta naturale, lui rideva in modo spontaneo, avevano fatto una classifica delle loro cinque poesie preferite di Keats, assegnando il primo posto a pari merito a *Stella lucente* e *All'autunno*. I fiori erano caduti giù quando la brezza leggera li aveva liberati, avvolgendoli entrambi in una foschia viola. «*La Belle Dame*» aveva mormorato Jonathan, allungando la mano per toglierle un fiore dai capelli. La sua espressione era seria, i suoi occhi acuti avevano studiato quelli di lei. «Bella oltre ogni dire... la figlia di una fata. Abbi pietà di me.» Polly aveva sentito qualcosa girare dentro di sé, come una chiave in una serratura, e aveva intuito che sarebbe stato impossibile tornare indietro.

«Lo amo» aveva ripetuto in tono più fermo, risoluto.

«Hai diciotto anni» aveva replicato Nora con le palpebre tremolanti. «Certo che sei innamorata. Questo non significa che tu debba prendere decisioni affrettate. Che cosa ne pensa suo padre del fatto che Jonathan rimanga a Sydney?»

Il padre di Jonathan era un senatore degli Stati Uniti, famoso per i suoi forti valori cristiani e per la sua bella famiglia. *Clan conservatore dei Kennedy* era un ritornello mediatico ricorrente quando faceva riferimento alla moglie devota, ai quattro figli adulti e alla figlia sedicenne.

Polly aveva esitato. Non aveva previsto di scendere nel dettaglio a quel punto, ma non era brava a dissimulare. «Non rimarrà qui.»

«Allora sarà molto difficile per te. Le relazioni a distanza sono...» Nora si era interrotta di colpo e Polly si era resa conto di quanto raramente avesse visto sua madre davvero agitata. «Non starai dicendo che pensi di seguirlo in America? Di andare a vivere lì?»

Polly non era riuscita a confermare, ma era evidente che sua madre aveva capito. Nora pareva scossa, quasi nel panico.

«No. È impensabile. Hai solo diciotto anni, sei ancora una bambina. E la laurea?»

«Jonathan mi aiuterà con il trasferimento.»

«Ma, Polly, una vita come quella. Sempre al centro dell'attenzione. Come farai ad affrontarla?»

«Me la caverò.»

«E la tua salute? Sei sempre stata fragile. Santo cielo, quanto mi preoccupo per te... se solo lo sapessi!»

Polly lo sapeva. Sua madre era stata una presenza costante nella sua infanzia, pronta a sorvegliarla ogni volta che si cimentava in qualcosa di nuovo. «Per favore, sta' attenta» diceva Nora, e poi: «Sei sicura di non voler fare qualcosa al chiuso?». Senza dubbio rispecchiava soltanto l'ansia della figlia. Polly era stata una bambina nervosa, incline a immaginare sempre il peggio, a vedere il pericolo prima che la cogliesse di sorpresa, a interrogarsi sul mondo e su quale potesse essere il proprio posto. Ma ormai era grande e aveva imparato a cavarsela. «Sono più forte di quanto pensi» aveva detto.

«Qui hai una rete di sostegno, persone che ti vogliono bene. Con una telefonata posso fissarti un appuntamento con il migliore specialista del paese. Laggiù invece saresti sola.»

«Ho conosciuto i suoi genitori quando sono venuti per Natale, e sua sorella. Ha una famiglia molto numerosa.»

Polly si era pentita subito di aver pronunciato quelle parole. Una famiglia numerosa era il sogno più grande di Nora, la sua mancanza il massimo cruccio. «Naturalmente verrai a trovarmi» si era affrettata ad aggiungere. «Jon sa quanto sei importante per me. La sua famiglia diventerà anche la tua, la famiglia numerosa che hai sempre desiderato!»

Nora aveva sospirato e Polly si era chiesta se stesse iniziando a rinsavire.

«Funzionerà» aveva detto con veemenza. «Ne sono sicura.»

Sua madre non aveva risposto.

«Mamma?»

Polly aveva osservato Nora avvicinarsi alla grande finestra affacciata sul giardino. Era rimasta là per quella che era parsa un'eternità, con le braccia incrociate e la testa china. Polly aveva aspettato, osando sperare che sua madre fosse sul punto di accettare l'inevitabilità della notizia. Ma quando finalmente Nora si era girata, aveva un'espressione turbata. «Vieni.» Aveva agitato la mano mentre tornava verso il sofà. «Devo dirti una cosa.»

«Che cosa?»

Nora aveva preso la scatola d'argento sul tavolino e, dopo aver tirato fuori una sigaretta, l'aveva accesa. Brutto segno. Sua madre non fumava: odiava quell'abitudine, la definiva un impulso debole e pieno di disprezzo per se stessi. Il fiammifero aveva sibilato mentre Nora l'aveva scosso per spegnerlo. Le tremavano le mani, aveva notato Polly.

«Quello che sto per dirti» aveva esordito sua madre «è un vergognoso segreto di famiglia. Avrei preferito risparmiartelo – Dio sa che ci ho provato – ma ora non ho altra scelta. So che tieni molto a questo ragazzo; vi ho visti insieme e anch'io sono stata giovane un tempo. Ma quando parli di matrimonio... Be', prima di prendere una simile decisione, dovresti conoscere la verità.» Aveva dato una boccata alla sigaretta e soffiato fuori un filo di fumo, poi aveva cominciato a parlare del fratello Thomas, dell'adorata cognata Isabel e di una nidiata di bambini felici in una grande casa di campagna sulle colline dell'Australia Meridionale. Tutto questo era una novità per Polly, che aveva ascoltato con profondo stupore e interesse, finché non era arrivato il colpo di scena. La madre aveva parlato di un picnic, della polizia e della tempesta che era seguita, e Polly avrebbe voluto tapparsi le orecchie con le mani per non sentire altro.

Quando finalmente Nora aveva concluso, sembrava esausta. Era come se rivivere gli eventi esprimendoli a parole e pronunciandoli in quella stanza familiare le avesse spremuto fino all'ultima goccia di energia. Anche Polly era rimasta in silenzio. Le cose che aveva scoperto l'avevano stordita. Quella storia era inconcepibile.

In quell'istante era comparsa Mrs Robinson con il vassoio del tè. «Scusate se ci ho messo così tanto» aveva detto. «Avevamo un fattorino all'ingresso e un opossum in cucina, per quanto possa sembrare incredibile. Bestiaccia sfacciata.»

«Non preoccuparti, Jane, eravamo impegnate» aveva replicato Nora. «Ci serviamo da sole.»

Era impossibile non cogliere l'atmosfera che si respirava in biblioteca, e la governante aveva fatto un cenno serio e garbato, posando il vassoio e dicendo a Nora di chiamarla se avesse avuto bisogno di altro.

Nora si era rivolta a Polly. «Dunque capisci perché non puoi sposare un uomo come lui, con una famiglia come la sua.»

Polly aveva scrollato il capo, cercando ancora di capacitarsi di quanto aveva appreso, di individuare tutte le possibili implicazioni. «A Jonathan non importerà» aveva detto alla fine, ma persino lei si era accorta della punta di scetticismo che si era insinuata nella sua voce.

«All'inizio forse no, ma con il tempo sì.»

«Mi ama.»

«Come starà quando il tuo segreto rovinerà suo padre? Il sangue non è acqua, sai.» Vedendo che la figlia non rispondeva, che non riusciva a rispondere, Nora aveva continuato. «Non dubito che ti ami. La domanda è se tu lo ami abbastanza per evitargli di dover fare questa scelta. Una cosa è certa: se entri a far parte di una famiglia come quella, diventerai un bersaglio. La stampa scaverà nel tuo passato e scoprirà ogni cosa. Quali ripercussioni credi che avrebbe su suo padre, dal punto di vista politico, avere una nuora – la potenziale madre dei suoi nipoti – la cui zia era» aveva abbassato la voce e la parola era uscita come un sibilo «un'*assassina*? Lo rovinerebbe. Vi rovinerebbe tutti.»

CAPITOLO VENTI

Un'*assassina*. Anche ora, quarant'anni dopo, seduta sul bordo del letto che aveva preparato per Jess, Polly sentì lo stesso shock fisico che aveva provato quando sua madre aveva pronunciato la parola quel giorno. *Assassina*. Le sillabe rotolarono nella stanza, rimbalzando contro i battiscopa, raccogliendosi negli angoli.

«Forse non lo scopriranno?» aveva detto. «È stato quasi vent'anni fa. Non credo che i media americani prestino molta attenzione agli eventi che succedono qui.»

«Vorrei che fosse vero» aveva risposto Nora, «e forse lo è in generale. Ma in questo caso la notizia si è diffusa. C'è un libro, sai. Un libro molto popolare, scritto da un giornalista che in quel periodo si trovava in Australia. È stato un best seller del *New York Times*, tutto incentrato sulle indagini, sull'inchiesta, sul crimine.»

All'inizio Polly aveva opposto resistenza. Aveva detto alla madre, e a se stessa, che non poteva essere ritenuta responsabile delle azioni di una donna morta prima della sua nascita, di una semplice parente acquisita. Ma quella parola aveva cambiato le cose.

Assassina.

Aveva rotto con Jon. Gli aveva ripetuto le frasi suggerite da

Nora – che non era pronta, che era troppo giovane, che aveva commesso un errore – e poi gli aveva restituito l'anello.

Non aveva mai dimenticato la sua espressione. «Dimmi che non mi ami» aveva detto Jonathan.

Lei era rimasta in silenzio.

«Dimmi che non mi ami» aveva ripetuto lui, in tono un po' meno sicuro.

Polly chiuse forte gli occhi. Era stato terribile.

Ci volle un attimo perché i colori della camera si normalizzassero quando rialzò le palpebre. Le assi di legno correvano orizzontalmente; in passato, quello spazio era stato una veranda, chiusa qualche decennio prima. Aveva tinteggiato le pareti con una vernice turchese lucida che, nel tempo, era sbiadita fino ad assumere una sfumatura polverosa. Fuori, le gazze si chiamavano a vicenda lungo la valle. Polly amava quel suono. Attraverso le fessure delle persiane riusciva a vedere il giardino della Government House con il suo esercito di eucalipti svettanti, la visuale parzialmente ostruita dalle foglie di una grande jacaranda che le avevano consigliato più volte di tagliare per far entrare più luce, ma che lei aveva ostinatamente conservato. Una volta all'anno, puntuale come un orologio, la scena compariva: una nuvola di crespo viola contro il cielo cristallino, le nuvole scure di un temporale estivo, coriandoli sulla ghiaia. *Bella oltre ogni dire... la figlia di una fata. Abbi pietà di me.*

Distolse lo sguardo. Sulla parete di fronte c'era uno dei suoi quadri. Non era un granché come pittrice, ma amava dipingere e aveva stretto amicizia con la piccola classe che frequentava da dieci anni. Le piaceva raffigurare le stanze. Stanze attraverso porte aperte. Sotto il quadro c'era un seggiolone vittoriano che aveva comprato quando Jess era piccola e da cui non era mai riuscita a separarsi. Amava le cose vecchie. Trovava rassicuranti i piccoli segni di danneggiamento: i graffi, le tracce lasciate da penne di molto tempo prima, la vernice scrostata. Quegli oggetti sapevano che tutti avevano le loro ammaccature e il loro passato segreto.

Negli anni successivi, di tanto in tanto, aveva visto Jon nei notiziari. All'inizio in relazione a suo padre e poi, quando la sua carriera di scrittore era decollata, ogni volta che promuoveva un nuovo libro. A un certo punto c'era stato un servizio fotografico su una rivista femminile; l'aveva studiato attentamente, assorbendo ogni dettaglio. Sua moglie e i suoi figli, tutti bellissimi. Ormai Polly era sola, a Brisbane, con Jess a Sydney da Nora, e si era concessa il lusso della disperazione. Sua madre aveva sempre disapprovato l'autocommiserazione, ma lei vi si era abbandonata.

Senza volerlo, avvicinò le dita al ciondolo della catenina, anche se ricordò a se stessa che non doveva essere melodrammatica, che era stata lei a rompere con Jonathan. Avrebbe potuto dirgli la verità; forse avrebbe dovuto. C'era la possibilità che lui le prendesse le mani e le dicesse che non gliene importava un bel niente, che la amava comunque e che avrebbero trovato una soluzione. Nora l'aveva previsto. «Ti rassicurerà che le azioni di Isabel non c'entrano nulla con te» aveva detto la sera prima che Polly gli parlasse, mentre erano sedute al tavolo della cucina di Darling House. Lei si era ritrovata a guardare il ritratto della madre da giovane e a chiedersi cosa si provasse a essere così padroni di sé. «E per qualche tempo potrebbe essere vero. Ma si porterà dietro questa informazione. Penserai che va tutto bene, e poi un giorno avrai un bambino – credimi, i bambini cambiano le cose – e lui ti guarderà e glielo leggerai negli occhi.»

Assassina.

Polly si alzò. Il sole era ormai alto nel cielo e il ferro del tetto si stava dilatando. Dalla finestra aperta entrò un soffio di aria calda e umida, impregnata dell'intensa fragranza del gelsomino. Ogni estate l'umidità di Brisbane era uno shock. «Benvenuta nelle regioni subtropicali» aveva detto la sua vicina Angie quando Polly vi aveva accennato per la prima volta, chiacchierando sopra la staccionata che correva tra le loro case, e poi, indicando verso il proprio pancione: «Ringrazia di non essere incinta».

Angie voleva saperne di più. La curiosità con cui aveva guardato Polly quando aveva fatto quel commento era inequivocabile. Forse aveva notato il seggiolone durante il trasloco. Polly si era limitata a sorridere senza fornire ulteriori dettagli.

Aveva scoperto di essere incinta due settimane dopo la partenza di Jon per l'America. L'idea di dirlo alla madre l'aveva riempita di terrore. Si era sentita stupida e rovinata. Ma alla fine Nora l'aveva stupita. Dopo essersi ripresa dallo shock, si era mostrata entusiasta. «Ma come hai potuto pensare che non sarei stata contenta?» Aveva stretto la figlia in un abbraccio e le aveva accarezzato i capelli. «I bambini sono una benedizione, a prescindere dalle circostanze.»

E mentre Polly non sapeva che pesci pigliare, Nora aveva saputo esattamente cosa fare. Era entrata in azione, comprando vitamine e fissando un appuntamento per Polly con un amico medico. «Il dottor Bruce è il migliore. È stato lui ad aiutarmi quando aspettavo te.»

Era stato nel gelido studio del dottor Bruce, mentre era stesa rigida sotto il lenzuolo ruvido nel cubicolo delimitato da una tenda e il medico aveva chiesto a bassa voce del «padre», che aveva sentito per la prima volta Nora sussurrare: «Sconosciuto, temo».

La freddezza della menzogna era stata un duro colpo per Polly. Aveva pensato che la madre volesse semplicemente essere discreta; non c'era motivo di condividere i dettagli privati con il dottore. In seguito, però, quando Polly si era domandata cosa scrivere a Jon riguardo al bambino, Nora aveva fatto un'espressione sbigottita. «Perché diavolo dovresti informarlo? Non dirgli niente e poi di' alla piccola che non sai chi sia il padre. È molto più sicuro così. Non dovrai mai condividerla con nessuno.» (Nora era stata convinta fin dall'inizio che sua figlia avrebbe avuto una femminuccia.)

Polly non avrebbe voluto mentire riguardo al padre. Non voleva che il bambino pensasse che non ne conoscesse l'identità. Le sembrava un volgare tradimento della verità. Era arrabbiata con Nora che glielo aveva suggerito, e ferita dalle implicazioni di promiscuità e negligenza. Era anche frustrata perché, più ci rifletteva nel buio della notte, e più si convinceva che il ragionamento alla base dell'idea non fosse del tutto infondato, se lo si guardava dalla giusta prospettiva.

Quell'estate aveva avuto molto tempo per rimuginare. Mentre fuori il caldo non dava tregua, Polly era rimasta a letto. «Non è colpa tua» l'aveva rassicurata Nora vedendo che faticava a tenere giù il cibo. «Alcune donne sono fatte per la gravidanza, altre no. Anch'io ho passato un bruttissimo periodo. Presto starai meglio.»

Non abbastanza presto. A febbraio Polly si era resa conto di non avere altra scelta se non rimandare il ritorno all'università. Soffriva costantemente di nausea. Aveva difficoltà a stare in piedi. Non riusciva a trascinarsi alle lezioni, né tantomeno a concentrarsi sullo studio. Ogni cosa la rattristava; temeva che il bambino sarebbe nato triste.

Anche Nora aveva cominciato a preoccuparsi. Aveva ridotto gli impegni professionali e sociali, dedicandosi alla cura della figlia. Di giorno le gironzolava intorno senza sosta; di sera si sedeva sulla poltrona nell'angolo della camera e si lanciava in brillanti monologhi sulle persone che conosceva tramite il lavoro, sulle ex compagne di classe di Polly – che stavano andando tutte avanti con la loro vita – e sui pettegolezzi del quartiere. Si rifiutava però di affrontare l'unico argomento a cui Polly era interessata. Durante quelle interminabili settimane di segregazione, sua figlia si era sorpresa a pensare costantemente a Halcyon. A Isabel, in particolare: una donna così sola, così disorientata e angosciata da togliersi la vita e uccidere i suoi figli. La storia era diventata un riflesso della sua tragica situazione, e voleva conoscerne ogni dettaglio.

Finalmente, in aprile, aveva cominciato a sentirsi meno irritabile e più lucida. Ma, anziché fare un passo indietro, Nora aveva incominciato a sorvegliarla ancora più attentamente: controllava cosa mangiasse, si assicurava che non si dedicasse ad attività rischiose (come scendere le scale troppo rapidamente) e la esortava senza sosta a essere calma, rilassata, serena. Polly era diventata insofferente. Un giorno le era venuta un'idea, un piccolo atto provocatorio. Aveva convinto Nora ad accompagnarla alla biblioteca dell'università per restituire un paio di prestiti e, mentre era là, chiese alla bibliotecaria come trovare un certo libro - dal titolo sconosciuto - riguardante l'indagine su un crimine realmente accaduto. La donna, che aveva affermato di amare le sfide, aveva preso nota delle poche informazioni disponibili - il nome *Thomas Turner*, la data di pubblicazione approssimativa, le origini americane del giornalista e il successo commerciale del volume - e aveva promesso di fare il possibile. Due settimane dopo, Polly aveva ricevuto un messaggio secondo cui il libro era stato rintracciato e richiesto a una biblioteca interstatale ed era in attesa di essere ritirato.

Un pensiero improvviso la spinse a saltare in piedi. Si diresse rapidamente verso gli scaffali che correvano lungo la parete del salotto. Era sicura di aver visto la sua copia del libro di Daniel Miller di recente. Era abbastanza facile individuarla tra gli altri volumi; sul dorso c'era ancora l'adesivo della segnatura. Non ce l'aveva fatta a restituirlo; alla fine aveva finto di averlo perso e aveva pagato la sanzione.

Rintanata a Darling House, aveva divorato *Come se dormissero*. Aveva dovuto essere cauta; Nora era ovunque. Ma la natura illecita della lettura aveva reso l'esperienza più intensa. La tela di Halcyon era intessuta di fili di gravidanze, neonati, estati e calure, di lunghe giornate e sogni contorti, della sua vita e della loro, di presente e passato. Chiamava quella fase della sua esistenza *l'estate di Halcyon*, anche se i mesi erano poi sfumati nell'autunno.

Uno degli aspetti più strani della lettura era stato conoscere sua madre come personaggio, e anche se stessa come la bambina di *Mrs Turner-Bridges*, nata la vigilia di Natale. In varie scene, Daniel Miller descriveva Nora con la piccola: alla riunione della comunità indetta dalla polizia o sulla strada principale di Tambilla, mentre muoveva i primi timidi passi per tornare alla *normalità* dopo la tragedia che si era abbattuta sulla famiglia. Quella Nora era più giovane e meno esperta della donna che Polly conosceva, ma ugualmente riconoscibile. Daniel Miller l'aveva ritratta come una madre perfetta, attenta e *brava*, in contrasto, presumibilmente, con Isabel. Polly ricordava di essersi soffermata su quei brani quando aveva letto il volume per la prima volta, mentre suo figlio iniziava a muoversi nel pancione, continuando a sperare che anche lei sarebbe stata una brava madre. Ma aveva nutrito qualche dubbio già allora.

Quando aveva iniziato a sognare Halcyon, aveva scoperto con sgomento che a livello inconscio non si era identificata con sua madre, ma con Isabel. La mattina si svegliava dopo aver visitato la casa nella dimensione onirica, con la certezza che, se avesse guardato dalla finestra, avrebbe visto rose, paddock e cacatua su un albero di noce, anziché il porto di Sydney. Aveva detto al dottor Bruce che faceva dei sogni vividi, ma lui non le aveva chiesto quale fosse il contenuto, limitandosi a dire che era normale provare *emozioni* durante la gravidanza e mormorando qualcosa sugli ormoni.

Si era domandata cosa le fosse preso, perché provasse una forma di empatia per una persona come Isabel. Sentirsi sola e isolata, quasi nostalgica, pur essendo a casa. Anche quello dipendeva dagli ormoni? Nora aveva fatto bene a sconsigliarle di informare Jon. Forse assomigliava in qualche modo a quella zia misteriosa; che sua madre l'avesse percepito? Polly aveva moltissime domande, ma Nora era risoluta. Non voleva parlarne.

Riconoscendo il familiare dorso giallo con la segnatura della biblioteca, sfilò il libro dallo scaffale. La copertina era tipica dell'epoca, con un carattere anni Sessanta che riportava soltanto il titolo e il nome dell'autore. Nella sua semplicità, tuttavia, Polly ebbe la sensazione di intravedere la correttezza di Daniel Miller, l'autenticità del suo approccio. Lo scrittore non aveva sensazionalizzato gli eventi; il suo affetto per i personaggi era evidente dal modo in cui aveva cercato di dimostrare come un evento scioccante lasci il segno su tutti, tanto sui singoli quanto sulla comunità. Certe volte pensava ancora a Percy Summers, l'uomo che aveva trovato i corpi e le cui dichiarazioni alla polizia – in base alle quali aveva avuto l'impressione che i Turner dormissero – avevano dato il titolo al libro.

Polly aveva incontrato l'autore una volta. L'uomo aveva fatto visita a sua madre a Darling House quando Jess aveva più o meno un anno. Nora era stata taciturna per tutta la mattina e, quando il campanello aveva suonato, Mrs Robinson si era precipitata ad aprire. «È arrivato Daniel Miller» aveva annunciato, affrettandosi nella stanza accanto alla cucina, dove Nora stava giocando con la nipotina. Polly era seduta sul tappeto con loro; lo shock di quel nome e la natura illecita della sua familiarità le avevano riscaldato la pelle.

«Un vecchio amico» era stata l'unica spiegazione di Nora. «Di passaggio a Sydney.» Quindi era scomparsa lungo il corridoio e aveva salito le scale della biblioteca, portando con sé lo scrittore e chiudendosi la porta alle spalle.

Erano rimasti lassù per più di un'ora e, quando erano usciti, Polly era con Jess in giardino. Era seduta sul bordo di pietra dello stagno quando la porta d'ingresso si era aperta ed era comparso Daniel Miller: un cinquantenne giovanile, con i capelli scuri, un giubbotto di pelle e una voluminosa borsa a tracolla. Indossava jeans e stivali ed era più alto di Nora, che l'aveva accompagnato fuori; il suo atteggiamento era inconfondibilmente americano. Avevano parlato per breve tempo, poi Nora si era ricordata di qualcosa ed era rientrata rapidamente, lasciando la porta socchiusa.

Daniel Miller, da solo sullo spiazzo di ghiaia, aveva ispezionato il giardino e quindi attraversato il prato verso il punto da cui si vedeva il porto. Era quasi arrivato allo stagno quando aveva notato Polly. «Ciao. Non volevo spaventarti. Sono Daniel.» Aveva allungato la mano.

«Polly» si era presentata lei, spolverandosi i jeans. «La figlia di Nora.»

Lui aveva cambiato espressione e Polly ebbe la sensazione che stesse studiando il suo viso. La consapevolezza gli aveva illuminato gli occhi.

«Sei americano» aveva detto lei, non sapendo cos'altro dire. Non poteva confessare di aver letto il libro; sarebbe equivalso a tradire la fiducia di Nora.

«Sì. Ma passo molto tempo in Australia. Ho dei parenti qui.»

«A Sydney?»

«Nell'Australia Meridionale.»

Polly aveva aspettato, sperando che aggiungesse qualcos'altro. Vedendo che restava in silenzio, aveva azzardato: «Anche mia madre aveva dei parenti laggiù».

Daniel Miller aveva sorriso, ma non aveva abboccato. «Una casa splendida.» Aveva spostato lo sguardo verso l'acqua. «Dev'essere stato un bel posto in cui crescere.»

Delusa, ma non sorpresa, Polly aveva detto in tono neutro: «Sì. È così».

Jess era arrivata gattonando dall'altra parte dello stagno. Si stava avvicinando l'ora di pranzo, e lo sapeva.

«Ciao, e tu chi sei?» Miller aveva riso quando gli aveva afferrato la gamba dei pantaloni per mettersi in piedi.

Polly l'aveva presa in braccio. «Questa è Jessica.»

«Ciao, Jessica. Che bambina adorabile.» I suoi occhi avevano incontrato di nuovo quelli di Polly. Erano marrone scuro, gentili e penetranti. Le piaceva, si era resa conto. Capiva perché era bravo nel suo lavoro. Doveva essere il tipo di persona con cui gli altri si confidavano volentieri. «Vivete entrambe qui con Nora?» aveva chiesto.

Non che fossero affari suoi. Polly aveva annuito.

«Magnifico. Tre generazioni insieme. Dev'essere bello poter contare sull'aiuto di tua madre.» Miller aveva aggrottato leggermente la fronte, come se fosse indeciso se continuare oppure no, poi: «L'ho conosciuta quando eri piccola. Ti adorava».

«Sì, è fantastica» aveva concordato Polly, ma il commento era caduto nel vuoto quando Nora era uscita dalla casa e il giornalista si era voltato per rispondere al suo richiamo agitando la mano.

Aveva sorriso a Polly. «È stato un piacere conoscerti.» Quindi, a Jess: «Anche te, piccola». Infine le aveva salutate entrambe e aveva risalito la collina per raggiungere Nora. Si era lanciato un'ultima occhiata da sopra la spalla mentre si avvicinava alla cresta, e Polly, che l'aveva guardato allontanarsi, gli aveva fatto un cenno con la mano. Jess l'aveva imitata, poi si era ricordata di avere fame e aveva iniziato a frignare, scatenando nella madre la consueta ondata di panico. Quello era il momento in cui di solito Nora interveniva e Polly si rendeva conto che qualunque cosa avesse pensato di fare era sbagliata. Ma Nora non era là a sistemare le cose, così Polly aveva intonato *The Grand Old Duke of York*, la filastrocca preferita di Jess, e si erano avviate verso casa.

Aveva imboccato il vialetto che attraversava il giardino speciale di Nora, perché Jess si calmava sempre quando aveva la possibilità di afferrare i tralci del falso gelsomino nel pergolato, ed era stato così che era arrivata vicino al punto in cui era parcheggiata l'auto di Daniel Miller. Lui non era ancora partito, bensì era accanto alla portiera del guidatore, impegnato a parlare con Nora. Polly si era fermata mentre Jess, affascinata, allungava la manina verso un rampicante frondoso.

C'era qualcosa che non andava. Nora aveva il viso tra le mani e le spalle curve. Aveva pronunciato qualche parola, scrollato il capo e poi, all'improvviso, si era aggrappata al braccio di Miller, alzando lo sguardo per incontrare il suo. Erano rimasti così per quella che era parsa un'eternità, ma che probabilmente non ammontava a più di cinque secondi, finché lo scrittore si era chinato per stringerla in un abbraccio...

Polly rimise il libro sullo scaffale. Il ricordo di quel momento la metteva ancora a disagio. In parte dipendeva dalla dissonanza di quanto aveva visto. Il gesto era stato confidenziale, quasi tenero, ma dal suo punto di osservazione le era parso che Miller avesse un'espressione dura.

Aveva sperato che quella sera la madre le raccontasse della visita, ma Nora si era mostrata più chiusa del solito: pallida e pensierosa. Rimuginava su Isabel e sui bambini, aveva ipotizzato Polly, e su suo fratello Thomas, tutti coloro che aveva perso.

A tarda notte l'aveva trovata che vegliava sul lettino di Jess. Nonostante la penombra, era riuscita a leggere il fervido amore e l'interessamento che le permeavano il viso mentre guardava la bambina addormentata. Sentendola arrivare, Nora aveva alzato lo sguardo.

«Chi è l'uomo che è venuto a trovarti oggi?» aveva chiesto Polly.

«Te l'ho detto... una persona che conoscevo molto tempo fa.»

«È arrivato dall'America?»

«Sì.»

«È stato gentile a passare per un saluto.»

Nora aveva annuito, ma non aveva detto altro, e Polly l'aveva raggiunta accanto al lettino. Erano rimaste là a guardare le guance rosee di Jess, le sue labbra arricciate, finché alla fine Nora aveva rotto il silenzio, parlando a voce molto bassa: «Non dovrà mai saperlo. Promettimi che non le dirai mai cosa è successo nell'Australia Meridionale, alla moglie e ai figli di mio fratello. Una cosa del genere macchia una persona, una famiglia. Promettimi che non lo dirai mai alla nostra bambina».

Polly tornò in cucina e trovò il tè dove l'aveva lasciato un'ora prima. Ne bevve un sorso, ma era freddo. Si apprestò a prepararne un'altra tazza ma, quando andò a prendere il latte, i suoi occhi si fermarono sulla Corona posata sul primo ripiano. Era una nuova abitudine, molto piacevole in estate. Nei pomeriggi caldi prendeva una birra fredda dal frigorifero, metteva uno spicchio di lime in cima alla bottiglia e la beveva in giardino, a canna.

Controllò l'orologio. Le dodici erano ancora lontane ma, nel giorno della morte della propria madre, l'orario non contava, pensò.

Con la birra in mano, vagò per i vialetti angusti del fitto giardino. L'aveva piantato lei stessa. Quando si era trasferita in quella casa una trentina d'anni prima, c'erano soltanto erba alta e la carrozzeria di una macchina arrugginita. Certe volte si meravigliava di quanto le cose fossero disposte a crescere. Le rose nella vecchia vasca da bagno con i piedini a zampa di leone erano molto rigogliose quell'anno. Non avrebbero dovuto prosperare, non con quel clima, ma lei aveva sempre avuto fortuna con le rose. Sembrava che fosse più brava a coltivare le piante che i rapporti con le persone.

Nora le aveva assicurato che le sue capacità materne sarebbero migliorate, ma Polly era sempre stata ansiosa, temendo di fare le cose nel modo sbagliato, e forse Jess l'aveva percepito, perché era una bimba irritabile, finché non arrivava la nonna, che la prendeva in braccio e la cullava fino a farla addormentare. Era stato solo quando si erano trasferite nell'appartamento che Polly aveva iniziato a camminare con le sue gambe. Allora le cose avevano cominciato ad andare meglio, a mano a mano che Jess usciva dalla primissima infanzia e diventava una donnina. Era stata una bambina deliziosa: intelligente e stimolante, piena di domande, opinioni e idee incredibilmente sagge. Di tanto in tanto Polly pensava che quelli fossero stati i suoi anni più felici: solo loro due nell'appartamento art déco in cima al promontorio vicino al parco giochi.

Jess. Nel giardino soleggiato, con una Corona fredda in mano, Polly provò un brivido in tutto il corpo. Nora era morta e l'infermiera che aveva telefonato aveva detto che avevano chiamato lei perché non erano riusciti a contattare la parente più prossima di Mrs Turner-Bridges. Avevano provato a Darling House, ma invano, e aveva aggiunto qualcosa riguardo a un numero internazionale, ma sul momento lei era troppo sotto shock per capire il senso di quelle parole.

D'un tratto la consapevolezza conferì al tessuto del mondo una consistenza molto fragile: avevano telefonato a Polly perché non erano riusciti a contattare Jess.

Nora era morta e Jess non lo sapeva.

Polly bevve un altro sorso di birra, poi depose la bottiglia. Si pulì le mani sulla salopette, asciugandole, quindi prese il cellulare.

CAPITOLO VENTUNO

Sydney, 12 dicembre 2018

Finalmente Jess aveva finito di leggere tutte e trentatré le pagine dei bloc-notes e aveva la testa piena di Nora. Nancy aveva ragione quando diceva che Daniel Miller aveva il dono di capire gli altri. La Nora degli appunti le era familiare, pur essendo anche nuova ai suoi occhi. Era più giovane di almeno dieci anni rispetto alla Jess di adesso, e le annotazioni del giornalista mostravano un lato della sua personalità che la nipote non aveva mai conosciuto: vulnerabile, meno sicura di sé, affranta dal dolore, ma anche una neomamma profondamente innamorata della bambina nata nel bel mezzo di una tragedia familiare.

Come aveva preannunciato Nancy, alcune scene erano scritte in terza persona, come se Miller avesse ascoltato Nora parlare di sé e poi, anziché trascrivere le interviste così come si erano svolte, con le domande seguite dalle risposte, si fosse spinto a interpretare i ricordi, la storia e i sentimenti personali che la nonna aveva condiviso, *mostrando* le cose che gli aveva descritto. Le scene si riferivano a molte conversazioni, non solo una o due; c'erano troppi dettagli disparati – alcuni dei quali le erano noti grazie ai racconti di Nora, mentre altri erano nuovi – per essere stati raccolti nel contesto formale di una prima intervista.

Il telefono cominciò a squillarle. Abbassando lo sguardo, vide che era Polly e, nonostante il tuffo al cuore, frustrata e delusa da se stessa, silenziò il cellulare, ripromettendosi di richiamarla dal taxi mentre andava all'ospedale. Non mancava molto all'orario di visita, e doveva ancora ricontrollare le pagine di Miller: le aveva lette tutte d'un fiato, ma c'erano un paio di scene che voleva esaminare con più attenzione per vedere se facessero luce sulla ragione per cui Nora aveva ricominciato a pensare a Halcyon.

Appunti di DM: Nora Turner-Bridges, dicembre 1959

Il viaggio da Sydney era stato terribile, ma era una gioia essere a Halcyon. Quando Thomas aveva annunciato per la prima volta di aver acquistato la casa e di volersi trasferire con la giovane moglie e la figlioletta dall'altra parte del paese, Nora era rimasta devastata dalla notizia. Si era detta che non sarebbe durata. Che era solo l'ultimo di una lunga serie di avventure e progetti sconclusionati di suo fratello. Che, così come Thomas era passato da un'idea all'altra, avrebbe abbandonato anche quella fantasia.

Ma poi era andata a trovare la sua famiglia e, anche se il suo umore si era risollevato per la bellezza del luogo, aveva sentito spegnersi le speranze. Fin dal primo momento aveva percepito la magia di Halcyon e del suo giardino. Nemmeno lei era riuscita a resistere. L'imponente casa di campagna in stile inglese al centro di un giardino verdeggiante era un Eden. Ma non fu questo a convincere Nora che suo fratello non se ne sarebbe mai andato. Aveva già visto case e giardini bellissimi; lei e Thomas erano cresciuti in una casa sulla costa orientale dell'Australia. A rendere Halcyon inebriante, ne era certa, almeno dal punto di vista di Thomas, era qualcosa che andava al di là dei cuscini e delle tende di quell'edificio lussuoso, della pietra, del marmo e delle finiture di ottone lucido, del prato verde e del giardino irrigato; era la posizione della proprietà, incastonata com'era nel cuore dello spoglio paesaggio meridionale.

Il contrasto tra il giardino all'italiana e il bush indigeno era netto. Restava senza fiato quando si metteva sull'angolo della veranda mentre il tramonto tingeva le siepi tagliate di un ricco verde intenso e, allo stesso tempo, sbiancava i tronchi degli eucalipti sulla cresta più in là. L'attrito tra due opposti era ciò che Thomas bramava. Possedere una tenuta di ineguagliabile civiltà e comodità, ma sapere che era sull'orlo del pericolo: era quella la sfida. Suo fratello non aveva mai trovato rassicurazione nell'ordinario, nell'organizzato, nella strada battuta. È così che, fin dalla prima visita, Nora aveva capito – mentre guardava il sole tramontare come fuoco sulle colline poco lontane e la luna sorgere illuminando gli eucalipti, una fila di fantasmi che portavano con sé vecchie storie dell'antico paesaggio – che Thomas non avrebbe mai rinunciato a quel posto.

Le ambizioni di Nora erano relativamente modeste. Era cresciuta in una casa silenziosa, con genitori freddi e distanti e una sfilza di tate severe. Thomas era stato la sua unica luce e, quando se n'era andato, prima in collegio e poi in guerra, aveva patito la sua assenza come se fosse morto. Una volta raggiunta l'età adulta, la sua più grande aspirazione era quella di riuscire a evitare la solitudine. Aveva progettato di circondarsi di amore, risate e molti bambini, che non sarebbero stati nascosti in una nursery e cresciuti da estranei, bensì avrebbero portato rumore e vocio, giochi e storie, nel cuore della casa.

Poco dopo la partenza di Thomas e Isabel, i genitori di Nora erano morti all'improvviso, lasciando Darling

House (e una montagna di debiti) al figlio, che aveva ceduto subito la proprietà della casa alla sorella.

«Sono stato più fortunato di molti altri» aveva detto stringendosi nelle spalle. «Ora tocca a te.»

Nora aveva sposato il primo uomo che l'aveva chiesta in moglie – Richard Bridges, l'amico di un amico di suo fratello – e si era messa subito al lavoro per creare una famiglia. Ma le cose non erano andate come previsto. Il problema non era rimanere incinta, bensì continuare la gravidanza finché il bambino non fosse stato abbastanza grande per nascere. Aveva continuato a provare, un ciclo infinito di speranza, emozione, ansia e poi dolore, nel corso degli anni. Un medico aveva passato un'eternità a sfogliare la sua cartella clinica, prima di recuperare la sigaretta dal posacenere sulla scrivania, appoggiarsi allo schienale della poltrona girevole di cuoio e annunciare – mentre lei vacillava nervosamente sul bordo della propria sedia, molto meno comoda – che alcune donne non erano fatte per procreare.

Era decisa a dimostrargli che si sbagliava. Che si sbagliava su di lei, almeno. E alla fine ci era riuscita. Con l'aiuto del dottor Bruce, il suo grande uomo dei miracoli, non solo era rimasta incinta, ma aveva tenuto il piccolo fino al terzo trimestre inoltrato. Il successo, però, aveva avuto il suo prezzo: per mesi, Nora era stata colpita da nausee "mattutine" che duravano tutto il giorno. *Iperemesi gravidica* era il nome ufficiale, anche se sapere come chiamarla non faceva la minima differenza. Tuttavia era determinata a non lamentarsi: farlo avrebbe equivalso a sfidare il destino.

«È un buon segno» avevano detto ripetutamente le infermiere, ciascuna con una diversa variazione sul tema.

«Avrai un bel bambino forte, che farà vedere alla mamma chi comanda.»

«Abituati: il bambino ti sta solo preparando per la lunga sfacchinata che ti aspetta!»

Nora aveva sentito esprimere diverse volte quel concetto: essere madre era un compito difficile e ingrato. Aveva notato che generalmente era la posizione privilegiata di coloro che avevano la fortuna di chiamarsi genitori. Sorrideva quando sentiva dire quelle cose – chi le diceva era perlopiù benintenzionato – ma in privato rafforzava la sua determinazione. Se avesse avuto la fortuna di avere un figlio, non avrebbe mai permesso che fosse un compito ingrato.

Ma sette mesi di nausee quotidiane e di profonda stanchezza non erano stati una passeggiata, e la prospettiva di trascorrere le ultime sei settimane di gravidanza a Halcyon con Isabel e i bambini era un'occasione troppo ghiotta per lasciarsela sfuggire. Quando aveva ricevuto l'invito, aveva trovato il coraggio di affrontare il viaggio e fatto affidamento sul potere rigenerante della proprietà, della sua famiglia e della compagnia della sua confidente più cara.

Ne era valsa la pena. Fin dal primo momento in cui era arrivata, si era liberata di un peso. Fino ad allora non si era resa conto di quanto si fosse sentita sola e oppressa a Darling House. Il ciclo continuo di gravidanze e aborti era stato estenuante e la desolazione era cresciuta sempre di più. Con il tempo, suo marito aveva iniziato a cambiare idea sul fatto di avere una casa piena di bambini. Desiderava ancora moltissimo un figlio, un erede, ma si sarebbe accontentato di uno solo. Nora era stata prima confusa e poi delusa. Si era resa conto di non averlo mai messo alla prova. Non si conoscevano bene prima di sposarsi, ma quale coppia lo faceva? Aveva cominciato a vedere Richard come debole e poco affidabile. Aveva iniziato a provare disprezzo quando guardava il suo viso soddisfatto, le sue spalle curve, la briciola tra i baffi all'estremità opposta del tavolo a colazione.

Stava pensando a queste cose mentre era seduta accanto alla finestra della camera la prima mattina a Halcyon, e guardava il sole sorgere sopra gli eucalipti.

Il bambino l'aveva svegliata presto, come ormai succedeva abitualmente, con forti calci alla cassa toracica, e stava aspettando un orario accettabile per scendere e fare una passeggiata tra le rose. Quando vide Isabel sul prato, con la tazza in mano, i suoi pensieri torbidi si dissolsero e si sentì più energica rispetto a com'era stata negli ultimi, lunghi mesi. Decise di raggiungere la cognata.

«Buongiorno» salutò, attraversando il prato sotto il noce.

Isabel si voltò e, vedendola, sorrise. «Ciao, cara. Che bel vestito. L'hai fatto tu?»

Nora rispose di sì. In realtà, molti anni prima aveva confezionato diversi vestiti premaman. Era stato un grande piacere tirarli fuori da dove li aveva riposti.

«Stavo per prepararmi una seconda tazza di tè» continuò Isabel. «Che cosa ne dici se ne faccio una anche a te e poi ti raggiungo alle sedie sul lato settentrionale?»

Nel frattempo Nora fece il giro del roseto, camminando lentamente per non sovraccaricare le anche doloranti, fermandosi ad annusare le fragranze delicate mentre il sole appena sorto riscaldava i petali. Arrivò alle sedie nello stesso momento di Isabel.

«Come sta il piccolo, oggi?» La cognata le porse una tazza fumante.

«È una brava bambina.» Nora accarezzò il tessuto tirato sul pancione. «Voglio chiamarla Polly.»

«Una figlia.» Isabel scoppiò in una risata ironica. «Attenta a ciò che desideri.» Forse si accorse della sua espressione contrariata, perché si affrettò a proseguire: «Oh, non ascoltarmi. Sono certa che tua figlia sarà molto più obbediente della mia. Ultimamente sono uno più cocciuto dell'altro. Non sono mai così soddisfatti come quando riescono a sovvertire la mia volontà».

«Una bambina grintosa è una gioia per gli occhi. Sono sicura che a dirmelo sia stata una persona saggia.»

«Oh cielo.» Isabel fece una smorfia. «Le parole hanno la brutta abitudine di ritorcersi contro di noi. È vero, naturalmente, ma di certo essere responsabili delle cose non le rende più facili.» Strinse impercettibilmente le labbra mentre aggiungeva: «Gli *unici* responsabili».

Nora bevve un sorso di tè. Sapeva che quell'anno Thomas era stato via più del solito. Isabel non si era lamentata, non proprio, ma di tanto in tanto lanciava frecciatine per indicare che avrebbe preferito che suo marito avesse meno affari di cui occuparsi all'estero. Nora non sapeva mai cosa rispondere. Difendeva sempre Thomas a spada tratta, ma sapeva meglio di chiunque altro quanto fosse desolante la sua lontananza.

Arrossiva ancora quando ripensava al proprio comportamento esagerato quando lui era partito per la guerra: aveva già dodici anni, ma aveva pianto e protestato come una bimbetta sconvolta. Quattro anni dopo, quando finalmente arrivò la lettera che annunciava la fine del conflitto e il ritorno di Thomas, le era parso di rinascere. Lui le aveva scritto di nuovo da Londra la mattina in cui era salpato, promettendole una grande sorpresa. Nora aveva sperato in uno scampolo di tessuto Liberty e aveva sospettato che le avrebbe portato un libro, ma in realtà non desiderava altro che riaverlo con sé.

Dubitava che esistesse qualcosa che avrebbe potuto prepararla a quanto sarebbe accaduto. «Pronta?» aveva chiesto Thomas la mattina in cui gli era andata incontro sul molo a Circular Quay. Aveva seguito il suo sguardo quando si era lanciato un'occhiata sopra la spalla, aspettandosi di vedere un facchino spingere un carrello con i bagagli. Invece si era fatta avanti una donna, e Nora si era vergognata dei punti scuciti del proprio vestito rammendato a mano. La sconosciuta era l'eleganza fatta persona. La sua pelle sembrava alabastro, e d'un tratto Nora aveva ricordato i moniti delle varie governanti che, nel corso degli anni, le avevano raccomandato di indossare un cappello sotto il sole cocente di mezzogiorno.

«Nora Turner» aveva detto Thomas con un largo sorriso, «ti presento Isabel Turner.»

Per quanto ora possa sembrare buffo, il primo pensiero di Nora era stato quanto fosse straordinario che quella donna, quell'amica inglese di Thomas, avesse il loro stesso cognome (il secondo, il terzo e il quarto pensiero riguardavano il minuscolo fagottino tra le braccia della sconosciuta).

Divertente anche a posteriori: all'inizio Nora si era rifiutata di concedere la sua fedeltà. Il fatto che suo fratello si fosse sposato era già abbastanza grave, a suo parere, ma farlo senza di lei era stata un'eresia pura e semplice. Avere un bambino? Impensabile. Ma Isabel era diversa da chiunque avesse conosciuto fino ad allora. Era bellissima, naturalmente – la sua pelle inglese possedeva una trasparenza ultraterrena! – e aveva un portamento che Nora poteva soltanto sognare. Oltre a questo, era magnetica. Per quanto Nora ci provasse, non era riuscita a resistere alla moglie del fratello. Anzitutto c'era la sua voce quando parlava, con quell'accento asciutto e quella dizione autorevole che facevano sembrare Miss Perry (la più severa di una lunga serie di governanti) la moglie di un mandriano; poi c'era la sua risata, che si alzava come le bollicine in una coppa di champagne.

Quindi c'erano le sue storie. Veri racconti di avventura e coraggio, all'altezza di quanto Nora aveva letto nel *Girls' Crystal Annual*: durante il Blitz, Isabel aveva maneggiato documenti segreti a Whitehall e in seguito aveva ricoperto una qualche funzione di cui non era in grado di parlare diffusamente (almeno non in quel momento). Cosa ancora più emozionante, era orfana, una vera orfana, come la bambina protagonista di un libro, i cui genitori erano morti in circostanze tragiche quando era ancora piccola, spingendola fuori dal nido, verso un'infanzia fatta di collegi, banchetti di mezzanotte, mazze da hockey e scherzi azzardati. Nora non riusciva a immaginare nulla di più romantico.

Infine c'era la piccola Matilda, la nipote di Nora, nata durante il viaggio verso l'Australia, la bambina più tenera che si potesse desiderare. Non c'era da stupirsi che Nora avesse finito per amare Isabel come una sorella. Una sorella maggiore, solo un po' più avanti nel cammino della vita: un'ascoltatrice comprensiva, una consigliera, una complice spiritosa e intelligente che aveva sempre il coraggio delle proprie convinzioni, ma che sapeva strapparle una risata con un'inattesa battuta spinta. Non era colpa sua se le cose le venivano facili: il matrimonio con Thomas, il fascino, i suoi figli belli e sani, uno dopo l'altro. Se si fosse trattato di chiunque altro, l'ammirazione di Nora avrebbe potuto trasformarsi in invidia, ma non fu mai così nei confronti di Isabel.

«Ti senti meglio?» domandò ora Isabel mentre Nora sorseggiava il tè.

«Meglio, come non succedeva da mesi.»

«Be', non c'è rimedio più infallibile dell'aria di campagna, perciò su questo fronte sei nel posto giusto.»

Dalla casa arrivarono i lievi vagiti di una neonata, deboli come i belati di un agnellino. Isabel controllò l'orologio. «In perfetto orario. Non dovrei sfidare la sorte, ma sembra che finalmente abbia dato alla luce una bambina che ha letto le istruzioni.»

Scomparve oltre la porta d'ingresso e, quando tornò, aveva tra le braccia un fagottino avvolto nel cotone.

«Thea» disse Isabel, «ti presento la zia Nora.»

«Oh, Isabel...» Nora prese la bambina e se la appoggiò sul pancione. «È perfetta.»

La neonata la fissò, con le piccole labbra graziose che formavano una O concentrata. Nora soffiò delicatamente sulle palpebre di Thea e sorrise quando la bambina trasalì e sbatté le ciglia per lo stupore.

«È diversa dagli altri.» Nora tirò indietro il bordo

della coperta per osservare il polso sottile e la liscia pelle vellutata della bambina. «Più carina.»

«Sono tutti individui.» Isabel scrollò le spalle. «È davvero sorprendente che i figli nati dalla stessa madre possano essere così diversi tra loro. Aspetta e vedrai. Quando pensi di aver capito come funziona la maternità, arriva il bambino successivo e stravolge tutto quello che ti illudevi di sapere.»

Nora sorrise. Isabel cercava di essere gentile, ma ormai lei sapeva che probabilmente avrebbe avuto un solo figlio. Anche senza i severi ammonimenti dei medici, Richard non avrebbe mai acconsentito a riprovarci. Glielo aveva detto chiaro e tondo durante una delle ultime discussioni che avevano avuto prima della sua partenza per Halcyon. Grazie a Dio quella bambina, quella preziosa creaturina che le scalciava contro le costole, aveva smentito i dottori.

«Sono molta contenta che le nostre bambine possano contare l'una sull'altra quando cresceranno. Saranno le cugine più affiatate del mondo.»

Isabel sorrise ma, per una frazione di secondo, Nora credette di percepire qualcosa di forzato in quel gesto. Gli occhi di sua cognata erano sempre stati più verdi che nocciola ma, quando era turbata, sembravano perdere luminosità, tingendosi di una cupa sfumatura dorata. Nora avrebbe potuto giurare che fosse successo in quel preciso istante.

D'altra parte, forse l'aveva solo immaginato, perché, quando guardò di nuovo Isabel, l'altra sembrava essere tornata quella di sempre.

CAPITOLO VENTIDUE

Jess depose le pagine. La scena aveva suscitato il suo interesse soprattutto perché offriva uno sguardo sul rapporto tra Nora e Isabel (quanto doveva essere stata scioccante la perdita per Nora, che conosceva, amava e addirittura idolatrava Isabel fin da quando era solo una ragazzina), ma anche perché faceva intuire come e perché Isabel avesse potuto fare una cosa simile. Quando parlava di maternità, sembrava stanca, se non addirittura sfinita, e anche se Jess aveva sentito le sue amiche esprimere le stesse lamentele davanti a un caffè dopo che avevano accompagnato i bambini a scuola, il contesto è tutto, e quella era una donna che di lì a poche settimane sarebbe stata trovata morta accanto ai suoi figli avvelenati sulla riva riarsa di un torrente tranquillo.

Per Jess contava anche la conferma che la relazione tra Nora e suo marito, Richard Bridges, non era stata tutta rose e fiori. Secondo Mrs Robinson, Nora era andata a Halcyon perché soffriva di forti nausee mattutine e agognava il conforto e la compagnia dell'amata cognata, che a sua volta aveva partorito da poco. Sembrava giusto. Le pagine di Daniel Miller parevano avvalorare quella tesi. Ma, al contrario di quanto aveva detto la governante, la scena del libro dava a intendere che il matrimonio era già in crisi prima che Nora portasse a termine la gravidanza.

Era possibile che Miller avesse semplicemente fatto una supposizione informata. Nora aveva alloggiato da sola a Halcyon nelle settimane successive alla morte dei Turner e alla nascita di Polly, mentre il marito era rimasto a Sydney. Senza conoscere i dettagli del matrimonio, sembrava ragionevole ipotizzare che quello non fosse il comportamento di una coppia felice, in festa per l'arrivo del primo figlio. Ma i particolari della scena erano così specifici – il disprezzo di Nora per l'uomo a capotavola, la sua delusione per quella che considerava una mancanza di valori condivisi, i riferimenti precisi ai loro litigi – da suggerire che Nora si fosse confidata con Daniel Miller.

Anche se il giornalista non si sbilanciava al riguardo, Jess si chiese se le azioni della nonna non fossero state dettate da qualcosa di diverso da una generale insoddisfazione verso la vita coniugale. *Issy, aiutami*, aveva detto Nora all'ospedale lunedì, quando si era svegliata in preda al panico. *Issy, aiutami... vuole portarmela via*. Sembrava spaventata. Che fosse fuggita a Halcyon e si fosse fermata così a lungo perché era terrorizzata? Perché temeva che se avesse messo fine al suo matrimonio, il marito che non amava più, e che da tempo aspettava un erede, avrebbe lottato per portarle via il bambino?

Considerare quella possibilità quasi sessant'anni dopo sembrava un'ipotesi plausibile, tranne che per un punto critico: a quanto pareva, Richard Bridges non aveva chiesto la custodia né i diritti di visita per Polly dopo il ritorno di Nora e la separazione. Anzi, Mrs Robinson sosteneva che l'uomo non avesse quasi voluto avere a che fare con la bambina.

Jess lanciò un'occhiata al porto, aggrottando pensosamente le sopracciglia contro il bagliore. In un certo senso, il fatto che Richard Bridges intendesse o meno portare via Polly a Nora non era importante. Era sufficiente che Nora l'avesse temuto e ritenuto possibile. Si stava avvicinando alla fine di una gravidanza difficile, di un periodo stressante. La mente umana è capace di ogni genere di convinzioni errate...

Ma qualcosa che riguardava Halcyon aveva turbato Nora di recente e l'aveva spinta a salire in soffitta. Patrick era convinto che la causa di tanta agitazione fosse l'arrivo della lettera di un avvocato dell'Australia Meridionale. Era possibile che la nonna avesse chiesto un parere legale a qualcuno mentre era a Halcyon? Che addirittura avesse trovato il modo di impedire al marito di chiedere e ottenere la custodia di Polly? Questo spiegava forse l'improvviso dietro front di Richard quando la moglie era tornata a Sydney?

Nel libro, Daniel Miller menzionava un avvocato, ricordò Jess. Un vicino di casa dei Turner, il proprietario di alcuni cavalli a cui Becky Baker offriva talvolta delle mele mentre risaliva Willner Road. Howard, Hunter, Hughes? Era una congettura azzardata (tanto per cominciare, c'era la lampante domanda del *perché proprio adesso?*), ma poteva essere lui il mittente della lettera?

Jess controllò l'orologio. Qualunque fosse la situazione della custodia di Polly, non c'era dubbio che la sua nascita fosse avvenuta in circostanze straordinarie, e non c'era da stupirsi che Nora si fosse sentita legata alla sua bambina in un modo unico e potente. A tale proposito, c'era un'altra scena che Jess voleva leggere attentamente prima di andare in ospedale. Trovò la pagina che cercava e si rituffò nella confusione e nell'orrore di quella tempestosa notte di Natale.

Appunti di DM: Nora Turner-Bridges, gennaio 1960

> Nora si svegliò nel bel mezzo della fine del mondo. Era circondata da un'oscurità assoluta, da lampi argentati di luce color malva, e da continui tuoni sommessi. L'odore era ovunque: un odore salato e animale di terra e decomposizione. La distruzione era anche dentro di lei, un'agonia bruciante e vigorosa, così dolorosa da essere accecante, che cercava di mandarla in frantumi.

Si era persa; non aveva idea di dove fosse. Nella luce intermittente distinse una stanza dalle pareti e dagli angoli sconosciuti. Dipinti che non riconosceva, tende misteriose, una plafoniera di cristallo i cui frammenti tintinnavano e sbatacchiavano, mettendo a dura prova i suoi nervi.

Tutt'intorno c'era il rumore di un treno, di una galleria, di un torrente. Un cocktail micidiale di vento, pioggia e livore. Una cosa la sapeva per certa: era sola.

Poi, come foglie gettate nello scompiglio, ricordò: era a Halcyon. Si era addormentata nel tardo pomeriggio, dopo essersi girata e rigirata nel caldo, poi aveva fatto un sogno, un sogno incoerente e malvagio, ed era stata svegliata dal bussare alla porta d'ingresso.

Aveva sceso le scale fino all'atrio deserto, dove il crepuscolo aveva vinto la sua battaglia contro la tenacia del pomeriggio, con le ombre che si allungavano sul pavimento illuminato dal sole.

Altri colpi, energici, urgenti, e Nora aveva aperto la porta e trovato due poliziotti. Fuori luogo, sinistri, eppure, come in una fiaba, non aveva potuto fare a meno di invitarli a entrare.

Gli agenti avevano varcato la soglia, portando con sé un profondo senso di minaccia, e Nora aveva ricominciato a essere agitata. Li aveva pregati di dirle perché erano là ma, non appena avevano iniziato a parlare, aveva chiesto loro di fermarsi. Le parole che avevano pronunciato erano incomprensibili.

«Morti?» aveva detto nel sogno.

«Mi dispiace molto, Mrs Turner-Bridges.»

«Ma li ho visti poco fa. Sono appena usciti. Un picnic. Un picnic giù al torrente.»

«È lì che sono stati trovati.»

«Trovati? Da chi?»

Come spesso accade nei sogni, non era riuscita a collegare la mente e la bocca. Le sue parole erano imprecise, i pensieri frammentari.

«C'è qualcuno che possiamo chiamare per farle

compagnia, Mrs Turner-Bridges? Un altro posto dove preferirebbe passare la notte?»

Thomas avrebbe risolto la questione, sarebbe stato in grado di occuparsi dei due uomini. «Mio fratello, Thomas...»

«Uno dei nostri agenti sta provando a rintracciarlo. Ora non si agiti. Torniamo domani per vedere come sta.»

«Domani è il giorno di Natale» aveva rammentato loro.

«A maggior ragione. Non si preoccupi, torneremo.»

C'era un che di inquietante in quel commento e, quando il poliziotto aveva domandato se volesse che uno di loro restasse a casa con lei quella notte, Nora aveva rabbrividito e si era ritrovata a spingerli verso la porta, dicendo no; no, grazie; stava bene, anzi benissimo. Aveva avuto la netta sensazione che dovessero andarsene. Che tutto questo sarebbe finito se solo fosse riuscita a cacciare via quei messaggeri di sventura...

Un salto temporale, e in quel nuovo frammento onirico era calata l'oscurità. Le voci dei poliziotti si erano ormai affievolite, sostituite dai rumori notturni: i grilli che brulicavano negli spazi neri e freschi del giardino, le mucche che muggivano nei campi più in là, il silenzio misterioso che precede una tempesta. Dentro, l'assenza di voci umane sembrava accentuare il resto, come se altre cose, le cose segrete e nascoste che si annidano nei luoghi bui, avessero ricevuto il permesso di uscire dagli angoli e dalle tenebre.

Nora era ancora sola in casa, immobile al centro del salotto. Il suo sguardo si spostava a fatica da un oggetto all'altro. Tutti gli averi di Thomas e Isabel, oggetti bellissimi, scelti con cura e orgoglio, disposti alla perfezione. Suo fratello aveva sempre apprezzato la bellezza, nient'altro che il meglio. Il giradischi e le casse, il vaso di porcellana sul tavolino accanto al divano, le cornici di argento sterling. La sua attenzione si era soffermata su una foto in particolare; ne aveva una copia nella sua casa a Sydney. La famiglia di Thomas in visita, i bambini con i vestiti della festa, l'Harbor Bridge alle loro spalle.

Un rumore terribile si era levato a riempire la stanza, uno spaventoso gemito allarmante. Aveva capito che era salito dalla sua gola solo quando si era accorta di avere la bocca spalancata in un urlo di dolore.

Voleva svegliarsi, voleva che il sogno finisse, ma sembrava che non riuscisse a tornare in superficie. Le cose segrete e nascoste erano fuggite e ora si rannicchiavano nelle ombre che incombevano e si allungavano...

Il sogno era cambiato di nuovo e Nora correva, cercava di correre, arrancando nella casa buia, con le membra che, come spesso succede nei sogni, si rifiutavano di obbedire agli ordini. Stava cercando la sua famiglia. Erano là da qualche parte, ne era certa. Si stavano nascondendo e lei doveva trovarli. Quando ci fosse riuscita, si sarebbe svegliata e avrebbe capito che l'incubo era finito. Era andata al piano di sopra, da una camera all'altra, spalancando le porte, cercando, perlustrando, capovolgendo gli oggetti della vita dei suoi cari...

E poi si svegliò di nuovo. Nel presente, sola nell'oscurità, con una tempesta in corso. Ma non era affatto nella sua camera a Halcyon. Non c'era la finestra sulla parete alla sua sinistra, il soffitto era più lontano, il comò era sparito.

Un altro lampo di luce e le cose si chiarirono. Era al centro del letto di Isabel e Thomas, con le coperte in disordine e i cuscini sparpagliati. I cassetti erano aperti, i vestiti sul pavimento. Le finestre erano spalancate e il vento le scuoteva, facendo ondeggiare le tende ed entrare la pioggia.

Nel lampo di luce successivo, Nora notò un libro sul letto accanto a sé. Lo riconobbe subito: era uno dei diari di Isabel. Aveva visto la cognata scriverlo quasi tutte le mattine. Stava per prenderlo quando il mondo ripiombò nell'oscurità e il suo corpo fu attanagliato ancora una volta dal dolore. Di colpo si sentì spaventata e sola. Doveva tornare in camera sua, dove ogni cosa era familiare.

Attraversò la stanza barcollando verso il pianerottolo. Si fermò sulla soglia, appoggiandosi allo stipite, mentre un'altra ondata di dolore accecante le attraversava il corpo. In quel momento si rese finalmente conto di cosa stava succedendo. Perché non era affatto sola. La sua bambina, la piccola Polly, stava per arrivare.

Jess si abbandonò allo schienale, senza fiato. Aveva letto rapidamente. Daniel Miller doveva aver parlato a lungo con Nora per sintetizzare tutti quei dettagli in un'unica scena: la visita della polizia, la reazione della nonna, le sue azioni successive e il surreale e terrificante inizio del travaglio. Sembrava che Nora si fosse dissolta in uno stato di panico e terrore dopo che gli agenti se n'erano andati, anche se evidentemente si era mostrata coraggiosa quando le avevano dato la notizia. Jess la immaginò mentre diceva ai due uomini che non era necessario che rimanessero, che sarebbe stata bene, grazie mille. Nora era fatta così. Orgogliosa e forte come una roccia.

E poi c'era il diario di Isabel. Jess non riusciva a immaginare che la nonna l'avesse consegnato a Miller per il semplice fatto che l'aveva trovato. Nora teneva molto alla riservatezza; avrebbe dovuto fare uno sforzo enorme per spezzare quei legami di lealtà, soprattutto quando si trattava di Isabel. Ma se Miller ne parlava in quella scena, doveva avergli raccontato della sua scoperta in quella notte di tempesta...

Lanciando un'occhiata all'orologio, si accorse di essere in ritardo per l'ospedale. Aveva portato con sé tutto il necessario quando era uscita di casa e ora mise gli appunti di Miller nella borsa.

Si affrettò verso il vialetto di Darling House, tirando fuori il telefono per chiamare un taxi. Non appena ebbe fatto la prenotazione, il telefono ricominciò a squillare, e provò una fitta di rimorso quando sul display comparve il nome di sua madre. Pronta a scusarsi per non averla ricontattata, accettò la chiamata.

In seguito, ripensando a quella giornata, avrebbe faticato a ricordare l'ordine degli eventi successivi. Era come se uno specchio fosse andato in frantumi e fosse impossibile ricomporre i frammenti aguzzi e trasparenti.

C'erano stati:

La corsa solitaria in taxi fino all'ospedale. La surreale atmosfera stantia sul sedile posteriore, il vento caldo che le sferzava il viso attraverso il finestrino aperto del tassista, l'odore di deodorante per auto e i fumi della benzina.

Lo shock del minuscolo corpo sul letto, così fragile, così rimpicciolito, così vuoto.

Le dita fredde, decisamente prive di vita. Il ricordo di altre versioni della stessa mano, calda.

La gentilezza delle infermiere, di cui Jess non aveva mai apprezzato davvero il compito di custodi dei morti.

C'erano molte questioni da sbrigare dopo un decesso. L'ospedale le aveva assicurato che avrebbero conservato il corpo finché Jess non avesse preso accordi con un'impresa di pompe funebri; le avevano dato alcuni opuscoli per aiutarla. Jess aveva chiamato l'avvocato di Nora, che aveva confermato che era l'esecutrice testamentaria di sua nonna e le aveva proposto un incontro di lì a una settimana circa per esaminare più nel dettaglio le ultime volontà della defunta. In qualche modo, Jess si era scoperta in grado di conversare abbastanza lucidamente, sentendo termini come *corpo* senza battere ciglio.

Ora che era rientrata, tuttavia, fu attraversata da un brivido freddo. Darling House pareva diversa. Alloggiava là da sola da lunedì, ma con la convinzione che Nora sarebbe stata via solo per qualche tempo e che sarebbe tornata presto. Ogni cosa sembrava aver perso il suo splendore; le tende, i cuscini, i quadri sulla parete avevano curvato le spalle in segno di sconforto. Muovendosi tra loro, Jess si sentiva a disagio, consapevole di essere un'intrusa. Non credeva di aver mai provato una sensazione simile in vita sua.

Avrebbe voluto chiamare qualcuno, udire una voce familiare. Pensò di telefonare a Rachel, ma a Londra erano solo le quattro del mattino. Avrebbe sicuramente svegliato i bambini, e per cosa? Per dire alla sua migliore amica, un'impegnatissima madre lavoratrice, che sua nonna era morta? Mentre pronunciava le parole nella sua mente, capì che non riuscivano a veicolare la gravità della situazione. Non era solo morta sua nonna. Era morta Nora.

Il pomeriggio si allungava davanti a lei senza fine. Jess sapeva che c'erano persone da avvertire – Mrs Robinson, Patrick, gli amici di Nora – ma preferì vivere nella negazione ancora per un po'. Quando Polly glielo aveva detto per la prima volta, tutte quelle ore e quei deserti prima, Jess le aveva fatto ripetere la notizia, pensando, mentre la sua mente sconvolta cercava un modo per sistemare le cose, che forse si trattava di una specie di scherzo macabro. Di norma Polly non faceva scherzi del genere, ma l'unica altra possibilità era che sua madre parlasse sul serio, e quello era inaccettabile.

Jess era consapevole di ogni infinitesimale spostamento delle lancette dell'orologio, che giravano intorno al quadrante sopra la porta. Alla fine, ansiosa di concentrarsi su qualcos'altro, su qualsiasi altra cosa, tirò fuori il volume di Miller e lo aprì alla pagina in cui aveva inserito il segnalibro. Ecco l'inizio dell'indagine, proprio come aveva annunciato Nancy. Era qualcosa di concreto e strutturato in cui smarrirsi. Non era quella la teoria sui gialli e sui polizieschi? Che il loro fascino risiedeva nella promessa di ristabilire l'ordine in un mondo disordinato?

Non se lo ricordava. Sapeva solo che il libro di Daniel Miller era quello che sua nonna stava leggendo prima di morire e che tra le sue pagine avrebbe trovato Nora, ancora viva e con tutta la vita davanti, ancora capace di sorprenderla con le cose che diceva e faceva.

COME SE DORMISSERO

DANIEL MILLER

13

I South Australia Police Force Headquarters sorgono al numero 1 di Angas Street, nel cuore del quartiere degli affari a Adelaide. Anche nei momenti di maggiore traffico, la città, con i suoi ampi viali e gli eleganti edifici a due piani, assomiglia di più a un'accogliente cittadina rurale che a una frenetica metropoli. Il pomeriggio di giovedì 24 dicembre 1959 era una città fantasma. Negli uffici della polizia, il piccolo ma allegro albero di Natale nell'angolo dell'area ricevimento era stato depredato delle decorazioni commestibili e il personale era stato mandato a casa. Il sergente Peter Duke, rimasto a occuparsi di una montagna di scartoffie, era l'unico a poter rispondere quando arrivò la chiamata. «Gesù» disse quando il collega di Adelaide Hills, l'agente Hugo Doyle, finì il breve resoconto. «Quanti bambini ha detto?»

La prima telefonata che fece in seguito fu all'analista del governo, ma fu accolto da una serie di squilli lontani che alla fine si dissolsero nel segnale di libero. Lanciò un'occhiata all'orologio sopra il ritratto di Sua Maestà e, vedendo che erano solo le cinque e un quarto, riprovò. Tamburellando con le dita sulla scrivania, lasciò squillare il telefono a lungo, quindi premette i tasti del ricevitore per liberare la linea.

La seconda chiamata fu all'obitorio di West Terrace, dove il dottor Larry Smythson rispose al primo squillo, come Duke aveva previsto. I due uomini avevano iniziato a lavorare nei rispettivi campi nello stesso periodo, vent'anni prima, e nutrivano un rispetto reciproco, ciascuno avendo riconosciuto nell'altro lo stesso atteggiamento dogmatico nei confronti del dovere. «Larry» disse il sergente. «Sono contento di averti trovato.»

«Buongiorno, Peter. Immagino che tu non mi stia chiamando per augurarmi buon Natale.»

La terza telefonata del sergente fu alla moglie Annie, che in quel momento stava versando in una ciotola di cristallo la composta di ciliegie glassate per il buffet in sala da pranzo. Aveva fatto il bagno a Samantha e Pete junior, e i due stavano giocando sul prato con il nuovo cagnolino, in attesa che il padre rientrasse e che gli ospiti iniziassero ad arrivare per l'annuale cena della vigilia dei Duke. La tradizione era quella che la famiglia luterana del sergente aveva portato con sé sulla nave dalla Germania, e Mrs Greta Duke, sua madre, voleva tramandarla a tutti i costi.

Annie si pulì sul grembiule le dita spolverate di zucchero e staccò il ricevitore dall'apparecchio sulla parete della cucina, infilandoselo sotto il mento. «Pronto?»

«Annie, sono io.»

«Oh, Pete, no...»

«Mi dispiace, amore.»

«Peter!»

Annie Duke era abituata alle chiamate di quel genere. Suo marito non avrebbe potuto essere più devoto al lavoro, e il fatto che trenta dei suoi parenti più stretti avrebbero invaso il loro bungalow nei venti minuti successivi e che la cucina fosse ancora coperta di farina, zucchero e grasso d'anatra era irrilevante. Discutere era inutile; l'aveva imparato da tempo. Lui si sarebbe limitato ad ascoltarla con pazienza incrollabile e poi avrebbe detto che gli dispiaceva, che capiva, ma che non c'era nessun altro in grado di sostituirlo.

Così, mentre un movimento in giardino attirava il suo sguardo oltre il vetro, dove il cucciolo stava sporcando con le zampe la gonna bianca di sua suocera, sempre puntuale come un orologio, disse soltanto: «A che ora dobbiamo aspettarti?».

La luce era dorata quando Duke si diresse verso le colline. La strada era più trafficata del solito, con le auto che, piene fino all'inverosimile di bambini e bagagli, partivano per le vacanze di Natale. Il sergente percorse i tornanti di Greenhill Road e, alla periferia di Tambilla, svoltò a sinistra in Willner Road. I suoi colleghi erano già arrivati, così come diverse ambulanze. Dopo aver parcheggiato, si avviò verso un vialetto con un robusto cancello e un elegante cartello con la scritta HALCYON.

«Li trova se segue il torrente.»

Voltandosi, Duke vide un giovane agente che si occupava del suo cavallo. L'uomo indicò il nord. «C'è una pozza d'acqua a quattrocento metri circa.»

Quel pomeriggio, Peter non aveva previsto di dover camminare lungo il letto di un torrente invaso dalle erbacce e le sue calzature non erano l'ideale, soprattutto per un uomo che andava di fretta. Avanzò il più rapidamente possibile, aggrappandosi agli alti ciuffi d'erba che fiancheggiavano le sponde ripide e scivolose dello stretto corso d'acqua ogni volta che perdeva l'equilibrio. Finalmente girò l'angolo e arrivò sulla scena del crimine.

L'agente Doyle, che aveva contattato il quartier generale, era stato avaro di dettagli, ma il sergente aveva dedotto quanto bastava per sapere che molto probabilmente si sarebbero trovati di fronte al coroner e che non potevano permettersi di trascurare nulla. Aveva detto al giovane agente di mandare sul posto un fotografo della polizia il prima possibile, quindi gli aveva dato il numero del migliore. «Se dice che non è di turno, gli dica che sono stato io a farle il suo nome.»

Chris Larkin collaborava con la South Australia Police Force da quasi quindici anni. Non solo era un fotografo di prim'ordine, ma possedeva anche la capacità di esaminare una scena del crimine con occhi da investigatore. Riusciva a prevedere su cosa si sarebbero dovuti concentrare in un secondo momento, senza che nessuno glielo dicesse. Più Duke invecchiava, e più era grato della possibilità di lavorare con persone che non avevano bisogno di istruzioni.

Larkin era già arrivato, notò mentre riceveva un aggiornamento da Liam Kelly, il sergente del posto. Mentre ascoltava il resoconto, osservò la scena. L'uomo che aveva trovato i cadaveri, gli avevano riferito al telefono, aveva dichiarato che i Turner sembravano tranquilli come se dormissero, ma era inquietante vederlo di persona.

Kelly fece segno di avvicinarsi a un altro poliziotto. «Questo è l'agente Doyle» disse mentre l'altro uomo li raggiungeva, «uno dei primi a essere intervenuto.»

Duke decise che quel tipo aveva una faccia bruttina ma onesta. «Niente segni di colluttazione?» chiese.

«No, signore.»

«Ferite che suggeriscano l'uso di un'arma?»

«No.»

«Terriccio smosso? Segni di trascinamento sulla polvere?»

«Nulla del genere.»

«Segni sui corpi? Lividi, forellini?»

«Niente che si veda a occhio nudo. Il medico legale potrebbe trovare qualcosa.»

«Aghi usati, flaconi di pillole?»

L'agente scosse la testa. «Finora niente, signore.»

Duke annuì. «Grazie, Doyle.» Gli posò una mano salda sulla spalla mentre si allontanava per dare un'occhiata da vicino.

Chiunque avesse detto che sembravano addormentati non si era sbagliato. A prima vista, da lontano, era proprio quella l'impressione che davano. Una volta avvicinatosi, però, si rese conto che non era così. Solo un occhio distratto non sarebbe riuscito a notare la differenza. Distratto o gentile. Aveva l'abitudine di guardare i suoi figli di notte, era l'ultima cosa che faceva quando percorreva il corridoio per andare a letto. I bambini addormentati trasalivano e sospiravano, con i sorrisi che tremolavano come lampi sulle labbra, con il petto che si alzava e si abbassava. Quei bambini non sembravano sprofondati nel sonno. Erano freddi e vuoti. Sembravano morti.

Duke spostò l'attenzione sulla donna, la madre, supina su una coperta a scacchi, con un braccio piegato all'altezza del gomito a circondarle la testa e l'altro posato sul petto. Aveva dita sottili e affusolate, notò, con la fede nuziale che le scivolava verso la nocca.

«Il marito?» chiese Duke.

«Fuori città per affari» rispose l'altro giovane agente, Jerosch, che si era unito al gruppo. «Oltreoceano, credo.»

Oltreoceano a Natale. Il sergente si incuriosì. «Come si chiama?» Era una delle regole più vecchie nel manuale della polizia: in caso di morte improvvisa, prendi prima in esame i parenti più stretti. Benché *casa* fosse considerata una parola carica di calore e conforto, i poliziotti sapevano che non era così. La casa è dove si trova il cuore, e il cuore può essere un luogo oscuro e danneggiato. «Mi faccia sapere quando e dove lo rintracciate.»

Una folata di vento sollevò l'orlo del vestito della donna. I piedi erano nudi, i sandali accanto al cestino da picnic sul bordo della coperta. Nemmeno i figli calzavano le scarpe; sia il ragazzino sia la bambina più piccola avevano gli asciugamani avvolti intorno al petto. Ormai i capelli della bambina si stavano asciugando, ma i codini erano aggrovigliati come quelli di sua figlia dopo una giornata sulla spiaggia.

«Hanno fatto il bagno.»

«Pensiamo di sì. Oggi faceva abbastanza caldo.»

Duke espirò pensosamente. Cominciò a ricapitolare ciò che si sapeva; le persone non chiudevano gli occhi e morivano spontaneamente tutte insieme. Qualcosa, e forse qualcuno, li aveva uccisi. Ma non c'era nulla che indicasse il ricorso alla violenza. Niente sangue, niente ecchimosi evidenti, niente armi. C'era sempre il soffocamento ma, a meno che un gruppo di aggressori non fosse sceso come un sol uomo e non avesse perpetrato il crimine senza incontrare resistenza, era difficile capire come. Restava il veleno. C'era la remota possibilità che si trattasse di qualcosa di ambientale, di un incidente, ma altrimenti erano stati assassinati. La domanda era perché e da chi.

Le ambulanze aspettavano e la squadra lavorava rapidamente. Il temporale si stava avvicinando e, sebbene nessuno fosse così poco professionale da farlo presente, era la vigilia di Natale; tutti avrebbero dovuto essere altrove. Una volta accertatosi che la scena del crimine fosse stata accuratamente ispezionata e fotografata, Duke avrebbe fatto trasportare i corpi dei Turner all'obitorio di West Terrace, dove Larry Smythson era pronto a mettersi all'opera. Sarebbe stato tutto più chiaro se avessero scoperto cosa li aveva uccisi; fino a quel momento, il sergente poteva soltanto aspettare.

O almeno così pensava. D'un tratto il giovane agente arrivò di corsa.

«Ne manca una, signore.»

Duke si voltò. «Una cosa?»

«Una bambina, signore.» Jerosch indicò una cesta appesa al ramo più basso di un salice. «C'era una neonata, ma ora non è qui.»

Quando Duke tornò a casa, Annie era in cucina a lavare una pila di piatti. Era tardi e, anche se era girata verso il lavello, le sue spalle contratte gli rivelarono che non era contenta. Il sergente si fermò sulla soglia, si tolse il cappello bagnato ma senza appenderlo.

«La tua cena è nel frigorifero.» Annie passava i piatti sporchi nell'acqua saponata, trasferendoli poi alla colonna di quelli puliti. «Insieme agli avanzi dello Stollen di tua madre.»

L'accenno quasi immediato alla madre di Duke non era un buon segno.

«Sam e Petey sono a letto. Finalmente dormono, anche se mi hanno fatta ammattire.»

«Troppo entusiasmo? Troppo zucchero?»

«Troppo tutto.»

«Mi dispiace per la cena. Le cose si sono protratte più del previsto sulle Hills.»

«Mmh.»

«È una brutta storia quella che è successa lassù. La vedrai domani al notiziario. Una donna e tre ragazzini, tutti morti. Una neonata è ancora dispersa.»

Annie si voltò.

«Sembra che siano stati i cani. L'abbiamo cercata, ma il tempo non ci ha aiutati.»

Sua moglie cambiò espressione. «Sei fradicio.» Si avvicinò, premendogli i palmi sulle maniche bagnate, sulle spalle. «Hai bisogno di una doccia calda. Va' a farla. Ti riscaldo il piatto e poi mi racconti.»

Aveva un tono più dolce. Era ancora arrabbiata – Duke poteva solo immaginare l'umore di sua madre a tavola quando non si era presentato – ma capiva perché si era dovuto fermare.

I poliziotti avevano la pelle dura. Il loro lavoro li costringeva a scontrarsi con il peggio dell'umanità, ma in qualche modo dovevano anche restare abbastanza teneri per essere buoni mariti e padri, membri rispettabili della società. Peter Duke era un poliziotto di prim'ordine; era in grado di esaminare la scena di un omicidio e di guardare oltre la perdita di vite umane per stilare una fredda lista di prove e possibilità. Ma da quando erano arrivati Sam e Pete junior, qualcosa dentro di lui era cambiato. Riusciva a essere professionale, ma i bambini morti erano il suo tallone d'Achille.

Rimasero alzati, lui e Annie, fino a tarda notte, a incartare gli ultimi regali mentre Duke descriveva la scena che aveva visto quando era arrivato a casa Turner. Annie scrollò il capo e, aggrottando le sopracciglia, gli chiese se avesse una teoria. Era un po' presto, rispose lui, non avevano ancora nemmeno iniziato le indagini, ma nel suo intimo, nel luogo da cui nascono gli istinti e le supposizioni, albergava qualcosa di oscuro e di inquietante. Mentre li guardava, una madre e i suoi figli, con il marito - e padre - lontano, gli era venuta in mente una parola: *Kilburn*. Poi un'idea cupa aveva preso forma nella sua testa.

Kilburn è un sobborgo di Adelaide, un tempo noto come *Little Chicago*, situato circa undici chilometri a nord del quartiere degli affari. Per Duke, quel nome aveva un'eco diversa: designava il luogo in cui cinque anni prima una donna aveva tentato di suicidarsi e di uccidere i suoi due figli più piccoli. Li aveva tenuti a casa da scuola, aveva dato loro una capsula di sonnifero ciascuno e acceso il gas in cucina. Per fortuna, il ragazzino, seppure insonnolito, era riuscito a rimanere sveglio mentre la madre e la sorella si addormentavano, e ad alzarsi per chiudere il gas e dare l'allarme.

Duke era all'Adelaide Police Court il giorno in cui lo psichiatra aveva testimoniato. Il dottor Harper aveva dichiarato che, a suo parere, la donna era stata razionale nella vita quotidiana, ma aveva sofferto di un attacco di *improvvisa depressione acuta* che l'aveva condotta al tentativo di avvelenamento. Duke aveva ascoltato il sergente Randall, sostituto procuratore della polizia, riferire al giudice il contenuto dell'interrogatorio della madre: «Quando l'abbiamo interrogata, ha detto semplicemente di essere arrivata al capolinea».

Quel caso aveva ossessionato Duke come pochi altri. Non riusciva a capire come una madre potesse anche solo pensare di fare una cosa simile, di uccidere i figli che aveva messo al mondo. Quella sera, a cena, quando aveva raccontato a Annie dell'udienza, si era aspettato che si indignasse, ma sua moglie l'aveva sorpreso. Era parsa comprensiva, se non addirittura solidale. «Quella povera donna non voleva abbandonare i suoi bambini» aveva detto, scegliendo parole che avevano un'inquietante somiglianza con le dichiarazioni dell'imputata. «Non sopportava di andare avanti, ma non voleva lasciarli senza una madre.»

La pioggia che aveva iniziato a cadere la Vigilia continuò, sotto forma di acquerugiola, per tutto il giorno successivo e quello dopo ancora, rendendo il Natale grigio e umido. Peter Duke trascorse il 26 dicembre camminando avanti e indietro lungo il corridoio e aiutando Pete junior a costruire il nuovo set di segnalazione in codice morse della stazione spaziale, mentre Sam sottoponeva la sua Barbie, spedita dall'America grazie alla sorella di Annie, a una serie di elaborati riti mondani. Nel frattempo il sergente aspettava che il telefono squillasse, in attesa di notizie dal dottor Larry Smythson. Finalmente la chiamata arrivò la domenica pomeriggio: Larry non aveva nulla di definitivo da riferire.

Arrivarono telefonate di routine anche dai poliziotti di Tambilla, che lo aggiornavano sulle ricerche – nessuna traccia della neonata, ma avevano trovato un cane morto nel campo dietro il capanno dei Turner – e lo informarono che l'uomo che aveva scoperto i corpi era tornato in centrale per dire che ci aveva riflettuto ancora un po' e che ricordava di essere passato davanti alla culla quando aveva raggiunto la scena del crimine; non poteva affermarlo con certezza, ma in quel momento non aveva notato la bambina al suo interno. Gli agenti accennarono anche a un notevole grado di preoccupazione generale nella zona. Le linee telefoniche erano intasate, dissero, da persone che volevano dare *suggerimenti* e *indizi*, e da altre che temevano potesse esserci *un assassino a piede libero*. Dopo alcune consultazioni avevano deciso di convocare una riunione della comunità per lunedì mattina, in modo da informare i cittadini di Tambilla.

Il sergente Duke arrivò presto sulle Hills. Aveva programmato il viaggio per tenere conto di imprevisti del traffico che non si erano verificati, così attraversò la linea ferroviaria e raggiunse Tambilla con mezz'ora di anticipo. Si ritrovò a imboccare Willner Road e a deviare oltre l'ingresso della proprietà dei Turner. A parte un mucchio di arbusti dai fiori rossi tagliati e appoggiati al cancello, difficilmente si sarebbe potuto immaginare che fosse successo qualcosa di spiacevole.

La sede della riunione era l'edificio di pietra dell'Istituto, al centro della via principale. È raro trovare una città, grande o piccola, nell'Australia Meridionale che non abbia una costruzione con il nome ISTITUTO sopra la grande porta a due battenti, oltre alla data di edificazione nella seconda metà del XIX secolo. Quelle strutture erano state concepite come luoghi di incontro per la comunità e per lo studio, l'arte, la cultura e la civiltà. Il sergente Duke non riusciva a decidere se fosse la sede perfetta per l'incontro o una profanazione. Alla fine concluse che non aveva importanza; in ogni caso, la scelta non spettava a lui. Aveva un lavoro da svolgere, e la stanza in cui lo svolgeva era irrilevante.

In una piccola anticamera sul retro dell'Istituto, Duke e gli agenti della polizia locale ricevettero istruzioni da una donna molto indaffarata, una certa Maud McKendry, che aiutava a organizzare l'evento, di aspettare che arrivassero tutti. «Si prevede una bella folla» disse con voce volutamente sommessa, distribuendo tazze di tè. «Siamo tutti ansiosi di fare la nostra parte. Non c'è città senza tragedie, ma qui a Tambilla queste cose non succedono, punto e basta. Non senza che qualcuno sappia qualcosa.» Esitò prima di menzionare i giornalisti di Adelaide, e non solo, che si erano radunati in fondo alla sala. «Spero capiscano che non siamo quel tipo di comunità. Direte loro, ne sono sicura, che è stato uno shock per tutti noi.»

Avevano concordato che sarebbe stato il sergente Duke a guidare la discussione, dato che l'indagine veniva condotta da Adelaide, e così pochi minuti dopo le undici, quando Mrs McKendry tornò per dare loro il segnale, portò gli agenti nella sala. Non aveva tenuto molti briefing in passato, almeno non in pubblico, e aveva le mani umide.

«Buongiorno» disse il sergente. La sua voce, più alta del solito, rimbalzò contro le pareti assumendo un tono di importanza. «Grazie a tutti per essere venuti. Oggi il nostro obiettivo è aggiornarvi sulle indagini. Non siamo ancora giunti a una conclusione su quanto è accaduto, dunque mi limiterò a ciò che sappiamo: giovedì scorso, il 24 dicembre, verso l'ora di pranzo, Mrs Isabel Turner è uscita per fare un picnic con i suoi quattro figli: Matilda, quindici anni; John, tredici; Evie, dieci; e una neonata, Thea, di sei settimane. Hanno attraversato insieme i paddock della loro proprietà fino a raggiungere la pozza d'acqua sul lato settentrionale. Lì hanno tirato fuori il pranzo all'ombra di un salice. I corpi di Mrs Turner e dei suoi tre figli maggiori sono stati scoperti verso le cinque del pomeriggio. La causa del decesso non è ancora stata determinata.»

«È un omicidio?»

Il sergente Duke si raddrizzò gli occhiali e scrutò le file dei presenti, finché non individuò uno sconosciuto con un bloc-notes e un completo costoso, appoggiato alla parete in fondo alla sala.

«Robin Clements» disse l'uomo, «del *Sydney Morning Herald*. È un omicidio, signore?»

Duke spostò l'attenzione sugli appunti che aveva portato con sé sul podio ed esitò un po' più a lungo di quanto forse avrebbe fatto altrimenti, segnalando che avrebbe rispettato i propri tempi, grazie mille, anziché soddisfare le aspettative di un giornalista arrivato da un altro Stato. «Non escludiamo la possibilità di un avvelenamento accidentale, ma ai fini dell'indagine le morti sono considerate sospette e non è stato escluso l'omicidio.»

Un brusio si diffuse nella stanza, come il sergente Duke aveva previsto. Maud McKendry, seduta all'estremità della prima fila, strinse le labbra in una linea che rivelava la sua preoccupazione, con le braccia incrociate.

«Ritiene che possa esserci un assassino in libertà?»

Duke individuò il giornalista che aveva fatto la domanda

nell'angolo in fondo: Cedric Barker, un reporter del posto, tenace ma corretto, con cui aveva parlato in numerose occasioni in passato. «Non è quello che ho detto.»

«Pensa forse che il colpevole sia tra i deceduti?» Di nuovo Clements.

«Sono qui per dirle cosa so, Mr Clements, non cosa penso.»

In realtà, anche se non aveva intenzione di dichiararlo in quell'istante, era proprio quello che il sergente Duke pensava. Aveva riflettuto sul caso Kilburn per tutto il fine settimana, insieme a quanto sapeva dei Turner, e il suo sospetto iniziale non aveva fatto che rafforzarsi. Sembrava chiaro che i Turner fossero stati avvelenati, anche se il medico legale non era ancora stato in grado di dare informazioni sul veleno utilizzato; per quanto riguardava il colpevole, anche se era sempre utile mantenere una mente aperta, era impaziente di scoprire se Mrs Turner avesse avuto il movente, l'opportunità e i mezzi.

«Può almeno dirci cosa succederà adesso?» Barker, questa volta.

«Inizieremo le indagini non appena avremo finito questa riunione» rispose Duke. «Faremo tutto il possibile. Scopriremo cos'è accaduto ai Turner. Scopriremo la verità, costi quel che costi.»

CAPITOLO VENTITRÉ

Sydney, 13 dicembre 2018

Jess aveva dormito male, svegliandosi spesso e perdendo la cognizione del tempo. Quando era riuscita a addormentarsi, i suoi pensieri si erano riempiti di scene del passato, ricordate vagamente, abbellite dai sogni, in cui impersonava varie versioni di se stessa da giovane. Era una bambina sulla spiaggia, una ragazzina di dieci anni affidata a Nora, una laureata dagli occhi luminosi che arrivava a Londra per iniziare la sua grande avventura.

Quando finalmente si svegliò una volta per tutte quel giovedì mattina, restò sdraiata al buio, lasciando che i sogni si disintegrassero finché non rimasero solo i terribili eventi del giorno prima. La lunga alba stava per sorgere e Jess era intrappolata in un torpore che le rendeva le membra pesanti come il piombo.

Era ancora distesa nella stessa posizione quando le prime luci cominciarono a tingere la stanza di color malva, quando il sole splendente rese difficile non strizzare gli occhi, e alle nove e dieci quando il cellulare iniziò a squillare. Prese il telefono dalla toeletta e vide il nome di Nancy Davis sul display.

Rispose e, dopo averla ringraziata per gli appunti, fece una pausa prima di dire: «Ho una notizia molto triste. Sento di dovertela dare. Si tratta di Nora. Purtroppo... Purtroppo... ieri...».

«Oddio. Mi dispiace tanto. Non riesco a crederci.»

«Nemmeno io.» Jess vide sul comodino la scatolina che l'ospedale le aveva consegnato con i gioielli di Nora. Non era ancora riuscita ad aprirla; sapeva già cosa avrebbe trovato all'interno e quanto quegli oggetti familiari sarebbero parsi grotteschi e fuori posto.

«Sai» disse dolcemente Nancy, «una delle cose che mi ha sempre strappato un sorriso quando leggevo il libro di mio zio è la scena in cui Nora cerca di tappare le orecchie della nascitura durante il bisticcio tra i nipoti sul pianerottolo.»

Jess scoppiò in una risata strozzata, quasi un singhiozzo.

«Già allora il suo istinto era proteggere le persone che amava. Come aveva cercato di proteggere la reputazione di Isabel dopo i terribili fatti di Halcyon.»

«Era molto leale e premurosa» concordò Jess. «A volte troppo premurosa. Ho dovuto supplicarla di non venire ad alcuni eventi scolastici. Spesso era l'unica adulta presente, a parte gli insegnanti.»

«Si direbbe che fosse una nonna molto orgogliosa.»

Jess chiuse gli occhi. Era stata molto di più. «Nora mi ha praticamente cresciuta.»

«Davvero?» La voce di Nancy era ancora carica di tenerezza, ma ora si tinse di una nota preoccupata. «Spero... che non sia successo niente a Polly.»

Jess si affrettò ad assicurarle che Polly stava bene, solo che madre e figlia si erano disaffezionate nel corso del tempo.

«Ma è tutto molto triste.» Nancy era sinceramente turbata. «Nora era totalmente devota alla bambina. È stata una delle cose che ha lasciato un segno profondo in mio zio. Che cos'è successo tra loro?»

Jess non sapeva come spiegarlo. Non in breve, non a una persona che era quasi un'estranea. A essere sincera, i dettagli erano un po' vaghi. Sapeva che lei e Polly avevano vissuto con

Nora a Darling House dopo la sua nascita, che si erano trasferite in fondo alla strada qualche anno dopo e che sua madre era partita per il Queensland senza voltarsi indietro. La nonna sosteneva che Polly era sempre stata nervosa e inaffidabile (anche se l'aveva difesa ogni volta che la nipote osava criticarla), e poi c'era stato l'incidente quando Jess era piccola. Nora aveva cercato di farlo passare come una di quelle cose sconvolgenti, certo, ma non decisive, eppure Jess sapeva che l'aveva colpita profondamente, cambiando il modo in cui guardava Polly e spingendola a concentrare le sue attenzioni protettive su di lei. «Credo che si siano semplicemente allontanate» disse, consapevole di quanto la spiegazione suonasse insufficiente.

«Succede» disse mestamente Nancy. «Senti, non voglio rubarti altro tempo, soprattutto date le circostanze. Avrai molto da fare. Ho chiamato solo perché ho appena trovato un'altra serie di scene nei bloc-notes di Dan che potrebbero essere interessanti. Ancora niente sul reverendo, temo; queste riguardano Nora. L'ultima volta ero un po' di fretta e le ho trascurate. Non sono scritte dal punto di vista di tua nonna, perciò erano nascoste in bella vista.»

Jess si incuriosì. «Di chi è il punto di vista?»

«Be', è questa la cosa interessante. Le scene sono scritte dal punto di vista dello zio Dan.»

«In prima persona?»

«No, in terza, come se stesse scrivendo di qualcun altro.»

«Qualcuno che si chiama Daniel Miller?»

«Esatto. Le scene prendono la forma di osservazioni da parte di Nora e di conversazioni con lei. Non so dirti altro. Oggi sono stata così occupata che non ho avuto il tempo di rileggerle, ma avevi detto che era una questione urgente... Anche se ovviamente con Nora, con quanto è successo, capisco perfettamente se...»

«Mi piacerebbe vederle» disse Jess.

«Allora le scansiono, te le invio e smetto di disturbarti. Ti dispiacerebbe darmi anche il tuo indirizzo di casa?»

Voleva spedire dei fiori per Nora, intuì Jess. «Sei molto gentile, ma non è necessario.»

«No, ci tengo.» Nancy parlò con una leggera urgenza che Jess non aveva mai sentito prima. «Ci tengo davvero.»

Quando, un'ora dopo, arrivò l'e-mail, Jess era seduta sugli scogli affacciati sulla baia di Darling House. Quella era la spiaggia, ricordò, dove anni prima si era imbattuta nei granchi e Nora l'aveva salvata.

Il sole splendeva nel cielo; sarebbe stata un'altra giornata calda, e Jess aveva riflettuto sulla conversazione con Nancy, chiedendosi perché Daniel Miller avesse inserito se stesso in una scena delle ricerche. Era stato presente a tutti gli interrogatori; perché trattare diversamente quelle parti? Le venne il dubbio che forse quei brani non fossero affatto appunti, bensì, come aveva suggerito Nancy, bozze per il libro. L'idea era affascinante: suggeriva che il giornalista aveva avuto un ruolo attivo oltre alla classica funzione dello scrittore. Implicava che nella storia di Tambilla e della tragedia dei Turner fosse accaduto qualcosa che giustificava l'ingresso di *Daniel Miller* nel volume. Forse addirittura qualcosa che valeva la pena raccontare alla polizia...

Quando il telefono emise un allegro *ping*, Jess spostò il display al riparo dalla luce e aprì la nuova e-mail. Le parole erano scritte in piccolo, e quello non era il modo più semplice per leggere l'allegato, ma sapeva che non sarebbe riuscita ad aspettare di rientrare in casa.

Appunti di DM: Nora, DM, gennaio 1960

La prima volta che Dan la vide fu da lontano, lunedì 28 dicembre 1959, alla riunione della comunità organizzata dai poliziotti che conducevano le indagini sui Turner. Dopo giorni di pioggia, l'alba era stata calda e secca e l'aria dentro l'edificio dell'Istituto crepitava tanto di calore statico quanto di ansia.

Dan era andato con suo zio, che gli offrì un'utile copertura mentre prendevano posto all'estremità di una fila verso il fondo della sala. Essere l'unico estraneo a un incontro convocato per discutere della morte di una famiglia del posto non era il modo ideale per svolgere ricerche senza dare nell'occhio. Per fortuna, diversi rappresentanti della stampa erano arrivati da Adelaide e non solo, e stavano diventando il bersaglio delle critiche del pubblico mentre i residenti allungavano il collo per fissare con curiosità, se non addirittura con diffidenza, gli estranei tra loro. I giornalisti, dal canto loro, non si lasciarono scoraggiare e formarono una fila compatta contro la parete in fondo, con penne e bloc-notes pronti.

Dan aveva deciso di rinunciare a simili strumenti. Nel corso degli anni aveva imparato che c'erano due tipi di testimoni: quelli che si illuminavano davanti alla promessa del foglio immacolato e quelli che chiudevano la bocca di fronte al suo biancore abbagliante. Un testimone loquace poteva essere una benedizione, senza dubbio, ma solo finché resisteva alla tentazione di ricamarci sopra. A conti fatti, trovava più proficuo coinvolgerli in un tipo di conversazione più naturale; si era allenato a fare affidamento sulla memoria, trascrivendo le interviste in un secondo momento, quando era solo. Così facendo, aveva scoperto un ulteriore vantaggio imprevisto. Quando non fissava le righe sul foglio, con la penna che scribacchiava tutto ciò che sentiva, riusciva ad assorbire meglio l'atmosfera della stanza, a notare i minuscoli gesti e vezzi che spesso dicevano molto più delle parole.

Il 28 dicembre, mentre l'orologio senza numeri vicino al cucinino scandiva il passaggio di un'altra ora, il sergente Peter Duke del quartier generale della polizia di Adelaide uscì da una stanza dietro le quinte e si avvicinò al leggio sul piccolo palco di legno. Era il tipo di sala dove i bambini si esibivano in spettacoli di danza classica e l'orchestra giovanile suonava le carole prima di Natale, cosa che rendeva la sua funzione quella mattina ancora più sconfortante. Dan avrebbe scommesso che in quella sala ci fossero persone che avevano visto i figli dei Turner salire su quel palco in giorni più felici.

Duke si schiarì la gola e agitò le mani per richiamare il pubblico all'ordine. Ringraziò tutti per essere intervenuti, quindi descrisse la situazione nei minimi dettagli e poi assicurò alla comunità che stavano facendo tutto il possibile per trovare delle risposte. La prima impressione che Dan ebbe sul sergente fu quella di un uomo onesto, navigato ma non ancora esausto. Comprensibile che fosse cauto con le informazioni che divulgava: per un crimine come quello, dove tutti erano sospettati finché non smettevano di esserlo, la polizia doveva stare attenta a cosa rivelava.

Quando il sergente Duke arrivò alla fine del resoconto, ribadì che le ricerche della neonata sarebbero continuate insieme alle indagini sui decessi e che, se si fosse trattato di un omicidio, avrebbero trovato il responsabile; ma rispose affermativamente quando un giornalista domandò se ci fossero sospetti sui cani.

«Abbiamo trovato delle impronte sulla scena del crimine, e sapete tutti quanto siano cattivi quest'anno.»

Si voltò verso una figura in prima fila, come per scusarsi. Dan aveva notato la giovane donna vestita di nero e aveva capito che doveva essere in qualche modo imparentata con i Turner.

«È la cognata di Mrs Turner.» Suo zio si chinò per sussurrare all'orecchio di Dan. «Ho sentito dire che è arrivata da Sydney un mese fa. È venuta a passare il Natale qui.»

In seguito, Dan osservò da lontano la donna che veniva accompagnata fuori da una signora del posto.

Teneva in braccio un minuscolo fagottino, si rese conto, una bambina nata – come avrebbe scoperto più avanti – pochi giorni prima, proprio la vigilia di Natale. Riuscì a vedere meglio il suo sguardo tormentato mentre usciva, e provò una stretta al petto. La sua espressione, le guance scavate, la tensione evidente erano esattamente quelli che ci si aspetterebbe da qualcuno che ha subito un trauma del peggior tipo. Dan conosceva quel dolore in prima persona e, quando la donna lo superò, ne sentì l'eco nel profondo del cuore.

Alla fine fu lei a contattarlo. Un paio di giorni dopo la riunione, Dan ricevette un messaggio a casa dello zio, secondo cui Mrs Turner-Bridges desiderava parlargli. Incuriosito e incapace di credere alla sua fortuna, si presentò alla data e all'ora stabilite.

Mrs Turner-Bridges lo stava aspettando sulla veranda in cima al vialetto. Non la vide subito. Si fermò per un attimo, ammirando lo spettacolo che lo accolse quando fece il suo ingresso nel giardino all'italiana. Aveva sentito parlare di Halcyon, la residenza dei Turner, durante le conversazioni con gli abitanti della città, storie che sembravano iperboliche nella loro esagerazione, come se la natura macabra di quelle morti dovesse necessariamente trovare un contrappunto nella descrizione paradisiaca della casa. Ma ora doveva ammettere che i resoconti non erano eccessivi. Sbucare dal vialetto rigoglioso era come essere catapultati a Shangri-La.

L'istinto lo avvertì di una presenza umana, così non si stupì quando la vide accomodata su una sedia di vimini, intenta a osservarlo. Era vestita di nero e pareva l'incarnazione del dolore vittoriano, tranne – si accorse avvicinandosi – per l'aggiunta di una striscia di tessuto sul petto, che formava una sacca dentro la quale dormiva una bambina minuscola. Per un secondo fu colto alla sprovvista: aveva visto le indigene portare i neonati in quel modo, ma non signore come Mrs Turner-Bridges.

«Ho sentito dire che ha parlato della mia famiglia con alcune persone in città» esordì lei vedendolo. La voce rauca e bassa lasciava presupporre che avesse pianto.

«Sì» confermò Dan, quindi non aggiunse altro, aspettando di vedere se lei avrebbe continuato. Era quello il suo approccio preferito alle interviste: lasciare che fosse il soggetto a condurre il gioco.

Lei sostenne il suo sguardo più a lungo del solito, dandogli il tempo di notare il suo aspetto straordinario. Un raro tipo di bellezza: pelle pallida, più pallida del normale, ipotizzò Dan, con una spruzzata di lentiggini sugli zigomi alti e rotondi, come se un artista le avesse disegnate con un fine pennello appuntito. «Gradisce un bicchiere di tè freddo?» chiese Nora.

«Molto volentieri, se non è un disturbo.»

Dan prese posto sulla sedia di fronte, rivolta verso una casetta sull'albero, un filo del bucato e la cresta di una collina che digradava, come lui ben sapeva, in direzione della pozza.

Nora, che aveva già preparato un vassoio con una brocca e due bicchieri, allungò il braccio oltre la bambina per versare a ciascuno una generosa dose di bevanda fresca. «È di New York» disse. «Com'è? Non ci sono mai stata.»

All'inizio Dan si sorprese della domanda, ma poi ricordò la raffinata cortesia dei suoi parenti del Sud e dei loro amici. Rammentando a se stesso che era lei a guidare l'incontro, cominciò a raccontarle di casa sua, dipingendo l'immagine di una scintillante città, di edifici svettanti e jazz bar clandestini, di insegne al neon che si riflettevano in pozzanghere venate di grasso e di innamorati che passeggiavano sotto braccio in un parco sconfinato. Era la versione di New York che chi non c'era mai stato desiderava immaginare. L'antitesi, si rese conto, del luogo in cui erano ora.

Nora ascoltò, chiudendo gli occhi, ma non mostrò altre reazioni né sorseggiò il tè.

Alla fine Dan esaurì le cose da dire. Come a comando, sul cemento assolato nell'angolo della veranda comparve un cane, un vecchio e grosso Golden Retriever con zampe da leone e un sorriso permanente. Corse da Nora, fissandola con sguardo implorante, e lei allungò meccanicamente la mano per accarezzargli il muso.

«Poverino. Continua a cercarli.» Inclinò la testa guardando Daniel. «Ho sentito dire che ha intenzione di scrivere dell'accaduto.»

«Sì, signora.»

«È un bravo scrittore?»

Lui non sapeva come rispondere. Se fosse stato un colloquio di lavoro, avrebbe detto che gli piaceva pensare di sì, ma in quel caso, mentre Nora lo guardava con i suoi occhi tristi e i delicati lineamenti tirati, farsi pubblicità non gli sembrava appropriato.

Lei non aspettò la risposta. «Le è mai capitato qualcosa di terribile, Mr Miller?»

Il quesito lo colse di sorpresa. «Sì, signora.» Poi si ritrovò a raccontarle del fratello minore. Era la prima volta che parlava di Marty da quando era arrivato in Australia. Persino suo zio aveva evitato di affrontare l'argomento. Ma qualcosa nel dolore dignitoso della donna di fronte a lui, la schiettezza con cui glielo aveva chiesto, la sua solitudine straziante mentre era seduta là, vestita di nero come una vedova in un romanzo di Henry James, lo indusse ad aprirsi. Descrisse la loro infanzia, i loro tagli di capelli identici, le occasioni in cui era stato sgarbato e se n'era pentito. Cose che non aveva mai confidato a nessun altro. Cose che non sapeva di provare o di temere finché non le sentì uscire dalla propria bocca quella mattina sulla veranda di casa Turner.

Nora non fece ricorso a luoghi comuni né gli assicurò che si sarebbe ripreso o che suo fratello gli stava sorridendo o – per l'amor del cielo – che tutte le cose accadevano per una ragione. Ascoltò attentamente e fece un cenno quasi impercettibile prima di girarsi verso gli alberi mormoranti.

«È una storia triste, Mr Miller. Non capisco cosa possa gettare un giovane in una tale disperazione. Condoglianze.» Poi tacque per un po', osservando le foglie nella brezza, con le mani che si muovevano delicatamente sulla neonata. Dan iniziava a pensare che si fosse dimenticata della sua presenza quando Nora aggiunse con voce sommessa, quasi melodiosa: «Ho sentito cosa dicono in città, le dicerie su Isabel... Non è vero. Non l'avrebbe mai fatto, mai. Amava i bambini. Amava la sua vita. Aveva delle frustrazioni, come tutti, ma non avrebbe mai voluto e potuto fare una cosa del genere». Si girò di nuovo verso l'ospite. «Se ha intenzione di scrivere su di loro, Mr Miller, deve assicurarsi di dire questa verità.»

Sarebbe diventato un ritornello ricorrente e Dan dovette procedere con cautela. Non poteva fare a meno di nutrire affetto per Nora. Erano entrambi stranieri, legati dalle recenti perdite personali e dal caso Turner. Non vedeva l'ora di farle visita e aveva la sensazione che il sentimento fosse reciproco. Lei era contenta di ricevere notizie dalla città, e anche della sua compagnia. Dan, però, era fedele anzitutto al suo lavoro. Credeva nell'ascoltare tutti i punti di vista e nel raccontare una storia che trovasse la sua verità al di là dei dettagli precisi; era convinto che gli scrittori di saggistica dovessero ricorrere agli stessi strumenti di ambientazione dei romanzieri, ma doveva essere obiettivo quando si trattava della morte dei Turner.

Nora era una donna intelligente. Captò l'esitazione nei suoi versi incoraggianti e non la gradì. «Glielo dico chiaro e tondo: non avrebbe mai fatto una cosa simile. Non sarebbe stata capace di immaginarla, figurarsi di metterla in atto. Se solo avesse conosciuto Isabel, sarebbe sicuro quanto me.»

Dan promise di mantenere una mente aperta – era il massimo che poteva fare – ma Nora continuò a sembrare riluttante. Era palese che volesse dimostrargli quello che diceva. Poi, un pomeriggio, quando arrivarono a una sorta di punto morto, si scusò ed entrò in casa. Quando tornò, aveva un libro tra le mani. «L'ho trovato per puro caso.» Arrossì. «Non l'avrei mai letto, se non fosse stato per le circostanze. Non l'ho letto tutto, solo quel tanto che basta per capire che è importante.»

Guardando meglio, Dan notò il cuoio morbido e graffiato del libro, la doratura consumata sui lati, il segnalibro a nastro che faceva capolino dal fondo. «Il diario di Isabel.»

Nora accennò un sorriso di rivincita quando notò il suo interesse. «Lo compilava ogni giorno, seduta proprio su queste sedie.»

«L'ha mostrato a Duke?»

«Voglio che sia lei a leggerlo. Voglio che senta parlare Issy. Perché capisca quanto fosse divertente, gentile e vitale. Allora saprà che non avrebbe mai potuto fare ciò di cui la accusano.»

La mente di Dan era un vortice di pensieri. Di regola, ne era consapevole, la polizia avrebbe dovuto ricevere il libro, ma l'offerta di Nora era irresistibile.

«In quelle pagine non c'è nulla che possa aiutare il sergente Duke. L'esatto contrario, ed è questo il punto.»

Dan allungò il braccio, sfiorando la copertina con le dita. «Se c'è qualcosa che Duke dovrebbe sapere...»

«Se trova qualcosa che possa aiutare la polizia, prenderò in considerazione l'idea di autorizzarla a mostrarglielo.»

Era un buon compromesso. Dan prese il diario, lasciando che si aprisse a caso tra le sue mani. Le righe erano coperte di una calligrafia elegante. Fece scorrere l'indice su un paio di punti metallici strappati nella rilegatura e alzò lo sguardo verso Nora.

«Tutti abbiamo scritto cose che poi ci hanno messi in imbarazzo, ne sono certa» disse lei con un sorriso mesto. Poi, dato che la bambina diventava sempre più insofferente, si scusò e rientrò in casa.

Dan trascorse la giornata con il diario tra le mani, a

capo chino, leggendolo riga per riga. Nora compariva di tanto in tanto, portando una tazza di tè o una fetta di torta, e ogni volta lui era sbalordito e sorpreso di vederla.

Alla fine della giornata, mentre si preparava ad andarsene, percepì la sua presenza accanto alla porta della veranda.

«Vede?» disse speranzosa. «Vede quanto hanno torto? Capisce che tipo di persona era? Sarcastica e ironica a volte, ma perlopiù felice.»

Dan annuì, sapendo che lei ne aveva bisogno, ma il suo unico pensiero erano le annotazioni mancanti. Lo tormentò per l'intero tragitto fino a casa e per tutta la notte, domandandosi cosa ci fosse scritto su quelle pagine e perché fossero state strappate.

Non disse niente. Lasciò credere a Nora che il diario fosse una prova inconfutabile del buon carattere di Isabel. Il problema era che aveva parlato con il sergente Duke e sapeva che, a mano a mano che la polizia conduceva gli interrogatori e approfondiva le indagini, era sempre più convita di avere a che fare con un omicidio-suicidio. Non poteva fare a meno di chiedersi se le annotazioni mancanti contenessero sensi di colpa o una qualche confessione o addirittura una descrizione dei piani di Isabel.

Non disse nulla di tutto questo a Nora. Non toccava a lui persuaderla della possibile colpevolezza della cognata. E aveva notato un reale miglioramento delle sue condizioni da quando gli aveva mostrato il diario. La mattina del loro primo incontro era parsa affranta, ma ora aveva cominciato a riprendersi. Se il banco di prova della resilienza era la capacità di intravedere uno spiraglio di luce anche nei giorni più bui, allora Nora Turner-Bridges era una maestra di quell'arte.

Dan era consapevole di non avere alcun merito per il suo cambiamento. La risposta non risiedeva nell'amicizia che avevano stretto. Il barlume di luce, il luogo in cui Nora aveva trovato il modo di incanalare ogni briciolo di amore e di speranza per il futuro, era sua figlia. Il suo viso era radioso quando rivolgeva le sue attenzioni a Polly, sussurrando dolcemente alle minuscole orecchie della neonata. Era qualcosa di divino. La piccola era sempre tra le sue braccia. Comprensibile, ragionò Dan, dato quanto era successo alla sua nipotina. Il destino di Thea angustiava l'animo di tutti. Nessuno voleva pensare alla bambina a cui era stata negata la dignità di un'adeguata sepoltura. Ma Nell, la zia di Dan, era parente del battitore che collaborava con la polizia, e disse che la pioggia battente della vigilia di Natale aveva spazzato via ogni speranza di seguire le tracce dei cani selvatici.

Alla fine fu un evento spiacevole accaduto in città ad aprire gli occhi a Nora. La sua preziosa bambina rischiò grosso e lo shock la costrinse a ritrovare la concentrazione. Dan aveva imparato, grazie al suo lavoro, a non stupirsi mai del modo in cui si manifestavano le cause e gli effetti; nel caso di Nora, la ferma determinazione a difendere Isabel si ridimensionò e lei cominciò a concentrarsi di più sui nipoti.

Quando Dan arrivò la mattina dopo, sembrava diversa: nervosa, ma anche decisa. Non appena il giornalista spuntò dal vialetto, notò che era successo qualcosa dal suo collo rigido, dalle sue spalle contratte, dalla sua andatura mentre camminava avanti e indietro sulla veranda.

Quando si avvicinò, lei si portò la mano alla gola. «Eccola, Mr Miller. Sono stata sveglia per metà della notte con un pensiero che mi assilla.»

Dan si sedette. Da vicino, Nora aveva una gran brutta cera. Il viso era tirato e gli occhi iniettati di sangue. Non faticò a credere che avesse dormito male.

«Deve promettermi che non lo scriverà nel libro. Deve tenerlo per sé.»

«Di cosa si tratta?»

«Me lo promette?»

«Certo.» Era così agitata che lui si ritrovò a parlare lentamente per calmarla. «Certo.»

«È solo che qui non ho nessun altro con cui parlare, e sento – non credo a torto – che siamo legati da una sorta di amicizia.»

«È così.»

«Continuo a non credere che Isabel abbia fatto ciò che dicono.»

«Lo so.» Dan aspettò e poi, vedendo che taceva, la esortò dolcemente: «Ma?».

Nora abbassò lo sguardo su Polly, accarezzandole la schiena minuscola. «Non le ho detto cosa ho passato per avere questa bambina. La conosco solo da poche settimane, ma è tutto il mio mondo. Fin d'ora so che sul letto di morte potrò guardarmi indietro e dire che ho fatto tutto il possibile per proteggerla.»

«Lo vedo» mormorò Dan.

«Amavo Isabel, ma amavo anche i suoi figli, e devo onorarli. L'altro giorno il sergente Duke mi ha chiesto una cosa. Se avessi mai visto Isabel comportarsi in modo violento con qualcuno di loro. No, certo che no, ho risposto. La sua domanda mi ha offesa. Fare del male a un bambino, secondo me, è il male più grande. Solo che poi...»

«Sì?»

«Mi sono ricordata di una cosa. Mi è venuto in mente, non in un lampo... Le persone usano questa espressione, ma non è un lampo, è più graduale; mi ero convinta di averlo immaginato, credo. Ma quando sono arrivata, all'inizio di dicembre, ho capito quasi subito che Issy non era quella di sempre. Ho sentito parlare di donne che soffrono di depressione dopo il parto. Un pomeriggio ho sentito Thea piangere. Becky, la bambinaia, se n'era già andata e Isabel sembrava indifferente. Ho pensato che forse avrei potuto dare una mano. Ho raggiunto la nursery, e quando sono entrata, ho visto mia cognata accanto alla culla.» Nora ingoiò l'ultima parola mentre emetteva un singhiozzo. «Mr Miller, qualcosa doveva essersi impossessato di lei, è l'unica spiegazione.»

«Di cosa si tratta? Che cos'ha visto?»

«Mi fa stare male dirlo, e anche solo ricordarlo, ma teneva in mano un cuscino e stava...» Gli occhi imploranti di Nora incontrarono quelli di Dan. Poi, con voce ridotta a poco più di un sussurro: «Lo stava abbassando sul viso della piccola».

PARTE SETTIMA

CAPITOLO VENTIQUATTRO

Brisbane, 14 dicembre 2018

Mentre un'assistente di volo ricordava all'uomo accanto a lei di infilare la borsa sotto il sedile per il decollo, Polly allacciò la cintura di sicurezza e si accertò di aver impostato il cellulare sulla modalità aereo. Il viaggio era breve, poco più di un'ora, e quel giorno il tempo era bello lungo la costa orientale dell'Australia. Non c'era ragione per cui essere nervosi, eppure aveva lo stomaco in subbuglio. Non ricordava l'ultima volta che aveva volato. Di solito percorreva in auto la litoranea verso sud fino a Sydney, ma quella settimana la sua auto era dal meccanico per la sostituzione della trasmissione e, con il funerale fissato per lunedì, non aveva avuto altra scelta.

Non aveva mai amato volare; una volta aveva persino frequentato un corso in cui un ex pilota aveva illustrato ai paurosi le basi dell'aerodinamica, un tentativo di contrastare la paura con la ragione. Turbolenze? Niente di cui preoccuparsi, solo una variazione della temperatura dell'aria. Ma conoscere quelle nozioni non serviva a placare l'ansia quando l'aereo su cui era intrappolata iniziava a tremare a undicimila metri di altitudine.

Quel giorno, però, il problema non era la paura di volare.

Da quando l'ospedale le aveva telefonato per comunicarle che Nora era morta, Polly si sentiva alla deriva. Non riusciva a concentrarsi, aveva i pensieri annebbiati, soffriva di un senso pervasivo di disconnessione dalla realtà. La notte precedente era sveglia ad ascoltare il vento che sferzava le fronde della palma fuori dalla finestra della camera, quando si era resa conto che la sensazione strisciante e fastidiosa che l'aveva avvolta come un paio di ali scure e umide era la solitudine. Una solitudine profonda e radicata.

Si domandò perché provasse una cosa simile. Lei e Nora parlavano di rado e non si vedevano quasi mai. La morte di sua madre non apportava alcuna differenza dimostrabile nella sua vita quotidiana, eppure qualcosa dentro di lei era precipitato da quando aveva ricevuto la notizia. Era arrivata alla conclusione che sentirsi soli non era uguale a essere soli. Lei lo era da decenni. Non le dispiaceva. Anche da bambina, non era mai stata il tipo da desiderare compagnia. Ma la sensazione della solitudine era diversa. Ci si poteva sentire soli anche in una stanza affollata.

Lanciò un'occhiata fuori dal finestrino, dove gli addetti dell'aeroporto stavano finendo di caricare i bagagli. Era normale, ipotizzò, provare un senso di vuoto dopo la morte della propria madre, ma nel caso di Nora c'era qualcosa in più. Il mondo sembrava meno stabile senza di lei.

Ormai era orfana, si rese conto mentre l'assistente di volo illustrava le procedure di sicurezza. Quello era parte del problema. Perché non aveva perso solo Nora. Con la morte di sua madre, aveva perso anche suo padre.

Aveva cinque anni quando si era accorta di essere diversa dagli altri bambini. Come per molte altre cose, l'illuminazione era arrivata con l'inizio della scuola. Fino a quel momento aveva trascorso un periodo meraviglioso a Darling House con la madre. Era stata viziata, accontentata in ogni sua richiesta. Aveva sentito ripetere molte volte quanto fosse stata desiderata, ed era proprio così che era stata trattata. Non aveva mai dubitato dell'amore che riceveva.

Quando aveva cominciato il primo anno, tuttavia, e aveva dovuto frequentare regolarmente un folto gruppo di coetanei, aveva iniziato, come tutti i bambini, a definirsi tramite il confronto con loro. Le sue compagne avevano dei padri e, se questi ultimi non vivevano a casa, erano da qualche parte nel mondo, con nomi, volti e rapporti con le loro figlie, fossero essi buoni o cattivi.

In un primo momento, prima di intuire che l'argomento era un tabù, aveva chiesto apertamente a Nora: «Io ce l'ho un padre?».

«No, tesoro» aveva risposto sua madre, senza fare una piega. «Tu sei tutta mia e io sono tutta tua.»

Quella risposta collimava con la sua vita fino a quell'istante, e Polly l'aveva accettata. L'aveva ripetuta anche a scuola, quando era stata chiamata a farlo. La derisione degli altri bambini l'aveva riportata subito da Nora.

«Dov'è mio padre?»

«Te l'ho detto, amore mio, siamo solo io e te.»

«Ma Ruth e Susan dicono che tutti hanno un padre.»

«Davvero?»

«Dicono che non si può nascere senza.»

«Be'» aveva replicato vivacemente sua madre, «potrebbe valere per Ruth e Susan, e sono certa che avevano buone intenzioni quando l'hanno detto, ma le bambine non sanno tutto.»

«Ma se non ho un padre, come sono nata?»

Non era da Polly insistere e, per un attimo, aveva visto l'esasperazione nello sguardo della madre. Ma il momento era passato rapidamente e Nora si era aperta in un sorriso complice, con gli occhi che scintillavano come ogni volta che stava per proporre qualcosa di divertente. «Be', non racconto spesso la storia, perché bisogna stare attenti con la magia. Ma la verità è che ho desiderato così tanto una bambina, e per così tanto tempo, gettando tutte le monetine che potevo in ogni pozzo dei desideri che superavo, finché un giorno, quando meno me lo aspettavo, eccoti là, in fondo al campo di dalie.»

«Qui a Darling House?» Polly aveva giocato molte volte nel campo di dalie e l'idea che là fosse accaduto qualcosa di magico era molto affascinante.

Nora, seduta accanto a Polly, si era appassionata al racconto. «Ero uscita per sarchiare le erbacce, con le mani infilate nei guanti e un cestino sul fianco, quando mi sono inginocchiata vicino al gruppo di fiori più fitto e ho sentito il più tenue dei pianti. All'inizio ho pensato che fosse un gattino, ma ho trovato una sorpresa ancora più grande: la neonata più dolce che avessi mai visto. La figlia che avevo desiderato, sperato e pregato di avere un giorno. Un dono delle fate dei giardini.»

In seguito, Polly aveva riflettuto sulla storia, immaginandosi al centro del campo di dalie. Era una delle sue zone preferite del giardino, senza dubbio la ragione per cui sua madre l'aveva scelta, e il racconto l'aveva resa felice, ma non l'aveva ripetuto a scuola. Quando Ruth e Susan erano tornate alla carica con le domande su suo padre, cosa che avevano preso l'abitudine di fare quasi ogni giorno, aveva detto che era un esploratore la cui nave era andata smarrita durante una violenta tempesta mentre si avvicinava al Circolo polare artico e che da allora nessuno l'aveva più visto.

Ma per quanto le piacesse l'idea di essere stata lasciata dalle fate, o per quanto sua madre la amasse, dentro di lei si era aperta una piccola falla, proprio lì dove avrebbe dovuto esserci la risposta alla sua domanda. E, come molte sventure della vita, si era allargata nell'ombra senza che Polly se ne rendesse conto.

A mano a mano che cresceva e smetteva di credere alle fiabe dei bambini nei campi di dalie, la situazione era diventata più tesa. «Che differenza fa?» diceva Nora, oppure: «Te l'ho detto, sei tutta mia» oppure, se aveva fretta: «Non me lo ricordo». Una volta aveva persino perso le staffe, rispondendo in tono angosciato: «Perché insisti? Non sono abbastanza per te?

Ho rinunciato a ogni cosa per essere tua madre. Tu sei la mia vita. *Tutta la mia vita*».

Questo era vero. Polly aveva sentito parlare spesso della devozione di sua madre. Aveva cominciato a chiedersi se forse il motivo per cui Nora non voleva parlare dell'argomento fosse perché la verità era troppo terribile da confessare. Suo padre era un criminale? Un ladro? Un pervertito? Sua madre stava cercando di proteggerla con il silenzio?

Poi, poco dopo aver iniziato il liceo, aveva origliato una conversazione che aveva cambiato tutto. Come tutte le persone affamate di informazioni, era diventata esperta nel carpire dettagli proibiti, e aveva rizzato le orecchie quando la voce di un'amica della mamma era arrivata fino a lei attraverso una porta aperta. La donna aveva sottolineato che Nora era un'ottima madre, al punto di aver sacrificato il suo matrimonio.

Quelle parole le avevano permesso di unire diversi indizi apparentemente slegati e, per la prima volta in assoluto, si era resa conto che sua madre era stata sposata. Era consapevole, naturalmente, che gli estranei la chiamavano *Mrs* Turner-Bridges, ma Nora aveva eliminato così efficacemente *Mr Bridges* dalla sua vita che a Polly non era venuto in mente che quel titolo potesse riflettere un matrimonio. Ora, finalmente, aveva la risposta: suo padre era Mr Bridges, l'uomo di cui anche lei aveva portato il cognome per tutto quel tempo.

Ma chi *era* Mr Bridges? Aveva setacciato la casa alla ricerca di prove della sua esistenza, ma, benché i suoi genitori fossero apparentemente stati sposati per dieci anni, Nora era riuscita a eliminare ogni traccia del marito da Darling House. Persino l'unica fotografia che aveva conservato del giorno delle nozze era un ritratto incorniciato di una giovane Nora con gli occhi spalancati, catturata di profilo mentre guardava fuori dalla finestra della biblioteca, in direzione del porto.

Disperata, Polly aveva chiesto aiuto a Mrs Robinson, ma la governante non si era lasciata coinvolgere. «Non farmi domande a cui non posso rispondere» aveva detto. «Per una ragazzina non c'è fortuna più grande al mondo che avere una madre come la tua.»

Di essere fortunata, Polly lo sapeva già. Come avrebbe potuto non saperlo? Se l'era sentito ripetere senza sosta per tutta l'infanzia. Le sue compagne la invidiavano da morire. Tutti ammiravano Nora e desideravano che le loro mamme fossero come lei. Era l'unica che organizzava dei veri tè nelle sale da pranzo di hotel costosi, o con Mrs Robinson in tenuta da cameriera a Darling House. Le bambine imploravano di essere invitate, pur non avendo tempo per Polly quando era da sola a scuola.

Lei sapeva di non essere affascinante, divertente o socievole come sua madre; ora aveva notato tutte le altre differenze. Nora era una persona sicura di sé, che amava essere al centro dell'attenzione, mentre Polly no. La carnagione di Nora era pallida e lentigginosa, mentre quella di sua figlia era leggermente olivastra. Nora era indifferente alla musica, mentre certe canzoni facevano piangere Polly. La ragazzina aveva cominciato a tenere un elenco delle loro differenze in un bloc-notes, chiedendosi se fossero tratti in comune con suo padre e, alla luce di quelle considerazioni, lo spazio negativo aveva iniziato a crescere e a prendere forma.

Alla fine Polly aveva trovato il coraggio di chiedere direttamente a Nora di Mr Bridges.

«Chi ti ha parlato di lui?» aveva domandato sua madre, e poi: «Non importa. Non conta niente».

«È mio padre» aveva azzardato Polly.

«Non è tuo padre! Non avrebbe mai potuto generare una bambina meravigliosa come te.»

Ma Polly non le aveva creduto. Nora le mentiva da troppo tempo. Inoltre non c'era altra spiegazione. Aveva continuato a sollevare l'argomento. Ogni compleanno si chiedeva se finalmente fosse abbastanza grande perché sua madre le confidasse la verità. Il fatto di trovarsi a un passo dalle risposte rendeva angosciante la mancanza di conoscenze. Polly entrava in una stanza dove sua madre stava intrattenendo alcuni amici e scendeva il silenzio, seguito da un saluto fintamente allegro, al che lei si tormentava domandandosi se tutti conoscessero la verità. Aveva iniziato a sentirsi incompleta, come se fosse trasparente. Era diventata chiusa e taciturna; si era sentita scomparire.

Poi, un giorno, quando aveva diciotto anni ed era incinta di Jess, l'aveva trovato. Ormai aveva imparato a usare le risorse della biblioteca, e l'aveva rintracciato. In un ventilato pomeriggio di maggio, l'aveva aspettato davanti al suo ufficio a Crows Nest e, quando era uscito, con la valigetta in mano, si era avvicinata dall'altro lato della strada.

Lui aveva sorriso allegramente quando l'aveva vista - pura cortesia, niente di più - e, in mancanza di presentazioni migliori, lei si era lasciata sfuggire: «Credo che tu sia mio padre».

Un attimo di esitazione, quindi: «Polly?».

Le tremavano le gambe. Lei aveva annuito. Richard Bridges aveva fatto un passo avanti, studiando i suoi lineamenti mentre Polly faceva lo stesso. Alla fine aveva sorriso di nuovo, questa volta con più calore. Lei si era accorta che aveva gli occhi velati. «Mi chiedevo se ti avrei mai vista» aveva detto suo padre. «Ti va di prendere un caffè?»

Polly non beveva caffè - non beveva quasi nulla in quella fase della gravidanza - ma naturalmente aveva accettato.

«Lei mi ha detto che non eri figlia mia» aveva spiegato Richard mentre stavano seduti ai lati opposti del tavolino di un bar poco lontano. «È stata molto ferma su questo punto. Mi ha fatto scrivere da un avvocato, intimandomi di non contattarti.»

«Be', ora sono adulta e sono stata io a contattare te.»

Avevano parlato piacevolmente, ma con un certo distacco educato, delle loro vite, di Nora e del passato: una strana esperienza sociale. Lei gli aveva raccontato qualcosa degli anni di scuola e lui aveva detto che si era risposato e aveva un figlio e due figlie. Polly aveva provato una stretta al cuore all'idea di avere dei fratellastri. Per un attimo aveva immaginato come sarebbe stato non essere più così sola.

Quando era arrivato il momento di andare, Richard Bridges aveva detto: «Suppongo che dovremmo fare uno di quei test, no?».

Un test del DNA, intendeva. Era logico, aveva riflettuto Polly, considerando cosa Nora aveva detto a entrambi. Richard si era offerto di pagare, così avevano proceduto.

Il test ebbe esito negativo. Dunque, qualunque cosa si potesse dire contro Nora, aveva detto la verità quando aveva dichiarato che sua figlia era stata concepita con un altro.

Polly era affranta ma, quando ci aveva riflettuto, si era resa conto di non essere del tutto sorpresa. A essere sincera, per quanto desiderasse appartenere a qualcuno e a un qualche luogo, non aveva provato alcun senso di riconoscimento quando aveva incontrato Richard Bridges. Nulla nel suo volto o nei suoi gesti, per quanto cordiali, l'aveva spinta a identificarsi con lui, trasmettendole la sensazione di avere un legame di sangue con quell'uomo, di essere tornata a casa.

Richard era sconcertato quanto lei. «Diceva che non eri mia, ma non ci ho mai creduto davvero. Non sono riuscito a capacitarmene all'epoca e temo di non riuscirci tuttora. Com'è possibile che tu sia figlia di un altro?»

La risposta pareva ovvia e Polly aveva provato un'ondata di imbarazzo, seguita di lì a poco dalla compassione. Richard stava cercando di salvare la faccia; era umiliato dalla prova dell'infedeltà di sua moglie. Non sapendo cosa dire, Polly si era limitata a: «Mi dispiace».

Lui sembrava non aver sentito; era immerso nei pensieri e nei ricordi. «Era impaziente di concepire» aveva continuato, corrugando la fronte. «Avevamo già perso alcune gravidanze. Succede, mi hanno detto. Non ho mai capito quale fosse esattamente il problema. Ci siamo sottoposti a tutti gli esami, Nora aveva insistito.

«Ma non c'era nessun altro oltre a me. Immagino che suoni terribilmente presuntuoso, ma non è così che lo intendo. A rischio di essere indelicato, era stata da un medico, l'ultimo di una lunga serie, che le aveva indicato un arco temporale e le aveva raccomandato di approfittare di ogni possibilità.

«Quella settimana non è uscita di casa e non ha lasciato uscire nemmeno me. Non ha visto nessuno tranne la governante, Jane Robinson, e il dottor Bruce, che faceva visite a domicilio. In seguito è rimasta a letto per quindici giorni perché diceva che così l'embrione aveva più probabilità di *attecchire*. E, di' pure quello che vuoi, ha funzionato, è rimasta incinta. Ma io ero lì quel mese. Non può essere successo con nessun altro.»

Era stato un addio imbarazzante e, mentre Polly si voltava per guardarlo allontanarsi, aveva avuto la sensazione di essere davanti a una porta scorrevole. Ecco l'uomo che avrebbe potuto essere suo padre, con cui aveva condiviso l'esperienza piuttosto intima di confrontare il proprio DNA, ormai ridotto allo stato di un estraneo, di una persona che probabilmente non avrebbe mai più visto né sentito.

L'assistente di volo stava ancora illustrando l'uso del giubbotto di salvataggio e del fischietto, e Polly si sforzò di prestare attenzione. Aveva già visto la procedura, naturalmente, più di una volta, ma seguire la presentazione della donna sembrava il minimo che si potesse fare. Tuttavia non riuscì a impedire alla sua mente di vagare.

Non aveva detto a Nora dell'incontro con Richard Bridges e del test. A cosa sarebbe servito? Ma l'uomo le aveva lasciato un problema su cui spremersi le meningi. La sera, quando si sedeva nel giardino affacciato sul porto, ricordava le loro conversazioni, in particolare la convinzione di Richard che Nora non potesse averlo tradito.

La sua tesi si basava sul ragionamento anziché sull'emozione. Nora non era uscita di casa, aveva detto; per quanto ne sapeva, le uniche persone che aveva visto durante il mese in cui Polly era stata concepita erano lui, il medico e Mrs Robinson.

Ma se Mr Bridges aveva tratto una certa conclusione da quella serie di fatti, Polly era arrivata a un'altra.

Nora era scoppiata in una risata fragorosa quando le aveva chiesto se il dottor Bruce fosse suo padre, e le aveva detto di non essere ridicola. «Onestamente non so come ti vengano queste idee. Il dottor Bruce è un bell'uomo, e sicuramente non è il peggio che possa capitare, ma non è tuo padre.» Si era ricomposta prima di continuare: «Cara, non è saggio fare accuse così azzardate».

«Non è un'accusa.»

«Congetture azzardate, allora.»

«Non dovrei fare congetture se tu ti decidessi a dirmelo.»

«Te l'ho detto: ti ho trovata nel campo di dalie.»

Polly, che non si arrabbiava mai, si era infuriata. «Merito di conoscere la verità. Merito di sapere chi sono.»

«Sei tu! Sei mia! Non ti basta?»

«No!»

Nora aveva sospirato, irritata. «Be', non capisco il perché. Guarda come sei fortunata.»

«Per favore, mammina!» L'appellativo infantile era uscito dal nulla; Polly non lo usava da più di dieci anni e si era stupita quanto Nora per averlo pronunciato. Era rimasto sospeso nell'aria, una dichiarazione disperata.

Sua madre aveva fatto un'espressione conciliante e addolcito la voce. «Un giorno te lo dirò, promesso, quando sarà il momento giusto. Ma ora devi smettere di chiedermelo. È la mia storia e mi stai mettendo in agitazione. Ti agiti anche tu e questo non fa bene alla bambina, lo sai.»

Frugò nel bagaglio a mano in cerca dei tappi per le orecchie. La borsa di cuoio, un po' troppo profonda, inghiottiva ogni cosa al suo interno. Polly sfiorò con le dita l'acchiappasogni, che aveva portato con sé avvolto in uno strofinaccio. Lo tirò fuori ed esaminò i nodi che aveva fatto molto tempo prima, il legno trasportato dalla corrente che lei e Jess avevano trovato sulla spiaggia. Era una cosa sciocca e sentimentale, ma aveva visto l'oggetto appoggiato sulla mensola mentre si affrettava lungo il corridoio prima di uscire ed era tornata indietro a prenderlo. Era nervosa all'idea di vedere Jess. Soprattutto di vederla senza Nora, di ritrovarsi da sola con lei a Darling House. Fu assediata dai ricordi dell'altro periodo della sua vita in cui aveva avuto la sensazione che fossero loro due contro il mondo, quando si erano trasferite nell'appartamento sul promontorio.

Da allora erano successe molte cose. Era stata molto determinata quando finalmente aveva fatto quel passo. La decisione di trasferirsi era stata ispirata, in parte, dal rifiuto di Nora di rispondere alle sue domande. Dopo la nascita di Jess, conoscere la verità era parso ancora più urgente. Polly non era riuscita a liberarsi della percezione che alcune parti di sua figlia fossero un mistero. Fissava il viso di Jess che dormiva e vedeva elementi di se stessa e di Jonathan, ma c'erano anche altri tratti: espressioni fugaci che la bambina aveva ereditato da persone anonime su rami più alti dell'albero genealogico.

Il fatto di ignorare la verità aveva creato una distanza tra Polly e Jess, un vuoto di cui Nora non aveva subito le conseguenze. Più Polly sbiadiva, e più lei splendeva. L'amore tra loro aveva cominciato a coagularsi; ciò che un tempo era sembrato protettivo ora iniziava a essere soffocante. Polly si era sentita prigioniera delle attenzioni della madre, in particolare della sua disinvoltura e competenza con Jess. Aveva preso a sognare di andarsene. Aveva pensato che in qualche modo, con un po' di spazio in più, forse avrebbe trovato tutto un po' più facile.

Sospirando, rimise l'acchiappasogni nella borsa. Continuò a rovistare, sperando che le sue dita trovassero i tappi per le orecchie. Aveva bisogno di distrarsi dal volo e da quanto la aspettava all'arrivo. Si era ripromessa di comprare una rivista all'aeroporto, ma non era riuscita a sceglierne nessuna tra quelle disponibili. Aveva con sé solo la copia di *Come se dormissero*, che aveva portato perché Mrs Robinson le aveva detto che

Jess stava facendo domande sugli eventi dell'epoca. Polly sperava che potesse fungere da ponte, un modo per alleviare un po' del dolore che sicuramente Jess avrebbe provato dopo la morte di Nora. E, se fosse stata sincera, un modo per assecondare la figlia con cui non era mai riuscita a stabilire un legame.

La copertina familiare, la carta ingiallita, il codice a barre della biblioteca le ricordarono la prima volta che l'aveva letto. Ora l'incanto del libro – la tragica atmosfera di estate e di caldo, la grande casa antica e il canto delle gazze, i bambini sfortunati nel loro ultimo giorno di vita – le tornò in mente come un vecchio cappotto dimenticato in fondo all'armadio. Quando l'aereo iniziò il decollo, Polly si infilò i tappi nelle orecchie e aprì la vecchia copia del volume di Daniel Miller.

COME SE DORMISSERO

DANIEL MILLER

14

In cuor suo, Peter Duke era certo che Mrs Turner avesse avvelenato la sua famiglia sul bordo del torrente quella calda vigilia di Natale. Ogni poliziotto degno di quel nome sviluppava un istinto per i crimini e per coloro che li commettevano. Ma per quanto ne fosse convinto, un'intuizione non significava nulla se non si riusciva a dimostrarla.

Il rapporto dell'analista governativo non era ancora arrivato, ma il sergente riteneva molto probabile che la sua squadra scoprisse quale veleno era stato usato prima che Larry Smythson ultimasse i test. Le perlustrazioni iniziali della casa gli avevano dato qualche speranza. Nei giorni successivi alla scoperta mandò due agenti del posto sulla collina per dare un'occhiata in giro. Ad aprire fu la cognata di Mrs Turner. La povera donna, che aveva pregustato un periodo di riposo con la famiglia nelle ultime settimane di una gravidanza difficile, si era invece ritrovata da sola ad affrontare una tragedia. Non c'era da stupirsi che lo shock avesse anticipato la nascita della bambina.

«Come sta la piccola?» chiese l'agente Doyle mentre Mrs Turner-Bridges li faceva entrare.

«Un po' frastornata. Come tutti noi, ne sono sicura.»

Notando improvvisamente l'aria stanca della giovane donna e ricordando il lontano passato della nascita dei suoi figli e il rifiuto della moglie di alzarsi dal letto per la prima settimana dopo ciascun parto, Doyle disse: «Dovrebbe tenere i piedi sollevati. C'è qualcuno che possiamo chiamare?».

«Grazie, ma la signora Summers mi sta aiutando e Mrs Pike verrà nei prossimi giorni.»

Anzitutto trovarono il flacone di barbital, nel cassetto del comodino di Mrs Turner. Il nome inaspettato sull'etichetta spinse Doyle e Jerosch a scambiarsi un'occhiata. Entrambi conoscevano Eliza Drumming – Doyle era andato a scuola con lei – ma, per quanto ne sapevano, era rimasta a Parkside da quando i Turner si erano stabiliti in città. Persino Jerosch, il più fantasioso dei due, aveva difficoltà a dare una spiegazione plausibile per la presenza delle pillole di Mrs Drumming nella camera di Mrs Turner.

Henrik Drumming aveva un colorito cinereo quando lo interrogarono su quel punto. Confessò di aver procurato a Mrs Turner un flacone di barbital perché «aveva molte difficoltà a dormire» e Doyle, che conosceva Henrik per quanto si possa conoscere un uomo così riservato, gli credette sulla parola. Il capo fattore era un brav'uomo, devoto alla moglie, e il tipo da aiutare dove e quando poteva. Ma quando Duke sentì la confessione, fece un'espressione insieme curiosa e indagatrice.

Nella camera di Matilda Turner, i poliziotti rinvennero un barattolo contenente un campione di piante essiccate che stuzzicò il loro interesse. Un'etichetta scritta a mano con le iniziali *M.S.* rivelava che l'oggetto apparteneva a Merlin Stamp, e a Jerosch toccò la sfortuna di andare a chiedergli conto.

L'interrogatorio non durò a lungo. «Non è molto loquace» dichiarò Jerosch nel tardo pomeriggio, quando gli agenti si rincontrarono nella stanzetta sul retro della centrale di Tambilla per fare rapporto a Duke. «Ma ha detto che è menta poleggio.»

«Mortale?»

Jerosch era un giovane poliziotto inesperto le cui orecchie sporgevano quel tanto che bastava per suggerire un'attenzione infantile e un'ansia di compiacere. In quell'istante ebbe un leggero attacco di nausea. Aveva la punta delle orecchie arrossata. «Sì e no.»

«Che cosa significa?» chiese il sergente Kelly, con il gomito appoggiato allo schedario. «O uccide o non uccide.»

«Credo di aver capito.» Duke sollevò il barattolo per esaminare il campione. «La migliore amica di una ragazza sfortunata. Ma non il nostro veleno.»

Poi, in un bidone dietro la villa dei Turner, gli agenti trovarono cinque bottiglie vuote identiche. «Tombola» disse Jerosch, chiamando Doyle perché desse un'occhiata.

A volte chiamato dalla polizia *il veleno dell'avvelenatore*, il tallio è una sostanza incolore, insapore e inodore, la cui ingestione provoca sintomi comuni a molti altri malanni. Essendo facilmente reperibile – usato spesso nelle esche per i ratti – alla metà del XX secolo, era il veleno preferito di chi era incline agli omicidi domestici e, negli anni Cinquanta, un'ondata di crimini in cui le mogli uccidevano i mariti aveva messo all'erta gli uffici investigativi di tutta l'Australia.

Meg Summers confermò che Mrs Turner aveva acquistato il topicida quell'inverno. La negoziante, che era stata convocata dalla villa per parlare con gli agenti, aveva l'aria disorientata di una persona indaffarata ma, nonostante ciò, disponibile a collaborare. «Se mi date un minuto, posso controllare nel registro. Cinque o sei, se la memoria non mi inganna.»

«È una quantità insolita?»

«Non ci ho fatto caso in quel momento. Da queste parti, quasi tutti hanno problemi con i topi in inverno, soprattutto in una casa di quelle dimensioni.»

Duke stava chiudendo il suo bloc-notes quando gli venne un'altra idea. «Mrs Turner aveva l'abitudine di fare acquisti di questo tipo? Sembra più la competenza di un capo fattore.»

«Mi pare alquanto strano. Henrik lavora lassù da quando ho memoria, e di solito tiene tutto in perfetto ordine.»

Duke pensò al flacone di sonniferi. C'era qualcosa di intimo: l'atto di un uomo che dava a un'altra donna le pillole della moglie. Pensò anche alle annotazioni mancanti nel diario di Mrs Turner. Il sergente l'aveva ricevuto da una fonte segreta un paio di settimane dopo la tragedia e l'aveva letto da cima a fondo. Le annotazioni in sé non offrivano un granché in termini di movente, ma le pagine strappate suscitavano molti interrogativi – una confessione frettolosa poi rimossa? – e Duke si chiedeva se ci fosse una ragione per il cambiamento delle dinamiche tra Mrs Turner e il capo fattore.

Avendo ormai appurato che Meg Summers era la depositaria delle confidenze della comunità, Duke tentò la sorte; ahimè, aveva sottovalutato la sua discrezione. Era come se la donna avesse ricevuto uno schiaffo.

«Sergente Duke, sono certa di non avere una conoscenza approfondita delle questioni intime della vita di Mrs Turner e non ho alcuna intenzione di rivangare il passato dei morti.»

Era stata una gaffe e Duke si affrettò a fare un passo indietro. Probabilmente un'eventuale relazione sentimentale tra Mrs Turner e Henrik Drumming era irrilevante ai fini dell'indagine, e non era saggio giocarsi la fiducia dei testimoni. Quella delle bottiglie vuote di topicida era la loro pista più importante; se fosse stato un giocatore d'azzardo, il sergente avrebbe scommesso che avevano trovato il veleno utilizzato per il crimine.

Marcus Summers, che aveva fatto una consegna a Halcyon mentre erano in corso i preparativi per il picnic, ricordò di aver visto Mrs Turner mescolare *molto zucchero* nel tè freddo destinato alla sua famiglia. «C'era anche una torta» aggiunse, «con uno spesso strato di glassa.» Nora Turner-Bridges, che a sua volta aveva assistito alla preparazione del pranzo da parte della cognata, non contestò l'affermazione, ma sbuffò all'idea che ci fosse qualcosa di strano. «Issy era golosa di dolci, così come la piccola Evie. Mia nipote non beveva niente a meno che non ci fosse mezzo chilo di zucchero dentro.»

Duke trovò la teoria interessante: i thermos erano vuoti quando la famiglia era stata trovata, e della torta erano rimaste solo le briciole. Il punto critico era il tempo necessario perché il tallio facesse effetto. Di solito occorrevano tre settimane di assunzione graduale, una piccola quantità nella tazza della vittima ogni sera; tradizionalmente non era il tipo di veleno che si poteva usare per indurre la morte di un'intera famiglia in un pomeriggio. Duke prese nota di parlare con Larry Smythson della possibilità che Mrs Turner avesse trovato un modo diverso per somministrare la sostanza. In una calda giornata estiva, un gruppo di ragazzini assetati era sicuramente più facile da convincere a berne una dose più alta rispetto a un marito noioso che ne prendeva ogni giorno un cucchiaino nel tè.

Mentre Peter Duke aspettava con impazienza che Larry completasse i test, si interrogò sul movente: che cosa poteva spingere una donna a uccidere i propri figli? C'era la clemente interpretazione che Annie aveva dato del caso Kilburn, dove la donna aveva perso la voglia di vivere ma non sopportava di lasciare i figli senza una madre, ma nella tavolozza delle motivazioni umane c'erano altri colori che meritavano di essere presi in considerazione.

Fu Helen, l'addetta al ricevimento in ufficio, a fargli venire l'idea della vendetta. Stava mescolando il latte nel tè che aveva appena versato nella cucina del quartier generale, picchiettando il cucchiaino sul bordo della tazza, quando, di punto in bianco, disse: «La situazione sulle Hills mi ricorda Medea».

«Chi sarebbe?» Duke, che ascoltava distrattamente perché stava setacciando il giornale in cerca di notizie sui Turner, si domandò se si riferisse a un vecchio caso di cui si era dimenticato. «Medea?»

«La figlia di re Eete della Colchide.»

Duke aggrottò le sopracciglia.

«Circe era sua zia. Elio, il dio del Sole, suo nonno.»

Allora Duke capì. «È un mito.»

«In un dramma di Euripide, uno dei preferiti di mio padre, Medea uccide i figli per punire Giasone.»

«Suo marito.» Duke ci stava arrivando.

«L'aveva abbandonata per un'altra donna. Medea uccise anche la nuova moglie, cosa che ovviamente non è successa qui.» Helen fece tintinnare il cucchiaino contro la tazza per l'ultima volta.

Il sergente Duke ipotizzò che, per una donna che aveva trascorso la prima metà della vita dall'altra parte del mondo, essere abbandonata in una fattoria alla periferia di Tambilla mentre il marito era all'estero potesse sembrare una sorta di esilio. E sicuramente l'opinione più diffusa nel bar del Tambilla Hotel era che Thomas Turner avesse sbagliato a lasciare la moglie incinta da sola per mesi di fila. Si mormorava che l'uomo avesse una relazione con un'altra donna all'estero.

Il reverendo Lawson provò a dissuadere le anime del suo gregge dall'essere *pettegole e curiose*. «Ricordiamo Proverbi 11» implorò dal pulpito. «*Chi disprezza il suo prossimo è privo di senno, l'uomo prudente invece tace.*» Pur avendo recepito il messaggio domenica mattina, il lunedì la brava gente di Tambilla ricominciò a fare congetture. E grazie a una telefonata degli agenti di Charing Cross, gli uomini di Duke scoprirono che non si erano sbagliati di molto: Mr Turner aveva davvero un'amante a Londra, una certa Miss Rose Spencer, che aveva frequentato a intermittenza negli ultimi dodici mesi.

Il sergente non sapeva se Mrs Turner fosse a conoscenza delle scappatelle del marito. Non c'erano prove in tal senso e, sebbene il giovane Matthew McKenzie fosse in grado di confermare che John Turner aveva scoperto l'infedeltà, non aveva idea se il ragazzo avesse condiviso l'informazione con la madre. Nora Turner-Bridges era fermamente convinta che Isabel non avesse mai accennato all'argomento. «Non solo. Non posso credere che mio fratello sia stato capace di una cosa simile.

Ha sempre avuto le donne ai suoi piedi, ma non significavano nulla. Issy non si sarebbe lasciata turbare da questo.»

Evidentemente, se Mrs Turner era in pensiero, non se l'era sentita di aprirsi con la cognata.

Duke chiese in giro, sperando che la donna avesse rivelato i segreti del suo cuore a qualcun altro. Ma se, da un lato, non fu facile trovare chi parlasse male di lei, dall'altro non c'era nessuno che si potesse definire un confidente. Anzi era degno di nota, per quanto riguardava Duke, il numero esiguo di amici intimi che Isabel Turner sembrava aver avuto. Meg Summers si rabbuiò quando il sergente la interpellò sull'argomento, e fece un'espressione quasi colpevole mentre rispondeva. Duke l'aveva già visto in passato, il rimpianto delle brave persone che non erano riuscite a riconoscere le difficoltà del prossimo. «Ora che mi ci fai pensare» disse Meg, «non direi che fosse particolarmente legata a qualcuno da queste parti.»

Che Isabel Turner fosse stata oggetto dell'ammirazione generale era fuor di dubbio. Duke e la sua squadra avevano condotto interrogatori approfonditi nei giorni successivi al crimine e si erano sentiti ripetere da più parti quanto Mrs Turner fosse *energica*, *intelligente*, *bellissima* e *gentile*. Mrs Summers, forse per evitare di dare l'impressione di non essersi accorta della situazione dell'altra donna, aggiunse che Mrs Turner era andata a trovarla in negozio alcuni anni prima *per un tè e una chiacchierata* e aveva confessato di sentirsi sola e isolata, con il marito così spesso lontano per motivi di lavoro.

Quando il reverendo Lawson indicò una nuova pista ricordando che Mrs Turner aveva parlato di fare qualcosa che avrebbe privato i suoi figli della madre, la squadra di Duke si entusiasmò. Non era una prova, ma contribuiva a rafforzare la teoria a cui stavano lavorando. Secondo Duke, inoltre, faceva eco a quanto Annie aveva detto sul caso Kilburn: «Quella povera donna non voleva abbandonare i suoi bambini».

Benché il diario di Mrs Turner non fosse la pistola fumante che Duke avrebbe voluto, i poliziotti discussero se nelle annotazioni quotidiane di carattere meteorologico ci fosse più di quanto saltasse all'occhio. Poi c'era la possibilità indicata dalle pagine mancanti. Erano state strappate per un motivo; forse, se gli uomini del sergente fossero riusciti a trovarle, avrebbero avuto in mano una confessione. Cominciarono a cercarle, ma sapevano che si stavano arrampicando sugli specchi.

Quindi, finalmente, arrivò. La prova in cui sperava Duke. Non accadeva sempre così, ma di tanto in tanto l'informazione giusta si incastrava al posto giusto come la tessera di un puzzle. La testimonianza in questione era il resoconto di una fonte *vicina alle parti*, di cui la polizia si rifiutò di rivelare l'identità per la delicatezza dell'argomento. Il testimone dichiarò di aver dovuto, di recente, impedire a Mrs Turner di fare del male a Thea.

Duke si rivolse allo psichiatra che aveva deposto nel caso Kilburn, che fece una descrizione convincente di un disturbo chiamato psicosi post partum.

«Molto più della depressione post partum» spiegò, «i sintomi comprendono deliri, agitazione, paranoia, confusione, disconnessione dal neonato e insonnia. In alcuni casi, purtroppo, può sfociare nella depressione e nella disperazione.»

«Una donna che soffriva così tanto avrebbe potuto avere un comportamento violento verso il suo bambino?» chiese Duke, al che il medico annuì.

«È un peccato che la signora non abbia consultato un professionista» non poté fare a meno di aggiungere. «Avremmo potuto salvare la vita di quei poveri ragazzini.»

Spesso il sergente si stupiva della rapidità con cui gli abitanti del luogo venivano a sapere quanto stava accadendo nelle indagini. Come ogni cittadina di provincia in cui si è verificata una tragedia, il tessuto sociale di Tambilla si era lacerato un po' quel Natale e aveva bisogno di un rammendo. In molti erano scossi, stanchi di vedere la loro città menzionata nei giornali, di guardarsi con diffidenza, di cercare in silenzio di convincere se stessi – e, a voce alta, di convincersi l'un l'altro – che non avrebbero potuto fare nulla di più. Quando i cittadini di Tambilla si resero conto che la polizia sospettava seriamente di Mrs Turner, fu come se avessero raggiunto un tacito accordo per alleviare il rimorso individuale e placare il senso di colpa collettivo.

Quando Duke e i suoi agenti condussero un'altra serie di interviste, sembrava che le persone avessero iniziato a vedere le cose attraverso un prisma diverso.

«E in realtà» aggiunse Mrs McKendry al resoconto che aveva appena fatto riguardo ai contributi *insoliti* di Mrs Turner alle bancarelle di torte della Country Women's Association, «è un po' strano... non trova?... sposare un uomo che ti avvicina su un ponte e accettare di trasferirsi dall'altra parte del mondo. Non è... be', non è indice di *stabilità*.»

«Vi dirò cosa penso» disse Mrs Fisher, interrogata nella sua cucina, con un volantino del recente tour del famoso predicatore Billy Graham sul frigorifero alle sue spalle. «Le avevo detto che quella casa portava sfortuna, ma non ha battuto ciglio. Del tutto indifferente! Si sentiva superiore. Se solo mi avesse dato retta.»

Mrs Pigott ne convenne mestamente: «Non avrebbe mai dovuto rinominare quella casa. Hanno sfidato la sorte».

Persino Mrs Pike, che fino ad allora era rimasta ostinatamente leale all'ex datrice di lavoro, parve ricredersi. «Il modo in cui se l'è presa con il ritratto di Mr Wentworth. Mi è sembrato strano, paranoico, attribuire così tanta importanza a un quadro. Viene da chiedersi se ci fosse una ragione. Non saprei dire quale possa essere, forse solo la coscienza sporca.»

Mrs Pigott osservò che Mrs Turner aveva spedito e ricevuto più pacchi attraverso l'ufficio postale rispetto agli altri residenti di Tambilla. «Internazionali, perlopiù.» A questo punto inarcò le sopracciglia sottili come se fosse facile trarre una conclusione. «Negli ultimi tempi sono aumentati più che mai.»

Mrs Pike concordava sul fatto che Mrs Turner era parsa insolitamente occupata negli ultimi mesi e settimane. «All'epoca non ci ho badato, ma è diverso quando ti guardi indietro dopo una cosa del genere, no?» Quando la invitarono a spiegarsi meglio, la governante corrugò la fronte. «Mi sembrava che stesse mettendo ordine tra i suoi affari. Sistemando le carte, buttando via le cose.»

«Pagine di un diario?»

«Non posso dirlo con certezza – non ho mai controllato, non sono una ficcanaso – ma senza dubbio è possibile.»

Forse nessun evento dimostrò l'irrequietudine della comunità come quello che si verificò quando Nora Turner-Bridges scese sulla via principale con Polly ai primi di gennaio.

«Volevo solo fare una passeggiata» avrebbe detto in seguito, ancora chiaramente scossa dall'esperienza. «Ero chiusa in casa da prima di Natale e avevo bisogno di uscire, di cambiare aria. Non sarei andata se avessi saputo cosa sarebbe successo. Non volevo turbare nessuno. Io stessa non avevo bisogno di ulteriori turbamenti.»

Fin dalla nascita della bambina, la vigilia di Natale, Nora la portava in una fascia di stoffa; dopo aver aspettato a lungo di potersi definire madre, voleva evitare a tutti i costi di far cadere la piccola. Ma nulla è così sicuro come il fatto che i neonati crescono e, nel giro di poche settimane, quando ebbe voglia di fare una passeggiata in città, si rese conto che era diventato scomodo tenere sempre la bambina in braccio, soprattutto quando a casa c'era una carrozzina perfettamente funzionante.

Nora non poteva sapere dell'immenso affetto che Becky Baker nutriva per quell'aggeggio, né quanto la povera ragazza avesse sofferto da quando la notizia della tragedia l'aveva raggiunta al birrificio. Non poteva neppure prevedere che Becky avrebbe fatto visita alla zia Betty alla sala da tè proprio quel mattino e che stesse guardando dalla finestra quando Nora iniziò a passeggiare lungo la strada principale.

Mr Ted Holmes, che si era concesso una pausa mentre realizzava l'insegna per l'officina Patterson & Sons Mechanics in fondo alla via, disse che si era domandato cosa mai fosse successo alla ragazza quando era saltata su all'improvviso, *come se avesse visto un fantasma!* Si era *precipitata* fuori dalla sala da tè, disse, prima che sua zia potesse fermarla e aveva aggredito la povera Mrs Turner-Bridges.

«Non avevo mai visto una persona così agitata» testimoniò Mrs Pigott, che aveva sentito le urla ed era uscita dall'ufficio postale per vedere cosa stesse succedendo. «Mrs Turner-Bridges è una donna dignitosa, e il suo viso era il ritratto dell'agonia. Becky è una brava ragazza, ma pareva un'ossessa. Ha preso la bambina dalla carrozzina. Avevo il cuore in gola, pensavo che volesse gettarla a terra.»

L'alterco era stato immediatamente appianato dalla polizia che, per fortuna, si trovava nei paraggi perché aveva appena finito l'ennesimo giro di interrogatori. Anche Mrs Summers era intervenuta per separare la ragazza dalla neonata e, in seguito, spese parole gentili. «Era molto affezionata alla piccola Thea. Non avrebbe mai voluto spaventare Mrs Turner-Bridges, e di certo non avrebbe mai potuto fare del male alla piccola Polly.»

Ma nella voce di Meg c'era una nota di preoccupazione. L'esperienza l'aveva scossa. E persino i genitori di Becky Baker, i suoi più grandi difensori, erano mortificati per i problemi che aveva causato. Nora non sporse denuncia – «Santo cielo, no, è l'ultima cosa che vorrei» – ma si convenne tacitamente che occorreva fare qualcosa, e il medico della città, il dottor Ralph McKendry, fu chiamato a prescrivere un blando sedativo per la povera ragazza.

Duke, quando venne a conoscenza dell'accaduto, intuì che l'ansia della comunità era ai massimi livelli. Lanciando un'occhiata al calendario, alle settimane che erano passate, sollevò di nuovo la cornetta del telefono.

Dalla vigilia di Natale, il dottor Larry Smythson lavorava senza sosta al caso Turner. Nella prima settimana di febbraio ricevette almeno una telefonata al giorno da Peter Duke. Ogni volta che lo chiamavano al telefono, diceva la stessa cosa che aveva detto il giorno prima e quello prima ancora: non aveva nulla da riferire; si sarebbe fatto vivo non appena avesse scoperto qualcosa. Il dottor Smythson capiva la pressione a cui era sottoposta la polizia ed era il primo a volere delle risposte. Ma la scienza non si poteva affrettare e i risultati non sarebbero arrivati più rapidamente di quanto consentissero i test.

Larry Smythson lavorava all'obitorio di West Terrace da poco più di due decenni, ma da anni aveva smesso di dire alla gente cosa facesse. Non perché si vergognasse, ma perché si era stancato ben presto dell'espressione di eccitazione mista a orrore che passava sul viso dei suoi interlocutori quando scoprivano la sua professione. Aveva ricevuto una formazione medica, ma non si era mai pentito della scelta di lavorare con i morti. Conosceva altri nel suo campo che si erano assuefatti alle percezioni visive e olfattive, che mentre lavoravano potevano chiacchierare del film da vedere nel fine settimana e della cosa divertente che il figlioletto aveva detto quella mattina prima di andare a scuola. Ma non Larry. Anche se non l'avrebbe mai confessato a nessuno, considerava sacro il suo lavoro. I morti avevano perso la capacità di comunicare nei modi consueti, ma molte volte avevano ancora una storia da raccontare. Per alcuni, era la più importante della loro vita. A lui toccava la grande responsabilità di estorcere loro dei segreti, ed era bravo a farlo.

Ma anche se Larry si assicurava di usare il suo tono più calmo e metodico quando parlava con Duke, la verità era che quel caso lo lasciava più perplesso di altri. Il suo compito non era stabilire chi fosse stato; quello spettava alla polizia alla fine delle indagini. Il suo ruolo era dare risposte credibili e sostenibili sul come. Ed era là che stava il problema. I corpi erano arrivati praticamente intatti. Li aveva esaminati attentamente a uno a uno senza trovare tracce di traumi o di violenza. Non erano stati uccisi da un'arma da fuoco né pugnalati, strangolati o soffocati, eppure erano tutti evidentemente morti. Come aveva concluso Peter Duke, l'unica opzione sensata era il veleno.

Ma né Larry né il suo vice riscontrarono segni di punture e, fino a quel momento, tutti i risultati degli esami patologici erano negativi (si rivelarono infondati anche i timori di un'imminente maternità da parte di Matilda Turner; se il concepimento era avvenuto, non era stato così per la gravidanza). I reni e i fegati erano gonfi, a indicare l'ingestione di una tossina, ma fino a quel momento era stato impossibile stabilire quale. Era un fatto insolito. Anzi l'aveva visto una volta sola, quando gli avevano portato il corpo dell'uomo di Somerton. Quel caso era stato il più grande fallimento della sua carriera e il motivo per cui i decessi della famiglia Turner erano gravati da un ulteriore fardello.

Certe volte, nel corso della loro lunga vita professionale, Peter Duke e Larry Smythson si erano incontrati per bere qualcosa il venerdì pomeriggio in un hotel della città. Gli appuntamenti non erano abbastanza regolari per poterli definire un'abitudine, ma – forse perché ciascuno dei due era, a modo suo, un accanito sostenitore della routine – gli incontri erano rilassati fin dall'inizio e si svolgevano sempre secondo schemi ripetitivi. Il pomeriggio del 5 febbraio 1960, un osservatore acuto avrebbe notato la coppia a un tavolo del Wellington Hotel, sulla piazza, con l'aria di due vecchi amici che facevano quattro chiacchiere. Un ascoltatore, però, avrebbe tratto una conclusione diversa. Larry aveva appena finito di snocciolare una minuziosa lista dei test che aveva effettuato e dei risultati negativi che avevano dato. Stancamente, disse: «Che cosa mi dici di Mrs Turner? Avete scoperto qualcosa nel suo passato che possa far pensare che conoscesse una tossina di questo tipo?».

Peter Duke, che l'aveva ascoltato dalla sua poltrona di cuoio, percepì in quella domanda la profondità dello sconforto di Larry. Ecco un uomo il cui lavoro era consistito per tutta la vita nel lasciare che la scienza parlasse da sola. Il fatto che ora guardasse alla biografia della sospettata, prendendo in considerazione fattori ipotetici come il movente e i mezzi, equivaleva ad ammettere tacitamente che aveva perso la fiducia nella capacità della scienza di trovare la risposta. Duke si illuminò; non sentiva quel vincolo, anzi attribuiva grande importanza al ruolo della deduzione nella soluzione degli enigmi. «In realtà» disse, «è emerso che suo padre era un noto naturalista e che lei stessa era una scienziata in erba.» Si sporse in avanti. «Inoltre un collega di Londra mi ha telefonato nel cuore della notte e mi ha detto che non avrebbe dovuto esserne al corrente – segreti ufficiali, affari di guerra – ma aveva saputo da fonti autorevoli che Mrs Turner ha fatto parte di un'unità speciale attiva in Francia.»

«Questo potrebbe spiegare ogni cosa» osservò pensosamente Larry. «Durante la guerra sono state utilizzate sostanze chimiche sperimentali di ogni tipo. Per procurarsi e usare un veleno del genere, raro e non rilevabile, è necessaria una conoscenza superiore alla norma.»

«Una spia in mezzo a noi.»

Ripensando al misterioso uomo di Somerton sulla spiaggia, Larry fece un gesto sconfortato con la mano. «Non sarebbe la prima.»

L'estate cedette il passo all'autunno. Il rischio di incendi sulle Hills diminuì e le ore umide che avvolgevano la fine delle giornate si accorciarono e si rinfrescarono. In una bella e frizzante giornata di aprile, Henrik Drumming percorse a piedi, come aveva sempre fatto, il lungo vialetto tortuoso che conduceva alla casa. Aveva portato con sé Barnaby, in memoria dei vecchi tempi. Dopo che Mrs Turner-Bridges e la bambina erano finalmente rientrate a Sydney e la casa era tornata vuota e silenziosa, il capo fattore era intervenuto offrendosi di adottare il vecchio retriever. «Siamo una bella coppia» disse a un conoscente. «La sera ci sediamo insieme e ripensiamo ai bei tempi andati.» (Avrebbe adottato anche Smarty, ma il soriano rosso aveva già trovato una nuova sistemazione nel birrificio dei Baker, dove aveva dato un'aspra dimostrazione di stizza prima di cedere all'irresistibile tentazione dei topi del deposito di cereali.)

Il vento era aumentato dall'alba: raffiche che sarebbero state preoccupanti a febbraio, quando le temperature erano altissime e i campi erano coperti di erbe secche, ma che in aprile erano soltanto sinonimo di grandi sfacchinate. Dai platani vicino alla casa stavano cadendo foglie marroni e, nelle settimane successive, Henrik avrebbe dovuto raccoglierle tutti i giorni e poi portarle alla discarica in cima al campo orientale, vicino alla fila di eucalipti. Non riceveva la paga da un paio di mesi – non era sicuro di essere ancora assunto – ma non sopportava il pensiero delle foglie che si accumulavano. Lavorava a casa Wentworth da prima che i Turner vi si stabilissero; era stato uno degli uomini incaricati di prepararla per il loro arrivo. Conosceva la proprietà bene quanto la propria. Meglio, per certi aspetti.

L'autunno cedette il passo all'inverno e a luglio il coroner avviò un'inchiesta giudiziaria sulla morte dei Turner. Duke e la sua squadra, compreso il procuratore della polizia, esposero le loro argomentazioni.

La testimonianza di Larry Smythson fu schietta ma deludente. Il dottore descrisse gli esami autoptici, affermando che i decessi erano imputabili a un'insufficienza cardiaca che, date le condizioni normali dei cuori, non poteva essere dovuta a cause naturali. La causa più probabile era un veleno che le analisi non erano riuscite a rilevare.

Lo stato d'animo di Mrs Turner si rivelò un aspetto fondamentale del caso e furono ascoltati diciotto testimoni, tra cui una persona anonima di cui il coroner tenne segrete le dichiarazioni per via della loro natura sensibile. La possibilità che

Mrs Turner fosse stata in grado di mettere in atto un piano così elaborato era avvalorata dai suoi precedenti di servizio bellico, oltre che dalle referenze caratteriali di ex amici in Inghilterra, che la definivano *risoluta*, *determinata* e *capace*. Il fatto che la madre si fosse suicidata quando Isabel era in età impressionabile non era privo di rilevanza, così come la dimestichezza del padre con i funghi rari ed esotici.

Verso la fine dell'udienza, le signorine Edwards, che avevano presenziato tutti i giorni, si dimostrarono decise a dire la loro, rendendo ciascuna una testimonianza su un tema analogo.

«Era una vera signora inglese. I ragazzini erano sempre ben vestiti, e lei li costringeva a mettere le scarpe per le lezioni. Non è piacevole pensare che una persona possa soffrire in quel modo ma, se c'era qualcuno in grado di fare una cosa simile, in modo così accurato, era lei.»

Il coroner non riuscì a emettere un verdetto, perciò il caso rimase ufficialmente aperto. Ma era solo una formalità. Ormai tutti sapevano cos'era successo: la triste storia di una donna – una forestiera – spinta da una combinazione di solitudine e di una temporanea malattia psicologica a commettere il più indicibile dei crimini.

Epilogo

Un sabato di fine agosto del 1960, Peter Duke si ritrovò a percorrere le curve di Greenhill Road per incontrare un uomo e parlare di una roulotte di cui aveva visto l'annuncio pubblicitario e che sperava di acquistare. Era in anticipo e, senza deciderlo consciamente, svoltò verso Tambilla, procedette lungo Willner Road e parcheggiò davanti al cancello con la lussuosa insegna HALCYON. Si incamminò lungo il vialetto, ascoltando il canto degli uccelli e il rumore dell'acqua che scorreva. Era stata una stagione umida. Il torrente era in piena e il cielo era greve.

La casa, quando la raggiunse, non era il luogo che ricordava. Aveva l'aria di abbandono che tutte le case vuote assumono dopo qualche tempo. Nelle stanze non echeggiavano più i rumori frenetici della vita di una famiglia: il suono del pianoforte, gli strilli dei bambini che giocavano, il pianto di una neonata. Le porte erano sigillate, e un velo di terriccio trasportato dal vento opacizzava le finestre.

Anche il giardino era spoglio e immobile. Se l'autunno era la stagione più movimentata, l'inverno era la più tranquilla. Le rose erano state potate, lasciando solo ceppi nodosi, e i platani avevano perso le foglie, i rami nudi erano freddi e grigi.

Cogliendo un movimento con la coda dell'occhio, alzò lo sguardo verso est, dove una piccola figura lontana era in cima al campo, sotto gli eucalipti. In qualche modo, prima ancora di notare il retriever dietro l'uomo, capì che era Henrik Drumming.

Il capo fattore non sapeva di essere osservato. Appoggiato al manico di legno della pala, fissava le foglie che aveva ammucchiato durante l'autunno; aspettava da settimane che si asciugasse una zona abbastanza estesa per dar loro fuoco, come faceva ogni anno in quel periodo. Pensava a Mrs Turner e alla poesia che era solita recitare ogni agosto, sul cupo inverno inoltrato, sui gemiti del vento gelido e sulla terra dura come il ferro. Quando la ripeteva, assumeva un'espressione nostalgica, e Henrik sapeva che era perché parlava di casa.

Mentre accendeva il fiammifero e lo gettava sul mucchio, Duke iniziò a scendere lungo il vialetto. Quando arrivò in fondo, vide una coppia – un uomo e una donna – sporgersi dalla staccionata e guardare verso la casa come se osservasse una bizzarra e meravigliosa attrazione del Barnum's American Museum.

«Conosceva la famiglia?» urlò l'uomo, abbastanza anziano e ben vestito per evitare certe gaffe.

La donna stringeva un mazzo di rametti d'acacia che, ipotizzò Duke, doveva aver raccolto dagli alberi lungo la strada più in là. «Abbiamo letto la notizia sui giornali e volevamo vedere dov'è successo.»

«Non li ho mai incontrati» rispose il sergente, sincero.

Non aggiunse che nonostante ciò li conosceva molto bene. Che non avrebbe mai dimenticato la famiglia Turner di Halcyon, la loro vita e la loro terribile morte accanto al torrente quella vigilia di Natale.

Invece si voltò e tornò verso l'auto, lasciando la coppia ad ammirare la villa e chiedendosi oziosamente se mai sarebbe riuscito a scoprire quale veleno avesse usato Mrs Turner o a trovare i resti della piccola Thea, per seppellirla con la sua famiglia e riportarla a casa.

CAPITOLO VENTICINQUE

Sydney, 17 dicembre 2018

Polly aveva apparecchiato per due e stava cucinando. Sembrava una cosa costruttiva da fare, e lei era ansiosa di essere costruttiva. Venerdì, quando era partita da Brisbane per Sydney, aveva immaginato che avrebbe provato a consolare Jess e che l'avrebbe aiutata durante il fine settimana a organizzare il funerale di lunedì. Aveva svolto qualche ricerca su internet e stilato una lista delle cose da fare. Però aveva dimenticato quanto sua figlia fosse capace e indipendente. Le prime parole che le erano uscite di bocca da bambina erano state *Faccio io*; ripensandoci ora, aveva dato voce a quello che sarebbe diventato il suo mantra.

Evidentemente anche Nora aveva avuto fiducia in Jess, perché l'aveva nominata esecutrice testamentaria e, quando Polly era arrivata a Sydney, era già quasi tutto sistemato. Mentre ascoltava Jess e il ministro conversare con cognizione di causa sulla liturgia della funzione religiosa, aveva ricordato il biglietto scritto a mano in fondo alla sua borsa e si era domandata come avesse potuto essere così sciocca.

Jess aveva fatto un ottimo lavoro. La cerimonia era stata dignitosa ed elegante, il ministro spontaneo nell'elogio funebre, la lettura toccante. Polly aveva guardato la figlia ormai quarantenne, l'incarnazione della grazia in un vestito nero aderente dal collo quadrato e dalle maniche ad aletta, recitare i versi di *Lasciami andare* di Christina Rossetti. Lo spirito della poesia aveva indugiato nella chiesa come la nota finale di un violino. Anche la veglia era stata esattamente quella che Nora avrebbe voluto. Una festa nel giardino di Darling House, con tutte le persone a cui teneva invitate a godersi la terrazza e il panorama, un ultimo assaggio della famosa ospitalità di Nora. Polly si era sentita orgogliosa mentre osservava Jess muoversi tra gli ospiti, prima di rimproverarsi per quell'emozione fuori luogo. Ammirazione, forse, ma aveva perso il diritto di essere orgogliosa molto tempo prima.

Tagliò il formaggio a fettine sottili e le distribuì su un lato del piatto di porcellana. La cena non sarebbe stata elaborata – nessuna delle due era dell'umore adatto – ma aveva notato che Jess non aveva mangiato per tutto il giorno. Era stata impegnata a svolgere il ruolo di padrona di casa, ma Polly sospettava che ci fosse dell'altro. Nel fine settimana aveva visto in Jess una distrazione sporadica, in contrasto con l'attenzione che dedicava ai preparativi. Polly era un'acuta osservatrice, un'abilità affinata durante una vita di invisibilità. Sua figlia era addolorata per Nora, ma c'era qualcos'altro che la tormentava. Si chiese se avesse qualcosa a che vedere con l'interesse per i Turner e Halcyon a cui aveva accennato Mrs Robinson. «È stata molto insistente» aveva detto la governante al telefono. «Voleva che le dicessi tutto quello che so.»

«È turbata?» Polly aveva ricordato quanto fosse stato angosciante, anche per lei, scoprire il legame della sua famiglia con una famosa assassina.

«No, non direi. Più che altro è curiosa, come del resto è sempre stata. Determinata a scoprire tutto il possibile su un certo argomento.»

Polly finì di preparare il piatto freddo e, per un attimo, fu indecisa se metterlo in tavola o lasciarlo sul bancone, in modo che potessero servirsi da sole, come a un buffet. Quest'ultima soluzione, per quanto informale, sembrava un po' ridicola quando c'era un solo piatto e due commensali. Posò il cibo al centro del tavolo, poi si sedette ad aspettare Jess. Di lì a qualche secondo si alzò e recuperò la copia del libro di Daniel Miller che aveva portato con sé da Brisbane. L'aveva avvolta nella borsa di stoffa di una libreria e aveva intenzione di darla alla figlia quella sera. All'inizio si era meravigliata che Nora si fosse confidata con Jess riguardo a Halcyon dopo essere stata così categorica sul fatto che la nipote non avrebbe mai dovuto conoscere la verità, ma Mrs Robinson aveva confermato che non era così. «Per quanto ne so, tua madre ha detto qualcosa in ospedale, quando perdeva e riprendeva i sensi. Jess era lì e ha fatto due più due. Non so come, esattamente, ma sai com'è fatta.»

Polly appese la borsa alla sedia e mise il volume sul tavolo accanto al proprio piatto. Certo che sapeva com'era fatta Jess: curiosa e testarda. Da bambina non le sfuggiva niente. Era stata insieme una sfida e una gioia. Mentre Polly stava organizzando il trasferimento nel Queensland, aveva dovuto coinvolgerla nei preparativi molto prima di quanto avrebbe voluto, perché sua figlia aveva intuito che qualcosa bolliva in pentola e aveva cominciato a fare ipotesi spaventosamente accurate.

Una decisione stupida, com'era emerso in seguito. Polly avrebbe dovuto impegnarsi di più per tenere tutto nascosto finché non avesse definito i dettagli. Jess aveva dieci anni, era naturale che si lasciasse prendere dall'entusiasmo dell'avventura, ma lei avrebbe dovuto essere più saggia. Non aveva considerato le conseguenze dell'allontanamento di una bambina dall'unico posto che avesse mai chiamato casa. Era stata Nora a farle capire che la posta in gioco era più alta di quanto avesse immaginato. La mattina in cui Polly aveva finalmente trovato il coraggio di dire alla madre che aveva accettato un nuovo lavoro e che stavano partendo per il Nord, Nora aveva ricevuto la notizia con apparente freddezza, limitandosi a dire: «Non vorrai portare via Jessica all'ultimo anno delle elementari?

Non quando ha appena ottenuto il ruolo di protagonista nel musical».

Era stata la prima crepa nella bellissima pallina di cristallo del suo sogno.

«Perché non la lasci con me» aveva suggerito Nora, «solo fino alla fine dell'anno scolastico? Lascia che Jess finisca la scuola con le sue amiche. Avrai molte cose da organizzare lassù. Sarà sicuramente un po' stressante. Lei starà meglio qui, dove posso aiutarla.»

Alla fine Polly aveva accettato. Non sarebbe stato per un lungo periodo, si era detta. Avrebbe avuto la possibilità di assestarsi e di cercare una scuola adatta. Così si era trasferita a nord, aveva iniziato a lavorare, sistemato la casa e poi aspettato ogni sera che l'orologio segnasse le otto e mezzo – l'ora stabilita da Nora – per telefonare e sapere come fosse andata la giornata scolastica. Jess aveva sempre un sacco di storie da raccontare e Polly le ascoltava con un misto di gioia e tristezza; a volte, però, sua figlia era ancora alle prove, oppure era andata a letto presto, esausta per le numerose attività extrascolastiche. «Posso svegliarla, se vuoi» diceva Nora. «Sono sicura che vorrà salutarti. Era impaziente di sentirti, ma era così stanca che non ho avuto il coraggio di farla stare alzata.»

«Certo, certo» rispondeva sempre Polly. «È molto più importante che dorma a sufficienza.»

Era colpa sua, ne era consapevole. Aveva appena cominciato il nuovo lavoro e non poteva né rifiutare i turni del tardo pomeriggio né fare pause per chiamate interurbane, ma avrebbe ugualmente dovuto trovare un modo per parlare con Jess, come aveva promesso.

Una sera aveva trovato il coraggio di chiedere a Nora come stesse *davvero* la bambina. Aveva troppa nostalgia della madre, si sentiva abbandonata, era agitata? Nora, tuttavia, l'aveva rassicurata. «Non devi preoccuparti, tesoro. Jess sta bene, anzi benissimo.»

Polly non aveva saputo cosa rispondere. Aveva deciso che

era una buona cosa. Non voleva che Jess fosse infelice e che si struggesse per lei. Era contenta.

«Hai fatto bene a lasciarla qui fino alla fine del trimestre.»

Polly aveva emesso un piccolo verso di conferma.

«So quanto debba essere difficile, mia cara. Sei una madre meravigliosa ad anteporre le esigenze della bambina alle tue.»

Polly scacciò una mosca dal piatto. Ormai era acqua passata. Non avrebbe dovuto rimuginarci sopra. Non si poteva tornare indietro ed era andato tutto bene. Nora aveva avuto ragione: Sydney era il luogo migliore per Jess, Darling House la casa migliore. Lei non avrebbe potuto offrire alla figlia nemmeno la metà delle opportunità che le aveva dato Nora, e lo dimostrava il fatto che Jess fosse una persona magnifica.

Raddrizzò il libro in modo che fosse in linea con la forchetta e tese le orecchie per captare eventuali movimenti sulle scale. La casa scricchiolò, ma per il resto rimase in silenzio. Fin dalla sera della visita di Daniel Miller, quando Nora si era messa accanto alla culla di Jess, incredibilmente pallida e disperata, e aveva implorato la figlia di tenere per sé il segreto di quanto era accaduto nell'Australia Meridionale, Polly l'aveva assecondata. All'inizio non era stato difficile: non avrebbe mai augurato alla sua bambina di provare l'angoscia che aveva tormentato lei quando aveva scoperto la verità e, quando Jess era diventata abbastanza grande per essere informata, il loro rapporto non era più tale da favorire le confidenze.

Ma ora Jess era interessata alla storia della loro famiglia e Nora non c'era più. Polly non si sentiva più in dovere di prendere decisioni in merito e di tenere il segreto. Come in tutte le migliori fiabe, la morte di Nora l'aveva sciolta dalla sua promessa.

Guardò di nuovo il libro. Dopo un attimo di riflessione, lo rimise nella borsa. Meglio fare un piccolo preambolo prima di mostrarlo a Jess, decise. Lanciò un'occhiata all'orologio e si chiese se fosse il caso di avvisarla che la cena era pronta. Quando si era offerta di preparare qualcosa, Jess aveva detto che era una buona idea. Ma forse l'aveva dimenticato? Scuotendo la testa, si rimproverò per il suo solito pessimismo. Aveva preparato la cena, sua figlia sarebbe scesa di lì a uno o due minuti e poi avrebbero mangiato. Aveva solo bisogno di rilassarsi.

Jess aveva ancora il vestito del funerale. Era di Nora. Non aveva portato con sé nulla di lontanamente adatto da Londra e l'idea di andare a fare acquisti nel fine settimana le era parsa ripugnante. Inoltre l'abito vintage firmato Carla Zampatti in fondo all'armadio della nonna era perfetto. C'era una fotografia di Nora che lo indossava alla prima di una produzione teatrale degli anni Ottanta; l'immagine era stata pubblicata nel giornale e il fotografo aveva spedito a Nora una stampa in regalo. Le persone, di norma, amavano compiacerla. Da bambina, ricordava Jess, aveva ammirato quella foto incorniciata, posata sul comò della nonna insieme ad altri oggetti affascinanti, e aveva pensato che la donna con il vestito nero fosse il non plus ultra dell'eleganza.

«Cerca di essere graziosa, mia cara, ma sempre alle tue condizioni.»

Jess chiuse forte gli occhi. Il suono della voce di Nora era così vicino da essere bruciante. Come avrebbe fatto ad accettare che la nonna non c'era più? Dopo l'orrore del mercoledì precedente, c'erano stati momenti in cui si era sentita mancare la terra sotto i piedi. Si era ritrovata a cercare qualcosa di familiare a cui aggrapparsi, ma allo stesso tempo l'aveva fatto in una specie di torpore, senza panico; aveva faticato a trovare la parola giusta per definire l'emozione che provava, prima di rendersi conto che era dolore. Non solo per la perdita di Nora, ma per se stessa, per la sua vita, per tutte le cose su cui, un tempo, aveva fatto affidamento e che ora sembravano perdute.

La sua carriera, fonte di orgoglio e stabilità, era a pezzi. A quanto ricordava, era la prima volta che non rispettava una scadenza. Anche se, da un punto di vista esterno, la morte della nonna poteva sembrare un motivo valido, sapeva che c'era dell'altro. Aveva avuto difficoltà con l'articolo già prima. Il suo lavoro non le era mai parso così inutile.

Non aveva una famiglia degna di questo nome; la sua casa era un appartamento che non poteva permettersi, vuoto e in una strada lontana dall'altra parte del pianeta. Era come se i fili che la legavano al mondo e a tutto quanto ne faceva parte fossero stati recisi.

Come se non bastasse, il pensiero di aver deluso la nonna la riempiva di un senso di colpa che le opprimeva il petto. Non aveva rispettato il suo desiderio di morire a Darling House. Si era detta che era successo tutto molto rapidamente; ora, però, si chiedeva se non fosse stata soltanto troppo lenta a capire quanto il medico e le infermiere avevano cercato di dirle in ospedale. Avrebbe dovuto portare la nonna a casa; avrebbe dovuto essere più attenta, più insistente. L'unica volta che Nora si era affidata a lei perché perorasse la sua causa, Jess aveva fallito.

Non si era mai considerata una perdente, nonostante le battute d'arresto che aveva subito. «Un passo alla volta» diceva Nora quando la nipote aveva una delusione a scuola. «Si può superare qualsiasi cosa, percorrere qualsiasi distanza. Basta mettere un piede davanti all'altro e continuare finché non si arriva a destinazione.» Ma cosa succedeva se non si sapeva dove fosse la *destinazione*? Che cosa poteva fare una persona bloccata in un luogo che non riconosceva, senza cartelli stradali e senza la più pallida idea di dove muovere il passo successivo?

«Che cosa faccio adesso, Nora?»

La stanza rispose con un silenzio assordante.

Al piano di sotto, una posata cadde sul pavimento piastrellato. Quel rumore era un sacrilegio. Jess rimase seduta senza fiatare, il più immobile possibile, reprimendo il risentimento per il fatto che Polly stesse armeggiando in cucina, incurante, a differenza di Nora, delle cose che le erano appartenute.

Sua madre aveva detto che avrebbe preparato la cena e, benché Jess non avesse voglia né di mangiare né di dedicarsi a una conversazione educata, non aveva avuto il coraggio di dire no. Di norma, gli sforzi di Polly andavano sostenuti; era una realtà, a volte fastidiosa, della sua *vulnerabilità*. Bisognava fare delle concessioni, e non solo perché lo diceva Nora. La parte di Jess che ricordava quando erano solo loro due nell'appartamento lungo la penisola, la parte che ricordava le risate gioiose con sua madre, il senso di sicurezza e conforto, il calore e la luce del sole prima che il dolore le indurisse il cuore, quella parte non le avrebbe mai permesso di esprimere frustrazione nei confronti di Polly, per quanta ne provasse.

Alla fine trovò la forza di muoversi. Andò in bagno per lavarsi le mani e prepararsi per l'ostacolo successivo. I capelli si stavano sciogliendo; li spazzolò. Era pallida; si pizzicò le guance. Il vestito aveva il profumo di Nora; lo tenne. Poi, mettendo un piede davanti all'altro, iniziò a scendere le scale.

CAPITOLO VENTISEI

Era inquietante essere di nuovo a Darling House. Polly fu assalita dai ricordi; il passato compariva a ogni piè sospinto. Laggiù, per esempio, sul divano sotto la parete con le fotografie di famiglia, vide se stessa a vent'anni, con il viso tra le mani. Era il suo compleanno e Nora aveva servito il pranzo sulla terrazza. Aveva invitato alcune ex compagne di scuola della figlia, ragazze che Polly non vedeva da mesi, tutte in ghingheri, con tutte le loro storie di viaggi, corsi universitari e progetti per il futuro.

Polly avrebbe preferito che non ci fosse nessuna festa; si sentiva un po' sopraffatta. Quando aveva cominciato a prendere dimestichezza con l'accudimento di una neonata, a liberarsi dalla costante paura di danneggiare la bambina perfetta che avevano dimesso dall'ospedale insieme a lei, Jess si era trasformata, crescendo e acquisendo, oltre alla nuova mobilità, anche un istinto per il pericolo.

Alcune sere Polly piangeva per la stanchezza e la solitudine, e sua madre la ascoltava mentre elencava quanto era andato storto durante la giornata. Il viso di Nora rispecchiava il suo dolore, e allora Polly stava ancora peggio. «Una madre è felice solo quanto il più infelice dei suoi figli» amava dire Nora. «E io ho soltanto te, perciò devi essere allegra.» Lo diceva in tono scherzoso, ma spesso gli scherzi servono a mascherare la verità, e Polly sapeva che quello era uno di quei casi: sua madre aveva fatto moltissimi sacrifici per averla e aveva dedicato la vita a crescerla.

Per questa ragione, quando Nora aveva proposto una cena di compleanno – «Per tirarti su il morale!» – Polly aveva accettato; le era sembrato il minimo che potesse fare. Ma l'occasione era stata terribile come aveva temuto. Non era più brava a stare con le persone. Non che fosse mai stata un'affabile padrona di casa. Aveva fatto confusione con gli orari delle poppate di Jess, aveva dimenticato di riabbottonarsi il vestito quando era tornata a tavola, poi tutte avevano voluto prendere in braccio la bambina e Jess si era stancata troppo e si era rifiutata di dormire, e Polly era rimasta là a cullarla e a ninnarla, sentendosi tutti gli occhi addosso mentre falliva nella più elementare delle prove.

Grazie a Dio c'era Nora con il suo tocco magico. «Infallibile nel calmare anche il neonato più capriccioso» aveva detto sorridendo alle invitate.

Infatti Jess si era rabbonita quasi subito. Il suo visetto arrossato, con un'espressione di profonda sorpresa e indignazione, gli occhi spalancati, la bocca tremante e i singhiozzi lacrimosi erano parsi un atto di accusa. Il sollievo e l'imbarazzo si erano mescolati al disprezzo per se stessa, formando un nodo nauseabondo nello stomaco di Polly, a cui si era aggiunto qualcos'altro, un sentimento che era tentata di chiamare rabbia, ma che non poteva essere tale, perché Jess era una bambina innocente che voleva soltanto essere consolata e accudita, e solo un mostro, un mostro assoluto, poteva arrabbiarsi con una neonata indifesa.

Proprio quella sera Nora l'aveva trovata a piangere sul divano, con il viso tra le mani.

«Oh, Polly» aveva detto. «Mia cara, andrà tutto bene.»

«Non so cosa sto facendo. È molto difficile.»

«Sembra così perché è una novità. Essere madre non viene

sempre naturale. È come qualsiasi altra cosa: bisogna prenderci la mano.»

«È stato così anche per te?»

«In una certa misura. Anche se alcune donne sono madri nate.» Tradotto: alcune non lo erano.

«Mi odia.»

Nora aveva riso. «Certo che no! È una bambina, non sa cosa sia l'odio.»

«Allora perché non si calma quando la tengo in braccio?»

«Sei nervosa. I neonati percepiscono queste cose.» Nora aveva fatto una pausa prima di aggiungere delicatamente: «Hai riflettuto sulla possibilità di tornare dal dottor Westerby?».

Erano tornati a galla i ricordi delle sedute settimanali nello studio soffocante del dottor Westerby dopo la scuola. L'aria condizionata stantia, mai abbastanza fresca; la perenne sensazione che l'atmosfera fosse densa dei problemi altrui. I suoi polsi esili, la sua voce sommessa, l'inconsistenza del suo essere. La verità era che ogni volta che pensava di aprirsi e di dire al dottor Westerby quanto si sentisse spaventata e incerta, ricordava di averlo visto ridere e alzare un bicchiere a una festa di Nora e si convinceva che non si sarebbe mai potuta fidare di lui.

«Non ne ho bisogno» aveva risposto.

«Puoi sempre cambiare idea» aveva replicato Nora. «E nel frattempo ci sono io, no? Non preoccuparti. La piccola Jess non potrebbe essere in mani migliori.»

Polly scacciò il ricordo. Era stato un periodo orribile, ma apparteneva al passato. Le cose erano migliorate, come aveva detto Nora. Polly era diventata più sicura di sé e più capace, tanto che quando Jess aveva tre anni e aveva iniziato l'asilo, aveva ormai un bel lavoro in una libreria, qualche risparmio in banca e il progetto di trasferirsi.

Era stato in quella stanza, ricordò ora, che aveva informato Nora dei suoi piani. Anche se non era andata proprio così. Non era stata lei a informare sua madre, bensì sua madre a chiederle spiegazioni. Polly non voleva agire di nascosto o essere subdola, ma aveva capito, fin da quando l'idea aveva cominciato a prendere forma, che Nora non avrebbe approvato.

La decisione era già abbastanza difficile da spiegare a se stessa. Nora era una madre perfetta, lo dicevano tutti, e Darling House era la casa più bella in cui si potesse sperare di vivere. Eppure, nonostante tutte le sue stanze, Polly aveva la sensazione di non avere spazio a sufficienza. Ovunque si girasse, vedeva gli averi di Nora, ed erano così definiti, così permanenti, così consolidati. Avrebbe voluto allungarsi, a volte in direzioni differenti, per creare forme diverse da quelle che Nora lasciava per lei; voleva passare con Jess del tempo che appartenesse solo a loro due.

Forse era stato perché quei desideri parevano egoistici e ingrati, oppure perché non aveva molta esperienza nell'andare contro la volontà di Nora ed era difficile abbandonare le abitudini di una vita - forse anche perché una parte di lei sapeva già allora che Nora era abituata a fare di testa propria e che la sua benevolenza non era del tutto disinteressata - ma, quando aveva cominciato a consultare gli annunci economici degli appartamenti in affitto, l'aveva fatto di nascosto. Stava solo dando un'occhiata, si era detta. Avrebbe avuto tutto il tempo di parlare con Nora se e quando la ricerca di una nuova casa fosse diventata realtà.

Quando aveva trovato alcuni alloggi che credeva di potersi permettere, aveva preso appuntamento per visitarli. Il primo agente immobiliare era una certa Sue Haley, che si era offerta gentilmente di accompagnarla e di mostrarle alcune delle altre proprietà in locazione.

Era stato sciocco, con il senno di poi, non prevedere che la voce sarebbe arrivata alle orecchie di Nora.

«Oggi ho incontrato una collega in centro» aveva detto sua madre una sera. Polly stava sgranando i piselli al bancone della cucina e Nora, seduta sul divano, faceva rimbalzare

Jess sulle ginocchia. «Mi ha detto di aver mostrato un appartamento a una certa Polly Turner-Bridges. Non è un'incredibile coincidenza?»

Polly aveva avuto un tuffo al cuore, ma sua madre non sembrava arrabbiata. «Potevi dirmelo» aveva continuato. «Mi sono sentita molto in imbarazzo. Stare lì mentre quella donna orribile mi guardava, felice di sapere che mia figlia non mi aveva informata dei suoi progetti.»

Polly aveva provato un'ondata di vergogna. «Mi dispiace. Non volevo farti arrabbiare.»

«Sono più arrabbiata perché hai pensato di non poterti fidare di me. Non mi aspetto che tu viva con me per sempre. So quanto sono stata fortunata ad avervi avute entrambe con me per tutto questo tempo. Sei sempre la benvenuta qui, naturalmente, ma ti capisco. Hai ventidue anni, sei adulta a tutti gli effetti e sei anche madre, santo cielo!»

Polly era stata pervasa dal sollievo e dalla gratitudine. Si era preoccupata inutilmente. La sua collega Sharon, con cui condivideva la maggior parte dei turni al negozio, aveva aggrottato le sopracciglia quando le aveva confidato di essere nervosa per la reazione di sua madre, e Polly si era sentita stupida quando aveva cercato di spiegare che Nora era diversa, che erano molto unite. Quelle parole erano suonate sciocche persino alle sue orecchie, soprattutto quando Sharon aveva domandato: «Non sarebbe felice di vedere che ti godi la tua indipendenza?». Polly non aveva saputo cosa rispondere e alla fine era rimasta in silenzio; ovviamente Sharon non capiva.

«Hai trovato qualcosa che ti piace?» aveva chiesto Nora.

«Non ancora. Erano tutti un po'...» Polly aveva alzato una spalla.

«Non fatico a crederci. Se mi avessi coinvolta, ti avrei messa in guardia da Sue Haley. Ha buone intenzioni, e c'è un mercato per ogni tipo di proprietà, ma la qualità della lista di un agente dipende dall'agente.»

«Non mi serve una casa lussuosa» aveva protestato Polly.

«Forse posso aiutarti» aveva proseguito Nora come se sua figlia non avesse parlato, appoggiandosi Jess al fianco e andando verso la scrivania nel piccolo ufficio vicino alla cucina. «Guarda caso, il mese prossimo tornerà disponibile uno dei miei appartamentini preferiti. Sarebbe perfetto per voi due. Probabilmente volevi fare tutto da sola – mi ricordo com'ero io alla tua età – ma è a due passi dall'asilo di Jessica. Sono certa che preferisci non spostarla. In questo modo saresti ancora in grado di accompagnarla a piedi.» Le aveva teso un opuscolo.

Polly aveva guardato la fotografia. Conosceva quel palazzo. Era uno dei più belli vicino al parco giochi. Non nuovissimo, ma un notevole salto di qualità rispetto alle proposte di Sue Haley.

Nora aveva ragione; Polly avrebbe voluto fare tutto da sola. Ripensò al brivido, quasi di pericolo, che aveva provato quando l'agente immobiliare aveva rallentato l'auto davanti a un edificio con i mattoncini a vista in una zona di Sydney in cui non era mai stata.

Ma scegliendo un simile appartamento solo per evitare di chiedere aiuto alla madre, stava forse danneggiando Jess in qualche modo?

«Quanto costa?»

«Centocinquanta alla settimana.»

«Per un appartamento con bagno?»

«È molto piccolo. La seconda camera è poco più di uno sgabuzzino.»

Polly non sapeva se la madre le stesse dicendo la verità oppure no.

«Perché non dai almeno un'occhiata?» aveva insistito Nora. «Se non ti piace o non è adatto, puoi richiamare Sue Haley.»

Polly ci aveva riflettuto su e aveva accettato di visionare l'appartamento già il giorno successivo. E naturalmente, come aveva detto sua madre, se non voleva affittarlo, non era obbligata.

«Magnifico» aveva gioito Nora. «Puoi essere indipendente senza dover costringere Jess a vivere nello squallore. E se avrai bisogno di me, sarò dietro l'angolo.»

Arrivando in cucina, Jess trovò Polly assorta nei suoi pensieri, con una manciata di posate in mano. Sembrava sul punto di sparecchiare. Jess provò un'ondata di frustrazione, ma la represse subito. Era stanca e disperatamente triste; l'impeto di risentimento che provò nel notare il disordine, l'accenno di incertezza e di tentennamento non aveva nulla a che fare con sua madre. O almeno, questo fu ciò che disse a se stessa.

«Ciao Jess.» Polly, tentennante, indicò il tavolo. «Ho preparato un piatto freddo. Ho pensato che sarebbe stato l'ideale per la cena. Qualcosa di leggero?»

Jess ignorò la punta di esitazione alla fine di una frase assolutamente ragionevole. «Buona idea.»

«Immagino che tu non abbia molta voglia di qualcosa di più sostanzioso.»

«No.»

«Ma è importante mangiare.»

Jess fece un sorriso cupo. Un quarto d'ora di pazienza, si disse, poi sarebbe potuta tornare di sopra e restare sola.

Avviarono un imbarazzante scambio di opinioni sugli eventi della giornata: quanto la funzione sarebbe piaciuta a Nora, quanto fosse stato bravo il ministro, il rinfresco impeccabile di Mrs Robinson. Fu un sollievo quando finalmente spremettero le ultime gocce della conversazione e lasciarono che scendesse il silenzio. Jess sgranocchiò il bordo di un cracker, lanciando un'occhiata all'orologio. Sentiva il gatto d'argento di sua madre tintinnare a ogni suo movimento, urtando contro il ciondolino di legno a forma di uccello. Il suono era irritante. Jess stava per alzarsi quando Polly fece un respiro profondo e disse: «Ho una cosa per te».

La confusione la travolse. Non voleva regali. Non era più una bambina di dieci anni. Nora era morta e un gingillo non avrebbe migliorato la situazione. Ma Polly infilò la mano in una borsa posata sul tavolo e tirò fuori un libro, spingendolo sul ripiano.

Jess riconobbe subito la copertina, e la dissonanza del momento le diede le vertigini. Elementi disparati della sua vita si univano in modo inaspettato e inspiegabile. Nora in ospedale – *Halcyon... Issy, aiutami... Vuole portarmela via...* – la strana immersione nel libro di Daniel Miller durante l'ultima settimana e Polly, la madre che vedeva di rado, intenta a fissarla con grandi aspettative. «Io... Io non...» balbettò Jess. «Dove l'hai... come...?»

«Janey... Mrs Robinson... mi ha detto che l'hai tempestata di domande. Avevo questo libro nello scaffale a casa.»

Ma non era affatto questo che Jess voleva chiedere. Piuttosto, voleva sapere come facesse Polly a conoscere Halcyon e i Turner. Nora aveva considerato il segreto troppo oscuro e profondo per condividerlo. Come aveva fatto sua madre a scoprirlo?

«È stato scritto all'epoca da un giornalista che viveva nei paraggi» continuò Polly. «Ho pensato che potesse rispondere ad alcuni dei tuoi interrogativi.»

«Come fai a sapere cos'è successo a Halcyon?»

«Me l'ha detto Nora. Quando ero incinta di te. Anzi...»

Jess era sconvolta. Non riusciva a decidere quale fosse stato il tradimento peggiore: quello di Polly, che sapeva ogni cosa da tempo e non aveva detto nulla, o quello della nonna, per aver affidato la verità alla figlia e non alla nipote. Ma non poteva arrabbiarsi con Nora, perché l'avrebbe fatta sembrare ancora più assente e Jess non sopportava nemmeno l'idea. Così l'ago della bilancia si inclinò verso Polly, che continuava a blaterare come se nulla fosse.

Jess si alzò bruscamente, spingendo lo sgabello verso il bancone.

«Jess? Stai bene? Non hai finito di mangiare.»

«Non ho fame.»

«Ma non hai mangiato niente in tutto il giorno.»

«Sto bene.» Jess fece una pausa, esitò, fallì. La sua voce era irriconoscibile persino per le sue orecchie. «E a essere sincera, credo che sia un po' tardi per iniziare a fare la madre preoccupata. O la figlia premurosa, se è per questo. Ci hai abbandonate entrambe molto tempo fa.»

Quando Jess arrivò in cima alle scale, la breve fiammata di indignazione stava già cedendo il posto al senso di colpa. Sua madre aveva fatto un'espressione prima stupita e poi incerta, quindi era arrossita e aveva assunto un'aria sconsolata.

In realtà, era stato più di quanto Jess potesse sopportare. La consapevolezza che Polly aveva sempre saputo di Halcyon e dei Turner, che Nora gliene aveva parlato e che entrambe l'avevano tenuta all'oscuro, fu accecante. Il grumo rovente di emozione e turbamento che aveva provato da bambina quando aveva capito che sua madre non la voleva, che l'aveva ingannata riguardo al trasferimento a Brisbane, che non le aveva detto tutta la verità, tornò a farsi sentire.

Le riaffiorò alla memoria anche l'incidente accaduto quando era piccola – una delle cause più motivate di dolore e di rabbia nei confronti di Polly – ma offuscato da un senso di confusione, perché da quando aveva letto gli appunti di Daniel Miller e aveva intuito il contenuto della sua soffiata alla polizia, il resoconto di Nora riguardo alle azioni di Isabel verso Thea, in cuor suo aveva capito che qualcosa non andava.

Seguì il corridoio oltre la biblioteca ma, invece di salire al piano superiore per andare a dormire, entrò nella camera di Nora. Si sdraiò e premette il viso sul morbido bordo del cuscino.

Dopo un po' fu presa dall'irrequietudine. Aveva ancora in mano la copia del libro di Daniel Miller che le aveva dato Polly. Sollevandola, esaminò la sovraccoperta ormai familiare. Era un po' diversa da quella dell'esemplare di Nora. Tanto per cominciare, aveva una copertina di plastica trasparente e una classificazione decimale Dewey sul dorso.

Accanto al frontespizio era incollato un foglio con colonne di date timbrate in fila. Conosceva il sistema di prestito analogico grazie alle puntate in biblioteca di quando era una ragazzina. L'ultima data era il 4 aprile 1978, sei mesi prima della sua nascita. Un altro timbro all'interno della copertina diceva LIBRARY OF SOUTH AUSTRALIA. Interessante. Forse era stata Nora a dire di Halcyon a Polly, ma sembrava che sua madre avesse cercato da sola altre informazioni.

Notò che quella copia aveva un'altra particolarità. Studiandola meglio, vide una sporgenza, un oggetto infilato nella quarta di copertina. Dentro la plastica protettiva c'erano alcune pagine piegate. Le estrasse e, aprendole, si rese conto che erano un testo fotocopiato. Qualcuno aveva scritto ordinatamente in cima, con una penna blu: *Appendice, edizione 1980.*

Si raddrizzò contro i cuscini. Quello, dunque, era l'ultimo capitolo a cui aveva accennato Nancy Davis. Scritto dopo il ritorno di Miller in Australia, quando i resti di Thea Turner erano stati rinvenuti nel giardino di Halcyon, mettendo fine a un mistero durato vent'anni.

COME SE DORMISSERO

DANIEL MILLER

Addendum: Halcyon rivisitato

Si diceva che il povero Percy Summers, autore della triste scoperta, non fosse più lo stesso. Edith Pigott fu informata da Maud McKendry, che l'aveva saputo da Meg Summers in persona. Percy aveva pensato che dormissero. Stava per passare oltre, ma la sua cavalla, la vecchia e fedele Blaze, era stanca e accaldata e aveva bisogno di una nuotata - aveva camminato dalla Tenuta vicino a Meadows, dopotutto - ed era stato così che si era ritrovato accanto alla pozza e aveva visto la scena angosciante. Non era mai riuscito a dimenticarla, soprattutto la bambina più piccola, con la fila di formiche che le marciava laboriosamente sul polso.

Nel primo anniversario di quegli eventi scioccanti, il reverendo Lawson preparò un sermone speciale, concludendolo con una preghiera per la piccola Thea. Era sua abitudine fare un resoconto dell'anno, delle difficoltà e dei successi della comunità, delle vite perse e guadagnate; sarebbe stato impensabile non menzionare i Turner. Quell'anno, inoltre, ogni cittadino, ogni membro del suo gregge, aveva vissuto un trauma. La situazione in sé era già stata abbastanza difficile da sopportare, ma finché il coroner non aveva emesso il verdetto, molti avevano temuto anche che ci fosse un assassino tra loro. Ned Lawson sapeva che la sua missione era quella di restituire la serenità ai fedeli. E quante volte si presentava l'opportunità di raccontare una storia locale di peccatori e innocenti?

L'anno successivo, durante la vigilia di Natale del 1961, il reverendo fece un altro elogio funebre dei Turner, ma questa volta in termini meno lirici e con un'esposizione composta che trasmetteva riserbo. Raccontare storie che ispiravano gratitudine per la comunità e la vita, mettendo in guardia dal male era una cosa, ma soffermarsi sulla tragedia era un altro paio di maniche.

Al terzo anniversario, l'accenno alla famiglia si era ormai ridotto all'inclusione nella lista delle preghiere per i donatori passati e presenti della chiesa. Al quarto, un errore amministrativo fece sì che i nomi scomparissero completamente dall'elenco.

Nei cinque anni successivi, i Turner smisero di essere oggetto delle conversazioni quotidiane. Non era tanto che la gente avesse dimenticato, quanto che non sempre ricordava. I residenti scoprirono di poter passare dalla fine di Willner Road senza pensare immediatamente al modo in cui, quel giorno, le quattro ambulanze avevano formato un convoglio che portava lentamente il suo triste carico lontano dalla fattoria; potevano passare mesi senza che nessuno menzionasse la tragedia, finché la notizia di un'aggressione da parte dei cani selvatici, un'allerta sui fiori velenosi nei boschi o il progetto di un picnic estivo spingevano qualcuno a sospirare mestamente e a dire: «Ricordate la povera famiglia che viveva a casa Wentworth?».

Poi, all'inizio del 1966, accaddero due cose. Anzitutto, nella torrida giornata estiva del 26 gennaio, mentre gli abitanti di Adelaide, insieme ai loro connazionali, festeggiavano l'Australia Day, tre bambini della stessa famiglia presero il tram nel sonnacchioso sobborgo di Somerton Park per raggiungere la fiera a Glenelg Beach. Dopo aver passato una giornata a esplorare la sabbia e il mare, ed essere stati avvistati con un uomo che aveva comprato loro dei coni gelato, i bambini svanirono nel nulla.

La nazione seguì le indagini con il fiato sospeso. Giorno dopo giorno, gli articoli analizzarono ogni minimo dettaglio, pubblicando ogni singola indiscrezione e falsa pista. Quando i nuovi sviluppi cominciarono a scarseggiare, i quotidiani ripiegarono su altri crimini irrisolti, riesumando il caso dell'uomo di Somerton e la morte dei Turner. I direttori dei giornali speravano che quest'ultima, con l'elemento della neonata sparita, potesse soddisfare i lettori avidi di drammi, ma i nuovi resoconti su Thea non fecero presa sul pubblico. Il coroner aveva emesso il verdetto, non erano emerse altre prove, il tempo era passato. Così, la scomparsa dei fratellini Beaumont sostituì la tragedia dei Turner nell'immaginario collettivo.

Il secondo evento che si verificò accadde più vicino a Tambilla. Mr Thomas Turner, che aveva scelto di rimanere a Londra, decise finalmente di vendere la casa e le fattorie circostanti. I contadini del posto si aggiudicarono abbastanza rapidamente i campi esterni, ma Mr Turner non riuscì a disfarsi di Halcyon. Sembrava che ci fosse un limite al numero di persone sufficientemente ricche e romantiche da acquistare una villa georgiana alla periferia di una polverosa cittadina rurale dell'Australia Meridionale. Per non parlare del fatto che pochi erano disposti a chiudere un occhio su quanto era successo lassù.

La casa rimase vuota per un certo periodo, finché, dopo più di dieci anni in cui Mr Turner non era riuscito a venderla a un prezzo degno del suo valore, ebbe l'occasione di affittarla. L'accordo non era l'ideale – lui avrebbe preferito un'unica famiglia benestante – ma ormai aveva aspettato abbastanza, e sapeva che bisognava prendere quello che passava il convento. Il contratto d'affitto fu sottoscritto da una giovane coppia appena arrivata nella regione, che aveva deciso di lasciare la città e, nello spirito degli anni Settanta, di fondare una comune per persone con le stesse idee.

Gli altri residenti di Tambilla osservarono da lontano con la consueta curiosità, ma con il tempo smisero di parlare senza sosta dei nuovi occupanti di casa Wentworth. Diventò una consuetudine vederne uno o due che scendevano in città per comprare cibo e altri generi di prima necessità, avvolti in camicie colorate, i capelli lunghi e arruffati e i visi puliti e luminosi. Mrs Pigott, incapace di trattenersi dal fare le domande che le venivano in mente, chiese loro come funzionassero le cose alla villa, e fu così che si seppe che c'era una sorta di turnazione in base alla quale tutti i membri della Nirvana Commune si alternavano in cucina e nelle pulizie, nell'esecuzione di lavoretti e nel giardinaggio.

Cercavano di coltivare il più possibile il loro cibo, disse Mrs Pigott con l'aria di chi la sa lunga. Avevano saputo che un tempo c'era un orto, ma ormai era diventato una distesa di erbacce e cardi. Nessun problema, erano decisi a crearne uno con le loro mani. Una donna della comune aveva fatto l'assistente legale prima di cambiare nome in Moon-Petal, e aveva ancora abbastanza rispetto per la legge da scrivere al proprietario per chiedere il permesso. Mr Turner l'aveva accordato con una breve comunicazione dattiloscritta dal tono molto asciutto, precisando che l'orto era stato un capriccio di sua moglie e che, siccome ormai era deceduta, non gli importava di cosa ne facessero.

I cinque membri incaricati di quel lavoro nella primavera del 1979 coltivavano da settimane piante di pomodoro nella vecchia serra, dopo aver raccolto i semi dai frutti dei lunghi rampicanti che si stavano diffondendo incontrollati nel giardino al loro arrivo. Sonia M., che era *rinata* e aveva scelto di non parlare del suo passato, sembrava esperta di giardinaggio e di coltivazione, e disse che erano pomodori antichi e che avrebbero risposto bene all'essiccazione e al rinvaso. Infatti erano spuntati alcuni germogli verdi e ora era finalmente arrivato il momento di piantarli all'aperto.

Dopo lunghe osservazioni e discussioni, e dopo una riunione in cui tutti dissero la loro, il gruppo decise di creare l'orto in un appezzamento che un tempo doveva essere stato un giardino all'italiana, con alcuni rosai artritici ancora in vita. Il terreno, circondato da siepi cresciute a dismisura, era riparato dai venti impetuosi che spazzavano il vialetto e, allo stesso tempo, era abbastanza comodo per il fatto di trovarsi vicino alla cucina. Janice S., un'inquilina che aveva una certa dimestichezza con la vita nelle comuni, parlò con calma autorevolezza dell'esigenza di praticità, anche – e soprattutto – in un'iniziativa di vita libera come la loro. L'unico inconveniente era un vecchio noce che attirava i cacatua al crepuscolo, ma uno spaventapasseri avrebbe risolto il problema, assicurò agli altri, con una sicurezza impossibile da ignorare.

Così, mentre le ultime gelate andavano scomparendo e la primavera iniziava a illuminare e a sollevare il cielo, il gruppo di intrepidi lavoratori cominciò a scavare i fossi. Fu Ash P. a fare l'agghiacciante scoperta. «Ehi» chiamò, posando la vanga. «Qui c'è qualcosa.»

«Un tesoro? Siamo ricchi?» scherzò Angel K., prima di ricordare che aveva giurato di rinunciare ai beni terreni. «Che cos'è?» si affrettò ad aggiungere in tono più serio e interrogativo.

Ash, già in ginocchio, fissò la buca che aveva scavato.

Il gruppo si riunì, incuriosito, a eccezione di Henry R., un ragazzo scheletrico che era abituato a trovare se stesso e i suoi interessi diversi da quelli degli altri, e che aveva scelto proprio quel momento per guardare una coppia di aquiloni che volteggiavano nel cielo con le ali spiegate, librandosi in perfetta sincronia. Fu una scelta per cui, commentò in seguito, sarebbe stato grato per il resto della vita.

Affascinato, continuò a guardare su mentre una brezza che portava il primo accenno di calore gli baciava la guancia, e fu trasportato indietro nel tempo fino a un ricordo d'infanzia – un'altra coppia di uccelli che volavano sopra un altro giardino – e udì nella testa la voce di sua madre, chiara e improvvisa, cantare una vecchia ninna nanna, e il suo distacco dal presente fu così completo che, quando le urla di orrore dei suoi compagni lo riportarono alla realtà, la buca era ormai stata coperta con una vanga e il suo straziante contenuto nascosto ancora una volta alla vista.

Daniel Miller, 1980

PARTE OTTAVA

CAPITOLO VENTISETTE

Sydney, 18 dicembre 2018

La luce era calda e intensa sul suo viso, e Jess impiegò un momento per ricordare dove fosse. Aveva sognato neonate e roseti. La prima cosa che vide quando aprì gli occhi fu il fogliame verde scuro di una foresta incolta. Carta da parati, si rese conto. Quella era la camera di Nora. Indossava ancora il vestito della nonna.

Si sentiva apatica. Ogni giorno iniziava con il peso della morte di Nora, ma quel mattino c'era anche qualcos'altro. Una porta si chiuse al piano di sotto e, dopo un attimo di stupore, Jess ricordò che anche Polly era a Darling House e che sarebbe rimasta ancora un paio di giorni, fino a giovedì, per l'incontro con l'avvocato. Fu così che le tornarono in mente i dettagli della sera prima e che capì la ragione del proprio malessere. Aveva risposto male a sua madre dopo che le aveva consegnato una copia del libro di Daniel Miller.

Cercò il volume. La sera precedente aveva letto l'appendice del 1980 e si era addormentata con l'abat-jour ancora acceso sul comodino. Si alzò e controllò la trapunta su entrambi i lati. Mentre cominciava a chiedersi se avesse sognato ogni cosa, sbirciò oltre il bordo del letto e vide che il libro era caduto nel cestino della carta straccia.

Mentre lo recuperava, la sua attenzione fu catturata da una vistosa carta intestata tra i rifiuti. Sotto il nome della società c'era un indirizzo di Adelaide.

Con il sentore di quanto stava per scoprire, tirò fuori il foglio dal cestino e lo spianò.

Era la lettera che stava cercando, indirizzata a Nora da uno studio legale dell'Australia Meridionale e firmata da uno dei soci. Riconobbe il nome all'istante. Marcus Summers, il figlio minore di Percy e Meg, ex residente di Tambilla, legato a John Turner da un'amicizia tormentata, aiutante part-time nella drogheria della madre.

Con crescente entusiasmo, lesse:

Oggetto: Mrs Isabel Turner e famiglia, ex residenti di Tambilla, Australia Meridionale

Gentile Mrs Turner-Bridges,

Le scrivo per conto di un cliente che vorrebbe sapere se sarebbe disposta a parlare con lui della famiglia Turner, un tempo residente a Tambilla, nell'Australia Meridionale.

In particolare, il mio cliente desidera parlare con Lei della morte di Thea Turner.

Se è disponibile, sarò lieto di organizzare un incontro quando Le è più comodo.

Cordiali saluti,

Marcus Summers

Rilesse il testo con attenzione. Nella lista dei compiti da portare a termine scritta nell'agenda della nonna c'erano le iniziali *M.S.* Un appunto per ricordarsi di telefonare a Marcus Summers. La casella accanto alle iniziali non era stata spuntata.

Erano solo le sette del mattino, troppo presto per chiamare l'avvocato. Ma Jess sapeva esattamente cosa fare per ingannare il tempo. Avrebbe dovuto pensarci prima. Nora era morta perché era salita in soffitta; Jess era più che mai decisa a scoprire la ragione.

L'ultima volta che Jess aveva salito quelle scale era stata nella notte prima di partire per Londra. L'apprensione l'aveva tenuta sveglia, con i pensieri adrenalinici e le gambe irrequiete, finché non aveva avuto altra scelta se non alzarsi dal letto. Mentre vagava per i corridoi della casa buia, sperando che le ore volassero via, qualcosa l'aveva attirata al piano di sopra; quando aveva raggiunto la rampa traballante che conduceva in soffitta, aveva capito il perché. Benché Nora l'avesse avvertita più volte che quei gradini non erano sicuri e le avesse consigliato di trovare un altro posto in cui giocare – o forse proprio per quello – nei dieci anni in cui aveva vissuto a Darling House, la soffitta era stata il suo luogo preferito, il suo rifugio speciale.

Dopo che Polly l'aveva abbandonata, aveva desiderato un nido in cui leccarsi le ferite, e che cosa c'era di meglio della pittoresca stanza con il tetto spiovente in cima alla casa? L'abbaino offriva un punto di osservazione da cui dominare il giardino e, più in là, il porto; le pareti erano ravvicinate, l'ambiente sempre caldo. Persino l'odore stantio della polvere era stato un conforto. La soffitta era sempre stata la sua prima meta quando le cose andavano male a scuola, se litigava con un'amica, se non le riusciva di avere un posto nel gruppo di discussione o semplicemente se aveva bisogno di stare sola per un po'.

Quella notte si era rannicchiata sul piccolo tappeto rotondo al centro del pavimento di assi di pino grezzo e aveva chiuso gli occhi; un decennio di sue precedenti incarnazioni si era riunito tutt'intorno, portando con sé un ritorno alla certezza. L'apprensione aveva virato verso l'entusiasmo e, quando si era svegliata con la prima luce che filtrava dalla finestra e attraversava il soffitto, si era sentita pronta.

Vent'anni dopo, a salire quelle scale con lei non furono le versioni del suo io passato, bensì gli echi di Nora. A metà strada fu investita da una nuova ondata di dolore e dovette fermarsi per assorbirne la forza. Quando fu passata, proseguì.

La porta si aprì facilmente.

Secondo la sua esperienza, poche cose corrispondevano al ricordo che se ne aveva, in particolare i luoghi significativi dell'infanzia. Erano invariabilmente più piccoli, più anonimi e malandati di come si erano impressi nella memoria. La soffitta di Darling House era una rara eccezione. Quando il familiare profumo di polvere e di tempo le aggredì le narici, Jess fu contenta di vedere che tutto era esattamente come lo rammentava. Il tappeto era ancora sul pavimento, i vetri antichi dell'abbaino erano ancora macchiettati dagli anni, il vecchio orologio nautico era ancora fermo sulle due e venti.

Osservò la stanza, chiedendosi da dove cominciare. La serie di scaffali lungo la parete orientale traboccava di giocattoli e libri un tempo preziosi, la parete meridionale era fiancheggiata da contenitori di plastica pieni di tende, coperte e altri tessuti *troppo belli per buttarli via*, e in un angolo c'era uno specchio a figura intera dotato di cerniere. Sotto l'abbaino c'era il vecchio baule da viaggio che in passato era appartenuto a Thomas Turner.

Era difficile immaginare che un giocattolo o un libro potesse contenere l'indizio decisivo. Il candidato più papabile, decise, sia per funzione sia per provenienza, era il baule. Alzò il coperchio e sbatté le palpebre quando i fumi della naftalina le fecero bruciare gli occhi. L'interno, vide, era ancora pieno di pile di vecchi vestiti. Li tirò fuori a uno a uno, controllando le tasche, le cuciture, le maniche. I suoi progressi furono in qualche modo rallentati dalla nostalgia, mentre ne sollevava prima uno e poi un altro, ricordando le volte in cui li aveva indossati da adolescente.

Tuttavia non trovò nulla di interessante. Fece scorrere le dita intorno ai pannelli interni e alle giunture del baule, cercando un sottofondo o un meccanismo nascosto, ma invano.

Inginocchiata sul pavimento, studiò il resto della stanza,

questa volta con occhio indagatore. I libri attirarono la sua attenzione. Pensando all'appendice fotocopiata che aveva trovato sul retro dell'edizione di Polly, li tolse a uno a uno dallo scaffale, controllando all'interno delle copertine, agitandoli mentre li teneva per il dorso. Niente, a parte una lista della spesa sbiadita e la ricevuta di un lavasecco. Anche l'accurato esame di ciascun giocattolo si rivelò inutile. Controllò persino il vano batterie della locomotiva del trenino e premette la pancia, la gola e le orecchie pelose del vecchio orsacchiotto in cerca di qualcosa di nascosto nelle cuciture.

Aprì i contenitori, studiando ogni singolo pezzo di stoffa, scrollando le coperte e poi gettandole in un mucchio. Guardò sotto il tappeto, percorse il pavimento, rastrellò le larghe assi di pino nell'eventualità che una di loro si sollevasse per rivelare un nascondiglio segreto. Alla fine ispezionò accuratamente il davanzale della finestra.

Niente. Un'ora di ricerche e devastazione non era servita ad avvicinarsi alla verità.

Tornata al piano di sotto, dopo aver fatto una doccia ed essersi preparata ad affrontare la giornata, pensò che una ricerca casuale in soffitta era sempre stata un azzardo. Quella era la vita reale, non una storia della *Banda dei cinque*. Molto più promettente era il collegamento con Marcus Summers nell'Australia Meridionale. Patrick le aveva detto quanto la missiva avesse turbato Nora e, dopo averla letta, Jess non se ne meravigliava.

Quando a Adelaide fu finalmente orario d'ufficio, si sedette alla scrivania in biblioteca e fece il numero dello studio di Marcus Summers. Aspettò con impazienza che qualcuno rispondesse e, quando finalmente la segretaria alzò la cornetta, si presentò per nome. Alla fine arrivò il suono metallico di un ricevitore cordless e una voce cordiale all'altro capo del telefono. «Pronto?»

«Marcus Summers?»

«Sì?»

«Sono Jess Turner-Bridges, chiamo da Sydney. Mia nonna era Nora Turner-Bridges.»

Lui tacque e, in mancanza di una reazione, Jess captò le note malinconiche di una campana a vento in sottofondo. Stava cominciando a chiedersi se si fosse dimenticato di aver scritto la lettera quando Marcus disse: «Buongiorno. Scusi, ha detto che sua nonna *era* Nora Turner-Bridges?».

«Sì, devo comunicarle che è morta la settimana scorsa.»

«Mi dispiace molto.»

Sembrava davvero sconfortato dalla notizia, e Jess si domandò se Marcus Summers, come Daniel Miller, avesse conosciuto personalmente Nora quando aveva alloggiato a Halcyon nell'estate del 1959. Pensò di chiederglielo apertamente, ma decise che così avrebbe scoperto le proprie carte troppo presto. «Sono l'esecutrice testamentaria di mia nonna e sto cercando di mettere ordine nei suoi affari. Di recente le ha scritto dicendo di avere un cliente che desiderava parlare con lei della morte di sua nipote, Thea Turner.»

Una pausa. Poi: «Sì».

«Mi domandavo...» Che cosa si domandava esattamente? Se il cliente avrebbe parlato con lei? Se Marcus Summers fosse in grado di dirle qualcosa per far luce sulle ultime settimane di vita della nonna, sul motivo per cui di recente Nora era stata ossessionata da una vecchia tragedia, sul fatto che il suo ex marito avesse chiesto la custodia di Polly oppure no... Si poneva tutti questi interrogativi, ma come avrebbe potuto spiegarlo a Marcus Summers senza sembrare ansiosa?

Mentre cercava le parole, Marcus prese l'iniziativa. «Mi scusi, ha detto di essere la nipote di Mrs Turner-Bridges?»

«Sì.»

«E la sua esecutrice testamentaria?»

«Esatto.»

«È la sua unica discendente in vita?»

Si comportava da avvocato scrupoloso, tentando di appurare se Jess fosse autorizzata a discutere con lui le questioni riguardanti Nora. Come se Polly avesse intuito in qualche modo di essere diventata l'oggetto della conversazione, anche se solo indirettamente, scelse quel momento per passare davanti alla porta chiusa della biblioteca. Jess rimase in silenzio, aspettando che scendesse al piano di sotto. Quindi rispose: «Mia madre e mia nonna non erano particolarmente unite. Mi ha praticamente cresciuta Nora. Mi ha affidato i suoi affari». Aggiunse la più candida delle bugie: «In realtà mi aveva parlato della sua lettera prima di morire. Aveva intenzione di contattarla».

Seguì un attimo di silenzio ma, qualunque fossero le sue considerazioni, poi Marcus Summers parlò in tono deciso. «È a conoscenza di quanto è successo alla famiglia di sua nonna a Tambilla molti anni fa?»

«Comprensibilmente, la nonna non ne parlava spesso, ma ho letto il libro di Daniel Miller. Se c'è qualcosa che il suo cliente voleva discutere con Nora, sono in grado di parlare al suo posto.»

Lui fece un lungo sospiro pensoso. «Ho scritto a sua nonna perché ho saputo da fonti autorevoli che non sono stati i cani selvatici a portare via Thea Turner dal luogo del picnic quel giorno.»

«Che cosa?» Jess ebbe la forte tentazione di chiedere come facesse il suo cliente a sapere una cosa del genere, ma si trattenne. «Sta dicendo che Daniel Miller, la polizia e il coroner si sono sbagliati?»

«Sì.»

«Sa cos'è successo?

«Preferirei non parlarne al telefono. Ho degli appuntamenti a Sydney la settimana prossima. Forse possiamo incontrarci?»

Jess sentì Polly che, in cucina, tirava fuori di nuovo le posate. Giovedì, il giorno del ritorno di sua madre a Brisbane, le parve improvvisamente molto lontano. Non dovette pensarci più di un secondo. «Ho un'idea migliore. Vengo io da lei. È libero domani?»

CAPITOLO VENTOTTO

Adelaide Hills, 18 dicembre 2018

La strada di campagna era angusta e il crepuscolo stava scendendo più velocemente ora che Jess aveva lasciato la superstrada. Procedeva rapida ma con cautela, non perdendo di vista il tragitto sconosciuto e lanciando occhiate oblique verso il sedile del passeggero, dove aveva posato il telefono con Google Maps e il foglio con le indicazioni che aveva buttato giù sull'aereo per individuare la casa. Aveva noleggiato l'auto all'aeroporto di Adelaide e, dopo un inizio incerto, ci stava prendendo la mano, anche se non aveva ancora smesso di azionare i tergicristalli al posto delle frecce.

Il viaggio in macchina verso le Hills era stato abbastanza facile, con la superstrada sorprendentemente sgombra. Gli eucalipti spogli e l'erba alta e irregolare che avevano punteggiato la terra arida ai lati della carreggiata sulle pianure avevano ceduto il passo ad aceri rigogliosi e cedri giganteschi quando si era avvicinata ai villaggi di Crafers e Stirling, prima di essere sostituiti nuovamente da terreni agricoli mentre si dirigeva verso est. Ora, dopo aver preso l'uscita di Hahndorf, stava percorrendo l'Onkaparinga Valley Road, superando vigneti, minuscole scuole di campagna e case di pietra con lunghi vialetti.

Finalmente vide i cartelli per Tambilla, dove all'ultimo minuto era riuscita con qualche difficoltà a trovare un Airbnb. Il check-in era previsto per le otto, ma Jess non aveva intenzione di trascorrere la notte nell'Australia Meridionale senza prima aver visto Halcyon. Era stata intralciata da un ritardo del volo e ora era in competizione contro il tramonto. Secondo le indicazioni che aveva raccolto, doveva svoltare a sinistra circa quattro chilometri dopo la cittadina di Verdun.

Più avanti pareva che la strada deviasse. Rallentando leggermente, si sporse in avanti, premendo il petto contro il volante. Scorse un cartello, oscurato in parte da un ramo basso, e strizzò gli occhi per leggere cosa c'era scritto. Willner Road. Soddisfatta, riconobbe il nome, azionò per sbaglio i tergicristalli, quindi si affrettò a mettere la freccia e imboccò la curva.

Guidò per quella che le sembrò un'eternità, con l'impazienza che cresceva di pari passo con l'attesa. La strada, stretta fin dall'inizio, si restrinse ulteriormente, con i margini di bitume che si snodavano su entrambi i lati, cancellando ben presto qualsiasi illusione di due corsie. Gli eucalipti svettavano e, benché il cielo lontano continuasse a essere azzurro e la luce del sole al tramonto colorasse i tronchi d'argento, la sera era già arrivata nel fresco e ombroso sottobosco.

Jess trasalì quando un animale - un canguro, ipotizzò - si acquattò sul ciglio alla sua destra, un lampo scuro in movimento, prima di rituffarsi nel bush alle sue spalle. Lo spavento la spinse a rallentare fin quasi a fermarsi. Era stata via troppo a lungo. Guidare lungo i dolci sentieri della campagna inglese, dove il rischio più grave che si potesse correre era quello di incrociare una pecora smarrita che passeggiava tranquilla, le aveva fatto dimenticare il pericolo dei canguri al crepuscolo.

La descrizione di Daniel Miller era l'unica cosa su cui poteva basarsi. *La casa sulla collina, in mezzo ai ripidi campi in fondo a Willner Road.* Aveva perso il conto della distanza che aveva coperto, ma stava arrivando alla fine della via e iniziava a sospettare di aver oltrepassato la proprietà senza accorgersene. Stava cercando uno spiazzo abbastanza largo per fare inversione quando notò, tra il fitto boschetto alla sua destra, qualcosa che correva parallelamente alla strada: masse di edera si erano aggrovigliate con altri voraci rampicanti, coprendo quella che un tempo doveva essere stata una recinzione. Alla sua base crescevano sporadici ciuffi di agapanti, folti, con lunghe foglie lucide e un tripudio di fiori viola brillante protesi verso il cielo.

Avanzò piano, in cerca di punti di riferimento, finché non raggiunse un vecchio cancello chiuso su quello che in passato era stato un vialetto di ghiaia. Ciascun battente era fissato a un pilastro di pietra con una sfera di cemento in cima, ormai a malapena visibile perché i rampicanti erano cresciuti in modo incontrollato, aderendo a ogni superficie. Jess si fermò, guardandosi intorno in cerca di qualcosa che confermasse che era nel posto giusto. Finalmente, sul pilastro di sinistra, vide il bordo di quello che pareva il nome di una proprietà.

Parcheggiò e scese dall'auto. Spostando le foglie senza troppe difficoltà, rivelò un cartello rettangolare di metallo nero su cui caratteri d'argento macchiettati formavano la parola HALCYON. Un grosso lucchetto univa i due battenti e una rapida scrollata comprovò che era chiuso. Pur non essendo nuovo, pareva perfettamente funzionante. Jess si chiese chi avesse la chiave.

Lanciò un'occhiata lungo la strada. I pappagalli chiacchieravano animatamente tra le chiome degli alberi e, molto più in alto, i rami si crogiolavano negli ultimi raggi di sole. Un gruppo di cacatua si librò nel cielo verso il punto in cui presumibilmente si ergeva la casa: discendenti, suppose Jess, degli uccelli che Nora osservava sul noce dalla finestra della sua camera. Non c'era nessun altro nei paraggi. Prima di poter cambiare idea, Jess si issò e scavalcò il cancello.

Camminò lungo il vialetto ombreggiato, con l'impazienza che le faceva formicolare le dita a mano a mano che si allontanava dalla strada. Il sentiero scosceso si inerpicava su per la collina, con enormi alberi tutt'intorno. Gli uccelli si muovevano rumorosi ma invisibili tra le foglie e da qualche parte, in lontananza, si udiva il lieve gorgoglio dell'acqua. Ricordò i capitoli in cui Daniel Miller descriveva la scena del crimine, il picnic allestito sotto il salice dove il torrente si allargava fino a diventare una pozza. D'un tratto la gravità degli eventi passati tornò ad abbattersi su di lei.

Si era allontanata quanto bastava per non vedere più il cancello, la macchina, il vialetto; il bush che aveva attraversato era fitto e, dal punto in cui si trovava ora, aveva la sensazione che gli alberi si fossero chiusi per circondarla. C'era qualcosa di quintessenziale in quel paesaggio. Quel luogo le era sconosciuto, eppure l'aria, la luce limpida e il profumo della terra avevano un qualcosa di profondamente familiare.

Il vialetto serpeggiava attraverso una profusione di foglie sempre diverse, più folte e lussureggianti della vegetazione che aveva già superato. Rododendri, balsamine, enormi ortensie di un rosa acceso simili a spugne e alte lance di scorzonera in fiore si mescolavano con felci arboree e foglie di filodendro dall'aspetto preistorico, un assortimento eterogeneo tenuto insieme da un rampicante selvatico con corolle azzurre a forma di campana. L'odore umido del giardino le ricordò alcuni luoghi che aveva visitato in Cornovaglia, come St Just sulla penisola Roseland, dove il terreno fertile parlava di strati di generazioni diverse e civiltà passate.

Finalmente, oltre l'intrico della vegetazione, intravide i comignoli bianchi sporgenti di un grande tetto. Si rese conto che stava trattenendo il respiro. Girò l'ultimo angolo, come aveva fatto Daniel Miller quando era andato all'appuntamento con Nora, ed eccola là. La villa era imponente e magnifica, ma anche da lontano si vedeva che era in stato di abbandono. Era arroccata su un basamento di pietra che si ergeva a circa un metro da terra. Un ficus dalle foglie minuscole era cresciuto fino a coprire la maggior parte delle pietre e il muschio macchiava il resto, cosicché la costruzione pareva essere adagiata su un oceano verde. A Jess tornarono in mente le case delle fiabe, nascoste e poi dimenticate, ignorate dal mondo umano per essere reclamate dalla natura.

Da un angolo del basamento sporgeva la testa di un leone, la cui bocca aperta rivelava un vuoto da cui un tempo doveva essere sgorgato un getto di acqua sorgiva. Sul terreno c'era una ciotola di pietra, riempita per metà di acqua piovana stagnante. Mentre Jess guardava, uno scricciolo azzurro volò giù per appollaiarsi sull'orlo del recipiente; dopo averla osservata per un momento, l'uccellino fece un tuffo aggraziato, ripulendosi nell'acqua prima di scomparire di nuovo tra i recessi del giardino.

Jess costeggiò la casa. Fu un'esperienza inquietante. Stava visitando per la prima volta un luogo che, per gentile concessione di Daniel Miller, conosceva già molto bene. La fila di platani che saliva verso il capanno, l'Hen Hilton, l'uomo fatto di vasi – ormai in frantumi – dove un tempo si allineavano le file di verdure dell'orto. Quando girò l'angolo meridionale e raggiunse l'area sul retro invasa dalle erbacce, riconobbe subito il punto in cui Isabel Turner aveva creato il roseto. Era là che i resti di Thea Turner erano stati rinvenuti nel 1979 dal gruppo della Nirvana Commune.

Rimpianse di non aver preso il cellulare dal sedile dell'auto; una torcia le sarebbe stata utile. Desiderava restare, per vedere se sarebbe riuscita ad aprire qualche porta, ma la visibilità si stava già riducendo. Le sfumature oro, marrone e verde oliva si erano scurite e, se non fosse tornata subito indietro, sarebbe stata sorpresa dalla notte nel bush.

Procedette spedita, consapevole della mutevolezza del paesaggio. Gli alberi che prima erano pieni di uccelli ora erano silenziosi. Percepì gli occhi degli animali che la spiavano dall'ombra. Quando era molto piccola, uno dei suoi libri preferiti in biblioteca era *The Bunyip of Berkeley's Creek*. L'aveva trovato spaventoso, eppure era stata irrimediabilmente attratta dalla storia e dalle illustrazioni inquietanti. Non ci pensava da decenni, ma ora ricordò la copertina, con la sua creatura squamosa e piumata, nata dal fango, che, brutta e solitaria, usciva dal luogo in cui vivevano le cose oscure.

Quando si avvicinò al cancello, stava quasi correndo e fu un sollievo infilarsi in macchina, accendere i fari e partire.

Il suo alloggio per quella notte era un piccolo ma accogliente monolocale sopra il garage di un modesto bungalow di mattoni sulla via principale di Tambilla. Jess arrivò con mezz'ora di ritardo rispetto all'orario che aveva segnalato al momento della prenotazione, ma la donna che la accolse non era contrariata. «Non vivo lontano.» Accennò alla casa accanto. «Non è un problema.»

Quando stavano per separarsi, Jess chiese dove avrebbe potuto cenare, e l'altra aggrottò le sopracciglia controllando l'orologio. «A quest'ora, soprattutto in una serata infrasettimanale, non c'è molta scelta. L'hotel è l'opzione migliore, a meno che non voglia guidare fino a Mount Barker.»

Jess la ringraziò e si avviò a piedi lungo la strada principale, fiancheggiata da enormi querce, con fili di lampadine gialle tesi tra l'una e l'altra. Mentre camminava, ripensò alle descrizioni della città contenute nel libro di Miller. Superò l'incrocio con la chiesa luterana di St Peter e quella anglicana di St George disposte una di fronte all'altra, la sede di pietra dell'Istituto dove Peter Duke aveva convocato la riunione nei giorni successivi alla morte dei Turner, e individuò gli edifici che un tempo ospitavano la sala da tè di Betty Diamond e la drogheria Summers & Sons Grocers.

Il libro era così vivido nella sua mente che quasi si aspettava di vedere le attività commerciali dell'epoca prosperare ancora, ed ebbe un tuffo al cuore quando notò che sull'angolo di fronte all'hotel c'era un caseificio artigianale e che l'unico negozio di alimentari in città era un supermercato dall'aspetto moderno. Una volta un'amica portoghese aveva usato la parola *saudade* quando aveva provato a descrivere la sensazione di opprimente nostalgia per qualcosa che non si poteva più avere o rivivere; Jess non l'aveva mai dimenticata. Era così che si sentiva in quell'istante. La Tambilla del libro di Miller le *mancava* con un'intensità viscerale.

Il Tambilla Hotel, perlomeno, sembrava quasi identico alle foto storiche che aveva visto online, così come il Centenary Garden dall'altra parte della via. Quando la avvisarono che la cucina avrebbe chiuso di lì a cinque minuti, si affrettò a ordinare. Il pub, arredato con un guazzabuglio di cianfrusaglie tedesche e australiane, era molto interessante, ma la giornata era ancora abbastanza calda per sedersi a uno dei tavoli esterni, sul marciapiede.

Tambilla era graziosa; le cittadine di campagna australiane erano spesso un accostamento eterogeneo di stili architettonici diversi, ma l'uniformità e lo stato di conservazione dei cottage di pietra lungo la via principale le rammentarono i villaggi delle Cotswolds. Comunque, lo spirito del luogo era certamente cambiato dai tempi in cui Thomas Turner aveva portato là la sua famiglia. Daniel Miller aveva descritto un certo isolamento – una città per soli residenti – ma, a giudicare dal tipo di negozi che ora occupavano i cottage dei coloni lungo la strada, era chiaro che Tambilla era diventata una meta turistica. Pelli di pecora, cestini intrecciati a mano, indumenti di alpaca, formaggi, vini, marmellate: Jess era pronta a scommettere che nei fine settimana fosse quasi impossibile trovare un parcheggio su quella via.

Un cameriere le portò la bevanda che aveva ordinato, e Jess spostò la cannuccia per bere un sorso. La visita a Halcyon l'aveva immalinconita; lo stato decrepito di quel luogo era oggettivamente sconfortante, ma lei si ritrovò a sovrapporre alla proprietà che aveva visto le immagini evocate dal libro: sole e luce, bambini, picnic e mattine di Natale. Quello era il mondo che Nora aveva conosciuto, un mondo che non aveva mai potuto – o voluto – condividere con la nipote.

Jess fu travolta da un'improvvisa ondata di disorientamento. Una settimana e mezza prima era seduta con Rachel in un tapas bar a Hampstead, ignara di Tambilla, Halcyon o dei Turner. Come doveva essere stato per Isabel, si chiese, che era partita da casa per trasferirsi all'altro capo del mondo e che aveva vissuto il caos e il frastuono della Seconda guerra mondiale per poi ritrovarsi in una città tranquilla come quella? Il senso di nazione era molto forte laggiù. Isabel doveva essersi sentita una straniera in una terra sconosciuta. I giornali di quel periodo avevano sicuramente dedicato molto spazio alla sua *alterità*, menzionata anche da Miller e dal coroner. Era diventata un aspetto centrale della storia: la nostalgia di casa l'aveva spinta a *fare quello che aveva fatto.*

Mentre Jess mangiava la sua triglia del Coorong, lesse gli articoli sul telefono e si domandò come sarebbe riuscita a dare un'occhiata dentro Halcyon. Quando la giovane cameriera andò a sparecchiare, Jess le chiese cosa sapesse della casa sulla collina fuori città.

La ragazza, diciotto anni o poco più, inclinò la testa, incerta.

«Si chiama Halcyon» suggerì Jess. «O forse la conosci come casa Wentworth?»

La ragazza scrollò il capo, sorridendo mestamente. «Mai sentita nominare, mi dispiace. Se vuole, chiedo dentro.»

Jess stava per andarsene quando una cameriera più avanti con gli anni si avvicinò al tavolo. «Nikki mi ha detto che è interessata a Halcyon?»

«La conosce?»

«Certo che sì. Una grande casa in Willner Road.»

«Mi domandavo chi fosse oggi il proprietario.»

«Non ci vive nessuno da quando ho memoria. Era una comune hippy quando sono nata.» Guardò Jess con aria interrogativa. «Conosce la storia?»

«So della morte dei Turner.»

La donna annuì. «Dopo aver scoperto i resti della neonata, gli hippy se ne sono andati. Hanno deciso che quel posto aveva una cattiva energia. Era la fine degli anni Settanta, in ogni caso. Avevano tutti i capelli da tagliare e le Reebok da comprare. La villa è rimasta vuota per una decina d'anni, poi è stata messa in vendita. Acquistata da qualcuno che viveva all'estero, se non sbaglio, ma non vi si è trasferito nessuno. È passata di mano un paio di volte, ma sembra che non sia mai successo nulla. Di nuovo in vendita, credo.»

Jess intravide un'opportunità. «Per caso conosce l'agente immobiliare?»

«Sarà Deb Green. Aspetti un attimo, dentro ho il suo biglietto da visita.»

Il mattino seguente, mentre Jess sedeva nello studio di Marcus Summers vicino all'università di Adelaide, giocherellò con il biglietto di Deb Green. Aveva prenotato il volo delle due, ma sperava di tornare sulle Hills a esplorare la casa prima di partire. Sarebbe stato difficile. L'appuntamento con Marcus era stato fissato per le nove ed erano già le nove e mezzo. Ci sarebbero voluti quarantacinque minuti per tornare a Tambilla e altri quarantacinque per arrivare all'aeroporto. Non aveva bagagli da imbarcare, ma avrebbe dovuto restituire l'auto, e questo richiedeva sempre più tempo del previsto.

Lanciò un'altra occhiata all'orologio e poi al giovane dietro la scrivania. Interessante come assistente. Vent'anni circa, capelli arruffati, seri occhi azzurri e la strana abitudine di fischiettare mentre lavorava. Jess ipotizzò che fosse uno studente di giurisprudenza. «Non ci vorrà molto.» Il ragazzo sorrise notando il suo sguardo. «Una tazza di tè?»

Jess ripeté che era a posto.

L'ufficio di Marcus Summers era zeppo di oggetti eclettici. Due pareti erano fiancheggiate da librerie e le altre ospitavano una serie di opere d'arte, alcune provenienti dalle nazioni del Pacifico, perlopiù create da artisti indigeni australiani. Il giorno prima Jess aveva cercato Summers in Google e sapeva che aveva qualifiche ed esperienze fuori dal comune. Aveva iniziato come giovane avvocato dando una mano con la causa giudiziaria di Mabo ed era stato determinante in vari casi di *native title* nel Territorio del Nord e nell'Australia Meridionale. L'unica fotografia recente che aveva trovato online proveniva dal suo sito, un bellissimo scatto del Kakadu National Park, una cascata a picco con una minuscola figura umana in piedi alla sua base. La biografia descriveva un uomo che trovava nella natura un significato professionale e personale. In un'intervista pubblicata sul web, Summers aveva dichiarato: «La morale è una cosa buffa. Spesso c'entra poco con la legalità». Nessuno poteva saperlo meglio di un avvocato, aveva pensato Jess.

Finalmente la porta si spalancò e un uomo con una pila di cartelline traboccanti irruppe con aria trafelata nello studio. «Mrs Turner-Bridges?» La sbirciò da sopra gli occhiali con la montatura azzurra.

Lei annuì.

«Meraviglioso. Ha conosciuto mio nipote Jasper?» Fece un sorriso raggiante in direzione del giovane, che alzò affettuosamente gli occhi al cielo prima di prendere le cartelline. «Spero che le abbia offerto un tè.»

«Sì. Due volte.»

«Magnifico. Sono subito da lei, devo solo prendere nota di una cosa.»

Sotto lo sguardo di Jess, Summers sfilò una penna dal taschino della camicia e si chinò sulla scrivania. Alto e magro, aveva i capelli bianchi, folte basette incolte e l'aria di un laureando settantenne: curioso, appassionato, energico, ma allo stesso tempo saggio e intelligente. Indossava jeans chiari, sneaker e, benché fosse estate, un gilet di maglia sopra la maglietta.

Quando finì di scarabocchiare, porse il quadratino di carta a Jasper, poi si rivolse a Jess. «È una splendida giornata. Pensavo di fare una passeggiata.»

Si avviarono insieme verso il campus universitario, e Jess decise di rompere il ghiaccio ringraziandolo per aver accettato di incontrarla.

«Sciocchezze. Sono io che dovrei ringraziarla per essere venuta fin qui. Mi occupo da anni di diritto patrimoniale. Il suo impegno verso gli affari di sua nonna è ammirevole.»

«A dire il vero» esordì Jess, decidendo che non aveva tempo né voglia di fingere, «ho un interesse particolare per la storia della famiglia di mia nonna. Credo che qualcosa l'abbia turbata prima di morire, e l'arrivo della sua lettera è una delle cause. Scoprire il perché è una questione personale per me.»

«Anche per me. Sono contento che mi abbia contattato. Ho aspettato a lungo.»

Jess rimase momentaneamente confusa. La sua lettera a Nora risaliva solo a qualche settimana prima e Summers diceva di scrivere per conto di un cliente, mentre al telefono aveva detto di essere in possesso di nuove informazioni. «Il suo cliente... Pensavo avesse detto...» Jess si interruppe, incapace di far combaciare i pezzi.

Marcus si fermò, grattandosi pensosamente la testa. «Sappiamo entrambi, credo, che non c'è nessun cliente. Non nel senso comune del termine. Ho contattato sua nonna perché so certe cose di quella notte, la vigilia di Natale del 1959, e dei giorni successivi; cose che mi porto dentro da molto tempo. A volte credo di aver passato la vita a cercare di pareggiare i conti. Mio padre la pensava allo stesso modo, ma non è più qui per raccontare la sua storia. So che in passato aveva contattato Nora – voleva che sapesse la verità – e ho pensato che valesse la pena fare un altro tentativo.»

Jess era consapevole di essere a un bivio. Nora non aveva voluto parlarle di Halcyon e aveva scelto di non ascoltare ciò che Marcus e suo padre avevano da dire. Ma la decisione non spettava più alla nonna. «Ha detto che Thea Turner non è stata portata via dai cani?» lo incalzò.

«Ho detto che non è stata portata via dai cani *quel giorno*.» Summers fece un leggero sorriso, quasi di scuse. «Lasci che le spieghi.»

Quando cominciò a raccontare la storia di suo padre, Jess capì che quella mattina non sarebbe tornata sulle Hills.

CAPITOLO VENTINOVE

Adelaide Hills, 24 dicembre 1959

Dalla strada buia e umida, l'edificio sembrava caldo e accogliente, un faro di tranquillità in un mare di guai, ma non appena Percy entrò, sentì che qualcosa non andava. C'era troppo silenzio. Conosceva i suoni di casa sua; era un luogo di rumore e trambusto, di atomi in costante movimento, di vorticose correnti di energia. Quella sera, ogni cosa era in uno stato di sospensione. Era come se quel *luogo*, l'unica casa che avesse mai conosciuto, percepisse che si stava preparando a dare a Meg la terribile notizia di quanto aveva scoperto.

L'unica luce accesa era quella della cucina, e Percy si diresse da quella parte.

La prima cosa che vide quando entrò nella stanza fu il bicchiere di sherry sul tavolo, e poi sua moglie, assolutamente immobile. Si rese subito conto che Meg sapeva già cos'era successo. Ma certo che lo sapeva. Era inconcepibile che a Tambilla potesse accadere una cosa simile, che una famiglia morisse la vigilia di Natale, che una bambina scomparisse, che venisse organizzata e sguinzagliata una squadra di ricerca, senza che la notizia arrivasse alle sue orecchie. Si chiese se fosse al corrente anche del ruolo di suo marito nella vicenda.

«Perce» disse quando lo vide. «Oh, Perce.» Si alzò e si avvicinò, studiando il suo viso mentre lasciava cadere il borsone sul pavimento. «È stato terribile?»

Lui sentì l'onda scura dell'orrore di quella giornata che saliva a sommergerlo. Non voleva parlare di quanto aveva visto, si rese conto, non ora, non ancora. Non con Meg. Gli venne in mente lo scricciolo perduto. «Sono stato alla centrale di polizia» disse invece.

Lei annuì. «Ho parlato con Lucy. I ragazzi sono fuori con la squadra di ricerca.»

Percy avrebbe dovuto immaginare che avrebbero dato una mano. Provò un moto d'orgoglio. «Kurt?»

«Devastato.»

«Gli parlerò quando torna.»

«La polizia? Che cos'hanno detto? Che cosa pensano?»

Lui le fece un riassunto del colloquio, tralasciando qualsiasi riferimento alle domande su Kurt. Meg sembrava già abbastanza angosciata e non c'era motivo di farla preoccupare ulteriormente. Percy era già parecchio in pensiero per entrambi.

Quando finì, lei tacque per un momento. Alla fine disse: «Posso portarti qualcosa? Una tazza di tè? Un boccone?».

Nell'aria aleggiava un vago odore di torta, ma Percy sentì un nodo allo stomaco alla sola idea di mangiare. «Credo che prima mi laverò.»

Meg esitò. «Perce, prima che tu vada. C'è una cosa... Vieni con me.»

Lui la seguì lungo il corridoio e fuori, sul sentiero che conduceva alla rimessa. Dalle tende chiuse filtrava una sottilissima striscia di luce opaca. Era sorprendente; dalla morte di sua madre, non avevano usato spesso il piccolo edificio. Percy non ricordava quando era stata l'ultima volta che vi aveva messo piede.

Meg aprì la porta. La stanza era vuota. Solo il letto che loro due avevano condiviso molto tempo prima e l'elegante comò di cedro che avevano restaurato da giovani. Mancava l'ultimo cassetto, notò. Meg si avvicinò all'altro lato del letto e gli fece segno di non far rumore.

In seguito, Percy si sarebbe reso conto che lo sherry avrebbe dovuto metterlo in guardia. Meg non toccava alcol da quando la conosceva.

La raggiunse. Sul pavimento, vicino alla parete, sotto la finestra coperta dalle tende, illuminato da un cerchio caldo di luce soffusa, c'era il cassetto mancante, e dentro, avvolta nel cotone bianco, una bambina addormentata.

Mille parole gli turbinarono nella mente, ma ciascuna scivolò via prima che potesse pronunciarla. «Chi?» riuscì a dire alla fine, anche se naturalmente lo sapeva benissimo.

Meg non rispose. «Dorme molto profondamente. Guardandola, sembra che non sia successo nulla.»

«Come? Com'è arrivata qui?»

«L'ho trovata.»

Percy non riusciva a capire come fosse possibile. «Quando? Dove?»

«Vicino alla pozza. Ero fuori a camminare.»

Immagini frammentarie balenarono nella mente di Percy come le carte di un mazzo da gioco: la famiglia sulla coperta, la cesta di vimini sull'albero, le formiche che strisciavano sul polso della bambina. Non era possibile che Meg fosse stata là, che avesse visto ogni cosa, che avesse preso la neonata dalla culla.

«Non potevo lasciarla lì. Sarebbe potuta accadere qualsiasi cosa.»

«I ragazzi?»

Lei fece no con la testa.

Almeno era qualcosa. «Meg» cominciò Percy mentre i suoi pensieri iniziavano a riordinarsi. «Meg, dobbiamo...»

«Qui è al sicuro. Guarda come dorme tranquilla.»

Sua moglie era impazzita, si rese conto Percy. Lo shock di quanto aveva visto l'aveva fatta uscire di senno. «Dobbiamo restituirla. Dobbiamo riportarla subito a casa.»

Meg lo guardò come se avesse parlato un'altra lingua.

Mentre Percy diceva quelle frasi, sapeva che non potevano semplicemente restituire la neonata. Quella consapevolezza lo fece sentire stanco. Esausto. Si lasciò cadere in fondo al letto.

Quel che voleva fare era prendere il telefono, chiamare il poliziotto incaricato delle indagini e dirgli di venire subito, che la bambina era stata trovata. Ma farlo avrebbe puntato i riflettori su di loro, su Meg. Sarebbe stata implicata. Come avrebbe potuto spiegare com'era entrata in possesso di Thea? Qualsiasi cosa l'avesse spinta vicino al luogo del picnic avrebbe destato sospetti. Erano morte quattro persone. Percy era già stato interrogato, il sergente aveva mostrato un certo interesse per Kurt. Dio solo sapeva cosa avrebbe potuto riferire chiunque altro in città sui legami tra i Summers e i Turner. E ora, la polizia avrebbe scoperto che Meg era stata là, che aveva trovato la bambina e l'aveva portata a casa, il tutto senza dire nulla?

Perché mai l'aveva fatto?

Percy si alzò di colpo, passandosi le mani tra i capelli. *Gesù.*

«La troveranno, Perce?» disse Meg. «E pensi che capiranno cos'è successo?»

Lui colse una nota di panico nella sua voce e si stupì, perché era la prima volta che la sentiva. Prima, quando gli aveva mostrato la neonata, era parsa quasi entusiasta. L'adrenalina, ipotizzò; non era quello che accadeva quando una persona era sotto shock? Considerò la domanda della moglie. Quante probabilità c'erano che la ricerca li conducesse là? Dipendeva da quanto Meg era stata attenta. «Non c'è battitore più bravo di Jimmy» disse cautamente Percy. «Anche il giovane Eric Jerosch non è da meno. Ma questo tempaccio renderà le cose difficili. Piove forte e sembra che non voglia smettere.»

«Forse qualcuno ha visto qualcosa?»

«Forse» concesse lui. Dio sapeva che Meg era nella posizione migliore per rispondere a quella domanda. In ogni caso, perché era uscita a camminare, con così tante cose da fare? Ma l'ansia aveva cominciato a indurirle i lineamenti e, siccome

Percy riteneva che il suo compito nella vita fosse addolcirli, si limitò a dire: «Anche se verrebbe da pensare che ormai avrebbero dovuto già essere qui».

«Sono molto preoccupata, Perce. Anzi, terrorizzata.»

Nella penombra, lui vide la ragazzina che aveva incontrato alla miniera dismessa molti anni prima, quando l'aveva informata che stava per andarsene e lei aveva cercato di mostrarsi coraggiosa.

«Che cosa succederà alla piccola?»

Entrambi guardarono la bambina addormentata, che, quasi a comando, si contorse nella culla improvvisata, storcendo il visetto come fanno i neonati quando soffrono di colichette. Meg si accovacciò per posarle il palmo sul pancino, strofinando delicatamente finché il dolore non si attenuò. «Mi ricorda i nostri figli» sussurrò.

«I neonati sono tutti uguali.»

Meg non rispose e Percy provò un'ondata di rabbia inaspettata. «Meg, sai che deve tornare indietro.»

«Dove? Da chi?» domandò lei con lo stesso tono dolce che avrebbe usato per calmare la bambina. «La sua famiglia non c'è più.»

A Percy si gelò il sangue. C'era qualcosa di provocatorio nel modo in cui l'aveva detto. Se non nel tono, almeno nelle parole. Perché, a tutti gli effetti, era la verità. Thomas Turner era in Inghilterra ed era un uomo i cui interessi esulavano dalla paternità. Era difficile prevedere cosa sarebbe stato della neonata, quale fosse la cosa migliore per lei.

La piccola sollevò le ginocchia, contorcendosi finché le fasce non si allentarono intorno al suo busto; le manine erano strette a pugno. Anche alla luce della lampada, Percy vide che aveva un colorito violaceo.

«Da brava.» Meg allungò le braccia per prenderla. Rimase in piedi, dandole dei colpetti al sederino, dondolando in quel modo innato delle madri di tutto il mondo. Quando premette le labbra contro la testolina lanuginosa, sussurrando parole dolci, usando i suoni sommessi e rassicuranti che utilizzava quando i loro figli erano piccoli, Percy intuì che erano nei guai.

«Torno in casa» disse, stupito da quanto la sua voce sembrasse normale. «Faccio una doccia e aspetto i ragazzi.»

«D'accordo.» Meg non alzò lo sguardo. «Io resto qui con questo tesorino. Ha bisogno di qualcuno che la ami.» Poi, alla neonata: «Non è vero, cara?».

Alcune ore dopo, Percy era nella stretta veranda sul retro che correva lungo la rimessa, intento a fumare l'ultima sigaretta di Esther Hughes. I ragazzi dormivano nelle loro camere. Il suo piano di parlare con loro non era andato come sperava; era riuscito a raccogliere i pensieri, ma nessuno dei due era stato in vena di parlare quando erano tornati dalle ricerche. Non aveva importanza, ci sarebbe stato tutto il tempo la mattina dopo. Così si era seduto e aveva pulito loro gli stivali.

Nei giorni successivi, la difficoltà più grande sarebbe stata nascondere loro la presenza della neonata. Meno cose sapevano, e meglio era. Percy si stava sforzando di ricordare quanto aveva detto alla polizia riguardo a Meg. Aveva specificato che sua moglie conosceva Mrs Turner e che facevano delle consegne alla villa da quando la famiglia viveva là; aveva aggiunto che Meg considerava amici tutti gli abitanti della cittadina, perché era fatta così. Di sicuro non c'era niente che potesse destare sospetti su di lei, vero?

Posò lo sguardo sulla fila di alberi che crescevano lungo la via principale di Tambilla. La sua vita, si rese conto all'improvviso, era stata come una delle preziose decorazioni natalizie di Meg, globi di vetro soffiato a mano, appesi sull'albero in casa: imperfetti ma integri. La stabilità percepita, tuttavia, era stata ingannevole; ogni cosa si era rivelata molto più fragile di quanto avesse pensato. Avrebbe voluto rimettere insieme quella sfera preziosa, racchiudere le cose importanti al suo interno, far tornare tutto come prima.

Ma quello era pensiero magico, e Percy non aveva tempo.

Non era *il sindaco di Casterbridge* o *Jude l'Oscuro*; quello non era un romanzo vittoriano sul difetto fatale di un uomo buono, sulla sua tragica caduta in disgrazia. Aveva una famiglia a cui pensare, e anche una bambina.

Ora la piccola dormiva, rannicchiata sul letto accanto a Meg. Sua moglie, esausta, era crollata rapidamente. Lui si era seduto sul lato del letto, ascoltando i respiri sempre più lenti della moglie, mentre la neonata si muoveva sotto il lenzuolo di cotone, succhiandosi il pugno, sospirando e trasalendo come fanno i bambini. Mentre era seduto là, dando loro le spalle, cominciò a elaborare un piano. Avrebbero aspettato qualche giorno, finché le ricerche della polizia non si fossero interrotte, poi lui avrebbe portato la piccola in un luogo dove potessero trovarla, in un posto dove lasciarla senza dare nell'occhio.

Mentre Percy camminava avanti e indietro sulla veranda, la pioggia si era attenuata. Riusciva a vederla cadere nel chiarore del lampione sul lato opposto della strada. Finì la sigaretta. Faticava ancora a capire come fosse potuto succedere. «Ero fuori a camminare... Non potevo lasciarla lì» era l'unica giustificazione di Meg. Ma non era un pensiero facile da accettare.

Percy temeva che la polizia sapesse più di quanto avesse dato a intendere. La sua mente correva, cercando di immaginare la scena, perché qualcosa, si rese conto ora con apprensione, aveva insospettito il sergente di Adelaide. «Qualcosa indicava che il picnic fosse stato interrotto? C'erano segni della presenza di qualcun altro?»

Percy aveva risposto di no. Era difficile capire se il sergente stesse semplicemente vagliando ogni possibilità o se avesse già formulato una teoria.

«Ha notato delle impronte?» aveva chiesto Duke.

Percy aveva pensato che si riferisse ai cani, ma se la polizia avesse trovato le orme di Meg sulla scena del crimine?

Aveva bisogno di muoversi. Aveva finito la sigaretta e ora doveva allontanarsi da quel posto. Attraversò silenziosamente la casa per recuperare gli stivali, quindi proseguì lungo lo stretto sentiero che correva accanto al negozio verso la strada. Una volta non sarebbe riuscito a svignarsela così facilmente; Buddy gli si sarebbe messo alle calcagna, ansioso di accompagnarlo. Affondò le mani in tasca. In una notte segnata da una perdita di vite umane così straordinaria e incomprensibile, il pensiero del vecchio Buddy fu il punto di svolta. Era stata anche colpa sua. Non aveva osservato abbastanza attentamente. Avrebbe dovuto sapere che quando le lunghe giornate calde si protraevano all'infinito e le alghe azzurre si propagavano, la sabbia si costellava di pesci palla spiaggiati. Quante perdite. Scivolò lungo il sentiero solitario, verso la notte buia.

La prima cosa che notò quando raggiunse la pozza fu quanto la terra fosse fradicia. Era un caos, il luogo del picnic, anche vicino al tronco dell'albero. La pioggia aveva cancellato ogni impronta, si accorse, e per una frazione di secondo provò un'ondata di sollievo. Scrutando il terreno fangoso, immaginò i Turner distesi là, ricordò l'assenza di respiro, le formiche sul polso di Evie, Matilda e la sua collana, ricordò il modo in cui il sergente aveva annotato il nome di suo figlio.

Ricominciò a piovere, e là fuori, in luoghi bui e nascosti, i dingo lanciavano i loro ululati nella notte tempestosa. Udendoli, fu sopraffatto da un dolore improvviso e profondo. Gli eventi del giorno, ma anche qualcosa di più, a un livello primordiale. Poteva farti questo effetto, quel paese. I suoni, i colori, le storie di vita e di morte. C'era qualcosa di crudo e brutale in tutto questo. Poteva farti sentire vuoto e solo, semplicemente in virtù della sua vastità, delle sue dimensioni, della distesa di terra che si dilatava all'infinito. Però, si rese conto d'un tratto, non era solo. Era una sensazione epidermica: qualcuno lo osservava. Il cielo si illuminò d'argento e Percy si sentì vulnerabile. Quando tornò il buio e il tuono gli vibrò intorno, si avviò verso casa.

Non si affrettò e, quando arrivò a destinazione, mancava meno di un'ora all'alba. Si tolse gli stivali all'esterno ed entrò dalla porta di servizio. Strisciò lungo il corridoio verso il soggiorno. Gli stivali erano infangati e non poteva aspettare il mattino per pulirli. Non voleva rischiare che qualcuno scoprisse che era uscito.

Facendo il minor rumore possibile, tirò fuori gli stracci dalla scatola di legno nell'armadio. Una ripulita appena sufficiente per rimuovere il fango. Allungò la mano per prendere uno stivale e si bloccò. Come sempre, quelli dei suoi figli erano disposti in fila vicino alla parete, dove li aveva lasciati dopo averli lucidati, ma un altro paio era sporco quanto il suo. Fango recente, umido e freddo.

Percy ripensò al terreno smosso sotto il salice sulla riva della pozza. Ricordò lo stesso punto quel pomeriggio, con tutti che si muovevano qua e là, i poliziotti e il fotografo. Forse la pioggia aveva cancellato quasi tutti i segni delle attività precedenti, ma il fotografo aveva catturato e immortalato la scena su pellicola.

Ha notato delle impronte? aveva chiesto il sergente di Adelaide, per poi informarsi se Percy si fosse avvicinato alla cesta. *Una culla di vimini, appesa all'albero.* Lui aveva risposto di no, ma avevano preso le misure del suo stivale ed era stato allora che il sergente aveva menzionato Kurt. Non Meg, ma Kurt.

D'un tratto capì. Non avevano trovato orme di donna vicino alla culla, bensì segni delle dimensioni e della forma di uno stivale da uomo. Ecco perché gli avevano preso le misure. Comprese anche la riluttanza di Meg a fornire dettagli su come avesse passato quel pomeriggio. Non voleva confondere le acque. Era stata vaga perché stava inventando.

Percy non sapeva con certezza quale dei due ragazzi stesse coprendo, ma poteva immaginarlo, e si rese cupamente conto, mentre guardava gli stivali identici sul pavimento, che avrebbe dovuto modificare la sua dichiarazione.

Il mattino dopo telefonò per annunciare il suo arrivo e andò alla centrale per prima cosa. Pioveva ancora e la camicia dell'uniforme di Hugo Doyle era costellata di chiazze umide.

«'Giorno, Perce.»

«Hugo.»

«Lucy dice che vuoi aggiungere qualcosa alla tua dichiarazione?»

«Esatto.»

Doyle lo guardava, aspettando che continuasse, e Percy era consapevole della propria cadenza, improvvisamente estranea persino alle sue orecchie, mentre parlava. «Mi è venuto in mente dopo. Il sergente Duke mi ha chiesto se mi fossi avvicinato alla culla e io ho risposto di no.»

«Me lo ricordo.»

«Però non è corretto. Mi sono avvicinato alla culla. Non me lo sono ricordato ieri sera. Colpa dello shock. Non ero lucido.»

Hugo annuì cordialmente, ma Percy, torturato dal senso di colpa, trovò quel gesto preoccupante.

«Certo» disse il poliziotto, «lo capisco. Uno shock terribile. È facile dimenticare i dettagli.» Scrisse qualcosa sul bloc-notes e alzò lo sguardo. «Solo per essere sicuro di aver capito bene, confermi il resto della dichiarazione: la tua cavalla aveva bisogno di una nuotata, sei arrivato al torrente, hai visto i Turner e hai pensato che stessero dormendo, e poi ti sei avvicinato?»

«Sì, ma lungo il tragitto sono passato davanti alla culla.»

«Passato davanti.»

«Intorno. In quel momento non sapevo cosa fosse. Mi sembrava un semplice cestino.»

«Non hai guardato dentro?»

«No. Ho visto i Turner sulla coperta. Ho intuito che qualcosa non andava. Sono andato direttamente da loro.»

Doyle annotò un altro paio di frasi. «Non hai visto o sentito nulla?»

«Magari. Non c'era nulla a suggerire... Sarei andato a controllare se avessi pensato anche solo per un secondo...»

Doyle annuì e, quando fu chiaro che Percy intendeva lasciare il rimpianto inespresso, posò la penna. «Be', grazie, Perce.

Dirò a Lucy di battere tutto a macchina e lo aggiungeremo alla tua dichiarazione.»

«Grazie.»

«Sei stato gentile a venire, soprattutto il giorno di Natale.»

«Ci mancherebbe.»

«Non preoccuparti, andremo a fondo della questione. Qualunque cosa sia successa, se qualcuno ha avuto un ruolo in tutto questo, lo troveremo. Puoi scommetterci. Lo dobbiamo a tutti loro, no?»

Percy fece sì con la testa.

«E troveremo anche la bambina. Ho degli uomini sul campo in questo istante, e la rete si sta stringendo.»

«Avete una pista?»

Doyle si picchiettò sulla narice. «Diciamo solo che, se è ancora là fuori, la troveremo.»

CAPITOLO TRENTA

Nei giorni successivi, Percy faticò a tenere la testa fuori dall'acqua. Meg era irraggiungibile, i suoi figli non gli rivolgevano la parola, i Turner erano all'obitorio. La polizia stava interrogando tutti gli abitanti della città. Percy aveva accompagnato Kurt alla centrale, battendo gli inquirenti sul tempo prima che l'occhio del sospetto si posasse su di lui; le ricerche della neonata continuavano.

Alcuni clienti abituali avevano iniziato a commentare l'assenza di Meg dal negozio e Percy disse loro che stava riposando, perché la notizia era stata una brutta batosta. Tutti si mostrarono comprensivi; era nota per essere una donna particolarmente empatica. In realtà, Meg era molto impegnata. Quando era a casa, non si allontanava mai dalla bambina; c'era un nuovo latte artificiale che avevano ordinato per il negozio qualche mese prima e che era rimasto sullo scaffale, invenduto. Ne fece buon uso, sedendosi a lungo con Thea in braccio, mormorando e cantando, confortando la piccola, che reagiva bene alle continue attenzioni. L'unico altro luogo in cui si recava era Halcyon, dove si era incaricata di tenere d'occhio Mrs Turner-Bridges, la cui figlia era nata in circostanze così difficili.

Percy si sentiva sempre più a disagio. Occorreva che Thea venisse trovata presto, e non tra le braccia di sua moglie. Nei giorni dopo Natale aveva vagliato le opzioni disponibili e alla fine, durante la riunione all'Istituto, aveva intravisto un'opportunità. Era andato da solo, lasciando Meg a casa con la bambina e i ragazzi in negozio, ed era là che aveva visto di sfuggita la donna che, con sussurri carichi di compassione, le persone definivano *la povera cognata di Mrs Turner.*

L'aveva già incontrata una volta, un paio di settimane prima, quando aveva fatto una consegna di prima mattina a Halcyon. La signora aveva ancora il pancione, e la sua pelle luccicava di un sottile velo di sudore, perché la giornata era già calda nonostante l'ora. «Lei dev'essere Mr Summers» aveva detto sorridendo quando Percy era comparso sulla soglia della cucina. «Issy mi ha detto che oggi avrebbe consegnato la spesa. Le dispiacerebbe portarla dentro?»

Percy aveva obbedito e poi aveva fatto un passo indietro, cercando di farsi venire in mente qualcosa da dire. Non si era aspettato di vederla. Quella donna, la cognata, gli ricordava moltissimo Thomas Turner, suo fratello; avevano in comune lo stesso modo di fare, un fascino naturale, una sicurezza di sé nata dal privilegio. Si era sentito in imbarazzo al confronto. Lei aveva fatto un'espressione interrogativa mentre Percy continuava a starsene là, quindi aveva sorriso dicendo: «Oh, mi perdoni!» ed era andata a recuperare il portafoglio con la massima rapidità consentita a una donna incinta. Aveva tirato fuori un paio di monete e gliele aveva date. «Per il disturbo» aveva spiegato. «Per aver fatto tutta questa strada in una giornata così calda.»

Percy arrossì ancora a quel ricordo. Aveva rifiutato il denaro. «Non è affatto un disturbo» si era affrettato a dire. «Nessun disturbo. Allora me ne vado, se non ha bisogno di altro.»

«No, ci pensiamo noi. Grazie ancora.»

L'aveva accompagnato alla porta, e Percy era appena uscito nel bagliore dorato del mattino quando aveva scorto una figura che scendeva lungo il vialetto dal capanno.

«Oh, ecco Issy!» Mrs Turner-Bridges aveva alzato la mano per salutarla.

Era stata nell'orto, si rese conto Percy quando li raggiunse; aveva una guancia sporca di terriccio e una delicata tazza da tè le penzolava pigramente dalle dita. «È in anticipo, Mr Summers.» Aveva sorriso. «Vi siete già presentati?»

«Sì» aveva risposto Mrs Turner-Bridges. «Mr Summers è stato così gentile da portare dentro la spesa.»

«Mi dispiace non essere stata qui. Mi sono distratta.» Mrs Turner aveva accennato intenzionalmente al pancione della cognata. «Dovrò smettere di farlo. Non ci vorrà ancora molto.»

«Spero proprio di no» aveva replicato Mrs Turner-Bridges. «So di sembrare impaziente, ma prima la bambina sarà tra le mie braccia, e meglio sarà. Sto facendo il possibile per accelerare le cose.» Aveva lanciato un'occhiata un po' timida a Percy, come se si fosse resa conto di aver menzionato i misteri femminili del parto. «Una camminata veloce ogni mattina all'alba. È una vecchia abitudine.»

«Nora è l'unica persona che conosco a svegliarsi sempre prima di me, ed è la più abitudinaria. Che piova o che ci sia il sole, fa sempre una passeggiata nel roseto prima di iniziare la giornata.»

«È tonificante» aveva detto Mrs Turner-Bridges. «Meglio di qualsiasi vitamina. A Dio piacendo, farà nascere presto questa piccola!»

Il suo desiderio era stato esaudito la vigilia di Natale e, quando Percy l'aveva vista alla riunione il 28 dicembre, teneva in braccio la neonata. Mentre il sergente Duke illustrava le prove ai cittadini, Percy aveva tenuto d'occhio Mrs Turner-Bridges. Era affranta, questo era chiaro, ed esausta, oltre che impegnata con la bambina. Lui aveva osservato il modo in cui la cullava, stringendosela al petto in un involucro di stoffa, con la guancia leggermente appoggiata alla testolina.

Quel gesto, la devozione istintiva che trasmetteva, l'aveva convinto. Forse il suo piano non era perfetto, ma il tempo si stava esaurendo. Doveva separare Meg da Thea il prima possibile.

Percy si preparò a una conversazione difficile, ma Meg lo stupì.

«Sì» acconsentì. «La bambina deve andare, deve stare con la sua famiglia.»

Disse che aveva imparato a conoscere Mrs Turner-Bridges – o Nora, come la chiamava ora – nei giorni dopo Natale, quando era salita alla villa per dare una mano. «Ho osservato che è una donna gentile e capace. La piccola sarà in buone mani.»

Sollevato e contento, Percy le espose la sua idea. Dopo averla valutata attentamente, Meg annuì con espressione seria. «Sì. Credo che funzionerà.»

Giovedì 31 dicembre era previsto bel tempo. Percy decise di uscire poco prima dell'alba. Sarebbe stato abbastanza buio per non essere visto, ma abbastanza vicino al sorgere del sole per non lasciare la bambina da sola all'aperto troppo a lungo. Gli dava la nausea, la pericolosità di quanto stava facendo, ma per quante volte ci avesse pensato e avesse cercato di far combaciare le tessere del puzzle, non gli era venuto in mente nulla di meglio.

La portò contro il petto nella borsa delle consegne, cavalcando cautamente verso Halcyon. Nonostante il sole che splendeva dal pomeriggio di Santo Stefano, c'era ancora molta acqua in giro e il terreno era paludoso. L'ultima cosa di cui aveva bisogno era di rimanere bloccato lassù.

Dopo aver percorso l'ultimo paddock, varcò il cancello e si addentrò nel boschetto che conduceva al lato meridionale del roseto. Quando fu abbastanza vicino, smontò e fece scivolare le redini sopra il palo, stringendole bene. Il movimento ritmico della cavalcata aveva fatto addormentare la bambina. Percy si ritrovò a fissarla alla luce del plenilunio. Era bellissima, Meg aveva ragione. I raggi della luna sul suo viso gli ricordarono il periodo in cui i suoi figli erano appena nati. Le persone lo ripetevano senza sosta. Era un luogo comune perché era vero. Ci si dimenticava di quanto fossero stati piccoli.

Attraversò il giardino senza far rumore. Lo spazio era organizzato in un quadrilatero: quattro appezzamenti di fiori con sentieri erbosi che disegnavano una croce e una grande urna di pietra al centro. Avrebbe lasciato Thea nel quadrante più lontano, vicino al noce: così, quando qualcuno avesse aperto la porta di servizio, l'angolo del giardino sarebbe stato visibile. Doveva soltanto aspettare che il sole si alzasse ancora un po' e poi restare finché non avessero trovato la bambina.

La mise giù delicatamente, spianando prima il terreno. L'aveva avvolta con cura per il tragitto, ma ora allentò la coperta, affinché non sembrasse troppo ordinata; tirò il bordo per coprire il terriccio sotto la testolina. La notte, grazie al cielo, non era fredda. Esitò un attimo, fissando il visetto, gli occhi di nuovo spalancati, le palpebre che sbattevano, gli angoli della bocca piegati quasi in un sorriso. Le sfiorò delicatamente lo zigomo con la nocca. «Tranquilla, piccolina. Tra poco torni a casa.»

Tornò verso il punto in cui aveva lasciato Blaze e si accovacciò dietro la siepe. Le prime luci rosa stavano spuntando oltre gli eucalipti sul crinale, ma il resto del cielo era ancora buio.

Sentì un rumore alle sue spalle. Si bloccò, restando in ascolto. Calmò la cavalla.

Doveva averlo immaginato. Nessun altro era fuori a quell'ora.

Ma rieccolo.

Doveva controllare. Se qualcuno avesse visto quanto aveva fatto, se qualcuno l'avesse associato alla bambina scomparsa, avrebbe condotto la polizia dalla sua famiglia, da Meg o da Kurt.

Lanciando un'ultima occhiata sopra la spalla verso la coperta bianca sul terreno, girò intorno al cespuglio, facendo attenzione a non scivolare. Accese la torcia nella radura buia; era sicuro di aver visto un movimento.

«Ehi» chiamò con circospezione mentre un brivido gli percorreva il corpo.

Nessuno rispose. Tese le orecchie, immobile.

Un fruscio tra le foglie, un rumore di passi.

Proseguì. Puntò di nuovo la torcia. Prima qua, poi là. Niente. Ora l'unica cosa che faceva rumore e che si muoveva era lui. Di qualunque cosa o persona si fosse trattato, era sparita.

Rimise la torcia in tasca e tornò al suo punto di osservazione. Blaze, che aspettava pazientemente, gli sfiorò la spalla con il muso. Percy posò di nuovo gli occhi sull'aiuola più lontana.

Mentre scrutava i roseti nella luce fioca dell'alba, sentì il cuore fermarsi e l'adrenalina riempirgli le vene. La neonata era scomparsa.

Per tutto il giorno, al negozio, Percy aspettò. Lo agitava il fatto di non aver visto Mrs Turner-Bridges trovare Thea, ma sapeva che ogni mattina la donna faceva una passeggiata nel roseto all'alba; tutto il piano si basava su quel fatto. Si era allontanato per pochi minuti, cinque al massimo; sicuramente, in quel lasso di tempo, lei era uscita, aveva visto la bambina e l'aveva portata dentro. Da un momento all'altro sarebbe arrivata la notizia che la piccola era ricomparsa e che le ricerche erano concluse.

Le informazioni si propagavano come la peste a Tambilla, e Percy trascorse quel primo giorno sulle spine, certo che ogni cliente che varcava la soglia avrebbe portato con sé il lieto annuncio. Quando il pomeriggio cedette il passo alla sera senza che ci fossero novità, si disse che la polizia doveva avere un sacco di questioni burocratiche da sbrigare in caso di ritrovamento di un neonato; non c'era nulla di strano nel ritardo.

Ma l'indomani fu uguale. Percy aspettò, ascoltò il notiziario alla radio, vide persino i poliziotti che conducevano gli interrogatori sulla via principale, pranzando da Betty. Nessuna notizia. Nemmeno un accenno.

Controllava il giornale ogni mattina, facendo a gara con Meg per portare dentro i fasci di quotidiani da dove i fattorini li lasciavano prima dell'alba. Con la scusa di rifornire gli scaffali della drogheria, chi arrivava per primo slegava le copie e studiava le pagine.

«Qualcosa di interessante?» chiedeva Meg.

«Sembra di no.»

Ogni giorno che passava, mentre Percy rimaneva bloccato in un pantano di incertezze, aspettava che Meg lo rimproverasse, che gli dicesse: «Mi sono fidata di te» e «Che cos'è andato storto?», ma a suo merito va detto che non lo fece mai.

Fu Percy, però, a sgridare se stesso. Non aveva senso. Aveva restituito la neonata. Si era distratto, sì, aveva dato la caccia a qualunque cosa l'avesse seguito nella radura, ma era stato via solo per pochi minuti.

Si aggrappò agli ultimi brandelli di speranza finché poté, fino al giorno in cui vide Mrs Turner-Bridges e la carrozzina sulla strada. Era ancora vestita a lutto, ed era evidente che la sua situazione non era cambiata rispetto a quando l'aveva intravista alla riunione. Allora capì che le cose non erano andate come previsto. La donna non aveva trovato Thea e lui aveva commesso un terribile, terribile errore.

CAPITOLO TRENTUNO

Sydney, 19 dicembre 2018

Erano le otto di mercoledì sera quando Jess tornò a Darling House; l'ultima luce del giorno virava verso il viola e gli uccelli si radunavano nella baia. Aveva trascorso le due ore di volo da Adelaide rimuginando sulla conversazione con Marcus Summers, trasportata a Tambilla in quella tempestosa vigilia di Natale del 1959: la scoperta raccapricciante, le lunghe ore piovose a casa Summers, i giorni e le decisioni angoscianti che erano seguiti.

Per Marcus era stato un sollievo raccontare la storia. Suo padre si era portato dentro un pesante fardello di rimorso, aveva detto, e ora, finalmente, la liberazione. Anche per Marcus c'era stato un conforto personale nel raccogliere la confessione di Percy.

«Quel pomeriggio ero tornato da una consegna» aveva spiegato a Jess, «e stavo dicendo a mia madre del regalo che avevo consegnato a Mrs Turner, ma era distratta, intenta a preparare una torta per il compleanno di mio padre. Sembrava esausta e mi dispiaceva per lei. Si faceva sempre in quattro per gli altri. Ho deciso di andare incontro a mio padre per assicurarmi che tornasse subito a casa.

«Devo averlo mancato per poco. A quanto ho scoperto in seguito sulla tempistica degli eventi, devo essere arrivato sulla scena sotto il salice poco dopo che si era allontanato. Ero sotto shock, ma poi ho sentito piangere la bambina. Era nella culla, appesa a un ramo dell'albero. Non riuscivo a ragionare lucidamente. Avevo ancora la borsa delle consegne, così l'ho infilata lì dentro e me ne sono andato il più rapidamente possibile, attraversando i paddock, evitando le strade, per tornare da mia madre. Avevo quattordici anni e confidavo che lei avrebbe sistemato le cose.»

Meg ci aveva provato. «Ha telefonato alla centrale» aveva continuato Marcus, «ma erano troppo occupati per rispondere. Le hanno detto che c'era stata un'emergenza e hanno riattaccato. Lei sapeva già tutto, naturalmente - le avevo raccontato quanto avevo visto - così mi ha mandato a cercare mio fratello Kurt. Frequentava Matilda Turner e la mamma aveva intuito, suppongo, che la polizia avrebbe iniziato a sospettare di lui. Lo voleva vicino.»

Suo padre si era aggrappato alla speranza, aveva detto Marcus, il più a lungo possibile, immaginando che la bambina fosse sopravvissuta in qualche modo, che qualcun altro fosse arrivato e l'avesse portata via, e che Thea avesse condotto una vita felice altrove, ignara di ogni cosa. Ma nel 1979, quando i suoi resti erano stati rinvenuti nel roseto, non lontano da dove l'aveva lasciata, Percy era stato costretto ad accettare la verità. Marcus aveva aggiunto che all'epoca suo padre aveva cercato di contattare Nora, ma lei non aveva voluto saperne.

«E così lei ha fatto un ultimo tentativo di dirglielo» aveva osservato Jess. «Per questo ha scritto la lettera. Era a nome di suo padre.»

«Era l'anniversario della sua morte e ho pensato che valesse la pena riprovare. Glielo dovevo, dopotutto ero responsabile dell'accaduto.»

«Perché ha portato a casa Thea.»

«E perché sono stato io a seguirlo quella notte, quando l'ha riportata a Halcyon. A quell'età ero un ficcanaso. Cercavo di capire il mondo degli adulti e vedevo molto più di quanto avrei dovuto.»

Jess ricordò come, secondo il libro di Daniel Miller, il reverendo avesse dichiarato che il giovane Marcus Summers era andato a parlargli, confuso e sconvolto, dopo aver visto Kurt e Matilda insieme.

Sapere di aver distratto Percy nel momento cruciale, cosicché nessuno dei due aveva visto cosa fosse successo, lasciando la bambina indifesa, aveva cambiato il corso della vita di Marcus.

«È per questo che ho studiato giurisprudenza» aveva detto a Jess. «Mi sono dato da fare per sistemare le cose. Non potevo cambiare le sorti di Thea Turner, ma potevo contribuire a riparare altre ingiustizie. All'epoca avevo una visione molto ingenua del sistema legale. Mi ci è voluto un po' di tempo per capire che non sempre ciò che è legale coincide con ciò che è giusto, ma ho fatto del mio meglio.»

Jess, che per decenni si era guadagnata da vivere facendo domande e scrivendo articoli inattaccabili, aveva avuto la sensazione che ci fossero delle questioni irrisolte da districare. Ma prima aveva preferito riflettere sulle nuove informazioni, e poi si era dovuta precipitare all'aeroporto. Si chiese cosa avesse pensato Nora della lettera di Marcus Summers. Che cosa aveva creduto che volesse dirle? L'aveva buttata via, ma aveva recuperato il libro di Miller e aveva cercato di salire in soffitta. E aveva scritto le iniziali di Marcus nell'agenda, indicando che aveva intenzione di chiamarlo. Se solo l'avesse fatto. Forse sarebbe stata ancora viva e avrebbe camminato accanto alla nipote al ritorno da una visita a Tambilla.

Invece Jess era sola e, quando si avvicinò a Darling House, quei pensieri si dissolsero, sostituiti dai problemi del presente. La luce era accesa in cucina e le ombre dell'ultima conversazione con Polly ripresero a tormentarla. Erano successe molte cose dalla loro interazione precedente; Jess aveva quasi dimenticato cosa l'avesse fatta arrabbiare così tanto. La sensazione era familiare. Con Polly andava sempre così. Nelle rare occasioni in cui Jess aveva una ragione valida per irritarsi, la frustrazione si attenuava con il tempo, e invariabilmente lei concludeva di essere stata troppo precipitosa nel reagire, di essere stata ingiusta, di dover dare a sua madre un'altra possibilità. «Gli angeli vegliano su di lei» aveva detto Rachel una volta con l'aria di chi la sa lunga, dopo che Jess le aveva descritto il fenomeno. Doveva aver fatto una faccia perplessa, perché la sua amica aveva proseguito spiegando: «Tutti conosciamo una persona così. Sono meno attente, meno capaci, eppure in qualche modo non sono mai vittime di cose davvero terribili. Suscitano negli altri la voglia di aiutarle, attirano la gentilezza, sono protette da un angelo custode ovunque vadano».

L'idea le era rimasta impressa. Sicuramente corrispondeva a quanto aveva osservato in Polly.

Si preparò all'imbarazzo del ritorno. Non voleva continuare le ostilità: era troppo stanca. Sarebbe andata dritta in cucina, avrebbe salutato sua madre e poi si sarebbe ritirata. La cosa migliore per entrambe era superare il resto della giornata e poi tornare ciascuna alla propria vita.

Polly aveva appena finito di lavare i piatti quando Jess entrò in cucina. Sullo scolapiatti erano appoggiati un piatto e due posate, e lei provò una fitta di compassione, anche se, come ricordò a se stessa, pure lei mangiava spesso da sola. Ed era proprio questo che intendeva: Polly suscitava compassione per cose che gli altri accettavano senza lamentarsi.

«Ciao» esordì Jess con un'allegria nervosa. «Hai avuto una buona giornata?»

Dopo una brevissima incertezza, Polly sorrise. «Sì, grazie. E tu? Hai avuto da fare?»

«Sì.» Jess si infastidì per la timida obliquità della domanda, rifiutandosi di rivelare altro, e scese il silenzio. «Sono molto stanca» disse dopo una pausa. «Vado a letto presto.»

«Prima che tu vada» la fermò Polly mentre stava per allontanarsi, «c'è della corrispondenza per te.»

Quella sì che era una sorpresa. «Per me? Qui?»

Polly annuì, asciugandosi le mani con lo strofinaccio, e indicò il tavolo. Vicino alla fruttiera c'erano due pacchi, entrambi con francobolli americani. Il primo era la copia del libro di Daniel Miller che Jess aveva ordinato tramite AbeBooks. Il secondo, dedusse dall'indirizzo del mittente scarabocchiato sulla ricevuta della posta internazionale, era stato spedito da Nancy Davis. Ricordò che Nancy aveva promesso di spedirle qualcosa dopo la morte di Nora. Non il mazzo di fiori che aveva immaginato, a quanto pareva.

Era curiosa di sapere cosa ci fosse dentro ma, per una ragione misteriosa che nemmeno lei capì, non intendeva mostrarsi anche solo lontanamente incuriosita davanti a Polly. Prese i pacchi e disse educatamente: «Grazie» prima di salire in camera sua.

Aprì prima il pacco di AbeBooks. Era un'ironia del destino che nel giro di due settimane fosse riuscita a procurarsi tre copie del volume. Quella era l'edizione del 1980 e conteneva l'appendice che Polly aveva fotocopiato e allegato in fondo al suo esemplare. Lo aprì e lo sfogliò. Era molto più usurato del previsto. Sembrava che il precedente proprietario si fosse considerato un investigatore dilettante, facendo annotazioni a matita, inserendo osservazioni sui personaggi, facendo domande a margine e, cosa ancora più affascinante, aggiungendo un elenco di veleni e possibili metodi di omicidio sul frontespizio. *Sola dosis venenum facit*, aveva scritto in fondo: È la dose che fa il veleno! Jess annuì vedendo il topicida che Meg Summers aveva venduto a Isabel Turner e il flacone che Evie aveva procurato a Matilda ma, alla fine dell'elenco, accompagnata da un punto interrogativo, c'era una parola che non riconobbe subito: *Cianotossine?*

Aggrottò le sopracciglia. Che cos'erano le cianotossine? Digitò il termine sul telefono. Comparvero moltissimi link, da Wikipedia all'Environmental Protection Agency, a varie pubblicazioni scientifiche. Un rapido esame rivelò che il vocabolo era un altro modo per definire le *alghe azzurre*. Lesse quanto bastava per capire che le tossine, prodotte dai cianobatteri, erano presenti in luoghi di ogni tipo, ma soprattutto nei corsi d'acqua con un'alta concentrazione di fosforo. Erano tra i più potenti veleni naturali conosciuti dalla scienza e, in determinate quantità, potevano uccidere animali ed esseri umani. Erano state condotte persino alcune sperimentazioni per studiarne il potenziale uso militare come arma biologica.

Un campanello iniziò a suonarle debolmente nella testa. Cercò *alghe azzurre* e *Australia Meridionale*, e approdò sul sito governativo dell'SA Health, secondo cui le risorse idriche dello Stato venivano monitorate regolarmente per rilevare l'eventuale presenza di alghe azzurre. Si aggiungeva inoltre che, in caso di fioritura algale, sarebbe stato diramato un avviso di salute pubblica. Le Adelaide Hills erano una regione agricola, sapeva Jess, e lo erano state anche negli anni Cinquanta. Era molto probabile che il deflusso di fertilizzanti al fosforo e di fosse biologiche avesse causato una fioritura algale in quella zona nel dicembre del 1959. Se, come sospettava, Isabel aveva aiutato la Resistenza durante la guerra, era inoltre possibile che fosse a conoscenza dell'uso sperimentale del veleno come arma...

D'altro canto, i Turner avevano finito di nuotare da poco quando Percy Summers li aveva trovati. E se avessero riempito le bottiglie con l'acqua del torrente e l'intera questione fosse stata uno spaventoso incidente anziché un omicidio? La polizia e il medico legale avevano preso in considerazione le cianotossine? Sapevano come cercarle all'epoca?

Jess non aveva ricevuto risposta dalla professoressa, ma recuperò la prima e-mail e ne inviò un'altra, scusandosi per averla ricontattata così presto, ma chiedendo se le alghe azzurre potessero essere responsabili delle morti e, in caso affermativo, se fossero state rilevabili in quegli anni.

Era ansiosa di esaminare le annotazioni del precedente proprietario del libro – quali altre idee utili potevano essere scarabocchiate a margine? – ma il pacco di Nancy la assillava. Aveva evitato di aprirlo, sapendo che era legato alla morte di Nora e non volendo rivivere quel dolore, ma era stato spedito con un corriere. Nancy era decisa a far sì che lo ricevesse, e rapidamente.

La busta imbottita era morbida, sigillata da una quantità spropositata di nastro adesivo. Per romperlo, Jess dovette usare le forbici per le unghie. Dentro trovò un pacchetto avvolto nella pellicola a bolle e un biglietto.

Cara Jess,

spero che questa lettera ti trovi bene, anche se so che stai affrontando un dolore immenso per la perdita di tua nonna. Vorrei avere le parole per confortarti, ma sappiamo entrambe che non ci sono scorciatoie quando si tratta di sofferenza. Così mi limiterò a dirti quanto mi dispiace e a mandarti le mie condoglianze, oltre alla mia sincera ed egoistica gratitudine per il fatto di essere entrate in contatto.

Scrivendoti ora, mantengo anche una promessa fatta a mio zio. Insieme alla lettera troverai un pacchetto che è saltato fuori mentre riordinavo il capanno di Dan dopo la sua morte. Aveva una cassetta di sicurezza, al cui interno c'erano questo involto e un biglietto con una serie di istruzioni. Se Nora Turner-Bridges fosse morta e se mai sua figlia Polly o sua nipote Jessica si fossero fatte vive, il pacchetto avrebbe dovuto essere inviato a loro. Dan avrebbe preferito che fosse Polly a riceverlo.

So che tua madre e tua nonna si erano allontanate, mentre tu e Nora siete rimaste molto unite, e temo che eseguire le istruzioni di Dan possa essere doloroso. Ma mio zio è stato molto chiaro nel precisare che, se possibile, doveva essere Polly ad aprire l'involto. Te lo inoltro, sperando che tu possa consegnarglielo, e mi scuso perché non ho altra scelta se non rispettare la volontà di Dan.

Spero che capirai e che ci risentiremo presto.

Con i miei migliori auguri,

Nancy

Rendendosi conto di aver trattenuto il fiato, Jess fece un lungo e lento sospiro. Rilesse la lettera e poi, dopo un attimo di riflessione, la mise giù e si concentrò sul pacchetto. Nessuno l'avrebbe mai saputo se fosse stata lei ad aprirlo. Nancy non c'era, e Polly non aveva idea di chi fosse Nancy Davis.

Ma – sorrise mestamente – pur avendoci pensato, sapeva che non sarebbe andata contro i desideri di Daniel Miller. Tastò l'involucro. Dentro c'era qualcosa di duro. Scuotendolo leggermente, percepì un tintinnio. Il suono era vagamente familiare, ma non riuscì a individuarlo.

Posò il pacco a debita distanza. D'un tratto si accorse che, nella lettera, Nancy spiegava come suo zio avesse menzionato lei e Polly per nome. Che lo scrittore sapesse come si chiamava sua madre – l'aveva vista da piccola – era comprensibile, ma come faceva a sapere di lei?

Doveva sapere cosa conteneva il pacchetto. Dentro, ne era convinta più che mai, c'erano alcune delle risposte che stava cercando.

C'era una sola cosa da fare.

Prese il pacchetto e tornò al piano di sotto.

«Ripetimi, chi lo manda?» Polly stava ancora cercando di raccapezzarsi. Jess aveva fatto irruzione in cucina con la determinazione che la contraddistingueva sin da bambina, sventolando un pacchetto e fornendo una spiegazione frettolosa da cui Polly aveva capito soltanto che qualcuno da qualche parte aveva spedito qualcosa e che lei era in qualche modo coinvolta.

«Si chiama Nancy Davis.»

«Non conosco nessuna Nancy Davis» disse Polly, perplessa. «Perché dovrebbe spedirmi un pacchetto, e come faceva a sapere che sono qui? E perché è indirizzato a te?»

Jess espirò spazientita. «È la nipote di Daniel Miller.»

«Daniel Miller, l'autore del libro che ti ho regalato?»

«Sì, esatto. Daniel Miller è morto alcuni anni fa e Nancy era la sua esecutrice testamentaria. Lui ha lasciato un pacchetto precisando che, se Nora fosse morta e una delle sue discendenti si fosse messa in contatto con Nancy, lei avrebbe dovuto farglielo avere.»

«Ma non l'ho contattata.»

«No, ma *io* sì. Ho telefonato a Nancy Davis.»

«Allora perché l'ha spedito a me?»

«Questo non lo so. Ma dice che le istruzioni sono esplicite. È destinato a te.»

Polly sospirò. Era incline all'ansia. Aveva portato il libro a Jess perché voleva aiutarla in un momento difficile, ma non voleva rivangare l'intera vicenda. Quegli avvenimenti avevano causato una profonda frattura nella sua vita: lo shock di scoprire cosa aveva fatto Isabel Turner, Nora che l'aveva costretta a mantenere il segreto e che aveva insistito perché Jess non venisse mai informata...

Eppure eccole là. Nonostante i desideri di Nora era arrivato un pacchetto per Polly, e la concatenazione di eventi era stata messa in moto da Jess. Loro tre erano come le protagoniste di una vecchia fiaba: l'incantesimo lanciato sopra la culla della bambina, la promessa estorta per impedire che la piccola venisse a conoscenza di un segreto, l'inevitabile ritorno della verità.

«Le istruzioni sono esplicite» ripeté Jess. «Il pacchetto è tuo e puoi farne quello che vuoi.»

Polly lo prese. Per quanto continuasse a essere incerta, una cosa era molto chiara: Jess voleva disperatamente sapere cosa contenesse. Facendosi forza, chiese: «Lo apro, allora?».

«Se vuoi.»

Polly mascherò il divertimento che provò al tentativo di Jess di apparire noncurante. L'indifferenza non era mai stata la condizione naturale di sua figlia. «D'accordo. Vediamo cosa contiene.»

Il nastro adesivo che teneva insieme l'involucro era vecchio e aveva iniziato a ingiallire. Si staccò facilmente. «È un'audiocassetta. Non ne vedevo una da anni.»

«Che cosa c'è sopra? Che cosa dice?»

Polly capovolse la custodia per leggere l'etichetta. *Nora Turner-Bridges, 14 dicembre 1979*. La data le diceva qualcosa, e Polly impiegò meno di un secondo per unire i puntini. Era il giorno in cui Daniel Miller aveva fatto visita a Nora a Darling House. Lo disse a Jess, quindi corrugò la fronte. «Ma non capisco cosa c'entri con questa cassetta.»

Jess fece un respiro. «È l'intervista che ha fatto a Nora.»

Polly la ascoltò mentre parlava del ritorno di Daniel Miller in Australia dopo la scoperta dei resti di Thea Turner. «Era qui per scrivere l'appendice che compare nelle edizioni successive del libro, ma Nancy mi ha detto che ha anche fatto delle registrazioni. Nel '59 non ne sarebbe stato in grado – la tecnologia non era abbastanza avanzata – perciò ha parlato di nuovo con gli abitanti di Tambilla.»

«Non ne avevo idea. Allora è questo che stavano facendo in biblioteca. E poi è uscito in giardino.» Polly ricordò la grande borsa che il giornalista aveva con sé. Conteneva uno dei primi registratori, ipotizzò.

«Ed è stato allora che l'hai conosciuto?»

«L'hai conosciuto anche tu. Era rapito da te.»

Jess annuì, sgranando gli occhi. «Ecco come faceva a conoscere il mio nome.»

«Suppongo di sì.»

«Posso?» Jess indicò la cassetta.

Polly la osservò mentre si rigirava la custodia di plastica tra le mani, per poi aprirla e far scorrere avidamente il dito sulla cassetta.

Notando l'espressione emozionata della figlia, Polly ripensò al giorno in cui aveva conosciuto Daniel Miller. Si rivide accanto alla fontana, a chiacchierare con il sofisticato scrittore americano vestito di pelle, mentre la piccola Jess si avvicinava gattonando e si alzava in piedi. Miller le aveva fatto una buona impressione. Qualcosa nei suoi occhi le aveva comunicato un interesse sincero, anche mentre le faceva banali domande sulla sua vita a Darling House e sottolineava quanto dovesse esserle piaciuto crescere là, quanto fosse bello che tre generazioni vivessero sotto lo stesso tetto, e quanto Nora l'avesse adorata da neonata.

Seduta là con Jess, Polly sentì, come spesso le capitava, la malinconia del tempo trascorso e delle occasioni mancate. I lineamenti infantili di sua figlia erano ancora riconoscibili sul viso adulto, ma solo per chi sapeva dove trovarli. Le larghe sopracciglia che l'avevano fatta sembrare intelligente, anche da bambina; la bocca pensierosa e il mento con la fossetta; la leggera inclinazione della testa quando si concentrava. Polly aveva passato innumerevoli ore a memorizzare le linee a forma di cuore della mascella di Jess. Un fatto crudele della vita, che genitori e figli condividessero moltissime esperienze fondamentali, ma solo uno dei due ne conservasse il ricordo. Era un ruolo solitario, quello dell'unico depositario dei ricordi.

«Che cosa c'è?» Alzando lo sguardo, Jess l'aveva sorpresa a fissarla.

Sicuramente Polly aveva imboccato diverse strade sbagliate – strano quanto fosse facile vedere i cartelli nello specchietto retrovisore – ma ormai aveva imparato che era inutile cedere alla nera tentazione del rimpianto. Così sorrise. «Coraggio. Vediamo cosa c'è sul nastro.»

CAPITOLO TRENTADUE

Era una fortuna, avrebbero convenuto in seguito, che Nora fosse una delle poche persone a Sydney ad aver conservato non solo il suo videoregistratore, ma anche il modernissimo impianto stereo che aveva acquistato negli anni Ottanta e che aveva installato, con grandi cerimonie, nella biblioteca di Darling House. Il telaio d'argento spazzolato conteneva una piastra per cassette e due misuratori VU che valutavano il segnale audio di ciascun massiccio altoparlante.

Quando era andata a vivere da Nora, Jess aveva avuto solo un accesso limitato a quell'apparecchio speciale, che dunque aveva mantenuto un'aura di prestigio. Veder fremere gli aghi dei misuratori VU, retroilluminati di arancione, era stata un'esperienza religiosa. Ora controllò da che parte fosse la bobina e inserì la cassetta nella piastra. Il dito le tremò leggermente mentre premeva il tasto di avvio.

«Quel coso è acceso?»

La voce di Nora uscì dagli altoparlanti, talmente assordante che Jess trasalì, ritirando l'indice così rapidamente che il pulsante scattò e il nastro smise di girare.

Anche se era preparata, sentire Nora era stato un colpo al cuore. Sembrava così presente e, allo stesso tempo, era come se fosse uno spirito gioioso che abitava la biblioteca dopo la sua morte. Fu surreale rendersi conto che la registrazione era stata effettuata proprio in quella stanza.

Dove si era seduta Nora quel giorno?, si chiese Jess. Accanto alla finestra? Dietro la scrivania? E Daniel Miller? Doveva aver avuto bisogno di spazio per il registratore. Aveva forse occupato la scrivania? Oppure il suo obiettivo era stato mettere a suo agio il soggetto dell'intervista eliminando ogni impedimento, rivolgendosi a Nora come un confidente?

Polly attese pazientemente che il nastro ricominciasse.

Con un respiro profondo e inquieto, Jess premette il tasto e, quando la registrazione riprese e una voce maschile disse: «Certo che sì», si accomodò sulla sedia di Nora e aspettò di sentire cosa avrebbe detto la nonna.

«Devo parlarci dentro?»

«Niente affatto.» La voce chiara di Daniel Miller, calda e dall'accento americano, indicava che lo scrittore era più vicino al dispositivo rispetto a Nora. «Anzi, di solito funziona meglio se le persone si dimenticano che sto registrando. Parli con me e ignori completamente l'apparecchio.»

Ciò che seguiva era un'intervista piacevole, a tratti triste, tra due persone il cui legame era stato forgiato dal fatto di essersi conosciute in occasione di un evento straziante. La barriera che avrebbe potuto esistere tra giornalista e soggetto era stata abbattuta e, benché non si vedessero da vent'anni, la conversazione era sgorgata, come dimostravano le pause e le formulazioni sintetiche, da un luogo di conoscenze ed esperienze condivise.

Nora aveva pianto quando erano passati a parlare della recente scoperta dei resti di Thea Turner, e Miller l'aveva consolata prima di continuare la discussione.

«È passato molto tempo» aveva detto alla fine. «Mi ero rassegnata all'idea che non l'avrebbero mai trovata.»

«Dev'essere un sollievo, in un certo senso, che ora possa ricevere una degna sepoltura.»

«In un certo senso» aveva concesso Nora. «Ma mi fa rivivere ogni cosa.»

«Riesce a dormire?» Il tono di Miller era dolce, preoccupato.

«A malapena.»

«Sarà sepolta a Tambilla?»

«Non... Sarà mio fratello a prendere queste decisioni.»

«Ha parlato con lui?»

«Brevemente.»

«Polly lo sa?»

«No. No, non parlo con lei di queste cose. A cosa le servirebbe immaginare simili orrori?»

«Sa di Halcyon, però?»

«Sa quanto basta.»

«Avrà vent'anni ormai.»

«Sì. Quasi. La vigilia di Natale.»

«Sembra incredibile.»

«Come si dice? I giorni sono lunghi, ma gli anni sono brevi.»

«Com'è?»

«Polly? Una brava ragazza. Sensibile e gentile, brava a scuola, bellissima. Ma ingenua, romantica, delicata, il tipo di ragazza che legge molti libri e poesie e si illude che la vita possa essere davvero così. A volte devo salvarla da se stessa, sorvegliarla attentamente per assicurarmi che le persone non si approfittino di lei. Non mi pesa. È quello che mi sono impegnata a fare. Avere un figlio è un lavoro che dura tutta la vita.»

«Mi ricordo di voi due all'epoca. Non me ne sono reso conto, ma mi avete fatto pensare a mia cognata e a sua figlia. La sua Polly era una bambina adorabile, molto calma.»

Jess lanciò un'occhiata a Polly, che però aveva chinato la testa, rendendo le sue emozioni difficili da interpretare.

A quel punto, Miller aveva chiesto a Nora se fosse tornata a Tambilla dal 1960.

«Buon Dio, no. Certo che no. Non sopporterei di avvicinarmi di nuovo a quel posto. Mi perseguita, nel vero senso della parola.» Miller aveva saggiamente lasciato che la pausa successiva si allungasse. Quando Nora aveva ricominciato a parlare, la sua voce aveva vacillato: «Ha... Ha visitato la casa mentre era lì?».

«Sì.»

«Era in cattivo stato? Non so chi se ne occupi, o se Thomas abbia preso accordi con qualcuno. C'erano quegli hippy, quelli che hanno trovato Thea... Dio solo sa come avranno ridotto quel luogo a forza di scavare e di curiosare.»

«Sembrava tutto a posto. La cosa peggiore che hanno fatto è stata appendere nei vani delle porte alcuni teli colorati. Il giardino, invece, è malconcio. Henrik Drumming se n'è occupato finché ha potuto, anche se Thomas aveva dato istruzioni di lasciar perdere, ma qualche anno fa ha avuto un ictus e il lavoro è diventato troppo faticoso.»

Un'altra pausa, e Jess udì uno scalpiccio, lo scricchiolio del cuoio mentre qualcuno cambiava posizione, e infine la voce di Nora, tesa, innaturale: «Le rose?».

«Hanno lottato valorosamente per resistere, ma a un certo punto un uccello deve aver lasciato cadere un seme di pomodoro ciliegino nel giardino, e da allora i rampicanti sono cresciuti a dismisura. Le rose sono state praticamente soffocate.»

«Isabel sarebbe stata molto contrariata. Il roseto era il suo orgoglio e la sua gioia. E pensare che quei filistei l'hanno estirpato! Una volta era un luogo sacro, nessuno avrebbe osato.»

«Pensa che ora suo fratello venderà la casa?»

«Non ha motivo di tenerla.»

«Forse aspettava solo questo? Dev'essere stato orribile non sapere con certezza cosa fosse successo alla sua bambina.»

L'ipotesi parve sensata a Jess, ma Nora si era limitata a dire: «Le serve altro? Comincio a essere stanca di parlare».

«Abbiamo finito.»

Jess sentì dei rumori – le fibbie della valigetta che scattavano, il tintinnio di una penna che scivolava su una superficie, un bicchiere sollevato e rimesso sul ripiano – e poi, all'improvviso, di nuovo la voce di Nora, come se fosse un ripensamento: «Come stavano tutti? L'altra gente del posto?».

«Abbastanza bene.»

«Chi ha incontrato?»

«Peter Duke, Percy Summers... Ha perso la moglie, purtroppo.»

«Meg è morta?»

«Circa un anno fa.»

«Non lo sapevo.» Nora aveva parlato così piano che Jess si sporse come se servisse a sentirla meglio. «È venuta ad aiutarmi, si ricorda? Si è presentata il giorno di Natale per portarmi da mangiare e ha insistito per restare a pulire la cucina.»

«Era una persona gentile.»

«E ora se n'è andata. Se n'è andata davvero.» Il tono di Nora era tenero, ma c'era anche qualcos'altro. Incredulità, decise Jess. Poteva immaginare quanto fosse sconcertante venire a conoscenza della morte di una persona che si era dimostrata così premurosa in un momento di tremenda angoscia.

«Suo figlio Kurt era ancora in circolazione» aveva proseguito Daniel Miller, «e ho parlato con Betty Diamond e Becky Baker.»

Nora aveva sibilato udendo il nome di Becky, e Jess si ricordò dell'alterco tra le due donne, descritto nel libro.

«Quella ragazza era una minaccia» aveva detto Nora. «Troppo attaccata. L'ho percepito non appena sono arrivata. Sempre lì a ronzare intorno, comportandosi come se la bambina di Isabel fosse sua.»

«Era molto turbata durante l'intervista» aveva replicato Miller. «Stentava a credere che i resti fossero stati rinvenuti. Credo che non abbia mai perso la speranza di rivedere Thea viva.»

«Be', era una sempliciotta. Senza dubbio aveva un sacco di idee stupide in quella testa.»

Jess fu colta di sorpresa dalla severità della voce di Nora e dai sentimenti ostili che la nonna aveva espresso. Evidentemente si era offesa quando Becky Baker l'aveva aggredita sulla strada. Comprensibile, pensò Jess, Nora era un essere umano e aveva subito un trauma enorme, ma la razionalizzazione non era facile da accettare. Jess non poté fare a meno di pensare che fosse un commento crudele con cui concludere l'intervista.

Ma, ahimè, la registrazione finiva lì. In quel momento, Miller aveva spento il registratore, perciò non c'era modo di sapere cosa avesse risposto a Nora.

Ora, nel silenzio della biblioteca illuminata dalla lampada, Jess disse: «Bene». Era delusa. Aveva sperato, anzi creduto, che la cassetta contenesse le risposte alle sue domande. Perché spedire il nastro a Polly, soprattutto con una simile segretezza e istruzioni esplicite? La conversazione non rivelava nulla di nuovo, ripercorrendo informazioni già note su un argomento di cui Miller aveva scritto e pubblicato. Né dipingeva Nora in una luce particolarmente brillante, in un modo che potesse confortare i suoi cari.

Lanciò un'occhiata alla madre per vedere se la pensasse come lei, ma Polly aveva la testa china su un foglio.

«Che cos'è?» chiese Jess.

«Una lettera.»

Jess era confusa. «Un'altra? Da parte di Nancy?»

«Di Daniel Miller. Era dentro la custodia della cassetta, piegata sotto la lista delle tracce. L'ho trovata solo ora. Non ho gli occhiali. Tieni.» Gliela porse. «Leggila ad alta voce.»

Jess la prese. Il foglio era ultrasottile. Antiquata carta per posta aerea, a quanto pareva, risalente a prima delle e-mail, quando le persone dovevano tener conto del peso delle lettere se volevano comunicare con qualcuno che era lontano. Jess la orientò verso la luce della lampada e iniziò a leggere.

Cara Polly,

sono a bordo di un aereo, a circa due ore dal JFK, dopo essermi torturato per tutto il viaggio da Sydney domandandomi cosa fare. Quando riceverai questa lettera, se mai la riceverai, probabilmente ti sarai dimenticata di me. Ma mentre scrivo, il tuo viso è vivido nella mia memoria.

Ti ho incontrata pochi giorni fa, vicino alla fontana di Darling House, dove avevo appena intervistato tua madre sul recente ritrovamento di resti umani a Halcyon, la casa un tempo occupata da suo fratello e sua cognata, e sulla chiusura delle indagini avviate dopo la scomparsa della sua nipotina Thea Turner, avvenuta vent'anni fa.

Mi ha fatto piacere vedere Nora. Avevamo instaurato un bel rapporto nel 1959 e la stimavo molto, perciò la visita aveva una componente sociale oltre che professionale. Quando abbiamo finito l'intervista, mi ha accompagnato alla porta e, quando abbiamo raggiunto il vialetto, si è ricordata che voleva mostrarmi una delle prime fotografie del giardino.

È tornata dentro a prenderla e io ne ho approfittato per scendere sul prato.

Mi sono imbattuto in te vicino alla fontana. Non mi aspettavo di incontrare qualcuno, dunque è stata una sorpresa ritrovarmi improvvisamente in tua compagnia. Ho provato una stranissima sensazione di vertigine; l'ultima volta che ti avevo vista eri una neonata tra le braccia di tua madre. Ti ho chiesto della tua vita, se fossi felice, e hai detto di sì. Ho conosciuto tua figlia Jessica e scoperto che voi due vivevate con Nora a Darling House.

Tuttavia non sono riuscito a scrollarmi di dosso quella strana sensazione e la mia mente vorticava ancora quando Nora è tornata e mi ha chiamato. A ogni passo che facevo, gli ingranaggi nella mia testa si stringevano, finché la causa del mio malessere mi è apparsa chiara come il sole.

Nora è rimasta scioccata quando gliel'ho chiesto e, per una frazione di secondo, ho notato che era tentata di negare le mie accuse. Ma, secondo la mia esperienza, il senso di colpa segue le persone come un amico affidabile, spingendole a rivelare la verità quando finalmente se ne presenta l'occasione.

È scoppiata a piangere, implorandomi di capire, di perdonarla. La sua angoscia era straziante. Le ho proposto di rientrare in casa per parlare. Mi ha fatto promettere di non dire una parola e l'ho accontentata. Non lo farò, anche se mi chiederò per sempre cos'altro mi sia sfuggito o abbia frainteso, in quali altri modi sia stato fuorviato. Nonostante ciò, quel giorno ho fatto una cosa di cui non vado fiero.

Non so spiegare cosa mi abbia indotto a farlo, se non una pura e semplice deformazione professionale. Il nastro della precedente intervista era già stato girato e riavvolto, pronto per un nuovo utilizzo. A insaputa di Nora, ho registrato la nostra seconda conversazione privata. In seguito presi in considerazione l'idea di distruggere il nastro. Avevo già deciso di non pubblicare ciò che mi aveva detto. Glielo avevo promesso e, soprattutto, non riuscivo a immaginare come potesse essere utile a qualcuno, mentre sapevo che aveva un enorme potenziale di nuocere agli interessati.

Vedevo una sola persona la cui vita sarebbe cambiata per le parole di Nora. Lei mi ha chiesto di perdonarla, ma non toccava a me perdonare le sue azioni. Così ho deciso di mettere da parte questo nastro per te, Polly. Non so se mai leggerai questa lettera. Dipende da te, suppongo, dalla tua determinazione a conoscere la verità. Se non la cercherai mai, penserò che hai preferito restare all'oscuro e che ho fatto bene a mantenere il segreto di Nora. Se invece troverai la strada fino a me, allora la verità ti aspetta. Ti appartiene. Io ne sono stato semplicemente il custode.

Daniel Miller

La verità! La mente di Jess andava a mille. Finalmente intravedeva le risposte che sperava di trovare. Non stava più nella pelle, ma l'accenno di Miller al senso di colpa la metteva in ansia. Per la prima volta cominciò a temere che Nora avesse fatto qualcosa di grave. Piegò il foglio a metà e aspettò la reazione di Polly. La lettera, il nastro, la decisione erano suoi. Erano molte cose da metabolizzare, soprattutto per chi non aveva trascorso l'ultima settimana immerso nel mondo di Halcyon e dei Turner.

Eppure... «Che ne pensi?» domandò sua madre. «Dovrei girare il nastro?»

Incrociò il suo sguardo e, quando Jess fece un solenne cenno di assenso, per una frazione di secondo provò un senso di *déjà-vu*, un vecchio ricordo di intimità, di affetto e di sicurezza, a prescindere da quale spettro terrificante potesse essere in attesa dietro l'angolo.

CAPITOLO TRENTATRÉ

«Vuole raccontarmi cos'è successo?» Questo era Daniel Miller. Era passata solo mezz'ora dall'intervista precedente, ma la sua voce era cambiata. Ora era tesa, seria e attenta. Jess riconobbe la nota cauta; l'aveva usata a sua volta durante le interviste in cui sapeva di dover procedere con prudenza per evitare che l'interessato ritirasse il consenso a parlare. Le parole erano ovattate – il giornalista doveva aver lasciato il registratore nella borsa – e l'effetto era quello di farli sembrare entrambi più lontani. «Perché non inizia dalla notte in cui è nata la bambina?» aveva suggerito Miller.

Jess trattenne il respiro mentre gli altoparlanti della biblioteca crepitavano e sibilavano a causa delle interferenze. Evitò di incontrare lo sguardo della madre. Finalmente arrivò la voce attutita di Nora: «L'ho partorita nel bel mezzo di una violenta tempesta. Era la vigilia di Natale, il giorno della tragedia giù alla pozza. Sono entrata in travaglio dopo che i poliziotti se ne sono andati. Credo sia stato lo shock. Ci ho messo un po' per capire cosa stava succedendo. Non ero in me.

«Non doveva andare così. Isabel sarebbe dovuta restare con me. Contavo su di lei. Ricordo pochissimo del parto, ricordo soltanto la tempesta, una tempesta infernale. Pensavo che il noce fuori dalla mia camera si sarebbe spezzato in due; il vento ululava attraverso le fessure della finestra, la pioggia sferzava il vetro. Nella mia mente era come se fossi diventata la tempesta, o come se la tempesta fosse diventata me.

«Mi sentivo posseduta, come se potessi rimanere bloccata in quel momento per sempre, ma in qualche modo mia figlia è nata, e anche se sarebbe stato logico pensare che non sarei più riuscita a chiudere occhio, dopo quel giorno, dopo quell'incubo, ero esausta e mi sono addormentata con la bambina in braccio.

«Quando mi sono svegliata, ho creduto di aver sognato ogni cosa, finché non ho guardato il suo visetto nell'incavo del gomito e d'un tratto mi è tornato in mente tutto quanto. Non riuscivo a capacitarmi dell'accaduto, della gioia assoluta e dell'orrore devastante che erano venuti prima, e così mi sono concentrata su di lei, su quel delicato viso addormentato, sui minuscoli movimenti delle labbra, sulla morbidezza della pelle di velluto, sulle dita incredibilmente piccole e perfette. Era straordinaria. Era mia. Era tutto ciò che avevo sempre desiderato e sognato. Graziosa e serena. Uno dei poliziotti ha commentato quanto fosse tranquilla quando sono venuti a controllarmi quel giorno. "Ha avuto la bambina" ha detto quando ho aperto la porta.

«"Ieri sera" ho risposto. La mia voce suonava estranea alle mie orecchie, come se appartenesse a qualcun altro.

«"Dovrebbe chiamarla Noël."

«"Joy." Questo era l'altro agente, quello più giovane.

«"Si chiama Polly" li ho informati.

«"Be', comunque si chiami, è dolcissima. Non riuscivo a far dormire così nessuno dei miei tre figli. Dormire come un neonato, è così che si dice, no? Non vale per nessuno dei neonati di casa mia."

«Avevano ragione. Era così assonnata, così silenziosa e immobile. Non ero preoccupata, non all'inizio. Non avevo mai avuto un bambino prima di allora. Ero inesperta. Quando Mrs Summers è venuta a vedere come stavo e ad aiutarmi con le faccende, ha detto che erano tutti diversi, che mia figlia era arrivata in un momento difficile e che i neonati sapevano essere molto sensibili.

«Con il passare dei giorni, però, la mia preoccupazione cresceva. Non riuscivo a far mangiare Polly. Quando ci provavo, scoppiava in un pianto debole e sommesso, come se fosse già stanca del mondo. Non riuscivo a capire. Sapevo che aveva bisogno di latte, ma non riuscivo a darle conforto. Avevo dolori in tutto il corpo; mi sembrava che una morsa si stringesse dentro la mia pancia, il mio petto, la mia testa. Desideravo più di ogni altra cosa che Isabel fosse lì. Avrebbe dovuto essere lì, ad aiutarmi.

«La bambina piangeva tra le mie braccia e alla fine si addormentava, e io la cullavo il più a lungo possibile, mettendola nella culla solo quando mi servivano entrambe le mani per qualcos'altro. È stato dopo uno di quei momenti che sono andata a darle un'occhiata. Mi ero addormentata anch'io, ero stanchissima, più stanca di quanto fossi mai stata prima o di quanto sarei stata dopo. Ma quando mi sono svegliata, ho visto che la luce era cambiata e che Polly aveva dormito per ore.

«Era sdraiata nella culla, con una coperta stesa sopra il corpicino, il viso girato di lato, gli occhietti chiusi, assolutamente immobile. Perfetta come una bambola di porcellana. Non sono mai riuscita a togliermi dalla mente quell'immagine. Sono rimasta sulla soglia ad ammirarla per un po', poi qualcosa è scattato dentro di me e mi sono precipitata verso di lei, posandole la mano sulla schiena, ansiosa di sentire i movimenti del respiro, di svegliarla.

«Ma non c'era niente. Niente. L'ho presa in braccio, pensando che forse, se l'avessi cullata o portata a spasso, o nutrita, tutto sarebbe andato bene. Ma non era così. Non stava bene. Non stava affatto bene.»

Il nastro continuò a girare, ma le voci erano scomparse. C'era solo l'atmosfera della stanza di tanti anni fa, un suono immateriale e claustrofobico. Jess lanciò una breve occhiata a

Polly, ma sua madre si stava fissando le mani, assorta in pensieri indecifrabili. Jess alzò il volume, concentrandosi sui sibili e sugli schiocchi. Quando stava cominciando a pensare che la registrazione fosse terminata, la voce di Nora tornò a farsi sentire. Era di nuovo diversa, anche se riconoscibile, eppure Jess era convinta di non aver mai sentito la nonna così vulnerabile.

«È difficile ricordare quanto tempo sia passato. L'ho stretta come se forse, solo forse, potessi ridarle la vita. Non riuscivo a metterla giù. Non potevo lasciarla andare. Finché l'avessi tenuta in braccio, ci sarebbe stata speranza. La stavo ancora cullando il giorno dopo, quando è arrivata Meg, e più tardi, quando i poliziotti mi hanno accompagnata alla riunione della cittadinanza.»

Jess ricordò la descrizione di Nora durante l'assemblea, un modello di dignità, affranta per la sua famiglia mentre accudiva la figlioletta appena nata. Conoscere la verità dietro quell'immagine era sconvolgente, la profondità insondabile della nuova perdita, devastante. Avrebbe voluto che Miller avesse fatto altre domande, anche se sapeva che aveva fatto bene a lasciare che la storia venisse fuori al ritmo scelto da Nora.

Alla fine, la nonna aveva proseguito: «Era poco prima dell'alba del mattino successivo, o forse di quello dopo ancora, quando sono uscita a fare una passeggiata. Lo facevo spesso, per sgranchirmi le gambe, per schiarirmi le idee. Non lo facevo da quando era nata la mia Polly, ma quella mattina sì. Sono uscita e l'ho sentito quasi subito. Simile al lamento di un piccolo animale. Sono andata verso le rose, verso l'aiuola più vicina alla casa, e il suono è diventato più forte. È stato allora che l'ho vista. Ho creduto di essere impazzita. I bambini non compaiono dal nulla. Eppure era lì, tra le rose».

«Thea» aveva detto Daniel Miller.

«L'ho presa e l'ho portata dentro. Cos'altro avrei potuto fare? La coperta era infangata e strappata, ma lei era perfetta. Nemmeno un graffio. All'inizio non voleva calmarsi. Aveva fame, naturalmente. Dio solo sa da quanto tempo non mangiava, povera piccola. L'ho allattata al seno ed è stata la cosa più naturale del mondo. Poppava con foga.

«Non intendevo tenerla, non allora. Ma non c'era nessuno a cui dirlo, né un modo per avvisare qualcuno. Le linee telefoniche erano ancora interrotte dopo la tempesta della Vigilia, e io ero tutta sola. Non me la sono sentita di scendere in città. Siamo rimaste sole, noi due, per giorni. Tra tante perdite eravamo le uniche sopravvissute. Era un miracolo.

«È stato qualche giorno dopo che un poliziotto mi ha dato l'idea. Sono venuti a casa e lei dormiva tranquilla nella sua carrozzina accanto a me. Ha pianto e ho iniziato ad allattarla, e l'agente ha detto: "Sta bene. Cresce in fretta, no?".

«Mi sono chiesta per un attimo cosa volesse dire, e poi ho capito l'errore. "È una bambina molto affamata" ho detto. Era vero. Ed era tutto così normale, così naturale.»

Nora si era messa sulla difensiva, assomigliando sempre di più alla nonna che Jess conosceva bene. Sicura di sé e irreprensibile, convinta di essere nel giusto. Ma quanto aveva detto era scioccante. Jess lanciò un'occhiata a Polly, domandandosi come diavolo avesse preso la notizia, ma il viso impassibile di sua madre non lasciava trapelare nulla.

«C'erano momenti» aveva ripreso Nora «in cui dimenticavo cosa avevo fatto. Era la mia bambina, la mia Polly. Altre volte, ragionavo, quale opzione migliore poteva esserci per questa personcina che non aveva fatto nulla di male? Le avrei fatto un favore dicendolo alla polizia? Lasciando che si spargesse la voce sulla sua vera identità? Esponendola all'ignominia del gesto di Isabel? No. Ero la sua mamma e sarei stata la madre migliore per lei, per quella neonata perfetta. Una bambina dovrebbe sempre stare con la sua famiglia. Chi altri l'avrebbe amata quanto me? Che male avrei fatto?»

Jess ripensò a Percy Summers, che aveva vissuto per decenni domandandosi cosa fosse successo, e poi ritenendosi responsabile della morte di Thea. Nora non poteva saperlo, naturalmente, anche se doveva essersi chiesta come la bambina fosse arrivata nel roseto. Aveva davvero creduto che i cani selvatici l'avessero portata via dal picnic, per poi restituirla, illesa, nel roseto di Isabel, vicino alla casa? Forse era possibile credere a qualsiasi cosa, se lo si desiderava abbastanza.

Evidentemente Miller aveva riflettuto sulla domanda retorica di Nora. «E suo fratello? Era anche sua figlia.»

«Che cosa avrebbe fatto con una neonata minuscola?» aveva sbuffato la nonna. «Non aveva tempo per la famiglia! No, io e lei eravamo fatte l'una per l'altra. Eravamo sopravvissute insieme.»

«Thomas l'ha mai riconosciuta?»

«Non l'ha mai vista. Ci ha abbandonate entrambe, si è rifatto una vita a Londra e non è mai tornato in Australia, e naturalmente io non sono mai andata a mostrargliela. Sono rientrata a Sydney un mese dopo la sciagura, portando con me la bambina, la mia Polly. Mi sono risparmiata l'obbligo di rispondere alle domande. Le persone non sanno come comportarsi davanti a una tragedia. Non sanno cosa dire e non vogliono dire la cosa sbagliata, così fanno in modo di non essere nella posizione di dire qualcosa. Non vedevo anima viva, tranne Mrs Robinson. Non mi dispiaceva. Non avrei potuto essere più felice di passare del tempo con mia figlia, solo noi due.

«Dopo un periodo sufficientemente lungo, quando le persone hanno iniziato a farci visita, non parlavano di Isabel e di cosa aveva fatto. Sono sicura che spettegolavano a tutto spiano tra di loro, ma erano abbastanza accorte da non coinvolgermi. Invece si concentravano sulla bambina, sulla mia bambina. Tutti sapevano quanto l'avevo desiderata, e di certo nessuno sospettava che non fosse mia. Perché avrebbero dovuto? Ero andata nell'Australia Meridionale, incinta e tormentata dalle nausee, con l'intenzione di alloggiare da mia cognata fino al parto. Isabel aveva scelto il momento peggiore per commettere quell'orribile crimine, ma non c'era ragione per cui qualcuno vedesse nel mio ritorno con la bambina qualcosa di diverso da quanto si aspettava di vedere.»

Una pausa, un silenzio, poi Miller aveva detto: «C'è una cosa che non capisco. Quando Becky Baker l'ha aggredita sulla strada principale e ha giurato che nella carrozzina c'era la neonata di Isabel, aveva ragione, vero?».

«Non erano affari suoi.»

«Ma Meg Summers ha garantito per lei. Doveva sapere ogni cosa. Era stata alla villa, conosceva Isabel, aveva visto la piccola Thea in passato. Era madre a sua volta, avrà notato la differenza.»

«Dove vuole andare a parare, Mr Miller?»

«Mi domando perché l'abbia fatto. Perché ha mantenuto il segreto?»

«Dovrebbe chiederlo a lei. Era molto amata in città, una madre per tutti, così diceva la gente. Forse sapeva semplicemente che ero la persona più adatta per prendersi cura della piccola.»

Miller aveva fatto un verso per esprimere considerazione ed era rimasto in silenzio per un po', riflettendo sulla risposta. Quando aveva ricominciato a parlare, aveva abbassato la voce. «E Polly, sua figlia, che fine ha fatto?»

«L'ho tenuta al sicuro nella culla di vimini per qualche tempo. Sembrava così tranquilla, così perfetta. Poi l'ho seppellita.»

«Nel roseto?»

«Era il posto più bello. Lo ricorda anche lei. Non avrebbero mai dovuto scavare lì, era sacrosanto. Avrebbe dovuto essere al sicuro laggiù, e riposare in pace per sempre.»

PARTE NONA

CAPITOLO TRENTAQUATTRO

Sydney, 20 dicembre 2018

Stava spuntando il sole quando Jess sentì la porta d'ingresso chiudersi al piano di sotto. Dalla finestra della sua camera, vide Polly scomparire oltre la cresta della collina in direzione della baia di Darling House. Non c'era da sorprendersi che sua madre non riuscisse a dormire. Ascoltare la cassetta era stato sconvolgente per Jess, figurarsi per lei.

Non ne avevano ancora parlato. Quando, la sera prima, la registrazione era finita, Polly si era alzata, dandole meccanicamente la buonanotte prima di salire nella sua stanza.

Quello che Nora aveva detto, quello che aveva fatto, era inimmaginabile: la confessione, pronunciata con tanta franchezza, era caduta come un sasso nello stagno, propagando increspature verso la sponda. I pensieri di Jess avevano turbinato per tutta la notte, spaziando sulla sua vita, soffermandosi brevemente su varie interazioni che aveva avuto con Nora, su piccole cose che aveva visto, udito e sentito, ma arrivando alla fine a concentrarsi su quanto aveva scoperto nell'ultima settimana.

Continuava a rimuginare sulla conversazione che aveva avuto con la nonna in ospedale: *Tu...* aveva detto Nora quando aveva aperto gli occhi e l'aveva vista. *Mi sei mancata... Sei venuta dall'Inghilterra...* Ora era chiaro che la nonna, in stato confusionale, aveva creduto di parlare con Isabel. Quando aveva detto: *Mi sono presa cura di lei...* si riferiva alla piccola Thea e, quando si era svegliata in preda al panico, afferrando il polso di Jess e sibilando: *Issy, aiutami... Vuole portarmela via*, non alludeva a Mr Bridges, bensì a Marcus Summers. L'arrivo improvviso della lettera in cui il figlio di Percy esprimeva il desiderio di parlare con lei di Thea Turner l'aveva riempita di terrore, tanto da spingerla a sfidare le anguste scale della soffitta.

Ma per fare cosa? Che cosa aveva temuto da Marcus? Lui non aveva accennato minimamente al fatto che Polly fosse Thea; anzi, uno dei motivi per cui aveva voluto raccontarle la storia era placare il senso di colpa, il proprio e quello di suo padre, per il ruolo che riteneva avessero avuto nella morte di Thea Turner. Solo Meg, la madre di Marcus, era a conoscenza della verità, essendo stata a Halcyon nei giorni successivi al parto di Nora. Il che spingeva a chiedersi perché non l'avesse detto al resto della famiglia. La risposta di Nora, quando Miller le aveva domandato perché Meg avesse mantenuto il segreto, era stata vaga: *Dovrebbe chiederlo a lei.*

Forse Nora aveva ragione e Meg aveva semplicemente deciso che lei era la persona più adatta per accudire la bambina, anche se il silenzio di Miller a quel punto della registrazione suggeriva che non era soddisfatto. Forse era solo sconvolto dal colpo di scena. Questo avrebbe spiegato perché era sparito dalla circolazione dopo l'uscita della nuova edizione con l'appendice. Era già abbastanza grave commettere errori nel giornalismo; pubblicare con grande successo e clamore un libro su un crimine realmente avvenuto per poi scoprire in un secondo tempo che un elemento centrale – il destino di una neonata scomparsa – era completamente sbagliato sarebbe stato difficile da sopportare.

Quanto a Nora, benché fosse riuscita a sembrare calma durante l'intervista, Jess era certa che avesse vissuto con la paura che qualcuno, un giorno, le chiedesse conto delle sue azioni. Si era convinta di aver agito nell'interesse della bambina, ma sicuramente una parte di lei aveva lottato con l'orrore di quanto aveva vissuto, con il rimorso di quanto aveva fatto. Jess era pronta a scommetterci. Altrimenti come spiegare le rose? Nora le odiava. Una delle prime cose che aveva fatto quando aveva ereditato Darling House era stata estirpare ogni esemplare dal giardino. Un tempo era parso un vezzo eccentrico, perché chi mai si sarebbe scagliato con tanta violenza contro una rosa? Ma ora, sapendo che Nora aveva seppellito la sua minuscola neonata nel roseto di Isabel, quell'avversione acquisiva una sfumatura molto più sinistra.

Il suo telefono emise un *bip*, ricordandole che l'incontro con l'avvocato di Nora era fissato di lì a due ore. Si erano dati appuntamento per le otto, prima che l'uomo andasse in ufficio, in modo che Polly potesse prendere il volo per Brisbane quel pomeriggio.

Jess fissò il promemoria per un attimo. Era quasi impossibile credere che la vita potesse continuare normalmente – appuntamenti, scartoffie, incontri – quando la sera prima aveva portato una simile rivelazione.

Come a sottolineare quel fatto, sullo schermo apparve una nuova notifica di posta elettronica. Jess impiegò un istante per riconoscere il mittente, Rowena Carrick, la professoressa a cui aveva inviato la richiesta di informazioni sui veleni. La risposta era informale e diretta:

Ciao Jess,

sono lieta di aiutarti. Per rispondere per prima cosa al secondo quesito, le tossine delle fioriture algali sono sicuramente capaci di causare la morte dell'uomo, anzi sono tra le più letali che conosciamo. Non ho molta dimestichezza con la storia delle autopsie, ma le cianotossine erano già state scoperte nel 1959 e i metodi di rilevamento con gascromatografia e cromatografia liquida erano già in uso allora, seppure solo agli esordi. Verrebbe da pensare che il medico legale abbia eseguito il test.

Per quanto riguarda la prima domanda, ci sono diversi veleni che non sarebbero stati individuabili nel 1959, non perché non fossero considerati tossici, ma perché le procedure scientifiche per isolarli non erano ancora consolidate. Per esempio, la tetrodotossina, che conosco molto bene. Riconosciuta come tossica da centinaia di anni – compare persino nei diari di bordo del capitano Cook del 1774 – il suo meccanismo d'azione è stato dimostrato solo nel 1964. Estremamente tossica per l'uomo, mille volte più del cianuro.

Si trova nel fegato, nelle ovaie e nella pelle del pesce istrice, del pesce balestra, del pesce palla, del pesce rospo e così via, cioè nelle parti date in pasto ai maiali di Cook a Haiti.

Allego un elenco (non esaustivo) di possibili concorrenti, ma è bene ricordare che la dose è fondamentale. Il cloruro di sodio è tossico, ma dovresti mangiare moltissimo sale da cucina perché ti uccida...

Saluti,
Rowena

Jess rilesse il messaggio, delusa. Fino a quel momento non si era resa conto di quanto si fosse convinta che la morte dei Turner fosse stata, in realtà, un caso di avvelenamento accidentale da alghe azzurre. Si rifiutava di credere che Isabel avesse voluto uccidere se stessa e i suoi figli maggiori, che avesse lasciato la neonata a cavarsela da sola nel mondo. Sapere che la bambina abbandonata nella cesta di vimini era sua madre rendeva l'accaduto ancora più ripugnante.

Come doveva aver reagito Polly a tutto questo? Se per Jess era incomprensibile, Polly, già fragile, doveva soffrire terribilmente. Jess avrebbe voluto che fossero più vicine. Il suo istinto era di offrire conforto; le sarebbe piaciuto riceverne un po' in cambio. Ma, nelle cose che contavano, erano due estranee. Nonostante ciò decise di andare alla baia. Se non altro potevano restare da sole insieme.

Polly era vicino agli scogli con gli occhi chiusi, ascoltando le onde che si frangevano contro la riva. Conosceva quel posto: l'odore, il suono, l'aria salmastra. Lo conosceva fin nei pori della pelle. Quel fatto la consolava mentre i suoi pensieri si disperdevano tutt'intorno come mille granelli di sabbia.

Thea Turner.

Le parole le salirono alle labbra, attutite e sommesse; cercò al loro interno qualcosa di solido, di reale. Si sentì stranamente rassicurata. Il contenuto del nastro aveva spiegato alcune cose con cui lottava da tutta la vita. Quanto fosse diversa da Nora, per esempio, ma soprattutto la costante paura della mamma di perderla, il modo in cui si era aggrappata a lei, a volte impedendole quasi di respirare. Non era un aspetto intrinseco di Polly, non era fondamentalmente fragile. L'ansia che aveva caratterizzato il loro rapporto era stata determinata da Nora.

E il colmo dell'ironia era che, tra tutte le falsità raccontate da sua madre, l'unico aneddoto che aveva creduto un'invenzione si fosse rivelato vero. Era stata trovata in un'aiuola di fiori. Non il campo di dalie di Darling House, forse, ma il roseto di una casa in una cittadina di nome Tambilla.

Si tolse la collana e il vestito, restando con la biancheria intima. L'aria calda le sfiorò la pelle, con il suo profumo di gardenia e di salmastro. Si avviò verso il bagnasciuga e, quando lo raggiunse, continuò a camminare. L'impatto con l'acqua fu una piacevole sferzata di energia.

Senza concedersi il tempo di esitare e di cambiare idea, sollevò le braccia e si tuffò, scomparendo sotto la superficie, godendosi il contatto dell'acqua con le sue dita, le spalle, la pelle tra le dita dei piedi.

Quando riemerse, si rotolò sulla schiena, galleggiando come una stella marina. I suoi occhi erano puntati sul cielo lontano, che ora si stava illuminando e riscaldando.

Jess non lo sapeva, ma Polly era stata a Tambilla una volta. Aveva pensato di parlarne alla figlia l'altra sera, dopo il funerale, quando le aveva consegnato il libro di Daniel Miller, ma la conversazione non era andata come si aspettava. Jess era sconvolta, affranta per la perdita di Nora, turbata dalla vista del volume, irritata dal fatto che Polly fosse a conoscenza della storia della famiglia e non glielo avesse detto; e poi l'aveva accusata di aver abbandonato sia lei sia Nora.

Ma non era andata affatto così. Era successo gradualmente. Polly aveva creduto di fare la cosa giusta. Certe volte, in quei primi giorni a Brisbane, si era convinta che nulla fosse più importante del fatto che lei e Jess rimanessero unite. Ma poi aveva pensato a tutte le cose che non avrebbe potuto permettersi di dare a sua figlia, agli agi e alle opportunità che Nora poteva offrirle, e aveva considerato egoistico il proprio desiderio di tenere la figlia con sé. Aveva preso in considerazione l'idea di tornare a Sydney, di vivere a Darling House con la madre e la figlia, ma la vicinanza di Nora l'aveva fatta avvizzire. Era diventata come sua madre l'aveva sempre dipinta: debole, distratta, delicata, nervosa. Lontano dal controllo di Nora, Polly sapeva di poter essere qualcosa di più, una persona migliore, un genitore migliore. Ma sarebbe bastato per Jess?

Le cose erano andate avanti così, con i pensieri che vorticavano senza sosta, finché erano passati due anni, finché Jess si era ormai rassegnata a vivere a Sydney e lei a Brisbane, e il tempo delle decisioni era passato.

Stranamente, era stata la loro separazione a condurla a Tambilla. Polly aveva visitato quel luogo quasi ventinove anni prima, nel dicembre del 1989. Non aveva programmato di andare da nessuna parte quell'estate. Jess aveva pianificato un soggiorno di due settimane a Brisbane e lei si era presa quindici giorni di ferie. La telefonata di Nora era stata devastante.

«Ma ho bisogno che venga» aveva protestato Polly, suonando come un'adolescente stizzita alle sue stesse orecchie.

«Cara, so che sei impaziente di vederla, ma è la scuola estiva del National Institute of Dramatic Art. I posti sono rari come diamanti. Mi sono dovuta fare in quattro per farla entrare.»

Era sceso il silenzio mentre Polly ingoiava le parole che avrebbe voluto dire.

Alla fine Nora aveva superato l'impasse: «Naturalmente, se per te è importante, posso annullare il corso. Sono sicura che Jessica capirà... con il tempo».

Polly aveva sentito salire le lacrime agli occhi. Per lei era troppo importante che Jess andasse a Brisbane: disperatamente importante.

«Come va il nuovo lavoro?»

In qualche modo, Nora aveva intuito la sua tensione.

«Bene» aveva risposto Polly, ostentando sicurezza. «Ho ancora molto da imparare, ma mi piace.»

«Non è troppo stressante?»

«No. Sto bene.»

«D'accordo, purché ti prenda cura di te stessa. Ora, che cosa vuoi che dica a Jess? Vuoi che la mandi da te?»

Polly aveva chiuso gli occhi. «No.» La parola aveva un sapore amaro nella sua bocca.

«Che cosa significa?»

«No, deve fare il corso estivo.»

«Sei sicura?»

Polly si era attorcigliata il cavo del telefono intorno al dito. «È una grande opportunità.»

Quando aveva riattaccato, aveva pianto. Lacrime cocenti e rabbiose di delusione e risentimento, anche se era convinta che fosse la decisione giusta. Non c'era nulla da guadagnare nell'anteporre le proprie esigenze a quelle della figlia. Jess amava il teatro. Essere la causa della cancellazione del corso avrebbe gettato un'ombra sulla sua visita a Brisbane.

Polly era determinata a essere la migliore madre possibile, anche se questo significava passare meno tempo con Jess. Il lavoro andava bene, ma Nora aveva ragione. Certe volte era stressante essere l'ultima arrivata; c'era molto da imparare. Lo stress, Polly lo sapeva bene, non andava preso alla leggera. Non era sempre stata la migliore delle madri. In un'occasione era stata addirittura una madre tossica. Era stata Nora a fermarla e a salvare Jess. Per molto tempo, Polly non aveva nemmeno ricordato l'incidente. Quello era uno degli aspetti più spaventosi. Aveva litigato con Nora, insistendo che non era vero.

«Sono contenta che tu l'abbia dimenticato» aveva detto gentilmente sua madre. «Non è raro, a quanto pare. È un tipo di psicosi, di solito solo post partum, ma è qualcosa a cui fare attenzione nei momenti di stress. Non devi preoccuparti, però. Non permetterò che succeda di nuovo.»

No, Polly non poteva rischiare. Jess le sarebbe mancata da morire, ma era molto meglio che si godesse la scuola di teatro senza la distrazione di una sua visita.

Tuttavia aveva già chiesto le ferie e non aveva voglia di starsene a casa per due settimane a piangersi addosso. Per uno o due giorni aveva rimuginato, notando quanto fosse silenzioso l'appartamento, inciampando nelle tele artistiche madre-figlia che aveva comprato, spuntando le attività che aveva programmato di fare con Jess.

Quindi, per capriccio, aveva deciso di fare un giro in macchina. Aveva gettato un borsone nel bagagliaio con un paio di cambi ed era partita verso ovest, senza alcuna intenzione che non fosse attraversare Warwick e scendere fino al Nuovo Galles del Sud. Era passata per Goondiwindi, Moree e Dubbo, sintonizzando l'autoradio su qualunque stazione fosse riuscita a trovare; quando aveva cominciato a sentire solo scariche statiche, aveva inserito la cassetta mixata che aveva preparato per Jess. Con Belinda Carlisle, i Roxette e The B-52s a farle compagnia, aveva superato Parkes, Forbes e West Wyalong, dirigendosi verso l'angolo nordoccidentale del Victoria; era impossibile negare le proprietà curative di cantare a squarciagola *Like a Prayer* guidando attraverso campagne sempre diverse, tutte nuove ai suoi occhi, con il finestrino abbassato e la brezza che le scompigliava i capelli.

Nelle vicinanze di Mildura si era resa conto di non essere lontana dal confine con l'Australia Meridionale. Aveva studiato la mappa e tracciato un itinerario e, prima di accorgersene, si era ritrovata nel Riverland, dove il paesaggio era passato dal verde al rosso. Era arrivata sulle Adelaide Hills due giorni dopo aver lasciato Brisbane, avvicinandosi dal fondo del Murray Bridge.

Tambilla era forse stata la sua destinazione fin dall'inizio? Ripensandoci, si era chiesta se avesse cercato inconsapevolmente di vendicarsi sulla madre per aver tenuto Jess a Sydney. Per aver avuto i soldi e l'idea di iscriverla all'attività perfetta, in modo da impedirle di andare a Brisbane. Per aver visto una volta Polly fare una cosa imperdonabile.

In ogni caso, mentre seguiva i cartelli stradali, lanciando occhiate alla mappa aperta sul sedile del passeggero, si era convinta sempre di più che fosse giusto fare quel viaggio. Era come se si stesse rimpossessando di qualcosa che la teneva prigioniera da quando aveva memoria.

Aveva visitato la pozza. Aveva camminato lungo il torrente, ispezionando le bellissime pietre e foglie che avevano attirato la sua attenzione, e si era avvicinata al salice, accarezzando il tronco legnoso. Si era accorta di riuscire facilmente a immaginare la scena di quel giorno. La coperta, la famiglia, la culla bianca appesa al ramo più robusto. Aveva mangiato un panino sull'erba, poi si era distesa sulla schiena e aveva chiuso gli occhi, ascoltando i richiami degli uccelli, il frinire delle cicale e il gorgoglio dell'acqua in lontananza. In quel posto era successa una cosa terribile, eppure Polly si era sentita in pace.

Ora, mentre galleggiava sulla schiena nell'acqua tiepida del porto di Sydney, pensò a come quella visita fosse stata la sua seconda volta alla pozza. La prima volta, naturalmente, aveva dormito nella culla, all'ombra di quello stesso salice. Si domandò cosa fosse successo dopo, come avesse fatto a finire con Nora. Si chiese se la ragione per cui da piccola si era sentita così spesso sola, come se ci fosse qualcosa di mancante o di fuori posto, fosse la consapevolezza intrinseca di essere appartenuta, un tempo, a un'altra famiglia, più numerosa. O forse se la paura e il rimorso avessero indotto Nora a concentrarsi su di lei escludendo e negando tutto il resto, accerchiandola a tal punto da costringerla a vivere in un irrimediabile isolamento. Il segreto di Nora aveva causato la rottura del rapporto di Polly con Jonathan e, in ultima analisi, l'aveva separata anche da sua figlia.

Con la coda dell'occhio colse un movimento sulla spiaggia. Jess che agitava le braccia. Tornò a riva nuotando lentamente.

Quando raggiunse il bagnasciuga, si sentì in imbarazzo, non tanto per se stessa quanto per Jess, che forse non era abituata a vedere un'ultrasessantenne uscire dall'oceano in biancheria intima.

Ma Jess non sembrava preoccupata per il suo abbigliamento. «Com'è l'acqua?»

«Fantastica.» Polly raccolse il vestito.

«Non ero sicura che ti ricordassi dell'appuntamento con Leo Friedman.»

Polly sorrise e si premette il vestito prima contro un orecchio e poi contro l'altro, asciugandosi. Era abituata al fatto che Jess e Nora la considerassero incapace di rispettare il più elementare degli impegni. Era un'altra di quelle vecchie narrazioni che esistevano da così tanto tempo da essersi calcificate. In realtà, Polly era molto brava a ricordare orari e date. La sua vicina, Angie, le chiedeva sempre di rammentarle gli eventi importanti del quartiere, scuotendo la testa con ammirazione e complimentandosi per la sua memoria da elefante.

«L'avvocato di Nora» precisò Jess.

«Sì. Lo so. Quando torno a casa, preparo del tè freddo.»

Jess aggrottò leggermente le sopracciglia e Polly capì che doveva esserle parsa insensibile. Con molta probabilità Jess aveva preso molto male l'inganno di Nora. Sua figlia aveva idolatrato la nonna e ora doveva soffrire terribilmente. Avrebbe avuto bisogno di aiuto, ma con discrezione. Stranamente, Jess assomigliava molto a Nora: forte, orgogliosa e molto indipendente. Che avesse preso da Thomas Turner?

Polly si abbassò il vestito sopra la biancheria umida e si infilò la collana. Tenne i ciondoli nel palmo. Il gatto d'argento, l'albero di jacaranda che era stato un regalo di compleanno di Jonathan, l'uccello che aveva portato da Tambilla.

C'erano stati moltissimi segreti e menzogne. Voleva essere sincera con Jess, nel bene e nel male. Dire qualcosa che iniziasse a colmare il divario, forse persino ad attenuare il dolore che provava dopo la confessione di Nora e smentire le accuse che Jess le aveva rivolto l'altra sera. «C'è una cosa che voglio dirti» esordì.

Jess la guardò.

Ma cosa poteva dire Polly? *Non volevo lasciarti qui. Volevo portarti con me. Ero terrorizzata, perché molto tempo fa, quando eri appena nata e io non ero in me, mia madre mi sorprese accanto alla tua culla con un cuscino. Non ho mai voluto mettere di nuovo a rischio la tua incolumità. Ho dovuto imparare a fidarmi di me stessa. Darei qualsiasi cosa per tornare indietro nel tempo e fare tutto in modo diverso.* Quel che era fatto, era fatto. Tutte le spiegazioni che le passavano per la testa sembravano deboli scuse.

Jess sembrò concludere che non avrebbe aggiunto altro. Facendo un piccolo sorriso stanco, si avviò verso casa.

«Ricordi la volta che ti ho portata quaggiù e la marea si è alzata?» si affrettò a dire Polly.

Jess si voltò.

«Avevi solo due o tre anni, completamente assorbita dal tuo gioco, e quando hai alzato lo sguardo, nel punto in cui eri seduta si era formata un'isola e centinaia di granchi stavano strisciando verso di te.»

Era uno dei pochi ricordi che Polly custodiva gelosamente. Era successo non molto tempo dopo che si erano trasferite nell'appartamento lungo la penisola. Stava leggendo *Il colore viola* sulla spiaggia, sbirciando sopra il libro a intervalli regolari per vedere cosa stesse combinando Jess, quando all'improvviso la bambina aveva lanciato un urlo di puro terrore e Polly era saltata su, con il cuore impazzito.

Era corsa da lei e l'aveva presa in braccio e, mentre la stringeva e le sussurrava all'orecchio che andava tutto bene, aveva sentito rilassarsi il corpicino irrigidito dalla paura. Era stata una delle prime volte in cui aveva agito d'istinto ed era riuscita a confortare sua figlia.

«Eri proprio laggiù.» Indicò la spiaggia. «Ti ho salvata in quel punto preciso.»

Jess seguì il suo dito con lo sguardo, quindi scrollò le spalle.

Non se lo ricordava.

Polly non si aspettava di precipitare nella disperazione. Era una reazione eccessiva, naturalmente. Jess non aveva più di tre anni, era piccolissima, non c'era da stupirsi che non ricordasse quell'episodio. Ma lei sentì bruciare gli occhi e girò il viso dall'altra parte. Molto più di qualunque cosa avesse sentito sulla cassetta, il fatto che Jess negasse quel loro momento condiviso la fece sentire, in quell'istante, completamente sola al mondo.

CAPITOLO TRENTACINQUE

Jess ripensò al racconto di Polly mentre tornavano a casa dalla baia. Era profondamente turbata. *Ricordava* che era stata Nora a salvarla dai granchi. Riusciva ancora a vederla con la mente. Una figura alta, altissima, che si chinava per raccoglierla, braccia forti che la avvolgevano per farla sentire protetta e al sicuro. Doveva essere stata Nora. Che Polly avesse sentito la storia e nel corso del tempo avesse fatto confusione? Nora l'aveva definita spesso impressionabile. O forse era ancora sconvolta da quanto avevano scoperto la sera prima.

Non era l'unica.

Si separarono nell'ingresso e Jess salì al piano di sopra per farsi una doccia. Non riusciva ancora a capacitarsi di ciò che aveva fatto sua nonna, del segreto che aveva mantenuto. No, non sua nonna, si rese conto, bensì la sua... prozia? Non era facile accettare quel cambiamento.

Una volta vestita, sentendosi disorientata e non sapendo come passare il tempo fino all'arrivo dell'avvocato, tornò alla lista delle tossine che Rowena Carrick aveva allegato all'e-mail. Quel compito meccanico era confortante, era contenta della distrazione che le offriva.

Di lì a un'ora aveva cercato su Google metà dei veleni dell'elenco, facendo riferimenti incrociati con il libro di Miller e con la cartellina di articoli dell'epoca che aveva stampato. Non era il metodo più scientifico per condurre un'indagine su un caso irrisolto, ma non aveva altro. Si chiese se fosse ancora possibile accedere agli archivi della polizia, magari persino al rapporto del coroner.

Il tribunale aveva ritenuto che l'avvelenamento fosse *probabile*, ma erano necessari *ulteriori dati* per determinare cosa potesse aver causato una morte così tranquilla. L'inchiesta giudiziaria era stata rinviata *sine die*, con la speranza che emergessero altre prove, ma il coroner aveva detto di essere *pronto a dichiarare che la famiglia era deceduta a causa di un particolare veleno somministrato da Mrs Turner.*

Fino a quel momento, nessuna delle tossine elencate soddisfaceva il requisito di una morte rapida e *tranquilla*. Jess aveva appena eliminato il *Penicillium roqueforti* (letale per i ratti nei test di laboratorio, ma la quantità necessaria per uccidere un essere umano era troppo grande per essere praticabile) quando il campanello suonò. Chiuse il portatile e scese ad aprire la porta.

Leo Friedman era l'avvocato di Nora da quando Jess era consapevole dell'esistenza di quella categoria di individui. Era stato a Darling House moltissime volte mentre lei viveva con la nonna e, com'era consuetudine nel caso di Nora, i due avevano instaurato un'amicizia al di fuori del rapporto professionale. «Se hai bisogno di un idraulico, di un meccanico o di un optometrista» amava dire Nora, «il punto di partenza è la tua rubrica telefonica.» Nessuna ricerca esterna era riuscita a scalfire la sua convinzione che le persone di sua conoscenza fossero le migliori, le più qualificate, le uniche da prendere in considerazione.

Nel caso di Leo poteva benissimo essere vero. Jess l'aveva sempre giudicato un uomo gentile e corretto, con il tipo di faccia grinzosa e di baffi a spazzola che spingevano gli altri a fidarsi di lui («Uno dei suoi più grandi attributi» aveva commentato Nora strizzando l'occhio quando Jess gliene aveva accennato. «La gente sottovaluta sempre un viso gentile»).

Quel giorno, quando Leo arrivò, aveva un'espressione adeguatamente cupa. «Jessica» esordì quando la vide. «Permettimi di rifarti le condoglianze.» Prese un fazzoletto dalla tasca per asciugarsi il sudore dall'attaccatura dei capelli radi. Erano solo le otto del mattino, ma faceva già molto caldo.

«Grazie, Mr Friedman.»

«Leo, per favore.»

«Leo.»

«Tua madre è qui?»

«Sì. Vuole entrare?»

Jess lo condusse in cucina, dove si sedettero tutti insieme intorno al tavolo. Lei e Polly avevano già concordato che non avrebbero fatto parola del contenuto del nastro. Non era necessario che Leo lo sapesse; sarebbe servito soltanto a complicare le cose.

Polly posò sul ripiano un vassoio con una caraffa di tè freddo e tre bicchieri. Jess la trovò una scena pittoresca, una cosa che forse sua madre aveva visto in tv o letto in un libro, convincendosi che fosse di rigore nelle sale riunioni. Ma quando Leo prese con gratitudine la caraffa, riempiendosi il bicchiere e complimentandosi per il sapore della bevanda, Jess dovette ammettere che in quell'occasione sua madre ci aveva azzeccato.

L'avvocato tirò fuori dalla valigetta una cartellina di cartoncino con il nome di Nora scritto in pennarello nero lungo la linguetta verticale. La aprì, mettendo da parte la prima pagina, prima di lanciarsi in un prolisso riepilogo del contenuto del testamento, di per sé abbastanza semplice. Nora aveva diviso i suoi averi tra la figlia e la nipote, con alcune disposizioni relative alla sua attività, ai fondi fiduciari e agli enti di beneficenza, e una modesta buonuscita per Mrs Robinson e Patrick. Poi Leo disse: «Tua nonna è stata molto precisa nei suoi desideri. È venuta a trovarmi qualche tempo fa, quando è andata in ospedale per l'intervento alla cistifellea. Voleva che facessi un'aggiunta al testamento. Riguarda te, Jessica. Credo sia meglio che la legga io, se per voi va bene».

Jess scambiò un'occhiata con Polly. Le parole dell'avvocato erano inaspettate, il suo tono difficile da interpretare. Annuì e lui iniziò a leggere: «*Infine, ho una richiesta speciale da fare a mia nipote, Jessica Turner-Bridges. Nella soffitta della mia casa a Sydney, Darling House, c'è una libreria che nasconde una porta, dietro la quale si trova un piccolo ripostiglio. Dentro c'è un baule. Alla mia morte, vorrei che mia nipote, Jessica Turner-Bridges, lo recuperasse e lo distruggesse. Non deve essere aperto; il contenuto non va esaminato né conservato. Faccio questa richiesta confidando che venga rispettata ed eseguita. A tutti noi è concesso di avere questioni personali nella vita, e credo che Jessica converrà che il diritto alla privacy continua anche dopo la morte*».

Probabilmente Leo Friedman non aveva mai visto un appuntamento finire così bruscamente. Jess saltò su non appena l'avvocato ebbe finito di leggere, ringraziandolo di nuovo per essere passato così presto e accompagnandolo alla porta. Dovette mettercela tutta per non precipitarsi al piano di sopra, in soffitta, e spostare la libreria. Una volta chiusa la porta, non perse tempo e si rivolse a Polly: «Andiamo a dare un'occhiata?».

«Fa' pure» disse Polly. «Io devo ancora fare i bagagli.» Fece un'espressione premurosa mentre continuava: «Nora ti ha affidato questo compito. Ti voleva un bene immenso. Nulla potrà mai cambiare questo fatto».

Quelle parole toccarono un nervo scoperto. Jess si era sforzata di non pensare a quanto si fosse sentita spaesata dopo la confessione della nonna. Da quando aveva memoria, essere la nipote di Nora Turner-Bridges era la sua fonte di forza. Sapeva che la famiglia non era solo una serie di legami biologici, ma quello era un concetto astratto. Non influiva sui sentimenti più profondi dell'individuo.

Jess, però, non voleva ammettere la propria debolezza davanti a Polly e non era pronta ad affrontare la confessione di Nora in sua presenza, non ora, perciò fece un cenno educato e salì da sola.

La soffitta era calda e Jess sentì un impeto di risolutezza mentre attraversava il tappeto circolare e i granelli di pulviscolo in direzione della libreria. Studiò il mobile, gli diede una leggera spinta e rimase piacevolmente sorpresa quando scoprì che si spostava senza troppe difficoltà.

Una volta rivelata la porta, trovò quasi impossibile credere di non averla mai scoperta prima. Sembrava così ovvio. Darling House era proprio il tipo di posto, e quella stanza proprio il tipo di soffitta, da avere un locale segreto. Ricordò quante volte la nonna l'avesse pregata di non giocare lassù, quante volte l'avesse avvertita che era pericoloso. Evidentemente aveva altre ragioni per voler tenere una nipote curiosa lontana dalla soffitta.

Il vecchio baule era bellissimo, e quando Jess vide il nome inciso con la vernice dorata lungo il coperchio provò un brivido di eccitazione: *Mlle Amélie F. Pinot*. Era il baule ereditato da Isabel Turner dopo la morte della madre francese, che era arrivato nel suo appartamento a Londra e dal quale aveva estratto il *mare di cimeli e ninnoli*, tra cui la tazza che aveva viaggiato con lei fino in Australia, per poi cadere e frantumarsi nell'orto di Halcyon la mattina della vigilia di Natale del 1959.

Jess sentì echeggiare nella testa le parole di Leo Friedman, la richiesta di Nora. Le istruzioni erano inequivocabili. Eppure... Ecco, finalmente, la soluzione dell'enigma che cercava di risolvere da quando era tornata a Sydney. Sicuramente Nora era salita in soffitta dopo aver ricevuto la lettera di Marcus Summers per nascondere o rimuovere qualcosa da quel baule.

Se non avesse sentito il nastro, se non avesse saputo che Nora aveva tenuto nascosto un enorme segreto sia a Polly sia a lei, se le cose fossero rimaste come quindici giorni prima, probabilmente avrebbe rispettato la volontà della nonna e distrutto il baule senza fare domande. Ma aveva ascoltato il nastro e sapeva cosa aveva fatto Nora, e quelle azioni non erano prive di conseguenze. Quel baule era appartenuto alla madre biologica di Polly, e prima ancora a sua madre. Che diritto aveva Nora di decidere che un'eredità così preziosa dovesse essere distrutta?

Non dovette pensarci a lungo. Con un lungo sospiro, sollevò il coperchio.

CAPITOLO TRENTASEI

La prima cosa che la colpì fu l'odore, non particolarmente terribile, solo diverso, di un altro luogo, di un altro tempo. Il baule era pieno fino all'orlo, il contenuto stipato. Jess iniziò a tirare fuori gli oggetti a uno a uno. Immaginò la giovane Isabel a Londra, molti anni prima, mentre riceveva i preziosi ricordi della madre.

Si aspettava di trovare gli effetti personali di Isabel. Non aveva considerato l'idea che il baule potesse contenere tributi di un'intera famiglia. Né aveva previsto la facilità con cui li avrebbe riconosciuti. Ecco il libro scritto a mano da Evie, con il pretenzioso titolo *Flora, fauna e funghi delle Adelaide Hills*; spartiti per pianoforte per principianti, tra cui quello di *Long, Long Ago*, arricchiti di istruzioni e consigli sulla notazione e sulla posizione delle dita nella calligrafia meticolosa ma paziente delle signorine Edwards; i poster arrotolati di John Coltrane ed Ella Fitzgerald che un tempo avevano ornato le pareti della camera di Matilda Turner; un sassofono; una palla da cricket autografata da Donald Bradman; un vestitino da neonata di lana rosa, splendidamente lavorato ai ferri con punti ordinati e regolari.

Dovette fermarsi lì, assalita da una commozione inattesa. Era stata troppo frettolosa nel giudicare. Era una collezione dal valore affettivo, dopotutto. Immaginò la nonna da sola a Halcyon dopo la tragedia, con l'unica compagnia della piccola Polly, mentre camminava da una stanza all'altra selezionando gli oggetti che avevano significato di più per i nipoti e la cognata. Si chiese quante volte Nora avesse compiuto il triste pellegrinaggio solitario fino alla soffitta di Darling House per svuotare e ispezionare quel tempio dedicato alla sua famiglia perduta.

Sfiorò il bordo dello spartito. La carta nell'angolo in basso a destra era più morbida e liscia a causa dell'uso frequente, e Jess emise un lungo sospiro faticoso prima di concentrarsi sul resto del contenuto. Il senso di colpa per aver aperto il baule contro il volere di Nora si era disintegrato ed era scivolato via. Quei ricordi erano importanti. Polly, in particolare, aveva il diritto di vederli. Erano di proprietà dei suoi fratelli, mentre il vestitino rosa era stato fatto apposta per lei.

Ecco, avvolto con cura in un panno di seta, un assortimento di sculture in miniatura di bosso e avorio, i *netsuke* che Isabel aveva ereditato dalla madre. Sotto, un altro involto di tessuto morbido rivelò dei frammenti di porcellana: la tazza di Isabel. Infine, in fondo al baule, c'era un libro rilegato in cuoio. Jess lo prese, cercando un titolo, un nome o qualche altro segno distintivo.

In seguito, quando raccontò la storia a Polly, avrebbe detto che aveva capito subito di cosa si trattava, e forse era così. Perché quello era il diario di Isabel Turner del 1959, con la carta a righe che, vergata con un'elegante calligrafia, raccontava, nelle parole dell'autrice, l'ultimo anno della sua vita. Il tempo aveva sbiadito l'inchiostro e Jess dovette spostarsi sotto la finestra per distinguere cosa c'era scritto. *Così inizia un nuovo anno,* si leggeva alla prima riga. *Chissà cosa ci riserva.* Immaginò Isabel seduta sulla veranda di Halcyon la mattina della vigilia di Natale, Nora che si svegliava durante la tempesta a notte fonda e trovava il diario accanto a sé sul letto, Daniel Miller che lo riceveva con gratitudine mentre iniziava le ricerche per il libro. E ora, eccolo là, quasi sessant'anni dopo, a Darling House, tra le mani di Jess. Ebbe la sensazione che la storia si ripiegasse su se stessa, che il presente toccasse il passato.

Adagio, cautamente, sfogliò le pagine, raggiungendo a poco a poco i punti metallici che Miller aveva notato, dove Isabel aveva strappato delle pagine. Come il giornalista prima di lei, vi fece scorrere sopra il dito e, mentre lo faceva, il diario vacillò. Jess reagì prontamente per impedire che cadesse e quel gesto staccò qualcosa dal retro. Un foglio, constatò, anzi più di uno.

In un paio di occasioni nella sua vita professionale aveva provato la sensazione che le informazioni più disparate si fondessero in un istante, come per alchimia, formando un quadro completo. Così, non appena si accorse che c'erano dei fogli sciolti nascosti in fondo al diario, un'eco le risuonò nella mente – Nora in ospedale che si agitava per le *pagine* – e intuì che erano le annotazioni mancanti su cui Daniel Miller si era interrogato nel 1959 e che la nonna aveva cercato di recuperare dopo aver ricevuto la lettera di Marcus Summers. Nora aveva voluto distruggerle, concluse. Ecco perché aveva inserito quella richiesta speciale nel testamento e aveva tentato di salire in soffitta.

Senza un attimo di esitazione, inclinò il primo foglio verso la luce, leggendo rapidamente e ricavando quel che poteva. Qualcosa di interessante, nascosto nel resto dell'annotazione:

So che devo imparare a vivere senza di lui. Ha una moglie, le vuole bene, si conoscono da quando erano bambini. E anch'io sono sposata. Per quello che vale.

Alla pagina successiva:

Talvolta ripenso al giorno in cui ci siamo conosciuti. Lo definisco così perché, anche se ci conoscevamo da anni, da quando ha iniziato a frequentare casa nostra, quel giorno è stato come un nuovo incontro, il vero incontro.

E a quella dopo:

Non lascerà mai sua moglie. E come potrei perdonarmi se lo spingessi a farlo? È premuroso per natura. Misura il proprio valore in base a come ottempera ai suoi doveri. Ha già sacrificato moltissimo per i bisogni della moglie. Si risentirebbe se lo incoraggiassi a rinunciare alle sue responsabilità; odierebbe se stesso. Così, un'impasse. Ci sono occasioni in cui non si trova una soluzione soddisfacente per tutti. Ma è troppo ammettere qui, spudoratamente, egoisticamente, che anch'io ho dei bisogni?

E poi:

Oggi ha visto la bambina, la sua bambina. Gliele ho lette in faccia, tutte le parole che non riusciva a dire. Ma li ho osservati insieme. Ne ho avuta la certezza. Il suo amore per me, per lei. Oh, ma certe volte mi tormento nella ricerca di una soluzione! Non serve a nulla, ma ogni tanto mi concedo di fantasticare su cosa potrebbe accadere se fossimo le uniche persone la cui felicità avesse importanza, se nessuno dei due avesse delle responsabilità altrove.

Seguito da:

Oggi sono stata da un avvocato a Adelaide, un signore che Thomas non conosce e che mi ha assicurato la massima discrezione. Metterà in moto il piano. Ora che ho preso la decisione, sono impaziente di andare fino in fondo. Mi servirà un nuovo passaporto. È passato molto tempo da quando sono arrivata qui, e non ho più viaggiato. Anche i bambini avranno bisogno di documenti ufficiali. Odieranno l'idea di partire, ma dopo un lungo esame di coscienza so che è l'unica via ragionevole. Non sopporto di restare qui, così vicino a lui, senza poter stare insieme. Devo tornare a casa. Mi sento così lontana, così sola, così separata dal mio passato. Come potrei mai abbandonarli? Sono la loro madre, ci appar-

teniamo. Mi illudo se penso che la loro casa sia ovunque mi trovi io? Impareranno ad amare l'Inghilterra, i miei piccoli figli australiani. Con il tempo si costruiranno una nuova casa, lo faremo insieme e andrà tutto bene.

E sull'ultima pagina:

Regalerò il coniglietto netsuke *a Becky. Non è la persona che mi mancherà di più, ma è quella che, credo, sentirà di più la nostra mancanza, soprattutto quella della bambina. Mi piace l'idea di lasciare il mio piccolo e prezioso coniglietto alla persona che ha amato così tanto la mia piccola e preziosa bambina.*

Jess guardò fuori dalla finestra senza vedere nulla, smarrita nei suoi pensieri. Nel giro di pochi minuti il panorama di tutto ciò che conosceva era cambiato ancora una volta. Alcune parole della penultima annotazione risuonavano in modo particolare; le aveva già sentite. Le aveva lette nel libro di Miller, ricordò, nel punto in cui il reverendo Lawson parlava con la polizia. L'ipotesi morbosa era stata che Isabel volesse *portare i suoi figli con sé* nella morte. Ma il diario suggeriva qualcosa di molto diverso. Voleva lasciare l'Australia per tornare in Inghilterra, ecco perché aveva chiesto consiglio al reverendo.

Perché una persona che aveva intenzione di ricominciare da capo nel suo paese natale avrebbe dovuto decidere di uccidere se stessa e la sua famiglia? Aveva avuto problemi a ottenere i passaporti? L'avvocato aveva cambiato idea e si era rifiutato di aiutarla? Isabel era stata sopraffatta dalle difficoltà ed era scivolata nella disperazione?

Oppure i poliziotti, il coroner, Daniel Miller – la storia – avevano sbagliato tutto? E se Isabel non avesse voluto suicidarsi? E se la morte dei Turner fosse stata un terribile incidente? Le tornarono in mente le alghe azzurre. Rowena Carrick era certa che il coroner avesse eseguito il relativo test, ma c'erano altre possibilità nella lista delle tossine. Doveva finire di esaminarla. Forse sarebbe saltato fuori qualcosa di diverso e il vero colpevole sarebbe stato individuato.

Provò una sensazione vaga e disorientante, quasi come se avesse ricordato qualcosa che non sapeva di aver dimenticato. Era come intravedere una falena svolazzante con la coda dell'occhio. Fastidiosa, astuta, impossibile da ignorare, ma pronta a scomparire ogni volta che provava a guardarla direttamente... Non riuscendo a inchiodarla, i suoi pensieri si spostarono su un'altra cosa che la riempiva di perplessità. Perché Isabel aveva strappato le pagine? Era possibile che le considerasse troppo delicate per lasciarle esposte al caso e agli occhi di bambini curiosi, ma allora perché *conservarle*? Perché non distruggere le prove? E dove le aveva messe? In un posto dove Nora era riuscita a trovarle, evidentemente.

A meno che... Provò la sensazione elettrizzante di avere ragione. Non era stata Isabel a strappare le pagine. Chi altri se non Nora avrebbe potuto eliminare l'annotazione riguardante Becky Baker e il *netsuke*?

Nora aveva dato il diario a Miller per dimostrargli che Isabel era una moglie e una madre amorevole, con una vita serena, che non si sarebbe mai sognata di uccidere se stessa e i suoi figli. Non avrebbe mai voluto che scoprisse che Isabel aveva una relazione e che Thomas Turner non era il padre di Thea. Era proprio da Nora. Strappare le pagine capaci di smentire il quadro roseo che voleva che il diario dipingesse. Nora, con la sua inclinazione al pensiero positivo, alla certezza, a guardare avanti e mai indietro...

Ma l'annotazione che descriveva il piano di Isabel? Perché Nora avrebbe dovuto eliminarla? Semmai avrebbe confermato la sua tesi, indicando che Isabel non voleva affatto suicidarsi, che al contrario stava progettando una nuova vita. Era forse dipeso dal semplice fatto che la nonna fosse rimasta sconvolta al pensiero che Isabel volesse lasciarsi alle spalle la sua vita australiana e la sua famiglia?

E perché, dopo aver rimosso le pagine, Nora le aveva conservate?

Jess corrugò la fronte. Forse, una volta che Miller aveva pubblicato il libro e che l'attenzione dell'opinione pubblica si era spostata dalla vicenda dei Turner, Nora aveva pensato che non ci fosse motivo di temere il contenuto di quei fogli? La relazione di Isabel e l'identità del vero padre di Thea erano fatti di cui non avrebbe dovuto preoccuparsi fino all'arrivo della lettera di Marcus Summers, che accennava a un cliente e al suo desiderio di discutere della morte della neonata.

Tuttavia conservarli era stata un'azione intenzionale. Sarebbe stato molto facile distruggerli: gettarli nel fuoco, guardarli bruciare...

Le girava la testa. Stava trascurando qualcosa. C'erano troppe variabili. Una cosa, però, era chiara. Doveva condividere le sue scoperte con Polly. Le pagine del diario e anche gli appunti che le aveva spedito Nancy Davis, le dichiarazioni di Nora – secondo cui Isabel si era avvicinata alla culla con un cuscino – che avevano convinto la polizia della sua colpevolezza. Quell'episodio torturava Jess da quando l'aveva letto, perché era molto simile all'incidente a cui la nonna sosteneva di aver assistito quando Polly era una giovane madre e Jess una neonata nella culla.

Lasciando tutto il resto sul pavimento, prese il diario e si affrettò a scendere le scale, sperando con tutto il cuore che sua madre non fosse ancora partita per l'aeroporto.

«Cominciavo a chiedermi se fosse il caso di mandare una squadra di ricerca» disse Polly quando Jess arrivò sulla soglia della cucina. La valigia era pronta, appoggiata alla parete.

«Hai un secondo?» Jess sapeva di dover procedere con cautela. Il diario era una notizia molto importante, dato che riguardava le origini di Polly. Non aveva altra scelta se non informarla, ma sua madre era sensibile, delicata. Jess non aveva idea di come l'avrebbe presa. «Devo dirti una cosa.»

Polly si rabbuiò. «Va tutto bene? Hai trovato il baule?»

«Sì, e prima di dire qualsiasi altra cosa, devo comunicarti che l'ho aperto. Non solo, l'ho svuotato. Ho esaminato il contenuto. Mi dispiace. Spero che tu non sia troppo delusa.»

Polly sorrise. «Non sono né delusa né sorpresa.»

«Davvero?»

«Non credo che sia passato Natale senza che tu abbia dato la caccia ai regali con largo anticipo. Ti vorrei chiedere se hai trovato qualche scheletro nel ripostiglio della soffitta, ma dopo gli ultimi due giorni ho un po' paura che tu risponda di sì.»

«No, niente scheletri.»

«È un sollievo.»

«Ma...»

Polly trasalì. «Ma?»

Jess le fece segno di sedersi al tavolo e sua madre obbedì cautamente, come se si stesse preparando a ricevere brutte notizie. Quando si furono accomodate, Jess fece scivolare il diario sul ripiano. «È di Isabel.»

Polly lo guardò senza aprirlo, senza neppure toccarlo. Dopo qualche secondo alzò gli occhi e sollevò il mento, un tentativo di mostrarsi coraggiosa che suscitò in sua figlia una dolorosa fitta di tenerezza. «Che cosa dice?»

Jess capì che sua madre le stava chiedendo il favore di riassumerle il contenuto. Solo le parti più importanti: tolto il dente, tolto il dolore.

Fece un respiro profondo e riepilogò quanto aveva letto: Isabel aveva avuto una relazione, era stata attenta a non menzionare il nome dell'amante nelle pagine del diario, ma Jess conosceva l'identità dell'uomo. Che l'autore ne fosse consapevole oppure no, il libro di Miller dava una risposta lampante: Henrik Drumming, il capo fattore. Aveva una moglie malata a cui teneva molto, si erano conosciuti quando andavano insieme a scuola a Tambilla, lui era un uomo buono e rispettabile. Una persona che Isabel conosceva da tempo, dato che lavorava a Halcyon, ma con cui evidentemente aveva instaurato un legame molto più stretto. Non c'era da stupirsi che Drumming avesse continuato a curare il giardino dopo la sua morte, anche quando Thomas Turner l'aveva licenziato. Non era riuscito ad accettare che lei non ci fosse più.

«Isabel descrive alcuni dei loro incontri. Lo amava davvero. A quanto dice, non è stato un episodio unico né un incidente. È stato un vero incontro di anime. Si amavano. E...» Jess esitò, «sembra certa che sia lui il padre della bambina.»

Polly ascoltò annuendo lentamente. Dalla sua espressione era impossibile capire come avesse preso la notizia, e Jess era sulle spine. Aveva qualche difficoltà a immaginare come si sarebbe sentita se avesse dovuto affrontare così tanti cambiamenti nell'arco di ventiquattr'ore, per non parlare di come doveva essere per una persona come Polly.

Poi sua madre disse: «Nel libro è un personaggio che mi è sempre piaciuto. Sembra un uomo gentile. Il modo in cui teneva alla moglie».

Aprì la copertina del diario, toccandolo cautamente, come se temesse di scottarsi. Lo tirò più vicino e fece scorrere le dita sulle pagine increspate. Non lo stava leggendo, solo sfogliando. Pensando, ipotizzò Jess, alla donna che l'aveva scritto, annotando le sue confessioni e i suoi pensieri più intimi.

Quando arrivò alla fine, esaminò attentamente l'interno della quarta di copertina.

Jess notò che si concentrava su una sottile piega in alto. «Che cos'è?»

«Non ne ho idea.» Polly infilò le dita in quello che si rivelò essere un sottile taglio nel risguardo. Estrasse una busta, appiattita dal tempo. Quando la capovolse, Jess vide che davanti c'era un messaggio scritto a grandi lettere maiuscole e sottolineato:

STRETTAMENTE CONFIDENZIALE:
RISERVATO A MRS ISABEL TURNER

Polly inarcò le sopracciglia guardando Jess, che annuì con convinzione, e poi aprì la busta, estraendo un foglio piegato.

«Allora?» Jess non riusciva a frenare la curiosità.

Polly inclinò la pagina in modo che potessero leggere contemporaneamente. Il messaggio, scritto con una penna nera e una calligrafia irregolare, diceva:

Cara Mrs Turner,

so cosa sta facendo con il marito di un altra donna. Vi ho visti. Lui è un padre e ha delle responsabilità nei confronti della sua famiglia, come lei ne ha verso i Suoi figli. Il Suo comportamento non è corretto né giusto. Se non smette, non avrò altra scelta se non dire tutto a Suo marito.

La lettera non era firmata.

Nonostante il tono formale, c'erano diversi errori di ortografia che facevano pensare a un mittente poco istruito o giovane.

«È passato molto tempo da quando ho letto il libro.» Polly aggrottò leggermente le sopracciglia. «Ma non ricordo che Henrik Drumming avesse figli. Solo la moglie in ospedale.»

«Povera Eliza, sì, giù a Parkside» confermò Jess. «Ma non capisco. Dev'esserci un errore. Doveva essere lui.»

Polly non rispose. Fece un'espressione distante, come se stesse osservando una scena che si svolgeva nella sua mente.

«Che cosa c'è?» domandò Jess.

Silenzio.

«Mamma?»

Polly alzò lo sguardo. Forse per lei era strano sentire quella parola quanto per Jess pronunciarla. «Io...» Abbassò gli occhi sul tavolo, quindi tornò a guardare Jess. «È solo che... credo di sapere chi fosse.»

CAPITOLO TRENTASETTE

Adelaide Hills, 15 dicembre 1989

L'uomo manovrava il tosaerba seguendo linee accurate, da una parte e dall'altra. Polly lo osservò per qualche tempo dal suo posto all'ombra, e forse lui percepì la sua presenza, perché si fermò, alzando una mano in segno di saluto quando la vide. Spense il motore e si asciugò i palmi sui lati dei pantaloni mentre si avvicinava.

«Salve» disse.

«Mi scusi se l'ho interrotta. Stavo facendo una passeggiata. Mi sono persa.»

«Succede abbastanza spesso.»

Aveva dieci o vent'anni più di lei.

«Questa è la sua proprietà?»

L'uomo rise. «Sono il giardiniere, in senso ufficioso, almeno. Questo terreno fa parte di una tenuta più grande. Una casa lassù sulla collina. Il proprietario è all'estero. Non sempre sa quando è necessario un intervento, e io non vivo lontano. Per me non è un disturbo tagliare l'erba quando diventa troppo alta.»

Polly si stupì. Angie, la sua nuova vicina a Brisbane, era abbastanza gentile, ma era alquanto improbabile che superasse la recinzione per occuparsi del giardino in sua assenza.

Forse anche lui pensò che fosse necessaria una spiegazione, perché aggiunse: «C'è il rischio di incendio quando l'erba viene lasciata libera di crescere».

Polly intravide la sommità del tetto di Halcyon tra gli alberi e provò un'attrazione irresistibile. «La casa è in vendita» disse. Poi, consapevole del fatto che poteva sembrare una cosa strana da dire, continuò: «Ho visto un cartello sulla recinzione accanto alla strada».

«È interessata a comprarla?»

Lei sorrise.

«È una casa bellissima» disse il giardiniere. «Un po' trascurata ora, ma pur sempre straordinaria.»

«Ho pensato di venire a dare un'occhiata.»

«Non credo che dispiaccia a qualcuno qui intorno. Come ho detto, il proprietario è all'estero.»

«Grazie» disse Polly, ma non si mosse. «In realtà, il proprietario era mio zio. Si chiamava Thomas Turner. Forse lo conosceva? Io non l'ho mai incontrato. È morto l'anno scorso. È mia madre, sua sorella, ad aver messo in vendita la casa.»

L'uomo la sbirciò da sotto il cappello, cambiando espressione come se l'avesse riconosciuta. Non lei, Polly ne era certa, ma almeno il contesto. Alla fine disse: «Taglio l'erba qui perché ero innamorato della ragazza che viveva in quella casa». Poi, quasi immediatamente: «Mi scusi. Non so perché l'ho detto. Di solito non parlo delle mie cose personali. Kurt». Le tese la mano.

«Polly.» Dietro di lui, un'anatra aveva planato sul ruscello e nastri di luce risalirono il tronco di un salice dai rami sporgenti. «Si riferisce a Matilda Turner» disse Polly, colpita dalla sua ammissione.

Kurt scrollò le spalle. «È stato molto tempo fa. Eravamo ragazzi. Eppure certe volte ho la sensazione che la mia vita sarebbe stata tutta diversa se non fosse stato per quello che le è successo. Probabilmente suona assurdo.»

«Non per me.»

Lui sorrise, quindi scosse la testa. «Mi dispiace. È solo che... me la ricorda. La sua voce... qualcosa.»

«Era mia cugina, credo. Non che la conoscessi. Mia madre non parlava di loro. Troppo triste.»

Kurt annuì. «Immagino che abbia letto il libro.»

«Solo di recente.»

«Come l'ha trovato?»

«Sul piano dei meriti letterari, buono. Ho provato sentimenti contrastanti riguardo all'argomento.»

Lui rise.

«Dev'essere strano sapere che qualcuno ha scritto di questo posto.»

«Non è stato pubblicato qui. Solo in America. La maggior parte di noi è entrata in possesso di una copia solo in un secondo momento. A quel punto, la vita, le persone erano andate avanti.» Kurt alzò di nuovo le spalle. «Il fatto in sé è stato molto peggiore del libro. Mio fratello è rimasto profondamente sconvolto. Aveva litigato con il suo amico.»

«John Turner?»

Lui fece sì con la testa. «Era di malumore anche a casa. È un'età difficile, quattordici anni. I quindici e sedici non sono stati molto meglio, a dire il vero. È diventato irrequieto e se n'è andato non appena ha potuto. Un giorno, però, tornerà a casa. Le persone lo fanno sempre. Vorrei che fosse più presente, vorrei che i miei figli conoscessero un po' lo zio. È un brav'uomo, Marcus. Aiuta sempre le persone. E non solo prestando loro il suo furgone quando traslocano. Aiuto concreto, intendo. Lotta per la giustizia, protegge chi viene privato dei suoi diritti. Fa l'avvocato. È buffo. Quando eravamo ragazzini, ero io quello *intelligente*. Ero bravo a scuola, destinato a fare cose più grandi e migliori. Marcus era quello *adatto ai lavori all'aria aperta*.» Sorrise indicando il tosaerba. «È buffo come vanno le cose.»

«Ma non è infelice.»

«Per niente. Questa è la mia vocazione. L'amministrazione. Dopo la morte di Matilda ho perso interesse per la scuola. C'erano altri modi per imparare le cose che volevo sapere, non avevo bisogno di un'istruzione formale. Ho scoperto che non mi importava molto nemmeno della religione. Mi sedevo in chiesa ad ascoltare il reverendo Lawson, cercando di sentire qualcosa, di sentire Dio, immagino...» Alzò le mani, indicando il baldacchino di foglie, la montagna coperta di eulalia dall'altra parte della valle, gli eucalipti dai tronchi bianchi. «È questa la mia chiesa. Mio padre parlava sempre di luoghi lontani, come la cattedrale di St Paul a Londra, Notre-Dame a Parigi, luoghi di cui aveva letto nei libri e che voleva vedere. Ma io mi sono sempre sentito più connesso quando ero all'aria aperta, non solo circondato dalla natura, ma anche pensandomi parte di essa, un minuscolo frammento di un sistema molto più grande. Reverenza. Grazia. Senso. Scopo. Provo queste cose quando lavoro. La natura è la mia cattedrale.» Corrugò la fronte, scrollando il capo con espressione divertita. «Mi scusi, non volevo annoiarla con le mie chiacchiere. Rimane in città questa sera?»

Polly non aveva programmi. Non aveva pianificato di andare laggiù, tanto per cominciare. «Ha un alloggio da consigliarmi nei paraggi?»

«L'hotel è carino. I nuovi proprietari l'hanno ristrutturato per bene.»

Polly ricordò che il libro di Miller menzionava il Tambilla Hotel. Le piaceva l'idea di soggiornare in uno degli edifici più antichi della cittadina. «Andrò a dare un'occhiata.»

«Non voglio essere sfacciato, ma io e la mia famiglia ceniamo lì quasi tutti i venerdì sera. Se non ha altri impegni, può unirsi a noi. I miei figli sono delle pesti, ma tendono a squagliarsela dopo aver finito il fish and chips.»

Polly era abituata a considerarsi una persona timida, perciò si stupì quando si ritrovò a rispondere che avrebbe accettato volentieri l'invito. Lo pensava davvero. Kurt Summers le piaceva, lo trovava una persona alla mano, e poi voleva saperne di più su quel posto, sul suo passato.

«Fantastico» disse lui. «Ci vediamo dopo. Verso le sette. Cerchiamo di assicurarci un tavolo all'aperto visto che il tempo è così bello.» Si sfiorò la tesa del cappello e tornò verso il tosaerba. Era quasi arrivato quando si voltò per urlare da sopra la spalla: «Stasera ci sarà anche mio padre. La mamma è morta qualche anno fa, perciò cerchiamo di tenerlo occupato. Le piacerà».

Polly sapeva chi era il padre di Kurt: Percy Summers, l'uomo che aveva trovato la famiglia Turner quel pomeriggio e che, descrivendo quella scena tetra, aveva suggerito a Daniel Miller il titolo del libro. Era curiosa di incontrarlo; Percy aveva conosciuto sua zia e suo zio e sarebbe stato in grado di descrivere la Halcyon dell'epoca attraverso gli occhi di un adulto. A mano a mano che le sette si avvicinavano, però, Polly sentì come al solito la sua sicurezza svanire e l'impazienza trasformarsi in ansia.

Si fece la doccia, si vestì e, alle sette meno cinque, scese le larghe scale rivestite di moquette del Tambilla Hotel, tirandosi nervosamente i polsini. Era contenta di aver portato una camicetta almeno vagamente decorosa. Si disse che se non avesse visto i Summers durante la prima perlustrazione del ristorante e dei tavoli all'aperto, avrebbe proseguito lungo la strada e mangiato un boccone nel piccolo locale tailandese che aveva visto più avanti.

Invece i Summers non solo la stavano aspettando, ma avevano anche fatto apparecchiare per lei e si erano presi la libertà di ordinarle da bere.

Nel giro di pochi secondi, Polly capì di essersi preoccupata inutilmente. Aveva passato molto tempo a osservare le famiglie. Avendo sempre vissuto solo con Nora, aveva sempre trovato misteriose le loro dinamiche. Il modo in cui i fratelli potevano darsele di santa ragione, per poi voltarsi e difendere furiosamente l'altro se qualcun altro osava criticarlo. Ma stare con il clan dei Summers si rivelò facile. Sally, la moglie di Kurt, gestiva un vivaio di alberi da frutto, e i loro figli, due coppie di gemelli con un anno di differenza l'una dall'altra, frequentavano le superiori a Adelaide. Erano venuti direttamente a cena appena scesi dall'autobus e indossavano ancora le uniformi. Percy, un settantenne dal viso dolce, era seduto a capotavola e osservava ogni cosa con un sorriso che, pensò Polly, tendeva al filosofico. Ebbe la sensazione di riuscire a interpretarlo. Rifletteva il modo in cui si sentiva anche lei certe volte: ai margini delle cose, ma non infelice.

Quando si era avvicinata al tavolo, Percy si era alzato facendo un cenno di saluto, ma erano seduti a estremità opposte e non erano riusciti a parlare nella confusione generale di una frenetica discussione familiare. In seguito, quando Sally si allontanò per accompagnare i ragazzi a una festa di fine trimestre e Kurt andò a pagare il conto, rifiutando il contributo di Polly, Percy disse qualcosa che lei non riuscì a sentire. C'era un tavolo rumoroso alle loro spalle, un gruppo di amici che festeggiava un matrimonio imminente, così si avvicinò.

«Che cosa ne pensa della casa?» chiese Percy. «Halcyon.»

«Bellissima. Triste, imponente. Sembra uscita da un romanzo di Jane Austen.»

«Pemberley, l'ho sempre pensato.»

«Sì, esatto. Mr Darcy si sarebbe trovato bene lì dentro.»

Percy sorrise, studiandola. «Le piace Jane Austen?»

«Mi piace la stragrande maggioranza dei libri.»

«Sta leggendo qualcosa di interessante adesso?»

«Ho appena iniziato *Quel che resta del giorno*.»

«Oh, eccellente. Scrittore straordinario. Conosce *Il circolo della fortuna e della felicità*?»

«È il penultimo libro che ho letto.»

«Nella mia lista dei preferiti di quest'anno.»

«Anche nella mia.»

«*Il momento di uccidere*?»

«Lo adoro.»

Lui annuì con un sorriso soddisfatto. Anche Polly percepì la cordialità che cresce rapida e forte tra lettori dai gusti analoghi. Poi Percy aggrottò le sopracciglia, sporgendosi leggermente verso di lei. «Quella collana» disse.

Polly abbassò lo sguardo sul gatto d'argento appeso alla lunga catenina. Aveva davvero bisogno di una lucidata, si rese conto. Gli raccontò la storia del sonaglio vittoriano ma, quando ebbe finito, lui precisò: «Intendevo l'uccellino. Dove l'ha trovato?».

Polly sorrise. «In realtà, l'ho trovato nel vero senso della parola. Oggi, poco prima di incontrare Kurt. L'ho notato per terra mentre camminavo. La luce del sole ha illuminato un nastro color argento che un tempo doveva essere legato al ciondolo e ha attirato la mia attenzione.»

Percy fece sì con la testa. «Vicino alla pozza?»

Lei si domandò come facesse a saperlo, poi concluse che naturalmente Kurt doveva avergli detto dove si erano incontrati. «Mi piace raccogliere cose dalla natura. Sono sempre alla ricerca. È un hobby. Io e mia figlia andavamo a cercare conchiglie e legnetti sulla spiaggia quando era piccola. All'inizio pensavo fosse un sasso, o un baccello liscio. Invece era questo uccellino perfetto. Uno scricciolo, credo.»

«Uno scricciolo azzurro superbo. Ce ne sono molti da queste parti.»

«Uno scricciolo azzurro superbo.» Polly apprezzò molto il nome. «Aveva quasi qualcosa di magico. Era lì, come se stesse aspettando che lo trovassi. Immagino che possa sembrare una sciocchezza.»

«Per niente.»

«Tendo a essere un po' romantica.»

«Una bellissima qualità. Non avremmo libri, musica o dipinti se non fosse per i romantici che vivono tra noi.»

Percy non sembrava beffardo, e questo le infuse la sicurezza necessaria per continuare. «Aveva questo anellino attaccato. Vede, qui. Così l'ho infilato nella collana.»

«È perfetto.» A Polly parve che avesse la voce incrinata e gli occhi lucidi. Forse era il vento a dargli fastidio. Era aumentato, e loro erano seduti fuori. Si rese conto che probabilmente era stanco. Vide Kurt che tornava al tavolo.

«È stata una splendida serata» riprese Polly. «Sono contenta di aver incontrato Kurt oggi.»

«Sta andando via?»

«Dovrei. È stata una lunga giornata e vi ho rubato abbastanza tempo. Grazie per la cena.»

Lei si alzò, e Percy le afferrò la mano con un gesto a metà strada tra la formalità e la confidenza. Aveva una presa sorprendentemente salda. «Assomiglia molto a sua madre. È come vedere un fantasma.»

Voleva solo essere educato. Polly sapeva di non assomigliare affatto a Nora. Sorrise. «È stato un piacere conoscerla.»

«Tornerà, vero? Per favore, torni a trovarci.»

«Volentieri» rispose Polly.

Ma non lo fece mai più. Percy era un tipo affascinante, e quella sera si era innamorata di tutta la famiglia Summers. Ma non aveva ragione di fare loro un'altra visita.

CAPITOLO TRENTOTTO

Quella sera, Kurt lo accompagnò a casa. Era un bravo ragazzo e si dava ancora più da fare da quando Meg era morta. Il viaggio da Tambilla a Port Willunga durava quasi un'ora e, nel crepuscolo di fine estate, c'erano i canguri da schivare, ma Kurt si rifiutò di lasciare che suo padre andasse da solo. «Non mi dispiace» disse. «Inoltre hai visto il caos in cui vivo. È l'unico momento di tranquillità che ho.»

Percy si era trasferito a Port Willunga poco dopo il funerale della moglie. Avrebbe voluto farlo prima, ma Meg non sopportava l'idea di lasciare Tambilla, e lui non se l'era sentita di contrariarla. Durante un lungo matrimonio c'erano momenti in cui bisognava insistere e momenti in cui non valeva la pena incaponirsi. Saper riconoscere la differenza era fondamentale.

Prendersi cura di Meg in quegli ultimi mesi era stato triste e difficile, ma Percy aveva voluto farlo personalmente. Marito e moglie se le dovevano, certe cose; il degno epilogo di una vita passata insieme. Verso la fine, Kurt e Sally avevano assunto un'infermiera part-time, e lui era stato grato di avere un pomeriggio libero di tanto in tanto.

Un giorno era sceso sulla spiaggia in omaggio ai vecchi tempi e, mentre tornava dal bagnasciuga camminando tra le dune, aveva visto il cartello VENDESI nel prato davanti a una baracca di legno con un balcone angusto e grandi finestre affacciate sul mare. Aveva una cisterna per l'acqua piovana, un orto e un imponente arancio davanti. Aveva capito subito che era il posto giusto.

Percy era nato e cresciuto a Tambilla, laggiù aveva allevato i suoi figli e conosciuto l'amore e il lutto, la tragedia e la gioia. Conosceva i panorami, i suoni e gli odori della città meglio di qualsiasi altro posto al mondo. Ma era stato felice di trasferirsi. Non gli restava molto da vivere, ed era bello provare qualcosa di nuovo. Forse non sarebbe riuscito ad andare in Grecia, in Canada o in Spagna, ma alla fine aveva lasciato Tambilla, come aveva sempre detto di voler fare. Aveva venduto anche il negozio, benché avesse fatto una promessa a Meg. Una bugia bianca come quella era perdonabile, aveva pensato.

«Ti preparo una tazza di tè prima di andare?» Kurt accese la luce della cucina quando entrarono.

Il calore della giornata si era raccolto negli angoli della stanza e Percy aprì la finestra sopra il lavandino per farlo uscire. Una libellula impaurita continuava a sbattere contro il vetro e lui la liberò aiutandosi con la mano. «Che ne dici se ti preparo un caffè per il viaggio di ritorno?»

Una volta salutato il figlio, portò la tazza sul balcone e si sedette sulla vecchia sdraio. Il mare era calmo quella sera, con le onde che si avvicinavano e poi si allontanavano di nuovo. Era il suo suono preferito.

Gli era sempre piaciuto scendere laggiù. Alcuni dei suoi ricordi più felici risalivano a quando portava i ragazzi in campeggio sulla spiaggia. Quelle lunghe e dolci giornate in cui non avrebbero voluto essere da nessun'altra parte se non al suo fianco. Strana, la vita. Accadeva mentre eri impegnato a guardare dall'altra parte.

Mentre il profumo inebriante dei frangipani invadeva l'aria calda della notte, Percy ripercorse mentalmente la serata. Quando Kurt gli aveva parlato della giovane donna che aveva incontrato quel giorno e aveva annunciato con noncuranza di averla invitata a cena, ci era mancato poco che svenisse.

Non sapeva cosa aspettarsi. La realtà era stata disarmante. Nel corso degli anni si era interrogato, aveva fatto qualche tentativo per stabilirlo con certezza, ma quando l'aveva vista, aveva capito all'istante. Era la figlia di Isabel. I modi erano gli stessi, anche se Polly era meno disinvolta. Le eventuali domande rimaste sui fatti di quella notte, quando aveva riportato la neonata a Halcyon perché la ritrovassero, avevano trovato risposta. I suoi sospetti erano ormai confermati.

Il tempo aveva il potere di sbiadire le emozioni dei ricordi, ma Percy riusciva ancora a sentire il terrore e la confusione dei giorni successivi al momento in cui aveva lasciato la bambina nel roseto. Mentre aspettava un annuncio che non era mai arrivato, aveva cominciato a rimproverarsi. In mancanza di altre spiegazioni plausibili si era convinto che i cani selvatici si fossero avventati sulla piccola quando si era distratto. Cercando di salvare Thea, l'aveva messa in pericolo.

Ma poi, circa una settimana dopo, sulla via principale era successa una cosa strana. Stava caricando degli scatoloni in negozio quando aveva intravisto la cognata di Isabel in città per la prima volta dopo la riunione all'Istituto. Era di nuovo vestita a lutto ma, anziché portare la neonata in braccio, stava spingendo la vecchia carrozzina dei Turner. Era stata una scena disorientante. La carrozzina – acquistata a Londra e spedita nell'Australia Meridionale, diversa da qualsiasi modello prodotto e utilizzato laggiù – era il simbolo dei Turner e di una nuova vita, ed era sconcertante vederla in circolazione dopo quanto era accaduto.

Percy stava ancora indugiando su quei pensieri quando aveva colto un movimento fulmineo con la coda dell'occhio. Becky Baker era uscita come una furia dalla porta laterale della sala da tè di sua zia, facendo sbattere violentemente la zanzariera mentre andava sparata verso la carrozzina e afferrava la piccola.

«La mia bambina! Ha rubato la bambina!» aveva urlato Mrs Turner-Bridges mentre Meg correva fuori dal negozio. «Becky, tesoro, lascia andare la neonata. Lasciala andare, tesoro. Quella non è Thea, è la figlia di Mrs Turner-Bridges, la piccola Polly.»

Ormai si era radunata una bella folla. Betty era uscita dalla sala da tè, seguita da Eric Jerosch e Hugo Doyle, che per fortuna si erano fermati nel suo locale per la pausa. I poliziotti l'avevano aiutata a portare via la povera Becky. Tutti sapevano quanto avesse adorato Thea Turner. Secondo i pettegolezzi amava fingere che la bambina fosse sua e si era affezionata troppo alla famiglia, e poi tutti sapevano che era dura di comprendonio, incline a confondersi.

In seguito, Percy non era riuscito a togliersi quell'episodio dalla testa. Aveva iniziato a interrogarsi; ricordava che Isabel gli aveva accennato alla visita della cognata, precisando che aveva sognato a lungo di diventare madre, ma che fino a quel momento aveva avuto molti problemi su quel fronte. «Il mondo è ingiusto» aveva commentato. «Ma deve necessariamente essere così spesso crudele? La povera Nora ha sofferto molto e sarebbe la più amorevole delle madri. Se ci fosse un po' di giustizia al mondo, a quest'ora avrebbe quattro o cinque figli. Non ha difficoltà a restare incinta, è solo che i suoi bambini sembrano non volersi aggrappare alla vita.»

E se Becky avesse ragione?, si era chiesto Percy. E se la figlia di Mrs Turner-Bridges non fosse sopravvissuta, se si fosse verificato il triste evento che Isabel temeva? La neonata che aveva lasciato nel roseto, la bambina di Isabel, era viva e vegeta. L'ipotesi di uno scambio non era inverosimile.

Quando l'aveva suggerito a Meg, tuttavia, lei l'aveva smentita senza esitazione. «Mi dispiace, tesoro. So quanto desideri che sia vero – lo vorrei anch'io – ma ho guardato bene e non era Thea. Era la figlia di Mrs Turner-Bridges.»

Chi poteva saperlo meglio di lei? Percy si era svegliato la mattina di Natale e l'aveva trovata già in piedi, a preparare una consegna in negozio. «È per Mrs Turner-Bridges» aveva spiegato. «Continuavo a pensare a lei, tutta sola in quella grande casa. Incinta e in lutto... dev'essere distrutta. Non sopporto l'idea che sia sola.»

Percy l'aveva esortata ad aspettare, anche solo un giorno. Date le circostanze, si era domandato se non fosse il caso di lasciare che fosse qualcun altro ad aiutare la cognata di Isabel. Ma Meg non ne aveva voluto sapere. Era sempre stata tra le prime a dare una mano quando necessario, ed era decisa a fare in modo che quell'occasione non fosse diversa. Più lui aveva provato a farla ragionare, e più lei si era agitata. «È tutta sola, Perce.»

Così Percy aveva accettato di tenere d'occhio la bambina mentre Meg andava a vedere come stava Mrs Turner-Bridges e a consegnarle le provviste. Era stato allora che sua moglie aveva scoperto che Nora aveva partorito.

«Era affaticata» gli aveva riferito sua moglie quella sera. «Non ho avuto altra scelta se non fermarmi ad aiutarla. Ha affrontato la situazione nel modo migliore che ci si potesse aspettare date le circostanze – una madre nata – ma la casa era un disastro e il tavolo della cucina era ancora ingombro del cibo per il picnic. La bambina è nata prematura. È minuscola. Perfettamente formata, ma molto piccola e debole. Mi sono dovuta fermare a dare una mano. Cos'altro avrei potuto fare?»

Quella sera la luna era la più sottile delle falci. Niente più di una scheggia spettrale. Percy individuò la Croce del Sud e le due luminosissime stelle alla sua sinistra. Astronomia spicciola, ma le vecchie abitudini erano dure a morire. Una volta Isabel gli aveva detto che il cielo buio la faceva sentire ancora più lontana da casa. «Guardare su e non vedere l'Orsa Maggiore e Minore mi dà la sensazione di essere sola nel cosmo. È tutto sbagliato.»

Ora Percy si chiese quale fosse stato il suo errore di ragionamento. Si era comportato come se riportare a casa la bambina potesse in qualche modo salvarla da un evento tragico, violento e traumatico. Aveva immaginato che un membro della famiglia l'avrebbe trovata e che questo avrebbe dato un lieto fine alla storia, almeno per quanto riguardava la scomparsa della neonata. Ma la sua logica era stata semplicistica. Gli eventi, come gli oggetti, proiettavano un'ombra; non c'era modo di sfuggirle. Quella era la fisica. Quella era la vita.

A cena, quella sera, Percy aveva notato la timidezza di Polly. Non sapeva nulla del resto della sua vita, ma si domandò se la tendenza ad arrossire, l'insicurezza nel parlare, l'abitudine di giocherellare nervosamente con i ciondoli della collana dipendessero dal fatto di essere cresciuta, seppure inconsapevolmente, all'ombra della tragedia. Ciò che Nora Turner-Bridges aveva vissuto, ciò che aveva fatto, doveva aver lasciato il segno. In che modo, si interrogò, tutto questo aveva influito su Polly? Che madre era stata?

Era stato il vezzo di manipolare la collana ad attirare la sua attenzione sullo scricciolo di legno. L'aveva riconosciuto subito ed era tornato indietro di trent'anni: la cavalcata da Meadows, il negozio a Hahndorf, l'ultimo giorno della sua vita prima che tutto andasse in mille pezzi.

Di recente aveva piovuto sulle Hills. La pioggia doveva aver smosso il terreno. Ma era straordinario che Polly avesse trovato l'oggetto. Astuti, gli dei. Percy aveva cercato la piccola scultura molte volte da quando era tornato sul luogo del picnic quella vigilia di Natale, setacciando l'area vicino alla pozza, sotto il salice, ma invano. Lo scricciolo era diventato il simbolo di quanto aveva perso, quella notte e in seguito. Aveva pensato che fosse scomparso per sempre. A quanto pareva, si era sbagliato.

Aveva comprato lo scricciolo per Isabel, come regalo d'addio. Ricordava ancora il fremito di piacere agrodolce che aveva provato vedendolo, la certezza che le sarebbe piaciuto. Adorava le miniature; la collezione di *netsuke* giapponesi di sua madre era il suo bene più prezioso. Gliela aveva mostrata una volta, mentre lui prendeva in prestito alcuni libri dalla biblioteca di Halcyon, l'anno prima che lei morisse, quando ancora si muovevano in punta di piedi intorno all'attrazione che stava crescendo tra loro.

La storia d'amore era stata breve. Qualche settimana, prima che decidessero di comune accordo che doveva finire. Isabel era rimasta sconvolta quando gli aveva mostrato la lettera, che era stata infilata nella fessura della posta sulla porta e non recava alcun timbro. Percy aveva capito subito chi era il mittente. Aveva riconosciuto la calligrafia e compreso le ragioni dell'inspiegabile malumore del suo secondogenito nelle ultime settimane.

Una volta che Marcus era venuto a conoscenza della relazione, la situazione era diventata insostenibile e avevano smesso di vedersi. L'amore, però, non si spegne come un interruttore. Incredibile pensare che se Percy non avesse incontrato Mrs Pigott mentre era in sella a Blaze la mattina del primo giorno del 1959, se lei non gli avesse chiesto la cortesia di consegnare un pacco mentre tornava a casa, forse le cose sarebbero andate diversamente.

Ma Percy aveva accettato, e così quel giorno era stato lui a consegnare il pacco a Isabel. «Salve!» l'aveva sentita esclamare, mentre dirigeva Blaze lungo il vialetto verso Halcyon. «Sono qui.» Era in piedi in cima a una scala, con in mano un filo di bandierine, circondata dalle foglie. Sembrava Titania, la regina delle fate. «È per me?» aveva domandato.

Incantato, le aveva allungato il pacco e fatto un cenno con la testa.

«Crede di potermi fare un enorme favore?» aveva chiesto Isabel con una risata. Quella risata! «Non posso lasciar andare questo filo – è stata una faticaccia tirarlo fin qui – ma muoio dalla voglia di aprire il pacco. Le dispiacerebbe tenermelo?»

Percy aveva obbedito, salendo su un lato della scala per prendere la funicella, e le loro mani si erano sfiorate quando lei l'aveva lasciata andare. Aveva guardato Isabel mentre strappava la carta, rivelando alcuni libri nuovi, freschi di stampa: *Colazione da Tiffany*, *Il nostro agente all'Avana*, *The Darling Buds of May*.

Avevano iniziato a parlare. La lettura plasma le persone. Il paesaggio dei libri è più reale, per certi versi, di quello fuori dalla finestra. Non lo vivi a distanza, bensì è interiore, vitale. Un ragazzo costretto a letto per un anno perché le sue gambe si rifiutavano di funzionare e una ragazza all'altro capo del mondo, mandata in collegio perché entrambi i suoi genitori erano morti, avevano avuto vite completamente diverse, eppure, grazie al comune amore per la lettura, avevano abitato lo stesso universo.

Era un ponte che Percy non era mai riuscito ad attraversare con Meg. Non aveva avuto importanza prima. Non importava ora. Lui e sua moglie avevano costruito una vita insieme, due figli e un'attività in comune, innumerevoli piccole gioie e terrori quotidiani. Ma incontrare Isabel e scoprire che anche lei conosceva i luoghi e le persone della sua immaginazione era stato travolgente. Inebriante. Sentirsi capito era stata una rivelazione. Dovervi rinunciare era stato come essere cacciato di casa.

Poco prima che Percy partisse per Meadows, Isabel l'aveva informato della sua decisione di tornare in Inghilterra. «Che futuro mi aspetta qui, se tu non ne fai parte?»

Erano seduti sulla panchina di pietra vicino allo stagno di Mr Wentworth. Lui era salito con la scusa di consegnare la spesa e lei era sgattaiolata sul retro della casa per incrociarlo mentre ripercorreva il vialetto. Pochi, ultimi, preziosi momenti rubati. Avrebbe voluto poterle offrire di più. In un'altra vita, con circostanze e valori diversi, forse ci sarebbe riuscito.

Isabel aveva detto che un avvocato le avrebbe procurato i passaporti. Sarebbero partiti nell'anno nuovo. Suo marito non lo sapeva. «Troverebbe un modo per fermarci. È un uomo molto determinato.»

Non l'aveva detto nemmeno ai ragazzi. «Matilda sarà la

più difficile, e John. Ed Evie.» Aveva sospirato. «Nessuno di loro ne sarà felice. Tranne, naturalmente, la piccola Thea. Lei è sempre felice. È una personcina incantevole. Ha preso da suo padre.»

Il cellulare gli squillò da qualche parte e Percy impiegò un momento per trovarlo nella tasca della giacca. Sullo schermo apparve il nome di Kurt. Controllando l'orario, Percy vide che erano le dieci e mezzo. «Ciao, figliolo» rispose.

«Ciao, papà. Non è troppo tardi, spero?»

«Stavo solo contando le stelle.»

«Ci sono ancora tutte?»

«Per ora sì.»

Seguì una pausa, e Percy capì che suo figlio aveva chiamato senza alcuno scopo se non quello di controllare che tutto fosse a posto. Negli ultimi anni, le telefonate di quel tipo erano diventate più frequenti. Era come se Kurt e Sally credessero che avesse perso la capacità di prendersi cura di sé, ora che Meg non c'era più. Poi arrivava una semplice domanda a caso. Qualcosa come:

«Non ho lasciato lì il mio cappello, vero? Il berretto nero con davanti il logo del negozio?»

«Non l'ho visto, ma proverò a cercarlo.»

«Perfetto, grazie.» Un'altra pausa, poi: «Piacevole, la cena di stasera».

«Molto piacevole.»

«Credo che Polly si sia divertita.»

«Sembrava di sì.»

«Strano, incontrarla lì in quel modo.»

Un'altra pausa. Percy gli era grato per l'interessamento, ma non era ancora pronto a parlare di Polly o della serendipità con cui era comparsa accanto alla pozza quel giorno. In effetti, parlavano di rado del fatto che suo figlio continuasse a prendersi cura di quel posto. Lui e Kurt erano simili, entrambi molto riservati e poco inclini a manifestare i propri sentimenti.

«Hai fatto un pensiero sul Lights of Lobethal per il prossimo weekend? Secondo Sal potrebbe farti piacere fermarti qui da noi per la notte. Marcus tornerà in città. Ha detto che sarebbe venuto, che avrebbe portato i ragazzi.»

«Ottima idea.»

Percy chiuse la telefonata mentre un uccello notturno attraversava il cielo buio. Kurt era felice; lui e Sally erano una di quelle coppie legate da un rapporto di amicizia e di rispetto prima che da qualsiasi altra cosa, i ragazzi erano fantastici, suo figlio sembrava aver trovato un lavoro tranquillo e appagante. Certe volte, però, Percy si chiedeva se Kurt pensasse ancora a Matilda Turner ogni anno, quando comparivano i cartelli per il Lights of Lobethal, la più grande mostra comunitaria di luci natalizie dell'emisfero meridionale. Spesso gli tornava in mente che quel Natale suo figlio aveva programmato di andare a vedere le luci con lei.

D'un tratto si sentì stanco, pronto per andare a letto. Gettò il tè ormai freddo oltre il balcone e rientrò. Chiuse la porta e sciacquò la tazza nel lavello.

Era stato Marcus ad andare all'università. Buffo com'erano andate le cose alla fine. Dopo la morte dei Turner, il suo secondogenito era stato preso dalla determinazione e si era dedicato allo studio della giurisprudenza. Per molto tempo l'avevano visto solo a Natale. Tornava perché Meg ci teneva, ma poi spariva di nuovo. Di tanto in tanto i giornali lo menzionavano perché protestava per una certa causa, ne rappresentava un'altra in tribunale, faceva arrabbiare i potenti, difendeva gli inermi. Aveva sempre avuto una serie di valori ben definiti. Lui e Meg erano simili da quel punto di vista: niente spazio per le sfumature di grigio, nel loro modo di vedere.

Avevano parlato per la prima volta dell'accaduto solo dopo il funerale di Meg. Erano andati tutti da Summers & Sons a bere qualcosa – l'intera cittadina aveva voluto rendere omaggio alla defunta, stipandosi nel negozio e riversandosi sul marciapiede – e poi, dopo che se n'erano andati, Marcus, Percy e

Kurt si erano abbandonati alla reminiscenze in compagnia di una bottiglia di whisky. Alla fine Kurt era tornato a casa barcollando, lasciandoli soli.

Ormai Marcus aveva trent'anni ed esperienza sufficiente per cancellare il bianco e il nero della sua visione morale. Voleva scusarsi, aveva detto, per non aver capito quanto dovesse essere stato difficile per Percy perdere Isabel. «Tra tutto il resto» aveva spiegato, «non avevo percepito che anche tu stavi vivendo un lutto personale.»

«Grazie, figliolo. Lo apprezzo molto.» Ed era vero.

«Ero molto arrabbiato. Dopo avervi visti, il mio unico pensiero era la mamma. Stavo sveglio di notte, ascoltando i dischi e pensando a come punire Mrs Turner per essere entrata nella nostra famiglia e aver rovinato ogni cosa.»

«È stato molto tempo fa.»

«Lo so, lo so.»

«Non è necessario...»

«Sì invece, papà. Devo dirti una cosa.»

A quel punto, Percy aveva già bevuto molto. L'avevano fatto entrambi. Di solito non era un gran bevitore, perciò non reggeva bene l'alcol. Marcus l'aveva colto impreparato quando aveva proseguito: «Sono andato giù a Port Willunga e ho catturato un pesce palla. Dopo la morte del vecchio Buddy, ci avevi messo in guardia da quelle bestiacce, dicendo che, come avevano ucciso Buddy, potevano far star male una persona. Ho pensato che fosse proprio quello che Mrs Turner si meritava».

Catturato un pesce palla? Quello che Isabel si meritava? Percy aveva sentito le parole del figlio, ma la sua mente aveva impiegato più tempo del dovuto per attribuire loro un significato. Aveva scosso la testa come per snebbiarla.

«Volevo trovare un modo per farglielo mangiare.»

All'improvviso Percy aveva capito dove voleva andare a parare. «Ma non l'hai fatto, vero, figliolo? Non hai fatto niente di così stupido?»

«No, grazie a Dio.»

Il sollievo aveva pervaso Percy da capo a piedi.

«Avrei potuto, però. Ricordi com'ero.»

«Sì, altroché.»

«Per fortuna la mamma mi ha trovato in tempo. Era furiosa, te lo assicuro. Mi ha costretto a dirle cosa diavolo mi passasse per la testa. Ero così in preda al panico che... gliel'ho confessato, papà. Le ho spiegato perché ero così arrabbiato, le ho parlato di te e di Mrs Turner. Mi ha abbracciato forte e mi ha detto di non preoccuparmi. Che andava tutto bene. Mi ha portato via il pesce e mi ha fatto promettere di non fare mai più una cosa così stupida.»

Percy spense le luci mentre andava a letto. Si lavò i denti, mise il cellulare sotto carica e infine aprì la finestra per ascoltare l'oceano in caso si fosse svegliato durante la notte.

Percy non aveva mai creduto che fosse stata Isabel. Era impossibile. Inoltre sapeva che aveva deciso di lasciare il paese. Ma non era stato nella posizione di fornire informazioni di quel tipo alla polizia, e qualcun altro – una fonte anonima, come l'avevano definita – aveva riferito qualcosa che aveva convinto gli inquirenti del contrario. Lui non aveva avuto altra scelta se non guardare da lontano e confidare che alla fine avrebbero scoperto la verità. Con il passare del tempo, vedendo che non facevano il minimo progresso in quella direzione, si era detto che non faceva alcuna differenza. Il modo in cui erano morti i Turner, il ritrovamento dei resti, le domande sul veleno... Che cosa importava? Isabel non c'era più.

Poi, per anni, niente. Fino alla sera dopo il funerale di Meg, quando Marcus gli aveva confessato cos'era stato sul punto di fare. Percy aveva bevuto troppo per restare sconvolto in quel momento, ma in seguito era rimasto sveglio a letto pensando al ragazzo che il suo figlio minore era stato all'epoca: caparbio e chiassoso, ma buono e gentile e leale fino all'inverosimile. Aveva anche ricordato gli strascichi della tragedia e la paura atroce che aveva provato per Kurt. Quando finalmente era stato lì lì per addormentarsi, si era reso conto di quanto fosse paradossale che per tutto il tempo avesse cercato di proteggere il figlio sbagliato.

Il racconto di Marcus gli era tornato in mente come un brutto sogno quando si era svegliato l'indomani mattina, come qualcosa che aveva visto in tv anni prima e di cui aveva solo un vago ricordo. Ora, però, i suoi sospetti si erano spostati dai ragazzi a sua moglie. Marcus aveva detto che Meg gli aveva portato via il pesce palla, e quel ricordo ne aveva innescato un altro. Qualcosa che Meg aveva detto poco prima di morire.

Era stato un periodo spietato e confuso. Le avevano somministrato la morfina e il farmaco l'aveva stordita. Certe volte credeva di essere una bambina; altre, che si fossero appena sposati. Di tanto in tanto si arrabbiava con lui. «So cos'hai fatto» diceva, con un rancore così evidente da sorprenderlo. «Vedo quello sguardo sognante nei tuoi occhi. So dove stai andando.»

Poi, un giorno: «Gliel'ho portato via, Perce. L'ho fermato».

Lui non aveva idea di cosa stesse parlando ma, secondo l'infermiera, era normale che vaneggiasse ed era meglio assecondarla. «Va bene, amore» aveva replicato Percy.

«Gliel'ho portato via, ma non l'ho buttato. L'ho preparato appositamente per lei. Porta a Mrs Turner il suo regalo di Natale, gli ho detto. Devi assicurarti che lo riceva. È tornato a casa e mi ha detto che era stata molto contenta. Ho scoperto solo più tardi che l'aveva dato a tutti. Non condivideva mai la mia pasta di pesce, me l'aveva ripetuto cento volte. "Il mio unico piacere, tutto per me" diceva. Non doveva condividerla.»

Percy si infilò a letto. Quando si era trasferito a Port Willunga, non aveva portato con sé nessuno dei vecchi mobili. Kurt e Sally avevano inarcato le sopracciglia e l'avevano canzonato dolcemente per le sue mani bucate quando aveva detto loro che non avrebbe avuto bisogno di un camion per il trasloco perché avrebbe comprato tutto nuovo. Non avevano intenzione di offenderlo; era solo il modo in cui i giovani trattavano gli anziani quando non volevano essere accondiscendenti, ma lo erano comunque.

Si era comprato un letto singolo. Non gli serviva niente di più, e gli piaceva l'idea di occupare solo lo spazio necessario, sfruttando le altre tre pareti per sistemare delle librerie. Nella camera degli ospiti aveva messo due letti a castello, affinché i nipoti potessero fargli visita quando volevano. Era felice quando si fermavano da lui, e li osservava mentre si arrampicavano sulle dune verso la spiaggia, con le tavole sotto il braccio, tirandosi addosso la sabbia e ridendo.

La maggior parte del tempo, tuttavia, Percy era solo. Essere vecchi, si era reso conto, era come rimanere intrappolati in un enorme museo con centinaia di sale, ciascuna piena di manufatti del passato. Ora capiva perché gli anziani potevano stare seduti, apparentemente soli e immobili, per ore di fila. C'era sempre qualcos'altro da tirare fuori, da guardare da una nuova angolazione e con cui riprendere confidenza.

Cercò di impedire ai pensieri di riportarlo alla notte in cui aveva lasciato la bambina nel roseto. Era scomparsa molto velocemente, troppo velocemente. Era quasi come se Mrs Turner-Bridges avesse ricevuto istruzioni di badare a lei. Ma l'unica a saperlo era Meg, e Percy non la riteneva capace di tanto. Avrebbe significato che sua moglie aveva sempre saputo dov'era finita la neonata e che gli aveva lasciato credere di essere responsabile della sua morte. Non avrebbe mai potuto essere così crudele.

Si era incolpato di molte cose nel corso degli anni, ma non era stato lui a catturare il pesce palla e a metterlo nella pasta. Non era stato lui a prendere la bambina dalla culla e a tenerla per sé. Si era innamorato e aveva tradito sua moglie. Aveva cercato di essere un buon padre. Si era sforzato di rimediare con Meg e le aveva dedicato l'unica cosa che aveva da offrire: l'impegno. La vita era un viaggio, non sempre privo di ostacoli, e a volte accadevano cose terribili. Percy non si faceva illusioni: era consapevole di quanto aveva fatto e di quanto non aveva fatto.

Quella sera era stanco e sapeva che avrebbe dormito. Sollevò le vecchie gambe doloranti sul letto, sistemò il lenzuolo sopra la coperta e, chiudendo gli occhi, entrò in uno dei suoi luoghi preferiti. Era un uomo più giovane, che si infilava nel varco della recinzione sul lato nascosto della proprietà dei Turner, attraversando il paddock verso il salice vicino alla pozza. Isabel, come poté notare, lo stava già aspettando. Accanto a lei c'era una piccola pila di libri; lui portava nello zaino quello che aveva preso in prestito. Lei doveva aver percepito la sua presenza, perché alzò gli occhi e sorrise, e in quel momento Percy si sentì in pace con il mondo e si convinse che sarebbe stato così per sempre.

CAPITOLO TRENTANOVE

Adelaide Hills, 24 dicembre 2018

Sulla via principale di Tambilla, la libreria Banksia occupava un edificio in pietra che, secondo l'agente immobiliare, un tempo ospitava l'unica drogheria del paese. La libraia, Margie, era nuova della zona e considerò l'informazione un'interessante ma trascurabile curiosità locale, di quelle spesso raccontate dagli agenti immobiliari che sperano di concludere una vendita. Però aveva una visione romantica della storia e apprezzava il fatto che se si guardava abbastanza attentamente, sotto una certa luce, si riuscissero ancora a vedere i vecchi caratteri sotto la vernice nuova, con due S dove prima c'era la scritta *Summers & Sons*.

Quel mattino la libreria stava facendo affari d'oro. Il sistema audio diffondeva carole natalizie, bambini con cappelli da Babbo Natale e orecchie da renna sgusciavano tra i clienti e un commesso travestito da elfo distribuiva bastoncini di zucchero. Quando Jess uscì sul marciapiede, fu pervasa dalla leggerezza di spirito e dal senso di possibilità che la accompagnavano ogni volta che aveva sotto il braccio un sacchetto di carta marrone contenente nuovi libri.

Sull'altro lato della strada, notò un angusto sentiero che si snodava sull'erba tra due edifici. Grazie al volume di Miller sapeva che Becky Baker l'aveva percorso ogni mattina per andare dal birrificio a Halcyon, allontanandosi dal fiumiciattolo che correva parallelo alla città e spuntando sulla via principale per salutare Meg Summers e reclamare una mela.

Becky adorava la galleria di querce e olmi che correva lungo la strada e, quasi sessant'anni dopo, Jess ne rimase altrettanto colpita. Gli alberi erano enormi, con foglie verde intenso grandi come piatti, e ombreggiavano una via che altrimenti sarebbe stata rovente.

«Dovrebbe vederli in autunno» aveva detto la donna dietro il bancone dell'Organic Market quando aveva preso il caffè. «Dal colore delle foglie verrebbe da pensare di essere in Canada.»

Jess aveva accettato di incontrare Polly a mezzogiorno, il che le dava quindici minuti da riempire. Sua madre era stata molto misteriosa a cena la sera prima. Aveva risposto a una telefonata e, a quanto aveva capito Jess, aveva preso accordi per fare qualcosa quel pomeriggio. Poi le aveva chiesto se fosse libera.

Da quando erano arrivate, Polly era stata molto attenta – anzi, lo erano state entrambe – a non fare congetture sulla natura di quel viaggio e sul significato della decisione di andare insieme a Tambilla nel periodo natalizio. Dopo aver ascoltato il nastro di Nancy Davis e aver ritrovato il diario di Isabel, avevano ciascuna le proprie ragioni per voler tornare nell'Australia Meridionale. Tuttavia, avevano convenuto, sarebbe stato carino cenare insieme la prima sera, e così avevano fatto.

Era stato un evento inaspettato. Fin dall'inizio, Polly era stata molto attenta al posto in cui sedersi, scegliendo un tavolo all'aperto, in un angolo affacciato sulla strada. Solo allora aveva rivelato, con una punta di imbarazzo, di essere già stata a Tambilla una volta. «Volevo dirtelo l'altra sera, dopo il funerale, ma la situazione è diventata un po'... confusa.» Com'era emerso, per una sorta di coincidenza che Jess doveva ancora capire, aveva finito per cenare con l'uomo che ora sospettava fosse suo padre.

«All'epoca non te lo immaginavi?» aveva chiesto Jess.

«No, anche se mi è piaciuto subito. Mi sono piaciuti tutti. Ricordo che il giorno dopo sono ripartita ed ero sorpresa da quanto mi fossi sentita a mio agio con loro. A rischio di sembrare ridicola, quella cena mi aveva in qualche modo cambiata. Ero diventata più leggera, più risoluta. Meno condizionata dall'idea un po' limitata di me stessa che mi ero sempre portata dentro.»

Polly aveva detto che a quel punto aveva già deciso di non volere una vita definita dai segreti. «Era per questo che avevo lasciato Sydney» aveva spiegato, «sei mesi prima di venire qui.» Poi aveva raccontato della notte in cui Daniel Miller era andato a Darling House. Polly aveva trovato sua madre accanto alla culla di Jess, al buio, e Nora si era voltata e le aveva fatto promettere di non rivelare mai alla bambina quanto era successo a Halcyon. In quel momento, Jess aveva capito che quello era stato un punto cruciale: lei, Nora, Polly e i loro caustici segreti familiari, unite in quell'istante.

«Ho accettato» aveva ripreso Polly, «ma non avrei dovuto. Tenendo i miei segreti, ho fatto a te la stessa cosa che Nora aveva fatto a me: ti ho nascosto parti importanti della tua identità. Ma io voglio agire diversamente.» Aveva posato le dita sul ciondolo di jacaranda. «Voglio parlarti di una cosa importante, che avrei dovuto dirti molto tempo fa. Voglio parlarti di tuo padre.»

Jess aveva avuto la sensazione che il mondo circostante rallentasse. I rumori degli altri tavoli erano stati risucchiati in una specie di vuoto, sostituiti dall'oceano delle sue pulsazioni nelle orecchie; un formicolio le aveva pervaso le dita all'istante. Aveva immaginato quella conversazione migliaia di volte, ma aveva perso la speranza di poterla fare. Alla fine la storia di sua madre, fatta di amore e di occasioni sprecate, di segreti e di vergogna, era più semplice di quanto avesse creduto, e dunque, in un certo senso, più triste.

Forse era proprio per questo che Polly aveva provato a bilanciarla con aneddoti più felici sull'infanzia di Jess. «Una volta» aveva detto ridendo, «quando avevi solo tre o quattro anni, ti ho portata al luna park. Siamo salite insieme sulle giostre, abbiamo comprato lo zucchero filato e una mela caramellata e poi, la sera, abbiamo trovato un posto sul prato per guardare i fuochi d'artificio. Il tuo visino era tutto illuminato, i tuoi occhi spalancati come non li avevo mai visti e, mentre ce ne stavamo andando, mi hai guardata con stupore e hai detto: "Ma come facevano a sapere che era il mio compleanno?".

«Un'altra volta, avrai avuto circa cinque anni, e tu e le tue compagne di scuola stavate correndo qua e là nel recinto di sabbia durante la ricreazione. Eri arrabbiata perché un'altra bambina - Fast Mary, la chiamavi - riusciva sempre a batterti. Non ti è mai piaciuto arrivare seconda. Le tue scarpe da ginnastica erano diventate troppo piccole e, quando ti ho portata a comprarne un altro paio, mi hai chiesto se ti avrebbero resa più veloce. Era una cosa così dolce da dire, e tu eri così seria e ansiosa, che ho risposto di getto: "Sì, certo". La tua espressione il pomeriggio successivo, quando sono venuta a prenderti a scuola e mi hai detto, tutta indignata, che non erano affatto scarpe veloci - eri arrivata seconda per l'ennesima volta dopo Mary - non l'ho mai dimenticata. Non ho mai più risposto alle tue domande con leggerezza.»

I ricordi erano teneri e divertenti, e Jess aveva capito che per Polly era un sollievo condividerli dopo averli tenuti per sé per tutto quel tempo. Lei, però, aveva avuto la sensazione di ascoltare le storie di qualcun altro. Non ricordava nessuno di quegli episodi. All'epoca era una bambina, certo, ma c'era dell'altro.

Esisteva una verità osservata da tutti i bravi predicatori, leader e venditori: racconta una bella storia, raccontala con un linguaggio semplice, raccontala spesso. Era così che si formavano le credenze e i ricordi. Era così che le persone definivano se stesse, basandosi sulle storie raccontate dagli altri. Nora era stata la principale narratrice della vita di Jess, che così aveva imparato a considerarsi forte, intelligente e determinata, l'amatissima nipote di Nora, una vera Turner.

Solo che non era affatto una Turner.

Ascoltando i ricordi affettuosi di Polly, che ruotavano intorno a una bambina di decenni prima, e riflettendo su quanto sua madre aveva detto riguardo all'incontro con Jonathan James e alla reazione di Nora al loro fidanzamento, riguardo ai mesi e agli anni successivi, Jess aveva sentito affiorare molte domande su suo padre, sul passato, sulla sua storia. Ma quando c'era stata una pausa nel flusso di coscienza di Polly, Jess si era stupita. Era più che mai consapevole di avere pochissimi ricordi in comune con sua madre e d'un tratto le era parso vitale ripetere e celebrare quelli che avevano. «Mi ricordo dei granchi» aveva detto. «Quel giorno sulla spiaggia. Me li ricordo. Ero terrorizzata e poi mi sono sentita al sicuro.»

Non sapeva cosa si aspettasse, ma di certo non aveva immaginato che Polly contraesse i lineamenti e scoppiasse a piangere, portandosi le mani al viso per nascondere le lacrime. All'inizio si era chiesta se sua madre avesse sentito male o se ci fosse qualcos'altro che le era sfuggito. «Stai bene?»

Polly aveva preso un fazzolettino dalla borsetta, con il ciondolo a forma di gatto che tintinnava contro lo scricciolo mentre si tamponava gli occhi. «Sì. Non è niente, davvero. È insieme niente e tutto.»

Mentre Jess aspettava sulla panchina al centro del Centenary Garden, un gruppo di pappagallini si librò in un lampo blu e cremisi, scomparendo rumorosamente tra i rami del gigantesco eucalipto dietro l'hotel dall'altra parte della strada. Jess stava ancora vivendo uno shock culturale, curioso ma non spiacevole. L'ultima cosa che si era aspettata quando era partita da Londra poco più di due settimane prima era ritrovarsi a trascorrere il Natale con Polly in una cittadina di campagna dell'Australia Meridionale.

Da parte sua, Jess aveva una serie di cose da fare mentre era là. La prima riguardava le pagine del diario di Isabel. C'era un dettaglio che non era stato inserito nel resoconto ufficiale e sul quale lei stava riflettendo. Isabel aveva consultato un avvocato per ottenere i passaporti. Perché quell'uomo non si era fatto avanti durante le indagini, soprattutto quando gli inquirenti avevano iniziato a sospettare della sua cliente? Jess stava cercando di capire come risalire alla sua identità quando aveva notato, sulla prima pagina di uno dei giornali che aveva esaminato, un articolo scritto il giorno del ritrovamento dei corpi. Parlava della morte di un importante avvocato di Adelaide, Mr Alan S. Becker, in un incidente stradale sulla Jetty Road. Era un'ipotesi azzardata, ma Jess era riuscita a scoprire che gli effetti personali di Mr Becker erano stati donati dalla moglie alla State Library of South Australia, e intendeva andare a dare un'occhiata non appena avessero riaperto dopo Natale.

Aveva anche organizzato un nuovo incontro con Marcus Summers. La loro precedente conversazione era stata interrotta e c'era una cosa che voleva chiedergli. Avrebbe dovuto usare molto tatto, però. Si era domandata perché sua nonna non avesse distrutto le pagine del diario, poi, addormentandosi qualche notte prima, aveva capito cosa fosse la falena che le svolazzava sul bordo della memoria mentre era in soffitta. Il pesce palla. Nell'e-mail, Rowena Carrick aveva menzionato la sua tossina, che era stata isolata solo negli anni Sessanta e dunque non poteva essere rilevata nel 1959.

Aveva preso in considerazione Percy e persino Marcus, ma poi, con un ragionamento parallelo, si era ritrovata a riflettere su come Nora avesse cambiato opinione nei confronti di Isabel. All'inizio la nonna era stata la paladina più combattiva della cognata, sottolineando con veemenza che Isabel non avrebbe mai potuto commettere l'atroce crimine di cui era stata accusata. Dopo la morte della bambina, dopo aver scoperto Thea nel roseto e dopo l'incontro con Becky Baker sulla strada, tuttavia, Nora aveva *ricordato* di aver visto Isabel avere un comportamento pericoloso verso la piccola Thea. L'aveva detto a Daniel Miller, che si era sentito in dovere di informare la polizia. La sua testimonianza aveva influenzato le indagini e, in ultima analisi, il verdetto del coroner.

Jess si chiese quando Nora avesse fatto due più due. Aveva forse visto Meg in cucina e si era interrogata sul perché volesse scrupolosamente gettare via ogni avanzo di pasta di pesce? Oppure, solo dopo che Meg era intervenuta per salvarla sulla strada, aveva iniziato a domandarsi il perché e capito cos'era successo? In un modo o nell'altro, ciascuna delle due custodiva un segreto inconfessabile che l'altra aveva accettato – più o meno tacitamente – di non rivelare. Ciò che Jess aveva percepito sul nastro quando Nora aveva saputo della morte di Meg da Daniel Miller non era stata incredulità, ma sollievo. L'unica persona che conosceva il suo segreto aveva lasciato questo mondo.

Tutte speculazioni, naturalmente, ma spiegavano perché Nora avesse conservato le pagine del diario: erano la prova della relazione e del movente di Meg Summers. Una cosa molto utile da avere, date le circostanze. Jess era dispiaciuta per Miller. Doveva essere stato perseguitato dal rimorso di aver pubblicato qualcosa pur sapendo che non era vero. Rileggendo l'appendice, Jess aveva notato che il giornalista aveva aggirato l'ostacolo assumendo il punto di vista di persone che non avevano motivo di mettere in discussione le prove così com'erano state presentate. In quel modo, il contenuto del libro era autentico e le voci narranti sincere. Però era comprensibile che lo scrittore non se la fosse sentita di pubblicizzare la nuova edizione. Avrebbe richiesto un livello di falsità con cui, per il poco che Jess lo conosceva, non sarebbe stato a suo agio. Doveva essersi già sentito in colpa per aver contribuito a diffondere una menzogna, per essere stato complice dell'inganno di Nora.

Controllando l'orologio, vide che erano le dodici e dieci. Polly era in ritardo. La sera prima, quando si erano separate, aveva detto che quella mattina avrebbe visitato un vivaio di alberi da frutto alla periferia della città. Sembrava un modo molto particolare di passare il tempo, ma Jess aveva altre cose per la testa e aveva concluso che forse Polly aveva una predilezione per i peschi. Aveva ancora molto da imparare su sua madre. E su suo padre, se era per questo.

Infilò la mano nel sacchetto e tirò fuori i due libri che aveva acquistato alla libreria Banksia. Il primo era una nuova copia di un vecchio classico: *The Bunyip of Berkeley's Creek*. Aveva visto il familiare dorso color crema sullo scaffale ed era stata inondata dai ricordi di quando Polly la portava in biblioteca da bambina. I ricordi erano nuovi – non la parte riguardante la biblioteca, con il suo profumo di carta e polvere, l'emozione per la piccola pila di libri presi in prestito, il *clic* del timbro con la data – ma a un certo punto Polly era sparita dall'immagine.

Ora, però, riusciva a vedersi mentalmente con sua madre, raggomitolate insieme sui cuscini nell'angolo caldo e soleggiato, mentre leggevano la copia logora di quello stesso volume. Fu contenta di scoprire che le illustrazioni, con la loro magistrale rappresentazione del macabro, avevano ancora il potere di affascinarla; le ricordava ancora in tutto il loro tripudio di dettagli. La storia invece fu una sorpresa. All'epoca si era spaventata ma, rileggendola ora, non capì come potesse non aver compreso che il bunyip era semplicemente un'anima smarrita, intenta a chiedersi chi e cosa fosse, da dove venisse e a chi appartenesse.

In un certo senso, anche l'altro libro parlava di solitudine. *The Meeting of Strangers*, di Jonathan James, raccontava la storia di un uomo che aveva avuto un matrimonio felice e una vita serena, ma che non riusciva a smettere di pensare al suo primo amore, alla donna che anni prima gli aveva spezzato il cuore. Secondo la biografia sul retro del volume, l'autore era uno scrittore affermato, con una moglie, tre figli e una casa nel North Carolina.

La sera prima, dopo che sua madre glielo aveva detto, Jess aveva cercato Jonathan James su Google nella sua camera d'albergo e aveva spulciato vecchie interviste, nel tentativo di conoscere lui, ma anche, si era resa conto, di raccogliere informazioni su se stessa. Scriveva perché aveva ereditato quella caratteristica da suo padre? Amava anche Jeff Buckley perché il gusto musicale, codificato geneticamente, veniva trasmesso di generazione in generazione?

Per le stesse ragioni, si era ritrovata a pensare a Polly. Non c'erano biografie online da leggere su sua madre, niente interviste sui giornali, niente siti da consultare. Aveva sentito molte storie nel corso degli ultimi trent'anni, ma gliele aveva raccontate tutte Nora. Le stesse che la nonna aveva raccontato a Polly sul suo carattere: che era dolce ma nervosa, benintenzionata ma delicata, che aveva bisogno delle cure di sua madre.

Nora. Anche se Jess era ferita dalla scelta della nonna di non confidarle la verità e sconvolta da alcune delle sue decisioni, era impossibile avercela con lei. Perché, se Nora aveva soffocato Polly con le sue attenzioni, aveva anche, con il suo affetto e le sue premure, rafforzato Jess, convincendola di poter fare qualsiasi cosa e trasmettendole la sicurezza necessaria per spiccare il volo. Jess si era impressa nella memoria la serie completa delle Regole di Nora per la vita, applicabili a ogni situazione. Portava con sé anche decenni di amore e incoraggiamento. Forse non sarà stata una Turner sul piano genetico, ma sarebbe sempre stata la nipote di Nora.

Far parte di una famiglia era complicato. Non sapeva se avrebbe mai capito fino in fondo come sua madre avesse potuto abbandonarla, ma comprendeva perché avesse dovuto allontanarsi da Nora o, per essere più precisi, dalla versione che Nora le aveva presentato di se stessa. Comprendeva anche che non doveva essere stato facile. Polly doveva aver fatto appello a tutto il suo coraggio e la sua forza per staccarsi da Nora, per lasciare tutto ciò che conosceva, le cose che le erano state dette, e per ricostruire la sua identità creandosi una vita propria.

«Ciao!» Polly si era fermata sull'altro lato della strada, sporgendosi dal finestrino aperto del passeggero. Quando Jess si girò, le fece un cenno pieno di entusiasmo. «Spero di non averti fatta aspettare troppo.»

«Solo qualche minuto.» Jess scivolò sul sedile e posò il sacchetto sul pavimento dell'auto. «Com'era il vivaio?»

«Magnifico» disse Polly mentre percorrevano insieme la via principale e uscivano dalla città. «È stato magnifico. Te ne parlerò più tardi, ci sono molte cose da dire... una volta finito qui.»

Risposta abbastanza enigmatica, che però rammentò a Jess che non sapeva ancora dove fosse *qui*. «Dov'è che stiamo andando?» chiese, ma mentre parlava, si accorse che l'auto stava rallentando. Vide il cartello stradale e capì dove si trovavano. Era passata di là la settimana precedente.

Una Mazda rossa sportiva era ferma sul ciglio della strada in fondo a Willner Road. «Credo che sia lei.» Polly sbirciò da sopra il volante.

Una donna con una permanente biondo rame lunga fino alle spalle le salutò con entusiasmo prima di rimettersi al posto di guida e avviarsi lentamente lungo il vialetto tortuoso. Polly la seguì, parcheggiando dietro la Mazda sulla ghiaia in cima.

L'altra donna le accolse con un sorriso smagliante. «Salve, io sono Deb, Deb Green. E tu devi essere Polly.»

«Sì. Grazie per aver accettato di mostrarci la casa la vigilia di Natale.»

«Nessun problema. È una bellissima proprietà.» Indicò la villa imponente alle sue spalle con un ampio gesto del braccio. «Un po' trascurata negli anni, ma un progetto meraviglioso per la persona giusta. Ha una certa storia, come la maggior parte degli edifici della stessa epoca.»

«Possiamo dare un'occhiata?» domandò Polly.

«Certo. Io sono già entrata e ho aperto le finestre. Fate pure un giro. Non c'è fretta. Devo inviare alcune e-mail prima di Natale, perciò sarò qui fuori, ma sarò a vostra disposizione quando avrete finito.»

L'interno della casa era sinistro come aveva previsto Jess. Attraverso l'ingresso, raggiunse il salotto dove la polizia aveva parlato con Nora; la sala da pranzo dove i Turner avevano consumato l'ultima colazione; la biblioteca, con la sua parete di scaffali; e il salotto buono, dove un tempo i *netsuke* facevano bella mostra di sé. Quasi tutti i mobili erano ancora al loro posto. Dopo aver rimosso gli effetti personali, Thomas Turner aveva deciso che, essendo perlopiù fatti su misura, erano parte integrante dell'edificio. Aveva sempre tenuto molto, ricordava Jess, all'autenticità del luogo.

Con il racconto di Daniel Miller che le risuonava nella mente, era difficile non sentire l'eco delle corse rumorose di John Turner giù per le scale, il suono del pianoforte in biblioteca, l'allegro trambusto di una famiglia che usciva per un picnic. Erano passati cinquantanove anni da quel giorno. Jess sfiorò con le dita la ringhiera dello splendido scalone, salendo fino alla balconata.

Riusciva sempre a stupirla, la capacità della parola scritta di trasmettere non solo conoscenze, ma anche esperienze. Era la prima volta che entrava fisicamente in quella casa, ma Daniel Miller l'aveva portata a Halcyon nel 1959 e dunque la conosceva già. Vedendo la porta che conduceva alla camera di Nora, vi andò direttamente. Lanciando un'occhiata verso il lato opposto della balconata, oltre la nicchia del telefono, in direzione della stanza di Matilda, ebbe un flash di quello che sembrava quasi un ricordo personale: Nora che osservava le nipoti, quell'ultimo giorno. *L'hai preso?* Un cenno di assenso. *Fa' vedere... Non qui fuori!*

Rabbrividendo, aprì la porta di Nora ed entrò. Era là che la nonna aveva dormito nelle ultime settimane della sua difficile gravidanza e che aveva partorito. Da quella finestra aveva osservato Isabel in giardino.

Jess si avvicinò ai vetri.

Come aveva detto l'agente immobiliare, la proprietà era invasa dalla vegetazione, piena di rampicanti ed erbacce, ma Jess la vide com'era all'epoca. Le rose, il noce e, più su lungo la curva del vialetto, il pollaio e l'orto. Quel giorno, però, era Polly, e non Isabel, a vagare tra gli alberi. Jess si chiese se sua madre stesse pensando alla notte in cui l'avevano lasciata là perché qualcuno la trovasse, la mattina in cui Nora era sgattaiolata fuori e l'aveva scoperta tra le rose, e la sua vita aveva imboccato una strada diversa. Non più Thea Turner, ma Polly Turner-Bridges.

Provò il bisogno improvviso di uscire da quella stanza, di essere all'aria aperta. Scese le scale e attraversò l'ingresso, consapevole di ripercorrere l'itinerario compiuto da Isabel quella lontana vigilia di Natale. Quando uscì sulla veranda, una brezza calda le sfiorò il viso, accompagnata da un'ondata di profonda familiarità: il profumo degli eucalipti e della terra cotta dal sole, la luce così intensa da costringerla a strizzare le palpebre. Gli esili eucalipti sul crinale, antichi e vigili. Quello era il paesaggio della sua infanzia, e non sarebbe mai riuscita a sottrarsi alla sua influenza.

Ma come Daniel Miller l'aveva portata a Halcyon, i libri che aveva letto da bambina, sdraiata sotto le felci di Darling House, l'avevano catapultata in terre dove alberi con nomi come olmo, quercia e castagno crescevano in grandi foreste antiche, dove il terreno era umido e il sole delicato, dove c'erano parole magiche come *siepe* e *ghiandaia*, dove la neve baciava i vetri delle finestre in inverno e i bambini andavano in slitta a Natale e gustavano pudding e biancomangiare. Così aveva imparato a conoscere un altro paesaggio, non solo a livello intellettuale, ma anche viscerale, un paesaggio dell'immaginazione reale quanto quello geografico in cui si muoveva. Quando, a vent'anni, era arrivata in Inghilterra dopo la laurea, era scesa dall'aereo e conosceva già ogni cosa.

Ora, guardando la collina dall'altra parte della valle, riuscì a immaginare la nostalgia che Isabel doveva aver provato di tanto in tanto. Anche lei stava pensando spesso a *casa*. Casa, aveva capito, non era un luogo, un tempo o una persona, benché potesse essere tutte queste cose insieme. Casa era una sensazione, un senso di completezza. Il contrario di *casa* non era *lontananza*, bensì *solitudine*. Quando qualcuno diceva: «Voglio andare a casa» in realtà intendeva che non voleva più sentirsi solo.

Aveva messo da parte l'articolo di viaggio. Avrebbe scritto

qualcosa di diverso, di più ambizioso. Le idee erano ancora un po' confuse, ma avevano a che fare con la casa e il senso di appartenenza, con i legami e la famiglia, e la sera prima, a cena, Polly aveva accennato a Isabel e alla possibilità di riscattare la sua memoria. «È stata ricordata nella luce più orribile, e nulla di tutto questo è vero o giustificato.» In qualche modo, anche se Jess non sapeva ancora come, le tessere del mosaico iniziavano a combaciare alla perfezione.

Dall'altra parte del vialetto di ghiaia, notò che Polly stava accettando un opuscolo patinato dall'agente. Aveva dato per scontato che fossero andate là per curiosità, in nome della storia. E forse Polly voleva soltanto essere educata. Anche se quell'ipotesi era plausibile, si rese conto Jess, l'interesse di sua madre era più serio. Non conosceva i segreti del suo cuore, ma si accorse di volerli scoprire.

Polly sorrise quando sua figlia le raggiunse. «Deb mi stava dicendo che possiamo tranquillamente fare una passeggiata nella proprietà e giù verso il torrente.»

«Purtroppo non posso restare ancora a lungo» spiegò Deb. «Questa sera mia figlia canta alla funzione della vigilia di Natale e devo portarla alle prove. Ho chiuso la casa, ma voi gironzolate pure. I giardini sono incolti, ma sono sicura che riuscirete a vederne il potenziale. Dovrei informarvi» il suo sorriso vacillò e Jess notò un guizzo di esitazione nei suoi occhi mentre abbassava la voce «che c'è stato un incidente nella proprietà, molto tempo fa.»

«Sì.» Polly sorrise. «Grazie, lo sappiamo.»

L'agente ritrovò il buonumore. «Bene. E devo dire che non potrei essere più d'accordo. Ho sempre pensato che il passato è passato. Rimuginare non serve a niente. Bisogna guardare avanti, non indietro.»

Non era esattamente ciò che aveva detto Polly, ma né lei né Jess provarono a chiarire l'equivoco.

Deb Green strinse la mano a entrambe, augurò loro un buon Natale e poi partì con la sua Mazda rossa.

Quando se ne fu andata, madre e figlia rimasero là in silenzio, ascoltando i suoni del giardino. Un indaffarato stormo di minuscoli scriccioli azzurri sfrecciava tra i rami e intorno alla base di un prugno poco lontano, i grilli frinivano tra l'erba alta e un senso di atemporalità, di natura, più antico e pervasivo di qualunque cosa gli esseri umani e le loro storie potessero generare, crebbe denso e caldo tutt'intorno.

«Scendiamo insieme?» propose Polly.

Jess notò una nuova nota di sicurezza nella sua voce. L'aria estiva le accarezzò la nuca, e d'un tratto sentì un'attrazione nel profondo. Non sapeva se dipendesse dal fatto di essere là, in quel posto, o dal bel tempo che evocava lunghe giornate d'infanzia durante le quali le ore si allungavano all'infinito per essere riempite solo di svaghi, o dal fatto che fosse la vigilia di Natale, o che sua madre fosse con lei, solida e presente come non lo era mai stata, tanto che le sembrava di vederla per la prima volta. Ma nel petto provò una sensazione che era l'esatto contrario della solitudine.

«Ci sei?» Polly la studiò, aspettando una risposta.

Jess annuì e sorrise. «Sì.»

RINGRAZIAMENTI

Grazie alla mia agente, Lizzy Kremer, che arricchisce la mia vita professionale con la sua competenza e la sua saggezza; a Kay Begum e Maddalena Cavaciuti; e al team diritti internazionali di DHA, soprattutto Margaux Vialleron. Grazie alle mie editor, Maria Rejt, Kate Nintzel e Annette Barlow, che mi hanno incoraggiata e aiutata a rendere questo libro molto migliore di quanto avrebbe potuto essere; a Gonzalo Albert, che ha manifestato il suo impareggiabile entusiasmo proprio al momento giusto; a Nita Pronovost, Ali Lavau, Marian Reid, Christa Munns, Charlotte Tennant e Laura Brady (tutte infaticabili!); a Chloe Bollentin, Janet Rosenberg e a tutti i miei traduttori, che mi hanno spinta a esaminare con ancora più attenzione del solito la mia complicata, flessibile e affascinante madrelingua. Sono davvero fortunata ad avere così tanti alleati, innamorati delle parole e ansiosi di considerare la trama e i personaggi, la struttura e le idee, i sinonimi, gli omonimi e, quando necessario, anche i pregi (o i difetti) della virgola seriale. Al di fuori dell'ambiente editoriale, molte persone hanno contribuito alla pubblicazione del volume, e ringrazio di cuore Ilaria Marzi e il team di HarperCollins Italia per aver messo a disposizione la loro straordinaria competenza.

Grazie a Diane Morton, Julia Kretschmer e Lisa Patterson

per aver letto le prime bozze del manoscritto. Julia, in particolare, merita la più profonda gratitudine per la sua disponibilità, nel corso degli anni, a discutere dei miei personaggi con curiosità e sincerità, come se fossero persone reali nella nostra vita.

Grazie al professore associato Nick Osborne della School of Public Health all'università del Queensland e a Kym Hardwick, vicepresidentessa della South Australian Police Historical Society, per aver risposto alle mie domande. Grazie alla State Library of South Australia. Gli eventuali errori fattuali presenti nel libro, più o meno intenzionali, sono miei.

Le prime idee per *Ritorno a casa* mi sono venute sulle Adelaide Hills, la magnifica terra tradizionale dei peramangk, nonché il rifugio per la mia famiglia durante il grande sconvolgimento che ebbe luogo all'inizio della pandemia di Covid. Lontano dal caos di Londra, in una remota fattoria dell'Australia Meridionale, dalla fine dell'inverno agli ultimi lunghi giorni dell'estate, mentre gli eventi globali si susseguivano a un ritmo frenetico, ho riflettuto molto sul concetto di casa e sul senso di appartenenza, continuando a pensare al punto fermo del mondo che gira della poesia di T.S. Eliot. Sono grata per questo posto, affascinata dalla sua bellezza e riconoscente per il legame che ci unisce.

Considero un privilegio anche presentare le Hills ai lettori che ancora non le conoscono. Tambilla e i suoi abitanti possono essere frutto di invenzione, ma Hahndorf, Stirling, il Mount Lofty, l'Onkaparinga Valley e Greenhill Roads sono reali. Come scrittrice, mi sono presa qualche licenza creativa qua e là, ma spero che le descrizioni sembrino ugualmente autentiche a coloro che hanno dimestichezza con quei luoghi. Sicuramente i residenti di Tambilla si sono intrecciati ai fili della mia vita quotidiana, tanto che quando percorro le strade tortuose delle Hills li vedo spesso con la coda dell'occhio.

Questo libro riguarda in parte le storie e i loro narratori. La storia che Percy ricorda di aver sentito sulle origini del Mount Lofty viene dai kaurna, i tradizionali guardiani delle Adelaide Plains a ovest delle Hills, e la menziono qui con il massimo rispetto.

Ritorno a casa parla anche di libri e di lettori appassionati, e nelle sue pagine sono citati diversi scrittori e opere. Charles Dickens, Thomas Hardy e Jane Austen sono nomi conosciuti in tutto il mondo, ma è stato un piacere includere anche *Il budino magico* di Norman Lindsay, il libro che introduce Percy alla narrativa, e *The Bunyip of Berkeley's Creek* di Jenny Wagner, illustrato da Ron Brooks e adorato da Jess quando è bambina. Ho ancora una copia logora di entrambi nella mia libreria.

Grazie in anticipo a ogni libraio, bibliotecario e lettore che si ritroverà tra le mani *Ritorno a casa*. Il romanzo è stato una specie di casa per me negli ultimi anni, ed è una gioia accogliervi finalmente al suo interno. Grazie, in memoria, a Herbert e Rita. Cosa non darei per entrare nel loro giardino a Tamborine Mountain, gridare "Ehilà" dalla veranda e sentire la loro cordiale risposta da dentro il cottage: "La porta è aperta!". La loro mancanza mi riempie di una nostalgia e di una tristezza che diventano ogni anno più profonde.

Infine sono una persona che sente un forte legame con i luoghi, e ho l'abitudine di innamorarmi delle case, ma la mia vera casa, il mio punto fermo del mondo che svolta, è la mia famiglia. Grazie a Davin, Oliver, Louis e Henry. Questo libro è per loro, con amore e gratitudine senza fine, senza tempo e senza limiti.

Questo volume è stato stampato nel luglio 2024
presso Rotolito S.p.A. - Milano